E.G. Stahl

*Die Mücke
im Bernstein*

Ein Ostpreußenroman

BASTEI LÜBBE TASCHENBUCH
Band 12952

1.–2. Auflage: Mai 1999
3. Auflage Juni 1999
4. Auflage Juni 2002
5. Auflage Juni 2004
6. Auflage Juli 2007

Vollständige Taschenbuchausgabe

Bastei Lübbe Taschenbücher
in der Verlagsgruppe Lübbe

© 1971/1999 by Verlagsgruppe Lübbe GmbH & Co. KG,
Bergisch Gladbach
Lektorat: Beate Stefer
Einbandgestaltung: Quadro Graphik, Bensberg
Titelfoto: Premium Stock Photography GmbH
Satz: hanseatenSatz-bremen, Bremen
Druck und Verarbeitung: Ebner & Spiegel, Ulm
Printed in Germany
ISBN 978-3-404-12952-2

Sie finden uns im Internet unter
www.luebbe.de
Bitte beachten Sie auch: www.lesejury.de

Der Preis dieses Bandes versteht sich einschließlich
der gesetzlichen Mehrwertsteuer.

*Dem Andenken meines
Lebenskameraden
Karl Lemke
gewidmet.*

Inhalt

Vorspiel
9

Erstes Kapitel
Keirut
um 1300
11

Erstes Zwischenspiel
1310–1466
24

Zweites Kapitel
Tanja und Jurij
um 1530
34

Zweites Zwischenspiel
1531–1621
65

Drittes Kapitel
Gertrude
1540–1555
80

Drittes Zwischenspiel
1557–1660
122

Viertes Kapitel
Die Pest
1709–1715
149

Viertes Zwischenspiel
1716–1766
226

Fünftes Kapitel
Die schöne Agnete
1784–1791
282

Fünftes Zwischenspiel
1791–1900
329

Sechstes Kapitel
Die Hochzeit
1914–1915
360

Sechstes Zwischenspiel
1918–1945
405

Siebentes Kapitel
Ende und Beginn
1947
459

Abgesang
508

Vorspiel

»Aber die Geister bleiben im Lande.«

Vielleicht sind es fünfzig Millionen Jahre her, vielleicht auch sechzig, es kommt nicht darauf an bei einem Erdalter von drei oder vier Jahrmilliarden. Heute meinen einige sogar, es seien fünf oder gar acht. So betrachtet war es erst gestern, daß die Mücke, die der ältere Keirut in sehr ferner Zukunft in hellgoldenen Bernstein gebettet am Ostseeufer finden sollte, sich unter einem mesozoischen Nadelbaum niederließ, mit ausgebreiteten Flügeln, noch berauscht vom Liebestanz, und von einem fallenden Harztropfen getroffen wurde, der sie tötete und zugleich rundum einhüllte, so daß sie aufbewahrt war für alle Zeiten. Der schöne tödliche Tropfen hatte im Auftreffen die Form eines länglichen Sternes angenommen, mit unregelmäßigen abgerundeten Zacken, und mitten in ihm schwebte das hauchzarte Insekt.

Vom Menschen wußte die Erde noch nichts.

Jahrhunderte gingen, Jahrtausende, Jahrmillionen. Meer flutete über Land, Land stieg über Wasser, stieg, fiel, stieg, fiel, und mit ihm stieg und fiel der längliche Stern aus Harz mit der schwebenden Mücke, stieg, fiel und flutete aus dem Gestern ins Heute.

Heute um zehn Uhr Weltzeit kam der Mensch, der Spätling. Aber ob er um zwölf noch da sein wird, trotz all seiner ungeheuren Anmaßungen? Vielleicht ist sein Auftreten nur ein Zwischenspiel und wird nicht einmal so lange dauern wie das der Saurier, von den Fischen gar nicht zu reden. Möglicherweise ist seine Spur längst ausgelöscht, wenn die schwebende Mücke immer noch oder schon wieder mit steigenden und fallenden Wassern steigt und fällt, steigt und fällt und hinüberflutet aus dem Heute ins Morgen.

Erstes Kapitel

Keirut

um 1300

Ein plötzlicher Wind kam von Norden her, schnell und kalt, kräuselte das Meer, wellte den Sand, bog tief die Birken im Land und ließ das Strandgras am Galgenberg sich bewegen, als liefen unruhige Füße darüber hin. Wie fröstelnd zog die rote Sonne den letzten schmalen Feuerstreifen zu sich unter den Horizont und, als habe der Wind nur das gewollt, war er ebenso plötzlich fort, wie er aufgesprungen war. Aber die Kühle blieb.

Im aufquirlenden Nebel stand Keirut regungslos und schweigend. Er wußte, es galt jetzt, behutsam zu sein, denn dies war die unsichere schwebende Stunde zwischen Tag und Nacht, da nichts feststeht und alles geschehen kann, und ist nicht das meiste, was geschieht, böse? Diese Stunde gehörte den schweifenden Mächten, den unbestimmten, dämmernden, die nicht gut sind und nicht ungut und deshalb so gefährlich. Rühre dich nicht, vielleicht bemerken sie dich nicht!

Aus dem grauen Dämmer kam eine Gestalt auf ihn zugelaufen, klein und schlank, ein schmales dunkles Boot im Nebelmeer. Schwarz flatterte das offene Haar.

»Keirut!« sagte die Gestalt atemlos. »Keirut! Die Ahne singt!«

Dann wandte sie sich und lief zurück, ein Mädchen von sechzehn, Jagodna, seine Schwester.

Ihr Ruf hatte die Stille zerbrochen, die schwebende Stunde

stürzte und sank ins Dunkel, das jetzt dichter aufquoll vom Wasser her.

Er eilte hinter ihr her, jetzt hatte er sie erreicht und legte die Hand auf ihre Schulter. Sie verlangsamte den Schritt.

»Wikind ist da«, sagte sie.

»Wikind?«

»Ja. Nur die Unseren wissen es. Seine Männer warten im Wald.«

»Wikind! Was will er?«

Er wußte es, und ihm drohte das Herz stillzustehen.

»Du weißt es, ich soll mit ihm reiten. Du hast es ihm versprochen.«

»Und du? Willst du mit ihm reiten?«

»Er ist stark«, sagte sie nachdenklich, »auch klug und angenehm. Ich muß einen Mann nehmen!«

»Du willst ihn«, erwiderte er und bemerkte plötzlich, wie leer die Welt war. Dann stieg eine Hoffnung in ihm auf. »Ich habe es ihm versprochen«, sagte er. »Aber wir haben einen bestimmten Zeitpunkt ausgemacht.«

»Der Zeitpunkt ist da. Sein Vater ist tot, die Wunde heilte nicht mehr. Die Männer haben Wikind gewählt. Er ist jetzt der Herzog.«

Keirut vermochte kein Wort herauszubringen. Sie hatten jetzt das Dorf erreicht und das hölzerne burgartige Haus, in dem sie mit der Ahne und den Dienstleuten allein hausten, seit die Mutter tot und auch der Vater nicht mehr zurückgekehrt war aus einem der vielen Kriege gegen die Ordensritter, die Weißmäntel.

Wußte jemand, wie alt die Ahne war, zu welcher Sippe sie gehört hatte oder seit wann sie in der Ecke der großen niedrigen Stube saß, vor ihren Füßen das Feuer, das nur zur heißesten Zeit erlosch?

Niemand wußte es. Niemand hatte je von einer Zeit gehört, da sie nicht dort gesessen hatte. Gunlud hatte seinen Erstgeborenen vor sie gebracht, und sie hatte das Kind Keirut genannt, so wie sie ihn selbst Gunlud genannt, als sie ihn das erste Mal auf den Armen seines Vaters Jelmin gesehen hatte, des großen Reiks. Sicher hatte sie auch Jelmin seinen Namen gegeben und all den anderen Vorvätern seines Geschlechts. Niemand zweifelte daran, daß sie von Perkunos selbst abstammte, dem Wissenden, wie sonst hätte man erklären können, daß sie von allem Kunde hatte, was je geschehen war, selbst in den versunkensten Zeiten und den fernsten Ländern?

Sie gebrauchte das Wort selten, und es war schon sehr lange her – war es nicht das letzte Mal gewesen am Tage vor Gunluds Tod? –, daß sie die Lippen geöffnet und zu reden begonnen hatte in dunklen Worten von unbekannten Dingen, sehr fernen Dingen. Waren sie fern im Vergangenen oder im Kommenden? »Die Ahne singt«, sagten dann die Leute und drängten sich in der weiten niederen Stube, um kein Wort zu verlieren.

Auch jetzt war die Stube gedrängt voll, und es machte den Leuten Mühe, genug Platz zu schaffen, damit die Geschwister nach vorn zu ihren Sitzen gelangen konnten. Es standen drei Sitze dort, und auf dem einen saß Wikind, der Litauer. Er und Keirut sahen einander an, mehr taten sie nicht, es war nicht der Zeitpunkt dazu, auch wußte jeder, was der andere dachte.

Er liebt seine Schwester, dachte Wikind, aber er ist ihr Bruder, er kann sie nicht heiraten, die Zeiten sind vorbei.

Er liebt Jagodna, dachte Keirut, aber er ist nicht ihr Bruder, er kann sie nicht so lieben wie ich. Warum habe ich sie ihm versprochen?

Jagodna setzte sich zwischen die beiden. Ihr Kopf neigte sich erwartungsvoll vor, sie sollte die Ahne zum erstenmal hören, denn damals, vor Jahren, war sie noch ein Kind gewesen, ein kleines Kind, das sich gefürchtet und am großen Bruder festgeklammert hatte.

Das undeutliche Murmeln der Ahne wurde zu Worten, plötzlich klang ihre Stimme kräftig und klar.

»Sie hatten die Wagen beladen. Elrun fuhr den ersten Wagen, den mit der lieblichen Sklavin und den größten Kostbarkeiten, und Keirut ritt ihm voraus. Es war jener Keirut ferner Zeiten, der das letzte große Reich im Südosten gegründet hat, am Dnjepr. Große Reiche hatten wir damals dort unten. Sie zerfielen, alles zerfällt, wenn die Zeit darüber hingeht. Damals zog Keirut fort, nach Süden, den Reden der Sklaven nach, die sein Vater vor Jahren eingetauscht hatte gegen Bernstein, von Leuten mit brauner Haut und schwarzen Haaren, bösen Leuten, wer sonst tauscht Bernstein gegen seine Brüder? Aber die Braunhäutigen sagten, die Getauschten seien nicht ihres Stammes, sondern ihre eigenen Sklaven, ihnen zugefallen als Beute bei Fahrten auf See, vielleicht sprachen sie wahr, wer konnte es wissen? Sie zogen fort mit Bernstein und Fellen, die Sklaven blieben. Einer der Frauen brach das Herz, sie starb und ließ ein Kind zurück, ein kleines Mädchen, schwarzhaarig und sehr lieblich. Keirut war herangewachsen zwischen den Fremden, ihre Erzählungen hatten sein Herz unruhig gemacht, und noch unruhiger wurde es vom Heimweh des lieblichen Sklavenmädchens, obwohl das Kind sich seiner Heimat nur wie eines fernen undeutlichen Traumes erinnern konnte. Es war schon in den ersten Lebensjahren den Braunhäutigen zugefallen samt seiner Mutter und von ihnen mitgenommen worden auf die große Reise ins Bernsteinland, einer jahrelangen Reise, wie es schien. Dennoch sprach die Liebliche immer von daheim und von der Mutter, als erinnere sie sich noch genau alles dessen, was gewesen war, der Schönheit und des Reichtums und der Sonne, unter der sie dahingefahren war auf großem Schiff über sehr blaues Wasser, zusammen mit der Mutter, zusammen auch mit jemandem, der über das Schiff geherrscht hatte und den sie Vater nannte. Sehr herrlich war alles gewesen, bis plötzlich die Braunhäutigen gekommen waren und mit ihnen lauter Blut und Tod ringsum. Wenn das Mädchen soweit gekommen war in seiner Erzählung, verstummte es, machte eine schmerzliche Gebärde mit der Hand und sah den jungen Keirut hilflos und eindringlich an, und Keirut sagte: ›Wenn ich Herzog sein werde – und einmal werde ich es sein – ziehen wir in deine Heimat, Liebliche, Schwarzlockige.‹«

Hier legte Keirut, der junge Keirut, der Sohn Gunluds, seine Hand auf die der Schwester und murmelte: »Liebliche, Schwarzlockige.«

Der Blick der Ahne ging zu ihm, ging über ihn hinweg, sie sah ihn nicht, sie sah Vorbeigegangenes, längst Geschehenes, das aber wohl noch irgendwo stehen mußte im Raum, wie hätte es sonst aufleuchten können vor ihren Augen? Elrun, sagte sie, habe also den ersten Wagen gefahren, in dem auch die Liebliche war. Elrun kannte den Weg, er hatte ihn in früher Jugend schon einmal gemacht, zusammen mit seinem Vater und vielen anderen. Sie hatten Bernstein nach Süden gebracht, nicht nur solchen, wie ihn die See in rohen Stücken auswirft, sondern Figuren, die daraus geschnitzt waren mit scharfem Steinmesser, auch schön bearbeiteter Schmuck war darunter für Waffen und Frauen. Damit war man in das Land der Sonne gefahren, das wunderbare Land, nach dem sich Elrun jetzt noch verzehrte vor Sehnsucht, dort hatte man die Herrlichkeiten eingetauscht gegen Geräte und Stoffe, auch gegen anderen Schmuck, den die Frauen daheim mehr liebten. Es war eine lange Reise gewesen über sturmerfüllte Hochebenen und durch dichte Wälder, über endlose Moore hinweg, wo man den befestigten Weg sorgsam suchen mußte. Es gab auch damals schon befestigte Wege in den Mooren, es gab sie schon immer, wer weiß, seit wann schon Menschen gewohnt haben zwischen dem Bernsteinmeer und den hohen Bergen. Elrun hatten die Männer den Weg entlanggeführt damals, in seiner frühen Jugend, und jetzt tat er das gleiche mit

Keirut und der Lieblichen und den vierzig Mann, die ihnen folgten. Er kannte den Weg bis zu jener Stelle, da er sich teilte in den, der weiterging zum Land der Sonne, und den, der zum Land der Lieblichen führte, das weiter ostwärts zu liegen schien. Von da ab mußten die Götter helfen. Am Schnittpunkt würde man ihnen ein Opfer bringen. Wen würde das Los bestimmen?

»Niemand«, sang die Ahne, »niemand war zum Opfer bestimmt, den Göttern gefiel es anders. Einmal ward ein Lager aufgeschlagen auf windiger Hochebene vor steindurchsetztem Bergwald, über den Nebel quirlten und huschende Gespenster wehten. Die Lautlosen, Geschwinden jagten den Menschen Furcht ein, sie verkrochen sich unter Gebüsch und in Zelten. Fahl hing der Vollmond im Nebel, da kamen die Lautlosen, Geschwinden über das Lager, es waren keine Gespenster, es waren kleine dunkelgesichtige Männer mit schrägen Augen, und es waren weit über hundert. Der Kampf war wild und kurz, dann lagen die vierzig Männer tot unter dem Gestöhn des Windes. Keirut hatte beim ersten Laut aus seinem Zelt hervorstürzen wollen, aber die Liebliche hatte ihm einen Trank aufgenötigt, der ihn unverwundbar machen würde, und kaum hatte er ihn getrunken, so war er bewußtlos zu Boden gestürzt. Er erwachte erst am nächsten Morgen, da lag er in einer Höhle unter einem Steindach, und neben ihm saß die Liebliche in fremdländischem Männergewand. Er begriff die List, mit der sie ihn bewußtlos gemacht und an den Füßen hierhergeschleift hatte wie eine Kriegsbeute; Nacht, Nebel und das im Dunkel schnell fortgeraffte Gewand eines toten Schlitzäugigen hatten ihr geholfen, die Verzweiflung hatte ihr Kräfte gegeben. Er begriff auch, daß sie sich der Gefahr der Reise bewußt gewesen war und daß sie den betäubenden Trank wohlzubereitet mitgeführt hatte, damit er in größerer Dosis sie hineinrette in den Tod, wenn keine andere Rettung mehr sein sollte.

Dann jagten die Schlitzäugigen an der Höhle vorbei, sie hatten es eilig, sie waren nur eine versprengte Abteilung der großen Horde und mußten sich beeilen, um wieder zu den Ihrigen zu gelangen. So konnten sie auch den erbeuteten Bernsteinschatz nicht mitnehmen, sondern hatten ihn in aller Eile in tiefer Grube verborgen, da wollten sie ihn später holen.

Es wurde nichts daraus, sie kamen nie mehr in das Land, und die Grube auf der Hochebene vor dem Wald wurde eine der vielen, die tief unter der Erde an den alten Straßen liegen, gefüllt mit Lasten von Bernstein, hellem und dunklem, klarem und rauchigem, rohem und kunstvoll geschnitztem. Durch das Gefunkel sind die Wurzeln der Bäume gewachsen, und die Tiere, die unter der Erde leben, haben darin ihre Nester.

Als die Schlitzäugigen fort waren, kamen Keirut und die Liebliche hervor und fanden die Leichen. Sie erkannten jeden der Vierzig, nur Elrun fanden sie nicht, aber einen fast unversehrten Wagen und ein paar gesunde Pferde, damit wandten sie sich nach Südosten. Es war ein wildes und unwegsames Land, durch das sie zogen, voll dichter Wälder und himmelhoher Berge, es gab Bären und Wölfe, ob sie auf Menschen trafen, niemand kann es sagen.

Aber sie sind wohl hinübergekommen ins Land des Glükkes, sonst hätte nicht geschehen können, was später geschah, im Lande des Perkunos, aus dem Keirut aufgebrochen war mit der Lieblichen und mit vierzig Mann, und in das nur Elrun zurückgekehrt war, fast unkenntlich geworden von Hunger und Mühsal und Wunden. Alle seien tot, sagte er, auch Keirut, denn sein Zelt hatte der Fliehende leer gefunden.

Jahre vergehen, wie viele Jahre? So viele, als nötig sind, damit ein Neugeborenes zum Jüngling aufwächst und aus dem Walde tritt, ein schönes Pferd am Zügel, und den Leuten sagt, sein Vater Keirut sende ihn heim, damit er lebe in dem, was ihm gehöre. Glaubten sie ihm? Aber da war Elrun, er lebte noch, und ihm erzählte der Jüngling, was sein Vater ihm berichtet hatte von der Reise der Vierzig und dem Überfall der Schlitzäugigen, er wußte alle Einzelheiten, auch, daß Elrun nicht unter den Toten gewesen sei. ›So war es‹, sagte Elrun, ›und wenn du das alles weißt, kann nur Keirut dir das gesagt haben. Warum kommt er nicht selbst?‹

Er verlasse die Mutter nicht, die immer noch die Liebliche sei, aber solcher Reise nicht mehr gewachsen, erwiderte der Jüngling. Doch wie es kam, daß er selbst so frisch und wohl sei am Ende solcher Reise, das verriet er nicht. Vielleicht hatte ihn Perkunos in einer Wolke hergeführt oder der freundliche Potrimpos auf den Flüssen hinabgeleitet in das Land am Bernsteinmeer. Jeder begriff, daß über solche Dinge nicht viel geredet werden dürfe, niemand bedrängte ihn mehr, und man ließ ihn unangefochten leben in dem, was ihm gehörte, wie sein Vater es gewollt hatte.

Sommer und Winter wechselten einmal, zweimal, dreimal, sie wechselten auch auf der endlosen Straße, der harten und unbarmherzigen, die Keirut gegangen und der Jüngling gekommen war, aber der eine war nicht einsam gewesen, und den anderen hatte Perkunos geleitet. Doch wehe dem, der sich unterfängt, sie allein zu durchmessen. Wie will er vorwärtskommen, wenn der Bär sein Pferd gerissen hat, wie will er das Reh erlegen mit zerbrochenem Speer, und wie will er gesunden, wenn das Fieber ihn wirft, das aus den Sümpfen steigt? Er mag noch so zäh und stark sein, er mag ein Unbesiegbarer sein, dennoch wird die Straße über ihn triumphieren, und er wird an ihrem Rande niedersinken, um zu sterben. Was nützt das Wunder, das verspätete Wunder eines Zuges von Handelsleuten, die des Weges kommen, Leuten, in deren Sprache der Sterbende sich zurechtfindet? Es nützt doch etwas, sie reisen dahin, wohin auch er wollte mit aller Kraft des Leibes und der Seele. Vielleicht würden die Fremden dort etwas von ihm überbringen, ein Wort, eine Gabe?

Ja, sagte der Anführer, das würden sie, er verspreche es bei Minos, dem Gott der Toten.

So kam es, daß zwei Monate später der Anführer vor dem Jüngling stand, der sich auch in der fremden Sprache zurechtfand, und ihm ein Stück Bernstein überreichte, das leuchtete wie helles Gold und hatte die Form eines länglichen Sternes mit unregelmäßigen abgerundeten Zacken. In der Mitte des Sternes schwebte eine Mücke, hauchzart, mit ausgebreiteten Flügeln. Die Hand des Jünglings bebte, als er den Meerstein entgegennahm, er kannte ihn, sein Vater hatte ihn in jungen Jahren nach einem Gewittersturm hier am Strand gefunden und der Lieblichen geschenkt.

›Jetzt weiß ich, daß meine Mutter tot ist‹, sagte er. ›Der Sterbende, den ihr fandet, war mein Vater Keirut auf dem Heimweg‹.«

»Alte Geschichten«, sang die Ahne, »uralte Geschichten, niemand weiß mehr etwas davon. Noch ältere Geschichten könnte ich sagen, Geschichten aus der Zeit der Mücke im Bernstein und noch ältere, immer ältere, die Zeit hat keinen Boden unter den Füßen, steige hinab zu ihr, du erreichst sie nicht, sie sinkt immer tiefer. Da ist der neue Gott am Kreuz, eben erst hat ihn die Zeit hervorgebracht, er ist noch zu jung, um Gewalt zu haben über seine Priester, die in seinem Namen unser Land rauben und unsere Leute erschlagen, so daß wir in die Wälder fliehen müssen. Aber wartet: *Die Zeit steigt nur um ein Winziges, ganz Winziges, und schon fliehen die Eingedrungenen in die Wälder, wie wir in die Wälder haben fliehen müssen, das Entsetzen jagt sie, und der Tod empfängt sie.* – Wartet, nur noch eine kleine Weile, ich sehe sie –«

In der Menge entstand Lärm, Söldner drängten sich hindurch, ihnen voran ein Weißmantel, Heinrich von Rotter, des Hochmeisters Neffe. Er packte die Ahne am Arm und schrie, man solle den Eingang versperren, alle hier drinnen seien Verräter und Aufrührer. Aber da hatten Keirut und Wikind schon die Fackeln heruntergerissen und schlugen sie aus. Alles stob zurück, nur der Weißmantel stand trotz Funken und Qualm und ließ die Ahne nicht los und schrie, man solle neue Fackeln bringen.

Die neuen Fackeln kamen, viele Fackeln, doch die Stube war leer, nur Rotter stand da und hielt den Arm der Ahne gepackt. Aber die sank zusammen ohne Laut, und als man näher nachschaute, siehe, da hatte der Weißmantel ein leeres Gewand gehalten.

So war es, und kein Suchen half. Rotter wollte bersten vor Wut, aber der letzte Fluch erstarb ihm im Munde. Ein sonderbarer Schauer durchrieselte ihn. Er befahl, das Haus niederzubrennen, und ging.

Die Ritter forschten, wo Keirut geblieben sei und seine Schwester. Und da war noch jemand an jenem Abend, ein Fremder, ein Litauer, ein Fürst oder Herzog, sagten nicht einige, es sei der junge Wikind gewesen? Aber niemand wußte etwas von den Geschwistern, niemand hatte Wikind bemerkt.

Als diese Fragen und Verhöre umgingen, waren die drei schon sehr weit fort, kein Häscher würde sie mehr erreichen. Sie ritten nordostwärts, und die Männerschar, die sie begleitete, wuchs von Stunde zu Stunde, von Minute zu Minute, denn die Leute des Samlandes hatten sich nicht alle gefügt und geduckt unter das Joch, mehr als die Hälfte war geflohen und lebte in den Wäldern. Die kamen jetzt und gingen mit ins Litauische. Dort waren die alten Götter, dort war Freiheit.

Wikind sah mit Vergnügen, wie die Wälder wimmelten von Leben und der Zug anschwoll. »Es sind Auserlesene«, sagte er, »sie wollen nicht leben ohne Freiheit. Sie haben ihre Frauen und Kinder dabei, das ist gut. Niemand kämpft so gut wie der, der für seine Familie kämpft.«

»Kämpfen?« Keirut lächelte bitter. »Denkst du an Kämpfen? Gegen die Weißmäntel?«

Wikind sagte: »Ja. Und ich werde Erfolg haben, diesmal

werden *sie* in die Wälder fliehen. Hast du nicht die Ahne gehört?«

Keirut erwiderte zögernd: »Ja, ich habe sie gehört, und ich frage mich, was sie gemeint hat. Nach dem Sinn frage ich.«

»Der Sinn ist klar, denke ich«, sagte der Litauer.

»Klar ist, daß man kein Ungeheuer besiegen kann, dem der Kopf immer nachwächst. Der Kopf und der Arm.«

»So muß man das Herz treffen. Dann wächst nichts mehr nach.«

»Das Herz! Willst du das Reich angreifen?« Wikind schwieg.

»Du besiegst ein Heer«, fuhr Keirut nach einer Pause fort, »vielleicht tötest du alle. Im nächsten Sommer steht ein neues Heer da. Du aber hast nur die Leute, die in der letzten Schlacht übrigblieben. Die Fremden können jedes Jahr ein neues Heer schicken. Und sie würden es tun. Ihr müßtet alle sterben.«

Immer noch schwieg Wikind.

Keirut murmelte: »Du kannst das nicht von deinen Leuten verlangen, jeder liebt sein Leben.«

»Ihr«, sagte der Litauer, »ihr habt es freilich sehr geliebt. Ihr habt euch taufen lassen und seid ihre Knechte geworden.«

Ein langes Schweigen entstand. Jagodna hielt den Kopf gesenkt, sie war sehr bleich. Wikind wartete, Keirut wußte, worauf, aber es war keine Lösung. Es gab nur eine Lösung, und die war von furchtbarer Endgültigkeit. Er überdachte diese Lösung lange und gründlich, diesen ganzen Tag und die Nacht über. Es war eine sonderbare Nacht, ihm war, als schwebe er in einer ungeheuren Flut, die ihn auf und ab trug, hin und her, und er wußte, daß diese Flut die Zeit war, sie, das einzig Wirkliche und Handelnde, es gab nichts außer ihr.

Dann dämmerte der Morgen, und als sie die Pferde besteigen wollten, sagte Keirut, er werde jetzt nordwärts reiten.

Nordwärts?

Ja, zum Meer hin.

Was er am Meer wolle, spottete Wikind bitter und enttäuscht, Fische fangen? Sei er nicht satt geworden auf der Reise?

Keirut beachtete den Spott nicht. Er verstand den anderen, sein eigenes Herz war schwer wie ein Stein. Ja, er wolle zum Meer, er wisse dort jemand, der könne ihn im Boot hinschaffen an einen Ort, wo es große Schiffe gebe, Schiffe, die westwärts die Meere befuhren, mit denen er vielleicht in das Reich kommen könne.

Lange antwortete Wikind nicht. Dann wandte er sich an Jagodna.

»Der neue Gott hat ihm den Verstand genommen. Sprich du mit ihm. Sag ihm, er soll mit uns kommen. Sag ihm, dein Bruder ist auch der meine.«

Aber Jagodna schwieg.

Nein, sagte Keirut, und angesichts der Großherzigkeit des Litauers fühlte er zum ersten Mal so etwas wie Herzlichkeit für den künftigen Mann Jagodnas. Wikind sah, daß Keirut zum eigenen Weg entschlossen war. Er schwieg und begann den Proviant für den Schwager abzuteilen. Er teilte reichlich, der Bruder Jagodnas sollte nicht das Schicksal jenes Keirut aus den alten Zeiten haben.

Jagodna kam, sie hielt dem Bruder die offene Hand hin, golden blitzte der Meerstein auf der Fläche, der Bernstein mit der schwebenden Mücke darin. Bewegten sich die zarten Flügel nicht in flimmernder Morgensonne?

»Nimm«, sagte sie, »die Ahne gab ihn mir.«

Keirut nahm ihn, er fragte nichts. Er neigte sein Gesicht, bis es für einen Augenblick ihr Haar berührte. Das war sein Abschied.

»Wann immer du wiederkehrst, bist du willkommen«, sagte Wikind.

»Ich weiß es«, erwiderte Keirut und ritt davon.

Nach ein paar Minuten hielt er und wandte sich um, Wikind und Jagodna trabten gerade um eine Waldecke, dem längst aufgebrochenen Zug nach. Keiner blickte sich um, auch sie nicht. Sie begann ein neues Leben, ohne ihn, sie sah nicht mehr zurück.

Als der Weg leer geworden war, leer wie die ganze Welt, ritt Keirut weiter.

Er kam nie wieder.

Erstes Zwischenspiel

1310-1466

Nach Jahren tauchte am östlichen Rheinufer, da, wo die Wälder des Taunus sich hinabziehen unter den Burgen bis zum Strom, ein Fremder auf, der sich Keirut nannte und weit vom Nordosten kommen wollte. Niemand kannte das Land. Er war nicht mehr jung, aber auch noch nicht alt, und ein Waldbauer nahm ihn zur Hilfe bei der Arbeit gegen Obdach und Kost. Eine Seuche kam, sie ließ von der Familie des Bauern nur die junge Tochter Johanna übrig, von den Nachbarn niemanden, den Fremden verschonte sie. So nahmen Johanna und der Fremde einander zur Ehe und lebten gut miteinander, obwohl der Mann wortkarg war weit über das Maß. Sie hatten zwei Kinder, den Sohn nannte der Mann Peregrinus, das ist ›der Fremde‹, der Mutter gab das einen Stich. Dafür erhielt später die Tochter ihren Namen, Johanna. Es erwies sich aber, daß nicht Peregrinus dem Herzen des Vaters am nächsten stand, obwohl er dessen Art und Aussehen hatte fast bis ins kleinste, sondern das Mädchen Johanna, das zart war und fremdartig und seltsam abstach mit schwarzen Haaren und schwarzen Augen im bräunlichen Gesicht von der hellen Blondheit der Eltern und des Bruders.

Wenn der Mann mit dem Kind allein war, begann der Schweigsame zu reden, er sprach viel und eindringlich. »Das Meer«, sagte er, »es rollt von Norden her auf den Strand, unaufhörlich, Tag und Nacht, es ruht nie, nicht einmal bei Windstille. Es wirft Steine aus und Tang, der ist wie langes grünes Haar, und es wirft auch solche Dinge aus, Bernstein.« Er zeigte dem Kinde einen hellen goldenen Stein, der war durchsichtig und hatte in der Mitte eine schwebende Mücke.

»Wenn du groß bist, mußt du dorthin reisen.« Das Kind sah ihn an, still und unergründlich. »Vielleicht findest du da noch die alten Götter«, sagte er und senkte die Stimme. »Ich habe sie verloren. Und den neuen Gott habe ich nicht gefunden, nirgends, obwohl ich viele Jahre nach ihm gesucht habe. Vielleicht haben die Weißmäntel gelogen und es gibt ihn gar nicht?«

Solche Reden führte er mit dem Kinde, wenn er mit ihm allein war, er führte sie jahrelang, zuweilen nannte er das Kind Jagodna. Zusammen betrachteten sie den hellen Stein und dachten an das Meer, das weit im Nordosten lag, schon am Rand der Welt.

Johanna war siebzehn und ihr Bruder zwanzig, da starb die Mutter. An ihrem Totenbett gab der Vater dem Mädchen den Stein. »Hüte ihn gut!« sagte er. Nächsten Tages erschlug ihn ein Baum beim Holzfällen.

Zu der Zeit gingen Werber durch die Walddörfer, sie suchten Ansiedler für das Land im Nordosten, das Land am Bernsteinmeer, sie stellten einen Zug zusammen, Menschen, Pferde, Wagen und Haustiere. »Ich gehe mit«, sagte Johanna, »ich habe es versprochen.« Und Peregrinus sagte: »Die Welt ist groß, vielleicht finde ich irgendwo in ihr meine Heimat. Hier ist sie nicht.«

Lange Reise, schlimme Reise, aber lagen ihnen nicht solche Reisen im Blut? Plündernde Räuberbanden und plündernde Söldner, erschlagene Männer und geschändete Frauen, Krankheit, Hunger und Tod. Dennoch kamen sie an.

Die Stadt hieß Danzig, sie war groß und reich und gehörte seit einiger Zeit den Weißmänteln. Viele blieben, aber die Geschwister zogen weiter mit den anderen ostwärts, da waren früher Morast und Sumpf gewesen, jetzt stand das Land voller Getreide, voller Früchte und Blumen. Leute aus den Niederlanden hatten die Flüsse, die Weichsel hießen und Nogat, eingedämmt, und aus den Sümpfen dazwischen hatten sie fruchtbares Land gemacht, Marschland. Einer von den Niederländern hieß Jan Termaehlen, er wohnte nicht weit vom westlichen Nogatufer, er war jung und stark und hatte zärtliche Augen, es tat einem Mädchen wohl, neben ihm zu stehen.

»Sind hier die alten Götter?« fragte ihn Johanna. Davon wisse er nichts, sagte Jan, er brauche auch keine Götter, alles was er brauche, sei sie, Johanna. »Bleibe hier und heirate mich«, sagte er. Auch Johanna war jung, und die Hütte, in die er sie führte, versank in Blüten. Bald, versprach Jan, würde aus der Hütte ein Haus werden. Als er sie umarmte, spürte sie einen scharfen Schmerz auf der Brust, das war der Bernstein, den sie an dünner Kette um den Hals trug. Der Druck des Steines hinterließ eine rote Spur, die blieb, solange Johanna lebte.

Peregrinus wollte nicht bleiben in dem Lande der Früchte und Blumen, es sprach nicht zu ihm, es war nicht das seine, aber welches Land war das seine? Auch das Land am Rhein war es nicht gewesen, hätte er es sonst so leicht verlassen? So ritt er weiter ostwärts mit dem Rest des Zuges, der immer mehr abbröckelte. Bei der Burg Elbing ließen sich wieder viele nieder, dort waren schon Leute vom Rhein und vom Neckar, ebenso wie in Braunsberg. Das war eine Kaufmannsstadt geworden, und dort blieben die letzten. Keiruts Sohn ritt weiter.

Er ritt dem Haff zu, da fand er eine Menge fremd Gewappneter lagern, mit einigen vermochte er sich zu verständigen, und er erfuhr, es seien Engländer, Kriegsgäste der Weißmäntel, denen sie hatten helfen wollen gegen die Litauer. Aber das Glück war nicht mit ihnen gewesen, und nun kehrten sie heim. Vielleicht gelänge das Schwierige dem neuen Gastheer, dem französischen, das weiter nordostwärts stünde, jenseits der Burg Königsberg, noch hinter dem Twongstewald, in Nadrauen. Auch die Franzosen seien ein großes Heer, an die sechzigtausend Mann. Aber schon manches Heer sei draufgegangen gegen diese heidnischen Hunde, die durchaus Gott nicht lieben und seinen Priestern nicht Zins und Fron leisten, sondern ihre eigenen Götter und ihr Land behalten wollten, der Herr strafe sie!

Es wurde noch manches geredet, aber Peregrinus verstand das meiste nicht, er wunderte sich nur, daß die halbe Welt nicht fertig zu werden schien mit einer Handvoll heidnischer Wilder. Und er wunderte sich auch, was die Engländer aus den fernen Meeren und die Franzosen, die doch dort unten weit hinterm Rhein wohnten, hier zu tun hatten, aber es ging ihn nichts an, und er ritt weiter. Er umging die Feste Königsberg und stieß nach einer Reihe von Tagen auf das französische Gastheer, war im Handumdrehen und ohne viel gefragt zu werden eingereiht, mit Waffen versehen und auf dem Ritt gegen die Litauer. War es das, was er gesucht hatte? Nein, sagte sein Herz.

Es war nicht seine Schuld, daß er schon am ersten Kampftag abkam vom Heerhaufen. Lange irrte er in den Wäldern, nährte sich von Wurzeln und rohen Pilzen und trank aus den Bächen, die sein Pferd aufspürte. Endlich fand er eine Hütte, darin wartete eine Frau mit drei Kindern auf den Mann, der gegen die Fremden focht. Peregrinus vergrub im Walde, was ihm die Franzosen an Rüstung und Waffen gegeben hatten, er blieb in der Hütte und half der Frau beim Graben und Holzfällen. Am Abendfeuer sprach sie viel von den Göttern und auch von Hatold, dem großen alten Krieger, und seiner jungen Frau Sakai, die immer mit ihm zog. Sakai, das heiße Bernstein in ihrer Sprache, sagte die Frau, und man habe sie so genannt, weil ihre Augen wie dunkler Bernstein seien. Sie zog immer mit Hatold, die Schöne, die Mutige, die Enkelin des so früh gefallenen Wikind und der lieblichen Jagodna, lieblich noch bis ins hohe Alter.

Sakai, dachte Peregrinus, Sakai – und es fiel ein Zauber über ihn. Als nach Tagen der Mann heimkam vom Kampf, ließ er sich von ihm den Weg zu Hatold sagen, grub seine Waffen aus und ritt davon. Er fand den wilden alten Mann, es gelang ihm auch, in die Schar aufgenommen zu werden, Pferd und Waffen gaben ihm Ansehen. Er sah Sakai, und er wußte, der Tag, an dem er sie nicht mehr sehen dürfte, würde sein letzter sein.

Sieben Jahre ritt Peregrinus mit Hatold und Sakai. Er ritt mit ihnen gegen die Weißmäntel und nach Süden gegen die Ruthenen, er ritt mit zu den Tataren am Pereskop, und da fiel er. In diesen sieben Jahren hatte er nie mehr daran gedacht, ob seine Heimat hier sei oder dort, er hatte nur an Sakai gedacht, ihn hatte nur Sakai gekümmert. Und so trauerte er auch, als der Tod sich über ihn senkte auf schon verlassenem abendlichem Schlachtfeld, nicht um sein junges Leben, er trauerte um Sakai. Hatold ließ ihn in der Steppe begraben. Vielleicht wußte der wilde alte Mann, daß Sakais vierjährige Tochter Jelena nicht sein Kind war, aber er ließ es sich nicht anmerken. Es dauerte nicht lange, da starb auch Sakai, und auch sie erhielt ein Grab in der Steppe.

Jelena zog mit Hatold und den Kriegern weiter nach Kiew, sie zog mit ihnen die Karpaten entlang und dann wieder nordwärts nach Groß Nowgorod und Pskow. Olgerd führte das Heer, der große Herzog, und er führte es von einem Sieg zum anderen. Viele mußten sterben, aber was machte das? Auch Jelena machte es nichts, sie kannte es nicht anders, das wilde Reiterleben gefiel ihr. Sie war schön und mutig wie ihre Mutter, sie wollte ihr Leben auf dem Rücken eines Pferdes und im Zelt auf der Steppe verbringen, und zum Schluß in der Steppe begraben werden wie Sakai und wie Peregrinus, der dunkel in ihrer Erinnerung lebte als ein allezeit Hilfreicher und Gegenwärtiger. Aber Hatold vernichtete ihren Traum, er war nun über siebzig und litt an einer schweren Wunde, die nicht heilen wollte. Es war Zeit für ihn, an ein Grab zu denken und an eine Zuflucht für Jelena, mochte sie nun seine Tochter sein oder nicht. Sie war sechzehn, und so verheiratete er sie an einen russischen Kaufmann, der hieß Sartoff, Boris mit Vornamen. Er selbst legte sich noch im selben Jahr in sein Grab weit draußen zwischen Wald und Sumpf, mit dem Antlitz zur Steppe hin.

Sartoff zog mit seiner jungen Frau nach Riga, es war hart für sie, sie haßte Riga, wie sie alle Städte haßte. Zudem wurde gerade um diese Zeit der große Olgerd mitsamt seinem Bruder Keistut von den Weißmänteln hart geschlagen, das war im Jahre 1370 bei Rudau. Jelena weinte viel darüber, der Kummer riß ihr schier das Herz aus dem Leib, der Kummer und die Sehnsucht nach der freien Steppe. Aber Sartoff verdiente gut an dem Handel mit den Siegern, er war ein Russe, was kümmerte ihn Olgerd? Die Weißmäntel waren jetzt groß und mächtig, wenn sie auch trotz des Rudauer Sieges Litauen nicht bekamen, sie bekamen es nie. Aber ihr Reich wurde groß, es reichte von der Oder bis zur Düna, es füllte sich mit Städten und Dörfern und Edelsitzen, mit Menschen aus allen Gegenden der Welt.

»Zusammengewürfeltes Pack!« sagte Jelena. »Lauter Diebe!«

»Lauter gute Kunden«, sagte Sartoff, »was willst du? Einer geht, der andere kommt, auch sie werden einmal gehen!«

Aber noch gingen sie nicht, sie blieben, und Boris Sartoff wurde reich an ihnen. Er wurde auch Christ, trotz Jelenas Widerspruch, die den alten Göttern die Treue hielt bis zu ihrem Tod und es noch erlebte, daß es bergab ging mit dem stolzen Orden, gegen den schließlich seine eigenen Leute aufstanden, weil er alle unmäßig drückte, die Unterjochten und die Eingewanderten, Bauern, Bürger und Edelleute. Welche Verschwendung, welcher Übermut, welche Zwietracht unter ihnen, welcher Haß um sie herum! »Warum bleiben sie?« fragte Jelena. »Jagello hat sich taufen lassen, Litauen ist ein christliches Land geworden, das war es doch, was sie wollten. Jetzt können sie heimgehen, dahin, woher sie gekommen sind; samt denen, die ihnen nachgelaufen kamen!« Das sei nicht so einfach, erwiderte Sartoff. Jelena lachte zornig und rief. Zurückgeben sei freilich unangenehmer als Wegnehmen. Das ärgerte ihren Mann. Sie sei doch Litauerin, meinte er verdrießlich, und Litauen gehöre den Weißmänteln nicht, was wolle sie denn?

Aus irgendeinem Grunde war ihr Herz bei dem unterjochten Land, vielleicht, weil die sagenhafte Urgroßmutter einmal von dort gekommen war, die liebliche Jagodna, vielleicht redeten noch andere Stimmen in ihrem Blut, wer weiß es? Sie dachte immer öfter an Peregrinus, den allzeit Hilfsbereiten, Gegenwärtigen, und grübelte über ihn und ihre Mutter Sakai. Sie grübelte viel, dachte den Dingen nach und formte sie in ihrer Phantasie neu und anders. Sie war nicht die rechte Frau für einen Kaufmann, beide führten nicht eben die beste Ehe, dennoch liebte er sie und litt vor allem ihretwegen darunter, daß sein Reichtum in demselben Maße zu schwinden begann, in dem die Macht der Weißmäntel schwand. Er hätte nun gern mit den Eidechsenrittern Verbindung aufgenommen, den Ordensgegnern, aber es war weit bis zum Westpreußischen und die Straßen zu gefährlich. Es gab zwar keine Kreuzzugsheere mehr, es war schon alles bekehrt, da hatte Jelena recht. Aber die Sache war die, die Litauer hatten den neuen Gott angenommen, wollten aber seinen Priestern nicht Land und Zins geben. Und ohne das freute ihre Bekehrung den Orden nicht, sie war ihm ärgerlich, genau betrachtet, eine listig ausgedachte litauische Niedertracht. Denn jetzt konnte man nicht mehr auf Kreuzfahrer rechnen, sondern mußte Miettruppen gegen Litauen anwerben, Söldner, denen man den Sold nicht zahlen konnte und die sich schadlos hielten im Land und die Straßen unsicher machten. Vielleicht hätte Sartoff sich sogar gefreut, als Witold und Jagello die Weißmäntel bei Tannenberg schlugen, wäre es nicht dasselbe Jahr 1410 gewesen, in dem Jelena starb. Mit ihrem Tod verlor er viel von seiner Energie, er lebte auch nicht mehr lange. In den folgenden Generationen schmolz der Reichtum der Sartoffs immer mehr dahin, und als um das Jahr 1530 herum eine späte Nachfahrin Jelenas als Herrin auf einem kurländischen Gut einzog, brachte sie ihrem Mann nur einen zahmen jungen Bären in die Ehe. Den Bären rief sie Jurij, sie selbst hieß Tanja, aber jedermann nannte sie Tanjuscha, denn jedermann liebte sie. –

Und wie erging es Johanna in dem Lande der Früchte und Blumen? Es ging ihr gut, die Hütte war zum Haus geworden, das Haus hatte Nebengebäude bekommen und das Paar Johanna und Jan viele Kinder. Jan war ein liebevoller Mann, die Kinder gerieten gut, warum war Johanna nicht glücklich? Sie wußte es selbst nicht. Lag es an dem goldfarbenen Bernstein, an dem mahnenden roten Mal auf ihrer Brust? Beschuldigte die schwebende Mücke sie der Treulosigkeit? Treulosigkeit gegen wen? Sie war weit über siebzig, als sie starb und den Stein weitergab an ihren ältesten Sohn, der nun auch schon erwachsene Kinder hatte und Ende der Fünfzig war und ganz so aussah wie Johannas Vater in seinem letzten Lebensjahr. »Hüte ihn gut«, sagte sie, und ihr fiel ein, daß Keirut genau dieselben Worte gebraucht hatte. »Hüte ihn gut und gib ihn weiter an das von deinen Kindern, das du für das würdigste hältst. Ja, an das würdigste«, flüsterte sie, »immer weitergeben, bis –« Sie verstummte. Der Sohn beugte sich zu ihr hinab. »Bis?« Aber sie war tot.

Es dauerte nicht mehr lange, vielleicht vierzig oder fünfzig Jahre, da verließ Johannas Urenkel – auch er hieß Jan, Jan Termaehlen – das Land der Früchte und Blumen, denn nun kam der Pole vollends ins Westpreußische hinein als absoluter Herr, und es war nicht viel Gutes von ihm zu erhoffen. Gewiß, schon seit langem war das Leben nicht mehr leicht gewesen bei den unaufhörlich wachsenden Zinsen und Lasten und dem harten Druck des Ordens, der immer mehr Geld brauchte für seine Kriege und sein üppiges Leben, dennoch hatte man sich noch als freier Mensch fühlen können, aber ob man das unter den Polen bleiben würde, war mehr als fraglich. Bisher war man zu den Siegern gezählt worden, jetzt würde man Besiegter sein.

Genaugenommen hatte man das lange kommen sehen, eigentlich schon, als Litauen und Polen gemeinsame Sache machten und als die westpreußischen Stände den Eidechsenbund gegen den Orden gründeten. Bei Tannenberg hatten die Eidechsenritter die Weißmäntel im Stich gelassen und die schreckliche Niederlage verschuldet. Schon damals wäre es um ein Haar aus gewesen mit dem Orden, hätte sich nicht Heinrich von Flauen zwischen ihn und den Untergang geworfen, der schlimm Belohnte, den man dann im Kerker sterben ließ. Er hatte die Zeichen der Zeit begriffen, aber die anderen begriffen sie nicht, noch Jahrzehnte lang nicht, bis sich in Elbing der preußische Bund zusammenschloß und dem Polen die Herrschaft antrug. Dreizehn Jahre lang hatten Bund und Orden gegeneinander Krieg geführt hier im Land – dreizehn Jahre!

Pieter, der zweite Sohn Jans, kochte vor Haß gegen die Polen. Jan konnte nicht sagen, daß er sie liebte, sie waren grausam gegen die Tiere. Aber sie hassen, weil sie den Kampf gewonnen hatten? Hatten nicht sie selber auch den anderen das Land fortgenommen, vor wenig mehr als hundert Jahren? Pieter rief, sie hätten doch niemandem etwas zuleide getan! Jan sah seinen Sohn lange und nachdenklich an. »Nein«, sagte er, »nicht wir, andere haben für uns geraubt. Der Orden nahm den Leuten das Land weg und setzte uns hinein.« – »In die Sümpfe!« Ja, sagte der Vater, es seien Sümpfe gewesen. Aber vielleicht hätten die Leute, denen das Land früher gehörte, es lieber gehabt, eigene Sümpfe zu besitzen, als aus fremdem Marschland hinausgejagt zu werden?

Jan Termaehlen wartete die endgültige Kapitulation des

Ordens nicht ab. Es hätte dann leicht zu spät sein können. Er brach im August 1466 auf, mit Frau und Söhnen und Schwiegersöhnen, mit Töchtern und Schwiegertöchtern, mit den Kindern und allem Vieh. Sie zogen schnell, sie hatten es eilig, der Weg war weit, sie wußten noch nicht genau, wie weit, es hing von vielerlei Dingen ab, wo sie sich niederlassen würden.

Leer standen hinter ihnen die abgeernteten Felder und Gärten, leer das Haus unter den Blumen, die verlassen blühten. Bald würden die Herbststürme über alles hinwehen, der Schnee alles zudecken. Niemand würde die Luke schließen, die oben im Haus weit und traurig offenstand. Niemand würde die Rosen vor dem Frost schütten.

Zweites Kapitel

Tanja und Jurij

um 1530

Waldwasser hieß das Gut des Olaf Wigor. Hakon Wigor hatte es gebaut, des Olaf Urgroßvater, Nachkomme jenes Christian Wigor, der 1219 den Dänenkönig Waldemar II. auf dessen siegreichem Kreuzzug gegen die heidnischen Esten begleitet hatte und dafür mit Land und Leuten belohnt worden war. Die Esten waren nach gutem altem Brauch Sklaven der Eroberer geworden. Das war der Preis, den sie für ihre Bekehrung zahlen mußten. Auch wenn sie die Bekehrung nicht gewünscht hatten. Darauf kam es nicht an. Es kam für sie auf nichts mehr an, und es war ihnen auch gleichgültig, daß knapp hundertzwanzig Jahre später ein anderer Dänenkönig, diesmal Waldemar IV., das Land an den Deutschen Orden verkaufte. Die Esten hatten nichts davon, sie waren Sklaven und blieben es auch unter dem Orden, nur die dänischen Grundherren in Estland waren außer sich. »Verkauft!« sagten sie. »Unser Land!« sagten sie, denn kurioserweise hielten sie Estland für dänisches Land. Viele zogen fort, unter ihnen auch Hakon Wigor, er wollte heim nach Jütland, von wo der Ahnherr Christian einst gekommen war. Er ritt durch Kurland, in Mitau war er bei einem bayerischen Ritter zu Gast, der war erst vor zwei Jahren hergekommen, langweilte sich und verspielte in einer Nacht, einem Tag und wieder einer Nacht seine ganze Habe an den Dänen. Schließlich wollte er sich selbst zum Einsatz geben, aber was hätte Hakon mit ihm anfangen sollen? Er nahm lieber die hübsche älteste Tochter des Ritters zur Ehe, erstattete dem Schwiegervater die Hälfte des gewonnenen Gutes zurück und baute sich ein festes Haus am Njemen. Das Haus stand hoch über dem Wasser zwischen endlosen Wäldern, und Hakon nannte es Waldwasser. So wurde aus Dänen und Bayern kurländischer Adel, und nicht der schlechteste.

Das war nun schon über zweihundert Jahre her, und jetzt wohnte Olaf dort. Er war vierundzwanzig Jahre alt, die Eltern waren tot, Geschwister besaß er nicht, er besaß nur Leibeigene und Fronbauern. Es war ein recht einsames Leben für ihn, und so trat er mit Freuden im Mai 1530 die Fahrt zum Erzbischof von Riga an, die sich aus allerlei ständischen Gründen als notwendig erwies. Das Haus war in guter Hut, die Fronbauern zuverlässig, und spätestens im Juni würde er wieder daheim sein.

Aber er war keineswegs im Juni wieder daheim, auch nicht im Juli, sondern erst im späteren August, denn inzwischen hatte er in Riga Tanja gesehen, Jelenas späte Nachfahrin, Tanja Sartoff. Sie lebte bei ihrem Bruder in einem großen alten Haus an der Düna, das hatte noch der reiche Kaufherr Boris Sartoff gebaut, vor Zeiten, als er mit der blutjungen Jelena hergezogen war aus Pskow. Seitdem waren Haus und Familie herabgekommen, die Fassade zerbröckelte bei beiden, in den Zimmern hingen die chinesischen Seidentapeten fleckig und zerfetzt von den Wänden, und der letzte Sartoff, verwitwet, kinderlos und trunksüchtig, war so gut wie bankrott.

Aber Tanja, wie schön sie war! Sie glitt durch die verwahrlosten, halbleeren Zimmer wie ein Lichtstrahl, fremd und herrlich! Ihr Haar war dunkelbraun, ihre Augen von tiefem Blau, zuweilen schimmerten sie grün wie das Laub der Bäume, man sah in sie hinein wie in die wechselnden Schatten tiefer Wälder. Olaf vermochte kaum zu atmen vor Beklemmung, wenn er sie sah, und er brauchte lange, bis er den Mut fand, sie zu fragen, ob sie sich entschließen könne, das schöne Riga mit seinen fröhlichen Festen einzutauschen gegen die unendliche Einsamkeit von Waldwasser für immer.

Tanja lachte ihn nicht aus, sie hörte ihn ernsthaft an und fragte nur, ob sie Jurij mitnehmen könne? Denn ohne Jurij ginge es nicht, nie würde sie sich von ihm trennen.

Alles, alles könne sie mitnehmen, was sie nur wolle, stammelte Olaf, wirr von Glück, warum nicht Jurij? Jurij war ein zahmer Bär, vor etwas über zwei Jahren hatte ihm ein junger Jäger die Mutter erschossen, unten in den Uferwäldern der Düna, und hatte das Junge mitgenommen, obwohl es schwierig genug gewesen war, denn der kleine Bär war stark und ungebärdig. Aber er hatte ihn doch nach Riga gebracht und ihn dort Tanja gezeigt, damit sie beide bewundere, den Fänger und den Gefangenen. Er wolle das Tier aufziehen, sagte er, und es dann zu Kampfspielen verwenden, einen Bären gegen drei Hunde, oder auch vier. Es würde ein großer Spaß sein, zu sehen, wer dabei übrigblieb.

Vielleicht, hatte Tanja erwidert, aber diesen Bären würde er dazu nicht haben können, denn den behalte sie. Sie hatte den Arm um den Hals des Bären gelegt und ihn an sich gezogen, und das Tier, menschenungewohnt und eben aus der Wildnis gekommen, hatte es sich gefallen lassen, der junge Jäger sah es mit Verwunderung und Unbehagen. Jurij, sagte Tanja zu dem Bären, ich möchte dich Jurij nennen. Der junge Bär drängte sich enger an sie, er war einverstanden. Jurij, sagte das Mädchen, draußen im Hof ist ein Zwinger, auch ein Stall ist dabei, da kannst du wohnen, und sie drückte einen Kuß auf den zottigen Kopf, der auf ihrem Schoß lag, es war, als liebkose sie eine junge Katze. Dem Jäger wurde sonderbar zumute, er ging.

Der Erzbischof von Riga traute Olaf und Tanja, aber vorher examinierte er das Mädchen in Fragen der christlichen Religion, er tat es scharf und gründlich und verfiel auf die verwickeltsten Fragen, man hätte meinen können, er wünsche Tanja auf Unwissenheit oder Ketzerei zu betreffen, um die Eheschließung zu verhindern. Olaf wunderte sich darüber.

»Es ist wegen Jelena, meiner Urältermutter«, sagte Tanja

und lächelte. Ein seltsam verlorenes Lächeln, Zärtlichkeit war darin und Sehnsucht, aber ihm schien, beides habe nichts mit ihm zu tun. »Sie hatte keinen guten Ruf bei der Kirche. Sie kam aus der Steppe, und sie gehörte der Steppe zeitlebens, sie nahm auch nie die Taufe an, obwohl alles um sie herum längst christlich war, auch ihr Mann.«

»Und du?« fragte der junge Mann, »glaubst du an meinen Gott?«

Er erschrak, als er das gesagt hatte. »Meinen Gott –« Zog er damit nicht einen Graben zwischen sich und ihr, einen bodenlosen und unüberbrückbaren, der sogar noch die Ewigkeit durchschnitt? Aber sie schien es nicht so zu empfinden, sie lächelte ihn an und legte ihre Hand auf die seine.

»Ich weiß es nicht«, sagte sie. »Muß man an etwas glauben?«

Er fand keine Antwort. – Es war schon August, als sie aufbrachen nach Waldwasser, dem Haus auf dem hohen Ufer des Njemen zwischen den unendlichen Wäldern. Die Wege waren um diese Zeit passierbar, gut waren sie nie, aber man konnte sie ohne Gefahr benutzen. Vielleicht konnte man in einer Woche am Ziel sein, obwohl gut hundertfünfzig Werst zurückzulegen waren, wenn man die endlosen Schleifen und zahllosen Rückwärtskrümmungen zwischen den Wäldern und Mooren und Flüssen bedachte. Immerhin, die Pferde, mit denen Olaf im Mai nach Riga gekommen war, waren ausgeruht, stark und gut im Futter, und viel mehr als auf der Hinfahrt hatten sie nicht zu ziehen, nur die schlanke, leichte Tanja und ihr sehr geringes Gepäck. Jurij würde hinterdreinlaufen. Man mußte Tanja die Freundschaft mit dem Tier schon gönnen, wenn man die unendliche Einsamkeit bedachte, die auf sie wartete. Einen Vorgeschmack davon würde sie schon auf der Fahrt nach Waldwasser bekommen, der eintönigen, anstrengenden, auf der man nur mit Mühe eine Hütte auftrieb, in der man übernachten konnte auf einer Schütte Stroh, die über den Erdboden gebreitet war. Tagsüber zeigte sich kaum ein Haus, geschweige ein Mensch, selten ein bebautes Feld, nur Wald und Sumpf und Sumpf und Wald. Würde ihr nicht grausen vor solcher Einsamkeit?

Aber nein, es war keine Einsamkeit in den Wäldern für Tanja. Überall war Leben um sie, umsprang, umkroch, überflog sie, nur einen Steinwurf weit entfernt betrachtete der Hase neugierig ihre Mittagsrast, das Reh, das flüchten wollte, schien aus ihrem Lächeln Zuversicht zu schöpfen, blieb und äste weiter. Die Waldmaus schlüpfte aus ihrem Loch und ließ sich füttern, selbst der vorsichtige Fuchs schnürte ohne Eile vorbei. Anfangs hatte Olaf nach der Flinte gegriffen. »Du könntest solch Vertrauen täuschen?« hatte Tanja gefragt, und plötzlich konnte er es nicht. Es dauerte nicht lange, da begriff er seinen Jagdeifer nicht mehr, es schien ihm in der Ordnung, daß die Vögel des Waldes sich ihr Futter aus Tanjas Hand holten, und er war stolz, wenn sie sich auch zu seiner Hand wandten. Auf Tanjas Haar saßen die Schmetterlinge und auf ihrem Kleid Libellen. Sie war so schön, daß es ihn erschreckte. Auch in Riga war sie schön gewesen, aber das war kein Vergleich mit ihrer Schönheit jetzt. Sie war glücklich, er sah es, und er sah es ohne Unbehagen, wenn Jurij in den Rastzeiten neben ihr lag, den Kopf auf den Pfoten, wie ein ergebener Hund.

»Der Bär!« hatte der Kutscher entsetzt gerufen und sich bekreuzigt. »Der Bär und die Pferde! Das geht nicht, das ist gegen die Natur!«

Doch es schien nicht gegen die Natur zu sein. Tanja hatte Jurij gestreichelt und zu ihm gesprochen, sie hatte auch die Pferde gestreichelt und mit ihnen geredet. Olaf hatte die Worte nicht verstanden, aber die Aufregung der Pferde hatte sich gelegt, sie hatten den Bären ruhig angeschaut, und der hatte den Kopf abgewandt. Gemächlich war er neben dem Wagen durch die Stadt getrabt, immer in gleicher Höhe mit Tanja, alle Welt hatte gestaunt, und der Erzbischof, der ihnen in seiner Kutsche begegnet war, hatte die Stirn gerunzelt, aber er fuhr vorbei, und alles ging gut, auch fernerhin, die ganze Reise über. Man hatte alles gut vorbereitet, es waren genug warme Decken da für die Nacht und Schutzplanen gegen den Regen, Tanja saß in Fellen und Kissen, die weich mit Wolle und Heu gestopft waren, und der Proviant für Mensch und Tier war gut und reichlich. Freilich, obwohl Jurij ausgezeichnet mit Brot und getrocknetem Fleisch und allerlei Süßem versorgt war, geschah es unterwegs zuweilen doch, daß er plötzlich im Wald verschwand und erst nach Stunden wieder auftauchte, satt und unlustig zum Lauf. Es gelang ihm dann schwer, Schritt mit den Pferden zu halten, die auf den kurländischen Wegen ohnehin nicht galoppierten. Aber Tanja hatte kein Bedauern für ihn.

»Streng dich ruhig an«, sagte sie. »Du solltest dich schämen.«

Olaf lachte. Aber es schien, als schäme Jurij sich wirklich, er sah Tanja nicht an, er trottete mit gesenktem Kopf dahin, während der nächsten Rast legte er sich abseits von ihr.

»Nun komm schon, es nützt ja doch nichts«, sagte sie dann seufzend, und sofort kroch er näher, eifrig und zärtlich.

Es war eine herrliche Reise, so wunderbar war noch keine gewesen, so wunderbar würde keine mehr sein. Jagold hieß der Kutscher, er war Litauer, und Tanja sprach litauisch mit ihm, sie sprach mit ihm, als sei er ihresgleichen, und er war doch nur ein Halbfreier, und wenn er wirklich Rutja heiratete, die junge Magd, von der er Tanja viel erzählte, würde er auch Leibeigener werden, denn Rutja war eine Leibeigene, eine Unterworfene aus Sudauen, Söldner hatten ihre Mutter von dort mitgeschleppt, niemand wußte, wer ihr Vater gewesen sein mochte. Aber Tanja schien nicht zu wissen, daß man mit solchen Leuten nur als Befehlender oder Tadelnder reden kann, zuweilen auch als Lobender, aber nie so, als stünde man auf gleicher Ebene mit ihnen. Zuerst war es Olaf unangenehm gewesen, daß Tanja keinen Unterschied machte zwischen Mensch und Mensch, so wie sie keinen Unterschied machte zwischen Mensch und Tier. Aber es ging ihm sonderbar, unvermutet glitt er selbst hinein in ein Fremdes wie in eine große sanfte Woge, die ihn hob und senkte, überspülte und freigab, sein gewohntes Sein und Denken hinter dichten Nebel schob und ihm dafür unbekannte Räume aufriß, in deren bestürzender Klarheit er erkannte, daß ihm der Eichbaum am Hang schon lange vertraut sei als sein Bruder und die Libelle am Bach als seine Schwester, und daß in Jagold und ihm, ja in Jurij und ihm dieselbe unbegreifliche Seele leide und sich freue. Er nahm Tanjas Hand, aber er war nicht nur eins mit ihr, sondern mit allem Lebenden, Ja auch mit Stein und Wasser und Erde und Mond und Sonne, es war eine Seligkeit ohnegleichen.

Nichts Unangenehmes geschah auf der Reise, keine Achse brach, kein Rad löste sich, kein Pferd begann zu lahmen. Und so kamen sie wirklich in einer Woche ans Ziel, trotz ausgedehnter Rastzeiten. Schon am Morgen des siebenten Tages durchfurteten sie den Njemen oberhalb des Zusammenflusses, der August war trocken gewesen, das Wasser stand tief. Jurij tummelte sich vergnügt im Fluß, er schwamm stromauf und stromab und fing einen großen Fisch, den er behaglich am Ufer verzehrte, dann lief er dem Wagen nach. Gerade unter dem großen Hoftor erreichte er ihn, die Hofleute waren den Ankommenden entgegengelaufen. Als sie den Bären sahen, schrien sie auf und wichen zurück. Tanja sprang vom Wagen.

»Tanja!« rief Olaf tadelnd. Die Reise war zu Ende, der Zauber gebrochen.

Aber Tanja hörte nicht auf ihn, sie legte den Arm um Jurijs Hals und lächelte die Leute an. »Das hier ist Jurij«, sagte sie, »er ist mein guter Freund, und er wird auch der eure sein. Ihr werdet ihn bald sehr liebhaben. Vielleicht werdet ihr auch mich ein bißchen liebhaben, ich bitte euch darum.«

Sie hatten sie schon lieb. »Tanja«, sagten sie, »Tanjuscha!«

Ob das nicht ein wenig respektlos sei? fragte Olaf im Hineingehen, sie sei die Herrin, gehe es denn an, daß man sie Tanjuscha nenne?

Aber Tanja lehnte den Kopf an seine Schulter und erwiderte, daß sie keinen großen Wert auf Respekt lege, nicht den geringsten, aber großen auf Liebe.

»Ich liebe dich«, sagte er. »Genügt das nicht?«

Sie schwieg und streichelte seine Hand.

»Tanjuscha!« sagten die Leute.

In der Folgezeit wunderte sich Olaf, wie leicht und selbstverständlich Tanja sich in alles fand, was zu dem Leben und den Pflichten einer Gutsfrau gehört. Er bemerkte mit Staunen, wie sich Waldwasser mit Behagen füllte, mit Schönheit und Freude und zärtlicher Wärme, und er erinnerte sich des verwahrlosten Hauses an der Düna, in dessen halbleeren Zimmern die zerfetzten Seidentapeten von den Wänden hingen, an denen Tanja vorbeigeschritten war, als ginge es sie nichts an.

»Es ging mich auch nichts an«, sagte sie auf seine Frage. »Es war ein fremdes Haus. Ich war nicht glücklich darin. Ohne Glück bleiben die Zimmer kalt.«

»Jetzt bist du glücklich?«

»Ja.«

»Bin ich es, der dich glücklich macht?« frage er.

»Ja«, sagte sie, »und die Wälder«.

Er dachte daran, wie sehr er die Einsamkeit dieser endlosen Wälder um ihretwillen gefürchtet hatte, und fast hätte er gelacht. Sie war jede Minute, die das Haus oder er nicht beanspruchten, in den Wäldern. Diese Wälder waren der eigentliche Inhalt ihres Lebens geworden, sie und Jurij. Den Bären nahm sie stets mit hinab, den Bären, nicht ihn, ihren Mann. Er hatte ihr gesagt, daß er nicht dauernd in den Wäldern herumlaufen mochte, aber hätte sie dann nicht oben bei ihm im Haus bleiben können?

»Vielleicht hast du mich nur der Wälder wegen genommen?« fragte er und lachte dabei. Auch sie lachte und nickte ihm zu. Aber sie antwortete nicht, sie ging aus dem Zimmer. Er trat ans Fenster, sah sie den Hof überqueren und die Tür des Zwingers öffnen, den man aus schweren Bohlen und Eisenrosten für Jurij gebaut hatte. Sie nickte dem Bären zu, nicht anders wie sie ihrem Mann zugenickt hatte, und Jurij kam heraus, schmiegte sich an sie und ließ sich über das Fell streichen. Dann liefen sie zusammen zum Fluß hinab.

Olaf starrte ihnen nach, ihm wurde sonderbar zumute. Er nahm die Flinte und verließ das Haus in entgegengesetzter Richtung. Er würde ein paar Hasen schießen, das würde Tanja kränken, und das würde ihm Vergnügen machen. Warum kam er dann doch ohne Beute heim? Hatte er sein Ziel verfehlt, er, der großartige Jäger? Oder hatte er vielleicht Tanja plötzlich doch nicht kränken wollen, weil das Leben in Waldwasser so schön geworden war seit ihrer Ankunft? Hatte Olaf seit Tanjas Ankunft je Grund gehabt, den Knechten eine Roheit zu verweisen oder eine Tierquälerei, eine Mißhandlung von Vieh und Pferden, eine Grausamkeit gegen Hund oder Katze? Niemand tat mehr dergleichen, denn es hätte Tanja betrübt, und wer hätte das Herz gehabt, sie zu betrüben, sie, die nie befahl, die nur zuweilen eine Bitte aussprach und sich für jeden Dienst mit einem warmen Lächeln bedankte.

Seht doch nur Suruscha an, die alte estnische Leibeigene, die Wirtschafterin. Tüchtig und zuverlässig war sie immer gewesen seit den Tagen, da sie nach Waldwasser gekommen war, im Tausch gegen zwei Kutschpferde. Aber ein Schrecken der Mägde, und nicht nur der faulen. Jetzt, nachdem Tanja einmal ihren alten Kopf zwischen die Hände genommen und die alte Stirn der Leibeigenen geküßt hat, als küsse sie die Stirn ihrer Mutter – wer kennt jetzt Suruscha wieder? Selbst ihr Blick ist sanft geworden, sanft und gut. Und erst Rutja, die Pruzzin, die junge Magd aus dem Sudauischen, wer hatte früher je einen guten Blick von ihr bekommen? Nicht einmal Jagold, der sie doch heiraten wollte, obwohl er dann auch ein Leibeigener geworden wäre samt seinen Kindern. Aber nun hatte Tanja es durchgesetzt, daß Rutja freikam aus der Leibeigenschaft, also würde auch Jagold kein Leibeigener werden müssen als ihr Ehemann, er nicht und die Kinder auch nicht. Jetzt sang und lachte die junge Magd und war freundlich zu allen, und Jagold würde sich jederzeit für Tanja in Stücke hauen lassen.

Man solle alle Leute auf Waldwasser freilassen, wünschte Tanja. – Das sei nicht so einfach, sagte Olaf, und er möchte es auch gar nicht. »Hast du denn gern Leibeigene um dich?« fragte sie erstaunt.

»Sie vermissen nichts bei uns.«

»Sie vermissen die Freiheit.«

»Lassen wir sie ihre Unfreiheit fühlen? Es ist nun einmal so bestimmt –«

Sie unterbrach ihn. »Wenn du zufällig ein Leibeigener wärest, würdest du dann auch von Bestimmung reden?«

Er schwieg. Versuchte er, es sich vorzustellen? Wahrscheinlich gelang es ihm nicht. Nach einer Weile sagte er langsam: »Du hast die Menschen hier sehr geändert.«

»Nicht ich!« rief sie heftig. »Wenn sie anders geworden sind, wurden sie es freiwillig, nicht weil ich sie zwang! Niemand soll mich fürchten, kein Mensch und kein Tier!«

Er hätte nun wohl von der Macht sprechen können, die in ihr lag, in ihrem Blick, in ihrem Lächeln; aber er sagte nur, ohne Überlegung: »Ich fürchte dich.« Es war die Wahrheit, oder doch fast die Wahrheit. »Ich fürchte dich«, hatte er gesagt und auf ihre gesenkten Lider geschaut. Jetzt hob sie den Blick.

»Ich liebe dich«, erwiderte sie. Ihre Augen waren dunkelblau und zärtlich, die Augen einer glücklichen jungen Frau.

Der August war dahin, der September ging, Mitte Oktober begann es zu schneien, die Wälder wurden weiß und lautlos. Auf Waldwasser rückte alles enger zusammen, an den Abenden saßen Knechte und Mägde auf langen Bänken um den großen Tisch neben dem Rauchfang, auch die Fronbauern kamen mit ihren Weibern, es gab viele alte Geschichten, die man einander erzählen konnte, und auch viele Lieder. Lieder vom Frühling und von der Liebe, auch Lieder von der verlorenen Freiheit. Was da um den großen Tisch saß und in den Ecken hockte, waren Kuren und Letten, Liven und Esten und Pruzzen, ihnen allen hatte dieses Land einst gehört, in dem sie jetzt Leibeigene waren. Auch Ruthenen und Russen und Tataren waren da, hergebracht als Kriegsgefangene und als Leibeigene hierbehalten für immer, sie alle sangen die Lieder von der verlorenen Freiheit und der verlorenen Heimat. Sie sangen mit der Inbrunst der Hoffnungslosigkeit. »Meie Maa« sangen die Esten, das war ihr Name für Estland gewesen und hieß: »Unser Land!« Und zwischen den Menschen standen und gingen die alten Götter, unsichtbar und vielgestaltig, und drehten das Rad der Zeit aus der Vergangenheit durch das Jetzt in die Zukunft.

Tanja saß oft unter den Leuten, obwohl Olaf das nicht gern sah. Sie hatte eine schöne klingende Altstimme, und sie kannte viele Lieder, kurische, estnische, livische und russische, sogar tatarische, sie sang mit den Leuten abwechselnd als Frage und Antwort, Klage und Trost, es hallte weit hinaus über die verschneiten Wälder.

Zuweilen stand Olaf draußen im Hof und hörte zu. Teilnehmen an den Abenden mochte er nicht, einer mußte Abstand halten und der Herr bleiben. Durch den Gesang klang ein tiefes Brummen, das war Jurij, er stand aufgerichtet in seinem Zwinger und hielt die Eisenstangen umklammert. Ein gewaltiges Tier, dachte Olaf, und es haßt mich. »Eigentlich sollte ich jetzt meine Flinte holen und dich erschießen«, sagte er leise in die Finsternis hinein. Die Augen des Bären waren auf ihn gerichtet, zwei grünlich glimmende, reglose Punkte.

Als der Winter strenger wurde, ließ Tanja Heu in den Flußwald schaffen, sie selbst ging jeden Tag hinab mit Jurij und einem großen Korb, den sie auf seinen Nacken stützte. Olaf fragte nicht, was sie in dem Korb habe, Waldwasser war nicht so arm, daß es nicht Nahrung abgeben konnte an Mensch und Tier, wenn seine Herrin es wünschte. Aber warum tat sie alles ohne ihn, warum forderte sie ihn nie zum Mitkommen auf?

Eines Nachmittags ging er ihr nach, die Spuren, deutlich im tiefen Schnee, führten abwärts durch den Wald bis zu einer kleinen Lichtung nahe am Fluß. Hier schien der Waldboden durch den Schnee, der von zahllosen Spuren durchpflügt war, Spuren von Hasen und Rehen und Füchsen, von Hirschen und Wölfen, auch eine Elchfährte war dabei. Und dann die Fährte des Bären, Jurijs Spur, sie lief immer dicht neben der Tanjas. Die beiden Fährten schlängelten sich einen schmalen Pfad entlang, Olaf kannte ihn, er führte auf die Lichtung. Vor dieser Lichtung blieb er stehen, barg sich hinter Gebüsch, es war nicht weit vom Fluß, vom Njemen, der jetzt stumm und grau dalag, ein Band aus Eis. Olaf schob vorsichtig ein paar Zweige fort, er sah auf die Lichtung, er sah Tanja.

Sie saß auf einem Baumstumpf, den großen Korb auf dem Schoß, dicht umdrängt von Hasen, unter die sie Brot und allerhand Grünzeug und Wurzeln verteilte. Aus dem neben ihr aufgestellten Heuhaufen rissen Rehe große Büschel heraus, und zuweilen umfaßte Tanja die Schnauze der Tiere mit der Hand, wie man mit einem Hund tut, und sprach mit ihnen, sie hörten zu und spielten mit den Ohren. Ein Hirsch kam und schob die Rehe fort, auch mit ihm redete Tanja. Vom Waldrand schnürte ein Fuchspaar näher – jetzt müsse, meinte Olaf, Jurij, der neben Tanja lag, aufstehen und zuschlagen – aber er blieb liegen, Tanjas Hand war über seinen Nacken gestrichen, der schon aufgestellte Kopf des Bären sank wieder auf seine Vorderpfoten, wie der Kopf eines folgsamen Hundes. Er rührte sich auch nicht, als ein fernes Geheul näher kam, Wolfsgeheul, er zuckte nur mit einem Ohr, das war alles. Das Geheul brach ab, am Waldrand drüben schoben sich zwei Köpfe durchs Dickicht, Wolfsköpfe. Hasen und Rehe standen plötzlich regungslos, aber die Köpfe kamen nicht näher, sie stießen nur vor und ergriffen das, was Tanja ihnen zuwarf, sie schnappten und fraßen, und dann, auf ein fortweisendes Zeichen der jungen Frau, verschwanden sie wieder.

Hexenwerk! sagte eine Stimme in ihm. Tanja ist eine Hexe. Olafs Atem ging keuchend, er dachte, Tanja drüben müsse es hören. Aus dem Dickicht neben ihm brach ein Elch. Er beachtete den Mann nicht, er trabte wuchtig und stelzbeinig zu Tanja hinüber, vor Jurij blieb er stehen, beide sahen einander an. Sträubte sich das Nackenfell des Bären? Vielleicht, aber Tanja sagte etwas, da wandte Jurij den Kopf, der Elch ging zum Heu. Niemand erschrak vor ihm, niemand flüchtete. Es begann zu dämmern, Winterdämmerung, Schneedämmerung. Zeit der Geister, die im Zwischenreich leben, der Dämonen, die an den Wald gebunden sind. »O so helf mir Gott!« dachte Olaf und schlug ein Kreuz. Aber der Spuk widerstand diesem Zeichen, es mußte ein sehr mächtiger Zauber sein. Das Tuch aus Abendnebel und Schneedunst legte sich dichter vor seine Augen und eine verzweifelte Liebe schwerer auf sein Herz.

Er ging heimwärts, er ging unsicher, zuweilen sah er sich um, aber niemand folgte ihm. Als er heimkam, suchte er sofort sein Lager auf und stellte sich schlafend, als Tanja kam und sich leise neben ihn legte. Aber ein Zittern ging durch ihn, er lauschte ins Dunkel, hörte Tanjas Atemzüge tiefer und regelmäßiger werden, Atemzüge eines schuldlosen Kindes. Das erregte ihn auf seltsame Weise. Zuerst fühlte er nur Verwunderung, dann Groll, dann eine finstere Neugier, und plötzlich ein wütendes Verlangen. Er streckte den Arm aus und riß die Schlafende an sich.

Sie erwachte, stemmte die Hände gegen seine Brust und rief leise: »Nein! Nein!« – Er fühlte sich besinnungslos werden vor Wut und Verlangen. Sie wiederholte: »Nein!« Und noch leiser: »Ich bekomme ein Kind, Olaf.«

Er erstarrte. Die tobende Welt um ihn, in ihm wurde mit einem Schlag still. Noch hielt er Tanja in den Armen, rührte sich aber nicht. »Ein Kind?« flüsterte er. »Bist du sicher?«

»Schon lange.« – »Wie lange?« – »Schon seit drei Monaten.«

Er ließ sie behutsam auf das Lager gleiten. »Du hast mir nichts gesagt?«

»Dann hättest du mich nicht in den Wald gehen lassen, und die Tiere hätten hungern müssen.«

Noch vor kurzem hätte ihn diese Antwort erbittert, jetzt beschämte sie ihn. Er glitt näher zu ihr und legte seinen Kopf in die schöne Höhlung zwischen Schulter und Brust. »O Tanja! Tanjuscha!« Nie hatte er diesen Kosenamen gebraucht, den die Leute ihr gegeben hatten. Jetzt nahm er teil, teil an allem, Tanja hatte es bewirkt, er konnte teilnehmen.

So einfach war das. So einfach war die Welt. Kein Chaos, kein brüllender Strom, der über Felsen stürzt, ein schönes, sanft wogendes Meer, über das man hinsieht in eine goldene Ferne, in eine zart verschleierte Zukunft, aber der Schleier ist mit allen Symbolen des Glücks bestickt. Er atmete tief auf, er nahm Tanja in den Arm, sehr zart, und sagte: »Tanjuscha!«, küßte sie mit einem Gefühl tiefer Anbetung und bettete sie sanft und behutsam. Dann redeten sie noch eine Weile miteinander, wie ein glücklicher Mann und eine glückliche Frau miteinander reden, und dann schliefen sie ein.

In den nächsten Monaten konnte niemand glücklicher sein als Olaf, aber niemand konnte auch mehr Angst haben um dieses Glück. Wie würde Tanja das Kommende überstehen, die Zarte? Es war das erste Kind! Führe man im Frühjahr nicht am besten nach Mitau, wo es erfahrene und hilfreiche Frauen für solche Fälle gab, auch Ärzte, wenn es nötig würde? Es war eine Fahrt von vielleicht zwei Tagen, nicht sonderlich beschwerlich, und in Mitau hatte man Freunde, bei denen man bequem wohnen konnte.

Tanja schüttelte den Kopf. »Nein«, sagte sie. »Ich bleibe hier. Suruscha wird mir helfen.«

»Versteht sie etwas davon?«

»Sie hat vier Kinder gehabt«, erwiderte Tanja, »darunter drei Töchter. Zweien davon hat sie auch geholfen.«

»Vier Kinder! Und Enkel! Wo sind die geblieben?«

Tanjas Augen wurden dunkel. Wo bleiben Leibeigene? Suruschas Herr verkaufte sein Gut in Estland, zwei ihrer Töchter und die Mutter behielt er, das dritte Mädchen gab er nach Livland, dazu den Sohn, aber der entlief seinem neuen Herrn. Er wurde eingefangen und gehängt, seine Frau, die von der Flucht gewußt hatte, peitschte man aus. »Später tauschte dein Vater Suruscha gegen zwei Pferde ein, weißt du das nicht?« – Olaf erinnerte sich jetzt, er war damals siebzehn Jahre alt gewesen, was hatte ihn da eine alte Leibeigene gekümmert?

Die Zeit ging hin, Olafs Glück wurde von seiner Angst fast aufgewogen. Er ging zu Suruscha, er flehte sie an, alles für Tanja zu tun, was möglich sei. Das verstehe sich von selbst, sagte die alte Frau.

»Alles«, bat Olaf, »alles.« Er stockte, fuhr dann fort: »Du sollst frei sein, Suruscha. Ich verspreche es dir.«

Sie danke dem gnädigen Herrn, sagte die alte Frau, aber es tue nicht not. Jetzt nicht mehr. Ja, früher, als sie noch jung gewesen sei und die Kinder bei sich gehabt habe.

»Die Kinder!« rief Olaf. »Ich werde sehen, daß ich sie finde. Ich werde alles tun, damit man sie mir überläßt, und auch sie sollen frei sein!«

Wer wisse, wo sie jetzt seien? fragte Suruscha und wandte das Gesicht ab. Zwei seien bestimmt tot, das wisse sie, eine Tochter habe heiraten wollen, aber der Herr habe das erste Recht an ihr gehabt, das wisse Olaf ja. Dabei habe der Herr gefunden, daß sie nicht mehr Jungfrau war, daß ihr künftiger Mann schon bei ihr gewesen sei, und so habe er das Mädchen den Knechten übergeben. Ob das Mädchen das überlebt habe, wisse sie nicht. Auch der, der ihr die Nachricht gebracht hatte, wußte es nicht.

Olaf ging schweigend hinaus. Solche Dinge geschahen, er wußte es, jeder wußte es, niemand nahm Anstoß daran. Bisher hatte auch er es nicht getan. Ihn fröstelte. – »Kennst du Suruschas Geschichte?« fragte er Tanja. – Ja, sagte Tanja, sie kenne sie. – »Und glaubst du, jemand – jemand, dem so mitgespielt worden ist, werde dir wirklich helfen? Du gehörst doch zu den – zu den Herren.« – Tanja schüttelte den Kopf. Nein, sie gehöre nicht zu den Herren. Suruscha wisse das. Und Suruscha werde ihr bestimmt helfen.

Die Zeit verging, jetzt sah schon jeder in Waldwasser, wie es um Tanja stand, und es war eine große Freude unter den Leuten. Ein Kind, Tanjas Kind, vielleicht ein Sohn? Ein Sohn, der einmal Waldwasser erben würde und die Leute dazu, denn sie waren auch vererbbar. Alles war bemüht, rund um Tanja lauter Behagen und Sicherheit zu bauen, damit nichts das große Glück gefährde, das in Aussicht stand. Am besorgtesten war Rutja. Sie war jetzt Jagolds Frau, es war auch hohe Zeit gewesen, ihr Kind würde schon sehr bald auf die Welt kommen, noch vor Tanjas Kind.

»Ich werde beide nähren«, verhieß sie, aber Tanja lachte und schüttelte den Kopf: »Nein, ich nähre meinen Sohn selber.« – Einen Sohn, sie wußte schon, daß es ein Knabe werden würde. Wenn sie es wußte, würde es wohl stimmen.

Der Frühling ließ in diesem Jahr nicht so lange auf sich warten wie sonst, und jedermann sagte, so herrlich sei er noch nie gewesen, solches Grünen und Blühen und Schimmern habe man noch nie erlebt. Nur den Bären schien der Frühling nicht zu freuen, er lag mürrisch in seinem Zwinger oder ganz hinten in seinem dunklen Stall und rührte sich nicht. Es war, als sei er von einem tiefen Mißmut erfüllt. Das hatte ganz plötzlich an einem schönen Morgen angefangen, der letzte Schnee war nachts weggetaut, am Waldrand hatten sich die ersten Schneeglöckchen gezeigt. Der Bär hatte in der letzten Zeit meistens geschlafen, aber jetzt hatte Tanja die Zwingertür geöffnet und ›Jurij‹ gerufen. Der Bär war aufgewacht, hatte in die Sonne geblinzelt, dann hatte er Tanja lange angeschaut und schließlich den Kopf fortgewandt. »Jurij!« hatte Tanja noch einmal gerufen. »Komm, es ist Frühling, komm mit in den Wald!« Aber Jurij war nicht zu ihr gekommen, er war zurückgegangen in die dunkelste Ecke seines Stalles. Dort hatte er sich hingelegt und war liegengeblieben.

Seitdem war er ein paarmal in den Wald getrabt, er war tagelang weggeblieben. Einmal stand Tanja mit Olaf vor dem Haus, da kam Jurij aus dem Wald und trabte an ihnen vorbei. Er sah Olaf an, Tanja schob ihren Mann ins Haus, dann riegelte sie die Zwingertür hinter dem Bären ab. »Geh ihm aus dem Weg«, sagte sie bedrückt. »Ich weiß nicht, was er hat, aber geh ihm aus dem Weg.«

Ich weiß, was er hat, dachte Olaf. Er ist eifersüchtig, er wittert das Kind, mein Kind, seitdem haßt er mich noch mehr. Aber er ging dem Bären aus dem Weg, um Tanjas willen, sie durfte jetzt nicht aufgeregt werden. Nur zuweilen, wenn Jurij im Zwinger lag, stellte Olaf sich vor das Gitter und hielt eine lautlose Zwiesprache mit ihm. Jurij hörte zu, vielleicht verstand er alles. Sein Blick ruhte auf Olaf, es war kein guter Blick. Wenn Tanja jetzt ihre Spaziergänge machte, nahm sie Olafs Arm und stützte sich darauf, das machte ihn sehr glücklich. Sie wanderten viel unten am Fluß entlang, wo der Schnee nur langsam forttaute, sie gingen durch die Wälder, es störte Olaf nicht, daß er nicht schießen durfte, er hätte es gar nicht gewollt. Sie gingen auch rund ums Haus und machten Pläne für die Zukunft. Hier müsse etwas in Ordnung gebracht und dort etwas angebaut werden, vielleicht am Südgiebel?

Der Frühling schickte seinen herrlichen Duft in diesem Jahr schon im Mai in die Wälder von Waldwasser. Aber er tastete sich nur vorsichtig ins Jahr hinein, und so stand er gerade erst in voller Blüte, als Suruscha ihrem Herrn Mitte Juni ein Bündel hinhielt. »Ein Sohn, gnädiger Herr.«

Olaf sah das Kind und sah es nicht. »Tanja?« fragte er. – Mit Tanja war alles in Ordnung. Die Geburt war leicht gewesen und schnell. Olaf ging zu Tanja hinein, kniete vor ihrem Lager nieder, ihn schwindelte vor Glück. Es war ein Riesenkind, es glich dem Vater, es war stark, blond und blauäugig wie er. Tanjas Gesicht schimmerte wie ein Stern, ihre Augen waren blau und klar, nichts war jetzt darin von den geheimnisvoll wechselnden Schatten der tiefen Wälder! Sie ließ das Kind nie von sich, sie nährte es selbst, trotz Rutjas Protest, sie trug es mit sich herum und zeigte ihm Sonne, Mond und Sterne und die weiten absinkenden Wälder und sprach darüber zu ihm. Dann lachte sie über sich und über ihre Torheit, jemanden Geheimnisse erklären zu wollen, der selbst noch mitten in ihnen lebte. Aber sie fuhr fort mit zärtlich törichter Belehrung, und einmal, nach langem Zögern – der Knabe war vier Wochen alt – zeigte sie ihm auch Jurij, wie er in einem Winkel seines Zwingers lag. »Jurij, Jurij!« rief sie.

Der Bär war wieder etwas zugänglicher geworden, seit Tanjas Körper sich vom Kinde getrennt hatte. Er stand auf und kam ans Gitter, es schien, als wolle er Tanja seine Pfote durch die Stäbe entgegenstrecken, aber dann ließ er es und schaute sie nur an. Sie lächelte ihm zu, sie streichelte ihn, soweit das Gitter das zuließ, und dann hielt sie ihm das Kind entgegen. Jurij richtete seine Augen auf das winzige Wesen, niemand konnte feststellen, was in ihm vorging, während er sekundenlang ohne jede Regung dastand. Dann, plötzlich und blitzschnell, schlug er zu.

Ebenso blitzschnell war Tanja mit dem Kinde zurückgesprungen. Der Schlag hatte nicht getroffen, seine Richtung war durch die Stäbe abgelenkt worden. Jurij stieß wilde Laute der Wut aus, wie man sie bisher nicht an ihm kannte. Tanja schaute sich um, niemand hatte den Zwischenfall bemerkt, vor allem war Olaf nicht da, er war unten bei den Fronbauern. Eilig ging sie ins Haus.

Doch einer hatte den Vorfall beobachtet, Suruscha. Sie nahm der Verstörten das Kind aus dem Arm. »Es wird nicht gutgehen mit dem Kind und Jurij«, sagte sie. Tanja erwiderte bebend: »Doch. Es muß gutgehen. Was soll denn sonst werden? Jurij wird sich gewöhnen.«

»Er wird sich nicht gewöhnen, Tanjuscha.«

»Er muß. Er wird. Er liebt mich, ich weiß es. Es ist mein Kind, er wird es auch lieben.«

»Es ist nicht dein Kind allein.«

Tanja schwieg. Sie hockte auf einem Schemel, den Kopf in den Händen. »Sag meinem Mann nichts davon«, flüsterte sie.

»Nein, wenn du es nicht willst. Aber es wäre besser.«

»Er würde Jurij – er würde ihn fortschaffen.«

»Ja.«

»Nein!« rief Tanja und sprang auf. Noch nie hatte soviel Wildheit in ihren Augen gelegen, noch nie hatte Suruscha dies grüne Funkeln darin gesehen.

»O Tanja, Tanjuscha!« sagte sie traurig.

Olaf erfuhr nichts davon, er sah, wie der Bär wieder in seine Apathie verfiel, er sah auch, wie Tanja sich immer mehr Mühe gab, ihn daraus zu lösen, wie dringlich sie um seine alte Freundschaft warb, und es verdroß ihn. »Das Kind muß getauft werden«, sagte er eines Tages. »Wann denkst du, daß wir nach Mitau fahren könnten?« Sie erwiderte: »Jederzeit. Aber ich möchte nicht mitkommen, ich fühle mich nicht wohl genug. Rutja kann mitfahren.« Sie sah schmal und blaß aus, Olaf bemerkte es mit Kummer und Bitterkeit. Der verdammte Bär! Sie sorgte sich um ihn, sie litt unter seiner schlechten Laune!

Man fuhr in der nächsten Woche zur Taufe nach Mitau, das heißt, Olaf ritt, und Jagold fuhr mit Rutja und den Kindern. Sie hatte ihren kleinen Sohn mitgenommen, denn der mußte ebenfalls genährt werden, und man konnte ihn bei der Gelegenheit auch gleich taufen lassen, es ging in einem hin. Benedikt sollte er heißen, weil er ein Gesegneter war, der Glückliche, dem keine Leibeigenschaft mehr drohte. Das Herrenkind wollte man Knud nennen, nach Olafs Vater. Es war gerade ein Jahr vergangen seit der Reise von Riga hierher, alle dachten daran. Wieviel war geschehen in diesem Jahr, und nur Gutes, nichts als Gutes und Schönes. Freiheit war gekommen und Freude für alle, das Wunderbarste aber waren die beiden kleinen Menschenwesen auf Rutjas Schoß.

Alles ließ sich gut an in Mitau, es gab keine Schwierigkeiten. So, Olaf Wigor, Herr auf Wildwasser, hatte also geheiratet, der Erzbischof selbst hatte ihn in Riga getraut? Und was für ein prächtiges Kind, es würde eine rechte Zierde des kurländischen Adels werden. Selbstverständlich würde man auch den Sohn des Kutschers gleich taufen, Benedikt, das höre man gern, oft genug versuchten diese so unvollkommen Bekehrten immer noch, dem lieben Gott einen ihrer Heidennamen unterzuschieben.

Alles ging gut und wie vorgesehen, bis auf das große Gewitter, das kurz vor der geplanten Rückfahrt kam mit ungeheurem Blitz und Krach und unmäßigem Regen, der die Erde bis in die tiefsten Gründe durchweichte. Er dauerte nicht lange, aber man würde mindestens ein bis zwei Tage warten müssen, kein Wagen der Welt wäre durch diesen Sumpf hindurchgekommen. Immerhin, es war nur ein geringer Aufenthalt, und dann ging es mit Gott und großer Freude heim nach Waldwasser, dem Paradies.

Auf halbem Heimweg hielt Olaf es nicht mehr aus, alle die Wegkrümmungen immer in Sichtweite des Wagens auszureiten. Er kannte so viele Abkürzungen und Durchfurtungen, die ein gutes Pferd unter einem guten Reiter um mehrere Stunden früher heimbringen konnten, und so ließ er den kleinen Knud in Rutjas Obhut zurück und seinen Falben ausgreifen. Er würde schon am frühen Nachmittag da sein, bei Tanja. Was war das Leben ohne Tanja?

Niemand war auf der Welt glücklicher und fröhlicher als der schweißbedeckte Reiter auf schweißbedecktem Pferd, der schon am frühen Nachmittag durch das Hoftor trabte, aus dem Sattel sprang, einem Knecht die Zügel zuwarf und ins Haus eilte. Aber Tanja war nicht im Haus. Wo war sie? – Sie sei zum Flußwald hinab, erfuhr er von Suruscha, mit Jurij. Mit Jurij? Ja, der Bär sei in diesen Tagen wieder so zugänglich geworden, wie früher.

Warum hängte sich Olaf die Flinte über die Schulter? Er tat es mechanisch, er tat es ohne Absicht. Aber was weiß der Mensch von sich und seinen Absichten. Olaf stieg schnell hinab, es war derselbe Weg wie damals im Winter, er kam auf dieselbe Lichtung, auf der er damals Tanja mit den Tieren gesehen hatte, wieder spähte er durch das Dickicht, wieder stand der Wind günstig für ihn. Er sah Tanja auf demselben Baumstumpf sitzen wie damals, zurückgelehnt, mit jenem sonderbaren Blick, der hinausging ins Grenzenlose und Unbefestigte, in das er ihr nicht zu folgen vermochte, und das ihm Angst und Sehnsucht zugleich einflößte. Wie er sie liebte! Und wie er Jurij haßte, ihren Gefährten, vielleicht ihren einzigen wirklichen Gefährten, der neben ihr ausgestreckt lag, eine Vordertatze und den Kopf auf ihrem Schoß.

Sehr langsam und vorsichtig hob Olaf die Flinte, legte an, zielte. Nein, noch nicht, zu leicht konnte er Tanja treffen. Schließlich würde Jurij sich einmal rühren, oder Tanja würde aufstehen. Er konnte warten. Er wartete. Wie lange? Er wußte es nicht. Er wußte nur, daß er unaufhörlich seine Gedanken zu Tanja hinüber sandte, daß er ihr unaufhörlich lautlos zurief: Ich liebe dich, Tanja, hörst du? Ich liebe dich!

Vernahm sie den Ruf? Sie rührte sich, lächelte, atmete tief, schob Jurijs Kopf und Tatze beiseite und erhob sich. Auch Jurij reckte sich, richtete sich auf, breit stand seine Brust in vollem Licht – jetzt! Olaf zog ab.

Im gleichen Augenblick warf sich Tanja mit ausgebreiteten Armen vor Jurij, sank zu Boden, zuckte noch ein paarmal und lag dann still. –

Oben in Waldwasser hatten sie den Schuß gehört. Es konnte nur der Herr sein, der geschossen hatte, und es war nicht ihres Amtes, dem nachzuspüren, was der Herr tat. Aber da kam Suruscha aus dem Haus gestürzt, sie war wie von Sinnen, sie schrie, man solle hinab und Decken mitnehmen, auch Stangen, und jagte die verwirrten Männer hinab zum Flußwald. Dann fiel sie auf die Knie, mitten im Hof, und betete laut zu allen Göttern des Landes, auch zum Christengott.

Eine Stunde später fuhr Jagold in scharfem Trab auf den Hof, mit Peitschenknallen und vergnügtem Pfeifen. Plötzlich riß er die Pferde zurück, daß sie sich bäumten, fast hätte er den Mann überfahren, der dicht vor den Pferden stand, den Wahnsinnigen, der die Arme ausgebreitet hielt und ihm blicklos ins Gesicht starrte.

»Gnädiger Herr –«, stammelte Jagold.

Er stieg ab und führte die Pferde beiseite, auch Rutja stieg ab, beide knieten neben der Gestalt nieder, die zu Füßen des Wahnsinnigen lag, eine grüne Decke unter sich wie ein Lager aus Laub und Gras, und eine schmale Blutspur über der Brust. Es war Tanja, sie war tot.

»Geht fort«, sagte der Wahnsinnige mit gurgelnder Stimme. »Geht alle fort. Alle. Meine Tanja. Ich habe sie ermordet. Ich allein. Geht fort!«

Die Nacht war warm und unruhig, ein weicher Wind ging in kurzen Stößen über das Land, in seinem Hauch zitterten die beiden Kerzen, die Suruscha zu Häupten der Toten angezündet hatte. Die Wirtschafterin hatte Tanjas letztes Lager in dem Raum aufgeschlagen, den die Tote am liebsten gehabt hatte, es war eine weite Halle mit großen Fenstern und einer breiten

Tür, die auf eine kleine Terrasse ging, von der aus man nordostwärts über die absinkenden Wälder zwischen Njemen und Muscha schauen konnte. Man hätte bis an die See sehen können, das Ostmeer, wenn eines Menschen Auge so weit hätte reichen können. Vielleicht reicht eines Toten Blick weiter als der eines Lebenden. Suruscha hatte die Tür weit geöffnet und alles so eingerichtet, daß Tanjas Blick von nichts behindert werden konnte. Als sie das Lager gerichtet und die Kerzen angezündet hatte, hatte sie alle Leute in ihre Kammern getrieben, war zu Olaf gegangen, der regungslos neben Tanja auf der grünen Decke im leeren Hof lag, und hatte gesagt: »Es wird zu kalt werden für Tanja, gnädiger Herr. Ich habe ihr ein Lager in der Halle gemacht«, und war wieder gegangen. Olaf hatte sich sofort aufgerichtet. Mit einem Gesicht, lebloser als das der Toten, hatte er Tanja auf die Arme gehoben, ins Haus getragen und auf das Lager in der Halle gelegt. Er hatte einen Schemel herbeigezogen und sich neben sie gesetzt, und er saß nun seit Stunden, ohne Regung und Ausdruck. Ein paarmal hatte Suruscha hereingeschaut, dann war sie fortgeblieben, jetzt saß sie in ihrer Kammer, wie jeder im Haus, und das Schweigen des Entsetzens lag über Waldwasser.

Der Wind wurde stärker, es war ein weicher Wind, er kam aus Südwesten. Dichter flogen die Wolken über den Mond, schneller wechselten Schatten und Licht, und die Schatten nahmen zu. Ein Jahr, dachte der Mann, welch ein Jahr! Schönes und Gutes, lauter Schönes und Gutes. Das hatte nicht zu dauern können. Aber warum hatte nicht er sterben dürfen? Durch Jurij? Jurij, dachte er, dachte es ohne Haß, ohne Gefühl. Jurij. Sie hat ihn schützen wollen. Jetzt ist er fort, was soll er hier ohne Tanja? Fortgegangen ist er, zurück in die endlosen Wälder nach Osten, zurück an den Großen Fluß, an die Düna.

Ein Geräusch ließ ihn aufblicken. In der offenen Tür stand Jurij.

Es war Jagold, der seinen Herrn früh am Morgen fand. Olaf lag neben der Tür, er hatte eine tiefe Wunde an der Schulter und war bewußtlos. Aber der starke Blutverlust hatte ihn nur ohnmächtig gemacht, er lebte. Tanja hatte ihn beschützt. Tanja? Sie war fort, ihr Lager war leer.

Niemand hat je begriffen, wie Jurij es fertiggebracht hat, sie fortzutragen, ohne eine Spur zu hinterlassen. Die Leute von Waldwasser suchten die Wälder ab, Tag und Nacht, sie hatten Knüppel bei sich und Flinten und Messer, sie hatten auch scharfe Hunde, es wäre Jurij nicht gut ergangen, wenn sie ihn aufgespürt hätten. Aber sie spürten ihn nicht auf, sie fanden nicht einmal ein Zeichen von Tanja, keinen Gewandfetzen im Unterholz, kein Haarbüschel, nichts. Niemand begriff das. War sie neben Jurij hergegangen?

Olaf lag noch im Wundfieber, da kamen Nachbarn. Sie wohnten weit jenseits der Muscha, wie hatten sie von dem Ereignis auf Waldwasser gehört? Es gelang ihnen nicht, mehr zu erfahren, als sie schon wußten. Suruscha konnte ihnen nur sagen, die gnädige Frau sei bei einem Spaziergang im Wald von einem Bären angefallen worden, daß ihr Mann das Tier habe erschießen wollen und dabei seine Frau getroffen habe. Beim Kampf mit dem Tier habe er seine böse Wunde bekommen. Man habe die gnädige Frau im Wald beerdigt. Sie habe den Wald so geliebt. Der gnädige Herr liege im Fieber, sie pflege ihn, Suruscha, er wolle keinesfalls einen Arzt, er ertrage kein fremdes Gesicht, dann beginne er zu toben. Man dürfe ihn auch nur ganz kurz durch den Türspalt sehen.

Sie sahen denn durch den Türspalt Olaf unter seinen Verbänden, er warf sich unruhig hin und her, als er zu phantasieren begann, schloß Suruscha die Tür. »Was hat er gesagt?« fragten die Nachbarn. »Wir verstanden Jurij«, sagten sie. Nein, nicht Jurij, erwiderte die alte Frau, Jurti habe er gesagt, Jurti, das sei eine Hündin aus Kinderzeiten, er spreche im Fieber viel von ihr.

Nun, Jurij oder Jurti, Gerüchte reisen schnell und auf geheimnisvollen Pfaden, und wenn der Weg nach Waldwasser für einen Priester auch weit war, so verkürzte er sich doch erheblich, wenn der Priester von einem Erzbischof geschickt wurde, um Erkundigungen einzuziehen. Olaf war schon über dem Berg, wenn auch noch sehr schwach, da fuhr ein Wagen in den Hof, in dem saß hinter dem tatarischen Kutscher ein heiliger Mann, vom Erzbischof gesandt. Suruscha wollte ihn Olaf fernhalten, aber es gelang ihr nicht.

Ob bei ihm die Leibeigenen das Regiment führten? fragte der Priester den Kranken, als er endlich zu ihm gelangt war, freilich mit Suruscha dicht hinter sich. Solch eine Mißachtung der gottgegebenen Ordnung halte die Kirche für unangebracht, um sich sanft auszudrücken. Olaf antwortete nicht darauf, er dachte an Tanja, er dachte an ihren Wunsch, den Leuten auf Waldwasser die Freiheit zu geben, er dachte an vieles, aber was nützte das jetzt? Also fragte er den geistlichen Herrn nach seinem Begehr.

»Der Herr Erzbischof sendet mich«, erwiderte der Besucher, »es sind uns sonderbare Gerüchte zu Ohren gekommen, Gerüchte, die über das Leben und Sterben der – hoffentlich! – gottseligen Frau Tanja Wigor umgehen und die Kirche sehr beunruhigt haben. Jeder weiß, daß das Geschlecht der Wigor eine Zierde des kurländischen Adels ist und eine Säule des allein wahren Glaubens. Darum interessiert den hochehrwürdigen Archiepiskopus auch das Kind, das die tote und – hoffentlich! – gottselige Frau zurückgelassen hat, es soll ja einmal das edle Geschlecht weiterführen.«

Olaf nickte, schwieg und wartete. Auch der Priester wartete eine Weile, dann fragte er, ob er dieses Kind nicht sehen dürfe. Olaf sah Suruscha an, die ihm gegenüber am Bettende stand. Ja, sagte sie, sie werde es bringen lassen. Rutja kam mit dem Kind, sie trug es in einem Tuch, das sie sich um Brust und Schulter gebunden hatte. Der fette Priester zeigte nicht übel Lust, zu näherer Betrachtung des Knaben so dicht wie möglich an die hübsche Amme heranzugehen, aber Rutja trat zurück und hob das Kind aus dem Tuch.

»Ein schönes Kind«, sagte der Priester. »Ich kenne die Mutter noch aus Riga her. Es hat keine Ähnlichkeit mit ihr.«

»Nein«, murmelte Olaf. »Leider. Es ähnelt ganz und gar mir.« Es scheine wirklich so, meinte der Priester, und es gebe Fälle, in denen man dazu nicht ›leider‹ sagen sollte. Hier jedenfalls könne die Ähnlichkeit mit dem Vater ein Segen für das Kind sein, sie könne ihm vielleicht sogar das Leben retten.

Eine Stille entstand. Rutja hüllte das Kind wieder in das Tuch und ging. Suruscha sah Olaf an, Olaf den Priester. Was mit dieser Bemerkung gemeint sei, fragte er endlich.

»Nicht Besonderes«, lächelte der geistliche Herr. »Aber die Kirche muß bemüht sein, die Macht des Bösen einzudämmen, soweit nur möglich. Das ist ihr Amt auf Erden, ihr heiliges Amt. Der Böse ist voller List, er sät seine gefährliche Saat gern in das scheinbar reinste Land, will sagen, in ein Neugeborenes.«

»Weiter!« verlangte Olaf. Er wollte sich aufrichten, Suruscha bettete ihn sanft zurück.

»Beispielsweise überträgt er die Macht einer Hexe auf ihr Kind«, sagte der geistliche Herr geradeheraus. Sein Lächeln wurde immer herzlicher. Suruscha war hinter den Priester getreten, ihr Blick richtete sich angstvoll und warnend auf Olaf. Unter diesem Blick machte Olaf eine ungeheure Anstrengung, und es gelang ihm, ebenfalls herzlich zu lächeln.

»Eine Möglichkeit, die hier nicht in Frage steht«, sagte er leichthin. »Suruscha, sorge gut für unseren verehrten Gast. Ich bin sehr müde. Man möge mich entschuldigen.« Damit schloß er die Augen.

Suruscha sorgte gut für den geistlichen Herrn, niemand konnte etwas anderes sagen. Sie kochte ihm die erlesensten

Speisen, holte ihm die besten Weine aus dem Keller und ließ ihn von den hübschesten Mägden bedienen. Auch seinem Kutscher ging nichts ab. Eigentlich hatte der Bote des Erzbischofs schon am nächsten Tag zurückfahren wollen, aber nun verschob er die Abreise immer wieder, von Woche zu Woche, aß gut, trank viel und scherzte mit den Mägden, und inzwischen hatte Olaf Zeit, völlig gesund zu werden. Als es soweit war, wurden Mahlzeit und Wein für den geistlichen Herrn kärglicher, und die hübschen Mägde blieben aus. Statt dessen bediente ihn Dimitroff, der Kleinrusse. Er war nicht hübsch und nicht mehr jung, aber er konnte immer noch mit zweien von der Art des Priesters Ball spielen, notfalls auch mit dreien, wenn es darauf ankam, und ein paarmal schien es, als sollte es darauf ankommen. So reiste der geistliche Herr eines Tages wirklich ab, aber er fuhr mit Kummer.

»Endlich«, sagte Suruscha, die neben Olaf dem Wagen nachblickte. »Ich glaube, gnädiger Herr, wir sollten keine Zeit mehr verlieren. Noch sind die Wege gut.«

Noch waren sie gut, es war ein Wunder, es ging auf den November zu. So früh diesmal der Frühling gekommen war, so spät erschien der Winter. Alle sagten, das sei Tanjas Werk, das Werk der Mutter, die ihren Sohn schützen wolle. Aber beeilen müsse man sich doch, auch das Zutrauen dürfe nicht übertrieben werden. Olaf ging durch Haus, Land und Hof und nahm Abschied. Zweihundert Jahre lang hatte das alles hier seiner Familie gehört, und er hatte gemeint, es würde ihnen bleiben für immer. Es blieb nicht, nichts blieb, und er selbst mußte fort, er mußte Tanjas Kind retten, denn Tanjas Kind war für den Erzbischof der Sohn einer Hexe, vielleicht auch der des Teufels, ihm drohte der Tod oder lebenslängliche Klosterhaft, falls man seine Ähnlichkeit mit Olaf, dem Vater, gelten ließ. Und Waldwasser würde der Kirche verfallen.

Waldwasser, dachte Olaf, und ein ungeheurer Schmerz zerriß ihn. Nicht nur das verlorene Erbe war es, hier hatte Tanja mit ihm gelebt, ein ganzes wunderbares Jahr lang, niemand konnte die Schönheit dieses Jahres ermessen. Ich liebe dich, bis an meinen Tod werde ich dich lieben, Tanja, Tanjuscha! Nicht genug hast du sie geliebt, sagte eine Stimme in ihm, ihren liebsten Wunsch hast du nicht erfüllt, ihren guten, ihren besten Wunsch. Übermorgen verläßt du Waldwasser und wendest dich nach Preußen, wo die Macht des Erzbischofs nicht hinreicht, du und dein Sohn, und nimmst Suruscha mit, auch Rutja und Jagold samt ihrem Benedikt. Aber die anderen? Sie bleiben hier, sie sind Leibeigene, sie können nicht fort, wo sollen sie hin? Was nützt es ihnen nun, daß sie es gut hatten bei dir? »Einmal werden wir nicht mehr sein, und sie werden andere Herren haben, sie und ihre Kinder –« sagte sie nicht so?

Die ganze Nacht und den nächsten Tag über saß Olaf und fertigte Freibriefe aus für alle Leibeigenen von Waldwasser, er übergab ihnen und den Fronbauern das Gut, sie sollten es untereinander aufteilen. Einer von den Bauern konnte lesen und schreiben, den ernannte er zum Bevollmächtigten und Leiter der Verteilung, er ließ die Briefe von ihm beglaubigen und übergab sie ihm. Der Mann versprach, sie vorzuzeigen und zu vertreten. Es war ein tüchtiger und verläßlicher Mensch – freilich, was konnte er schon ausrichten, wenn man das nicht anerkannte? Aber mehr konnte Olaf nicht tun, mehr nicht.

Am nächsten Tag in aller Frühe fuhren zwei Wagen vom Hof, in einem saßen Olaf und Suruscha, im anderen Jagold mit Rutja und den Kindern, beide Wagen hatten viel Gepäck, Olafs Reitpferd war hinter seinem Wagen angebunden. Die Leute von Waldwasser standen schweigend im Hof, die Frauen weinten. »Ihr seid frei«, sagte Olaf immer wieder, »ihr seid ja frei!«

Vielleicht waren sie frei, vielleicht auch nicht, wer konnte es wissen? Aber es sei schon hier gesagt, daß die Freibriefe

Olafs doch ihre Wirkung taten, obwohl sie eigentlich den Bestimmungen nach nicht ausreichend waren. Man gab den Leuten die Freiheit, man gab ihnen sogar etwas Land, nicht das ganze Gut, wie Olaf gewollt hatte, aber doch so viel, daß sie zur Not davon leben konnten. Gott hatte geholfen, und alle in Waldwasser wußten, daß er es Tanja zuliebe getan hatte und dem Erzbischof von Riga zum Tort.

Olafs Reise verlief ohne die befürchteten Schwierigkeiten, beinahe ohne Zwischenfälle, wenn man ein kleines Erlebnis nicht rechnen will, das sie etwa eine Tagreise von Waldwasser entfernt hatten. Es war Mittag, sie saßen im Moos am Rand einer Lichtung. Von den Ahornbäumen zwischen den Tannen fielen die Blätter wie ein goldener Regen, das Jahr ging zu Ende. Plötzlich schrie Rutja auf und wies über die Lichtung. Da stand drüben unter den Bäumen ein Tier, ein Bär, und schaute zu ihnen herüber.

»Jurij!«

War es wirklich Jurij? Der Bär stand noch eine Weile, dann wandte er sich und tauchte im Dickicht unter. Jagold lief in langen Sätzen über die Lichtung. »Wo Jurij ist, ist auch Tanja!«

Olaf wollte sagen: »Tanja ist tot!« Er wollte rufen: »Sei vorsichtig!« Er wollte aufspringen und Jagold nachstürzen. Aber weder Glieder noch Worte gehorchten ihm. Er saß, regungslos wie die anderen, und wartete.

Nach langer Zeit kam Jagold zurück, niedergeschlagen und müde. Nichts von Tanja, keine Spur, auch nichts von dem Bären. Vielleicht war es gar kein richtiger Bär gewesen, nur ein Spuk, ein Blendwerk? Und nichts von Tanja. »Sie will nichts mehr von uns wissen« sagte Rutja, und ihre Tränen überströmten die beiden Kinder auf ihrem Schoß. Jetzt geläng es Olaf zu sagen: »Tanja ist tot!« Keiner antwortete. –

Sie fuhren weiter, die Wege blieben gut, Jagold war ein großartiger Kutscher, Olaf lernte viel von ihm. Jagold war überhaupt von unschätzbarem Nutzen, er kannte die Wege, er nahm den Kurs an Memel vorbei über die kurische Nehrung, er kannte auch die litauische Sprache, er war Litauer. Die Straße über die Nehrung war im allgemeinen viel befahren, es war die Straße von Petersburg über Königsberg in das deutsche Reich hinein, aber wer würde sich schon um diese Zeit auf die Reise gemacht haben, wer hatte vorauswissen können, daß das Wetter Anfang November noch so gut sein würde. Da warteten die Leute lieber auf den Winter, auf Schnee und Schlitten. Jetzt, um diese Zeit, da reiste nur, wer unbedingt mußte, und von solchen Leuten drohte keine Gefahr, die freuten sich, wenn sie selbst unbehelligt blieben.

Weit über hundert Werst maß die Kurische Nehrung der Länge nach und nur eine in der Breite, manchmal nur eine halbe, an ganz wenigen Stellen zwei. Wie ein Seil schwang sie sich über das Wasser von Memel zum Samland. Die herrlichen Eichen, die diesen schmalen Streifen Erde bedeckten, hatten ihr Laub schon zum größten Teil verloren, aber es hing noch genug an den Bäumen, rostrot bis goldgelb, so daß das Seil bunt zwischen der blauen Ostsee und dem blauen Haff schwebte, und es lag genug goldenes Laub am Boden, um Hufschlag und Räderrollen wie eine dichte Decke abzudämpfen –, unter besseren Umständen hätte diese Fünftagefahrt über das schmale bunte Land und unter dem seidenzarten Himmel wie eine Fahrt durch das Himmelreich sein können. Von jedem Punkt aus sah man die weiten Wasser, links das Haff, dessen jenseitige Ufer bei klarer Sicht schwach erkennbar waren, rechts die Ostsee, grenzenlos und herrlich, und der Wind, den die Wasser einander zusandten über die Nehrung hin, war immer noch freundlich.

»Es kann jeden Augenblick umschlagen«, sagte Olaf und schaute zu dem silberblauen Himmel auf. »Es muß umschlagen, das geht nicht mit rechten Dingen zu.«

Rutja schüttelte den Kopf. Ob mit rechten Dingen oder

nicht, das Wetter würde nicht umschlagen, ehe sie nicht ganz in Sicherheit wären. Tanja würde es nicht zulassen. Hatte Olaf im Grunde nicht denselben Glauben? Ja, er hatte ihn, aber er fürchtete sich davor, er fürchtete, daß Gott solche Lästerung vergelten, daß er plötzlich mit gewaltiger Kraft den großen Herbststurm über Meer und Haff und Nehrung schleudern würde, den unaufhaltsam strömenden Regen, daß die Straße zum schlammgefüllten Graben wurde, in dem alles versinken und verkommen mußte, falls es noch so etwas wie eine Straße gäbe und nicht nur ein brüllendes Chaos ohne Sicht und Richtung und ohne Grund unter den Füßen.

Aber siehe, Gott schleuderte keinen Sturm. Olaf begann, Zwiesprache mit ihm zu halten zu Beginn der Nacht, wenn die anderen sich schon in einer der wenigen Fischerhütten am Haffufer eingerichtet hatten auf ihrem Lager aus trockenem Schilf. Er ging hinunter ans Wasser, vielleicht hörte Gott ihm zu, vielleicht auch nicht. Aber es war schwer, mit ihm über Tanja zu sprechen, er kam dabei zu schnell und zu nahe an die Grenze, hinter der Gott sich verborgen hielt. Dann geriet er in Erbitterung, und es war besser, sich in die Hütte zurückzuziehen, sich leise auf das trockene Schilf zu legen und den Atemzügen der Schlafenden zu lauschen, unter denen auch Knud war, sein Kind, Tanjas Kind.

Vier Tage lang dauerte die Fahrt über die Nehrung und noch einen durch das Samland, zwischen Wiesen und Sümpfen hin. Jetzt bezog sich der Himmel, Wind kam auf, am Abend; als sie die Türme von Königsberg sahen, fielen die ersten Regentropfen. Rutja hob den kleinen Knud auf ihren Schoß, hüllte ihn fester ein. Von jetzt ab hatte er nur noch sie als Mutter. Tanja hatte ihr Kind in Sicherheit gebracht, jetzt war sie zurückgewichen in die großen Wälder im Osten, wo Jurij auf sie wartete. Rutja war dessen sicher.

Zweites Zwischenspiel

1310-1466

Jakob Gloster hieß ein Vetter Olafs. Er lebte als reicher Handelsmann und Stadtdeputierter der Hanse in Königsberg, auf dem Kneiphof. Sein Haus war das großartigste in der Hauptstraße, der Beischlag war eleganter, der Giebel üppiger verziert, die Haustür reicher geschnitzt als Beischläge, Giebel und Haustüren der anderen Kaufleute. Er besaß tüchtige Schiffe und große Speicher und Vorratshäuser. Eigentlich hätte er sich Gloucester schreiben müssen, denn sein Vorfahr Richard war einst mit einem englischen Kreuzheer hier zum Orden gestoßen, um ihm zu helfen, den Samländern das Christentum beizubringen, und war dann hiergeblieben. Die Hanse stand damals in voller Blüte, und sie begann hier im Osten trotz aller Kriegswirren immer bessere Gewinne abzuwerfen.

Bei Jakob Gloster und seiner Frau Lisaweta verbrachte Olaf den Winter. Er hatte ein schönes großes Zimmer oben im Haus zugewiesen bekommen, mit einer Kammer nebenan, da wohnte Suruscha. Jagold und Rutja nahm der Kaufmann in Lohn und Brot, sie erhielten mit den Kindern eine Wohnung im Hof über einem der Vorratshäuser. Olaf hatte seine Flucht aus Kurland damit begründet, daß er wegen protestantischer Neigungen bedroht gewesen sei, und der Vetter hatte ihn gern aufgenommen, zumal ihm, der selbst nur zwei Töchter, aber keinen Sohn besaß, der kleine Knud gefiel.

So war alles fürs erste geordnet, und Olaf konnte seine Tage mit der Ausschau aus den Fenstern seines Zimmers verbringen, die nach Osten und Westen gingen. Von ihnen konnte er die Stadt weithin überblicken, Buden und Bürgerhäuser, vielfach gewundene Pregelarme mit Booten und Schiffen darauf, solange das Wasser noch offen war. Er konnte den Lauf der Fließe verfolgen, die das sumpfige Land entwässerten und sich in einen großen Teich ergossen, dessen Ufer mit totem Schilf bestanden waren. An diesem Teich vorbei kam der Weg. Hier pflegte Olaf den Kopf zu wenden und nach der anderen Seite zu schauen, auf das prächtige Schloß, dies gewaltige Gebäude mit seinem ungeheuren Mauerwerk, den Gräben, den mehrfachen Mauern und den Türmen.

Oder er ging hinüber zu den Westfenstern, ließ den Blick südwestwärts gehen, den Pregel entlang, der dort hinab immer breiter und breiter wurde und schließlich in ein Wasser mündete, das man Haff nannte wie jenes, an dessen Ufern er mit Gott über Tanja geredet hatte. Auch dieses Haff hatte eine Nehrung, in deren Mitte war ein Tief, da hindurch fuhren die Schiffe in die Ostsee und weiter nach Westen in das Nordmeer, um Jütland herum, die alte Heimat, älter noch als Waldwasser.

Oft ging er auch hinab zu Jakob Gloster, damit der ihn in die verschlungenen Wege der Bankkunde und die Geheimnisse der Debetzinsen einweihe. Gloster bemühte sich redlich, den Vetter aus Kurland die hohe Weisheit des guten Kaufs und des noch besseren Verkaufs zu lehren und bewies viel Geduld mit dem mäßig begabten Schüler. Der begriff wohl, daß die Grundlage seiner neuen Existenz eine kaufmännische sein mußte, aber viel mehr begriff er nicht. Doch war er dem Vetter dankbar, der sich soviel Mühe mit ihm gab und ihm den Weg in die Hanse ebnen wollte, die allmächtige Hanse.

Allmächtig, sagte Jakob Gloster wehmütig, allmächtig sei die Hanse nun leider nicht mehr, seit jener seefahrende Portugiese – oder war es ein Italiener? – nun, einerlei, seit jener Mann das reiche und sonderbare Land jenseits des Meeres entdeckt habe, und vor allem, seit man wisse, wie man zu Wasser nach Indien gelangen könne, nach Ostindien, und daß dieser Weg jedem offenstehe. Seitdem sei es so ziemlich aus mit der Macht der Hanse. Ein bißchen Innenhandel sei ihr noch geblieben, es gebe auch im Osten noch ein paar ansehnliche Faktoreien, beispielsweise in Kaunas, über das immer noch das Salz aus Livland gehe und die Waren, die Polen und Rußland herbrachten. Auch in ein paar anderen östlichen Faktoreien handele man immer noch mit Tuch und Seidenzeugen, mit Zucker, auch mit Heringen und Rohleder, Holz Wachs und was es so gebe. Ob der Vetter vielleicht nach Kaunas gehen wolle, als Mittelsmann? Er, Gloster, könne das einrichten.

Kaunas, dachte Olaf, Litauen, da gibt es große Wälder, sie reichen bis nach Waldwasser – nein, sagte er, er möchte lieber weiter fort, wenn es möglich sei. Er begreife, meinte Gloster, der Vetter sei noch jung, ihn locke die Welt, ihn reize das Abenteuer. Dann möchte er ihm England vorschlagen, den Stahlhof in London, das sei noch eine mächtige Faktorei der Hanse und für jemand, der protestantisch denke, besonders geeignet. Olaf fand, England sei das Rechte für ihn. Er würde im April nach London fahren und Suruscha mitnehmen. Später, wenn Knud etwas selbständiger geworden sei, würde er ihn nachholen.

»Darüber«, erwiderte Jakob Gloster, »darüber reden wir noch, wenn es soweit ist. Vorläufig ist er hier gut aufgehoben.«

Und das war er wirklich, kein mutterloses Kind konnte es besser haben. Der Ohm hielt ihn wie einen eigenen Sohn, auch seine Frau Lisaweta liebte das Kind, und die beiden kleinen Mädchen vergötterten es. Das war Rutja recht und auch wieder nicht, sie mußte Knud oft hinüberbringen in die große Wohnstube, wo am Kamin ein dichtes Fell für das Kind bereitlag, ein Bärenfell. Aber wenn Lisaweta dann sagte, die Magd könne jetzt ruhig gehen, man werde schon auf den Kleinen achten und sie rufen, wenn sie ihn wieder holen solle, beugte sich Rutja nieder, küßte Lisawetas Ärmel und Rocksaum und bat, man möge ihr verzeihen, aber Knuds Mutter habe ihr das Kind auf die Seele gebunden, ehe sie starb. Die Tote sei ihr sehr teuer gewesen, und ihr sei sie verantwortlich. Nicht um alles Gold der Welt ließe sie den Knaben auch nur eine Sekunde aus den Augen.

Der Kaufmann runzelte die Stirn und setzte zu einem scharfen Befehl an, aber Lisaweta war von Rutjas Treue gerührt und hieß sie bleiben. Die beiden kleinen Mädchen, sieben- und fünfjährig, spielten mit dem Knaben und hörten zu, wenn Rutja mit leiser Stimme allerhand Geschichten zu erzählen begann, von einsamen Häusern auf hohen Waldufern, von Wäldern, die bis ans Ende der Welt reichten, und von Bären, deren Fell so braun war wie das Fell, auf dem sie saßen. Zuweilen erzählte Rutja auch andere Geschichten, von einem Lande, in dem es viele Seen in den Wäldern gab, immer einen See neben dem anderen, und in den Seen waren Fische, die sangen herrlich in den Vollmondnächten, manchmal verwandelten sie sich auch in schöne Mädchen und Jünglinge und tanzten über dem Wasser. Das waren die Mädchen und Jünglinge, die von den Weißmänteln umgebracht worden waren vor hundert und zweihundert Jahren oder noch früher.

Warum wurden sie umgebracht? wollten die Mädchen wissen. Hier schnitt Jakob Gloster die Geschichten Rutjas ab. Er liebte die Weißmäntel nicht und hatte über ihren Bekehrungseifer seine besonderen Gedanken, aber was hatte es für einen Sinn, einen Haß zu pflegen, der niemand mehr nützen konnte. Die Toten waren tot, und die Lebenden hatten die Macht, Haß war unchristlich und schadete den Geschäften.

Langsam ging der Winter hin, samländischer Winter, wahrhaftig, kein Kinderspaß. Da gibt es keine sanftmütigen Unterbrechungen, keine unangebrachten Mildtätigkeiten, da gibt es nur einen fugenlosen Block aus Eis und Schnee, ein einziges unangreifbares Stück Kälte, von dem schließlich niemand mehr glaubt, daß es einmal zu zertauen vermöchte, zu zerwehen in einem warmen Hauch und hinaufzuschweben in den seidenzarten blauen Maihimmel. Aber schon Ende April, als der Pregel eben offen wurde, schiffte sich Olaf mit Suruscha nach England ein. Zuvor noch hatte er Suruscha den Freibrief gegeben, der die Frau lossprach von aller Leibeigenschaft und der bestätigt war von Jakob Gloster als Stadtdeputiertem der Hanse. »Ich brauche ihn nicht«, hatte Suruscha gesagt. »Der gnädige Herr wird mich auch so gut halten.«

Olaf erwiderte: »Nimm ihn nur. Niemand weiß, was geschieht. Zuweilen sterben die Jungen vor den Alten.« Dann, meinte die Frau, sei es das beste für die Alten, ihnen nachzusterben, aber schließlich nahm sie den Freibrief doch.

Sie fuhren also nach England, nach London, nahmen Wohnung im Stahlhof der Hanse, und Olaf begann seine Arbeit. Es war eine Arbeit, zu der er keine innere Beziehung aufbringen konnte, und er wurde auch nie ein hervorragender Kaufmann, so gern Gloster das gesehen hätte. Aber er tat das Seine mit Fleiß und Genauigkeit und war angesehen und wohlgelitten. Zum fünften Geburtstag seines Sohnes erschien er wieder in Königsberg, um das Kind zu sich zu holen. Aber Gloster weigerte sich, den Knaben herzugeben.

»Er soll mir sein wie ein eigener Sohn«, sagte er offen, »er soll es gut haben, und soll es weiter bringen als ich, obwohl auch ich nicht gerade arm bin. Später soll er mit den Mädchen erben.« Und da auch Lisaweta ihn behalten wollte und die Mädchen in Schluchzen ausbrachen bei dem Gedanken, sich von ihm trennen zu sollen, ließ Olaf ihn bei dem Ohm.

Zu diesem fünften Geburtstag schenkte Gloster seinem Neffen ein Stück Bernstein, das leuchtete wie helles Gold und hatte die Form eines länglichen Sternes mit abgerundeten unregelmäßigen Zacken. Es trug in sich eine Mücke, hauchzart, mit ausgebreiteten Flügeln, es sah aus, als lebe sie. An einem Ende des Steines war ein winziges Loch, da war wohl einmal eine Kette hindurchgegangen.

Ein wunderschönes Stück, wo hatte der Vetter es her? Nun, zur Zeit von Jakob Glosters Großvater hatte man hier unter der Schloßmauer eine Räuberbande gehenkt, eine von vielen, und einem der Kerle hatte man den Stein abgenommen. Das Stück stammte aus einem Überfall auf einen Auswandererzug, der von Westpreußen, wo sich damals gerade der Pole vollends festgesetzt hatte, nach Ostpreußen gekommen war, um sich hier eine neue Heimat zu suchen. Starke große Burschen, hatte der Mann gesagt, der Räuber, der gehenkt werden sollte. Wahrscheinlich Holländer, sie führten ihre Familien und all ihre Habe mit sich. Am Löwentin überfiel man sie, es gab einen langen harten Kampf, aber die Angreifer waren ehemalige Söldner, weit in der Überzahl und gut bewaffnet, sie machten alle nieder. Oder doch fast alle, einige überleben ja immer, entkommen in die Wälder oder stellen sich tot, bis die Angreifer abziehen. Einem solchen hatte unser Mann den Stein vom Halse genommen, aber da habe der scheinbar Tote sich aufgerichtet und ihm ein Ohr abgerissen. Dann freilich habe er sterben müssen, und der andere habe den Stein gehabt, nur die dünne Kette habe der Tote zu fest in der Faust gehalten, sie sei nicht herauszubringen gewesen. Den sternförmigen Bernstein mit der Mücke bekam später der Großvater als Bezahlung. Als Bezahlung? Als Bezahlung. Er handelte unter anderem mit Stricken, mit guten Hanfstricken, ganz dicken, wie man sie beim Schiffvertäuen, und dünneren, wie man sie zum Henken braucht. Und von diesen dünneren benötigte man bei jener Gelegenheit eine ganze Menge.

Diese Geschichte wob für Olafs Gefühl einen unheimlichen Glanz um den schönen Stein. Knud kümmerte sich nicht um Erschlagene und Gehenkte, seine kleine Faust umschloß das Kleinod, als wolle er es nie wieder hergeben. Und das tat er auch nicht, fünfundachtzig Jahre lang.

»Du mußt dem Oheim sehr dankbar sein für den schönen

Stein«, ermahnte ihn der Vater. Der Knabe sagte verwundert: »Aber es war doch immer mein Stein!«

Erinnerte er sich des Steines aus Träumen, Kinderträumen, die tiefer hinabreichen als die der Erwachsenen? Erwachsene haben meistens schon das Band verloren, das sie an das Gestern knüpft und das Ehegestern, und finden es erst wieder, wenn das Heute zu Ende geht und sie sich mühsam hinübertasten müssen in das Morgen, das dunkel ist, fremd und ungewiß. War Knud mit seinen Träumen eins gewesen mit Keirut, dem älteren, der in sagenhafter Zeit diesen goldhellen Stein am Ostseeufer fand und ihn der Lieblichen schenkte? Oder auch mit Keirut, dem jüngeren, der sehr, sehr viel später, erst vor ein paar hundert Jahren denselben Stein aus der Hand Jagodnas empfing, der Schwester?

»Wünscht der gnädige Herr, daß Knud ein Kaufmann wird?« fragte Rutja.

»Ich wünsche weder dies noch das«, erwiderte Olaf, »wenn es soweit ist, soll er sich frei entscheiden nach seinen Wünschen.«

»Und wann wird es soweit sein?« wollte die Magd wissen.

»Vielleicht in drei oder vier Jahren?«

»Vielleicht schon dann, vielleicht erst später, man muß es abwarten.«

Jedenfalls blieb das Kind vorläufig in Königsberg, und Olaf fuhr allein nach England zurück, wo Suruscha auf ihn wartete. Sie war ihm unentbehrlich geworden, unentbehrlicher als sein Sohn. Mit ihr konnte er über Tanja reden. Was wußte Knud von seiner Mutter? In drei Jahren, zu seinem achten Geburtstag, würde Olaf ihn wieder besuchen.

Aber es wurde nichts mehr daraus, kurz vorher kam eine Seuche über England, vor allem über London, von irgendwoher eingeschleppt, man nannte sie »Englischer Schweiß«, sie ging mit hohem Fieber und großer Schwäche einher und endete mit wahren Strömen und Seen von Schweiß, und daran starb man dann. Olaf vertraute auf seine Jugend und Kraft, er wußte nicht, daß die Jungen und Starken der Seuche gerade am liebsten waren, an den Alten und Schwachen ging sie verächtlich vorbei. Sie mähte die schöne Blüte des Lebens, sie mähte auch Olaf Wigor. Kaum hatte er noch soviel Zeit zwischen Krankheit und Tod, um seinen Nachlaß rechtskräftig Suruscha übermachen zu können, denn Knud war gesichert, er brauchte das bescheidene Erbe nicht. Dann starb er in den Armen der alten Frau. »Ich übergebe dir das Kind«, sagte er. Hatte er vergessen, daß Gloster Anspruch auf Knud erhob, und daß er diesem Anspruch so gut wie zugestimmt hatte? Oder war es Tanja, die ihn das sagen ließ, das letzte, das er noch sagen konnte? Suruscha fand es in Ordnung, sie nickte, und er schloß die Augen. Den Namen, der ihm auf den Lippen lag, sprach er nicht mehr aus, er nahm ihn mit hinüber.

Suruscha wurde nicht krank, an ihr hatte die Seuche kein Interesse. Die Herren von der Hanse beschafften ihr einen Platz auf der »Elisabeth«, die in einigen Tagen nach Königsberg auslief, damit sie heimkäme zum Sohne ihres Herrn. Mit demselben Schiff sandte man auch die Nachricht von Olafs Ableben an Jakob Gloster. Näheres, schrieb man, würde er von der alten Magd Wigors erfahren, die den gesamten Nachlaß geerbt habe und zur gleichen Zeit wie der Brief dort ankommen würde.

Aber nur der Brief kam an. Nicht Suruscha. Als die »Elisabeth« in Königsberg einlief, war sie nicht mehr darauf. Gott allein wisse, wo sie geblieben sei, sagten die Schiffsleute. Vor Danzig habe die »Elisabeth« ein paar Tage gelegen, da sei die Alte von Bord gegangen und nicht wiedergekommen.

Gloster stellte Nachforschungen an, gab sie aber bald wieder auf. Wo sollte man sie suchen? Und schließlich war sie nicht mittellos. Der Vorfall bedrückte ihn nicht, er war nicht darauf aus, noch jemand außer Rutja unerwünschten Einfluß auf Knud nehmen zu lassen, den er jetzt ganz als seinen eigenen Sohn betrachtete und den er nun völlig in seinem Sinn zu erziehen gedachte. Das Kind war jetzt acht Jahre alt, noch kurze Zeit, und es würde Rutja ganz von selbst entwachsen sein, man brauchte da keinen Zwang anzuwenden. Zwang war immer vom Übel.

Jakob Gloster beschloß, sich einmal gründlich um die eigenen Angelegenheiten zu kümmern, die Familienangelegenheiten. Dazu gehörte vor allem ein Besuch in Braunsberg, wo die Eltern Lisawetas ihren Lebensabend verbrachten. Sie waren katholisch, das war eine Schwierigkeit, seit man selbst mit dem Herzog protestantisch geworden war, aber soweit durfte der Glaubenszwist nicht gehen, daß er ein verwandtschaftliches und erbrechtliches Hindernis darstellte. Schwieriger war die Entscheidung, ob man die lange Reise zu Lande oder zu Wasser machen solle. Beides erforderte eine Menge Vorbereitungen. Zu Lande waren die Wege unsicher, überall gab es Unruhen, der Adel lebte mit dem Herzog in steter und fast offener Fehde, die Stände riefen bei jedem Zwist die polnische Entscheidung an. Der Pole, der Lehnsherr, ließ sich nicht zweimal bitten, er kam zuweilen mit kleineren bewaffneten Trupps, um seinem Wort Nachdruck zu verschaffen. Wo sollte man da überall um Geleitschutz nachsuchen, das machte viel Plackerei und große Kosten. Da führe man doch am besten zu Schiff. Wenn man sich möglichst in Landnähe hielt, würde man von den Seeräubern aus dem Norden nicht viel zu fürchten haben, das Haff machten sie ohnehin kaum unsicher. Auch waren die Piraten meistens in festen Verbänden zusammengefaßt, und Gloster wußte, von wem er auf alle Fälle Schutzbriefe fordern und auch bestimmt erhalten konnte.

Er schiffte sich also mit Frau und Kindern ein, alles ging gut, aber als er nach acht Wochen wieder das schöne Haus auf dem Kneiphof betrat, war Knud fort. Ein paar Tage nach seiner Abreise war Suruscha gekommen, die vermißt geglaubte Suruscha, und hatte gesagt, sie habe die Reisenden unterwegs getroffen und Auftrag erhalten, mit Knud auf dem Landweg nachzukommen. Jagold solle sie mit den Pferden und dem Wagen hinfahren.

Suruscha sie getroffen? Welcher Unsinn! Man war doch zu Schiff gefahren!

Freilich, aber im Augenblick hatte niemand daran gedacht, und damit hatte Suruscha wohl auch gerechnet. Denn es war alles unglaublich schnell gegangen, im Handumdrehen war sie mit dem reisefertigen Knaben aus dem Haus getreten, die anderen hatten schon im Wagen gewartet, und im Handumdrehen waren alle fort.

Gloster brüllte. »Ein abgekartetes Spiel war es, um den Jungen wegzuholen!« Aber er bezwang sich schnell, ihm war klar, daß seine einzige Chance nur in schnellem und überlegtem Handeln bestand. Er warb entlassene Söldner an und schickte sie zur Suche in alle vier Winde, er ließ unter dem landfahrenden Volk die Kunde von der großen Belohnung verbreiten, die er für den Knaben oder Nachricht von ihm zahlen würde, er spannte weithin über das Land ein dichtes Netz von Häschern. Es gelang ihm auch, zu erfahren, daß der Wagen die Richtung nach Süden genommen hatte, aber mehr gelang ihm nicht. Mehr gelang ihm nie. Sie hatten gut sieben Wochen Vorsprung, genug, um bis ans Ende der Welt zu kommen. Der Knabe blieb verschollen, Gloster sah ihn nie wieder.

Aber das Schicksal entschädigte ihn. Als er alle Hoffnung auf das Wiederfinden des Neffen und erwählten Firmenerben aufgegeben hatte, überraschte ihn Lisaweta mit der Mitteilung, sie werde ein Kind bekommen. Niemand und am wenigsten ihr Mann hätte dergleichen noch von ihr erwartet. Zu gegebener Zeit drückte Gloster zwei Söhne ans Herz. Gott weiß schon, was er tut, dachte der Kaufmann fromm und dankbar. Welch ein Glück, daß nun der kleine Knud nicht mehr da war! Möge es ihm gutgehen. Schade nur, daß er ihm den Bernstein geschenkt hatte, den hätte er jetzt gern bei seinen eigenen Söhnen gesehen.

Aber wo war Knud, das Kind? Tag um Tag waren sie südwärts gefahren, durch Wiesen und Äcker und Wälder und dann an vielen Seen vorbei, großen und kleinen.

»Sind das die Seen, in denen die Fische singen?« hatte das Kind Rutja gefragt, und sie hatte gesagt: »Ja, das sind sie.« Und sicherlich sangen hier die Fische wirklich für sie, denn dies war Sudauen, ihre Mutterheimat.

An einem der Seen hielten sie, Suruscha hob den Knaben heraus und sagte: »Sieh dich um. So weit dein Blick geht, gehört alles dir. Es ist mit deines Vaters Geld bezahlt. Bis du groß bist, werden wir es für dich bearbeiten.«

Alles – das waren ein paar sandige Felder, ein kleines Stück Wald und ein ungeheures Moor, das sich bis an die Horizonte dehnte. Wer legte Wert auf solch ein Moor? Niemand, und also hatte Suruscha es fast umsonst bekommen von dem Landverwalter des Herzogs, und auf diese Weise war trotz Kauf und Reise noch genug Geld geblieben, um zu leben, bis die kärglichen Felder ihre erste Ernte gaben. Würde es Knud hier gefallen? Würde er hier bleiben wollen? Würde er sich zurücksehnen nach des Oheims behaglichem Haus und üppigem Leben?

Tanjas Sohn lachte auf solche Frage, er drehte sich wie ein Kreisel, so daß die ausgebreiteten Arme in alle Richtungen wiesen, er lief hinauf zum Wald und hinab zum See und schaute lange ins Wasser. »Bin ich das, da unten?« fragte er. »Ja, das bist du.« – »Dann kann ich nicht fort, dann muß ich hier bleiben, immer und immer.«

Alles ging gut. Jagold und Rutja bearbeiteten die Felder, Suruscha betreute Haus und Kinder, es waren drei Kinder, Rutja hatte in Königsberg noch ein kleines Mädchen bekommen, sie hatte es Christine genannt. Die Kinder wuchsen, sie wurden groß, jetzt versah die junge Christine schon die Hauswirtschaft, Suruscha aber saß in der Stube und spann. Zuweilen begann sie zu sprechen von alten Zeiten, dann versammelte sich alles um sie und hörte zu. Knud wußte nichts von Keirut dem Jüngeren und nichts von Jagodna, er wußte auch nichts von der Ahne und ihrem Zeitengesang. Doch rührte ihn ein Unnennbares an bei den alten Geschichten. Wenn er groß sein würde, ganz groß wie Jagold, aber noch nicht so alt, würde er nach Waldwasser wandern, vielleicht war Jurij wieder da. Er dachte viel an den Bären, er erinnerte sich, es war seltsam, an was er sich erinnern konnte, an Dinge, von denen Rutja sagte: »Davon weißt du nichts, das ist vor deiner Zeit gewesen.« Vielleicht war es vor seiner Zeit gewesen, aber er wußte davon, er erinnerte sich. Sollte er sagen, ich weiß nichts davon, wenn er doch sehr wohl davon wußte? Sollte er vielleicht auch von der Mücke im Bernstein sagen, er habe sie an seinem fünften Geburtstag zum erstenmal gesehen, wenn er sie damals doch nur wiedergesehen hatte? »Wo hast du sie denn vorher gesehen?« fragte Rutja. Er erwiderte: »Am Meer.« – »Du warst noch nie am Meer!« rief sie, aber Suruscha winkte mit der Hand ab. Man müsse nicht überall gewesen sein, um davon zu wissen, sagte sie.

Knud wuchs heran, wurde groß und stark und ein gewaltiger Arbeiter, kein Sinnierer, der im Winkel hockt. Man kann auch beim Bäumefällen an die alten Geschichten denken. Vor allem, sagte er, müsse er jetzt daran gehen, sich einen Plan zu machen, wie man am besten das Moor trockenlege, das ganze Moor, nicht einen kleinen Zipfel wie jetzt. Das ganze ungeheure Moor? Wer sollte diese Arbeit tun? »Ich«, sagte Knud und lachte. Dazu reiche sein ganzes Leben nicht aus, und wenn er sonst gar nichts mehr täte, erwiderte Jagold ärgerlich.

»Sicherlich nicht. Aber die Jungen werden mir helfen.« Die Jungen? Welche Jungen? »Die Söhne«, erwiderte Knud, »die Christine und ich haben werden. Wir haben beschlossen, im Herbst zu heiraten.«

Die Kinder hatten ihren Lebensplan fertig. Benedikt hatte auf dem anderen Seeufer ein vaterloses Mädchen kennengelernt, das mit seiner verwitweten Mutter auf einem kleinen Hof wohnte. Da war Platz und Aufgabe für ihn. Die Zeit ging. Knud und Christine waren ein Paar, und die Söhne reihten sich aneinander wie Perlen an einer Kette. Es waren lauter Söhne, neun an der Zahl, ganz spät kam noch ein Mädchen. Aber das erschrak wohl vor soviel Männern, es ging gleich wieder, ehe man noch Zeit gehabt hatte, sich daran zu gewöhnen.

Knuds neun Söhne wurden wie er, groß und stark und gewaltige Arbeiter. Sie fielen über das Moor her, seine Ausdehnung schreckte sie nicht, seine Gefahren vermieden sie, immer mehr Ackerland gewannen sie ihm ab, würde die Moorhexe sich das gefallen lassen? Die Leute aus dem kleinen Dorf, das in einiger Entfernung lag und Dorjutschen hieß, prophezeiten Unglück und drangen in Rutja, die Männer zurückzuhalten. Das vermochte Rutja nicht, sie wollte es auch nicht, denn das gewonnene Land war gut, bearbeitete sich leicht und gab viel Frucht. Aber sie setzte es durch, daß man hier und da kleine Moorlöcher stehen ließ, unangetastete Sommer- oder Winterschlösser der mächtigen Moorhexe, vor diesen Löchern opferte Rutja von Zeit zu Zeit ein Huhn, oder ein Lamm, oder ein Kalb. Sie tat es nicht gern, jedesmal kamen ihr die Tränen, wenn sie das Tier in dem schwarzen grundlosen Moorwasser ertränkte, aber sie dachte, besser ein Lamm als ein Knabe, besser ein Kalb als ein Mann. Es schien, als ließe die Moorhexe sich beschwichtigen, kein Unglück geschah.

Die Zeit ging. Knuds Haar war weiß, Jagold war lange tot, auch Rutja war tot, Suruscha lebte noch immer. Sie saß vor dem stillstehenden Spinnrocken in der Stube, sie sprach nicht mehr, sie rührte sich kaum, sie aß fast nichts, aber sie lebte, sie, die schon eine alte Frau gewesen war, als Knud geboren wurde. Knud wanderte nicht nach Waldwasser, wie er es sich als Kind vorgenommen hatte, er verließ seinen Besitz nie, den er Dorjutschen nannte nach dem kleinen Dorf in der Nähe. Als er achtzig Jahre alt war, überließ er die Moorarbeit den neun Söhnen und den Enkeln, denn die Söhne waren längst verheiratet und hatten Kinder, er selbst begann lange Wanderungen zu machen, Platz war genug da, und aller Platz gehörte ihm. Er wanderte am See entlang, durch den Wald, der sich weit ausgedehnt hatte, durch die gutbestellten Felder und die saftigen Wiesen, am liebsten aber ging er von Moorloch zu Moorloch und sprach hinein. Schon lange wurden der Moorhexe keine Opfer mehr gebracht, nicht, seit Rutja tot war. Ging jetzt Knud hin und redete der Alten vom Moor gut zu?

Knud Wigor wurde neunzig Jahre alt, und er erlebte es noch, daß das ganze ungeheure Moor zu Wiese und Ackerland wurde. An seinem neunzigsten Geburtstag stand er sehr früh auf und ging auf seine Wanderung, aber er kam nicht wieder, nicht an diesem und nicht am folgenden Tag, und an keinem der nächsten Tage. Seine Spuren gingen hin und her, schließlich ließ sich eine verfolgen bis zu einem großen Moorloch am Waldrand, da endete sie. Man suchte das Loch mit Stangen ab, der jüngste Enkel, dem der Großvater am Tag vorher den Bernstein geschenkt hatte, ließ sich sogar an einem Strick tief hinab in das schwarze Wasser und wurde zitternd vor Kälte und Grauen wieder heraufgezogen, aber von Knud hatte er keine Spur entdeckt. Hatte die Moorhexe ihn geholt als letztes Opfer? Als man Suruscha sagte, Knud sei tot, sank sie zusammen wie ein Aschenhaufen, aus dem der letzte Funke gewichen ist.

Das Moor war trockengelegt, es wurde zuerst eine Wiese daraus, ein unendliches Stück Weideland, auf dem man viel Vieh halten konnte, niemand hatte vorher soviel Vieh gesehen. Später gingen Knuds Enkel daran, den größten Teil der Weide umzubrechen und Ackerland daraus zu gewinnen. Gutes Ackerland gab die Wiese, man konnte Weizen darauf säen, das war eine Merkwürdigkeit bei dem mageren Sandboden. Es wurde ein herrlicher Besitz, fruchtbar und ausgedehnt, und als man später daran ging, das Rittergut Dorjutschen genau zu vermessen, errechnete man seine Größe auf 5000 Hektar. Aber da stand schon längst keine Hütte mehr darauf, sondern ein großes Landhaus in einem weiten Park. Nur ganz hinten im Park erinnerte noch ein länglich runder binsenumstandener Weiher mit schwarzbraunem Moorwasser an die alten Zeiten. An ihm hatten einmal die Spuren Knuds geendet. Wenn die Sonne auf ihn schien, was wegen der dichten Tannen, zwischen denen er lag, selten vorkam, funkelte er wie dunkler Bernstein. Aber es war kein gutes Wasser, nie hatte jemand darin gebadet, nie hatte ein Boot es befahren. Als Clemens Wigor, der Geheimnisvolle, nach vierzigjähriger Abwesenheit zurückkam nach Dorjutschen, allerhand sonderbare Dinge tat und schließlich auf sonderbare Weise verschwand, ohne daß man eine Spur von ihm entdeckte, gab es zwar neben phantastischen Erklärungen ein paar nüchterne Stimmen, die sagten, man solle doch einmal in dem schwarzen Moorteich hinten im Park nach seiner Leiche suchen. Aber es fand sich niemand, der bereit gewesen wäre, diese Suche vorzunehmen, auf keinen Befehl hin und um keiner Belohnung willen.

Drittes Kapitel

Gertrude

1540-1555

»Er hätte mich am liebsten zurückgeschickt«, sagte der Reiter grimmig vor sich hin, während er unter der hellen, kühlen Aprilsonne durch den Wald trabte, die schier endlose geradlinige Schneise entlang, an deren Ende, hatte man ihm gesagt, das Dorf Schuchen liege. Jawohl, dieser Herzog von polnischen Gnaden hätte ihn am liebsten wieder hinauskomplimentiert aus dem Land, das er, Baron Hans von Rotter, und seinesgleichen ja doch erobert hatten. War nicht schon ein Rotter mit dem Feuchtwangen hergekommen vor mehr als zweihundert Jahren? Freilich, um die Wahrheit zu sagen, er legte keinen sonderlichen Wert darauf, hierzubleiben, ihn verlangte keineswegs nach diesen ewigen Wäldern und Mooren und den erbärmlichen Dörfern. Er wäre lieber in zivilisierteren Gegenden geblieben, wo er eher hingehörte, und es war ein Jammer, daß man ihm das Leben dort unmöglich gemacht hatte, und warum? Wegen so einer erbärmlichen Landstreicherin, denn daß sie die ehrbare Tochter eines Kaufmanns gewesen war, bei einem Überfall auf den Zug ihres Vaters entkommen und in die Wälder entlaufen, wo er sie gefunden hatte, wer sollte ihr das glauben? Er glaubte das heute noch nicht, trotz aller sogenannten Beweise. Und da sie jung und hübsch gewesen war, so hatte er sie genommen und sie danach noch ein paar Knechten überlassen, dann hatte man sie gebunden und in die Donau geworfen. Früher hatte man über solche Lappalien kein Wort verloren. Aber die Zeiten hatten sich geändert, das Pack begehrte auf, und man ließ es aufbegehren, man unterstützte es noch, das war das Allerschlimmste.

»Kein Platz für Euch unter christlichen Rittern«, hatte der Braunschweiger gesagt, der Erich, der sich sein Freund genannt hatte, als er ihn und die wenigen Gottgetreuen um sich gesammelt und hinausgeführt hatte aus dem Ostland, mit dem sich der Ansbacher Markgraf von dem Polen hatte belehnen lassen, damals, vor fünfzehn Jahren! Gemieden hatten sie ihn in Ulm wie einen Aussätzigen, auch jene, die es ebenso und noch ärger trieben als er. Was war ihm da übriggeblieben, als wieder ins Ostland zurückzureiten und Albrecht daran zu erinnern, daß er den Rittern, die protestantisch werden wollten, Besitztum im Lande versprochen habe, dort könnten sie dann pflügen und ernten und heiraten und Kinder zeugen nach Herzenslust.

Aber der Herzog hatte ihn kühl aufgenommen und den Grund seiner Rückkehr wissen wollen. Religiöse Skrupel? Albrecht hatte spöttisch gelächelt. »Ihr haltet mich für ein Kind!« Da hatte er, Rotter, sagen müssen, daß ihm das Leben eines Ordensritters nicht mehr behage, die Unverbundenheit mit den Menschen, die Zukunftslosigkeit, und daß er einmal beglaubigte Nachkommen aus gutem Blut haben möchte. Der Herzog hatte geantwortet: »Ich weiß nicht, was Ihr draußen angestellt haben mögt, aber ich will mein Wort halten, auch Euch gegenüber. Ihr sollt Land haben und Leute zur Arbeit. Aber ich warne Euch: Kommt mir etwas Übles zu Ohren, so seid Ihr im Handumdrehen des Ganzen ledig.«

Endlich schien die Schneise ein Ende nehmen zu wollen, der Wald wurde lichter, jetzt glitt die Sonne ganz von den Fichtenzweigen und flammte über sauber gekalkte Wände hin, die Helle tat den Augen weh. Rechts und links dehnten sich Roßgärten, sauber von Stangen eingezäunt, mit einer Menge Pferde darauf. Drüben auf dem Stangenzaun hockte ein Mädchen, hatte ein Pferd an der Mähne gepackt und schwang sich auf das Tier, mit dem sie rund um die Koppel jagte, dann zum Ausgang trabte und in den Hof ritt.

Das Mädchen war an ihm vorbeigaloppiert, aber es hatte ihn nicht wahrgenommen. Es war ein junges Ding, sechzehn oder vielleicht siebzehn Jahre, mit zwei langen dicken Zöpfen von heller Farbe, die über einen schmalen Rücken fielen. Von dem Gesicht konnte er wenig erkennen, vielleicht war es häßlich, die Körperhaltung aber war geschmeidig und kraftvoll. Jetzt war das Mädchen im Hof, ließ sich vor einer offenen Stalltür vom Pferd gleiten und führte das Tier hinein.

Rotter lächelte, so fatal und unergiebig schien die Gegend, in die es ihn verschlagen hatte, nicht zu sein. Gemächlich ritt er durch das offne Hoftor bis vor das langgestreckte stattliche Wohnhaus und klopfte mit der Peitsche gegen einen Fensterladen. Nichts rührte sich. Er klopfte noch einmal und ein drittes Mal. Da fragte hinter ihm eine tiefe, gleichsam grollende Stimme, wen er suche. Der mäßig höfliche Ton ließ Rotter sich zornig umwenden. Hinter ihm stand ein großgewachsener Mann mittleren Alters, mit grauen Augen und grauem Bart, in Arbeitskleidung, einen Holzeimer in der Hand. Beide starrten einander einen Augenblick lang schweigend an. Ärger lag in dem Blick des Ritters, Mißtrauen und Widerwillen in dem des Bauern. Er fragte noch einmal, und diesmal klang es fast drohend: »Wen sucht Ihr?«

War das eine Frage? War das nicht ganz einfach eine Unverschämtheit? »Geht dich das etwas an?«

»Da Ihr Euch auf meinem Hof befindet, wird es mich wohl etwas angehen!«

»Deinem Hof!« höhnte Rotter. »Gehört der Hof nicht zu Schuchen?«

»Jetzt frage *ich*: Geht Euch das etwas an?«

»Und jetzt antworte *ich*: Da der Hof, wenn er zu Schuchen

gehört, mein Hof ist, wird es mich wohl etwas angehen. Ich bin der neue Herr von Schuchen!«

Aber der Mann brach nicht in die Knie vor Schrecken und Ehrerbietung, er sagte nur trocken: »Schlimm für die Leute im Dorf«, und wandte sich zum Gehen.

»Kerl!« schrie ihm Rotter nach.

Der Bauer warf über die Schulter zurück, er heiße Termaehlen, ging aber weiter.

»Ich werde dich auspeitschen lassen!« brüllte Rotter.

Jetzt wandte sich der Bauer um. »Den Teufel werdet Ihr! An mich könnt Ihr nicht heran.«

»Gehört der Hof nicht zu Schuchen?«

»Ja, aber es ist ein Freihof.«

Ein Freihof! Es gab dergleichen. Rotter wußte es, obwohl es gar nicht hätte sein dürfen, Freihöfe im eroberten Land!

»Wo ist deine Grenze?« fragte er finster.

Der Bauer wies sie ihm. Ferne Grenzen, teilweise waren sie von hier aus nicht mehr sichtbar.

»Ein großer Besitz. Und das alles soll dein sein?«

»Es *ist* mein.«

»Man wird es nachprüfen.« Rotter machte Miene, abzusteigen. »Ich will mich jetzt eine Weile ausruhen, du wirst drinnen wohl ein Lager haben oder eine Bank. Reib inzwischen mein Pferd ab und gib ihm Hafer.«

Termaehlen rührte sich nicht. »Ich kann mich nicht erinnern, daß ich Euch gebeten habe abzusteigen.«

»Ich steige ab, wo ich will. Auch auf deinem sogenannten Freihof.«

»Und ich«, erwiderte der Bauer langsam, »habe für ungebetene Gäste ein paar scharfe Hunde.«

Das war zuviel. Rotter brachte sein Pferd mit einem Sprung neben den Mann und hob die Reitpeitsche. Da trat das Mädchen drüben aus der Stalltür. Rotter ließ die Peitsche sinken. »He, du hübsche Katze!« rief er, »komm doch mal her!« Aber gleichzeitig dröhnte der Befehl Termaehlens: »Ins Haus, Gertrude! Sofort ins Haus!«

Das Mädchen wandte sich erschreckt um, starrte erst den Bauern, dann den Fremden an und verschwand im Haus.

»Deine Tochter?« fragte Rotter.

Ja, sagte der Bauer, es sei seine Tochter. Er habe aber noch einen Sohn, Henrik, fünfundzwanzig Jahre alt, noch größer als er, der Vater, und doppelt so stark. Dann ging er, ohne sich umzusehen.

Rotter ritt langsam vom Hof, nach dem Weg zum Dorf hatte er nicht gefragt, aber der war leicht zu finden. Termaehlen, dachte er, also wohl ein Niederländer, man hatte sie vor Zeiten ins Land geholt zum Sümpfe-Entwässern und dergleichen, und nun spielten sie sich auf, als seien sie die Herren, die Erdschaufler, die Maulwürfe! Er würde dem Kerl schon klarmachen, wer hier der Herr war. Freihof hin. Freihof her! Und das Mädchen, er würde sich den Leckerbissen nicht entgehen lassen, keinesfalls. Es würde Geduld und Zeit kosten, man würde manche List anwenden müssen, vielleicht ging es sogar nicht ohne Gewalt ab.

Langsam ritt er nordwärts, versunken in vergnügliche Vorstellungen, aus denen ihn der Anblick eines entgegenkommenden jungen Mannes aufschreckte. Es war ein hünenhafter junger Mann, weizenblond wie Gertrude, aber grauäugig wie der Alte. Er trug eine Axt über der Schulter, die blitzte im Sonnenlicht, daß es den Ritter blendete. Der Hüne betrachtete den Reiter eindringlich und mißtrauisch, und Rotter hatte das Gefühl, der Kerl habe nicht übel Lust, mit der Axt auszuholen und ihm den Schädel einzuschlagen. Auch als er schon lange an ihm vorbei war, kam ihm die blinkende Axt nicht aus dem Sinn. Der Weg führte jetzt an einem See entlang, ein hübscher, mäßig großer See, Rotter erinnerte sich, von diesem See war bei den Übergabeformalitäten die Rede gewesen und davon, daß die Osthälfte des Wassers an jemand anders abgetreten worden war, an einen freien Bauern, das war wohl dieser Termaehlen. Nun, man würde sehen, nichts war für alle Zeiten. Und da war das Dorf.

Ein erbärmliches Dorf mit erbärmlichen Bewohnern, es widerte ihn an. Gut, daß zwischen diesen elenden Hütten und dem Hügel mit dem Schloß ein kleines Waldstück war, so hatte man die Häßlichkeit nicht immer vor Augen, man konnte auf den See schauen, der den Hügel an der anderen Seite begrenzte. Aber langweilig würde es hier sein, langweilig, gar nicht zu sagen!

Rotter interessierte sich nicht für Landwirtschaft, er ließ einen Verwalter kommen, der sich um alles zu kümmern hatte, auch um die Abrechnungen mit den Fronbauern, die ihre Höfe westlich vom See hatten. Der neue Herr von Schuchen interessierte sich nur für die Dinge, für die er sich auch bisher allein interessiert hatte, für Trinken und Huren und allenfalls noch für die Jagd. So brachte er seine Zeit damit hin, in der Umgebung herumzureiten, aber viel Spaß hatte er nicht davon, die Nachbarn waren dünn gesät und wohnten ziemlich weit weg, Rotter besuchte sie wohl, aber sie nahmen ihn ohne große Begeisterung auf. Daß er nach fünfzehn Jahren zurückgekommen war, erfüllte sie mit Mißtrauen. Warum war er nicht geblieben, wo er war, wenn er schon einmal weggeritten war? Vielleicht hatte man auch schon diese und jene Gerüchte über ihn gehört, man war Standesgenossen gegenüber bestimmt nicht kleinlich, aber irgendwo gab es doch eine Grenze, zum mindesten durfte man die Dinge nicht so handhaben, daß alle Welt davon erfuhr. Freilich gab es auch eine Gemeinsamkeit zwischen ihnen und ihm: die Abneigung gegen den Herzog, der ihnen nicht genug Freiheit ließ, der ihnen nicht die Rechte gab, die sie haben wollten, der ihnen Pflichten auferlegte und sie an die Zügel nahm. Aber merkwürdig, der Baron Rotter druckste immer nur so herum, wenn die Rede darauf kam, er traute sich nicht mit der Sprache heraus, fürchtete er sich, frei zu reden und kräftig auf den Herzog zu fluchen? Man wußte nicht, wie man mit ihm daran war. Nein, er war nicht angenehm, auf keine Weise.

So stiegen Rotters Mißmut und Langeweile immer mehr. Er konnte nicht Tag für Tag nur jagen, und es genügte nicht, ab und zu einen Bauern zum Knallen der Peitsche tanzen zu lassen oder eine hübsche Leibeigene zu sich zu befehlen. Wo gab es schon etwas Hübsches unter diesen Halbverhungerten und von unmäßiger Arbeit Ausgemergelten? Ihre Lumpen ekelten ihn an, und am liebsten hätte er deren Trägerinnen nachher mit Hunden vom Hof hetzen lassen, hätte er sich nicht gescheut, seinen Leumund noch mehr zu belasten. Wer weiß, wie der Herzog das aufnehmen würde, wenn er es erfuhr. Und er würde es sicherlich erfahren, den Nachbarn war nicht zu trauen, keinem von ihnen.

So ritt er auf sinnlosen Hetzjagden mehrere Pferde zuschanden. Einmal sauste ein Speer dicht an ihm vorbei, er dachte an einen Mordanschlag. Aber dann sah er, daß der Speer für ein Reh bestimmt gewesen war, das auch getroffen wurde, zehn Schritte vor ihm. Hinter dem Speer kam der Bauer Termaehlen und machte sich an seiner Beute zu schaffen. Der Kerl hatte auch Jagdrecht, dies war anscheinend der Wald, der zum Freihof gehörte, Rotter hielt es für das beste, ohne Wort davonzureiten. Es geschah auch ab und zu, daß er den jungen Riesen traf, wie kam es nur, daß Rotter bei seinem Anblick immer an die blitzende Axt denken mußte, auch wenn Henrik gar keine Axt mit sich führte. Aber das, was ihm wirklich Spaß gemacht hätte, war nicht zu sehen, man hielt es wohlverwahrt, er konnte es nicht bekommen. Immer öfter und immer näher ritt er an Termaehlens Hof vorbei, sollte er sie denn nie zu Gesicht bekommen?

Endlich traf er sie. Nicht im Hof oder nahe dabei, nein, im Wald, wo sie Blaubeeren suchte, sie hatte schon einen hübschen Korb voll zusammen. Schwarzblau, prall und glänzend lagen sie zwischen schützendem feuchtem Moos, das Mädchen saß daneben und reinigte die Hände vom Beerensaft. Sie fuhr zusammen, als das Pferd plötzlich schnaubend vor ihr stand. Es war ein schönes Pferd, sie liebte Pferde, sie lächelte es an. Als sie aber den Blick hob und den Reiter erkannte, verschloß sich ihr Gesicht, sie stand auf und ergriff den Korb.

»So lauf doch nicht gleich weg«, sagte Rotter kühl und war klug genug, nicht abzusteigen. »Ich bin doch kein Menschenfresser. Du kannst ruhig ein paar Worte mit mir reden.«

»Wüßte nicht, was ich mit Euch zu reden hätte.«

»Beispielsweise«, schlug er fröhlich vor, ganz im Ton eines guten älteren Bruders, »beispielsweise könntest du sagen, daß es dir leid tue, daß dich dein Vater neulich so schnell ins Haus geschickt hat.«

»Es tut mir aber nicht leid.«

»Wäre es nicht ganz nett für dich, einmal mit jemand anders reden zu können, als immer nur mit deinen Leuten?«

»Dazu habe ich keine Zeit. Es gibt Arbeit genug.«

»Arbeit ist gut, aber sie ist nicht alles.«

»Zur Unterhaltung habe ich Vater und Henrik.«

»Von deiner Mutter sprichst du nicht?«

»Meine Mutter ist vor zwei Jahren gestorben«, erwiderte sie.

»Oh!« Es gelang ihm sogar, Mitgefühl in dieses ›Oh!‹ zu legen. »Das tut mir leid für dich. Nun mußt du in so jungen Jahren schon den ganzen Haushalt führen?«

»Den führt Tante Lina«, sagte sie, und damit erschien es ihr genug, sie ergriff den Korb und verschwand im Unterholz. Ohne Abschied. Die Begegnung hielt ihn den ganzen Tag über bei guter Laune, er stellte sich dieses wilde, frische Kind in seinen Armen vor. Sicherlich war sie unschuldig wie ein Tautropfen. Welch ein Genuß würde es sein, sie die Leidenschaft zu lehren, die Künste der Liebe.

Als Gertrude heimkam, sah ihr Tante Lina prüfend ins Gesicht. »Warum bist du so erregt?« fragte sie.

»Bin ich erregt? Ich weiß nichts davon.«

Warum sagte sie nicht, daß sie den Reiter von damals im Walde getroffen habe? Vielleicht schien es ihr unwesentlich. Aber war es unwesentlich, daß sie ihn jetzt öfter traf? Nicht auf Verabredung. Das Sammeln von Blaubeeren und Walderdbeeren, von Kräutern und Wurzeln war ihre Aufgabe, und allmählich kannte Rotter die Plätze. Dennoch gelang es ihm nicht, ihr näherzukommen, sie blieb wortkarg und wachsam. Sie behielt eine dunkle Furcht vor ihm, so zurückhaltend und unbeteiligt er sich geben mochte. Warum aber machte sie den Begegnungen nicht ein Ende? Eine Andeutung zu Henrik? Fürchtete sie für das Leben des Ritters? Sie dachte darüber nach, sie prüfte sich genau. Wie, wenn er fortan nicht mehr käme, wie, wenn sie erführe, er sei gestorben. Würde sie leiden? Nein, sie würde nicht leiden, sie spürte es mit Erleichterung. Sein Ergehen war ihr gleichgültig. Was aber war es dann, daß sie sich um nichts und wieder nichts verstrickte in ein Netz von Heimlichkeiten? Sie wußte es nicht.

Sie war siebzehn, hier in der Einsamkeit geboren und aufgewachsen. Bis vor kurzem hatte sie nie den Wunsch gespürt, fortzukommen oder andere Menschen um sich zu haben als Eltern und Bruder und das Gesinde. Erst als nach Mutters Tod Tante Lina gekommen war, eine Schwester des Vaters, aber ihm unähnlich außer in Fleiß und Tüchtigkeit, war das anders geworden. Die Einheit, in der das Mädchen sich wohlgefühlt hatte wie der Vogel im Nest, war zerbrochen, die Mutter war fort. Die Tante verwaltete das Haus nicht, wie die Tote es getan hatte, heiter und sanft, voller Güte und Nachsicht, sie regierte mit Genauigkeit und Strenge, gegen ihr Wort gab es keine Berufung, eine Kritik an ihr war so gut wie Gotteslästerung. Sie war nie verheiratet gewesen, und der Vater sagte, das sei der Grund für vieles. Vielleicht war es so, vielleicht auch nicht, aber das Leben mit ihr war auf keine Weise angenehm, schon gar nicht für Gertrude, auf die Tante Lina es besonders abgesehen hatte.

Seit die Tante da war, begannen Gertrudes Gedanken über Familie, Hof und Wald hinauszugehen in eine Ferne, von der sie keine Vorstellung hatte, die aber deswegen unendlich lokkend erschien, ein herrliches Abenteuer voller unglaublicher Begebenheiten und ohne Tante Linas Gegenwart. Es gab Menschen, die um diese Ferne wußten, die ein Teil von ihr waren, und ein solcher Mensch war der Ritter, der sie im Walde suchte. Es war also die Ferne, die zu ihr kam, die ersehnte Ferne, konnte man sie fortschicken? Das Mädchen Gertrude war sich solcher Gedankengänge nicht deutlich bewußt, sie wehten durch ihre Seele nur wie bunte Schleier, und manchmal erschrak sie davor. Aber ändern mochte sie diesen Zustand nicht.

»Du bist so verändert«, sagte Henrik zu seiner Schwester, und sie antwortete: »Ich werde erwachsen. Es ist ja auch Zeit.« Das gab ihm einen Stich. Die erwachsene Schwester, das war die verlorene Schwester, er wußte es. Er ging zu dem Vater und sprach mit ihm davon, daß man der Schwester Gelegenheit geben müßte, sich einen Mann zu suchen, nicht gerade heute und morgen, aber doch in absehbarer Zeit. »Nicht heute und morgen, du sagst es«, erwiderte der Vater. »Ehe ist hart für eine Frau. Soll sie noch eine Weile ohne die Last leben dürfen. Und was würde das Leben für uns sein ohne sie?«

Mittlerweile wurde Rotter des kindlichen Spiels im Walde überdrüssig. Auf diese Weise kam er nicht ans Ziel. Er mußte es anders anfangen. Er mußte es auf Biegen und Brechen versuchen, er mußte sie überrumpeln, es durfte ihr keine Zeit, keine Sekunde bleiben zur Überlegung, es mußte so sein, daß alles schon geschehen war, wenn sie es erst zu begreifen begann. Die Heuernte war gut in diesem Jahr, es hatte Regen und Sonne gegeben im rechten Maß. Gertrude hatte hart gearbeitet den Tag über, ihre schlanken, kräftigen Finger waren mit Blasen bedeckt, und ihre Müdigkeit war so groß, daß sie während der Abendsuppe kaum noch die Augen offenhalten konnte. Tante Lina rief sie ein paarmal scharf an, aber der Vater schickte sie in ihre Kammer.

Henrik sah ihr besorgt nach. »Es war zuviel für sie«, sagte er. »Sie ist ja noch fast ein Kind.« Der Vater bestätigte, es sei heute wirklich ein harter Tag gewesen, aber nun sei auch das letzte Heu drinnen, und ohne einen Tropfen Regen. »Ein Kind«, wiederholte er dann, »freilich, sie ist fast noch ein Kind, dennoch denkst du schon an einen Mann für sie.« – »Einen Mann?« Tante Linas Stimme war scharf. »Was ist das für ein Unsinn!« Jan Termaehlen erinnerte: »Sie ist siebzehn.« Und versank dann in Nachdenken. Henrik verließ das Zimmer, sie hörten ihn zu seiner Kammer hinaufgehen.

Gertrude strich flüchtig die Decken ihres Lagers glatt und streckte sich darauf aus. Einen Augenblick lang dachte sie daran, das Fenster zu schließen, das wunderbare Glasfenster, das einzige im Hause. Alle anderen Fenster mußten sich mit Holzläden begnügen, hatten nur für die Nacht einen Wetterschutz, oder sie waren mit dünnem Stoff bespannt, wie Tante Linas Fenster. Aber für sie hatte der Vater ein Glasfenster besorgt, damit sie es hell hatte und warm im Winter. Guter Vater, dachte Gertrude. Damit schlief sie ein. An das Fensterschließen dachte sie nicht. Eine Stunde später schlief das ganze Haus, auch das Gesinde in der Hütte nebenan. Nur die Hunde schliefen nicht, sie zerrten mit leisem Knurren an einem großen Stück Fleisch. Sie verschlangen es bis auf den letzten Rest, dann schliefen sie ein, fest und tief, sie schliefen für immer.

Auch Gertrude schlief fest und tief, aber sie hatte schwere angstvolle Träume, etwas Furchtbares nahte sich, stand im Raum, war plötzlich über ihr, drückte sie nieder, war es ein Baum, der über sie gestürzt war? Schon meinte sie zu erstikken, da gelang es ihr, zu erwachen, sie wollte auffahren, aber sie konnte sich nicht rühren, der Baum lag schwer über ihr, der Mensch, der Mann. Er preßte sein Gesicht auf das ihre, seine Lippen auf ihren in Entsetzen geöffneten Mund, er riß an ihren Kleidern – warum schrie sie nicht? Es dauerte einige Sekunden, bis sie den Nachtmahr erkannte und begriff, was ihr geschah. Eine ungeheure Angst drohte sie zu lahmen, aber sie bäumte sich auf mit aller Kraft, deren sie fähig war. Sie warf sich zur Seite, schlug dem Angreifer ihre kräftigen Finger mit den harten Nägeln ins Gesicht, in die Augen, grub die scharfen Zähne in seine Kehle, die über ihrem Mund lag, zog die Knie an und stieß ihn mit aller Macht in den Leib – aber sie schrie nicht. Sie wehrte sich verzweifelt und rasend, sie verteidigte sich noch, als es schon nichts mehr zu verteidigen gab, und erst, als alles vorbei war, fiel sie, zerschlagen und halb erwürgt, zurück und versank in einen ungeheuren schwarzen Raum, den purpurne Lichter durchzuckten. Sie spürte nicht mehr, wie der Nachtmahr von ihr abließ, sie hörte nicht, wie er durch das Fenster entwich. Erst nach Stunden kam sie zu sich, verkrümmt daliegend mit zerfetzten Kleidern und schmerzender Kehle.

Sie lag da, sie begriff nichts. Warum lag sie so, warum waren ihre Kleider zerrissen, warum tat ihr der Körper, tat ihr vor allem der Hals so weh. Dann, mit einem Ruck, stürzte das Begreifen auf sie herab wie eine Woge aus Schlamm und Steinen. Verzerrten Mundes starrte sie in eine entsetzlich verwandelte Welt. Grauen schüttelte sie, Ekel würgte sie. Noch dachte sie an nichts, als an das Geschehen selbst und daran, den Schmutz abzuwaschen, das Häßliche, Widrige. Mühsam, unaufhörlich zitternd und stöhnend, erhob sie sich, noch war es fast dunkel. Sie nahm ein frisches Gewand aus dem Schrank und kroch mehr als sie ging zum Hause hinaus, über den Hof, hinab zum Bach hinten in der Wiese. Sie wollte nichts als sich waschen, sich reinigen, und das Wasser im

Brunnen auf dem Hof genügte dazu nicht. Mit kraftlosen Händen vergrub sie die Kleiderfetzen unter Laub und Gras, stieg hinein in das eisige Wasser und tauchte tief unter. Eine Ahnung der Morgendämmerung stand schon im Osten, im fahlen Schein erkannte sie schwach die Risse in ihrer Haut, die blutunterlaufenen Flecken, oder waren es farbige Schatten, die vor ihren Augen tanzten. Sie blieb lange im kalten Wasser, sie rieb und wusch, aber es nützte nichts. Der Schmutz blieb, vielleicht würde sie nie mehr rein werden. Endlich stieg sie heraus, streifte das frische Gewand über und schlich zurück ins Haus, in ihre Kammer.

Dort ordnete sie das Lager und legte sich darauf, eine Decke um sich geschlungen. So fand sie Henrik, als er kam, um sie zu wecken. »Bist du krank?« fragte er. Sie antwortete nicht, sie starrte ihn nur an. Dies also war Henrik, ihr Bruder, und auch er war ein Mann. Ein Schauder überlief sie. Wie fremd er ihr auf einmal war, und doch, auf wie entsetzliche Weise vertraut! Sie schloß die Augen. Henrik holte den Vater, der beugte sich besorgt über das Lager. »Bist du krank, Gertrude? Sprich doch, Kind!« Sie sah ihn nur flüchtig an, dann wandte sie den Blick ab. Auch der Vater – nein, sie hatte es bis heute nacht nicht gewußt, was das ist: ein Mann.

Schließlich kam Tante Lina, und zum erstenmal tat Gertrude die Gegenwart der Tante wohl. Sie streckte die Arme nach ihr aus, sie weinte hell auf. Man ließ sie den Tag über liegen. Vielleicht war alles nur Überarbeitung. Als sie nichts essen mochte und nicht schlucken konnte, einigte man sich darauf, daß zur Überarbeitung auch noch Erkältung hinzugekommen sei. Halsschmerzen. Am Abend stellte sich Fieber ein. Tante Lina kochte ihr einen starken Tee, dann schlief das Mädchen ein.

Mitten in der Nacht schrie sie. Es war ein schrecklicher gurgelnder Schrei, und alle stürzten in ihre Kammer. Da saß sie, das Gesicht verzerrt vor Entsetzen, und starrte zum Fenster. Auch die anderen starrten zum Fenster. Aber da war nichts zu sehen, der Hof lag draußen weit und hell im Vollmondlicht. »Es ist das Fieber«, sagte Tante Lina. »Ich werde bei ihr bleiben.«

»Ja«, flüsterte Gertrude, »bitte, ja –« Es waren die ersten Worte seit gestern. Und dann lauschte sie wieder hinaus. »Die Hunde«, sagte sie, »ich höre sie gar nicht. Ich habe sie den ganzen Tag nicht gehört.« – »Die Hunde sind krank.« – »Krank?« – »Sehr krank. Sie müssen etwas Ungutes gefressen haben. Vielleicht einen vergifteten Köder.« – »Sie sind tot!« sagte Gertrude leise. »Vergiftet!« Sie sah in die verwunderten Gesichter rundum. Lächelte sie? Es war mehr eine Grimasse. »Vergiftet«, sagte sie noch einmal. »Natürlich«, sagte sie. Es war nur noch wie ein Hauch.

Die Zeit ging hin. Was kümmert sie sich um Verzweiflung und Scham eines geschändeten Mädchens? Was kümmert sie sich überhaupt um den einzelnen? Gertrude kannte die Zeichen am Tierweibchen, und als der August seinem Ende zuging, hatte sie Gewißheit. Vielleicht hätte man jene Nacht vergessen können, aber jetzt war etwas da, was sie daran hindern würde, ihr Leben lang. Jetzt erst war sie wirklich verloren. Verloren? Sie war jung, sie wollte sich nicht verlorengeben, sie wollte nicht. Sie verschaffte sich die Kenntnis von bestimmten Kräutern und Früchten, sie kochte sich heimlich Absude davon. Es wirkte nicht, nichts wirkte. Ihr blieb nur noch jene unheimliche Frucht übrig, die aussah wie eine schwarze Kirsche und an niedrigem Strauch im Walde wuchs unter eiförmigen Blättern. Man konnte den Verstand davon verlieren und das Leben dazu, aber das mußte man riskieren, ein anderer Ausweg blieb nicht. Nicht der Tod war zu fürchten. Wolfswut hieß das schlimme Kraut, die schwarze Kirsche bei den Leuten. Sie mieden es und suchten es nur, wenn sie jemand sehr übelwollten. Auch die jungen Mädchen, die ins Unglück gekommen waren, suchten es. Die Wolfswut war selten, aber das Mädchen kannte eine Stelle, da wuchsen gleich zwei oder drei, und Ende September würde die schwarzglänzende Frucht, die so schön auf dem Stern des Kelches lag, reif sein. Bis dahin galt es zu warten und sich nichts anmerken zu lassen.

Das war nicht so leicht. Es war gut, daß der Sommer Arbeit brachte vom frühen Morgen bis zum späten Abend, da fiel es nicht auf, wenn man schweigsam war und in sich gekehrt. Schließlich verging die Zeit, und man merkte an den ersten gelben Blättern, daß es schon weit im September war und die Wolfswut reif sein mußte. Ja, sie war reif, reif und schön und böse. Prächtig standen die Stauden mit ihren dunkelleuchtenden Früchten auf sternförmigem Kelchteller. Gertrude pflückte gleich zehn schwarze Kirschen, tat sie in einen Beutel und steckte ihn in die Rocktasche. Nun geschah es, daß sie sich bei der Abendsuppe zu der großen Schüssel hinüberbeugte und spürte, wie einige der Früchte zerquetscht wurden. Sie erschrak. Würden Flecke entstanden sein? Schließlich mußte sie aufstehen, und alle sahen die großen dunklen Flecke auf dem hellen Rock.

»Was ist das?« fragte Henrik. »Hast du dich verletzt?«

Sie schüttelte den Kopf, bebend vor Angst. Blut im Rock, sagte sie leichthin, sei das so merkwürdig bei einem Mädchen? Diese verwegene Antwort, ihr so gar nicht gemäß, machte Tante Lina aufmerksam. Sie zog das Mädchen zu sich heran, griff ihm in die Rocktasche und holte den Beutel hervor.

»Was ist das?«

Gertrude war auf so frühe Entdeckung nicht gefaßt und so sagte sie das Törichtste, was sie sagen konnte.

»Ich weiß nicht.«

»Du weißt es nicht?« Die Tante öffnete den Beutel, schüttete den Inhalt auf einen Teller. Sechs von den Früchten waren ganz geblieben. Da lagen sie, glänzend, dunkelleuchtend, strotzend von Reife und Bosheit. Eine Weile blieb alles still und starrte auf den Teller. Dann sagte Jan Termaehlen: »Wolfswut!« Und Henrik wiederholte verwundert: »Wolfswut!« Tante Lina aber fragte schrill und scharf: »Wozu brauchst du Wolfswut?«

Gertrude schwieg. »Brauchen?« fragte der Vater. »Braucht man das zu etwas?« Und wieder die Tante, schrill und scharf: »Ja, um ein Kind wegzuschaffen, das nicht geboren werden soll.«

Gleich würde die Stubendecke einstürzen. Gleich würde das Feuer aus dem Herd herausschlagen und alles in Brand setzen. Jan Termaehlen starrte seine Tochter an, wie sie dastand, den Kopf gesenkt, geständig, eine Dirne! Er holte aus und schlug sie ins Gesicht. Blut rann ihr aus dem Mund, sie taumelte auf eine Bank. Noch einmal schlug er zu mit seiner harten und schweren Hand und noch einmal, unaufhörlich würde er so zuschlagen.

Gertrude rührte sich nicht. Sie hatte nichts anderes erwartet, sie wollte auch nichts anderes. Wenn man barmherzig war, so schlug man sie gleich tot, hier und jetzt, bewahrte sie vor dem Prangerstehen und dem Angespienwerden durch alle, die Lust dazu hatten.

Henrik fiel dem Vater in den Arm. »Vater! Du bringst sie um!«

»Ja«, ächzte der Alte, »ich bringe sie um, die schmutzige Dirne! Wußtest du, daß deine Schwester eine Dirne ist?«

Henrik trat zu dem Mädchen, er wehrte die wieder erhobene Hand des Alten ab, nahm Gertrudes Halstuch und wischte ihr das Blut aus dem Gesicht. »Wer war es?« fragte er. »Er wird dich heiraten, verlaß dich darauf. Oder ist er schon verheiratet?« Gertrude bewegte die Lippen, aber kein Wort kam heraus.

»Rede!« schrie der Vater.

Den Kopf tief geneigt, erzählte sie alles. Die Begegnungen

im Wald, das Ereignis jener Nacht, als die Hunde vergiftet wurden, ihre Versuche, das Kind abzutreiben, alles. Als sie schwieg, fragte Tante Lina: »Warum hast du nicht geschrien? Ich schlafe über dir, das Fenster ist immer offen, ich hätte dich gehört. Alle hätten dich gehört. Warum hast du nicht geschrien?«

Gertrude murmelte: »Ich weiß nicht. Ich habe mich zu sehr geschämt. Ich weiß nicht.« Sie streckte die Hände nach dem Tisch aus. »Gebt mir die Wolfswut zurück. Es bleibt nichts anderes übrig.«

»Nein«, sagte Jan Termaehlen. »Nein. Das kommt auf andere Weise in Ordnung.« –

Das Gutshaus von Schuchen, von den Leuten Schloß genannt, stand auf einem Hügel. Es war auf den Resten einer der alten kleinen Burgen gebaut, die im Lande verstreut lagen, es besaß keinen Stil, aber es hätte bei einiger Pflege und Sorgfalt recht hübsch sein können. Doch der vorige Besitzer war vierzig Jahre lang Witwer gewesen, kinderlos, ein Sonderling und Einsiedler, seinetwegen hätte das Haus ganz zusammenstürzen können, ihm war es gleich, wenn ihm nur eine Stube mit einem festen Dach blieb. Und der jetzige Herr, der Baron von Rotter, kümmerte sich erst recht nicht um dergleichen, er haßte Schuchen, Haus und Land und Dorf, für ihn war das Schloß nur ein Obdach, unter dem er schlief, sonst nichts. Aber wenn der vorige Besitzer für seine Leute auch nichts getan hatte, so hatte er doch auch nichts gegen sie getan, sie hatten in Schmutz und Hunger dahingelebt, aber sie waren sicher vor ihm gewesen an Leib und Leben. Das war jetzt anders geworden mit harter Arbeit und Drohungen und Strafen aller Art.

Warum gehen sie nicht hin und erschlagen ihn? fragte sich Termaehlen, der durch das Dorf kam und das Elend betrachtete. Sie sind viele, und er ist einer. In der Nähe des Schlosses kam ein Mann auf ihn zu und blieb vor ihm stehen, er war breit gebaut und mittelgroß, mit gutem Gesicht und freundlichen braunen Augen unter schwarzem Haar. Er mochte um die Dreißig sein. Ob er zum Schloß wolle? fragte er den Bauern. »Ja.« Der Mann zweifelte, daß der gnädige Herr schon aufgestanden sein würde, aber der Bauer versetzte, wenn nicht, dann würde er ihn wecken. Er ging weiter. Der Verwalter blieb neben ihm.

»So, du wirst ihn wecken. Ich bin der Verwalter, ich heiße Branda.«

Branda? Das sei kein hiesiger Name. Von wo er herkomme?

»Mein Vater kam als Söldner aus der Schweiz her, schon in jungen Jahren.«

»Es sind viele als Söldner von dorther gekommen. Warum?«

Ihr Land, sagte Branda, sei sehr arm, nur Stein und Fels. Es könne seine Kinder nicht ernähren.

»Aber hier ernährt ihr euch immer noch, obwohl man längst die meisten Söldner entlassen hat.«

Branda sagte: »Du denkst an die Räuberbanden.«

Der Bauer erwiderte: »Ja, ich denke an die Räuberbanden. Eine davon hat meinen Urgroßvater überfallen, als er mit seiner ganzen Sippe und all seiner Habe aus dem Westpreußischen kam, um hier zu siedeln. Die Räuber erschlugen alle, nur der älteste Sohn, mein Großvater, entkam in den Wald. Nachts schlich er zurück und holte den Beutel mit der Hauptmenge des mitgenommenen Geldes, er lag zwischen Heubündeln ganz unten in einem Lastwagen, die Räuber hatten ihn übersehen. Mit dem Geld hat er dann später dem Schuchener das Land für den Freihof abgekauft und den Hof gebaut.«

Branda hörte etwas verlegen zu, meinte dann, solche Dinge würden bald nicht mehr vorkommen, schon jetzt geschehe so etwas selten. Außerdem würden über kurzem die Söldner im Volk ganz aufgegangen sein, wie all die vielen Fremden aufgingen in dem großen Mischkessel hier, und zusammengekocht würden zu einem neuen großen Gericht.

Das habe noch gute Weile, erwiderte Termaehlen, vorläufig schmecke man die einzelnen Zutaten noch aus dem Gericht heraus, vielleicht würde man sie immer herausschmecken, vielleicht seien viele davon von der Art, die sich nicht mischt und nicht ergänzt und niemals einen befriedigenden Geschmack bewirkt. Ob Brandas Mutter hier aus dem Land gewesen sei?

»Nein«, sagte der Verwalter, »sie war Französin.«

Er sagte nichts davon, daß sie eine Troßdirne beim Söldnerhaufen gewesen war. Manches Mädchen, dem die Eltern erschlagen waren im fremden Land, mußte sehen, auf welche Weise es am Leben bleiben konnte ohne Freunde und Verwandte, wer wollte es darum schelten? Beim Troß war wenigstens ihr Leben einigermaßen sicher, zuweilen wurde sie sogar satt, auch war zur Nacht meistens ein Zelt für sie da, was konnte man mehr verlangen. Als dann der Schweizer Branda, nicht mehr jung, wie sie auch nicht mehr jung war, sie geheiratet hatte, war sie ihm eine treue Frau und fleißige Gefährtin gewesen, jahrzehntelang, und hatte ihm vier wohlgeratene Kinder geschenkt und aufgezogen. Eines davon war jetzt der Verwalter Branda auf Schuchen. Nein, er hatte keinen Grund, sich seiner Mutter zu schämen, und er tat es auch nicht. Aber er sorgte dafür, daß auch andere nicht übel von ihr denken konnten.

»Übrigens«, sagte er plötzlich, »du bist doch Termaehlen vom Freihof! Du hast eine schöne Tochter! Ich sah sie mit ihrem Bruder beim Heumachen am Waldrand.«

»Ist sie schön?« murmelte der Bauer und seufzte.

»Hast du was dagegen, daß ich dich mal besuche auf deinem Hof?« fragte Branda.

»Nein, komm nur«, erwiderte Termaehlen müde. »Aber da ist wohl das Schloß.« Ja, es war trotz aller Verwahrlosung wirklich noch so etwas wie ein Schloß. Termaehlen gab sich einen Ruck und ging auf die Freitreppe zu.

»Wenn du mich vielleicht brauchen kannst da drinnen –«, sagte Branda, aber der Bauer schüttelte nur den Kopf. So versprach der Verwalter: »Also ich komme bald mal zu dir«, und ging.

Über der Treppe öffnete sich ein Flügel der breiten, üppig geschnitzten und sehr schmutzigen Tür, eine alte Frau trat auf den mit bunten Steinen ausgelegten Vorplatz. Einige Steine fehlten, in den Löchern lag Abfall.

»Was willst du?« rief die Frau.

Termaehlen stieg die Treppe hinauf. »Den Baron sprechen«, erwiderte er, nahm die letzte Stufe und ging an der Frau vorüber in die Eingangshalle, die groß war, aber nicht sehr hoch, mit Geweihen an den Wänden und altem Eichengestühl. Die Frau folgte ihm.

»Der ist jetzt nicht zu sprechen. Er ist noch nicht aufgestanden. Ich glaube auch nicht, daß er dich überhaupt wird sprechen wollen.«

»Er wird es wohl müssen. Sage ihm Bescheid, ich warte hier.«

Er wartete. Durch ein hohes buntes Fenster kam farbiges Licht, es flimmerte über den Fußboden, der im selben Muster mit Steinen ausgelegt war wie der Vorplatz. Die Frau kam zurück. »Der gnädige Herr will wissen, wer du bist und was du von ihm willst.«

Der Bauer antwortete nicht, er schob sie zur Seite und ging in das Zimmer, aus dem sie gekommen war. Es war leer, aber in einem Nebenraum hörte er Geräusch. Er öffnete die Tür und trat ein. Auf dem Rand eines zerwühlten und wenig sauberen Lagers saß Rotter, den offenbar schmerzenden Kopf in die Hände gestützt. Jetzt hob er ihn. Im nächsten Augenblick sprang er auf.

»Kerl! Was hast du hier zu suchen?«

Der Bauer wich nicht zurück, er tat im Gegenteil einen Schritt vorwärts. Sei es so sonderbar, fragte er, und seine Lippen bewegten sich kaum beim Sprechen, wenn man den Vater seines Enkelkindes besuchen komme? Rotters Faust fiel schwer auf den Tisch am Kopfende des Lagers, er wollte eine dröhnende Lache aufschlagen, brach sie aber nach einem Blick in das Gesicht des Besuchers jäh ab, seine Augen verengten sich, wurden lauernd und höhnisch. »Du hast ein Enkelkind?« fragte er.

Es sei noch nicht da, erwiderte Termaehlen, aber man tue gut daran, die etwas verfahrene Grundlage seiner Existenz in Ordnung zu bringen, ehe es auf die Welt komme. Rotter fragte verblüfft: »In Ordnung bringen?« – »Ja, mit Pfarrer und Ehepakt.«

Jetzt brach das Lachen des Barons doch los, laut, grob und unbändig. Termaehlen stand schweigend und regungslos. Er dachte: Ich hätte meinem Kinde einen anderen Mann gewünscht. Er dachte: Wenn ich ihn doch erschlagen dürfte, aber das nützt Gertrude nichts. Endlich sagte er: »Ich sehe, meine Botschaft erfreut Euch.«

»Sehr«, erwiderte der Baron und konnte kaum Atem bekommen vor Lachen. »So einen guten Witz hörte ich schon lange nicht. Stammt er von dir oder von deiner Tochter?«

»Von mir. Und ich warte auf Antwort.«

»Gibt man auf einen Witz eine Antwort?«

»Es wird Euch nichts anderes übrigbleiben.«

»Ach, scher dich zum Teufel!«

Eben da sei er im Augenblick, versetzte Termaehlen, und er wünsche jetzt, daß sich der Baron Rotter klipp und klar dazu äußere, ob er seinen Schurkenstreich durch eine nachträgliche Heirat wenigstens in etwa wiedergutmachen wolle?

»Schurkenstreich!« brüllte Rotter, »Heirat! Ich soll die Bauerndirne heiraten, ihr Bastard soll ein Baron Rotter werden? Eher, bei Gott, soll –«

»Schwört nicht!« unterbrach der Bauer scharf. »Schwört zum mindesten nicht, ehe ich vom Herzog zurück bin.«

»Von *wo* zurück?«

Termaehlen wandte sich schweigend der Tür zu.

»Halt!« schrie der Baron. »Wohin?«

»Zum Herzog nach Königsberg, mein Recht verlangen und das Recht meiner Tochter.«

»Haha!« lachte Rotter. »Es wird den Herzog sehr aufregen, zu erfahren, daß ein Bauernmädchen ein Kind kriegen soll.«

Nein, das würde den Herzog nicht sehr aufregen. Er, Termaehlen, sei der letzte, der daran glaube, ein Bauernmädchen könne für die Ritter auch nur soviel Wichtigkeit haben wie ein Stück Vieh. Aber vielleicht rege es den Herzog auf, zu erfahren, wie sich die Herren aufführen, denen er Land und Leute überantworte. Er ging und war schon fast aus der Tür, da schrie Rotter ihm nach: »Bleib, Kerl!«

Der Bauer zauderte. Dann dachte er wieder: Gertrude! Sie soll nicht am Pranger stehen müssen. Man soll ihr nicht ins Gesicht speien dürfen. Sie hat es nicht verdient. Er wandte sich zurück.

»Einigen wir uns«, sagte Rotter. »Ich werde einen Mann für sie suchen und ihr eine Mitgift geben. Es gibt Männer, die nehmen es nicht so genau, besonders nicht, wenn ein Beutel mit Goldstücken daran hängt. Ich weiß schon einige.«

»Leibeigene Männer, jawohl. Meine Tochter soll einen Leibeigenen heiraten und soll leibeigen werden samt ihren Kindern. Vielleicht Euch leibeigen? Und das, meint Ihr, gibt ihr die Ehre wieder?«

»Ehre! Was hat ein Bauernmädchen für Ehre!«

»Wir werden es sehen.« Termaehlen wandte sich wieder der Türe zu. »Ich gebe Euch drei Tage Bedenkzeit. Keine Stunde länger. Habe ich in drei Tagen keine Zusage, breche ich am vierten nach Königsberg auf.« Er ging, hinter ihm her stoben die Flüche Rotters wie Hagelschloßen.

Als Termaehlen fort war, warf sich der Baron wieder auf sein Lager. Er tobte wie ein Besessener, er brüllte wüste Flüche, dann sprang er auf und rannte hin und her durch das Zimmer. Zum Herzog! Zum Herzog würde dieser Kerl gehen, und es würde ihm gelingen, vorgelassen zu werden. Dem würde es gelingen. Rotter zweifelte nicht daran. Und er zweifelte auch nicht an Albrechts Reaktion auf diese Nachricht. Der Herzog wartete ja nur auf dergleichen, er würde nur zu gern die Konsequenzen ziehen, wenn auch nicht in dem Sinne, in dem der Bauer glaubte, nein, das nicht. Er würde ihm nicht befehlen, die Bauerndirne zu heiraten, aber er würde ihn von Land und Besitz jagen, ohne Zeitverlust, ohne Umstände! Als Bettler konnte er davonreiten. Natürlich, man konnte dafür sorgen, daß der Bauer Termaehlen Königsberg nie erreichte. Aber da blieb immer noch der Sohn, der Bruder, der Mann mit der blitzenden Axt. Der würde nicht leicht in einen Hinterhalt zu locken sein, im Gegenteil, der würde ihn von der Erde fortwischen, daran war kein Zweifel. Nein, das alles war keine Lösung. Aber was war die Lösung?

Drei Tage lang raste der Baron Rotter von Schuchen und war ein Entsetzen für Mensch und Vieh. Drei Tage lang brüllte er betrunken in Schloß und Hof und Dorf, daß alles sich zitternd verkroch. Am Abend des dritten Tages erschien der Verwalter Branda auf dem Freihof. Er traf Gertrude, die eben mit den Milcheimern aus dem Stall kam. Sein Herz tat einen heftigen Schlag. »Ist dein Vater da?« fragte er.

Sie nickte nur und wies auf das Haus. Wie blaß sie war! Wie schön sie war! Er bebte vor Zärtlichkeit, er wollte sich nicht mit ihrer stummen Geste begnügen, er wollte ihre Stimme hören. »Was hat dein Vater mit unserem Herrn?« wollte er wissen.

Jetzt wurde sie flammend rot. »Ich weiß es nicht«, murmelte sie. Sie wußte es wohl, wenn er auch nichts davon gesagt hatte. Sie wußte es, aber sie wußte nicht, ob sie ihm Erfolg wünschen sollte. Ihre Augen richteten sich auf Branda.

»Bringst du eine Botschaft?«

»Ja. Dein Vater soll morgen nach Schuchen kommen.«

Jetzt wurde sie jählings blaß. »Ich werde es ihm sagen.«

»Und du? Wirst du mit ihm kommen?«

»Ich?« Sie sah ihn entsetzt an.

»Ja, du. Während die beiden ihre Sachen bereden, könnten wir ein wenig umhergehen. Ich könnte dir den Park zeigen, er ist verwildert, aber schön, auch unten am See ist es schön. Wenn du Lust hast, könntest du dir auch mein Haus ansehen, das Verwalterhaus, es ist nicht groß, aber hübsch eingerichtet. Eine junge Frau könnte sich darin wohlfühlen.«

»Nein, ich kann nicht mitgehen. Ich habe keine Zeit.«

»Vielleicht kann ich dann hierherkommen und dich besuchen. Soll ich deinen Vater fragen?« Seine Augen hingen an ihren Lippen, das Herz schlug ihm bis zum Halse.

Sie sagte: »Nein, frag ihn nicht. Es hat keinen Sinn.«

Er ging. Die Füße waren ihm schwerer als auf dem Herweg, das kam wohl daher, daß es jetzt bergauf ging. Aber am Ende des Weges waren sie schon wieder viel leichter. Er war ja ein Narr, zu denken, er brauche nur eine Andeutung zu machen, und schon würde sie ihm um den Hals fallen. Ein Mädchen wie dieses! Nein, da mußte man sich schon ein wenig gedulden und tüchtig anstrengen.

Gertrude richtete dem Vater die Botschaft aus. Der sagte nur: »Es ist gut.«

Wieder stand Termaehlen vor dem Herrn von Schuchen, der ihn finster anstarrte. »Wie hast du dir das eigentlich gedacht?«

»Wie es sich gehört für eine Ehe, nicht anders. Und ich möchte Euch noch sagen: wir legen keinen Wert auf Euren Besitz oder etwas, das mit Euch zusammenhängt. Meine Tochter will hier gar nicht einziehen und Herrin sein, sie bleibt bei uns samt ihrem Kinde. Uns ist mit der Trauung Genüge getan.«

»Aber mir nicht!« Rotters Lachen wurde roh und gemein. »Wenn ich nun all meine Tage über umhergehen soll als Narr, dann will ich wenigstens nachts auch meinen Narrenspaß haben.« –

Die Trauung fand auf Schloß Schuchen statt, der Prediger wurde drei Meilen weit aus dem Kirchdorf Dombrowken hergeholt. Dem Mann war nicht wohl bei der Zeremonie, den Umtrunk, zu dem Rotter ihn hinterher halb im Hohn einlud, schlug er aus, eilig stieg er in den Wagen, mit dem Termaehlen ihn zurückfuhr.

»Das wird nicht gut«, sagte er unterwegs. Der Bauer antwortete nicht. »Das wird nicht gut«, wiederholte der Prediger. »Deine Tochter ist schlimm daran. Sie weiß nicht, was sie tut. Sie ist noch ein Kind. Du hättest das nicht zulassen sollen.«

Termaehlen preßte die Lippen zusammen. Aber wozu verschweigen, was doch offenbar werden mußte, wenn das Kind kam? »Es war notwendig«, sagte er kurz.

»Notwendig. So. Ich habe es mir gedacht. Solch ein junges Ding ist schnell verführt.«

»Nicht verführt. Überfallen.«

»Überfallen! Du hättest ihn sollen büßen lassen.«

»Mit Geld! Das hätte ihr die Schande nicht genommen, nicht ihr und nicht dem Kind. Ihr wißt, wie das geht.«

Der Prediger seufzte. »Ja, ich weiß. Aber jetzt muß sie erst recht büßen ihr Leben lang. Das andere wäre hart gewesen, aber einmal, in Jahren, hätte es doch ein Ende gehabt. Dies wird kein Ende haben, solange er lebt. Armes Kind.«

Termaehlen murmelte: »Ich wollte sie nach der Trauung mit zurücknehmen. Er wollte nicht.«

»Natürlich nicht. Sie ist schön, und er haßt sie. Er wird sich an ihr rächen und seinen Spaß daran haben.«

Ja, er rächte sich, niemand konnte daran zweifeln, der Gertrude am nächsten Morgen aus dem Haus treten sah, zitternd vor Erschöpfung und leichenblaß, mit verschwollenem Gesicht. Von ihrer rechten Schläfe lief eine rote Spur über die Wange hinweg zum Hals, ein Striemen, solche Striemen hinterließen Reitpeitschen. Selbst die alte Haushälterin, hart und stumpf geworden in einem bitteren Leben, empfand Mitleid, und die junge Hausmagd aus dem Dorf unten brach in Tränen aus. Jetzt schlief der Mann wohl, da hatte sich die Arme fortgestohlen, um sich draußen an die Mauer lehnen und hinabsehen zu können, den schlimmen Weg entlang, den sie gestern vom Freihof heraufgekommen war und den sie nie mehr zurückgehen durfte.

So sah sie Branda. Er hatte längst begriffen, warum sie damals gesagt hatte, es habe keinen Sinn, daß er sie besuche. Er hatte alles begriffen, und sein Zorn war ebenso groß gewesen wie sein Schmerz. Aber als er sie jetzt sah, verschwand aller Zorn, und nur der Schmerz blieb, ein schrecklicher Schmerz und ein leidenschaftliches Mitleid. »Frau!« sagte er mit würgender Kehle, und obwohl er wußte, daß es vergeblich sei, »Frau – wenn ich etwas für Euch tun kann – ich geb mein Leben daran –« Er konnte nicht weiter.

Sie wandte das Gesicht fort. »Geht«, flüsterte sie, »wenn Ihr ein Herz im Leibe habt, geht – seht mich nicht an –« Er ging.

Gertrude lernte, daß kein Mann je so tief gedemütigt werden kann wie eine Frau, daß ein unerforschlicher Gott, der sich gerecht nannte, die Last des Leides sehr ungleich verteilt hatte. Sie begann über diesen Gott nachzugrübeln, und sie sah, daß nicht alles gut war, wie ihre kindliche Seele ehedem gemeint hatte. Oft, wenn sie in Abwesenheit ihres Mannes auf dem Hügel stand und auf der Ostseite des Sees Henriks Boot sah, warf sie sich ins Gras und preßte den Mund gegen die Erde, damit sie ihren verzweifelten Schrei aufnahm und nicht weitergab. Ein paarmal war Henrik aufs Schloß gekommen, einmal auch der Vater, aber es war schrecklich gewesen, ihnen gegenüberzustehen mit den Zeichen der nächtlichen Mißhandlungen im Gesicht. Der Vater war zusammengefahren bei ihrem Anblick, und in Henriks Augen war ein Ausdruck gewesen, der ihr Entsetzen eingeflößt hatte. Was wollte er tun? Was konnte er tun, das nicht auf ihn selbst zurückfiel?

Das schlimmste von allem aber war, daß Rotter keine Rücksicht auf ihren Zustand nahm. Er versagte sich nichts von dem, was er seinen Narrenspaß nannte, wahrscheinlich wäre es ihm lieb gewesen, wenn Mutter und Kind zugrunde gegangen wären. Aber Gertrude wollte nicht zugrunde gehen, ein Funke Lebenswille blieb ihr, sie war kaum achtzehn. Und als es unmöglich war, noch länger auszuhalten, schleppte sie sich eines Tages, als ihr Mann zur Jagd geritten war, durch tiefen Schnee hinab zum Freihof. Rotter holte sie nicht zurück, vielleicht fürchtete er die Männer. Und hier kam an einem kalten Tage Anfang März das Kind zur Welt. Es war eine langwierige und schwere Geburt, Henrik hatte wohl eine Wehmutter beschaffen können, aber sehr viel verstand die nicht, und ein Arzt war nicht aufzutreiben. So mußte Gertrude drei Tage und drei Nächte lang unter der Faust der ungemilderten Qualen aushallen, ehe sich das Kind von ihr zu lösen vermochte.

»Betet!« sagte die Wehmutter, wenn Gertrude zwischen den Wellenbergen des Schmerzes für kurze Zeit in das Tal einer trügerischen Ruhe glitt. »Betet, daß Gott Euch die Qual kürzen möge! Seine Güte ist unendlich.«

»Gott ist nicht gut«, sagte die Wöchnerin, »nicht gegen die Frauen, ich weiß es längst.« Gott war ein Mann, Gottvater, jawohl, das war es. Er hielt zu den seinen, was kümmerten ihn die Frauen. Er war nicht gerecht, und gütig schon gar nicht. Es taugte nicht, sich auf ihn zu verlassen. Sie beschloß, ihren Sohn, als er endlich zur Welt gekommen war, Thomas zu nennen. Denn Thomas, hatte sie gehört, war ungläubig gewesen.

Rotter kümmerte sich weder um Geburt noch Taufe. Thomas war schon drei Wochen alt, als sein Vater zum Freihof geritten kam und barsch die Frau zurückverlangte. Die Männer waren nicht im Haus, hatte er es gewußt? Er traf nur Tante Lina. Nein, sagte Tante Lina, Gertrude könne das Lager noch nicht verlassen, wahrscheinlich noch längere Zeit nicht, die Geburt sei sehr schwer gewesen, wer hätte das geglaubt bei diesem jungen kräftigen Geschöpf! Wenn sie da an Gertrudes Mutter denke, bei der sei das im Handumdrehen gegangen, nun, nicht gerade im Handumdrehen, aber höchstens einen halben Tag hätten die Kinder gebraucht, um ihren ersten Schrei zu tun, Henrik sowie Gertrude.

Während der Baron finster und wütend auf die Frau starrte, mit der er nun auch – sollte man es glauben? – verwandt geworden war, sprach Tante Lina weiter von Gertrudes Mutter. Und nur, um ihr endlich das Wort abzuschneiden, fragte er, ob die Mutter auch aus den Niederlanden gewesen sei?

»Marinja? Nein, sie stammte von hier, aus Schuchen, dem Dorf Schuchen.«

»Dem Dorf Schuchen?« Ja, vom Dorf Schuchen. Als der Großvater dem damaligen Herrn von Schuchen das Land hier abkaufte, um seinen Freihof darauf zu errichten, hatte er keine Arbeiter. So lieh ihm der Schuchener einige Leute, Leibeigene, die blieben dann hier, niemand fragte nach ihnen, alle die Jahre nicht, und so blieben sie, arbeiteten und heirateten untereinander und lebten auf dem Freihof, starben dann auch, als ihre Zeit gekommen war. Die letzte war Marinja, sie blieb schließlich allein übrig, und zu der Zeit, als Jan den Hof übernahm, war sie ein hübsches fleißiges Mädchen, gut zu Mensch und Vieh, und Jan nahm sie zur Frau.

»Eine Leibeigene?« Rotter wiederholte, tonlos vor Wut: »Eine Leibeigene! Ich bin also nicht nur mit einer Bauerndirne verheiratet, sondern auch noch mit der Tochter einer Leibeigenen!« Seine Stimme schwoll an. »Das kann selbst der

Herzog nicht wollen! Ich habe nichts davon gewußt, ich kann es beweisen! Die Ehe ist ungültig, die Dirne bleibt eine Dirne und ihr Bastard ein Bastard –« er stürzte hinaus, sprang auf sein Pferd und jagte vom Hof, an Jan und Henrik vorbei, die gerade heimkamen. Eine Leibeigene! Alle Wasser der Welt konnten diese Schande nicht abwaschen, keine Rache gab es, die hart genug war für solchen Schimpf! Plötzlich hielt er das Pferd an, blitzartig war ihm eine Erleuchtung gekommen. Ein Mann, der eine Leibeigene heiratete, wurde selbst leibeigen, er und alle seine Nachkommen! Wenn Gertrudes Mutter zu Schuchen gehört hatte, gehörten alle dazu, gehörten ihm, dem Baron Hans von Rotter, waren ihm ausgeliefert auf Gnade und Ungnade! Der Alte, der Bursche mit der Axt, Gertrude, sie vor allem. Nicht als Ehefrau, sondern als Leibeigene gehörte sie ihm. Ihn schwindelte fast, so trunken machte ihn der Gedanke an die Rache, sowie nur erst sein unzweifelbarer Anspruch gesetzlich bestätigt und seine Ehe ungültig wäre.

Er war guter Dinge, pfiff sogar vor sich hin, als er vor dem Schloß aus dem Sattel sprang. Er rief nach Branda, erteilte allerlei Weisung, sagte geheimnisvoll, er reite zum Herzog in privater und wichtiger Sache, und nach seiner Rückkehr aus Königsberg werde sich hier allerhand ereignen. Branda nickte nur und schwieg. Die Haushälterin mußte reichlichen Mundvorrat einpacken, dazu doppelte Kleidung und elegantes Schuhwerk, die Ritter am herzoglichen Hof sollten nicht spotten können über den Schuchener aus der Wildnis.

Ganz früh am nächsten Tag brach er auf, es war elend kalt, wenn auch schon Ende März, aber was wollte das besagen in diesem gottverfluchten Land. Der Schnee lag nicht allzu hoch, auf dem See hatte ihn der Wind fast fortgeblasen, es war gerade genug liegengeblieben, daß der Rappe nicht so leicht ausglitt. Rotter hatte beschlossen, den See ostwärts zu überqueren und dann erst auf die große Straße zu kommen, so schnitt er nicht nur ein gutes Stück Weg ab, sondern mußte auch nicht am Freihof vorbei. Er ritt den Hügel nach dem See zu hinab. Branda sah es mit Verwunderung. Dann war der Reiter seinem Blick entschwunden, ganz plötzlich weggewischt, das machte der Schneedunst, der über allem lag wie eine Schicht Wolle, wer hineintauchte, war auch schon darin versunken.

Rotter machte das nichts aus, er kannte die Richtung. Bald spürte er, wie das Tier über Eis trabte, gleichmäßig und schnell, immer dem Wind aus Osten entgegen. Dann wurde der Dunst über dem See lichter, wenn auch die Ufer unsichtbar blieben. Immerhin konnte der Reiter eine Gestalt bemerken, die in einiger Entfernung über das Eis ging, sich bückte, ein paar heftige Bewegungen vollführte, sich aufrichtete, weiterging, sich wieder bückte und das Spiel ständig wiederholte. Der Baron ritt näher, er erkannte Henrik, der mit seiner Axt Löcher ins Eis hieb. Atemlöcher für die Fische, und Strohwische hineinsteckte. Zuerst stieg ein Unbehagen in ihm auf, aber das wurde schnell von einem wilden Vergnügen zurückgedrängt. Der Bursche würde diese vermaledeite Axt nicht mehr lange mit sich herumtragen.

»He, Kerl! Komm her!«

Henrik schaute kurz auf, sicher erkannte er den Rufer, aber er ging weiter. Rotter ritt ihm nach. »Hast du mich nicht gehört? Herkommen, habe ich gesagt!«

Der junge Mann, jetzt ziemlich dicht vor ihm, richtete sich auf. »Ich hab Euch gehört. Was geht es mich an?«

»Es wird dich schon etwas angehen, sehr viel wird es dich angehen. Weißt du, daß du mir leibeigen bist?«

Henrik lachte kurz. »Nein, das weiß ich nicht.«

»Aber ich weiß es. Dein Vater«, sagte Rotter »hat eine Leibeigene aus meinem Dorf geheiratet. Schön habt ihr mir die Falle gestellt, aber das wird euch teuer zu stehen kommen. Ihr werdet es noch bitter bereuen.«

Auf den Blitz, der plötzlich gegen ihn fuhr, war er nicht gefaßt. Die Axt sauste durch die Luft, sie wurde geschleudert von einem Arm, der gewohnt war, auch mit Riesenbäumen fertig zu werden. Rotter riß sein Pferd zurück, und die Axt fuhr an ihm vorbei in den Schnee, aber sie biß sich im Eis fest, so daß Wasser durch den Spalt drang. Der Rappe stolperte und stürzte schwer auf die Hinterhand, und unter dem wild um sich schlagenden Tier öffnete sich eine lange Rinne, verbreiterte sich, wurde zum Teich rund um das versinkende Roß. Rotter warf sich aus dem Sattel, aber sein linker Fuß hatte sich im Steigbügel verfangen, hilflos hing er fest. Er versuchte, sich mit einer Hand an den Eisrand zu klammern und mit der anderen den Steigbügel zu lösen, aber das Eis brach ab, wohin er auch griff. Er hielt sich am Kopf des Rappen fest, der noch über dem Wasser war, er schrie um Hilfe, aber er schrie umsonst. Der Teich wurde zum See, er schien unendlich, unendlich wie die Ewigkeit, tief und dunkel, die Ufer der Zeit waren nicht mehr erreichbar. Und in dieser Tiefe und Dunkelheit versanken Mann und Tier.

Henrik ging heim. Es tat ihm leid um seine versunkene Axt, es war eine gute Axt gewesen. –

Zwei Jahre lang wartete Gertrude im Freihof auf die Rückkehr ihres Mannes, wenn man eine von Tag zu Tag sich steigernde Angst vor dieser Rückkehr und ein allnächtliches Aufschrecken aus Albträumen Warten nennen will. Im dritten Frühling warf der See einen Reithandschuh ans Ufer. Das derbe Leder war gut erhalten, auch das eingepreßte Wappen war noch erkennbar. Rotters Wappen, eine stachelbewehrte Keule, Morgenstern nannte man solche Keulen, sie waren gnadenlose Waffen.

»Ich war immer überzeugt«, sagte Henrik, »daß er auf dem See eingebrochen und ertrunken sein müsse – du bist jetzt frei und kannst ruhig hinaufziehen ins Schloß, es ist das deine. Du bist die Baronin Rotter.« Er lachte.

»Ja, das bin ich, Gott sei es geklagt«, erwiderte sie. »Aber ich will das Schloß nicht. Ich will Schuchen nicht.« Der Vater mischte sich ein. »Das steht nicht bei dir. Schuchen ist das Erbe deines Sohnes, du hast nicht das Recht, es ihm verlorengehen zu lassen. Zieh hinauf, übernimm das Gut, du hast ja Branda, er ist ein guter Verwalter.«

»Ich fürchte mich«, flüsterte sie.

Der Bruder umarmte sie zärtlich. »Fürchte dich nicht. Fürchte dich nie mehr. Er kommt nie zurück. Verlaß dich darauf.«

So zog Gertrude mit dem kleinen Thomas in das alte düstere Schloß, aber wie sollte sie es möglich machen, sich nicht zu fürchten, hier, wo alles von den entsetzlichen Dingen sprach, die ihr in der kurzen Ehe geschehen waren? Natürlich wurden amtliche Nachforschungen angestellt, es gab Vernehmungen und Untersuchungen, aber alles blieb erfolglos. So wurde Gertrude schließlich förmlich zur Witwe erklärt und als Leiterin des Rittergutes Schuchen anerkannt, bis der kleine Thomas alt genug sein würde, den Besitz zu übernehmen. Er wuchs heran, ein Knabe wie viele. Weder hatte er das angstvoll Aufsässige, das Sinnierende und Grüblerische der Mutter geerbt noch die rohe Gewalttätigkeit des Vaters. Im fünften Jahr nach Rotters Verschwinden heiratete Gertrude den Verwalter Branda.

»Ich liebe Euch nicht«, sagte sie. »Wie sollte ich je einen Mann lieben können? Aber ich habe Euch gern, und ich verspreche Euch Achtung und Treue.«

Er erwiderte: »Ich liebe Euch, und ich kann warten. Ihr sollt wissen, daß ich Euch immer lieben werde, auch wenn Ihr nie anderen Sinnes werden solltet, und daß Ihr bei mir geborgen sein sollt wie in der Hut Gottes.«

Gertrude wollte nicht wohnen bleiben in Schuchen. Es wäre ihr unmöglich gewesen, zwischen diesen Wänden ein neues Leben zu beginnen, ein Leben, in dem man auch wieder einmal würde lachen können oder ein heiteres Lied singen. Sie verkaufte ein Vorwerk, das größte von dreien, und da sie es einem Bediensteten des herzoglichen Hofes abtrat, erhielt sie leicht die Erlaubnis dazu. Mit dem Geld zogen sie und ihr Mann weiter nordwärts, ins Samländische. Schuchen übergab sie derweil Henrik zur Verwaltung.

Am Nordrand von Königsberg, in der Gegend der Fließe, kaufte sie ein Grundstück, ein Drittel Wiese und zwei Drittel Acker. Die Wiese gab Futter für eine Kuh und zwei Schafe, und auf dem Ackerland errichtete Gertrude eine Gärtnerei. Es dauerte nicht lange, da versank das langgestreckte weiße Haus hinten im Garten unter Blüten, wie einst, vor mehr als zweihundert Jahren, die Hütte des jungen Jan Termaehlen unter Blüten versunken war, so daß Johanna dort geblieben war ihr Leben lang, obwohl der Meerstein sie gemahnt hatte mit Druck und rotem Malzeichen. Zuweilen, an Feiertagen, pilgerten die Bürger von Königsberg hinaus in die Fließgegend und betrachteten neugierig Gemüsebeete und junge Obstbäume, auch all das andere Schöne, Blühende, aber Unnütze. Es gefiel ihnen wohl, dennoch begriffen sie nicht, wie man soviel Arbeit nur der Schönheit zuwenden und dem Nutzen entziehen konnte. Denn die Leute der Gegend waren karg und nüchtern von Natur, es waren vernünftige Leute.

Alles schien gut und recht, Arbeit und Ehe, sie war zufrieden, auch Branda war es. Denn wer hat schon das Recht, zu verlangen, daß der andere einen mit derselben Innigkeit wiederliebt, mit der man selbst liebte, wem geschah das schon? Vielleicht in alten Märchen und Sagen, aber in Wirklichkeit? Da war schon eine Ehe wie die seine, ohne Zwist und Bosheit und voll guten Willens, ein wahres Märchen.

Thomas mußte Unterricht bekommen, obwohl Branda meinte, für die Bewirtschaftung von Schuchen und den Verkehr mit den meist ungeschliffenen Nachbarn genüge das, was Gertrude ihn lehren könne. Aber Gertrude schüttelte den

Kopf. Was konnte sie schon selbst? Lesen und Schreiben zur Not, und genügend Rechnen, um die Einnahmen mit den Ausgaben abzustimmen. Es war nicht einfach, für Thomas einen Lehrer zu finden. Wer von den gelehrten Herren an der neugegründeten Königsberger Universität gab sich schon dafür her, dem Sohn eines einfachen Gärtners Unterricht zu geben, noch dazu in dessen Haus, denn die Mutter des Knaben wollte dabei sein und mitlernen? Endlich fand sich jemand, der war erst kürzlich aus Frankfurt gekommen, Frankfurt an der Oder, von wo ihn der Rektor Sabinus an die Albertina geholt hatte. Svantenius hieß er. Martin Svantenius war trotz seiner Jugend schon Professor der Theologie und Mathematik und fand, dem engen Kastenwesen des Landes fremd, nichts Verächtliches darin, den Sohn eines Gärtners zu unterrichten. Es gefiel ihm, daß der Knabe über seinen Stand hinaussteigen sollte, und das nicht nur auf der Geldleiter. Es gefiel ihm auch, daß das Kind eine so wissensdurstige Mutter hatte. Ja, sagte er also, er werde kommen. In drei Tagen, wenn er seinen Zeitplan entsprechend umgestellt haben werde, könne man mit den Lektionen beginnen.

Als Martin Svantenius nach drei Tagen den Garten am Großen Fließ betrat, überrascht von der üppigen Fülle vielgestaltiger und zum Teil hier sonst unbekannter Pflanzen, stand die Septembersonne schon niedrig über dem Horizont. Ein silbriger, rot durchfluteter Dunstschleier lag über dem Garten, durch ihn hindurch leuchteten die Rosen fast unwirklich, zwischen ihnen standen steil die Blätter der Schwertlilien wie lange grüne Messer. Im Hintergrund überblühten riesige Büsche von bunten Georginen beinahe das langgestreckte, niedrige weiße Haus, an leichten Spalieren rankten sich dunkelblaue Winden. Des Professors rascher Blick – es war nicht der Blick eines Gelehrten, eines Stubenmenschen – umgriff schnell und verwundert dies in ostpreußischer Gegend nicht übliche Bild zarter Schönheit und glitt dann zu der Frau, die sich jetzt langsam vor einem bunten Sommerblumenbeet von den Knien erhob, sich die Erde von den Händen klopfte, den Rock glattstrich und ihm entgegensah. Als wäre dieser Blick ein Magnet, beschleunigte er den Schritt, dann standen sie voreinander und sahen sich an.

Plötzlich erfüllte eine seltsame Spannung den Garten, der schweigend dalag, bunt, glühend und reglos. Aber zitterte nicht der Boden unter ihren Füßen? Die Sonne senkte sich tiefer, die Schatten wurden schärfer, das Licht klarer und fremder. Ein Vogelruf durchschnitt für eine Sekunde die Stille, die sofort wieder über ihm zusammenschlug wie Wasser über einem Stein. Ein Baum rauschte auf, aber die Stille griff in seine Zweige und hielt sie fest.

Der Mann hob die Hand, sie sank wieder hinab. Die Frau wollte lächeln, es gelang nicht. Jetzt berührte die Sonne den Horizont, das Licht flammte noch einmal rot über dem Garten, dann erlosch es. Der silbrige Dunst wurde zu grauem Nebel, die Stille löste den Griff und ließ den Vogel rufen, den Baum rauschen. Sie ließ auch Schritte laut werden, Brandas Schritte. Er begrüßte den Professor, sie reichten einander die Hand, sie gingen dem Haus zu, Gertrude folgte ihnen, sie hatte dem Fremden nicht die Hand gegeben.

Martin Svantenius und der kleine Thomas fanden rasch Gefallen aneinander. Da das Kind bereits lesen und schreiben konnte, ging man ohne Verzug zum Lateinischen über, dieser unerläßlichen Grundlage allen Wissens. Die Sprache bot keine Schwierigkeiten, vielleicht deshalb, weil Gertrude an den Lektionen teilnahm. Es war schön, sich dabei zu beobachten, wie sich die Horizonte vor einem öffneten, wie die Welt größer wurde, farbiger und reicher. Aber war nicht noch etwas anderes dabei? War es nicht herrlich, in den stillen Nächten am Herdfeuer zu sitzen, das Buch in der Hand, und stumme Zwiesprache zu halten. Diese unendliche Glückseligkeit fühlen, wenn das so tief vertraute Gesicht auftauchte, dieses stark und mutig geschnittene Gesicht mit den ernsten dunklen Augen und dem winzigen sichelförmigen Leberfleck über der rechten Braue. Das Herdfeuer brennt nieder, die Kerze erlischt. Gertrudes Hände legen sich um ein unsichtbares Haupt, ihre Lippen öffnen sich zum Kuß, sie bebt und lächelt, sie versinkt in die leidenschaftliche Bezauberung einer Umarmung, die nie sein wird.

Die Zeit geht hin, der Winter ist fortgegangen mit seinen dunklen Liedern von Tod und Verzicht, der Frühling kommt, das Leben bricht mit Macht hervor, es läßt sich nicht zurückhalten, es kennt keine Bedenken, es erfüllt Haus und Garten. Svantenius war nicht nur ein Mann von großen Kenntnissen, sondern auch von tiefer Intuition, dazu von schweifendem, vorurteilslosem Geist. Verwirrend und unlogisch wie das Leben selbst wich er oft vom Hauptweg ab und verlor sich in unerwartet auftauchenden Seitenpfaden, deren ungeahnte Ausblicke den Atem stocken lassen. Wenn des Professors Unterricht nicht immer das war, was einem zehnjährigen Knaben gemäß schien – vielleicht sprach er mehr zu der Mutter als zu dem Kinde –, so wurde doch beiden die Welt größer und die Sicht weiter. Und auf Gertrude wirkten Vielfalt und Unendlichkeit der Dinge tröstlich.

»Es ist also gar nicht notwendig, glücklich zu sein«, sagte sie.

Svantenius antwortete: »Ihr beginnt erst mit den Lektionen. Dies ist die erste Stufe.«

Sie fragte: »Und die zweite?«

»Die zweite sagt: Glück ist der Nährstoff, ohne den die Pflanze des Wissens bitter wird. Und manchmal tödlich.«

»Gibt es auch eine dritte Stufe?«

»Sicherlich. Aber ich fand sie noch nicht.«

Die Akelei kam und ging, Flieder und Jasmin flammten auf und erloschen, die Rose, die Tausendblättrige, Tausendschöne, stieg aus dem Kelch und brannte in Schönheit und Liebe.

Die Sommerblumen liefen herbei, die Einjahrsseelen, lieblich, duftend und vergänglich, der Sommer schritt vor. Eines Tages kam Branda in das Schulzimmer und sagte, am nächsten und vielleicht auch übernächsten Tag müsse der Unterricht ausfallen, er habe Pferde zu leihen bekommen und wolle Bauholz fahren, Thomas solle mitkommen.

»Bauholz? Was willst du bauen?«

Nun, Thomas sei jetzt groß genug, um Anspruch auf eine eigene Kammer zu haben. Und überhaupt werde Gertrudes Kammer allmählich zu eng für zwei. Dachte Svantenius, Branda könne noch einen anderen Grund haben, Gertrude allein in ihrer Kammer zu wissen? Er stand abrupt auf, schob seine Bücher zusammen, sagte: »Also morgen kein Unterricht!« und ging. Branda sah ihm verwundert nach. »Habe ich ihn gekränkt?« Gertrude schüttelte den Kopf, stellte die zurückgebliebenen Bücher fort und begann das Abendessen zu bereiten.

Nächsten Tages bei Sonnenaufgang fuhren Branda und Thomas fort. Um die Mittagszeit kam Svantenius.

»Kein Unterricht heute«, sagte Gertrude. »Ihr hörtet es gestern.«

»Ich hörte es.«

Sie schwieg. Er ließ sich auf seinen üblichen Platz nieder. »Was habt Ihr denn erwartet?« fragte er.

Daß er kommen würde, natürlich. Sie zuckte die Schultern und begann unruhig hin und her zu gehen. Schließlich sagte sie: »Dennoch hättet Ihr fortbleiben müssen. Es macht alles nur schwerer, es ist sinnlos. Ihr wißt es.«

Als er auf sie zutrat, wich sie zurück. In ihren Augen stand abgründige Angst.

»Fürchte dich doch nicht vor mir«, sagte er verwirrt. Sah er nicht, daß sie sich vor sich selbst fürchtete? Immer weiter wich sie zurück, bis sie an die Wand stieß. Da blieb sie stehen, mit abwehrenden Händen.

Er folgte ihr nicht, er setzte sich wieder, sah sie nur an und begann zu sprechen. Seine Stimme war sanft und tief, ihr Herz zitterte. Er brauche ihr wohl nicht zu sagen, sprach diese Stimme, daß er sie ganz wolle und für immer. Er wolle, daß sie mit ihm komme. Nicht etwa in irgendeine andere Universitätsstadt. Es gebe eine andere Möglichkeit. Er sei nicht unbegütert, man könne ein ganz neues Leben anfangen in einem anderen Land, beispielsweise in jenem, das man jenseits des großen Meeres gefunden habe. Von Holland aus gingen zuweilen Schiffe dorthin. Solche Reise sei nicht ohne Mühsal und Gefahr. Könnte sie sich entschließen, die Heimat für immer zu verlassen um eines Landes willen, von dem man nicht viel mehr wisse, als von Mond und Sternen?

Zauberlied, uralt, Lied von großer Liebe und lockender Ferne, es erfüllte den Raum mit atemloser Seligkeit. Dunkel glitt durch das Blut der Frau die Sehnsüchte des jungen Mädchens. Phantastische Ferne, voller Gefahr und Liebe. Immer zusammen sein mit diesem Mann, das ganze Leben über, Tag und Nacht. Sie sah ihn an, kaum konnte er den Glanz ihres Blickes ertragen. Die Mittagssonne flammte über ihr Gesicht, loderte in ihrem hellen Haar, tanzte glückselig durch den Blätterschatten auf dem Fußboden. Svantenius erhob sich, fast taumelte er vor Glück, er breitete die Arme aus, die Frau kam langsam auf ihn zu, Schritt für Schritt. Schon berührten seine Hände ihre Schultern, da fuhr sie zurück. Angstvoll griff er nach ihr, sie glitt fort. »Welcher Verrat!« sagte sie tonlos. Ihr Gesicht war plötzlich weiß.

»Verrat?« stammelte er.

Sie schwieg und sah ihn nur starr an. Ihre Augen waren voll Abscheu und Verzweiflung.

»Verrat?« wiederholte er. »Thomas? Wir können ihn mitnehmen.«

»Ich meine nicht Thomas. Er braucht mich kaum. Er wird in ein paar Jahren sein Erbe antreten.« Er starrte sie an.

»Branda!« sagte sie nach einer Weile. »Er liebte mich schon vor meiner elenden ersten Ehe, er liebte mich ohne Hoffnung und ohne Schwanken. Er behandelte mich mit großer Achtung, als ich selbst mich schon längst nicht mehr achtete, er hätte gemordet für mich, wenn ich es zugelassen hätte. Jederzeit war er bereit, die Hände unter meine Füße zu legen, seine Treue blieb immer gleich, seine Treue und seine Liebe, seine unbelohnte, demütige Liebe –«. Sie brach ab.

Schweigen. Jetzt hätte er gehen müssen. Aber er konnte es nicht. Er sah sich hilflos in dem Raum um, in dem er ihr fast jeden Tag gegenübergesessen hatte, beinahe ein Jahr lang. Bank und Tisch, Stuhl und Schrank und eine große Ausziehkommode, bunte Decken auf dem Boden und Blumen an den Fenstern – ein Heim. Sein Heim. Nein, nicht das seine, das Heim eines anderen Mannes, ihres angetrauten Mannes.

»Ich muß gehen«, murmelte er, blieb aber sitzen und sah zu, wie sie das Haus verließ, draußen die Kuh über die Wiese neben dem Garten führte, Hühner und Enten fütterte, ein paar Pflanzen goß, wieder hereinkam und im Zimmer hantierte.

»Ich muß gehen«, wiederholte er und dachte dabei: Es ist nicht möglich, großer Gott, es ist nicht möglich!

Sie brachte eine einfache Mahlzeit, beide aßen, o Symbol der Zusammengehörigkeit, sie aßen zusammen, legten einander vor, ihre Hände bebten, sie sprachen nicht. Dann trug sie das Geschirr hinaus, der Tag war zu Ende, alles war zu Ende.

»Geh!« sagte sie, ohne ihn anzusehen. »Geh für immer. Vielleicht – wenn wir wiedergeboren werden –«

»Wir werden nicht wiedergeboren«, murmelte er, »das ist Heidenglaube. Die Leute hier im Land, früher, ehe das Christentum kam, glaubten daran. Nicht wir.«

»Ich glaube daran. Ich weiß es. Ich kannte dich lange, ehe ich dich sah. Woher?«

Er stand schwerfällig auf. Sie sah ihn schweigend an, da

sank er zusammen und ging. Als er an ihr vorüberkam, hielt er kurz an und sagte: »Du fragtest einmal nach der dritten Stufe, erinnerst du dich? Hier ist sie. Sie heißt: Umsonst.« Dann schritt er schnell weiter, immer schneller, als gelte es eine Flucht. Gertrude sah ihm nach, wie er den Weg hinabging, der Pforte zu, durch die er so oft gekommen war. Die dritte Stufe. Umsonst. Nie mehr. Er öffnete die Pforte, die Frau sank hinter der Haustür in die Knie, preßte die Fäuste auf den Mund, um nicht zu schreien: »Komm zurück! Für eine Stunde, eine halbe, eine Minute – komm zurück!« Als sie wieder aufstand und hinabsah, war er schon hinter den Büschen verschwunden. Umsonst. Nie mehr.

Es wurde eine schreckliche Nacht. Unzählige Male fuhr Gertrude auf und lauschte. Hatte sie nicht Geräusche gehört? Endlich kam der Morgen. Sie stand auf, ging an ihre Arbeit, der Tag war schön wie der gestrige, und als der Vormittag vorschritt, ertappte sie sich darauf, daß sie immer wieder den Gartenweg entlangsah, sie flüsterte: Gott gebe, daß er nicht noch einmal kommt! Aber sie dachte: Komm! Komm!

Er kam nicht, auch Branda und Thomas kamen den ganzen Tag nicht. Erst als die Dunkelheit schon tief über dem Land lag, hörte sie den Wagen und stürzte hinaus.

»Seid ihr da?« rief sie in die Finsternis hinein. »Seid ihr beide da?«

»Wir sind da«, erwiderte Branda.

Sie lief zum Wagen. »Ist nichts geschehen?«

Der Mann fragte verwundert: »Was sollte denn geschehen?«

Tief atmete sie auf. Vielleicht war es doch ein Zeichen von Gottes Barmherzigkeit? Vielleicht. Vielleicht aber war es auch nur Zufall, und Gott hatte gar nichts damit zu tun.

Sie zündete so viele Kerzen an, daß es aussah, als solle ein Fest gefeiert werden, und bewirtete Mann und Sohn mit dem Besten, das sie hatte. Und als Thomas in die Kammer gegangen war und sich schlafen gelegt hatte, schlang sie den Arm um Branda und küßte ihn.

»Das tatest du noch nie!« sagte er überrascht und fügte nach einer Weile hinzu: »Beginnst du vielleicht, mich zu lieben?« Es sollte scherzhaft klingen, klang aber unsicher und eher kummervoll. Sie antwortete entschlossen: »Ja«, und küßte ihn noch einmal. Wortlos umarmte er sie. Sie hielt die Augen geschlossen, ihr Herz wollte stillstehen. Mochte es, ohnehin wäre es das beste. Aber nun würde wenigstens einer glücklich sein. Und wer hatte es mehr verdient als dieser Mann? »Ja!« wiederholte sie.

Martin Svantenius kam nicht wieder in das weiße Haus hinter den Georginenbüschen. Er sei plötzlich mit soviel Verpflichtungen von der Albertina überhäuft worden, ließ er sagen, daß alles andere fortfallen müsse. Aber Thomas könne zu ihm kommen, soviel Zeit erübrige er schon noch zwischendurch.

Thomas ging. Er gab seine Lektionen getreu an seine Mutter weiter, die sich mit Leidenschaft darauf stürzte. Sie arbeitete jetzt immer bis weit nach Mitternacht.

»Das geht nicht!« sagte Branda entschlossen. »Jetzt geht es nicht mehr. Es ist zuviel.«

Warum gerade jetzt zuviel? Nun, weil Gertrude wieder ein Kind bekommen sollte, nach dem Willen des Schicksals, oder war es ihr eigener Wille? Eines Tages kam Thomas vom Unterricht zurück und sagte, der Professor Svantenius verlasse Königsberg, schon morgen fahre er nach Amsterdam, um sich einzuschiffen nach dem neuen fremden Land jenseits des großen Meeres. Er lasse die Eltern schön grüßen, selbst verabschieden könne er sich nicht mehr, die Zeit sei zu kurz.

Der Tag war sehr heiß gewesen und Gertrudes Zustand schon weit fortgeschritten, daher kam es wohl, daß sie ohnmächtig umsank. Die Wehmutter erschien, und in der Nacht wurde das Kind geboren. Es war wieder ein Knabe, stark gebaut, dunkeläugig und mit einem winzigen sichelförmigen Mal über der rechten Braue, ein wenig zur Schläfe hin, Zeichen eines mystischen Ehebruchs, an dem der Leib keinen Teil gehabt hatte. Niemand außer Gertrude bemerkte das Mal.

»Wie soll das Kind heißen?« fragte Branda. Die Mutter erwiderte: »Martin.«

Die Geburt war weit leichter gewesen als die erste, aber am nächsten Tag kam das Kindbettfieber. Gertrude murmelte wirre Dinge vor sich hin, niemand verstand die Worte, dann lag sie lange reglos, mit offenen unbewegten Augen. Was dachte sie? Vielleicht glitten die Bilder ihres kurzen Lebens an ihr vorbei, und sie betrachtete sie mit Neugierde und Verwunderung darüber, wie ein Dasein so ganz umsonst sein kann, für sich selbst umsonst. Oder sie sprach lautlos mit dem Mann, der jetzt unterwegs war, um mit einem Schiff über das weite Wasser zu fahren, allein, ohne sie, und deutete auf das Kind: unser Kind, hier ist das Zeichen.

Am dritten Tag nach der Geburt ihres zweiten Kindes starb sie. Es war der 19. August 1555, ihr dreißigster Geburtstag.

Drittes Zwischenspiel

1557–1660

Als Thomas Rotter fünfzehn Jahre alt geworden war, holte sein Ohm Henrik ihn nach Schuchen, um ihn beizeiten mit Wirtschaft und Verwaltung vertraut zu machen. Mit achtzehn übernahm Thomas das Gut, mit neunzehn heiratete er ein gleichaltriges, langweiliges und hübsches Fräulein aus der Nachbarschaft, und mit zwanzig hielt er seinen ersten Sohn in den Armen. Man taufte das Kind Albrecht, nach dem guten Herzog, der sich solche Mühe gab, dem Lande den Frieden zu erhalten und ein gewisses Maß von Recht darin durchzusetzen.

Denn es war wahrlich ein geplagtes Land, niemand konnte das leugnen. Der Adel und die Stände standen nicht nur gegenseitig in Zwist, sie standen nach wie vor auch gemeinsam gegen den Herzog, dem sie ein Privileg nach dem anderen abzwangen, und obwohl sie ihm das Lehnsverhältnis mit Polen verübelten, zögerten sie nie, gegebenenfalls die Hilfe der polnischen Krone gegen ihren Herzog anzurufen, und der Erfolg blieb nie aus. So hatte Albrecht einen schweren Stand und mußte einen aufreibenden und listenreichen Kampf führen gegen beide Seiten, ohne sich jemals ehrlich gegen die eine oder die andere erklären zu dürfen. Er trug schwer daran, zumal seine Gesundheit mit zunehmendem Alter sehr nachließ und er auf seinen Nachfolger keine großen Hoffnungen setzen konnte. Denn Albrecht Friedrich, der einzige Sohn, war noch ein Kind und zudem schwachen Geistes und zur Schwermut geneigt. Wie würde er mit Adel und Ständen, wie mit der polnischen Krone fertig werden, gar nicht zu reden von den Schwierigkeiten mit der lutherischen Geistlichkeit, die nicht weniger streit- und herrschsüchtig geworden war als ehedem die katholische. Nein, es waren keine schönen Zukunftsbilder, die vor dem Auge des ersten preußischen Herzogs standen, als er 1568 das Zeitliche segnete.

In diesem Jahr reiste Branda mit seinem Sohn Martin, dieser nun dreizehnjährig, nach Schuchen, denn Thomas hatte sehr nach dem Halbbruder verlangt und versprochen, ihm ein gut Stück des Gutes zu übereignen, wenn Martin bei ihm bleiben wolle. Das hübsche Fräulein, das er vor sieben Jahren gefreit hatte, erwies sich wohl nicht als die erhoffte Gefährtin in der großen Einsamkeit des Landes, die Weite der Wälder hatte sie schon von Kind auf erschreckt, und ihr Geist ging über Küche und Keller und den Sohn Albrecht nicht hinaus.

Übrigens der Sohn Albrecht! Branda begriff bald, warum sein Vater sich nicht wohlfühlte mit ihm. Der Knabe hatte das Blut des Großvaters Rotter in sich, des ›bösen Hans‹, vor dem noch jetzt die Leute im Dorf zitterten und der damals auf so seltsame Weise verschwunden war, spurlos verschwunden, bis auf den Reithandschuh, den der Topisch, der Wassergeist, im dritten Frühjahr danach an Land geworfen hatte zum Zeichen, daß er die Untaten des ›bösen Hans‹ gerächt habe und ihn nun unten auf dem Seegrund halte mit Ketten und ewiger schwerer Steinarbeit beladen. Denn der Topisch hielt zu seinen Leuten, er stammte noch aus der Zeit, die man heute die Heidenzeit nannte. Er war einmal dem sechsjährigen Albrecht im Abenddämmer am Seeufer begegnet und hatte ihm gedroht. Obwohl andere meinten, das sei nicht der Geist vom See gewesen, sondern der ›böse Hans‹, der seiner Ketten und Fron von Abend- bis Morgendämmern frei würde, das habe der Topisch ihm zugestehen müssen, denn schließlich sei der Baron doch ein getaufter Christ gewesen und als solcher einem heidnischen Wassergeist nicht völlig ausgeliefert, mochte er auch getan haben was immer, das Taufwasser trocknet nie. Man wußte auch, daß er nachts umging in Schloß und

Hof und die Leute im Schlaf würgte. Er konnte keine Ruhe finden, und er wollte es auch nicht.

Aber warum sollte der ›böse Hans‹ seinem Enkel gedroht haben, hatte er doch alle Aussicht, in ihm fröhliche Urständ zu feiern. Nichts machte dem Knaben mehr Vergnügen, als Mensch und Tier zu quälen, und es war nicht seine Schuld, daß er sich nicht im Auspeitschen üben durfte, wie er es bei den Nachbarn gesehen hatte. Unter dem Regiment von Gertrudes Sohn geschah dergleichen nicht. Es war nicht behaglich in Schuchen, und Branda war froh, daß Martin nicht hierbleiben wollte, sondern zurückverlangte in das Haus ›Am großen Fließ‹ und in den Garten, der für Branda Gertrudes Garten war und es bleiben würde, solange er lebte. Es war ein Zauber um den Garten, er zog auch Thomas zurück, man merkte es wohl, seine Stimme war voll Sehnsucht, aber das nützte ja nichts, sein Platz war in Schuchen, was hätte er ›am großen Fließ‹ beginnen sollen. Es wurde ihm sehr hart, den Halbbruder und den Stiefvater wieder ziehen zu lassen und zurückzubleiben, er liebte Schuchen nicht, er liebte auch seine Frau nicht und nicht sein Kind, er war sehr allein.

Branda und Martin fanden viel Aufstand und Unruhe in Königsberg nach dem Tode des Herzogs. Wie zu erwarten, lagen die Ritter in heftigem Streit miteinander wegen der notwendigen Regentschaft. Hinzu kam, daß sich neuerdings Brandenburg mit hineinmischte und allerhand Ansprüche stellte, erst ein Jahr später ordneten sich die Dinge ein wenig. Polen belehnte den noch minderjährigen Albrecht Friedrich mit Preußen, aber der Brandenburger Kurfürst Joachim der Zweite erreichte es, daß er mitbelehnt wurde, sogar erblich mitbelehnt. Vielleicht war das ganz gut so, dachten viele, wie sollte der unmündige Herzog allein fertig werden mit diesem störrischen Land, dessen Bevölkerung aus so vielen Nationen zusammengewürfelt war, diesem Land, in dem jetzt fast jeder gegen jeden stand.

Aber die Hoffnung auf den Brandenburger erfüllte sich nicht, ihn kümmerten die Zustände im Land wenig, ihm genügte das erbliche Lehnsrecht, auf das er seine Zukunftspläne baute, große Pläne zum Nutzen seines Hauses, aber waren sie auch zum Nutzen des Landes? Albrecht Friedrich versank unter all diesen Widerständen im Land immer tiefer in eine finstere, untätige Schwermut. Endlich, nach langen Streitereien und Intrigen erhielt Ostpreußen einen Regenten, den Herzog von Jägerndorf, er hieß Georg Friedrich und war Markgraf. Vielleicht würde man nun ein wenig ruhiger und sicherer leben.

Von all diesen Dingen merkte man freilich ›Am Großen Fließ‹ wenig, man lag abseits der Stadt und hatte auch das Glück, mit keinem Standesherrn benachbart zu sein. Branda arbeitete, und Martin lernte, er widmete sich nun ganz den Wissenschaften, Gertrude wäre damit zufrieden gewesen. Aber es erwies sich, daß der junge Martin nicht nur mit Kopernikus unter den Sternen lebte, sondern auch seines Vaters und seiner Mutter Sohn war, der von Pflanzen und Bauen sprach. Eine Schutzhecke müsse im Norden noch gepflanzt werden, sagte er, und ein Stockwerk auf das alte Haus aufgesetzt, stark genug sei es ja gebaut. Und in diesem Stockwerk wolle er wohnen, wenn er dereinst, nach bestandenen Examina und absolvierten Semestern an anderen Universitäten wieder zurückkehren werde zur Albertina, wo er dann einen Lehrstuhl zu finden hoffe.

Brandas Herz schwoll über vor Freude und Liebe zu diesem Sohn, den Gertrude ihm hinterlassen hatte, wenn auch sie selbst nicht hatte bleiben wollen, heute wußte er es. Dem Grund freilich sann er vergebens nach. Er arbeitete weiter an der Gärtnerei ›Am Großen Fließ‹, die bald ein weithin bekanntes Unternehmen wurde. Alles glückte ihm, es war, als ginge Gertrude über das Land und streue Segen um sich. Wo sonst keimte der Samen so gut, wuchsen die Pflanzen so schnell und kräftig, trugen Bäume und Büsche so reich, blühten die Blumen so bunt? Und als Martin zu gegebener Zeit wirklich mit einer jungen Frau einziehen wollte in das Haus ›Am Großen Fließ‹, da war nicht nur ein Stockwerk für das junge Paar, sondern auch ein Flügel für Lagerräume und ein Nebenhaus für Dienstboten angebaut. Das Ganze sah recht stattlich und schön aus. Die junge Frau stammte aus einer alten und reichen Patrizierfamilie, der Familie der Glosters, die schon fast dreihundert Jahre in Königsberg ansässig waren, erfolgreiche Handelsleute, die seit Bestehen der Hanse Stadtdeputierte gewesen und es noch heute waren, obwohl die Blüte der Hanse lange vorbei war. Die Familie hatte ein prächtiges Haus auf dem Kneiphof, sie hatte Vorratshäuser und große Speicher, und am Kai lagen ihre Schiffe, stark gebaut und hochbeladen, sie gingen mit reicher Fracht hin und her nach Schweden, nach Dänemark und nach England. Das Oberhaupt war immer noch der alte Jacob Gloster, wenn auch seine beiden spätgeborenen Zwillingssöhne die Geschäfte führten.

Jacob Gloster war nun schon fünfundachtzig Jahre, er saß meistens in der großen Wohnstube und versuchte sich alter Zeiten zu erinnern. Es gelang ihm nicht immer, aber wir erinnern uns noch seiner und dieser großen Wohnstube mit dem Bärenfell am Kamin, überhaupt des ganzen prächtigen Hauses mit seinen ausnehmend schön gezierten Beischlägen und der kostbar eingelegten Haustür, so, wie Olaf Wigor alles vorgefunden hatte, als er nach seiner Flucht aus Kurland Unterkunft und Hilfe beim Vetter suchte und fand.

Aus solcher Familie stammte Jannina, und es wäre dem jungen Martin Branda trotz allen guten Rufes als Gelehrter, den er bald errang, nicht gelungen, den Widerstand der Eltern gegen eine Heirat mit ihm zu brechen, wäre nicht eine Lage der Dinge eingetreten, die den Eltern die Zustimmung sozusagen abgezwungen hätte. War es nicht merkwürdig, daß das erste Kind des jungen Paares nicht in Königsberg, sondern in Hamburg zur Welt kam und, als die Mutter mit ihm nach Hause zurückkehrte, schon so entwickelt aussah? Es war ein Mädchen, und Großvater Branda bestand darauf, daß man es Gertrude nannte.

Die kleine Gertrude war das einzige Kind, das der absterbende Stamm der Glosters noch aufzuweisen hatte. Jacobs Töchter waren unverheiratet geblieben, und von den beiden Söhnen hatte nur einer ein Kind gehabt, eben das Mädchen Jannina. So warf der Patriarch Jacob seine ganze Liebe auf Janninas Kind, und es war nicht selten, daß das prächtige Fuhrwerk der Glosters vor der Gärtnerei ›Am Großen Fließ‹ hielt, und der Kutscher einem alten Mann heraushalf und ihn in den Garten führte, wo er in einer Sesselbank vor den Georginen Platz nahm, die sich über soviel Jahre hin vermehrt hatten und jetzt einen wahren Wald um das weiße Haus bildeten. Dann kam eine Magd mit einem Korb, in dem das Kind lag, und auch Jannina kam, sie nahm das Kind auf den Schoß und redete mit ihm und dem Großvater. Zuweilen kam auch Branda, er war jetzt auch schon gut siebzig, und die beiden Alten sprachen von vergangenen Zeiten, jeder von den seinen. Zuweilen betrachtete Jacob Gloster die kleine Gertrude wehmütig und sagte: »Ihr hätte ich gern die Mücke im Bernstein geschenkt«, und dann erzählte er zum soundsovielten Mal die Geschichte von dem schönen Meerstein, den er von seinem Großvater überkommen und einem kleinen Jungen gegeben habe, den er einst, noch söhnelos, zu seinem Nachfolger und Erben habe bestimmen wollen. Aber dann sei der kleine Junge abhanden gekommen – auf welche Weise, dessen erinnerte Gloster sich nicht mehr – und der Stein mit ihm.

Wenn er den Stein genau beschrieben hatte, den länglichen Stern mit den abgerundeten Zacken und der schwebenden Mücke darin, und wie alles so zart und lebendig gewesen sei, dann sagte Branda jedesmal: »Seltsam! Von genau so einem

Stein sprach oft meine Frau, er gehörte in ihre Familie und war einem von ihnen geraubt worden bei einem Überfall, als sie von Westpreußen ostwärts zogen, eine neue Heimat zu suchen, die ganze Sippe. Am Löwentin kamen die Räuber über sie, mordeten fast den ganzen Zug, auch den, der den Meerstein am Hals getragen hatte.«

Dann sagte Jacob Gloster: »Den Meerstein entriß der Räuber dem Toten, mein Großvater bekam ihn, dann ich. Ich verschenkte ihn.«

Branda gab zu bedenken, daß es ja nicht derselbe Stein gewesen sein müsse, aber Jacob schüttelte den Kopf. »Derselbe!« behauptete er. »Derselbe! Zwei solche Steine – nein, die gibt es nicht!«

Diese Geschichte erzählten sie einander viele Male, Jannina hörte zu, und die kleine Gertrude lächelte im Schlaf. Dann starb Jacob Gloster, und nicht lange darauf auch Branda. Der junge Martin Branda wurde ein angesehener Mathematiker und Astronom, er erwarb sich viel Verdienst um die Lehre des großen Kopernikus, wenn er auch oft in Widerstreit mit Kollegen geriet, die sich an die Auslegung des vorsichtigen Herausgebers Osiander hielten: des Kopernikus Lehre sei für ihn selbst nur eine unverbindliche Hypothese und kein Dogma. Professor Branda aber fegte die dreizehnhundert Jahre seit Aristarch als Zeit der Ignoranz und geistigen Feigheit vom Tisch und jagte mit Siebenmeilenstiefeln der Wahrheit nach, von der seine Jugend überzeugt war, daß es sie gebe und nicht nur im Streit Aristarch – Kopernikus. Jetzt war es doppelt gut, daß er Jannina zur Frau hatte, die Tochter aus hochangesehenem Haus. Sonst wäre ihm seine Unerschütterlichkeit möglicherweise nicht gut bekommen.

Sie führten eine gute Ehe und hatten nach Gertrude noch zwei Kinder, zwei Knaben, der eine hieß Friedrich und wurde ebenfalls Gelehrter, wenn auch nicht ein so bedeutender wie der Vater. Auch er lehrte an der Albertina und bewohnte das

Haus ›Am Großen Fließ‹. Der andere, jüngere, ein Kind später Jahre, hieß Ronald. Er hatte vom Vater das sichelförmige Mal geerbt, über der rechten Braue, ein wenig schläfenwärts, Friedrich hatte dieses Mal nicht. Auch Ronald war den Wissenschaften zugetan, aber seine wilde und ungebärdige Natur, der niemand Herr werden konnte, am wenigsten er selbst, trieb ihn schon als Kind zu mancherlei Exzessen, und mit fünfzehn Jahren entwich er, seine Spur verlor sich im Hafen. Man hörte nie wieder von ihm, und Jannina, deren Liebling er gewesen war, starb ein Jahr später vor Kummer.

Martin aber ergab sich vollkommen den Sternen und begann den Sinnierern anzuhangen, die auch jetzt noch, nach des großen Kopernikus Entdeckung, den Gestirnen einen mystischen Einfluß auf menschliches Schicksal zugestehen wollten. Es waren sehr angesehene Gelehrte darunter, hatte Tycho de Brahe nicht zu ihnen gehört, und, wenn man ihm schon zuviel Neigung zum Phantastischen und Unbewiesenen nachsagen wollte, wie stand es dann mit Kepler, dem hochberühmten, dem unerbittlich genauen Mathematiker? Gab nicht auch er zu, daß man gewisse Zusammenhänge zwischen Gestirn und Mensch bejahen müsse, und hatten nicht seine Beziehungen zu dem zweiten Rudolf ihre eigentlichen Wurzeln in den Hoffnungen des sterngläubigen Kaisers gehabt, Kepler wisse die Konstellationen in den Himmelshäusern zu deuten und Nutzen daraus zu ziehen? Freilich hätte des Kopernikus Lehre, gerade von Kepler so stark befürwortet und ausgebaut, solchen unklaren Spekulationen den Boden entziehen müssen, aber das gehörte eben zu den vielen Widersprüchen in Charakteren und Ideen.

Wie dem nun auch sei, der Mensch braucht etwas, an das er glauben kann, und Martin Branda glaubte an die Sterne und entzweite sich darüber mit seinem Sohn, dem Doktor der Mathematik Friedrich Branda, der von seinem Großvater, dem Gutsverwalter und Gärtner, eine gute Portion gesunder Nüchternheit geerbt hatte, die ihn dem geheimnisvollen und phantastischen Volk der Sterne mit berechnender Skepsis gegenüberstehen ließ. Martin hielt ihm zwar entgegen, daß der Gang der Weltgeschichte, insbesondere der Geschichte Ostpreußens in den letzten Jahrzehnten sehr wohl einer gewissen Verwirrung und Unregelmäßigkeit am Sternenhimmel entspreche, daß die Verhältnisse zwischen Saturn und Mars und den Häusern der Verwandtschaft und der Feindschaft deutlich hinwiesen auf die vom Herzogshaus angeheirateten Brandenburger, wie es verblüffend gewesen sei, kurz vor der Heirat der Herzogstochter Anna mit dem brandenburgischen Kurprinzen Johann Sigismund den Planeten Jupiter im Haus der Ehe zu finden. Aber Friedrich lachte nur darüber und meinte, bei allem Respekt vor der hochgeschätzten Gelehrsamkeit des Herrn Vaters erscheine es ihm, Friedrich, komisch, den Riesenplaneten Jupiter, der so ungezählte Millionen Meilen entfernt im Himmelsraum seine Bahn ziehe, in Beziehung gesetzt zu sehen mit dem Schicksal Ostpreußens und des brandenburgisch kurfürstlichen Hauses.

Anfangs lächelte Branda zu solchen Scherzen seines Sohnes, aber er war jetzt fünfundsechzig, er wurde alt, und sein Geist, obwohl immer noch scharf und tief, wurde starrer, biß sich fest in den Glauben an die mystischen Verbindungen, die Sterne und Menschenschicksale und allerhand Strahlen und Strömungen ihm miteinander einzugehen schienen. Er ergab sich vielerlei Spekulationen und Versuchen, um das zu finden, was man den ›Stein der Weisen‹ nannte, der ungeahnte Kräfte haben sollte, vor allem die Kraft, seinen Besitzer glücklich zu machen, ja, ein ganzes Volk, die ganze Welt glücklich zu machen, wenn man es darauf anlegte! Und er, Martin Branda, würde es darauf anlegen. Darum sollte ihn auch niemand an den Experimenten hindern, die solches Glück möglich machen konnten.

Hier widersetzte sich Friedrich dem Vater entschlossen, er

fürchtete für seinen wissenschaftlichen Ruf, die Astrologie sank ja immer mehr ab, man nahm sie nur noch als Zauberei oder Scharlatanerie. Es kam zur Trennung, Friedrich blieb ›Am Großen Fließ‹ wohnen, ein zeitlebens hochgeschätzter Gelehrter, der in seinem Haus und Garten die Doktoren und Professoren der Albertina und manchen interessierten Laien aus der angesehenen Bürgerschaft zu regelmäßigen Diskussionen bei sich sah, Diskussionen, die sich stets in vernünftigen Grenzen hielten und nie hinausgingen über das Berechenbare und Beweisbare. Ein hochachtbares Haus, das Haus ›Am Großen Fließ‹, ein Haus des klaren Wissens und der Vernunft, wie ja auch Gertrudes Garten, ehedem voller Romantik und Überraschungen, jetzt sorgsam gepflegt und klar geführt war bis in den letzten Winkel und kein eigenwilliges und unvorhergesehenes Kräutlein aufwies. Auch er hatte vom Geheimnis zur Vernunft gefunden. Hinauf oder hinab, wer entscheidet das?

Martin zog in ein Haus in den fürstlichen Freiheiten, die Gegend hieß der ›Bärenwinkel‹. Das Haus hatte zwar eine schwarze Hand als drohendes Hauszeichen über der Eingangstür, aber gerade das hatte den alten Gelehrten gelockt. Hier wollte er sich ganz dem widmen, was er als die Suche nach der Wahrheit empfand, eine Suche, der er schon in jungen Jahren obgelegen war, damals freilich nach einer ganz anderen Richtung. Aber wer kennt schon den Weg zur Wahrheit, es gibt keine Wegweiser dorthin, etwa mit der Aufschrift: »Zur Wahrheit, 2 Meilen links.« Man muß suchen, aber es ist nicht einfach, denn wir sind blind von Natur, und die Straße führt dich am Abgrund vorbei.

Freilich ist nichts einfach auf dieser Welt, auch nicht der Weg eines jungen Landes, das zur Ruhe kommen möchte und nicht kann, weil von außen jeder an ihm zerrt und innen auch ein jeder einen anderen Kurs steuert. Martin hatte recht, die Zustände im Lande waren heillos verworren, und auch die

Heirat des brandenburgischen Kurfürsten mit der Tochter des Herzogs hatte daran nicht viel geändert, nur daß, als Albrecht Friedrich starb, auf diese Weise wenigstens die Erbfolge geregelt war und wenigstens deswegen keine neuen Kämpfe entstanden. Aber das war auch alles. Das Volk liebte den neuen Herzog wenig, genau gesagt, es nahm überhaupt keinen Anteil an ihm, es war viel zu sehr mit eigenen Sorgen belastet. Die lutherische Geistlichkeit befehdete ihn, weil er den Katholiken freie Religionsausübung gestattete, die ihnen bisher versagt war, so wie solche Ausübung vor Zeiten den Protestanten versagt gewesen war, und die Stände und der Adel fuhren fort, von dem Brandenburger immer neue Privilegien zu erpressen, wie sie sie vorher dem Ansbacher abgepreßt hatten. Sigismunds Nachfolger Georg Wilhelm ging es nicht besser, er mußte gewaltige Summen für seine Belehnung zahlen, und die sollte nun das Land wieder hereinbringen. Das arme Land, das zu alledem infolge seiner Lage und des Lehnsverhältnisses zu Polen auch noch in die schwedisch-polnischen Kriege hineingezogen wurde. Gott allein weiß, wie das weitergehen soll mit diesem Land und der guten Stadt Königsberg.

Kann man eigentlich sagen: die Stadt Königsberg? So heißt sie freilich in Deutschland, denn man denkt an die Burg Königsberg, die über dem Gewirr von Häusern und Kirchen und Buden, von Fließen und Flußarmen, von Häfen und Brücken thront. Aber wie steht es in Wirklichkeit damit? Keiner weiß hier etwas von einer Stadt Königsberg, sondern nur von einer Burg dieses Namens und drei Städten, die sich um den Fuß des Burgberges gedrängt haben. Drei selbständige, voneinander vollkommen verschiedene Städte, jede stark auf sich bedacht und alle drei als echte Nachbarn stets miteinander verfeindet.

Zuerst die Altstadt, die Urstadt sozusagen, wahrscheinlich gleichzeitig mit der Burg entstanden als Wohnplatz der Arbeiter und Handwerker und Händler. Es ist wohl der Troß des Ordensheeres gewesen, der hier anschwemmte und sich niederließ und sich einrichtete auf ein Bleiben für immer, oder was man so immer nennt. Schutz bekam dieser Wohnplatz von der Burg und den Sümpfen ringsum, trotzdem zerstörten ihn die Samländer, aber man baute ihn an anderer und geschützterer Stelle wieder auf, mit geraden Straßen und stärkerer Befestigung.

Zum zweiten: das Pruzzendorf Löbenick. Es lag am Pregel, aber dann wurde es durch Klöster von dem Wasser abgedrängt, das ihm erträgliche Lebensumstände hätte sichern können. So entwickelte es sich mühsam und ohne Hilfe von außen, seine Bauern wurden Ackerbürger, die Arbeiter fristeten ihr Leben, wie es eben gehen mochte. Die einzigen ›großen Tiere‹ waren die Mälzenbräuer, der Duft ihres einträglichen Gewerbes lag in den engen und krummen Straßen der Stadt, die sich jetzt Löbenicht nannte.

Und der Kneiphof, der große Herr unter den Dreien! Wir kennen ihn schon, hier lag das Haus der Familie Gloster, und hier lagen noch viele ebenso oder fast ebenso prächtige Häuser der großen Handelsherren, der Patrizier. Hier standen ihre Speicher und Vorratshäuser, hier lagen ihre Schiffe an den Kais, versperrten ihre starken Tore in kriegerischen Zeiten den Feinden den Weg, stand der Blaue Turm, ein Mauerturm, der Pulverturm. Er war gefüllt mit Kraut und Lot, man kann auch sagen Pulver und Blei. Über die Hauptstraße des Kneiphofes ritten schon vor Jahrhunderten die Krieger des Ordens, wenn sie aus dem Reich zum ›Hause‹ kamen, zur Burg Königsberg. Dies war die Straße, die vom Reich herkam und über die Burg durch das Samland und die Kurische Nehrung nordostwärts führte nach Kurland, nach Riga und weiter nach Rußland hinein, wo die Wälder noch endloser waren als hier.

Dies waren die drei Städte, und was von ihnen nicht eingenommen wurde und doch im Innern des ganzen Gebietes lag, das hieß fürstliche Freiheit und unterstand nur dem Oberburggrafen. Hier hatten die Mitglieder des Landadels ihre Stadthöfe und die Beamten ihre Wohnungen, hier trieb sich auch allerhand herum, was lichtscheu war oder auch nur arm, und hier gab es auch manchen Fremden aus dem Reich oder von noch weiter her, der Handel trieb oder allerhand Künste, gute und böse. Mancher war auch gekommen, um unterzutauchen, und mancher, um sich mit Schmarotzertum und ähnlichem durchzubringen. Hier stand, nicht weit vom ›Schwarzen Meer‹, der Skalichienhof, den der alternde Herzog Albrecht seinem Günstling geschenkt hatte, dem Abenteurer Skalichius, der dem Lande soviel Schaden brachte. Jetzt war der Hof die Stadtwohnung eines adeligen Hofbeamten, eines Abkömmlings jenes Höflings, an den Gertrude einst ein Vorwerk von Schuchen verkauft hatte, das größte von dreien, um mit dem Geld und ihrem Mann ins Samland zu gehen, nach Königsberg.

Auch der Bärenwinkel gehörte zu den fürstlichen Freiheiten, und hier hauste der Professor Martin Branda. Er hatte noch seinen Lehrstuhl an der Albertina, noch las er über Kopernikus und Galilei, flocht aber zunehmend allerhand Sonderbarkeiten ein, die Befremden auslösten, und bald mehr als Befremden. Es ergab sich, daß im Schutz der Dunkelheit immer öfter jemand an die Tür des Hauses ›Zur schwarzen Hand‹ pochte, vor allem ein hochgewachsener Mann, der einen Fuß nachzog und, wie der Feldläufer behauptete, eine schwache Feuerspur in der Nachtschwärze hinterließ. Auch komme er, sagte der Feldläufer, nur bei Neumond. Nun war der Feldläufer nicht gerade ein zuverlässiger Zeuge, er hatte nicht seinen vollen Verstand, was man daran sah, daß er jeden Tag auf einem Stück Feld vierundzwanzigmal auf und ab lief, in gerader, genau eingehaltener Linie, und dazu wie in großen Schmerzen schrie. Die Leute sagten, er sei ein ehemaliger Soldat, ein Deserteur, der habe doppelte Spießruten laufen müssen und darüber den Verstand verloren, so daß der Kommandant ihn schließlich freigab. Er lebte nun im Bärenwinkel von Almosen und gelegentlichen Diensten, die er auf den Stadthöfen des Adels verrichtete, vielleicht auch von kleinen Diebstählen, jedenfalls war er Tag und Nacht auf den Gassen anzutreffen und konnte über den hochgewachsenen Mann mit dem Hinkefuß schon Bescheid wissen. Einmal, sagte er, sei der Mann auch mit dem Professor aus dem Haus gekommen und mit ihm in eine Kutsche gestiegen, die in einiger Entfernung gehalten habe, sie seien davongefahren, und der Professor sei erst im Morgengrauen zurückgekommen, mit derselben Kutsche, aber allein.

Nun, die Leute reden viel, wenn der Tag oder vielmehr der Abend lang ist, aber es war nicht zu leugnen, daß aus dem Rauchfang des Hauses ›Zur schwarzen Hand‹ oft absonderlich gefärbte Dämpfe stiegen, die fremde und bedenkliche Gerüche verströmten, und daß es zuweilen und besonders zur Nachtzeit drinnen höchst seltsam zischte oder knallte, worauf es dann, nach einem besonders starken Knall, vollkommen still zu werden pflegte und nur noch die Dämpfe eine Zeitlang silbern oder farbig durch das Dunkel schwebten. Nach solchen Nächten zeigte sich der Professor, wenn er sich überhaupt zeigte, sehr bleich, mit unruhigen Augen und noch schweigsamer als sonst.

So ist es nicht zu verwundern, daß der ob solcher Dinge höchst beunruhigte Pfarrer des Sprengels schließlich um Audienz beim Herzog nachsuchte, damit der ihm die Erlaubnis zur Untersuchung und Steuerung solch zweifellos höllischen Unwesens erteile. Aber diese löbliche Absicht wurde schon im Vorzimmer der herzoglichen Kanzlei zunichte gemacht, denn der Graf Bernthal, auf den der Pfarrer stieß und der als einer der Vertrauten des Herzogs galt, äußerte sich sehr verächtlich, ja erbittert über solche Schnüffeleien, für die der Herzog gar nichts übrig habe, und die dem Schnüffler höchstens eine strenge Rüge und den Verlust des herzoglichen Wohlwollens eintragen würden, wenn nicht Schlimmeres. So zog sich der geistliche Herr mit vorsichtiger Gekränktheit zurück, indes der hochgewachsene Graf zornig und leicht hinkend – er war einmal vom Pferd gestürzt und hatte den Fuß gebrochen – in dem Privatkabinett des Herzogs verschwand.

Drei Jahre lebte Martin Branda im Haus ›Zur schwarzen Hand‹, dann war er plötzlich verschwunden, niemand wußte, wohin. Auch der Feldläufer konnte nichts sagen, er war ausgerechnet in jener Nacht nicht dagewesen, sondern im Kneiphof, wohin ihn der Handelsherr Ullmann zu einer Arbeit bestellt hatte, die mehrere Tage dauerte. Jedenfalls war eines Morgens das Haus leer gewesen, nur ein Exemplar von Galileis ›Discorsi della Comete‹ war zurückgeblieben, ein unverfängliches Buch, aus dem auch der geschickteste Pfarrer nichts Belastendes hätte herauslesen können. Geräusch hatten die Nachbarn schon gehört, auch das Räderrasseln einer Kutsche, aber da sich dergleichen in letzter Zeit öfters hatte vernehmen lassen, hatte niemand darauf geachtet. Und Dr. Friedrich Branda, der um diese Zeit auch gerade verreist gewesen war, schien bei seiner Rückkehr zwar etwas verwundert über das Verschwinden seines Vaters, aber nicht sonderlich beunruhigt und äußerte, der Vater habe schon seit längerer Zeit seine im Pommerschen wohnende Tochter Gertrude besuchen wollen und habe das jetzt wahrscheinlich getan. So ließ man die Sache auf sich beruhen. Die Albertina war es zufrieden, den im Lauf der Zeit untragbar gewordenen Gelehrten ohne besondere Maßnahmen losgeworden zu sein.

Aber eines Abends erschien der hochgewachsene und hinkende Graf Bernthal im Haus ›Am Großen Fließ‹. So, der Professor Martin Branda sei nach Pommern gereist? Vermutlich, sagte Friedrich, mit Bestimmtheit erfahren könne man es nicht, denn der Schwede sei dort. Aber wie könne dann der

Professor ins pommersche Land gelangen? wunderte sich der Graf. Das, meinte Dr. Branda, könne er auch nicht sagen, aber vielleicht habe der Vater Beziehungen und Möglichkeiten gehabt, von denen er, Friedrich, nichts wisse.

»Er bringt dem Schweden das Geheimnis!« rief Bernthal.
»Welches Geheimnis?«
»Tut nicht so unwissend. Das Geheimnis des Steines, an dem er arbeitete, und mit ihm das Geheimnis des Goldes.«
»Es gibt kein solches Geheimnis«, erwiderte Friedrich entschieden.
»Es gibt es. Euer Vater kannte es – zum mindesten war er nahe davor, es zu finden.«
»Nahe davor, im Verlies irgendeines großen Herrn zu verrecken, wie schon mancher vor ihm«, sagte der andere trokken. Vielleicht war das eine unvorsichtige Bemerkung gewesen, Friedrich erblaßte nachträglich. Aber schließlich gab es keine Handhabe, ihm am Zeuge zu flicken, nicht einmal das unsichere Zeugnis des Feldläufers konnte man einholen, der war ja in dieser Nacht nicht dagewesen.

Bernthal suchte Ullmann auf, den Handelsherrn auf dem Kneiphof, der den Mann so unvermutet zur Arbeit hatte holen lassen. Er wurde ohne besondere Ehrfurcht empfangen. Komme der Herr Graf in eigener Sache oder im Auftrage des Herzogs?

»Im Namen der herzoglichen Kanzlei, Herr Stadtdeputierter. Ihr habt doch das Amt vom letzten Kloster übernommen, nicht wahr?« Ja, das habe er. Und was wünsche die herzogliche Kanzlei von ihm? »Ach – übrigens, seid Ihr nicht auch mit den Klosters verwandt?« Verwandt? So um sieben Ecken herum, oder um zehn. Durch Adam und Eva seien wir ja alle miteinander verwandt. »Abgesehen davon: Hat der verschwundene Professor Branda nicht eine Kloster zur Frau gehabt?« Er glaube wohl, meinte Ullmann. Um was es nun aber gehe? – Um diesen Professor. Oder eigentlich erst mal um den Feldläufer, den der Herr Stadtdeputierte so plötzlich habe holen lassen. Warum eigentlich?

»Weil«, sagte der Kaufmann, der groß und mächtig vor seinem Schreibtisch stand, »weil ich zur Zeit keinen Mann unter meinen Leuten habe, der imstande wäre, einen auf den heillosen ostpreußischen Landstraßen zu Bruch gegangenen Wagen zu reparieren. Man tut ja nichts für die Straßen, nur etwas gegen sie mit dem kompanieweisen Marschieren und dem Reiten gleich in Hundertschaften, gar nicht zu reden von dem Schleppen von Kriegsfahrzeugen und Kriegsmaterial für den Polen. Der Feldläufer war ein geschickter Stellmachergeselle, ehe man den Unglücklichen zum Soldaten gepreßt hat. Er hat seine Sache bei mir sehr gut gemacht, und ich habe ihn daraufhin ganz in meinen Dienst genommen. Jetzt weiß er wenigstens, wo er Brot findet – und Schutz. Aber wenn Ihr selbst mit ihm sprechen wollt, ich kann ihn holen lassen.«

Es habe wohl keinen Zweck, noch selbst mit dem Mann zu reden, meinte der Graf und stand auf. Das Interesse der herzoglichen Kanzlei an der Sache sei nur das der Obrigkeit, die sich um ein rätselhaftes Verschwinden ihrer Untertanen zu kümmern habe, nichts weiter.

»Nichts weiter«, bestätigte Ullmann. Der Graf ging. –

Auf dem Freihof Schuchen, den zu dieser Zeit Pitter Termaehlen bewirtschaftete, Henriks Sohn, saß unterdessen in dem ehemaligen Zimmer Tante Linas ein alter Mann und murmelte Beschwörungen und Formeln. »Es gibt einen Weg zur Verwandlung der Dinge«, sagte er, »ich weiß es, hier drinnen weiß ich es.« Er legte die Hand auf sein Herz. »Aber ich finde ihn nicht.«

Er fand ihn nicht, niemand fand ihn. Vielleicht stößt einer nach Jahrhunderten auf die Formel, die die ganze Welt glücklich machen wird. Oder sie vernichtet.

Auf dem Freihof war alles noch beim alten. Henrik hatte wenig Neigung zur Ehe gezeigt, zum Leidwesen seines Vaters, und war schon gegen fünfzig gewesen, als das Schicksal durch Vermittlung einiger Banditen die Sache in die Hand nahm. Eines Nachts gab es auf dem Hof ein wildes Getümmel von Menschen und Pferden, ein Schreien und Fluchen, und als Jan und Henrik herausstürzten, wehrte sich vor der Haustür eine Frau verzweifelt gegen zwei Männer. Henrik, geschickt wie je mit der Axt, die immer im Hausgang griffbereit stand, spaltete dem einen der beiden den Schädel, der andere entlief zu ein paar berittenen Kerlen, die weiter im Hof auf einen einzelnen Reiter eindrangen, den sie aus dem Sattel schlugen, worauf sie davonjagten, das ledige Pferd am Zaum mit ihnen. Ein anderes reiterloses Tier, eine schöne Rappstute, kam angetrabt und senkte den Kopf zu der ohnmächtigen Frau hinab. Jan und Henrik trugen sie ins Haus, auch den gestürzten Mann, auch er war bewußtlos. Einmal schlug er für einen Moment die Augen auf, blickte um sich, wies schwach auf die Ohnmächtige, sagte in hartem Deutsch: »Meine Frau!«, dann starb er.

Die Frau war noch jung, vielleicht Ende zwanzig, man brachte sie in Tante Linas Kammer, da kam sie zu sich, aber ihre offenen Augen waren ohne Ausdruck. So lag sie bis zum Abend des nächsten Tages. Essen und Trinken lehnte sie ab. Tante Lina, nun schon eine alte Frau, kümmerte sich um sie. In der Nacht begann die Fremde zu weinen, erst leise, dann lauter, dann schrie sie. Gegen Morgen verfiel sie in tiefen Schlaf. Sie schlief vierzehn Stunden, erwachte endlich, blickte um sich, setzte sich auf, fragte etwas, man verstand es nicht. Sie wiederholte es auf Polnisch, schließlich im harten Deutsch ihres Mannes: »Wo bin ich?«

Man sagte es ihr, man fragte nach ihrer Herkunft, nach dem Geschehen. Sie schüttelte den Kopf, sie begriff nichts, ihr Gesicht, hübsch, schmal und dunkeläugig, drückte Schrecken und Hilflosigkeit aus. Ihre Sprache war den Leuten auf dem Freihof fremd, auch ihre Versuche, sich polnisch zu verständigen, hatten geringen Erfolg. Schließlich erwies es sich, daß sie immerhin genug Deutsch konnte, um das Notwendigste zu sagen und zu verstehen. Aber es erwies sich auch, daß sie nicht die geringste Erinnerung daran hatte, was geschehen war, wer sie war, woher sie kam, sie schien nicht einmal zu wissen, daß sie verheiratet war oder doch gewesen war. Ihr bißchen Deutsch war fremdartig und nicht leicht verständlich. Sie lauschte sorgfältig auf alles, was man sagt, sie gab sich große Mühe, nachzudenken, aber offenbar ohne Erfolg.

Eine Woche verging, eine zweite. Henrik ritt zur Amtmannschaft, meldete den Fall, ritt umher bei den Nachbarn, fragte auf den Gütern, ob jemand Besuch erwartet hatte aus dem Ausland? Nein, niemand. Die fremde Frau erholte sich auf dem Freihof rascher als man gehofft hatte. Vielleicht kam das daher, daß sie sich an nichts erinnerte. Sie machte sich nützlich, wo sie konnte, obwohl leicht zu sehen war, daß sie Arbeit der Hände nicht gewohnt war. Sie gab sich viel Mühe und schien es für selbstverständlich zu halten, daß sie auf dem Freihof bleibe für immer. Wo sollte sie auch hin?

Die Wochen vergingen, die Monate. Die Hoffnung, mit fortschreitender Zeit werde sich die Erinnerung wieder einstellen, erfüllte sich nicht. Auch die Unterredung mit dem Pfarrer, zu dem Henrik mit ihr fuhr, weil er meinte, der könne vielleicht eher einen Weg zur Öffnung der verschlossenen Tür finden, nützte nichts. Ihre Muttersprache scheine Französisch zu sein, meinte der Geistliche, er verstehe hie und da ein Wort, sprechen könne er das Welsche aber nicht, leider.

»Und was tun wir nun?« fragte Henrik, »sie weiß ja nicht einmal ihren Namen.« »Nennt sie Peregrina«, schlug der Pfarrer vor. »Das heißt ›die Fremde‹.«

So hieß die Frau fortan Peregrina, sowie der Sohn des jüngeren Keirut einstmals Peregrinus geheißen hatte, weil er ein

Fremder gewesen war im Lande der Mutter wie des Vaters, bis er Sakai fand, des alten wilden Hatold junge Frau – die alten Geschichten, die alten traurigen Geschichten! Aber wo sind die Geschichten, die heiter bleiben können bis zuletzt und nicht enden in Melancholie, wie das Leben unweigerlich endet mit dem Tode?

Peregrina blieb auf dem Freihof, es schien ihr zu gefallen, auch Henrik schien ihr zu gefallen, obwohl er nicht mehr jung war, aber er war stattlich und hatte ernste, schöne Augen, von einem geheimnisvollen Graublau wie das Meer in der Dämmerung. Auch er sah die Fremde gern, und er sprach mit dem Pfarrer darüber. Der meinte, wenn man auch sonst nichts von ihr wisse, so sei eines doch sicher, daß sie Witwe sei, und er würde Henrik unbedenklich mit ihr trauen. So kam Henrik doch noch zu einer Frau, wenn er auch nie erfuhr, wer sie war und woher sie kam. Erinnerte sie sich selber jemals daran? In späteren Jahren, ihre beiden Söhne waren fast erwachsen, konnte es vorkommen, daß sie plötzlich die fleißigen Hände stillhielt und mit sonderbarem Ausdruck in die Ferne starrte, unruhig und erschreckt, als ob die verschlossene Tür sich zu öffnen beginne oder der Vorhang einen Augenblick lang beiseite wehe. Was sah sie dahinter? Wenn sie je etwas dahinter sah, so erfuhr das niemand. Sie blieb auf dem Freihof, war freundlich und fleißig und führte nach Tante Linas Tode die Wirtschaft zur vollen Bewunderung ihres Mannes. Sie lebte nicht sehr lange, wenig mehr noch als zwanzig Jahre, sie starb vor Henrik. Als er sie auf ihrem Sterbelager fragte: »Erinnerst du dich nicht? Vielleicht gibt es Leute, denen man Nachricht schicken sollte?« – da schien es zwar, als wolle sie etwas sagen, tat es dann aber nicht, schüttelte nur den Kopf und starb. Zurück blieben ihre beiden Söhne Pitter und Timotheus, zwanzig und neunzehn Jahre alt.

Wieso Timotheus? Sie hatte es aus irgendeinem Grunde so gewünscht. »Timothé!« hatte sie gesagt und dabei sonderbar ratlos ausgesehen, als wundere sie sich selbst darüber, daß ihr dieser Name eingefallen sei. Als später auch Henrik gestorben war, übernahm Pitter den Hof, Timotheus aber wollte sein Erbteil haben und ein gutes Pferd, er wollte fort in die Welt, nach Polen. Da sei die Mutter hergekommen trotz der französischen Sprache. Vielleicht erfahre er da etwas.

Pitter wunderte sich, aber er sagte nichts davon, er sagte nur, natürlich könne Timotheus sein Erbteil ausgezahlt bekommen, der Hof trage es leicht, und der Bruder solle sich nur ein Pferd aussuchen. Die Pferde auf dem Freihof waren samt und sonders kräftige und gutgepflegte Tiere, die Leute aus den Niederlanden hielten ihre Tiere, als wären sie ihre Kinder. Aber Timotheus hatte seinen Liebling unter ihnen, eine fünfjährige Rappstute, Abkömmling jener Rappstute, die dereinst mit der Mutter auf den Hof gekommen war.

»Diese, wenn es dir recht ist, Bruder. Und den braunen Wallach daneben kaufe ich dir ab.«

Das sei lächerlich, erwiderte Pitter. Der Wallach gehöre Timotheus, wenn er ihn wolle. Aber wozu brauche er zwei Pferde? Darauf sagte der andere nichts. Er dankte nur für die Pferde, er dankte überschwenglich, schien es Pitter, und er tat, als habe er es sehr eilig mit der Reise.

Aber dann verging die Zeit, es vergingen Wochen, und Timotheus ritt nicht. Er blieb, wenn auch rastlos, er half auf dem Hof, er streifte durch den Wald, und oft ging er hinauf ins Dorf Schuchen. Er ritt nicht, konnte er sich denn mit einem Mal nicht entschließen, warum zögerte er? Man kann zu lange zögern. So lange zögern, bis einem, wenn man schließlich eine schlimme Kunde erhält, am späten Abend von einem atemlos keuchenden Mann aus dem Dorf überbracht, nun nichts mehr übrigbleibt, als die Axt zu packen, Vater Henriks Axt, die der sich nach dem Muster jener einst im See versunkenen hatte anfertigen lassen, und mit dem keuchenden Mann zusammen nach Schuchen zu jagen, zum Schloß Schuchen.

Am nächsten Morgen waren die beiden Pferde fort und Timotheus mit ihnen. Ganz plötzlich, ohne Ankündigung, ohne Abschied. Er mußte noch vor Sonnenaufgang fortgeritten sein. Am gleichen Morgen fand man im Schuchener Schloß den Gutsherrn Albrecht erschlagen auf seinem Lager. Eine Axt hatte ihm den Schädel gespalten. Das Lager war zerwühlt, auf dem Boden lagen abgerissene Fetzen von Frauenkleidern, sie stammten von dem Mädchen, das er sich gestern abend hatte ins Zimmer bringen lassen. Das Mädchen hatte sich verzweifelt gewehrt, man hatte es binden müssen, um es hinaufzuschaffen. Jetzt war es fort.

Der Täter? Niemand zweifelte daran, daß es der junge Timotheus gewesen war. Timotheus vom Freihof? Jeder im Dorf wußte, daß er der Liebste des Mädchens war, man hatte schon lange darauf gewartet, daß die beiden miteinander davonlaufen würden. Aber sie hatten zu lange gezögert.

Nach ein, zwei Tagen kamen die Leute vom Amt auf den Freihof, brachten auch gleich den Profoß mit, aber wo war Timotheus? Ins Polnische geritten, sagte Pitter, um Kriegsdienste zu nehmen. Auf einem Eisenschimmel, mit einem Falben als Packtier. Ein Mädchen? Er wisse von keinem Mädchen.

Die Knechte und Mägde standen da und hörten zu. Niemand hielt es für nötig, zu sagen, daß es auf dem Freihof gar keinen Eisenschimmel und keinen Falben gegeben hatte. Man durchkämmte Wälder und Wege nach zwei Reitern auf solchen Pferden, man fand sie nicht, man fand sie nie, sie waren sicher schon nach ein paar Tagen über die Grenze gewesen.

Das Gut Schuchen fiel an Matthias, des unverheirateten Albrecht jüngeren Bruder, der bisher auf einem Vorwerk gelebt hatte. Er war freundlich und gutartig wie sein Vater, Mensch und Tier fühlten sich wohl unter ihm. Es war auch bemerkenswert, daß der ›Böse Hans‹ aufhörte, im Schloß und am See zu spuken. Vielleicht machte es ihm kein Vergnügen mehr, nun sein liebster Enkel tot war. Vielleicht hielt ihn der

Tropisch nun dauernd unten angekettet, damit er nicht weiterhin Böses stiften könne durch Einflüsterung schlimmer Gedanken. Die Leute im Dorf jedenfalls waren davon überzeugt, und sie konnten jetzt schlafen, ohne gewürgt zu werden. Dafür bedankten sie sich laut bei dem Tropisch am Abend, wenn der Seegeist den Kopf aus dem Wasser zu heben pflegt, um zwischen dem Schilf auszuspähen nach dem, was rundum geschieht.

Und was geschah im Land rundum? Nichts Sonderliches, denn daß zwischen dem Herzog, später dem Regenten und noch später dem brandenburgischen Kurfürsten als neuem Lehnsherrn einerseits und dem Adel und den Ständen andererseits ein schlechtes Einvernehmen herrschte, war nichts Sonderliches. Als der schwachsinnige Herzog starb und das Land mit Brandenburg unter dem Brandenburger vereint wurde, änderte sich an den inneren Zuständen auch nicht viel. Um diese Zeit entbrannte in Deutschland der große furchtbare Krieg, der dreißig Jahre dauerte. Ostpreußen wurde diesmal verschont. Gustav Adolf besetzte einige Häfen, beschlagnahmte die gesamten Zolleinnahmen, was dem ostpreußischen Handel ziemliche Verluste zufügte. Der Schmuggel blühte. Wer erwischt wurde, den ließ der Schwede hängen, der in der Festung saß, die er neben dem Dorf Pillau am Eingang zum Frischen Haff gebaut hatte. Nein, der Schwede war nicht schlimm, schlimmer war, daß das Land immer stärker in die schwedisch-polnischen Kriege hineingezogen wurde, und am schlimmsten, daß um die Mitte des 17. Jahrhunderts Polen, Tataren und Moskowiter über Ostpreußen herfielen und es fünf Jahre lang verwüsteten, so daß der Graus des Dreißigjährigen Krieges vervielfacht schien. Der Himmel war rot von den Feuersbrünsten, Höfe, Dörfer und Städte gellten vom Geschrei der Gemarterten, denen nicht Gnade wurde, bis auch der letzte Pfennig und das letzte Brot hervorgeholt waren. Die Wölfe in den Wäldern und die Geier über den Feldern hatten gute Zeit. Im Jahre 1660 kam endlich der Friede von Oliva. Er machte dem Entsetzen ein Ende, er machte auch der Lehnshoheit Polens ein Ende und der Schwedens. Der Kurfürst von Brandenburg war jetzt souveräner Herrscher von Ostpreußen.

Frieden, aber wie sah das Land aus! Es war kaum etwas stehengeblieben, was nicht stark befestigt war. Die Dörfer waren verbrannt, die Felder verwüstet, die Menschen im Begriff Hungers zu sterben. Nur die Seen waren noch die alten, die tausend und mehr Seen. Ja, Dörfer und Bauernhöfe und viele der großen Güter lagen in Schutt und Asche, auch der Freihof war nur noch eine Brandstätte, seine Leute freilich hatten die Zeit überlebt, sie waren hinaufgezogen in das Schloß Schuchen, das ja eine alte Burg war. Auch die Leute aus dem Dorf, die Leibeigenen, waren hinaufgezogen, und das war geschehen auf Anordnung eines Mannes in der Uniform eines polnischen Obersten, der hieß Theodor Termaehlen.

Es war der Sohn jenes Timotheus, der wegen des Mordes an Albrecht Rotter geflüchtet war. Er und das Mädchen Bertha waren damals gut hineingekommen ins Polnische und dort ein paar Jahre hin und her gezogen. Dann hatte Timotheus wirklich Kriegsdienste genommen beim Polen, unter dem Kommandanten Kowalsky. Er war willkommen, er war groß und stark und hatte ein prächtiges Pferd, so nahm man um seinetwillen auch seinen Freund in Dienst, der kleiner war und zart, aber behende im Reiten auf seinem kräftigen braunen Wallach und geschickt mit dem Degen. Timotheus nannte ihn Berthold.

Forschte der Sohn Peregrinas jetzt nach Heimat und Ursprung seiner Mutter? Es waren Jahre vergangen, eine ziemliche Reihe von Jahren, und wie soll man auf längst verwachsener Spur suchen in kriegsbewegtem Land? Und wenn sich eine Spur zeigte, wie konnte man prüfen, ob es die rechte war? Da trafen sie einmal mit einem alten Mann zusammen, einem französischen Marquis, einem Hugenotten, der war vor fast dreißig Jahren mit Tochter und Schwiegersohn aus Frankreich geflohen und hatte hier bei Verwandten vorläufige Unterkunft gefunden. Dann hatten Tochter und Schwiegersohn einen Ritt ins Ostpreußische unternommen, wo die Möglichkeit bestanden hatte, für sich und den Marquis eine neue Heimat zu finden. Von diesem Ritt waren sie nie zurückgekommen. Der alte Mann war überzeugt, jemand habe ihnen Mörder nachgeschickt, und vieles sprach dafür, aber aufgeklärt wurde die Sache nie.

War das eine Spur? Es konnte sein, es konnte aber auch nicht sein, wenn auch ein merkwürdiger Zufall wollte, daß der Marquis den gleichen Vornamen hatte wie Timotheus, Timothé. Aber das alles war so lange her, Peregrina war schon fast zehn Jahre tot, und ob sie Peregrina Termaehlen oder Amélie de Boissonet geheißen hatte, nützte und schadete niemandem mehr. Dennoch blieben Timotheus und Berthold mit dem Marquis zusammen, bis der Vierundachtzigjährige starb, dann zogen sie wieder unter Kowalsky ins Feld, sie fochten für die Polen in Livland, sie zogen mit ihnen nach Deutschland, wo der Polenkönig Sigismund sich in den großen Religionskrieg einmischte, auf Veranlassung Österreichs, das ihm für den Fall des Sieges Schweden versprochen hatte. Und hier fielen beide, zuerst Berthold, dann Timotheus, der ihn hatte heraushauen wollen.

Es war ein Zufall, daß man entdeckte, Berthold sei eine Frau, und ein weiterer Zufall, daß man auch die Papiere entdeckte, die sie bei sich führte und aus denen sich ergab, sie sei des Timotheus Ehefrau Bertha, beide von dort und dort stammend, und es sei auch ein Kind vorhanden, ein Knabe, getauft auf den Namen Theodor, an genau bezeichnetem Ort in Pflege gegeben. Kowalsky trauerte den Toten nach, und er nahm sich des Kindes an und erzog es zu einem tüchtigen

Kriegsmann. Es war dem Polen hoch anzurechnen, daß er vor seinem Tode dem jungen Theodor Aufschluß über Abkunft und Heimat gab. So kam es, daß Theodor Termaehlen, obwohl er noch jahrelang ehrlich für Polen kämpfte und es zum Obersten brachte, seinen Abschied nahm, als man mit Tataren und Moskowitern zusammen in Ostpreußen einfallen wollte. Er ritt nach Galinden, er fand den Freihof, er ritt nach Schuchen, da war der Burgherr gerade vom Pferde gestürzt und lag im Sterben. Er übergab Termaehlen die Verteidigung von Haus und Menschen, er konnte nichts anderes tun, es war niemand sonst da, der das Amt hätte übernehmen können. Dann segnete er seinen zehnjährigen Sohn und war nicht mehr.

Theodor holte die Leute vom Freihof und die vom Dorf auf die Burg, formte aus ihnen eine richtige Truppe, so gut es gehen wollte, ließ in aller Eile Wälle aufwerfen und alles, was nur irgendwie als Nahrungsmittel angesehen werden konnte, hinaufschaffen, dazu Waffen allerart und Pech, das heißgemacht auf die Angreifer geschüttet werden konnte. Das war eine veraltete Art der Verteidigung, aber was sollte man tun, es war keine Zeit, eine Kanone herzuschaffen. Der polnische Oberst war ein umsichtiger, mutiger und geschickter Verteidiger, und so blieb Schuchen vor dem Äußersten bewahrt, wenn es ihm auch hart und schlimm genug erging.

Nicht so gut kam Dorjutschen davon, das Gut, das Knud Wigor und seine neun Söhne einst im Sudauischen dem großen Moor abgerungen hatten. Knud und die Neun waren längst tot. Aber die Moorhexe lebte noch, sie starb nie. Als die Tataren kamen, erschlugen sie den Verwalter samt seiner Familie, die älteste Tochter schleppten sie weg, Knechte und Mägde zerstoben in alle Winde, das Gutshaus brannte nieder, Ställe und Scheunen dazu. Wenn nun der Sohn des vor zehn Jahren verwitwet verstorbenen Johannes Wigor, der Clemens Wigor, dem das Gut jetzt gehörte und der schon über dreißig

Jahre in Asien war, in Indien, wenn der wiederkommen sollte, so würde er nur eingestürzte Mauern vorfinden, verkohlte Balken, verwüstete Wälder, unbestellte Felder und die Moorhexe im Teich.

Viertes Kapitel

Die Pest

1709–1715

Die alte Eiche schrie, als die Säge in sie eindrang. Es klang wie der Schrei eines Menschen, und die Arbeiter hielten inne und sahen sich um. Hatte das gezahnte Eisen jemanden verletzt? Sie sägten weiter, und die Eiche schrie. Der Aufseher stand am Strand und sah auf die Ostsee, die weit und blau dalag und kleine zarte Wellen ans Ufer schickte. Der Aufseher war noch jung, er trug eine Lederpeitsche im Gürtel und einen Keulenstock in der Faust. Jetzt drehte er sich um und kam herbei. Sein Schritt war schwer und wiegend.

»Ich hörte schreien«, sagte er.

Die Arbeiter zuckten die Schultern, deuteten auf den Baum und sägten weiter. Die Eiche schrie. Der Aufseher starrte auf sie, wie er vorher auf das Meer gestarrt hatte, finster und gramvoll. Dann sagte er: »Laßt sie stehen!«

Fluchend trieb er die Leute dorthin, wo die Menge der Holzfällermannschaft im nächsten Abschnitt ihre Arbeit tat zwischen den Bäumen, die dicht und herrlich auf dem langen schmalen Landstreifen zwischen den beiden großen Wassern standen, die weitberühmten Eichen der Kurischen Nehrung. Goldflammend schon, denn es war Mitte September, aber heute umweht von sonderbar milder Luft und überwölbt von einem Himmel aus lichtblauer Seide. Großartig standen sie da von der Ostspitze des Samlandes bis hin nach Memel, königlich und machtvoll.

Die Sägen kreischen, die Äxte dröhnen. Sie haben wenig

Rechte, die starken Kerle, die hier arbeiten, sie haben überhaupt keine Rechte. Es sind Hörige, von ihren Herren zu ihrer Arbeit hier vermietet, den Lohn bekommen die Herren, oder es sind Kriegsgefangene, auch andere Gefangene, Räuber und Mörder. Und der Mohr, der seit drei Tagen mit dabei ist, der ist von dem Seeräuberschiff, das man kürzlich aufgebracht hat. Er ist groß und unmäßig stark, am ersten Tag hat er mit der Axt dreingehauen, daß die anderen fast das Entsetzen gepackt hat, aber am zweiten hatte das schon nachgelassen, und heute sind seine Bewegungen matt und seine wild rollenden Augen trübe. Ein Kind könnte ihn umstoßen.

Der Aufseher geht vorbei und schlägt mit der Peitsche nach dem Mohren, aber er trifft ihn nicht, er trifft nur die Luft, hat er ihn überhaupt treffen wollen? Beide sehen einander an, der Aufseher eindringlich, der Mohr stumpf, und der Aufseher stutzt, sein Schritt wird langsamer, seine Stirn furcht sich. Dann zuckt es ein paarmal in seinem Gesicht, dessen Haut so braungebrannt ist, daß sich das sichelförmige Mal über der rechten Braue, ein wenig schläfenwärts, kaum von ihr abhebt. Tot, vorbei, denkt der Mann. Wieder schweift sein Blick über die See und zur Landstraße hin, die von Berlin über Königsberg auf die Nehrung kommt und weiter geht nach Memel und Petersburg und noch weiter. Sein Blick fraß sich an dieser Straße fest, es ist die Straße der großen Herren und der unglücklichen Flüchtlinge. Wir kennen sie, auf ihr fuhr Olaf mit seinen Leuten und dem Kinde Tanjas. Damals standen die Eichen noch golden, obwohl es schon November war. Das sind nun gegen hundertachtzig Jahre her.

Auch jetzt kam ein Wagen diese Straße entlang, freilich von der Königsberger Seite her, der Aufseher hatte ihn schon bemerkt, als er noch ein winziger Punkt war. Der Punkt näherte sich, wurde größer, wurde zur Kutsche, prächtig blitzten die Beschläge, funkelte das silberne Zaumzeug der vier Rappen vor der Kutsche. Der Wagen hielt an, ein mächtiger Eichenstamm versperrte den Weg, man konnte nicht an ihm vorbei, zuviel Baumstümpfe standen umher. Zwei Herren stiegen aus, standen auf der Straße zwischen Meer und Haff, sahen sich um, ein älterer und ein jüngerer, beide in seidenen Kniehosen und mit schönen, jetzt etwas zerdrückten Spitzen um Hals und Handgelenke. Der ältere trug eine goldene Kette um den Hals, das gab ihm ein überaus vornehmes Ansehen.

Der Aufseher hatte sich von der See abgewandt und kam herbei, langsam und unbekümmert um die ungeduldige Geste der Herren. Er sagte kurz, ohne Begrüßung oder Anrede: »Die Straße über die Nehrung ist gesperrt. Der Weg führt südlich ums Haff herum.«

Die Herren betrachteten ihn mit gerunzelter Stirn. »Der Aufseher?« fragte der Jüngere und wies auf Peitsche und Keulenstock. Der Mann nickte. »Wir sind schon da, wohin wir wollen«, äußerte sich der Ältere, der mit der goldenen Kette. Er sprach an dem Aufseher vorbei, in die Luft hinein, und überließ es dem anderen, von den Worten aufzufangen, was er auffangen wollte.

Der Aufseher schwieg und betrachtete die Hände des Jüngeren, die zart waren wie Frauenhände und zierlich aus den Spitzen sahen. Aber die Augen waren hart und rechneten schnell im Umherblicken.

»Wie läßt sich die Arbeit an?« fragte er.

Der Aufseher erwiderte: »Gut. Wer fragt?«

»Kerl!« rief der mit der Kette, aber der Jüngere winkte ab. »Er kennt uns nicht. Könnte nicht jeder kommen und Auskunft verlangen?« Und zum Aufseher: »Ich bin der Königsberger Bankier des Königs, und dies ist Graf –«

»Das geht den Kerl nichts an«, unterbrach der mit der goldenen Kette. »Gewiß nicht, Exzellenz.« Wieder wandte sich der Jüngere an den Aufseher: »Wieviel Arbeiter hast du hier?«

»Gegen fünfzig.«

»Es sollten mindestens hundert sein«, entgegnete der Bankier mißmutig. »Es geht zu langsam. Der König ist ungeduldig, er braucht Geld, viel Geld, eine Hofhaltung ist nicht billig.« Der Aufseher hätte gern gesagt, daß es nicht leicht sei, genügend starke Kerle zu finden, und ob der König ihnen nicht mit einigen Mann aus seiner Hofhaltung aushelfen könne. Aber er schwieg.

»Wieviel schaffen deine fünfzig Mann in der Woche?« fragte der Bankier.

»Ich weiß es nicht. Ich bin erst drei Tage hier.«

Der Graf knurrte: »Wir sollten uns an den Kommissär in Königsberg wenden. Was kann dieser Kerl wissen?«

Der Bankier antwortete etwas in einer fremden Sprache, aber vielleicht verstand der Aufseher ihn trotzdem, in seine Augen trat so etwas wie Spott. Er wandte sich ab und ging zu den Holzfällern. Hier begann er ein wüstes Fluchen und Brüllen, drohte mit dem Keulenstock und schwang die Peitsche. »Schneller! Schneller!« brüllte er mit einer Stimme, die jeden Sturm übertönen konnte. »He, du dort, was hast du dich aufzurichten? Was, Atem schöpfen mußt du? Was hast du Hund Atem zu schöpfen? Zu arbeiten hast du, mit oder ohne Atem, damit die Herren vom Hof neue seidene Spitzen um ihre fetten Hälse bekommen können! Atemschöpfen! Dir werde ich zeigen, wie man Atem schöpft!« Er machte einen Schritt auf den jungen Burschen zu, der sich aufgerichtet hatte, er ließ die Peitsche hinabsausen, sie traf niemand, aber der junge Bursche war nicht dumm, er sah die Kutsche und die Herren, er spielte mit und schrie entsetzlich.

»Solche Leute braucht man«, sagte der Graf, und dann gingen die Herren auf und ab und unterhielten sich. Plötzlich durchschnitt ein Schrei die Luft, ein Menschenschrei, ein Männerschrei, vielstimmig und entsetzt. Er kam von den Holzfällern her, und sie stürzten ihm nach, sie brachen aus den Eichen wie Wild vor den Hunden und jagten heran, vorbei, stolperten über Baumstümpfe, rafften sich auf, liefen weiter, zehn, zwanzig, alle.

Die Herren sprangen vor dem Ansturm hinter den Wagen, der Aufseher ergriff einen der Vorbeirasenden am Arm. »Seid ihr verrückt geworden?« Der Mann zerrte wie wild, um loszukommen. »Der Mohr«, keuchte er, »der Mohr« – dann hatte er sich befreit und stürzte davon.

Der Aufseher stürzte auch davon, aber dem Holzplatz zu. Er achtete nicht auf die Rufe der Herren, mit langen schweren Sprüngen überquerte er die kahlgeschlagene Fläche, sie war leer, kein Mensch war mehr da. Nur der Mohr lag neben einem gefällten Baumstamm, sein dunkles Gesicht hatte einen blaurötlichen Schimmer, er zuckte und gurgelte dumpf.

»Abdullah!« sagte der Aufseher und blieb neben ihm stehen. »Abdullah! Was ist dir?«

Erkannte Abdullah ihn? Es schien nicht so. Seine Hände griffen in die Luft, sein Körper bäumte sich auf. Der Aufseher bückte sich, er wollte das Wams des Kranken an der Seite hinaufschieben, aber das hatte schon ein anderer getan, und eben darum waren alle davongejagt. Der Aufseher begriff: da waren sie, die Beulen, in denen der Tod saß. Er hob den Kranken vorsichtig ein wenig an, stützte ihn gegen den Stamm, holte aus der Trinkwassertonne einen Becher Wasser und schob ihn dem Mohren zwischen die Hände. Obwohl der Kranke sonst nichts und niemanden mehr erkannte, das Wasser erkannte er, gierig schlürfte er den Becher aus, auch noch einen zweiten und dritten. Dann fiel er zur Seite, röchelte und schlug wild um sich. Der Aufseher ging zurück zu der Kutsche. Die Herren waren bereits wieder eingestiegen.

»Was war denn los?« fragte der Jüngere nervös. »Was ist das für ein Mohr?« – »Ein Holzfäller.« – »Ein Mohr?« – »Er gehörte zu der Besatzung des Piratenschiffes, das man kürzlich aufgebracht hat. Ihr werdet davon gehört haben.« – »Ein schwarzer Pirat!« rief der Graf. »Man hat ihn nicht gehängt?«

– »Man hätte es, wenn er nicht so stark gewesen wäre. Starke Männer sind jetzt sehr gesucht.« Der Aufseher wies auf die Eichen. »Nur starke Männer können hier etwas ausrichten.« Er erwähnte nicht, daß man auch noch einen zweiten starken Mann vom Galgen zurückgestellt hatte, damit er den Aufseher für die anderen abgäbe. Wen ging das etwas an?

»Und was ist mit diesem Mohren?« fragte der Graf unwirsch. Der Aufseher betrachtete die beiden Herren eine Weile schweigend. – »Er hat die Pest«, sagte er dann.

Der Bankier schrie auf, unbeherrscht, hoch und spitz. Der Graf schnellte herum und trommelte auf den Rücken des Kutschers. »Los! Fahr zu! Hast du nicht gehört? Die Pest ist hier! Die Pest!« Er keuchte, sein Gesicht verzerrte sich, er zog den Kopf ein, als griffe jemand nach seiner Kehle, er besaß keinerlei Würde mehr. »Los!«

Der Kutscher drehte sich langsam um, sein Gesicht war grau. »Die Pest ist auch in der Stadt«, sagte er. »Heute früh hat man einen unter meinem Fenster vorbeigekarrt, zum Verscharren. Im Löbenicht ist ein ganzes Haus ausgestorben, gestern holten sie die Letzten. Auch in der Altstadt beginnt es. Der Kneiphof ist noch frei, da sind die Tore verrammelt, und keiner geht mehr aus dem Haus. Aber auf die Dauer wird es ihnen auch nichts nützen.«

»Das hat mir niemand gesagt!« schrie der Graf. »Hallstein, warum habt Ihr mir das nicht gesagt als ich gestern ankam? Ich wäre sofort zurückgefahren nach Berlin, ich wäre doch nicht in diesem verdammten Land geblieben. Warum habt Ihr mir das nicht gesagt?«

»Ich wußte nichts davon, Exzellenz«, sagte der Bankier mühsam. »Glauben Sie mir, ich wußte nichts davon.«

»Ihr wußtet nichts davon! Los, Kutscher, wir fahren nicht erst in die Stadt hinein, wir fahren um die Burg herum, direkt auf die Straße nach Berlin, ohne Aufenthalt! Los, worauf wartest du noch?«

»Ich kann nicht nach Berlin fahren«, sagte der Kutscher. »Ich habe Weib und Kind auf der Burg, ich muß zu ihnen, was sollen sie ohne mich tun?«

»Kerl!« schrie der Graf außer sich. »Es geht um mein Leben, und du faselst von deinem Weib und deinen Kindern!«

War es zu glauben? Der Kutscher entgegnete: »Mein Weib und meine Kinder haben auch ein Leben, halten zu Gnaden.«

Dem Grafen verschlug es die Sprache. Der Bankier mischte sich ein. »Exzellenz!«, sagte er, »fahren wir erst einmal los und beraten wir das weitere unterwegs. Wenn der Kutscher sich weigert, nach Berlin zu fahren, dann kutschieren Sie den Wagen selbst, bis sich unterwegs jemand findet. Sicher verstehen Sie etwas von Pferden.« Der Graf antwortete nicht, der Kutscher fuhr an.

Als der Wagen hinter einem Gebüsch außer Sicht gekommen war, ging der Aufseher langsam zurück zu dem Mohren, der sich immer noch wild hin- und herwarf. Jetzt erkannte er auch das Wasser nicht mehr, das der Aufseher ihm reichte, er schlug es ihm aus der Hand, er zerriß sich das Wams, Schaum stand vor seinem Mund, die dunkle Haut zeigte bläuliche Streifen, böse starrten die brandigen Beulen. Es ist die galoppierende Art, dachte der Aufseher. Wenigstens wird er es bald hinter sich haben. Er prüfte die Windrichtung, es wehte von Süd, so setzte er sich südlich von dem Sterbenden auf einem Baumstumpf und begann eine letzte Unterhaltung mit ihm, eine lautlose und einseitige.

»Da liegst du, Abdullah«, sagte er, »wahrscheinlich hast du es von deinem Landsmann, den wir vor Bornholm ins Meer werfen mußten. Er war noch nicht tot, aber alle stimmten dafür, du auch, ich auch, eben alle. Es war ja auch wirklich einerlei, es war gut für ihn und für uns – freilich, dir hat es nichts mehr genützt. Es wäre ebenso gut gewesen, wenn man dich mit den anderen gehängt hätte. Vielleicht wäre das Gehängtwerden auch für mich gut gewesen. Die sieben Weltmeere, Abdullah, wo wir Schiffe und Menschen jagten und die Haie satt machten, Gott verzeih es, wenn er kann!« Der Sterbende zuckte immer noch, seine Hände griffen in die Luft, er stöhnte dumpf. Der Aufseher lächelte grimmig und traurig. Er stand schwerfällig auf, ein paar Stunden würde es noch dauern, inzwischen konnte er das Grab ausheben. Er suchte Spitzhacke, Spaten, Schaufel und einen Strick unter den fortgeworfenen Werkzeugen zusammen, fand einen passenden Platz und begann zu graben. Der Boden war hart, er mußte sich ziemlich anstrengen. Immer noch ging der sonderbar laue Wind durch die Eichen, goldene Blätter sanken herab, sie schimmerten herrlich gegen das blaue Licht, das von oben und von der See kam. Drüben stieß Abdullah wilde, gurgelnde Laute aus, seine Augen starrten qualvoll und in einer Art Haß in den Himmel, seine Hände krallten sich in die Erde, immer wieder versuchten sie, sich an ihr festzuklammern. Sekundenlang stand er als starrer Halbkreis in der Luft, dann sank er zusammen, schnell und endgültig.

Die Grube war fertig, der Aufseher schlang einen Strick um den Toten, zog ihn zum Rand und ließ ihn vorsichtig hinabgleiten. Lange stand er da und sah auf den dunklen Körper, der ausgestreckt in der Grube lag. Abdullahs letzte Koje war geräumig, sie würde auch kühl sein und ungestört, er konnte zufrieden sein. Der Aufseher füllte die Grube sorgsam mit Erde, legte ein paar goldene Eichenzweige darauf. So gut, dachte er, wird es mir selbst nicht gehen. Dann kehrte er sich ab und sah sich um. Er konnte die Nehrung entlang nach Memel gehen, in der nächsten Zeit würde man niemand suchen, und schon gar nicht einen Bordgefährten des Mohren. An der Haffseite gab es Dörfer, dort konnte man Nahrung bekommen, mit Güte oder mit Gewalt. Plötzlich war ihm der Gedanke an Gewalt zuwider, er wollte nicht in die Dörfer, wußte er denn, wie es mit ihm stand, und ob er nicht die Seuche in die Dörfer bringen würde? Dann fiel ihm das Haus ein. Vielleicht stand es noch, oder doch die Reste davon, die Steine, die der Großvater einmal zusammengetragen und zu einer Art Behausung zusammengefügt hatte. Und waren sie auseinandergefallen, konnte er sie wieder aufrichten, er war nicht weniger tüchtig als der Großvater. In der Steinhütte konnte er bleiben, bis ihm etwas Besseres einfiel, oder bis sich Gelegenheit zeigte, ein Boot zu erwischen, ein Boot mit einem Segel, es mußte doch auch hier dergleichen geben.

Er zögerte eine Weile, ihm fiel ein, daß er an der Haffseite Segelboote gesehen hatte, vielleicht verbarg er sich besser bis zur Nacht, nahm dann eines der Boote und segelte damit, bis er bei Memel durch das Tief in die offene See kam. Aber dann entschied er sich doch für das Haus, die Steinhütte, er wußte selbst nicht, warum. Er ging die Straße nach Königsberg entlang bis zum Ende der Nehrung und dann dicht am Strand weiter. Nach einer Stunde sah er links ein paar Häuser, ein Dorf, er umging es, ließ es hinter sich, wanderte weiter. Es war hier sehr einsam, nichts als Wasser und Strandgras und ab und zu Flächen von verfilztem Buschwerk. Hier kam wahrscheinlich nie ein Mensch hin. Linker Hand hob sich das Land zu einem flachen Rücken, und in einer Höhlung dieses Rückens mußte das Haus liegen. Vor etwa zehn Jahren hatte er es einmal gesehen, im Vorbeisegeln hatte er es ausmachen können durch das Fernrohr, nur nach dem Gedächtnis, genauer gesagt, nach dem Gedächtnis seiner Mutter, die ihm davon erzählt hatte. Eine elende Behausung nach allem, was er von ihr darüber wußte, aber sie hatte in ihrem späteren Leben daran zurückgedacht wie an das Paradies.

Er spürte Hunger und zog sein Brot aus der Tasche, möglicherweise das letzte Stück Brot für lange Zeit, er wollte es in Ruhe genießen. Er erklomm den Landrücken linker Hand, um sich darauf niederzulassen und mit dem Blick aufs Meer seine Mahlzeit zu halten. Vorher blickte er noch einmal landeinwärts, und da bemerkte er den Wagen. Zuerst dachte er an die

Kutsche vom Vormittag, aber dieser Wagen war mit zwei Schimmeln bespannt und nicht mit vier Rappen, es war auch keine Kutsche. Aber ihn ging das nichts an, er war kein Narr, daß er jemand ungenötigt in den Weg lief. Er setzte sich und biß in sein Brot, er war hungrig, und das Brot war noch nicht zu alt, es schmeckte ihm gut. Zwischendurch sah er zu dem Wagen hin, wollte der nicht weiterfahren?

Nein, er fuhr nicht weiter, er stand still, und unter der abschirmenden Hand sah der Aufseher, daß ein Mann daneben regungslos am Boden lag und auf der Kutscherbank jemand saß, der den Kopf in die Hände gelegt zu haben schien und sich ebenfalls nicht rührte. Aber ihn ging das nichts an. Er wandte den Blick zur See hin, der weiten, blauen, leeren See, nein, nicht ganz leer, dort weit im Osten waren winzige Punkte, wahrscheinlich Fischerkähne. Wenn es sich erweisen sollte, daß ich nicht angesteckt bin, dachte er, dann möchte ich versuchen, als Fischer zu leben. Nicht hier, natürlich nicht, aber fischen kann man überall. Jütland, das würde mir zusagen.

Dann sah er wieder nach dem Wagen. Nichts war verändert, der Mann lag immer noch am Boden und rührte sich nicht, auch die Person im Wagen hatte noch dieselbe Stellung wie vorher, die Pferde grasten, so gut es gehen wollte, und zogen den Wagen in kleinen Rucken hin und her. Vielleicht waren die Leute dort krank, oder tot? Es würde ihn nicht überraschen, er hatte dergleichen schon anderweitig gesehen, in afrikanischen Häfen und asiatischen, auch einmal in Genua, das Sterben unterwegs, das Sterben auf den Straßen, wenn die schreckliche Würgerin durch das Land zog, die Pest. Er steckte den Rest Brot in die Tasche, stieg nach der Landseite ab, ging auf den Wagen zu. Es war ein geräumiger Karrenwagen, der Raum hinten war vollgepackt mit Kisten und Säcken und Bündeln, und auf der zweisitzigen Kutscherbank saß eine Frau.

»He!« rief der Aufseher, als er neben dem Wagen angekommen war. Sie schrak nicht zusammen, sie hob nur den Kopf und sah ihn an. Das Gesicht war jung, die ganze Frau war jung, ein Mädchen vielleicht achtzehn oder so. Aber die Augen waren mit allem Leid der Erde gefüllt. Jetzt warf sie einen Blick auf den Mann am Boden und senkte das Gesicht wieder in die Hände. Auch der Aufseher sah den Mann am Boden, es war leicht zu sehen, daß der tot war. Auch woran er gestorben war, unterwegs, auf der Straße, war nicht schwer zu erkennen.

»He!« sagte er wieder, nahm aber die Hand zurück, mit der er schon ihre Schulter hatte berühren wollen. »Was ist geschehen? Wo wollt Ihr hin?«

Die Antwort kam dumpf zwischen den Fingern hervor. »Der da liegt, war mein Kutscher. Ihr seht ja selbst, was ihm geschehen ist. Und ich will nirgends mehr hin. Geht weiter.«

Aber er ging nicht. »Man muß ihn begraben«, sagte er. Dabei dachte er: Schon das zweite Mal an diesem Tage. Sie nahm die Hände vom Gesicht, richtete sich auf und machte Anstalten, abzusteigen. »Ihr habt recht«, erwiderte sie, »er muß begraben werden.«

Wahrhaftig, sie hatte die Absicht, es selbst zu tun! Er starrte sie an. »Habt Ihr einen Spaten bei Euch?« Nein, keinen Spaten. Aber eine Schaufel war da, und die würde ihr schon genügen.

Er überlegte einen Augenblick. »Die genügt nicht«, sagte er, »der Boden ist hart. Aber auf der anderen Hügelseite im losen Sand, da könnte ich leicht eine Grube ausheben. Wo ist die Schaufel?« Da sah er sie schon im Kasten liegen und ergriff sie. »Ihr?« fragte das Mädchen. »Warum solltet Ihr das tun? Wir sind Euch fremd.«

Er erwiderte: »In manchen Zeiten gibt sich das. Aber ich brauche Stricke oder dergleichen, um die Leiche hinüberzuschaffen. Tragen möchte ich sie nicht.« Er lachte, ein Schauer überlief sie, er sah es.

»Ich habe keinen Strick«, sagte sie, »aber vielleicht geht es mit den Pferdeleinen. Soll ich sie abschneiden?« – »Das wäre schade«, sagte er, »man braucht sie noch.«

Sie setzte zum Sprechen an, wahrscheinlich wollte sie sagen, daß sie keine Pferdeleinen mehr brauchen würde, besann sich und machte sich an die Arbeit, die Tiere abzuschirren. Er sah ihr zu, wie sie die Schimmel ausspannte und ihnen das Geschirr abnahm, sie verstand sich darauf, ohne Zweifel, aber sie war sehr schwach und erschöpft und zitterte so sehr, daß die Leinen ihr ein paarmal aus den Händen fielen. Er hob sie auf, mehr konnte er ihr nicht helfen, er verstand nichts von Pferden. Die Leinen waren aus gutem starkem Leder, sie würden das Gewicht des Toten leicht aushalten. Dem Aufseher gelang es, sie um den leblosen Körper zu legen, ohne die Leiche anzurühren.

»Jetzt seht fort«, sagte er. Sie wandte das Gesicht ab, er schleifte den Toten den Hügelkamm hinauf und auf der anderen Seite hinab, schaufelte die Grube, ließ den Mann hineingleiten, zog die Leinen heraus und stieg den Kamm wieder hinauf. Oben stand das Mädchen.

»Armer Tobias«, murmelte sie. »Armer guter Tobias.« Jetzt erst sah er sie richtig an. Sie war schmal und zart, knapp mittelgroß, mit kastanienfarbenem Haar und dunklen Augen im bräunlichen Gesicht, das elend und erschöpft aussah.

»Wohin wollt Ihr jetzt fahren?« fragte er, während er neben ihr hinabging.

»Nirgends hin. Es wird nicht mehr nötig sein.«

Er wollte sie nicht verstehen. »Ihr könnt nicht hier auf der Straße bleiben.«

»Auf der Straße oder sonstwo, was macht das noch aus?« Sie schwieg eine Weile, dann fuhr sie fort: »Wir kommen aus dem Sudauischen, da hatten meine Eltern ein Gut, es hieß Dorjutschen. Es war schön dort, bis die Krankheit aus dem Polnischen herüberkam. Vater und Bruder starben, meine

Mutter ist schon lange tot. Viele von unseren Leuten starben. Wer nicht starb, lief weg, jeder dachte, anderswo wäre die Krankheit nicht. Ich dachte es auch, ich schickte die letzten weg, ließ alle Tiere aus den Ställen, die Hunde von der Kette, Tobias und ich packten alles zusammen, was wir für die Reise nach Norden brauchten, wir dachten, wir wären noch gesund, und vielleicht konnten wir in Königsberg ein Schiff bekommen, irgendwohin. Unterwegs wurde Tobias krank, wir fuhren noch herum, niemand nahm uns auf, wir kamen nach Königsberg, aber es gab kein Schiff für uns. Jetzt wollte ich die Nehrung entlang ins Russische, vielleicht ist die Krankheit noch nicht dort, aber wir sind nur bis hierhergekommen.« Sie schwieg.

Nach einer Pause fragte der Mann: »Und wo wollt Ihr jetzt bleiben?« – »Ihr wißt sehr gut, daß ich nirgends bleiben kann«, erwiderte sie. Sie zitterte immer stärker, ihre Zähne schlugen aufeinander.

Er dachte: Bei ihr beginnt es mit Schüttelfrost. Sie sagte: »Geht. Geht schnell und habt Dank für Tobias.« – Sie standen vor dem Wagen, sie nickte ihm zu, sie wartete, daß er gehe.

Er ging nicht, er sagte: »Ihr könnt natürlich kein Vertrauen zu mir haben, aber ich möchte Euch helfen.« – »Ich habe Vertrauen zu Euch«, erwiderte sie. »Ihr seid ein guter Mensch. Nur ein guter Mensch konnte das für Tobias tun. Aber helfen kann mir niemand.« – »Das ist nicht sicher.«

Sie konnte kaum noch stehen, so zitterte sie. »Ich grieche jetzt hier in die Büsche«, stammelte sie undeutlich, ohne auf seine Worte einzugehen. »Da warte ich es ab, vielleicht habe ich Glück und es findet mich niemand, ehe es zu Ende ist.« Sie riß sich zusammen, straffte sich, hob eine Tasche aus dem Wagen. »Hier drin ist Geld. Nehmt es, ich brauche es nicht mehr.«

Er erwiderte: »Das solltet Ihr keinem Wildfremden erzählen.« Er legte die Pferdeleinen, die er noch in der Hand gehalten hatte, auf den Rand des Wagens. »Ich weiß, wo Ihr bleiben könnt. Könnt Ihr die Tiere einspannen? Ich verstehe es nicht.«

Wieder gelang es ihr, sich zusammenzureißen, er bewunderte sie. Sie schirrte die Tiere an, er versuchte ihr zu helfen, vorher beim Abschirren hatte er gut aufgepaßt. Dann stiegen sie auf, das Mädchen nahm die Zügel. Schweigend fuhren sie die Straße ein Stück zurück. Als der Mann glaubte, auf der Höhe des Steinhauses zu sein, stieg er ab, ergriff eines der Pferde am Zaum und bemühte sich, das Gefährt seewärts über den Hügelkamm zu bringen, durch Wiese und Sumpf und verfilztes, dorniges Buschwerk. Es war ein hartes Stück Arbeit, fast verzweifelte er am Gelingen, aber endlich stand man doch oben, unten blinkte die Ostsee, und ein Stückchen weiter westlich war ein großer Steinhaufen.

Es sah wirklich nur aus wie ein Steinhaufen, und er mußte schon nahe herangehen, um festzustellen, daß es eine Art Haus war, eine Steinhütte, klobige, im Geviert zusammengefügte Steine mit einem Schilfdach. Dieses Schilfdach mußte Neuern Datums sein. Der Steinhaufen war nicht bewohnt, jetzt nicht mehr. Vielleicht vor ein oder zwei Jahren, jetzt war das Haus leer, vollkommen leer. Es bestand nur aus einem Raum und hatte ein Mauerloch als Fenster, das zur See ging. Die Tür schloß nicht. Aber das alles waren Kleinigkeiten, es war ein Unterschlupf, das war die Hauptsache.

Er ging zum Wagen zurück und sagte: »Wir sind da.«

»Wir sind da«, wiederholte sie leise und stieg ab, ohne seine Hilfe, setzte sich aber sofort auf die Erde. Er mußte mit Ausspannen und Abschirren allein fertig werden, sie konnte nur Anweisungen geben, aber diese Anweisungen waren klar und genau, man konnte gut danach handeln. Sie war ein bewundernswertes Mädchen.

Die abgeschirrten Pferde blieben ruhig stehen und rupften ein paar Blätter von den Sträuchern. Es waren starke, ruhige

Tiere, Kaltblüter, man konnte gut mit ihnen umgehen. Dem Mann gefielen sie, er klopfte ihnen die Kruppen. Dann griff er nach den Decken hinten im Wagenkasten. Vielleicht ist es töricht, diese Decken zu benutzen. Aber was sollte man tun? Das Mädchen mußte Decken haben, und war für sie nicht sowieso schon alles einerlei? Sie hatte die Krankheit, da war kein Zweifel. Jetzt stand sie auf und tastete sich der Steinhütte zu. »Geht!« flüsterte sie. »Bringt mir die Decken hinein – und dann geht! Ich bitte Euch!«

Vielleicht hatte sie recht, vielleicht sollte er wirklich besser gehen, aber war es nicht schon zu spät? Sie sagte: »Warum wollt Ihr Euch unglücklich machen, einer Fremden wegen, die vielleicht morgen schon –« Ihre Zähne schlugen aufeinander, sie hielt sich krampfhaft an der Mauer fest und konnte kaum verhindern, daß ihr Kopf dagegenschlug.

Diese Worte, dieser Schüttelfrost, der deutlich zeigte, daß die Seuche sie gepackt hatte und daß schon ihr Atemzug sie weitergeben konnte, fegten alle Gedanken an ein Fortgehen in ihm hinweg.

»Es ist zu spät«, sagte er kurz und fühlte verwundert, wie ihn eine große Erleichterung bei diesem Entschluß überkam. Es war zu spät, wirklich zu spät, er wollte es so. Er wollte überzeugt davon sein, daß er sich entweder längst angesteckt hatte – und dann konnte er ebensogut hier verrecken wie anderswo – oder daß er, sollte das nicht der Fall sein, sich jetzt auch nicht mehr anstecken würde. »Kommt!« sagte er.

Sie kam, sie stand in dem kahlen, leeren Raum, schmal und taumelnd, und plötzlich war dieser Raum nicht mehr kahl und leer, sondern hatte etwas Vertrautes bekommen, etwas, das nach zu Hause und Heimat schmeckte – woher aber sollte er das wissen, er hatte ja nie ein zu Hause und eine Heimat gehabt! Dennoch durchflutete ihn irgend etwas warm, er breitete die Decken in einer Ecke aus und hieß sie sich hinlegen. Sie fügte sich, sie sprach nicht mehr davon, daß er gehen solle. Jetzt werde er den Wagen abladen, sagte er, und die Pferde müßten gefüttert werden. Sie nickte. »Ich kann Euch nicht helfen«, murmelte sie, »verzeiht.«

Er lachte, es war ein zufriedenes Lachen. Er habe schon mehr fertiggebracht als das, sagte er. Das hatte er wirklich, aber Pferden einen Futtersack mit Hafer richtig umgehängt, das hatte er noch nicht. Dennoch, es gelang, die Tiere fraßen behaglich, er fand einen grasbewachsenen freien Platz im Dickicht, da brachte er sie hin und band sie so an, daß sie sich gut niederlegen konnten. Dann lud er den Wagen ab, und das machte ihm Freude, man würde gut hausen können mit allem. Der vorhandene Proviant war reichlich, sicher war er erst vor kurzer Zeit frisch aufgefüllt worden; es gab auch Geräte zum Kochen und Essen, es gab Schüsseln und Wassereimer, allerhand Kleidung und noch mehr Decken, dazu Axt und Säge und Nägel, es war an alles gedacht! Zuletzt nahm er die Tasche, in der das Geld war, die sollte sie bei sich behalten.

Sie lag weiß und zitternd unter ihren Decken und sah ihm zu, wie er alles im Raum verstaute. So etwas verstand er gut, was hatte er nicht alles verstaut in engen Kajüten! »Habt Ihr das Gepäck selbst zusammengestellt?« fragte er. Sie nickte, und seine Achtung vor ihr wuchs. Er nötigte sie, etwas zu essen, er aß auch selbst von dem Proviant. Dann schnitt er draußen laubiges Buschwerk ab, brachte es hinein und warf es in eine Ecke, als Lagerstatt für sich. Es war nicht sonderlich weich, aber dick genug, um die Bodenkälte abzuhalten.

Jetzt kam das Wichtigste: die Quelle aufzuspüren, die sich in einiger Entfernung landeinwärts befinden sollte. Das war schwierig und dauerte lange. Der Buschwald hinter der Steinhütte war dicht und verfilzt, es konnten hundert Quellen in ihm sein oder keine, er mußte ihn Schritt für Schritt absuchen, auf allen vieren durch Gestrüpp kriechen, Nesselwälder durchspähen und Berge von Dornenzweigen wegräumen. Endlich fand er sie, sie war weit näher, als er gedacht hatte. Er trat sich einen Pfad, füllte den mitgenommenen Eimer und brachte ihn in die Hütte.

Dort stand er dann eine ganze Weile und genoß ein sonderbares Gefühl, das er nie gekannt hatte und nicht benennen konnte, das ihn aber mit tiefer Zufriedenheit erfüllte. Er mußte sich beeilen, es begann zu dämmern, und was war noch alles zu tun! Zuerst einmal mußte er einen noch größeren Haufen von laubigem Buschwerk holen, das Mädchen zum Aufstehen veranlassen und das Buschwerk schön glatt unter die Decken legen.

»Es wird sonst zu kalt am Boden«, sagte er in so sanftem Ton, wie es ihm möglich war. »Ihr braucht eine Unterlage. Jetzt legt Euch hin.« Sie tat es. »Oh, wie schön!« flüsterte sie dankbar. »Wie gut Ihr seid!«

Er dachte: Helf mir Gott, daß sie nie die Wahrheit erfährt, und zog die restlichen Decken über sie. Es schien ihr besser zu gehen, sie fragte: »Wie nenn ich Euch?«

»Nennt mich Roger. So hat man mich getauft. Ich bin wirklich getauft, so sonderbar das sein mag.«

»Warum solltet Ihr nicht getauft sein?« murmelte sie. »Ich heiße Sabine.«

Sabine. Er betrachtete sie fast mit Ehrfurcht. Sabine. »Welch ein schöner Name, er paßt zu Euch.« Das Lächeln, das über ihr Gesicht ging, war schön und beinahe zärtlich. Aber plötzlich zuckte sie zusammen, ihre Hand griff unter die Decke zu den Beinen hinab, und ihr Oberkörper wurde von heftigem Schmerz hochgerissen.

»Fängt es so an?« fragte sie tonlos. »Es kann auf vielerlei Weise anfangen«, erwiderte er, »aber es ist nicht gesagt, daß es gleich die Pest sein muß, wenn Euch etwas weh tut.«

Jetzt war das Wort zum erstenmal gefallen, das schreckliche Wort, das sie bisher vermieden hatten, das jeder vermied, solange es ging, und nur von ›der Krankheit‹ sprach. »Wollt Ihr mir Euer Bein zeigen?« fragte er.

Sie streckte es unter den Decken hervor, sie zögerte nicht. Er streifte Schuh und Strümpfe ab, da sah er die feinen roten Punkte, er sah auch, daß sie sich schon zusammenzuschließen begannen zu großen bläulichroten Flecken. Bald würden sie verhärten und verschorfen, und unter dem Schorf würde der Eiter hervorquellen. Vorsichtig schob er das Bein wieder zurück und sah in ihr Gesicht. Es brannte im Fieber.

»Es wird Abend«, sagte er. »Könnt Ihr mir sagen, ob Ihr auch Kerzen in Eurem Gepäck habt?«

Sie hatte Kerzen, und er fand sie in einer Tasche, dazu auch alles, was man zum Licht- und Feuermachen braucht. Er entzündete eine Kerze und stellte sie auf einen umgekehrten Kochtopf. Man würde zur Nacht nicht ohne Licht bleiben.

Das Fieber stieg, er entsann sich, daß er draußen noch reife Brombeeren gesehen hatte, er nahm ein Gefäß und ging hinaus, trotz des schwindenden Lichtes sammelte er noch eine Menge, brachte die Beeren hinein und schob sie ihr einzeln in den Mund, sie schienen ihr wohlzutun. Schließlich füllte er noch klares Wasser in eine Schüssel, nahm vorsichtig ihre Beine unter den Decken hervor, eines nach dem anderen, und wusch sie mit Hilfe, einer Handvoll Heu behutsam ab, mehrere Male, jedesmal in neuem Wasser und mit neuem Heu. Er fand das dürre Gras auf den Strandhügeln. Auch ihre Hände wusch er, spülte auch ihr Gesicht ab, das im Fieber glühte.

Mehr konnte er nicht tun. Eine Weile saß er noch neben ihrem Lager, dann ging er noch einmal hinaus, ihm war eingefallen, daß man den Wagen besser ein wenig verstecken sollte. Auch hatte er nicht daran gedacht, die Pferde zu tränken, was würde sie von ihm denken, wenn sie das wüßte! Er schob den Wagen tief in das Gebüsch, brachte den Tieren Wasser, sie tranken gierig, er klopfte ihre Hälse, plötzlich fühlte er Zärtlichkeit für sie. Sie sahen ihn mit klugen Augen an. Ehe er wieder eintrat, umkreiste er die Steinhütte noch einmal, dabei bemerkte er auf ihrer Ostseite einen großen dunklen

Fleck, der fast die halbe Wand einnahm. Er kratzte daran, es fühlte sich an wie Farbe, und dann fiel ihm ein, daß die Mutter von einem Bild gesprochen hatte, das auf das Haus gemalt gewesen sei, ein Bild, wenn er sich recht erinnerte, ein Vogel. Er trat zurück, es war schon dunkel, aber ihm schien, als zeichne sich wirklich die Gestalt eines Vogels ab, eines Vogels mit langen spitzen Flügeln. Eine Möwe? Er grübelte, sicherlich hatte die Mutter damals noch mehr von diesem Vogelbild gesagt, aber er konnte sich nicht daran erinnern, er hatte es vergessen.

Der Mond stieg auf, er warf einen langen hellen Streifen über die See, eine silberne Brücke. Eine Brücke wohin und woher? Sie begann im Wasser und endete im Wasser, es gab keine Ufer, die sie hätte verbinden können, und plötzlich erschien ihm das gleichnishaft und traurig. Es durchschauerte ihn, er ging in die Hütte. Er warf sich auf sein Lager, nachts träumte er von einer Möwe, sie war sonderbarerweise blau und hüpfte auf der silbernen Mondbrücke im Meer entlang, hin und her, hin und her, ruhelos. Sie sucht Land, dachte er im Traum. Aber es gibt kein Land für sie.

Er erwachte früh, die Sonne stieg eben aus dem Wasser, goldrot und leuchtend, die nur flüchtig angelehnte Tür war offen, das Rauschen der See füllte den kleinen Raum, der Himmel darüber war märchenblau wie gestern, auf dem Boden tanzte das Sonnenlicht. Rogers erster Blick suchte das Lager in der anderen Ecke, das Mädchen lag regungslos, aber mit offenen Augen und bei vollem Bewußtsein. Er sprang auf.

»Wie geht es Euch, Sabine?« – »Ich habe geschlafen«, sagte sie verwundert, »ja, denkt Euch, ich habe geschlafen. Wie lange schon habe ich nicht richtig geschlafen! Aber es tat so wohl, Euch da zu wissen.«

Ihm fuhr durch den Sinn: Wann hat es jemals einem wohlgetan, daß ich da war? Nicht einmal meiner Mutter, nein, nicht einmal ihr, so lieb sie mich hatte. Und später –

»Ich danke Euch«, murmelte er. »Habt Ihr Hunger?«
»Nein. Aber wenn Ihr noch ein paar Brombeeren habt –«
»Es sind viele davon da.«

Er nahm einen Becher und ging hinaus. Draußen atmete er tief und verwundert auf. Wie hatte sich das Leben seit gestern verändert, wie hatte er sich verändert! Und die Welt rundum – da war die See, die vertraute See, aber war nicht auch sie ganz anders geworden? Kein Kampfplatz mehr und kein Grab für Erschlagene, kein Gebiet zur Jagd auf Schiffe und Menschen, auch kein Fluchtweg mehr, sondern eine blaue Sommerwiese, ein lieblicher Spielplatz für zärtliche kleine Silberwellen. Da war der Himmel, dieser seidenzarte, lichtblaue Märchenhimmel, und da war dieses ganze Land, ein schönes Land, voller tiefer Wälder, und weiter südwärts voller funkelnder Seen, welch ein Land, und war es nicht seine Heimat? Er hielt im Beerenpflücken inne, er wiederholte laut: »Heimat!« Und er empfand plötzlich eine glühende Liebe für den warmen Sand unter den Füßen, für die Brombeerranke, die sich über den Bach neigte, für das ungefüge Steinhaus mit dem sonderbaren Vogelwesen, das wirklich blau war wie im Traum, und das jemand plump und ungeschickt auf die Steine gemalt hatte.

Hinter dem Haus wieherten die Schimmel. Er ging mit dem gefüllten Becher in die Hütte. Die Beeren schmeckten dem Mädchen, war das ein gutes Zeichen? Schien es nicht, als ginge es Sabine bereits besser? Es war eine Täuschung, mit steigender Sonne kam das Fieber wieder. Die Schmerzen am ganzen Körper nahmen zu, sie wimmerte und stöhnte, sie warf sich auf dem Lager herum und redete irre. Er stand hilflos dabei, das Herz zerrissen von einer Angst, wie er sie nie gefühlt hatte. Wasser war gut bei dieser Krankheit, wußte er, Wasser war allheilend, zum Trinken wie zum Waschen. Er füllte den Becher, gab ihn ihr, ihre Hände flogen im Fieber, er hielt das Gefäß an ihrem Munde fest. Sie trank gierig, sie trank einen zweiten Becher aus, auch Abdullah hatte so gierig getrunken, fiel ihm ein, und war dann gestorben. Er stöhnte, sie sah ihn erschreckt an, dann trübten sich ihre Augen, fielen zu, aber es war nicht Schlaf, es war Bewußtlosigkeit. Da entschloß er sich, füllte den Eimer mit frischem Wasser, legte einen Haufen trockenes Gras daneben, löste das Mädchen behutsam aus Decken und Kleidern und begann den zarten Körper zu waschen, der jetzt über und über mit den schrecklichen Beulen bedeckt war. Immer wieder nahm er ein frisches Heubündel, tauchte es in frisches Wasser und wusch den Eiter fort, der unter dem Schorf hervorsickerte. Dann wickelte er Sabine in ein sauberes Tuch, das er im Gepäck fand, und stopfte die Decke um sie. Die alten Kleidungsstücke nahm er mit hinaus, wusch sie in Seewasser, so gut es gehen wollte und breitete sie zum Trocknen über die Büsche.

Als er wieder hineinkam, lag sie mit offenen Augen da, war bei Bewußtsein und hatte erraten, was geschehen war. Ihr Gesicht brannte, aber diesmal nicht von Fieber, sondern vor Scham. Es tat ihm weh, er sah fort, aber was hätte er tun sollen? Wer sollte sie denn pflegen, wenn nicht er? »Denkt, ich sei Euer Arzt«, sagte er. »Wollt Ihr sterben, nur weil keine Frau da ist, die Euch beistehen könnte? Aber ich bin da, und ich lasse Euch nicht sterben. Ich werde Euch noch oft waschen, das tut Euch wohl und ist eine gute Hilfe gegen diese gottverdammte Krankheit.«

Sie antwortete nicht, sie wandte nur das Gesicht ab, in ihren Augen standen Tränen. Er beugte sich über das Mädchen, strich ihr die Decken glatt, ihr Gesicht entspannte sich, sie schloß die Augen, und kleine Schweißtropfen bildeten sich auf ihrer Stirn und ihrer Oberlippe. Noch war nichts besser geworden. Im Gegenteil, es wurde schlimmer. Fieber und immer wieder Fieber, heftig und gnadenlos steigend, als sollten die Decken in Glut geraten, unaufhörliche Schmerzen, qualvolle Krämpfe, dauerndes Erbrechen, Blauwerden und Schneeweißwerden und wieder Fieberglut, Dämmerzustände und zunehmende Schwäche, als wolle sie jeden Augenblick auslöschen.

Er tat, was er sich nur ausdenken konnte, er setzte die Waschungen regelmäßig fort, sie schienen auch zu helfen, Bewußtlosigkeit ging dann in Schlaf über, das Fieber wich. Schweißausbruch kam, sie atmete ruhiger. Aber es war nicht von Dauer, nach ein paar Stunden kam der ganze Schrecken gesteigert wieder. Sie verweigerte Nahrung, sie aß nur die Brombeeren, die er ihr einzeln in den Mund schob und die es immer noch in Mengen gab. Von ihnen konnte sie nicht genug bekommen, das beruhigte ihn ein wenig und ängstigte ihn auch wieder, konnte sie denn davon am Leben bleiben? Und unaufhörlich quoll der Eiter unter dem Brandschorf hervor.

Das ging so ein, zwei, drei, vier, fünf Tage, und mehr als einmal stand in dieser Zeit alles auf des Messers Schneide. Roger kämpfte verbissen um dieses Leben, das er sich seltsamerweise nicht mehr aus dem seinen wegdenken konnte, obwohl er das früher oder später doch würde tun müssen, ob sie nun starb oder nicht. Verlangte er etwa, daß das Schicksal dieses Leben um seinetwillen schone? So töricht war er nicht, zuweilen warf er einen Blick rückwärts in sein eigenes Leben, aber er konnte nichts darin entdecken, weswegen das Schicksal ihm hätte einen Gefallen tun sollen. Am fünften Tag schien es wirklich zu Ende zu gehen, unwiderruflich zu Ende. Gegen Abend schrie sie auf, er stürzte an ihr Lager, sie hatte die Decken von sich geworfen, ihr armer Körper, von Schorf und Eiter bedeckt, bäumte sich wild auf, er bildete fast einen Halbkreis. Und wieder mußte er an Abdullah denken, der sich auch so aufgebäumt hatte und dann gestorben war. Er nahm diesen geliebten Körper in den Arm, er lehnte ihn einen Augenblick lang an seine Brust, er dachte nicht daran, daß er sich anstecken könnte, er dachte schon lange nicht mehr daran. Und dann begann er wieder mit den Waschungen, zum wie vielten Mal? Plötzlich wurde sie in seinen Armen schlapp und sank zurück, war das das Ende?

Er sah, daß der Brandschorf hier und da abzufallen begann, daß auch kein Eiter mehr hervorquoll –, sie war wohl schon tot und der Körper hatte zu arbeiten aufgehört. Aber atmete sie nicht noch, wenn auch leise, kaum spürbar? Er wickelte sie in ein neues Tuch, er deckte sie sorgsam zu. Ihr Gesicht war furchtbar verfallen, dennoch schien es ihm nicht das Gesicht einer Sterbenden. Sie war auch nicht bewußtlos, sie schlief.

Ja, sie schlief. Fast wäre er auf die Knie gefallen, um für soviel Glück zu danken, obwohl dazu kein Grund war, der Schlaf erlöste sie ja ab und zu, aber hatte er nicht soeben noch gedacht, sie sei schon tot, fort für immer? Er legte noch einige Decken über sie, schlich dann auf Zehenspitzen zu seinem Lager, schlief aber nicht in dieser Nacht, alle seine Sinne waren hellwach auf das andere Lager gerichtet, auf jedes Rascheln des Buschlaubes, jeden Atemzug, jeden Mondstrahl, der durch das Fenster glitt. In dieser Nacht ging der Seeräuber mit sich ins Gericht und versuchte, einen Pakt mit Gott abzuschließen. Jenes Leben dort gegen seinen eigenen gottwohlgefälligen Wandel bis zum Tode.

Vielleicht ging Gott darauf ein, vielleicht auch nicht. Dann kam der Morgen und mit ihm ein Wort aus der Ecke drüben, der Hauch eines Wortes. »Roger!«

Er erhob sich schwerfällig, ausgelaugt von dieser Nacht, taumelte hinüber. War das Wort eine Täuschung gewesen, oder vielleicht ein letzter Seufzer? Aber sie sagte: »Roger – ich glaube – es geht mir besser.«

O Gott, nie wieder will ich etwas gegen dich sagen, und du kannst dir nicht vorstellen, was für ein vortrefflicher Mensch dein Knecht Roger fortan sein wird! –

Es ging ihr wirklich besser, es ging ihr von Tag zu Tag besser, es dauerte nicht lange, da ging es ihr sogar gut. Sie hatte die Krankheit überwunden, und sie überwand die schlimme Erschöpfung hinterher, sie war jung, und sie war kräftig, sie betonte es immer wieder. »Und dann«, sagte sie, »hatte ich ja einen so wunderbaren Krankenpfleger, und jetzt einen so guten Koch.«

Roger hatte draußen unter überhängender steiniger Böschung eine Kochstelle aus Steinen gebaut, Brennholz gab es genug. Bisher hatte er von dem im Proviant gefundenen Brot gelebt, sich höchstens ab und zu ein Stück Dörrfleisch abgeschnitten, aber nun begann er richtig zu kochen, er hatte es früher oft genug getan. Im Proviant gab es Gemüse und Mehl, Dörrfleisch, auch Speck und einen Topf mit eingelegten Eiern, Fett und Zucker und Salz, was konnte man für herrliche Speisen daraus bereiten. Sabine nahm sich dafür der Hütte an, sie ernannte die Kisten zu Tisch und Stühlen, über die Schlafstellen breitete sie bei Tage Tücher, sie nannte das: die Wohnung einrichten, und Roger glaubte nicht, daß es irgendwo auf der Welt eine hübschere Wohnung geben könnte. Sie nahm sich der Pferde an, die er eben nur so gefüttert und getränkt hatte, band sie los und bewegte sie, lief auch allmählich neben ihnen her, gesund und fröhlich.

Er sah ihr zu und wußte nicht, was er mit all dem Glück anfangen sollte, das ihm das Herz bis zum Bersten füllte. So schön, dachte er, hatte es nicht einmal im Paradiese sein können, denn da war ja nur Eva gewesen, hier aber war Sabine. Und was den Garten betrifft – schön und gut, aber konnte er die See ersetzen? Die blaue, die liebliche, die unendliche See, die Ostsee, den auf die Erde herabgesunkenen Himmel! Zwar war sie morgens manchmal noch in einen grauen Schlafrock gehüllt, aber auch der stand ihr. Dunkelgrauer Samt und hellgraue Seide, mit darübergestreuten kleinen Diamanten. Gegen Mittag zog sie immer noch ihr blaugoldenes Prunkgewand an, das sie am Abend mit dem blauvioletten Brokatmantel vertauschte, zu dem sie als Schmuck die rote Abendsonne trug.

Ihr Nachtgewand aber war schwarzblaue Seide mit silbernen Sternen bestickt.

»Wie schön!« sagte Sabine, sie hatte das Meer bisher nicht gekannt. Und »wie schön!« sagte auch der Mann, aber meinte er damit nur das Meer? Er wollte es nicht wissen, er wollte sich keine Rechenschaft geben, über nichts, er wollte fühlen, nicht denken.

Freilich war es schwer, nicht zu denken, wenn man die Zeichen rundum sah. Zum Beispiel die Segelboote, die anfangs selten und einzeln, dann immer zahlreicher und jetzt schon in Schwärmen an der Küste vorbeiglitten, so daß man in Dekkung gehen mußte, denn es war immer besser, nicht gesehen zu werden. Zuerst hatte Sabine gefragt, wo denn die vielen Leute so plötzlich hinwollten, aber er hatte nicht geantwortet. Dann hatte sie nicht mehr gefragt, sie hatte begriffen, daß es Flüchtlinge waren, Flüchtlinge vor der Seuche, sie segelten zur Nehrung. Dort, meinten sie, sei die Rettung. Das meinten auch diejenigen, die man vom Hügelkamm aus die Straße von Königsberg her zur Nehrung ziehen sah, zu Fuß, zu Pferd, zu Wagen. Die Seuche war jetzt voll ausgebrochen, alles floh, und wer nicht zu Schiff fortkonnte, der versuchte, sich auf die Nehrung zu retten.

Es wird schrecklich werden auf diesem schmalen Landstreifen zwischen Haff und See, dachte Roger, aber er dachte es nicht zu Ende, er zog noch nicht die Konsequenzen. Es war so wunderbar, um die Kochstelle zu sitzen und das Mahl zu verzehren, zusammen. Es war so wunderbar, den Wind im Strandgras zu hören und die Sonne steigen und sinken und versinken zu sehen, zusammen. Und es war Glückseligkeit, reine, unschuldige Glückseligkeit, nach einem letzten Blick rundum in die Steinhütte zu gehen, jeder in seine Ecke, sich geborgen zu fühlen und vor dem Einschlafen noch eine Weile miteinander zu reden, getrennt durch den Raum, vereint, durch den Raum, nicht von der Zukunft, das Thema berührte keiner. Sie sprachen von der Gegenwart und von der Vergangenheit. Der Mann erwähnte nur, daß er Aufseher gewesen sei bei den Holzfällern auf der Nehrung. Dann kam die Rede auf den König, der den herrlichen Nehrungswald schlagen ließ und noch so manchen anderen schönen Wald im Lande, unersetzlichen Wald, wollte er es doch in seiner Großmannssucht den großen Königshöfen in Europa gleichtun. »Er verkaufte auch überall im Lande Domänen«, sagte Sabine, »und die Steuern steigen ins Maßlose. Man nehme nur Dorjutschen, ein schönes Gut, das schönste auf der Welt, aber doch nicht so groß, um solche Steuern aufbringen zu können!«

Wie groß denn Dorjutschen sei? Hundertsechzig Hufen. Er rechnete es sich in preußische Morgen um und kam auf über elftausend. »So reich seid Ihr!« rief er überrascht und niedergeschlagen.

Nun, gar soviel sei das nicht, entgegnete das Mädchen, der Nachbar habe 800 Hufen, also das Fünffache. Freilich sei er auch ein Graf und die Familie schon vor über vierhundert Jahren vom Orden mit dem Land belehnt worden. Ihre Vorfahren waren erst vor noch nicht zweihundert Jahren nach Ostpreußen gekommen, Olaf habe der erste geheißen, ein Baron Wigor aus Kurland, ein Flüchtling und arm dazu, denn er habe alles zurücklassen müssen, um seinen Sohn zu retten vor dem Erzbischof von Riga, der die tote Mutter des Kindes für eine Hexe gehalten habe. Sabine geriet in Eifer beim Erzählen von dem Sohn Olafs, Knud geheißen. Er, seine Söhne und Enkel hatten hundert Hufen Moorland urbar gemacht mit eigenen Händen. Aber Dorjutschen sei im Grunde kein richtiges Gut mit den Privilegien der Gerichtsbarkeit und der unbeschränkten Jagd, sondern nur ein Freihof, durch Zuerwerb allmählich auf einhundertsechzig Hufen gekommen.

Roger sah auf seine Hände, über die das Mondlicht glitt. Würden diese Hände sich auch an hundert Hufen Moorland heranwagen oder waren sie nur gut dazu – er dachte nicht weiter. Er lauschte hinüber zu dem Mädchen, das jetzt von dem festen Haus in Kurland sprach, dem Haus Waldwasser, das hatte hoch auf dem Ufer des Njemen gestanden. Sie war mit ihrem Vater vor zwei Jahren hingefahren, es zu besuchen, aber da war nichts mehr gewesen, die Schweden hatten es zerstört oder die Polen oder beide. Sabine berichtete auch von dem Bären Jurij und von Tanja, der sagenhaften Urältermutter, und es schien, als streife für sie Tanja immer noch durch die Wälder, begleitet von Jurij, und stifte Frieden zwischen Wolf und Reh. Auch von dem Großonkel Clemens war die Rede, der dreißig Jahre in Indien gewesen und dann wiedergekommen war, das von den Tataren niedergebrannte Haus wiederaufgebaut hatte und dann auf seltsame Weise verschwunden war. Nun war sie allein übriggeblieben von allen, die Mutter war früh gestorben, Vater und Bruder hatte die Pest geholt. Langsam weinte sie sich in Schlaf.

Dann lag er da und lauschte auf ihre Atemzüge und das Rauschen des Meeres und wartete auf den eigenen Schlaf. Aber der kam schwer in diesen Nächten und war unruhig und wirr. Es war nicht so einfach, das Herz unter die Füße zu treten, das Blut im Zaum zu halten und nicht hinüberzugehen, an ihrem Lager niederzuknien und zu sagen: »Sieh, ich bin nichts und du bist alles. Aber könntest du mich nicht trotzdem einmal küssen, nur ein einziges Mal?«

Er riß sich zusammen, ließ sich nichts anmerken und hörte mit zärtlicher Wehmut ihren abendlichen Erzählungen zu. Allmählich wurde er mit Dorjutschen vertraut wie mit dieser Steinhütte, er kannte die Namen der Knechte und Mägde, der Instfamilien, der Pferde und Hunde, er erfuhr von Nero, dem Halbwolf, den seine Mutter als einziges Junges warf, nachdem sie sich wochenlang in den Wäldern herumgetrieben hatte. Ein einziges Junges, so was gab es nicht, nicht bei Hunden und nicht bei Wölfen. Jeder war verwundert und sah es als Zeichen an, daß bald etwas Besonderes geschehen würde:

und es kam die Pest. Ihre Stimme sank, aber sie hob sie entschlossen wieder. Nero wurde groß und stark und schön, aber lange Zeit wollte er nicht bellen, er heulte nur, auch heute noch bellte er selten, aber sein Heulen übte auf alle eine starke Wirkung aus, auch auf die anderen Hunde, sie anerkannten ihn als Leithund. Ganz große Stücke aber hielt Sabine auf Matuschka, ihre Amme, die ihr schon bald die Mutter hatte ersetzen müssen.

Einmal erzählte sie auch von einem Bernstein, goldhell, der hatte die Form eines länglichen Sternes mit abgerundeten Zacken, und mitten darin stand eine Mücke mit ausgebreiteten Flügeln, hauchzart und wie lebendig. Den Stein hatte schon Knud besessen, der Moorbezwinger, der Urahn. Woher der ihn hatte, wußte keiner. Hatte Roger nicht auch einmal von solch einem Stein reden hören, aber wann und von wem? Es war wohl nur Einbildung, bildete er sich nicht auch manchmal ein, er gehöre zu diesem Mädchen, und sie seien miteinander auf geheimnisvolle Weise verbunden? Aber das war wohl die Idee aller Verliebten.

»Der Stein ist ein Talisman?« fragte er. Nein, erwiderte sie, dann hätte nicht soviel Unglück über Dorjutschen kommen können. Vor ungefähr sechzig Jahren sei das Gut von den Tataren völlig ausgemordet, zerstört und verbrannt worden, und jetzt – nein, ein Talisman sei der Stein nicht, dennoch gehe etwas Merkwürdiges von ihm aus, man habe das Gefühl, er wisse von allen Dingen und habe einen Trost für alles bereit, nur sei dieser Trost sein Geheimnis und nicht zu ergründen. Jedenfalls habe sie ihn vor der Abfahrt gut verwahrt und hoffe ihn wiederzufinden, wenn –. Hier verstummte sie, auch er sagte nichts mehr. Aber er spürte, wie es ihn plötzlich aus seinen Träumen stieß, er hörte, wie eine Tür zuschlug. Es ist Zeit, dachte er, es ist Zeit.

»Es ist Zeit«, sagte er am Morgen, als er die Suppe in die Hütte brachte. »Es ist hohe Zeit. Heute nacht hat es gereift.« –

»Ja«, sagte sie, nichts weiter. Aber er fuhr fort: »Ihr müßt heim, Sabine. Hoffentlich kommt Euch nicht der Schnee dazwischen.«

Sie sagte wieder nur: »Hoffentlich.« Er war unbarmherzig, es mußte sein. »Es ist kein Tag mehr zu verlieren. Gleich jetzt packen wir alles zusammen, mittags könnt Ihr fahren.«

»Ich?« fragte sie.

»Ja, Ihr.«

Sie war sehr blaß geworden. »Und Ihr?«

»Ich bringe Euch auf den Weg.«

»Und dann?«

Er zuckte die Schultern.

»Wollt Ihr mich den langen Weg allein fahren lassen?« fragte sie. »Die Pest ist im Land. Die Menschen sind wie die Tiere.«

Er sah an ihr vorbei durch die Türöffnung auf das Wasser, das in der Sonne blitzte.

»Vielleicht habt Ihr Glück«, murmelte er.

»Die ganze Reise über? Das ist unwahrscheinlich.«

»Aber Ihr erfriert hier!« rief er.

»Ich weiß. Ich muß heim. Und ich will auch heim. Aber was tat ich Euch, daß Ihr mich verlassen wollt?«

»Wollen? Wollen!« Er versuchte zu lachen.

»Ihr könnt mich nicht begleiten? Warum nicht?«

Jetzt drehte er sich ganz von ihr fort und starrte auf die Ostsee, die blanke, silberne, lockende. »Euch begleiten! Ihr wißt nicht, was Ihr sagt.«

»Doch. Ich weiß es.«

»Aber Ihr wißt nicht, wer ich bin. Was ich bin!«

»Was werdet Ihr sein? Ein Pirat, denke ich.« Er fuhr herum und starrte sie an. Sie sagte: »Ihr sprecht im Schlaf.«

Er schwieg. Sie redete weiter. »Es stimmt also, nicht wahr?«

»Es stimmt.«

Sie stand auf, ihr Gesicht war wieder heiter. »Das wäre also erledigt«, sagte sie. »Das Hindernis wäre aus dem Weg geräumt!«

»Wißt Ihr denn nicht – Ihr müßt Euch vor mir entsetzen!«

»Vor Euch entsetzen?« Sie lächelte.

»Wo wäre ich heute ohne Euch? Und auch, als ich schon gesund war, habe ich Euch auch nur das geringste vorzuwerfen?« – Er schwieg. – »Aber jetzt werfe ich Euch etwas vor: daß Ihr mich, ein junges Mädchen, allein durch das ganze Land fahren lassen wollt, in solchen Zeiten! Ihr wißt genau, was mir bevorsteht.«

»Nein!« rief er. »Nein!« Und als sie ihn nur stumm ansah: »Ihr habt recht. Ich muß Euch heimbringen.«

Sie ergriff seine Hand. »Ich danke Euch.«

»Ihr mir!« Plötzlich durchfuhr ihn ein leidenschaftliches Glücksgefühl. Es galt also noch nicht, sich zu trennen auf Nimmerwiedersehen, es lag noch eine Reise dazwischen, eine lange Reise.

Während sie die Sachen zusammenpackten und den Wagen beluden, holte er seine Vergangenheit hervor und breitete sie vor ihr aus. Angefangen hatte es mit dem Großvater, demselben, der diese Steinhütte gebaut hatte. Der war auch eine Art Pirat gewesen, vor allem aber ein Schmuggler. Es war zu der Zeit, als der große Krieg in Deutschland wütete und der Schwede ins Land kam, Gustav Adolf. Der hatte die ostpreußischen Häfen besetzt und die Zölle beschlagnahmt. Schlimme Zeit für den ostpreußischen Handel, aber gute Zeit für Schmuggler. Lange ging es gut mit dem Großvater Ronald Branda, er hauste hier in der Steinhütte und holte seine Ware mit Booten von den Schiffen, die draußen ankerten. Er hatte ein Kind bei sich, ein Mädchen, wer die Mutter gewesen war, erfuhr es nie. In den ersten Jahren war eine alte Frau bei ihr, die starb, dann blieb das Kind allein mit dem Vater, lebte hier, wuchs auf und führte das Haus. Bis es einmal doch schiefging mit ihm, er wurde ergriffen und gehängt. Das Mädchen war damals achtzehn, ohne Schutz und Hilfe, allem preisgegeben, allem und allen. Es kam, wie es kommen mußte, bald hatte sie ein Kind und keinen Vater dazu, da wanderte sie um Arbeit ins Land hinein von einem Bauern zum anderen, zuerst allein, dann mit dem Kind im Bündel, dem kleinen Roger. Es war ein schlimmes Leben, so eine wie sie, mit einem ledigen Kind, erhielt schwer Arbeit, und wenn, dann die schwerste und schmutzigste und das geringste Essen, dafür Schimpfworte und Schläge genug. Schlafen durfte sie bei dem Vieh im Stall, da mußte sie sich nachts der Knechte erwehren, aber für so eine wie sie war das selbstverständlich, die hatte sich nicht zu beklagen. Die Frauen haßten sie, weil die Männer ihr nachsahen, und die Männer schlugen sie, weil sie ihnen nicht zu Willen sein wollte. Sie hieß Maria, mit Zunamen Branda, nach ihrem Vater. Der kleine Roger wuchs heran, war groß und stark und stand seinen Mann, er stellte sich oft vor die Mutter. Wenn er ganz erwachsen sein würde, wollte er für sie sorgen, sie sollte es gut haben. Aber Maria konnte solange nicht warten, sie starb, als Roger vierzehn war. Von ihrem Grab fort lief er in die Welt, und nach allerhand Abenteuern fand er sich zwischen Schmugglern und Seeräubern.

Von diesem Abschnitt seines Lebens sagte er nur, daß er über zehn Jahre lang auf fernen Meeren und schließlich mit seinem Kapitän nach Europa gesegelt sei, daß das Schiff dann in der Ostsee durch einen Zufall entdeckt und aufgebracht und die ganze Mannschaft gehängt worden war. Ihn hatte ein Zufall gerettet. Nun war er hier, Roger Branda, Seeräuber mit Aussicht auf den Galgen. Ob sie ihm immer noch vertrauen wolle?

»Ich habe Euch vertraut, ehe ich Eure Geschichte kannte, und ich sehe keinen Grund, es jetzt weniger zu tun«, sagte das Mädchen. »Aber ich danke Euch, daß Ihr mir alles gesagt habt.«

»Nicht alles«, erwiderte er finster. »Nie könnte ich Euch alles sagen!« Sie murmelte: »Versenkt es in die See.«

Der Wagen war beladen, die Steinhütte ausgeräumt, noch einmal gingen sie um den ungefügen Bau herum, standen lange vor der Wand mit dem Vogelbild.

»Eine Möwe, sicher«, sagte er. »Aber warum ist sie blau?«

»Vielleicht hatte der Maler keine andere Farbe.« Sie strich sanft mit der Hand über die plumpe Malerei, in der große leere Flecke waren. »Blaue Möwe«, sagte sie. »Ich will dir immer dankbar sein.«

Roger schirrte die Pferde an, spannte sie ein. Er hatte es seit mehreren Tagen geübt. Sie hatten ziemlich Mühe, den Wagen auf den Hügelkamm zu bringen. Dort standen sie eine gute Weile und sahen zurück. Das Meer, der Strand, die verlassene Kochstelle, die Steinhütte und der blaue Vogel, der in der Sonne leuchtete.

»Das werden wir nie wieder sehen«, sagte Sabine. Der Mann schwieg. Dann kämpften sie sich durch das verfilzte Dornendickicht zur Straße hinab, die unverändert voll von Flüchtlingen war, Flüchtlingen vor der Seuche, Flüchtlinge nach der Nehrung. Sabine übergab Roger die Zügel.

»Versucht Ihr zu fahren, es fällt zu sehr auf, wenn Ihr nur so neben mir sitzt. Und es ist nicht gut, aufzufallen, in unserem Fall schon gar nicht.«

Er erwiderte: »Es wird auch nicht schwieriger sein als ein Schiff zu steuern«, und nahm die Leinen. Die Schimmel zögerten eine Weile, der Linke blieb sogar stehen, aber der Rechte entschloß sich weiterzutraben, so fügte sich auch der Linke der fremden, noch unsicheren Hand.

Nein, es war nicht gut, aufzufallen, aber fiel nicht ein Wagen, der der Seuche entgegenfuhr, statt von ihr fort, sowieso auf? Mißtrauische Blicke trafen sie, böse Reden flogen hinter ihnen her, und Roger fiel es plötzlich ein, wie leicht unter den Leuten jemand sein konnte, der ihn kannte. Und wenn man ihn ergriff, so war das Mädchen schutzlos. Vielleicht kam Sabine derselbe Gedanke. Sie nahm ihm die Zügel aus der Hand und lenkte den Wagen mit scharfem Ruck von der Straße fort, links bin ins Land hinein, sie trieb die Pferde an und hielt genau südwärts durch Wiesen und Felder, Waldstücke und sumpfiges Gelände, bis sich eine Straße zeigte, die ostwärts führte, am Haff entlang, das jetzt linker Hand lag. Auf dieser Straße fuhren sie weiter.

Es gab ein paar Flüsse zu überqueren, sie waren flach und nicht eben breit, sie boten keine Schwierigkeit. Aber es wurde Abend, wo sollten sie zur Nacht bleiben? Kein Mensch war hier zu sehen, kein Haus, geschweige denn ein Dorf. Erst als es schon fast ganz dunkel war, fanden sie eines, aber es war leer, ausgestorben oder verlassen. Schließlich stöberte Roger in einem verwahrlosten Stall einen Mann auf, der eine magere Kuh fütterte. Das Dorf heiße Postnicken, sagte er.

»Kann man hier übernachten?« fragte Roger. Der Mann sah erst ihn, dann das Mädchen an, es war ein sonderbarer Blick. »Die Häuser sind alle leer. Ihr könnt in jedes hineingehen.« Damit schlurfte er davon.

Die Häuser waren alle leer, sie betraten einige, lange fanden sie weder Lebende noch Tote, bis sie in einem Laden fast über eine Leiche stolperten, die hinter dem Ladentisch lag. Der Mann war aber nicht an der Seuche gestorben, man hatte ihn erschlagen, die leere Ladenkasse stand neben ihm in einer eingetrockneten Blutlache. Das wirkte sonderbar ungehörig, den Tod verteilte jetzt die Seuche, wer durfte ihr ins Handwerk pfuschen?

In einem leeren Saal, vielleicht hatte man früher darin getanzt, übernachteten sie, wickelten sich in ihre Decken und legten sich auf den Fußboden. Aber sie konnten nicht schlafen, es war zu still, totenstill, nichts war zu hören als das Schnauben und Mahlen der Schimmel, die ausgespannt auf der Straße standen, an einen Pumpenstock gebunden, und ihren Hafer verzehrten. Auch der war fast zu Ende.

Frierend und sehr hungrig standen sie am Morgen auf, dennoch spannten sie sofort ein und fuhren aus Postnicken hinaus. Erst an einem kleinen Fluß frühstückten sie, heiße Suppe, Brot und etwas Dörrfleisch, es tat ihnen gut. Am Westufer des Flüßchens fuhren sie weiter, es gab da einen Weg, der führte südwärts mit einer kleinen Neigung nach Osten, das war genau ihre Richtung. Auf dem Weg trafen sie niemand, aber auf den Wiesen waren zuweilen Menschen, die hoben Gruben aus und ließen längliche Bündel hineingleiten. Die Kirchhöfe waren überfüllt, der Andrang war zu groß, jetzt war das ganze Land ein einziger Friedhof.

Sie umfuhren die Dörfer, wo immer es möglich war. Auf der Herfahrt, sagte Sabine, habe Tobias lieber weite Umwege gemacht, er habe nicht gewagt, mit ihr ein Dorf bei Tage zu passieren. Überhaupt seien sie meistens nachts gefahren, wenn das Mondlicht ausgereicht hätte, sonst spät abends oder vor Sonnenaufgang.

»Und tagsüber?«

»Hielten wir uns im Wald verborgen.«

Roger dachte nach. Tag und Nacht draußen sein, konnte schlimm für Sabine werden, sie hatte eine schwere Krankheit hinter sich. Sie würden es doch besser bei Tage versuchen. Aber die Dörfer zu meiden war gut, es sei denn, man konnte schon vorher sehen, daß sie leer waren. Sie merkten es bei vielen, die ganz leer waren oder in denen nur noch ein paar alte Männer und Frauen herumstanden, für die sich die Flucht nicht mehr gelohnt hatte, weil ihr Ende ohnehin nahe bevorstand. In diesen verlassenen Dörfern holte Roger Speck und Eier aus den leeren Häusern, auch Hafer vom Speicher für die Pferde. Er tat es ungern, aber es war niemand da, den sie bezahlen konnten. Er schaute auch nach Hühnern aus, er hätte Sabine gern eine Hühnersuppe gekocht, aber was von Hühnern da war, lief fern auf den Feldern herum. Nur die Kühe kamen von den Weiden an den Weg gelaufen, die Milch drückte sie, Sabine stieg ab und melkte die Tiere, so hatten sie Milch.

Die nächste Nacht verbrachten sie in Tapiau, da fanden sie sogar eine Herberge. Es waren auch andere Reisende in der Stadt, vornehme Reisende, eine ganze Gruppe mit schönen Kutschen. Das war die Regierung, sie hatte Königsberg verlassen und floh nach Wehlau. Ein Geistlicher war dabei, ein Pfarrer in langem, schwarzem Talar, der antwortete – wiewohl aus sicherem Abstand – auf Sabines Frage, daß Königsberg jetzt Gottes Vorhölle sei, nichts als Schreien, Stöhnen und Sterben, und wer noch auf zwei Füßen stehen könne, der morde und raube, als gebe es in der Hölle noch etwas zu kaufen außer dem Tod.

Zu essen gab es nichts, aber sie hatten eigenen Proviant, zum Schlafen legten sie sich in ein paar leere Bettstellen, in die sie frisches Stroh aus einer Scheune unter ihre Decken gepackt hatten, diesmal schliefen sie gut, sie waren entsetzlich müde, und das Stroh wehrte die Kälte ab. Sie erwachten spät, die Regierung war schon fort.

»Es war fast so schön wie auf Eurem Laubhaufen in der Steinhütte«, sagte das Mädchen. Er lächelte ein wenig, und Sabine sagte: »Was Ihr für ein schönes Lächeln habt.«

»Ich?« fragte er verwirrt und ging, die Pferde anzuschirren. Als sie das Haus verließen, legte Sabine dem Uralten, der in der Küche saß, Geld auf den Tisch. Er achtete nicht darauf, er starrte durch die schmutzigen Fensterscheiben auf die Straße, auf der jetzt einige Leute vorbeigingen, geduckt und eilig, als suchten sie ein Versteck vor der Seuche. Aber es gab keines.

Roger spannte schnell ein, Sabine brachte die Decken, eilig fuhren sie ab. Am Stadtrand überholte ihr Wagen einen Schubkarren, auf dem lagen drei Leichen, unverhüllt, die Gesichter dunkel, die Münder offen, die aufgerissenen Augen starrten glasig in die Sonne. In Tapiau hatten sie den Pregel überquert, jetzt mußten sie noch einmal über die Alle, dann gab es keine Flüsse mehr bis Dorjutschen. Ein paar Bäche, sie waren kein Hindernis.

»In einer Woche können wir zu Hause sein«, sagte das Mädchen. Er konnte jetzt schon recht gut fahren, bei Allenburg brachte er sogar den Wagen durch die Furt, sie lobte ihn sehr.

»Ich berste vor Stolz«, sagte er und lachte. Auch sie lachte, beide lachten, obwohl ihnen gleichzeitig ein Schauder über den Rücken lief. Eigentlich dürfte man nicht lachen, dachten sie und schauten dem Dorf entgegen, auf das der Weg zulief. Aber der Himmel war so herrlich blau, die Sonne so golden, sie waren so jung und hatten noch Tage gemeinsamer Reise vor sich, so wechselten Lachen und Entsetzen miteinander ab.

Vor dem Dorfeingang lag eine tote Frau, ihr waren die Kleider vom Leib gerissen, und die nackten Schenkel waren mit Blut beschmiert, der Mund war weit geöffnet wie zu einem letzten Schrei. Weiter fort lagen noch andere Männer und Frauen, auch sie schienen nicht an der Seuche gestorben zu sein. Es wäre gut gewesen, das Dorf zu umfahren, aber die Böschungen an der Straße waren steil und das Land unten schien sumpfig, sie wären steckengeblieben, und das hätte alles nur noch schlimmer gemacht.

Roger gab dem Mädchen die Zügel, er selbst packte die Peitsche und legte den Keulenstock, den er von der Nehrung mitgenommen hatte, griffbereit. Sie fuhren so schnell sie konnten, diesem Dorf war nicht zu trauen. Da quoll auch schon aus einem Haus vor ihnen eine Horde johlender Kerle, sie waren betrunken, das Haus war eine Schenke gewesen, und sie hatten wohl noch Schnaps darin gefunden.

Sie glotzten dem Wagen entgegen, der mitten in die Horde hineinfuhr, durch sie hindurch, ehe sie es sich versahen. Aber dann brüllten sie auf: »Frau! Frau!« und stürzten dem Wagen nach, sprangen hoch und griffen nach Sabine. Roger versetzte den Schimmeln ein paar kräftige Peitschenhiebe, sie brachen in Galopp aus, gleichzeitig ließ der Mann den Keulenstock auf die Angreifer niedersausen, auf Köpfe, Hände, erhobene Gesichter. Aber sie ließen nur für Augenblicke ab, sie holten wieder auf, einer packte den hinteren Wagenrand, Roger zerschmetterte ihm mit dem Stock die Finger. Er stürzte hin, die anderen traten ihn unter die Füße. »Frau! Frau!« schrien sie, sie waren rasend vor Gier wie hungrige Wölfe.

Sabine saß vorgeneigt, die Augen unverwandt geradeaus gerichtet, die Zügel hingen locker, aber ihre Faust umschloß die Leinen fest. Ein leises sonderbares Zischen kam aus ihrem Mund, das jagte die Schimmel noch schneller vorwärts als die Peitsche, wahrscheinlich hielten sie es für das Zischen einer Schlange. Nie hätte man den schweren Tieren solche Schnelligkeit zugetraut. Dennoch gelang es zwei Kerlen, mit den Pferden auf Kopfhöhe zu kommen und rechts und links den Zaum zu packen. Aber sie vermochten die starken Tiere nicht zu halten. Roger schlug ihnen die Peitsche um die Ohren, da ließen sie los. Dem einen, der links abglitt, zerschmetterte er mit dem Keulenstock den Schädel. Der Mann fiel lautlos. Dann beugte Roger sich zu dem anderen hinüber, dem gelang es, auszuweichen, er blieb zurück, auch die anderen blieben allmählich zurück, der Wagen jagte weiter.

Endlich, das Dorf lag schon weit hinter ihnen, zügelte Sabine die Tiere, ließ sie langsam gehen, anhalten. Es war an einem Waldrand, hier konnte man sowieso einmal absteigen und Rast machen. Roger half Sabine vom Wagen, sie war schnell und unerschrocken gewesen, aber jetzt zitterte sie. Dennoch dachte sie nicht daran, sich etwa ins Gras zu legen, sie begann sofort die Schimmel abzureiben, denen der Schaum in Flocken herabtroff. Er half, so gut er konnte.

»Ihr werdet noch ein Meister im Umgang mit Pferden«, sagte sie, und es war das erste Wort, das seit dem Vorfall im Dorf zwischen ihnen gesprochen wurde.

Er erwiderte: »Das könnte mir dann wenigstens eine Stelle

als Pferdeknecht verschaffen. Wollt Ihr mich nicht mieten?«
Sie antwortete nicht, sie war nachdenklich und unruhig.

Später, als sie wieder einstiegen, murmelte sie: »Jetzt danke ich Euch mein Leben schon zum zweitenmal.« Ihr Nacken war unter seinem Mund. Er wandte den Kopf fort.

Fortan mieden sie die Dörfer. Das Land war schön, es wurde immer schöner, je weiter südlich sie kamen. Sie machten Rast an einem kleinen, wunderbaren See, der blauschimmernd im dunklen Tannenwald lag wie ein Saphir auf dunklem Samt. Letzte goldene Birkenblätter schwebten durch den nahenden Abend.

»Ihr habt eine schöne Heimat«, sagte Roger. Sie sagte: »Es ist auch Eure Heimat.« – »Ich habe es einmal gedacht«, gab er zu, »dort oben vor der Steinhütte, meine Heimat, dachte ich. Aber ein Mann wie ich hat keine Heimat.«

»Jeder hat eine Heimat – sollte sie haben.«

Er schwieg. Sie legte leicht die Hand auf seinen Arm. »Roger – ich möchte Euch etwas fragen.«

»Fragt!«

»Ihr müßt mir ehrlich antworten.«

»Ja.«

»Obwohl es etwas ist, was ich nicht fragen dürfte.«

»Alles, was Ihr tut, ist richtig.«

Langes Schweigen. Dann sagte sie, und ihre Stimme war heiser: »Könntet Ihr mich heiraten?«

Er fuhr zusammen, als habe der Blitz neben ihm eingeschlagen, aber er sagte nichts.

»Wollt Ihr mir nicht einmal antworten?«

Er wandte das Gesicht fort, er sprach so leise, daß sie ihn kaum verstand. »Der Gedanke wäre entsetzlich: Ihr – und ich!« Er strich sanft über ihre Hand, die ein wenig zitternd auf der seinen lag. »Ich danke Euch. Ihr habt etwas Wunderbares gesagt. Aber ich habe nichts gehört.«

»Dann muß ich es wohl wiederholen.« Ihre Stimme festigte

sich. »Ich mache Euch einen Heiratsantrag. Ich brauche einen Mann, einen Beschützer, Ihr werdet es einsehen, ich bin ganz allein und noch nicht achtzehn und in solchen Zeiten!« Sie schluckte, aber sie hielt durch. »Und ich weiß keinen, dem ich mehr vertrauen könnte als Euch.«

»Ihr seid noch jung, Ihr sagtet es selbst«, murmelte er. »Ihr werdet bald einen anderen kennenlernen. Einen besseren.«

»Es gibt keinen besseren für mich.«

»Fast jeder wäre besser als ich.« Er sah sie beschwörend an. »Macht es mir doch nicht so schwer.«

»Fällt es Euch schwer, mich abzuweisen? Das ist gut.« Ihre Augen hielten die seinen fest, um ihren Mund lag jetzt Entschlossenheit. »Ich komme nach Dorjutschen, es wird vollkommen leer sein. Wie soll ich allein für alles sorgen? Und das Gut ist keine Burg, kein Schloß, es ist ein offenes Gut, nichts weiter. Jeder kann hinein. Jeder, und ich bin allein. Erinnert Euch –«

Er erinnerte sich. Die betrunkenen Kerle, die tote Frau mit den zerfetzten Kleidern, den nackten blutigen Schenkeln, Grauen durchrann ihn.

»Ihr habt auch diesmal recht. Ich muß mitkommen, ich bleibe bei Euch, bis Ihr nicht mehr allein seid. Sicher kommen Eure Leute zurück.«

»Vielleicht – soweit sie überleben. Aber das kann lange dauern.«

»Ich bleibe, bis Ihr nicht mehr allein seid. Gleichgültig wie lange es dauert.«

Sie lächelte. »Was glaubt Ihr, was die Leute denken, wenn wir zwei dort allein hausen?«

Er sah sie betroffen an.

»Dann müßt Ihr mich schließlich doch heiraten«, sagte sie schalkhaft, »ich kann mir nicht denken, daß Ihr mich bloßstellen und dann im Stich lassen würdet.«

»Ich – Euch? Tausend Leben für Euch, wenn ich sie hätte!«

Sie schluckte. »Dann gebt mir eins von den tausend.«

»Ihr wollt mich nur belohnen – wofür?«

Es dauerte lange, bis sie wieder sprach. »Ich liebe Euch, Roger«, sagte sie. Ihr Gesicht leuchtete weiß durch die Dämmerung.

Er sprang auf, er trat drei Schritte von ihr zurück, auch sein Gesicht war bleich. »Da sieht man, wie jung Ihr seid«, stammelte er, »wie jung und wie töricht«.

Sie unterbrach ihn. »Ich liebe Euch!« wiederholte sie standhaft.

Er schwieg. Sie wartete eine Weile, dann sagte sie: »Warum sagt Ihr mir nicht, daß Ihr mich auch liebt? Ich weiß es doch.«

»Das ist nicht schwer zu wissen.« Er trat zum Wagen. »Kommt, wir müssen versuchen, ein Dach über den Kopf zu bekommen, ehe es Nacht wird.«

Auch sie erhob sich, ging zum Wagen, bestieg ihn. Als er dann neben ihr saß und anfuhr, sagte sie: »Glaubt nicht, daß Ihr die Sache schon hinter Euch habt. Ich bin zäh.«

Ja, sie war zäh, er sah es. Das zarte schmale Gesichtchen war ein einziger Wille, er mußte Besonnenheit haben für zwei, er mußte der vernünftige ältere Bruder bleiben. »Ihr sagt, Ihr liebt mich«, erwiderte er, »aber Ihr bildet Euch nur ein, mich zu lieben – es gibt Hunderte, die besser zu Euch passen würden als ich.«

Sie legte ihre Hand leicht auf die seinen, die die Zügel hielten. »Niemand kann besser zu mir passen als Ihr. Hört zu: Ihr wißt es selbst, ich muß so schnell wie möglich einen Mann nehmen, ich kann nicht allein bleiben. Und es muß ein zuverlässiger Mann sein, der es gut mit mir meint, dem ich vertrauen kann. Es muß ein guter Mann sein.«

»Also nicht ich.«

»Nur Ihr. Wollt Ihr leugnen, daß ich Euch vertrauen kann?«

Er sah zu ihr hinüber, flüchtig und voll Traurigkeit. »Reden wir nicht mehr darüber.« Sein Gesicht verschloß sich, es wurde finster und hart. Sie schwieg, lehnte sich zurück und schloß die Augen. Aber der entschlossene Zug um ihren Mund blieb.

Als sie in dieser Nacht ihr Lager wieder in einer Scheune bezogen, machte er ihr die Schlafstätte zurecht wie immer, ging dann hinaus und kam erst wieder, als er überzeugt war, daß sie schlafe. In der entferntesten Ecke legte er sich nieder und wartete lange auf den Schlaf, der spät kam, unruhig war und voll verwirrter Träume. Einmal träumte er sogar, daß Sabine die Arme um seinen Hals lege, und davon erwachte er. Ihre Arme lagen um seinen Hals, ihr Körper neben dem seinen, ihre Lippen streiften seine Wange, es war wie die Berührung einer Vogelschwinge. Schweigend zog er sie an sich –

Als er aus tiefem, glücklichem Schlaf erwachte, stieg die Sonne gerade über den Horizont. Der Platz neben ihm war leer, er erhob sich, er fand das Mädchen im Hof neben dem Wagen. Sie hatte schon eingespannt. Als sie ihn kommen sah, stieg sie auf. Er setzte sich neben sie und nahm die Zügel. Der Tag war klar und kalt, Reif lag auf Büschen und Wiesen. Als sie in einen Tannenwald kamen, milderten die Zweige das harte Licht, und die Luft duftete plötzlich wie im Frühling. Der Weg war trocken, eben und weich, er tat den Pferden sichtlich wohl, Sabine sagte: »Keinem der Tiere ist ein Huf locker geworden, auf der ganzen Reise nicht, wir haben Glück gehabt.« Sie berührte seine Schulter, er wandte ihr das Gesicht zu, ein ratloses und glückliches Gesicht.

»Morgen vormittag sind wir in Dorjutschen«, sagte sie. »Der Pfarrer wohnt im Dorf unten, es ist nicht weit. Am besten fahren wir sofort hin.«

Er erwiderte: »Wenn er da ist. Er kann tot sein oder fortgegangen.«

Sabine schüttelte den Kopf. »Als ich fortfuhr, war die Seuche schon ein halbes Jahr lang im Dorf, und der Pfarrer war immer noch da. Er wird auch jetzt dasein, ich bin sicher.«

Roger sah starr auf den Weg. »Wir werden also zu ihm kommen, und du wirst sagen: Da bringe ich Euch einen Seeräuber, Herr Pfarrer, ich habe ihn unterwegs aufgelesen. Mit diesem Menschen sollt Ihr mich trauen, mich, die Baronesse Wigor, siebzehnjährig, Erbin von hundertsechzig Hufen, unbescholten –«

»Unbescholten gewesen«, unterbrach sie ihn. »Nein – ich werde sagen: Hier bringe ich Euch meinen entfernten Vetter Roger Wigor aus Kurland, er las mich unterwegs auf, das war ein sehr glücklicher Zufall für mich, sonst lebte ich nicht mehr, denn die Seuche hatte mich gepackt. Er hat mich gesundgepflegt, obwohl er sich leicht hätte anstecken können. Er ist allein, und ich bin allein, da haben wir beschlossen zu heiraten. Dann habe ich einen Mann und er ein Heim, seinen Besitz in Kurland hat er durch Erbintrigen verloren. Und nun sollt Ihr uns trauen, das werde ich sagen.«

»Und du meinst, er wird dir das glauben?«

»Warum sollte er es nicht tun? Wir haben entfernte Verwandte in Kurland, die Linie spaltete sich noch vor Olaf Wigors Zeiten, warum sollte nicht einer von ihnen jetzt in Ostpreußen sein?«

»Aber wie solltet ihr einander erkennen?«

»Ich war mit meinem Vater in Kurland, vor zwei Jahren, ich erzählte es dir schon. Können wir uns da nicht gesehen haben?«

Er betrachtete sie bewundernd und ein wenig besorgt, sollte das Unwahrscheinliche wirklich Wahrheit werden? Ihn schwindelte. Als er nicht antwortete, berührte sie nach einer Weile wieder seine Schulter. »Voraussetzung ist natürlich, daß du einverstanden bist.«

»Ich muß wohl.« – »Du mußt nichts. Heute nacht –«, sie stockte, fuhr dann fort: »Ich wollte dir nur zeigen, wieviel du mir wert bist. Ich wollte dich überzeugen, nicht zwingen. Du mußt nichts.«

Er machte die Zügel an der Bremse fest und legte den Arm um das Mädchen. »Ich weiß nicht, ob du dir darüber ganz klar bist, was du heute nacht getan hast. Aber es ist endgültig, verstehst du? Es ist endgültig.« Er küßte sie lange, sanft und ehrerbietig.

Die nächste Nacht, die letzte vor Dorjutschen, verbrachten sie getrennt. Ihr Unterschlupf war ein leerer Stall, sie zogen ihn dem Haus vor, in dem noch der giftige Hauch der Seuche die Zimmer füllte und die Fußböden von Eitrigem und Erbrochenern starrten. Es waren keine Menschen mehr da, nur in einer Kammer lag ein toter Säugling neben seiner toten Mutter. Der Mann und das Mädchen gruben am frühen Morgen beide ein. Dann brachen sie auf, jetzt waren es kaum noch zwei Stunden bis Dorjutschen. Sie war unruhig und ungeduldig. Sie spähte rundum, hier war eine Landmarke und da eine, ihre Hände bebten, ihr Atem flog. Gleich würden sie dasein, keine halbe Stunde mehr – Dorjutschen, oh, Dorjutschen!

Er empfand eine Art Eifersucht: »Du liebst Dorjutschen sehr?« Ihre Antwort kam schnell. »Über alles!«

»Du würdest Dorjutschen nie freiwillig verlassen, etwa um eines Mannes willen, den du liebst?« Er sagte nicht: etwa um meinetwillen, aber sie verstand ihn.

»Vielleicht«, sagte sie. »Vielleicht täte ich es. Aber glücklich würde ich dann nicht sein, nein, nie mehr.«

Sie fuhren weiter, und die Pferde griffen aus. Es war unmöglich, von ihrer Freude nicht mitgerissen zu werden, von diesem strahlenden Antlitz, dieser bebend sehnsüchtigen glücklichen Stimme, es war unmöglich, nicht alle Hoffnungen mitzuhoffen, alle Ängste mitzuleiden, die ihr in hastigen Worten von den Lippen sprudelten. Unmöglich, die schöne Begeisterung nicht mitzufühlen, mit der sie die gefalteten

Hände einer Turmspitze entgegenhob, die über einem ausgedehnten Park sichtbar wurde.

»Das Haus! Es steht noch!«

Er legte einen Arm um sie – er konnte jetzt schon ausgezeichnet mit einer Hand fahren – zog sie an sich und küßte sie mit einem wilden und verzweifelten Gefühl, als müsse er sich im nächsten Augenblick von ihr trennen für immer. Dorjutschen, ja, deine Heimat, dein Gut – aber verlaß mich nicht, um Gottes willen verlaß mich nicht, vielleicht weißt du noch nicht, daß man jemand verlassen kann, ohne von ihm fortzugehen. Sie erwiderte den Kuß zärtlich, aber verwundert, fast vorwurfsvoll, lächelte ihn aber gleich wieder an und strich über sein Haar, das ihm dicht und verwildert um den Kopf stand. Es würde Mühe machen, Haar und Bart in richtige Ordnung zu bringen, aber es würde in Ordnung kommen, alles würde in Ordnung kommen, daran war kein Zweifel.

Aus einem der Insthäuser, die rechts und links ins Feld hineingebaut waren, stürzte eine Frau, ihr nach schoß hinter einem Zaun hervor ein Rudel Hunde aller Größen und Farben und jagte mit wütendem Gebell dem Wagen entgegen. Plötzlich stutzte der große graue Leithund, verhielt kurz, warf den Kopf in die Luft, witterte und stieß dann ein hohes, schrilles Jaulen aus, es klang wie der verzweifelte Schrei eines unmenschlich Gequälten.

»Halt an!« rief Sabine, aber ehe Roger noch die Pferde zum Stehen bringen konnte, war sie schon vom Wagen gesprungen und kniete auf der Erde, wurde von den Tieren überflutet, umgeworfen, verschwand unter ihnen wie unter einer großen Woge, tauchte wieder auf, zerzaustes Haar über seligem Gesicht, das naß glänzte von den Zungen, die unermüdlich darüber hinglitten. Und wer von den Tieren das Gesicht nicht erreichen konnte, das langentbehrte, so sehr geliebte, dessen Zunge mußte sich mit Armen und Händen und notfalls sogar mit den schmutzigen Schuhen begnügen, was kam es darauf an, alles gehörte ja zu ihr. Dazu kam ein Quietschen und Jaulen, ein Knurren, Ächzen, Bellen und sich vielfach überschlagendes Heulen tiefer und hoher Hundestimmen, an dem sich die Tiere in immer wildere Raserei hineinzusteigern schienen. Fast begann Roger um das Mädchen zu fürchten.

Aber da schaffte der große graue Leithund ganz plötzlich Ordnung. Er stellte sich auf, legte die Vorderpfoten auf Sabines Schultern und begann die anderen Tiere nacheinander wegzudrängen, wegzustoßen, knurrte und biß und schnappte, bis das Rudel sich eingeschüchtert zurückzog, unwillig zwar, aber doch gehorsam. Sabine lachte und streichelte den großen Grauen: »Nero – Nero! Daß wir wieder beisammen sind!«

Inzwischen war auch die Frau aus dem Insthaus herangekommen, sie stürzte jetzt auf Sabine zu, drückte sie an sich und rief, das Gesicht tränenüberströmt, soviel Glück sei gar nicht zu fassen nach all dem Schrecken und Elend. Sabine sei wiedergekommen, das gnädige Fräulein sei wieder da, gesund und nicht tot, und man habe doch schon gefürchtet – o Gott im Himmel, dies sei der glücklichste Tag ihres ganzen armen Lebens!

Dann erfuhr Roger, dies sei Matuschka, Sabines Amme, die Mutterstelle an ihr vertreten habe seit dem frühen Tod der Mutter, und Matuschka wiederum wurde mit Roger bekannt gemacht, »Roger Wigor, einer der Wigors aus Kurland, du weißt.« Wigors aus Kurland, also habe Sabine vor zwei Jahren doch die Verwandten weit hinten in den Wäldern gesehen?

Sabine lachte. »Natürlich habe ich sie gesehen, wie hätten wir uns sonst erkennen können auf der Landstraße nicht weit vom Meer, wo er mich fand und in ein Haus brachte und mich pflegte, mich gesundpflegte, Matuschka, denn ich hatte die Seuche und war ganz allein, Tobias war schon tot.«

Tobias war tot. Armer, guter Tobias. Wieder weinte Matuschka, diesmal galt es Tobias. Gott sei seiner Seele gnädig, er war immer gut zu den Pferden, überhaupt zu den Tieren, das findet man nicht oft in dieser Gegend. Eine kleine Stille entstand, dann sagte Sabine: »Und da wir, Roger und ich, nun ganz allein sind, und da ich einen Mann brauche, weil Dorjutschen einen Herrn haben muß, und Roger ein Heim, denn aus dem seinen oben in Kurland hat man ihn hinausgebissen – also da haben wir beschlossen, einander zu heiraten. Du erfährst es als erste.«

»Heiraten!« rief Matuschka und starrte Roger an, betrachtete ihn so genau, daß es ihm unbehaglich wurde dabei. »Heiraten! Und was wird der junge Graf Axel dazu sagen?«

Sabine erwiderte kühl, daß der junge Graf Axel gar nichts dazu zu sagen habe, er würde auch keine Gelegenheit dazu bekommen, denn man würde jetzt direkt ins Dorf fahren *zum* Pfarrer und sich trauen lassen. Der Pfarrer sei doch da?

Ja, sagte Matuschka, immer noch ganz benommen, er sei da. »Heiraten, auf der Stelle heiraten? Du willst gar nicht erst mal ins Haus, und ich soll nicht vorher noch wenigstens etwas zu essen machen?«

Nicht jetzt. Aber wenn etwas zu kochen da sei, dann stünde einem guten Essen nach der Trauung, einem Hochzeitsessen also, nichts im Wege. Sie habe guten Appetit, und der Vetter wahrscheinlich auch. »Nicht wahr, Roger?«

Roger fuhr aus Gedanken auf, er hatte gar nicht recht zugehört, er hatte an den jungen Grafen Axel gedacht. Wer war das? Etwa ein Sohn des großen Nachbarn, des Grafen mit den achthundert Hufen? Da hätte sie ja einen Beschützer gehabt und auch einen Freier, wie es schien, einen vornehmen und reichen sogar, warum hatte sie trotzdem auf dem Seeräuber bestanden? Sie mußte ihn wirklich lieben, es gab keine andere Erklärung. »Ja, ich habe auch Hunger«, sagte er.

Dann begann das Mädchen die Amme allerhand zu fragen, dies und das Nebensächliches zuerst. Ob das Haus jetzt ganz leer sei? Ja, ganz leer. Sabine brauche sich nicht zu fürchten, es seien alle fortgeschafft und ordentlich begraben worden, zuerst auf dem Kirchhof, und als da kein Platz mehr gewesen sei, auf der Wiese hinter dem Wald. Sie, Matuschka, habe das Haus gründlich saubergemacht, gut gelüftet und alles Waschbare gewaschen, man könne jetzt mit Behagen darin wohnen.

»Behaglich darin wohnen«, wiederholte Sabine mechanisch, »behaglich darin wohnen.« Sie sah Roger an mit einem Blick, den er nicht zu deuten wußte. Er begegnete diesem Blick noch ein paarmal, während Matuschka Einzelheiten aufzählte, Namen nannte, Klagen ausstieß und Sabine ihr schweigend zuhörte, nur zuweilen von leisem Zittern überlaufen. Dann hörte er Matuschka stärker aufweinen, auch Sabine hatte Tränen in den Augen. »Alle drei, Matuschka? Alle drei?«

Alle drei Kinder Matuschkas waren tot, die Flucht nach Westen war umsonst gewesen. Gott erbarme sich, warum hatte er nicht auch die alte arme Matuschka abberufen? Was sollte sie noch auf der Welt? »Bei mir sollst du sein, Matuschka, liebe«, erwiderte Sabine mit ungewohnter Weichheit.

»Ja, Sabinchen, jetzt hab' ich nur noch dich. Aber auch dich werde ich ja nicht mehr lange haben.« Sie umarmte das Mädchen und küßte es unter Tränen. »Sie haben ein großes Glück, gnädiger Herr«, sagte sie zu Roger, »ein sehr großes Glück, Sie können dem Herrgott gar nicht dankbar genug sein.« Roger dachte: gnädiger Herr! Die Situation schien ihm unwahrscheinlich, beinahe hätte er gesagt: »Nenne mich nicht gnädiger Herr, du könntest es einmal bereuen, wenn man mich abholt, zur Hochzeit mit des Seilers Tochter –«, aber er murmelte nur etwas Beistimmendes und nickte der Frau freundlich zu.

Die knickste noch einmal, streichelte Sabines Schulter, sagte: »Es wird abends schon ein ordentliches Essen dasein«, faßte dann Nero am Nackenhaar und zog ihn mit sich fort, den Insthäusern zu. Der große Graue sträubte sich, aber schließlich trabte er doch neben Matuschka her, und hinter ihm trabte das Rudel. Die Amme sperrte alle in eines der leeren kleinen Häuser. Sabine fuhr auf das Gut Dorjutschen zu, der Park baute sich auf, alt und herrlich, an seinem Ende war freilich der dunkle Weiher, das letzte Refugium der Moorhexe, aber wen kümmerte das heute noch? Hinter dem Park bog der Weg ab zur Auffahrt auf den Gutshof, der geschlossen gebaut war wie eine Festung, umstanden von Gutshaus und Wirtschaftsgebäuden, mit zwei Toren, die einander gegenüberlagen. Sie fuhren vorbei, sie wollten ins Dorf, aber Roger warf einen Blick in den Hof und auf das langgestreckte weiße Herrenhaus mit den schmalen hohen Fenstern, und dem großen schön geschnitzten Portal über der Freitreppe, die mit Seitenstufen rechts und links hinaufführte zu einem kleinen Steinplatz, an der Hofseite von einem niedrigen Eisengeländer abgegrenzt. Auf diesem Platz stand ein großer leerer Sessel, es sah sonderbar aus.

Sie hatten bisher geschwiegen, jetzt wies Sabine mit einer Kopfbewegung auf das Haus. »Unser Haus, Roger!« sagte sie sanft und glücklich. Er antwortete nicht, aber überzeugt war er nicht. Dann war das Gut hinter ihnen, Felder breiteten sich aus, sie waren nur zum kleinen Teil abgeerntet, die Leute waren vorher davongelaufen. Auf den schier endlosen Wiesen bewegten sich wandernde Punkte, ab und zu blitzte es weiß oder rot von der Sonne auf, das war das Vieh, das sich Futter suchte. Jetzt ging das noch, wenn das Futter auch nicht mehr reichlich war, aber was wurde im Winter? Gab es Vorräte, hatte man Futter eingebracht? Roger ertappte sich dabei, daß er das laut vor sich hin fragte, es machte ihn verlegen. Aber Sabine drückte zärtlich seinen Arm.

Der Weg verließ den See und kam zum Dorf. Ein stattliches Dorf dereinst, man sah es noch an Anlage und Bauweise. Jetzt standen die meisten Häuser leer, mit offener Eingangstür, eingeschlagenen Fenstern, schadhaftem Dach, andere Haustüren waren mit Querbalken versperrt, zum Zeichen, daß man besser nicht ins Haus gehe. Auf den Straßen häuften sich zwischen unvorstellbarem Unrat. Decken und Kleider, Schüsseln und Töpfe und Eimer, das hatte man alles mit den Leichen hinausgeschafft, die noch Gesunden fürchteten sich vor diesen Dingen fast noch mehr als vor den Toten selbst.

Zwischen den Häusern quoll eine Rotte von Männern und Weibern hervor, dort war wohl der Dorfkrug gewesen oder war es noch, die Leute hielten Flaschen und Becher in den Fäusten, tranken und johlten, überboten einander in wüstem Gebrüll und unflätiger Gebärde. Eine noch junge Frau taumelte vor dem Wagen über die Straße, eine zerbrochene Flasche in der Hand, über die Blut rann, ihr Rock war zerfetzt, der Oberkörper nackt. Aber sie fror nicht, sie hatte ja Schnaps, den herrlichen Schnaps! Aus dem johlenden Haufen löste sich ein Mann, torkelte ihr nach, auch er mit einer Flasche in der Faust. Er holte die Frau ein, stieß gegen sie, beide fielen in den Straßengraben.

»Da unten liegt schon einer!« kreischte ein altes Weib und lachte. »Aber der stört euch nicht mehr!« Alle stimmten in ihr Gelächter ein. Sie dachten nicht daran, sich jetzt noch etwas entgehen zu lassen. Sie wollten das, was man vom Leben überhaupt haben konnte, in diesen zwei oder drei, diesen vier oder fünf Tagen noch bis zum letzten genießen, das einzige, was es Gutes gab in dieser bösen, dreckigen Welt: fressen, saufen und huren.

Roger dachte an das Mädchen neben ihm, dessen gepreßten Atem er mit Sorge vernahm. Wie würde sie das alles ertragen? Sie ertrug es, wenn ihr Gesicht auch seltsam verändert war, weiß und unbeweglich, als sei es im Krampf erstarrt. »Sabine!« sagte er leise. Sie nickte nur und sah an ihm vorbei in das sich unendlich dehnende flache Land. Moorland, jetzt weideten Vieh und Pferde darauf.

Das Pfarrhaus stand am Ende des Dorfes, neben der Kirche,

die ziemlich neu schien. Sie hielten im Hof, niemand erschien in der Haustür, um sie zu begrüßen, kein Knecht tauchte auf, um Decken über die Tiere zu werfen, die müde in der Abendkühle standen. Roger legte die Decken über sie, dann folgte er Sabine ins Haus. »Wie still es hier ist!« flüsterte sie. »Aber die Kinder sind wohl fort.«

Sie klopfte an eine Tür, öffnete und trat ein. Der Mann, der mit dem Rücken zu ihnen an einem mit Papieren bedeckten Tisch saß, drehte sich um und stand dann hastig auf. »Sabine!« sagte er. »Fräulein Sabine! Sie leben noch – Sie sind da!« Er kam auf sie zu und ergriff ihre Hände. Sein Gesicht war noch jung, aber sein Haar war weiß.

Sabine antwortete nicht, sie drückte krampfhaft die dargebotenen Hände, ihr Blick ging durch das Zimmer. Was suchte sie? Der Pfarrer schien es zu wissen. Er ließ die Hände des Mädchens los, sah sich einen Augenblick lang ebenfalls verwirrt um, reckte sich dann plötzlich auf und stand sonderbar verkrampft da. Seine Augen hefteten sich auf einen Punkt, der weit jenseits seiner Besucher liegen mußte, weit jenseits allen Lebens überhaupt, irgendwo im fernen, unzugänglichen Raum. »Nein«, sagte er mit einer Stimme, die tonlos war vor Anstrengung, »nein, es ist niemand mehr da. Niemand außer mir.«

Sabines Stimme war ebenso tonlos, sie flüsterte: »Sie hatten sie nicht weggeschickt?«

»Ja, ich habe sie weggeschickt, die Frau, die Kinder, meine Mutter. Der Pest entgegen habe ich sie geschickt. In zwei Tagen war alles zu Ende. Es war die galoppierende Form.«

Wie bei Abdullah, dachte Roger. Er wartete, daß der Pfarrer jetzt etwas von dem sagen werde, was seinesgleichen in solchen Situationen zu sagen pflegt. Aber der Pfarrer sagte nichts, er stand starr und schweigend, seine Augen brannten in düsterem Licht, und seine Hände ballten sich zu Fäusten. Er war kein Gebeugter oder gar Gebrochener, kein demütiger

Knecht, er war ein Aufrührer und keinesfalls bereit, Gottes böse Gerechtigkeit zu verteidigen.

Spiegelten Sabines Augen nicht das gleiche Gefühl? Und ging nicht von diesem Gefühl ein direkter, wenn auch für Roger unüberschaubarer Weg zu dem, was sie jetzt sagte. »Ich bekam unterwegs die Seuche«, sagte sie. »Mein Vetter hier hat mich gepflegt und gerettet. Wir sind jetzt gekommen, um uns miteinander trauen zu lassen.«

Der Pfarrer löste sich aus seiner Starre, wahrscheinlich bemerkte er Roger erst jetzt. Er musterte ihn und sagte: »Ich weiß nichts von dem jungen Herrn. Wer und was ist er?«

Hatte er nicht gehört, daß er Sabines Vetter sei? So mußte sie es wohl wiederholen, und das würde sie später ja auch wohltun. Jetzt aber sagte sie: »Was er ist? Ein guter Mensch.«

Roger war zusammengezuckt. Einen Augenblick lang hatte er gedacht, sie würde sagen: »Ein guter Seeräuber.« Es wäre ihm jetzt und hier ganz natürlich vorgekommen. Aber sie sagte: »Ein guter Mensch«, und dann, ehe der Pfarrer ihm noch mit Fragen zusetzen konnte, entwarf sie ein nahezu vollkommenes Bild ihrer Verwandtschaft und seines Lebens bis zu dieser Stunde. Sie mußte sich schon alles genau zurechtgelegt haben, es gab keine Lücke, keine Widersprüche. Sein Alter bestimmte sie auf achtundzwanzig Jahre, das stimmte beinah. Er bekam auch einen Geburtstag. Den 17. Mai. Eigentlich war er irgendwann im Januar geboren, im Straßengraben, seine Mutter hatte gerade einen neuen Arbeitsplatz gesucht, aus dem alten hatte man sie hinausgeworfen, damit sie nicht etwa dort im Stall niederkam. Sie wurde noch gefunden, ehe sie samt dem Kind ganz erfroren war, leider, nun mußte das Dorf beide beherbergen und füttern, bis die Frau wieder arbeiten konnte, und das dauerte fast eine Woche. Den Tag solchen schönen Lebensanfangs wußte Roger nicht mehr, hatte ihn wohl nie gewußt, man hatte ihn nicht gefeiert, weder in seiner Kindheit noch später.

Jetzt aber wurde der Sohn der armen Magd Maria neu geboren als Baron Roger Wigor aus Kurland, und sonderbarerweise fühlte er sich gar nicht so fremd in dieser neuen Existenz, auch nicht fremd der Art des Mädchens, das ihn zum Mann nahm. Er hatte im Gegenteil das Gefühl, es finde sich jetzt endlich Gleiches zu Gleichem, obwohl er dies Gefühl als unsinnig ablehnte. Denn von der Wurzel solcher Zusammengehörigkeit, die Keirut geheißen hatte, wußte niemand mehr etwas. Das war nun auch schon fast vierhundert Jahre her –

Als sie zurückfuhren, jetzt ein Ehepaar, dämmerte es schon. Der johlende Haufen draußen hatte sich in kleine Gruppen aufgelöst, die gingen und standen und lagen überall herum, und wenn Gott gemeint hatte, die Menschen mit der Geißel der Pest zu züchtigen und zu bessern, so war es wenigstens mit dem Bessern keinesfalls gelungen. Wüster und schamloser als hier, dachte Roger, konnte es kaum bei der betrunkenen Mannschaft eines Piratenschiffes zugehen. Durch das schwindende graue Licht schob ein Mann einen Karren, er hatte ein Tuch vor Nase und Mund, ein zweiter ebenso maskierter ging neben ihm, zuweilen hielten sie an, stiegen in den Straßengraben und brachten einen Toten heraus, den legten sie auf den Karren. Sie taten ihre Arbeit schweigend und reagierten nicht auf die derben und unflätigen Zurufe der Betrunkenen.

Auch das Paar auf dem Wagen wurde nicht davon verschont, Roger redete allerhand Nebensächliches und Überflüssiges daher, um Sabine abzulenken, damit sie nicht alles höre. Laut sagte er: »Ich bin froh, daß ich bei dir bin.« Sie lächelte ihn zärtlich an. »Siehst du!« erwiderte sie.

Endlich waren sie aus dem Dorf heraus, das Johlen und Kreischen hinter ihnen erstarb. Weit und einsam dehnten sich Wiesen und Wälder unter einem unendlichen Himmel. Einmal stand ein Rudel Kühe am Weg und brüllte leise. »Ja, ja«, sagte Sabine beruhigend, »von morgen ab wird alles besser.«

Dunkel schob sich der See heran, das Mondlicht baute eine silberne Brücke über das Wasser, Roger dachte an die silberne Mondbrücke, die über der Ostsee gelegen hatte, am ersten Abend in der Steinhütte. Eine Brücke, wohin und woher? Sie begann im Wasser und endete im Wasser, es gab keine Ufer, die sie hätte verbinden können, und heute wie damals schien ihm alles gleichnishaft und traurig. Sie erreichten den Park, fuhren an ihm entlang, dann die Auffahrt zum Hof empor, hielten vor dem Portal, die Amme kam heraus, trat mit tiefem Knicks an den Wagen. »Es ist alles angerichtet für die gnädigen Herrschaften«, sagte sie.

»Mit uns beiden«, sagte Sabine, »wollen wir es beim alten lassen, Matuschka. Es wäre albern, wenn du mich nicht mehr Sabine nennen würdest. Bin ich nicht so gut wie dein Kind? Ehe wir essen können, muß Roger die Pferde versorgen.«

Die Pferde wurden beim Schein einer Laterne versorgt, Matuschka hatte alles großartig vorbereitet. Am großartigsten aber war das Essen, das im Speisezimmer auf weißgedecktem und kerzenerhelltem Tisch stand, dampfend und duftend in Porzellan und Silber. »Daß alles noch da ist!« wunderte sich Sabine.

Das war gar nicht seltsam, Matuschka war als letzte fortgefahren damals, und als erste zurückgekommen. Sie hatte sich sofort um alles gekümmert, alles verwahrt und verschlossen. Jetzt saß sie neben Sabine und Roger am Tisch und erzählte. Es war ein gutes Essen, und es wurde ein guter Abend, ein Abend des Beginns, der neuen Hoffnung, ein Hochzeitsabend.

Matuschka hatte das Lager für Sabine in deren altem Zimmer bereitet, und ein zweites für Roger in der Kammer daneben, es gehörte sich doch nicht, so direkt auf die hastig geschlossene Ehe hinzuweisen und zwei Betten nebeneinanderzustellen, und so gingen beide mit Kerzen in den Händen die breite Treppe hinauf, deren Geländer getragen wurde von schön geschnitzten Figuren, allegorischen Figuren, lieblichen und grotesken. Die Türen zu ihren Lagerstätten standen offen, aber sie traten nicht ein, Sabine führte ihren Mann noch eine Treppe höher und dann einen Gang entlang, an dessen Ende wieder eine Treppe aufwärts führte, eine eiserne Wendeltreppe, die in einem sechseckigen Zimmer mündete. Das Zimmer war leer, an den sechs Seiten war je ein Fenster. Unter einem zog Sabine einen Mauerstein heraus, niemand hatte bemerkt, daß er nur lose eingesetzt war. Ein kleines Loch wurde sichtbar, aus ihm nahm sie ein in dunklen Stoff geschlagenes Päckchen. Sie schlug das Tuch auseinander, ein hellgoldener Bernstein lag darin, er hatte die Form eines Sternes mit abgerundeten Zacken, und in ihm schwebte eine Mücke, die Flügel ausgebreitet, hauchzart, es war, als lebe sie. Ein tiefer, glücklicher Atemzug hob die Brust Sabines, sie hielt Roger den Stein hin. »Die Mücke im Bernstein! Sie ist da!«

Er nahm den Stein, wieder durchzuckten ihn Erinnerungen wie damals in der Steinhütte, als Sabine ihm zum ersten Mal von der Mücke im Bernstein erzählt hatte. Nein, keine Erinnerungen, er hatte diesen Stein nie gesehen, aber er hatte von ihm gehört, man hatte ihn genau beschrieben, aber wer nur? Er dachte angestrengt nach, es konnte nur die Mutter gewesen sein. Vielleicht hatte ihr Vater davon gesprochen, sein Großvater, der Galgenvogel, der einmal aus einer ordentlichen Familie weggelaufen sein mußte, aus einer guten Familie, denn er hatte Lesen und Schreiben können, auch sonst noch manches gewußt, was man nur in Schulen lernt, und hatte es an seine Tochter weitergegeben. Die hatte wieder ihrem Sohn soviel davon mitgeteilt, wie sie wußte. Vielleicht hatte sie ihm dabei auch etwas von einer Mücke in hellgoldenem Bernstein erzählt. Es gab viele solcher Bernsteinstücke mit eingeschlossenen Insekten, man brauchte sich deshalb keine geheimnisvollen Beziehungen zusammenzuphantasieren. Er nahm den Stein, an dessen Ende ein dünnes Goldkettchen durch eine feine Öffnung ging, und hängte ihn seiner Frau um den Hals. »Er soll dir Glück bringen, viel Glück!«

Sie lächelte: »Ich sagte es dir schon: Ich glaube nicht, daß das seine Mission ist.«

»Er wird doch kein Unglücksbringer sein!«

»Sicher nicht. Aber es gibt ja nicht nur Glück und Unglück in der Welt.« – »Was denn noch?« – Sie wußte keine Antwort. Ja, was denn noch? Jetzt jedenfalls war sie sehr glücklich, beide waren sehr glücklich.

Auch Roger war glücklich, er blieb es auch, es machte ihm Vergnügen, sich um alles zu kümmern, es freute ihn, daß er selbst tüchtig mitarbeiten mußte, denn was an Leuten für die 160 Hufen zur Verfügung stand, war fast an den Fingern abzuzählen. Da waren jetzt fünf Knechte, einige Mägde und ein paar Instfamilien, die Seuche hatte sie bisher verschont und würde es vielleicht auch weiterhin tun, sie waren zurückgekommen und erhielten, soviel davon aufgebracht werden konnte an Getreide, Milch und Fleisch. Fleisch war am leichtesten zu beschaffen. Man mußte viel Vieh schlachten, auch die meisten Schweine, es war kein Futter da. Zudem ging Roger auf die Jagd und brachte manches Stück Wild heim. Einmal erlegte er auch einen Bären, die Knechte holten ihn mit dem Wagen. Sie freuten sich sehr über Fell und Fleisch, aber Sabine bat ihn am Abend: »Töte keinen Bären!«

»Warum nicht? Er hat draußen zwei Fohlen gerissen.« Sie schwieg eine Weile. »Jurij –«, sagte sie dann. Zuerst verstand er nicht. Aber dann entsann er sich der Geschichten, die sie nachts in der Steinhütte erzählt hatte, er entsann sich des Bären Jurij, er entsann sich Tanjas. Für ihn waren diese Dinge mehr oder minder Sagen. Hier aber, in dem weltfernen, einsamen Land, zwischen riesigen Mooren und nicht endenwollenden Wäldern und den zahllosen schilfumstandenen Seen verwischten sich die Grenzen, war alles seltsam ineinander verschlungen, bezog sich immer eins auf das andere, und überall blitzte es auf wie Lichter im Dunkel, sie tanzten vorwärts und rückwärts, Irrlichter vielleicht, vielleicht auch Erinnerungen, vielleicht Ahnungen, es verwirrte ihn und machte ihn unsicher. Da war nicht nur der Bernstein mit der schwebenden Mücke, da war nicht nur Jurij, der für die Nachfahren Tanjas immer noch durch die Wälder zu streifen schien, da war auch noch das, was ihn seit Monaten am stärksten bewegte: die Sache mit dem bemalten Bretterzaun.

Ein bemalter Bretterzaun? Er war in einem Dreiviertelkreis von dreihundert oder vierhundert Schritt Durchmesser vor der Rückseite des Gutshauses, das er an beiden Enden berührte, in den Park gesetzt, aus dem er ein Stück Wiese herausschnitt. Ein sehr hoher und sehr fester Zaun, an der Innenseite mit Gemälden bedeckt, mit Landschaftsbildern, sie schlossen sich an den Wiesengrund an, als gehöre er zu ihnen, dehnten sich in die Weite, türmten sich in die Höhe, es war eine große Kunst in diesen Bildern und eine außerordentliche Anziehungskraft. Da führte ein gewundener Pfad von der Hausveranda durch die Wiese gerade auf den Zaun hin, aber er endete dort nicht, er ging weiter, man sah, wie er sich zwischen weiten Feldern allmählich verlief. Fremdartigen Feldern, wasserüberfluteten, auf denen gelbhäutige Menschen Pflanzen in das Wasser oder in die Erde unter dem Wasser setzten, kleine grüne Halme. Die Landschaft dehnte sich endlos, verdämmerte fern, aber mehr im Vordergrund schwang sie sich auf, nach rechts hin, da stieg der Wiesengrund zu sanften Hügeln an, blühenden Hügeln, und dann zu hohen Bergen, zu Felsen, zwischen denen wunderliche Bauten standen, gehörten sie zu einer Festung oder einem Kloster? Links von den Feldern war das Meer, es lag da in feierlicher Unendlichkeit, in sanft atmender Ruhe, blau mit einem Hauch von Grün über silbernem Grund, und ganz hinten, wo sich ein unermeßlicher Horizont ahnen ließ, ragte die Spitze eines Segels über die Kimmung, daneben auch ein feiner Strich, nur sehr guten Augen erkennbar, ein Stück des Mastes, ohne Zweifel. Schaute man fest auf dieses Segel, so bewegte es sich, man sah es deutlich an den großen Bäumen hinter dem Bretterzaun vorbeigleiten, bald mußte es auftauchen, welche Flagge würde es führen, etwa die schwarze mit Totenkopf und Stundenglas? Sonst war die See völlig leer, bis auf ein kleines Boot vorn am Strand, das sich leicht zwischen den auflaufenden Wellen hob. Ganz links, da, wo der Zaun an den Seitenturm des Gutshauses stieß, sprang eine kleine Halbinsel ins Meer vor, und auf ihr stand ein kleines Haus, mit einer Tür und zwei Fenstern darüber, davor ein Balkon. Die Fenster waren verhangen, freilich war alles nur gemalt, aber sah es nicht aus, als müsse einer sofort den Vorhang fortziehen und hinausschauen?

Auf diesen Zaun war Roger gleich am ersten Tag gestoßen, wie hätte es auch anders sein können, und es hatte ihn getroffen wie ein Schlag. Er kannte solche überfluteten Felder, auf denen chinesische Bauern Reis pflanzten, solche Berge, auf deren Kuppen die festungsähnlichen Klöster buddhistischer Mönche standen. Er kannte auch das Segel hinter der Kimmung, er hätte darauf schwören mögen. Wie, um alles in der Welt, kamen diese Bilder hierher? Durch Onkel Clemens, sagte Sabine. Eigentlich sei es ihr Großonkel, kinderlos gestorben, so daß das Gut an die Familie seines Bruders, ihres Großvaters, gefallen sei. Also Clemens habe mehr als dreißig Jahre in Asien verbracht, und jeder habe ihn längst für tot gehalten, als er plötzlich, genau ein Jahr nach dem Abzug der Tataren, die das Land entsetzlich verwüstet und niedergebrannt hatten, auch Dorjutschen, wieder dagewesen sei. Zwei Begleiter habe er mitgebracht, gelbhäutig und schlitzäugig, und anscheinend habe er viel Geld gehabt, woher, das wisse niemand. Er habe alles wieder aufgebaut, auch diesen Bretterzaun setzen lassen, den habe dann einer der Gelbhäutigen bemalt. Der Mann habe lange daran gearbeitet, ein oder zwei Jahre, dann sei er in einem fremden Reisewagen davongefahren und nicht wiedergekommen. Der andere aber sei hiergeblieben, als Diener. Clemens habe ganz für sich gelebt, abgeschlossen in Haus und Park, nur mit dem Gelben um sich. Die Landwirtschaft habe er verpachtet gehabt. Aber dann, vielleicht fünf Jahre später, sei er plötzlich fort gewesen.

»Fort?« – »Fort.« – »Und der Gelbe?« – Der war da. Man verhörte ihn, und er erzählte eine kuriose Geschichte von einem Schiff, das plötzlich über das Meer gekommen sei und nicht weit von der Küste Anker geworfen habe.

»Vor der Küste? Welcher Küste? Ach so, ja.«

Dann sei sein Herr mit dem Boot zum Schiff gerudert, aber bald wieder zurückgekommen mit einer sehr schönen braunhäutigen Frau – »Keiner Gelben?« – Nein, braunhäutig. Beide seien in das kleine Haus gegangen, hätten nach einer Weile oben aus den Fenstern gesehen, dann die Fenster geschlossen, die Vorhänge zugezogen, aus.

»Wieso aus?«

»Nun, es sah sie niemand wieder, bis auf den heutigen Tag nicht.«

»Und das hat man dem Kerl geglaubt?«

Natürlich nicht. Man sperrte ihn ein. Das war an einem späten Nachmittag. Am nächsten Morgen war die Zelle leer. Wahrscheinlich hatte er sich in Rauch aufgelöst und war durch das Schlüsselloch abgezogen? Vielleicht. Die Zelle hatte kein Fenster, und die Tür fand man ordnungsmäßig abgeschlossen.

»Sein Komplice, der gelbe Maler, hat ihn herausgeholt. Wer so malen kann, ist sowieso ein Hexenmeister.« »Sagten die Leute auch.« – Schweigen. – »Es gibt zwei Lösungen«, meinte Sabine schließlich. »Eine ist: Onkel Clemens ist eines Tages heimlich wieder zurückgegangen in jenes Land, an das er sich verloren hatte, die Bilder zeigen es.«

»Und warum hat er den Gelben nicht mitgenommen?«

Sie zuckte die Schultern. »Die andere Möglichkeit: die beiden haben ihn ermordet und beraubt – man fand nichts mehr von dem allen, das er mitgebracht haben soll, keine Kostbarkeiten, kein Geld – und dann haben sie die Leiche ins Wasser geworfen.«

»Ins Wasser? Du meinst, ins Meer?« Dann besann er sich, lachte ein wenig. »In welches Wasser also?«

»In den Moorweiher hinten im Park. Das war jedenfalls die Meinung der Behörden, aber es fand sich niemand, der hinabtauchen wollte. Und mit Stangen und Netzen fanden sie nichts, obwohl sie tagelang suchten.«

»Ich könnte da gut mal nachsehen.«

»Nein«, sagte Sabine schnell und entschlossen. »Nein.«

»Ich bin ein guter Taucher.«

»Im Meer taucht es sich anders als in einem Moorloch. Und was hätte es jetzt noch für einen Zweck?«

Sie war erregt, es wunderte ihn. »Glaubst du, die Moorhexe könnte sich an mir vergreifen?«

Sie lachte, aber es klang unfrei. »Man kann nicht wissen. Vielleicht ist ihr der tote Clemens inzwischen langweilig geworden, und sie möchte jetzt gern den lebendigen Roger.«

Jetzt lachten beide. Er nahm sie zärtlich in die Arme. Nein, sie glaubte natürlich an keine Moorhexe, die gescheite, vernünftige Sabine, die ihm oft eher ein wenig nüchtern scheinen wollte. Aber hatte sie nicht gebeten: »Töte keinen Bären«?

Die Zeit ging. Es wurde ein harter Winter, es fehlte an allem. Wohl hatte Matuschka das Silber und Porzellan und feine Damastzeug gut verwahrt gehabt, so daß es niemand entwendet hatte aus dem unbewohnten Haus, was hätte es auch schon für einen Wert in solchen Zeiten! Aber daß man den Hafer vom Speicher holte, das Korn und das Mehl, die Peluschken und die Hirse, das hatte sie nicht hindern können. Die Menschen schlugen sich schon durch auf dem großen Gut, dessen Vieh zum großen Teil geschlachtet werden mußte, wie hätte man es durch den Winter bringen sollen? Es war ein schlimmer Winter für Ostpreußen, und dazu kamen noch die Forderungen des Königs, der Geld brauchte und immer mehr Geld. Friedrich der Erste hatte nun einmal seine Hofhaltung nach dem Muster der großen üppigen Höfe Europas zugeschnitten. Das war noch nicht das schlimmste, schlimmer war der Kolb von Wartenberg, und der Graf Wittgenstein, schlimmer waren die Abenteurer, in deren Hände der schwache und gutmütige Friedrich gefallen war.

In diesem schlimmen Winter 1710/11 lernte Roger seine Frau immer mehr bewundern. Ihre Zähigkeit war unglaublich, ihre Tüchtigkeit, ihr nie erlahmender Mut, sie hätte selbst dem Gottseibeiuns nicht einen Fußbreit Land, nicht ein Stück Vieh, nicht eines der sich mühsam durch den Winter schleppenden Pferde preisgegeben, geschweige denn einen Knecht oder eine Magd von Dorjutschen! Sabine schickte Leute auf den See, dort hieben sie Löcher ins Eis, große Löcher, legten Netze aus und brachten Mengen von Fischen ein, damit fütterte man Vieh und Pferde, man mußte eben alles versuchen, und Sabine versuchte alles.

Fische für Vieh und Pferde, vielleicht hat man es noch nicht gehört, aber das sagt nicht, daß es unmöglich ist. Anfangs streut man ein wenig Schrot oder Kleie über die Fische, für das Vieh, salzt auch ein bißchen, und die Pferde bekommen ein wenig Hafer über die Fische geschüttet, soweit man noch davon etwas zusammenkratzen kann. Und dann muß man sich auf den Hunger verlassen, und Hunger ist sehr verläßlich, er macht das Unmögliche möglich. Vieh und Pferde prusteten zuerst unwillig, schüttelten die Köpfe, rasselten mit den Ketten, sie wollten nicht, aber der Hunger wollte, und der Hunger setzt seinen Willen durch. Haben dann die Tiere erst wieder das Sattwerden gespürt, das lang entbehrte, gute Sattwerden, so gewöhnen sie sich an die neue Kost, sie beginnt ihnen zu schmecken, sie beginnt ihnen sogar gut zu schmecken.

»Ja, gut schmeckt es ihnen!« sagte Sabine zu dem jungen Mann, der bei ihr und Roger im Wohnzimmer saß, alle drei sehr behaglich in tiefen Ledersesseln um den großen Kachelofen, in dem die dicken Holzscheite glühten und krachten. Sie tranken Wein, Wein war da, nur das Notwendige fehlte. Der junge Mann hieß Axel, er war Graf und der Sohn des Nachbarn mit den achthundert Hufen. Jetzt war er gekommen, um Sabine seine Hilfe anzubieten, das heißt seines Vaters Hilfe. Ehe er noch etwas sagen konnte, hatte Sabine schon das Hilfsangebot abgelehnt. Sie danke ihm viele Male, aber Dorjutschen brauche keine Hilfe, es habe allerhand eigene Hilfsquellen, und im Mai, also in vier Wochen, werde der Schnee ja selbst hier in Ostpreußen endgültig verschwunden sein. Inzwischen, sagte sie, füttere man Vieh und Pferde mit Fischen.

Das war eine sonderbare Nachricht für Axel, er erkundigte sich genau nach Art und Weise und sparte nicht mit Bewunderung für die junge Baronin. Bei ihm daheim habe man es nicht ganz so knapp, aber immerhin, ein Zufutter könne man schon brauchen, und er würde seinem Vater von den Fischen berichten. Übrigens, ob es nicht in Anbetracht ihrer gemeinsamen Kindheit möglich sei, daß er weiterhin einfach Sabine sagen dürfe, wie bisher?

»Ja, das kannst du«, erwiderte Sabine. Roger schwieg, was sollte er auch sagen. Sie redeten noch eine Weile hin und her über allerhand landwirtschaftliche Angelegenheiten, Axel zeigte sich stark an Dorjutschen interessiert. Sie sprachen auch vom Mauersee, an dem das Schloß des Grafen lag, und der groß genug sei, um alles, was in Ostpreußen atme, Mensch und Vieh mit Fischen zu versorgen. Vielleicht würde man Sabine und ihren Mann bald einmal bei sich zu Hause sehen, der Vater werde sich ungemein freuen, Sabine wisse ja, wie gern er sie habe, eine Tochter könnte ihm nicht lieber sein.

Die beiden Flaschen waren leer, weder Sabine noch Roger

machten Anstalten, Axel zu einer dritten zu bitten, also erhob er sich, nahm den Dank für seine Hilfsbereitschaft entgegen, dankte seinerseits für den großartigen Fingerzeig mit den Fischen und ging. Roger begleitete ihn auf den Hof und sah dem Davonreitenden lange nach. – Erst nachts fand er Gelegenheit, mit Sabine über ihren Jugendfreund zu sprechen. »Er hätte dich gern geheiratet«, sagte er.

Sie erwiderte: »Er hätte gern Dorjutschen gehabt.«

»Was macht ihm schon Dorjutschen aus bei seinen achthundert Hufen.«

»Nun, es wären dann eben neunhundertsechzig. Außerdem liegt Dorjutschen in einer Art Armbeuge seines Besitzes. Der umgibt uns von drei Seiten. Das hätte er gern auf diese Weise in Ordnung gebracht.«

»Ich glaube nicht, daß es sich bei ihm nur darum handelte.«

»Nicht nur. Aber in der Hauptsache.«

»Du wärst auf diese Weise Herrin über alles geworden.«

»Ich will Herrin über Dorjutschen sein. Sonst nichts.«

Er versuchte es anders. »Dieser Axel ist, abgesehen von allem anderen, auch ganz sympathisch. Hast du nie daran gedacht, ihn zu heiraten?«

»Vielleicht. Früher.«

»Er wäre ein ordentlicher Gutsherr geworden.«

»Du bist auch ein ordentlicher Gutsherr geworden. Glaubst du, ich merke es nicht?«

Er schwieg eine Weile, dann sagte er: »Ich möchte dich etwas fragen. Wirst du mir die Wahrheit sagen?«

»Gewiß.«

»Als du dich in mich verliebtest –«

»Ich habe mich nicht in dich verliebt, ich habe dich liebgewonnen. Das ist etwas anderes.«

»Gut. Aber hättest du mich, bei aller Liebe, auch geheiratet, wenn du überzeugt gewesen wärst, ich eigne mich nicht zum Gutsherrn?«

Sie sagte ohne Zögern: »Nein.«

Das war eine klare Antwort, eine wahrhaftige Antwort. Er wußte nichts darauf zu sagen.

»Es wäre nicht gut geworden«, fuhr sie fort und setzte sich im Bett auf, »wir wären unglücklich geworden, alle beide. Ich wäre freilich auch unglücklich geworden, wenn ich dich hätte aufgeben müssen. Aber einmal wäre das vorbeigewesen. Das andere Unglück, das wäre nie vorbeigewesen. Oder es hätte mit einer Katastrophe geendet.«

Darauf war nichts zu sagen, und er wollte auch gar nichts darauf sagen. Was wollte er überhaupt? Es gab in ihr einen Bezirk, in den konnte er nicht eindringen. Ihre Hand kam und legte sich auf die seine. Er umfaßte diese Hand, legte sie unter seine Schläfe. So schlief er ein.

Die Zeit ging. Im Winter hatte die Seuche eine Pause gemacht, aber im Mai gab es einige neue Fälle auf dem Hof. Die Arbeitskräfte wollten nicht ausreichen, obwohl man schon im Mai, einem ziemlich kühlen Mai, das Vieh auf die Weide und die Pferde in die Koppel trieb und ihnen nur noch einmal am Tag ein zusätzliches Fischfutter gab. Aber wer sollte nun das Land pflügen, das im Herbst nicht mehr hatte gepflügt werden können?

»Ich!« sagte Roger, »Janek soll es mir beibringen.«

»Es wäre gut«, erwiderte sie, »wir könnten es weiß Gott brauchen. Aber bist du dir darüber klar, daß es dich den Respekt der Leute kosten kann. Es ist nun einmal so bei uns: Wer selbst arbeitet, ist kein Herr. Er ist einer der Ihren, und also ist man ihm keinen Gehorsam schuldig.«

»Und dein Vorfahr, der das Moor mit eigenen Händen urbar machte?«

»Das sind zweihundert Jahre her.«

Er suchte sich in solche Auffassung hineinzudenken. »Kastengeist«, sagte er. Aber er nahm den Pflug trotzdem in die Hand, ging bei Janek in die Lehre und legte sehr bald geschickt Furche an Furche. Janek bewunderte ihn, ein wenig verachtete er ihn auch. Roger kümmerte sich nicht darum, er pflügte, er schaffte große Flächen. Als er am ersten Tag müde und verschwitzt zurück auf den Hof kam, lief Sabine ihm von der Freitreppe aus entgegen und umarmte ihn vor allen Leuten, das hatte sie sonst nie getan. Er war überrascht und glücklich.

Der Sommer ging hin, ein guter Sommer, Sonne und Regen wie es sein mußte, und kein Seuchenfall mehr. Ging die Krankheit zu Ende?

Nein, im September brach sie noch einmal los, fast genau ein Jahr nach dem Tag, an dem er Sabine am Weg gefunden hatte. Die Seuche war ganz plötzlich da, sie richtete sich in den Insthäusern ein und wischte gleich vier Leben auf einmal aus. Sabine rief die Mägde und die Instfrauen zusammen, Roger die Knechte und Instmänner, jeder unterwies sein Rudel in dem Wenigen, das man gegen die Seuche tun konnte, und in den nächsten Wochen gab es in den Insthäusern ein Waschen und Baden, ein Säubern und Reinigen, wie es nicht vorgekommen war seit Menschengedenken. Selbst die kleinsten Kinder mußten gewaschen werden und die ältesten Leute. Was in aller Welt sollte derlei nützen, dabei konnte man sich nur erkälten und erst recht krank werden bis auf den Tod?

Nun, es nützte auch nicht so, daß alle Kranken davon gesund wurden, aber einige überstanden es doch, und so wurde der Widerstand gegen Waschen und Baden geringer. Eines Tages kam Janek, der alte Knecht, der nicht einmal krank war, und wollte sich waschen. Für alle Fälle, sagte er. Jeder lachte natürlich darüber, aber man gab ihm einen Eimer, den füllte er mit Wasser und ging damit hinten in eine Scheune. Dort wusch er sich, und jemand sagte, er hätte es von Kopf bis Fuß getan. Das freilich leugnete er, und es war auch nicht anzunehmen.

Dieser Seuchenausbruch dauerte den September und den

Oktober über, auf dem Gut fielen ihm noch achtzehn Menschen zum Opfer, aber eben nur achtzehn von siebenundzwanzig erkrankten. Jeder war außer sich vor Staunen. Im Dorf unten war niemand durchgekommen, sechsundfünfzig waren krank geworden, und sechsundfünfzig waren gestorben, diesmal auch der Pfarrer.

Wieder ein Winter, nicht so schlimm wie der vorige, aber immer noch hart genug. Dennoch brachte man diesmal alle Pferde durch, und auch an Vieh wurde nur geschlachtet, was zur Nahrung dienen mußte. Auch diesmal fütterte man Fische, die Tiere stellten sich schnell darauf ein. Im Februar 1713 starb der König, er hinterließ das Land fast ruiniert, dennoch atmete alles auf, wiewohl niemand wußte, wessen man sich von dem Nachfolger zu versehen haben würde. Als das Frühjahr näher kam, zitterte alles vor der Seuche, die den Winter über fast geruht hatte. Wann würde sie nun ausbrechen? Aber es wurde April, und die Seuche kam nicht. Es wurde Mai, es wurde Juni und Juli – sie kam nicht. Alle freuten sich und Dorjutschen erholte sich schnell, es hatte einen ordentlichen Gutsherrn und eine großartige Gutsherrin, es hatte tüchtige Leute, es war Friede unter allen und Freude im Haus, alles gedieh, was konnte jetzt noch fehlen? Der Nachkomme! Es war wie verhext. Sie waren zwei Jahre verheiratet, sie waren drei Jahre verheiratet und vier und fünf, und an Liebe fehlte es nicht. Aber kein Kind, kein Anzeichen davon.

Nicht, daß Sabine es so sehr vermißte, es schien, sie mache sich nicht allzuviel aus Kindern. Aber natürlich sollte eins da sein, schon des Gutes wegen, und weil es sich einfach so gehörte. Wer aber das Kind wirklich vermißte, war Roger. Er hatte sich großartig eingelebt in alle Pflichten und Rechte, er wurzelte in diesem Boden, er wollte weiter darin wachsen und gedeihen generationenlang. Aber eben, da haperte es.

»Rede doch mal mit deinem Bernstein«, verlangte er von Sabine.

Sie lachte. »Er ist kein Wundertäter. Aber mach dir keine Sorgen, wir sind noch jung.«

»Ja«, sagte er, »wir sind jung. Darum begreife ich es nicht.«

Niemand begriff es. Der alte Graf vom Mauersee, der Nachbar, kam zu Besuch. Das Ehepaar Wigor war noch nicht bei ihm gewesen, darum kam er jetzt selbst, er wollte einmal Roger kennenlernen, den Mann seiner lieben Sabine.

»Du läßt dir Zeit!« sagte er zu ihr. »Mein Ältester, der erst vor drei Jahren geheiratet hat, hat schon zwei Kinder, einen Jungen und ein Mädchen.« Er lachte. »Ja, wir sind eine tüchtige Familie. Und wenn der Axel heiratet –«

»Will er heiraten?« fragte Sabine.

»Nein, leider, er will nicht recht. Aber es wird Zeit. Und dich kriegt er ja doch nicht mehr.« Er wandte sich an Roger. »Sie haben uns einen schönen Strich durch die Rechnung gemacht, Wigor.«

Er fuhr wieder ab, Roger dachte: Vielleicht, wenn Axel an seiner Stelle wäre, würde das Haus schon von Kindergeschrei widerhallen. Gedankenvoll stieg er die Wendeltreppe zum Turmzimmer hinauf, von hier sah er oft über den Park hinaus in das weite Land, das sich in sanften Wellen dehnte wie das Meer. Das Meer –, vielleicht gehörte er aufs Meer, vielleicht war die gute fruchtbare Erde nicht für ihn bestimmt. Er sah hinab auf den Rasenplatz, um den herum sich der Zaun mit den seltsamen Bildern aufbaute. Der stand nun schon gut fünfzig Jahre, man mußte damals das Holz sehr gut präpariert haben, es war fest und stark wie am ersten Tag. Auch die Farben waren noch tadellos und leuchtend – ja, die dort hinter den sieben Meeren, die Asiaten, die Chinesen zumal, die verstanden etwas davon, die wußten, wie man Farben mischt und behandelt, daß sie frisch bleiben fünfzig Jahre lang und länger. Vielleicht noch hundert Jahre lang. Dann werde ich nicht mehr sein, dann wird Sabine nicht mehr sein, und was wird mit Dorjutschen sein?

Er fuhr mit dem Finger über das sichelförmige Mal, das über der rechten Braue stand, ein wenig schläfenwärts. Es war jetzt deutlicher zu sehen, Rogers Gesicht war immer noch gebräunt, aber nicht mehr so dunkel wie damals, auf See. Sabine hatte gefragt: »Hast du das kleine hübsche Mal von deiner Mutter?« Hübsches Mal, hatte sie gesagt. Er war ihr dankbar dafür. »Nein«, hatte er geantwortet. »Nicht von ihr, vom Großvater.«

Er stieg hinab. Warum, dachte er, als er unten auf dem Wiesengrund stand und die gemalte Welt rundum betrachtete, warum sah er diese Welt erst heute richtig, und hatte sie doch schon fünf Jahre lang vor Augen gehabt? Warum spürte er erst heute das eigentümlich Unruhigmachende dieser Luft, die herwehte von den Reisfeldern, herabströmte von den hohen Bergen, den Duft der blühenden Hügel davor? Warum füllte der Atem des Meeres, dieser unverwechselbare, unvergessene Atem erst heute seine Lungen mit der alten zauberischen Herbheit? Flüchtig dachte er daran, daß Sabine nicht vor einer Stunde zurücksein könnte von ihrem Ritt ins Dorf, wo sie allerhand zu erledigen hatte und auch den neuen Pfarrer besuchen wollte, um ihn auf den nächsten Tag zum Essen zu laden. Dann versank Sabine, und er begann die Reisfelder zu durchwandern, Strohsandalen an den Füßen, die er mit dichtgewickelten Fellen vertauschte, um in die Berge zu steigen, die himmelhohen, in denen die Klöster standen, voll von Geheimnissen. Nur das Schiff hinter der Kimmung zu besteigen und hinzusegeln über das Meer, das sanft wogende, blau mit einem Hauch von Grün über silbernem Grund, das wagte er nicht.

Am Abend war Sabine heiter und glücklich, sie sprach voller Begeisterung davon, wie tüchtig die Leute im Dorf waren, welche Anstrengungen sie machten, um die Folgen der schlimmen Zeit zu besiegen, müßte man nicht versuchen, ihnen dabei noch mehr als bis jetzt zu helfen? Er hörte zu, die Augen auf den Tisch geheftet, auf den das Zweitmädchen das Abendessen gestellt hatte. Was ging ihn das alles an! Ein großer Zorn erfüllte ihn. Nicht gegen Sabine. Er atmete hastig, starrte auf den Tisch vor sich, was wollte er eigentlich hier?

Er sah auf. Etwas stand in seinem Blick, so daß Sabine nicht auf das zurückkam, wovon sie vorher gesprochen hatte, sondern heiter von tausend Kleinigkeiten plauderte. Sein Herz füllte sich mit Dankbarkeit dafür, daß sie ihn begriff und es ihm leichterzumachen suchte, und er beschloß, sich gegen das Unnennbare zu stemmen, das plötzlich in ihm aufgesprungen war und das Roger Branda hieß.

Es gelang nicht. Es war Roger Branda, der Sabine in dieser Nacht mit rücksichtsloser Leidenschaft in die Arme nahm. Roger Wigor hatte das nie getan, sie war ihm zu zart, zu scheu, zu vernünftig für solch wildes Verströmen eines Gefühls, dessen Übermaß ihrer Natur entgegen sein mußte. Aber Roger Branda kümmerte sich nicht um dergleichen. Er wollte so sein, wie er war, Sabine sollte das ganze Ausmaß seines Begehrens, die Unersättlichkeit seines Anspruchs erfahren, versänke sie gleich für immer im Meer seiner Besessenheit. – Als er am Morgen erwachte, war Roger Branda fort. Roger Wigor atmete auf.

Der Juli ging, der August kam, das Gut Dorjutschen hatte längst wieder genügend Leute, es gab keinen Vorwand mehr für Roger, den Pflug zu führen oder die gefüllten Säcke auf den Speicher zu schaffen. Wohl kümmerte er sich um die Wirtschaft, aber zur körperlichen Betätigung blieb ihm nicht mehr viel, nur das Reiten und das Schwimmen. Das Reiten hatte er im Verborgenen lernen müssen, jeder wäre verwundert gewesen, daß ein kurländischer Baron nicht reiten konnte. Aber er hatte es schnell gelernt, er hatte es gern gelernt, er fühlte sich im Sattel so wohl wie einst auf dem Schiff, und er hatte schnell Freundschaft geschlossen mit dem Rapphengst

Caesar, ebenso wie mit Nero, dem Halbwolf. Sabines Herz füllte sich mit Glück, wenn sie das Trio vom Hof traben sah. Alles ging gut, möge es so bleiben!

Gegen das Reiten war nichts einzuwenden, um so mehr gegen das Schwimmen. In alten Zeiten war freilich Schwimmen und Baden eine Selbstverständlichkeit gewesen für jedermann im Land, zumal wenn er an einem See wohnte. Aber der Christengott liebte den Anblick nackter Körper nicht, obwohl er sie ja so geschaffen hatte, und er untersagte das Baden überall, wohin er kam. So wurde es zur Sünde, und, schlimmer noch, zum Zeichen niederen Standes, denn es waren immer die niederen Leute, die am zähesten am alten hingen. Aber Roger wollte im See schwimmen, er wollte auch, daß Sabine mitkomme.

»Ich kann nicht schwimmen«, sagte sie.

»Ich zeige es dir. Aber sagtest du nicht, du hättest schon früher im See gebadet?«

»Bis zu meinem sechsten Jahr, während Matuschka Wache stand, damit niemand dazukam. Aber später weigerte sie sich. Baden gilt als Sünde. Zum mindesten als Unanständigkeit. Es ist nun einmal so, da ist nichts zu machen.«

Er wußte nichts darauf zu sagen, dies Land schien ihm bigott bis zur Unerträglichkeit. Also ging er hinab zum See, warf an einer schilfumstandenen Bucht seine Kleider ab und tauchte hinein in das geliebte Element. Freilich war es nicht herbe Salzflut, die seinen Körper umspülte, sondern ein sanftes Wasser, ein liebliches Wasser, es erinnerte sich nicht mehr daran, daß es vor vielen Jahrtausenden als Eiswasser zurückgelassen worden war von dem gewaltigen Gletscher, der damals das ganze Land bedeckt hatte und nur langsam zurückgewichen war nach Norden. Unzählige blaue Augen waren zurückgeblieben, anfangs trüb und schlammdurchsetzt, als seien sie blind von Tränen, aber allmählich hatten sie sich geklärt und hatten zu leuchten begonnen wie Saphire, die fünfzehnhundert Seen Ostpreußens – viele sagen, es seien noch mehr, richtig gezählt hat sie niemand.

Roger durchschwamm den See leicht, es war nur ein kleiner See, keine halbe Meile breit und nur durch einen schmalen Landstreifen von dem großen Löwentin getrennt. Er tauchte, ein paarmal kam er tief genug, um den Grund deutlich überblicken zu können, dort unten gab es allerhand Dinge; er sah eine Schwertspitze und Stücke von Blech oder Eisen, das war einmal ein Harnisch gewesen. Auch Knochen sah er, Knochen von Tieren oder Menschen. Dann traf er auf eine Art Boot, einen Einbaum, gefüllt mit Steinen, man hatte ihn absichtlich versenkt. Der Schwimmer tauchte wieder auf, warf sich auf den Rücken, ließ sich treiben und bedachte, was hier geschehen sein mochte vor vielleicht Jahrtausenden. Ein Verbrechen, und die Leiche lag unauffindbar unter den Steinen? Möglicherweise aber war der Einbaum auch als eine Art Grabstätte gedacht gewesen für jemand, der nicht in der Erde hatte schlafen wollen, sondern im See.

Roger starrte zum Himmel, der lichtblau war und seidenzart, ein nordischer Himmel über unendlichen Tannenwäldern, die rundum die Ufer bedeckten. Nur da, wo das Gut Dorjutschen lag, zogen sich Felder hinab bis zum See. Sabines Bernstein mit der Mücke fiel ihm ein. Er schloß die Augen, ein Schauer überlief ihn. Ein wenig bewegte er die Arme, der Wind trieb ihn dem Ufer zu. Er ließ sich treiben, er hatte keinen Willen mehr, keinen Wunsch, kein Ziel. –

Das Schwimmen duldete Sabine, und das Reiten freute sie. Aber von dem Dritten wußte sie nichts. Sie war eine kluge und sehr tüchtige junge Frau, sie hatte die Augen und die Ohren überall, die Dinge gediehen ihr unter den Händen, daß es ein Wunder schien, gab es ihresgleichen noch einmal? Nein, sagten der alte Graf und sein Sohn Axel. Nein, sagten die Leute auf dem Gut und die hörigen Bauern im Dorf. Nein, es gab nicht ihresgleichen, auch Roger war davon überzeugt.

Warum aber nahm er jeden Augenblick wahr, den er sie fern wußte, um sich mit chinesischen Reisbauern zu unterhalten und durch die Schluchten fremder Berge zu streifen? Warum führte er stumme Zwiesprache mit dem Segel hinter der Kimmung, und begann sich dieses Segel nicht langsam zu bewegen? Unsinn, es war nur ein gemaltes Segel, aber es glitt deutlich unter den hohen Wipfeln hinter dem Zaun entlang. Nein, er, Roger, würde das Schiff nie besteigen, die an Bord sollten sich nichts einbilden, sie waren ja alle schon vor Jahren gehängt!

Roger Wigor erschauerte, wenn er daran dachte, aber Roger Branda lachte nur. Gehängt – so war das eben, manchmal hatte der eine die Oberhand und manchmal der andere, und der Unterlegene bezahlt. Pech für den Unterlegenen, gewiß, und nicht angenehm, sicher nicht, aber das weißt du doch, Bruderherz. – Nenn mich nicht Bruderherz, ich mag das nicht, ich will nichts mehr von dir wissen. – Nichts von mir wissen? Warum kommst du dann, sooft du nur kannst, und betrachtest unser Schiff? Du weißt doch, daß es unser Schiff ist. – Dein Schiff, ja. Ich habe nichts mehr damit zu tun, ich will nichts mehr mit solchen Schiffen zu tun haben, und nichts mehr mit dir, ich schwöre! – Schwöre nicht, Bruder! Es nützt doch nichts. Du kannst das Mal nicht abwischen, das sichelförmige Mal über der rechten Braue, ein wenig schläfenwärts, unser Mal, wir erbten es vom Großvater, dem Galgenvogel, wir erbten es beide! – Aber ich will los von dir, sagte Roger Wigor verbissen. Ich will los von dir, hörst du nicht? – Ich höre, ich höre. Du willst los von mir, von dir, das möchte mancher, los von sich selbst, aber wem gelingt es? Dir wird es nicht gelingen, dir nicht. Laß uns lieber unseren Frieden miteinander machen. Laß mir den Traum, nimm du die Wirklichkeit, oder umgekehrt. Es kommt auf dasselbe heraus. Denn vielleicht bin ich die Wirklichkeit und du der Traum? – Ich will nichts mehr von dir wissen. Hol dich der Teufel! – Das wird er. Aber vorher möchte ich noch einen Pakt mit dir schließen. Gib mir, was mein ist, die Erinnerung an den lustigen Roger, und nimm, was dein ist: die Wirklichkeit, wenn es auch nur eine gestohlene Wirklichkeit ist samt Sabine und was dazu gehört. Ist das nicht ein anständiger Vorschlag? Damit wäre uns beiden geholfen, wir brauchten uns nicht mehr in den Haaren zu liegen. –

Hatte Sabine nicht einmal vor Jahren gesagt, als er von seiner Absicht sprach, irgendwo als Fischer zu leben: »Wie lange würde das gut gehen?« Und diesmal dachte er das vielleicht selbst. Dennoch gab er sich, gab er Roger Branda nach. Er würde ab und zu herkommen, auf das Segel hinter der Kimmung schauen, das sich langsam bewegende Segel, und mit Roger Branda über die alten Zeiten sprechen. Vielleicht war das wirklich das beste, vielleicht verblaßte das Gewesene leichter, wenn man ihm den Glanz des Gefährlichen nahm. Er betrat fortan so oft wie möglich den Wiesengrund, der auf so seltsame Weise in die ferne, bunte und vergangene Welt hinüberglitt. Er fühlte sich sicher. Hinter ihm war die Wirklichkeit des festen Hauses, des Gutshauses von Dorjutschen, in dem Sabine wohnte, seine schöne Gegenwart.

Von diesen Dingen wußte Sabine nichts, wußte lange nichts davon. Aber da war Matuschka, sie bemerkte den jungen Baron Wigor, wie er vor den Bildern stand und hin und her ging und zu sich selbst sprach. Sein Benehmen war recht sonderbar, so, als rede er zu einem anderen und höre eine Antwort, er schüttelte den Kopf, er war ärgerlich, und manchmal lachte er auch. Nun, er war der Herr, er konnte tun und lassen was er wollte, und daß er zu solchen Betrachtungen des Zaunes immer die Abwesenheit seiner Frau benutzte, war begreiflich. Er wollte von ihr nicht beobachtet werden. Das sagte Matuschka zu Sabine, zwischen Morgen und Frühstück, als sie schnell hereingeschlüpft kam mit einem schönen Nelkenstrauß.

»Soso«, sagte Sabine beiläufig, »und das macht er oft?«

»Immer, wenn du fort bist!« Matuschka kicherte. »Ich kann das verstehen, er geniert sich vor dir.«

Sabine lächelte und nickte, Matuschka ging.

Beim Frühstück fragte Roger besorgt: »Fühlst du dich nicht wohl? Du bist so blaß.«

Sie erwiderte: »Mir ist wirklich nicht wohl. Es war gestern sehr heiß, das vertrage ich immer schlecht. Ich werde mich ein wenig hinlegen.«

»Ja, leg dich hin, ich leiste dir Gesellschaft«, sagte er.

Sie schüttelte den Kopf. »Nein, es ist besser, wenn ich ganz allein und ungestört bleibe. Mach du nur einen langen Ritt, es ist so herrliches Wetter, es wird dir guttun und mir auch.«

Er ritt fort, begleitet von Nero, dem Halbwolf, spät erst kam er zurück, es war schon Nacht. Sabine empfing ihn sehr herzlich, es ging ihr wieder gut, gottlob, denn morgen früh mußte sie eine Fahrt nach Lötzen machen, es gab da allerhand zu erledigen.

»Kann ich das nicht für dich tun?« fragte Roger.

Sie lächelte. »Nein, vielen Dank, diesmal nicht.« Sie könne ihm jetzt nicht sagen, um was es sich handele, eine Überraschung jedenfalls, vielleicht eine gute, morgen abend werde er es erfahren.

Als er am nächsten Morgen, ermüdet von dem langen Ritt am Vortag, erst spät erwachte, war sie schon fort. Nun würde er den ganzen Tag allein sein, sie konnte erst in den späten Nachmittagsstunden zurückkommen. Ein Tag ohne Sabine war wie ein Tag ohne Sonne, ein trauriger Tag. Zum Ausgleich würde er heute wieder einmal eine behagliche Morgenstunde mit Roger Branda verbringen, mit dem er schon fast eine Woche nicht mehr gesprochen hatte, eine ausgiebige Stunde der Erinnerungen und des Kopfschüttelns über einander, eine durchaus freundschaftliche Stunde. Denn Roger Branda war weit weniger aggressiv, seit man ihn nicht mehr auszulöschen trachtete; er war damit einverstanden, verleugnet und verborgen zu werden vor jedermann, nur eben nicht vor Roger Wigor, dem Zwillingsbruder. Er ging die Treppe hinab zum Gartensaal, in dem die Vorhänge an den Fenstern und an der gläsernen Verandatür noch zugezogen waren, freute sich auf die Reisfelder, die Berge, das Meer, freute sich sogar ein wenig auf Roger Branda und öffnete die Tür.

Die Reisfelder, die Berge und das Meer waren fort. Er rieb sich die Augen, schloß sie eine Weile, öffnete sie wieder, ließ sie über den Wiesengrund gleiten. Sie glitten unbehindert über das Gras, sie glitten den Pfad entlang, der von der Veranda zu den Reisfeldern geführt und sich in ihnen verloren hatte. Auch jetzt verlor er sich, aber nicht in den Feldern, sondern im Dickicht des Parks. Und wie hatte die mächtige Berglandschaft zur Rechten, wie hatten diese Felsen und Klöster und die blühende Hügellandschaft davor nur Platz gehabt auf den zwanzig Schritt zwischen Wiese und Fliedergebüsch? Was das Meer betrifft, das wunderbare Meer, blau mit einem Hauch von Grün über silbernem Grund, so ging die Wiese einfach darüber hin, ging unter Büschen und Bäumen hin bis fern zu dem Moorteich, den man kaum noch von hier sehen konnte. Auch das kleine Haus mit dem Balkon und den zwei Fenstern darüber, hinter denen Clemens Wigor gestanden und ihn beobachtet hatte, war fort, auch das Boot hinter der Kimmung.

Ein rasender Schmerz durchfuhr ihn, ihm folgte eine schreckliche Verzweiflung. Es gab nur einen Menschen, der das Ungeheuerliche hatte tun können, weil er alles tun würde, was er für richtig und notwendig hielt! Sabine! Er wandte sich, sie zu suchen, zu zwingen, ihm das Geraubte zurückzugeben, ihr klarzumachen, was sie getan hatte, sie hatte es nicht gewußt, sie konnte es nicht gewußt haben, sonst hätte sie es nicht getan. Falsch! Weil sie es gewußt hatte, hatte sie es getan. Es war ihre Absicht gewesen, ihre genau überlegte

Absicht, seine Vergangenheit so restlos zu zerstören, daß nicht einmal ein Abglanz davon übrigblieb.

Es dauerte fast eine Stunde, ehe Roger so weit wieder zu sich kam, daß er daran dachte, die toten Reste zu suchen, und es war gut gewesen, daß Sabine Matuschka mitgenommen hatte in die Stadt, so hatte ihn niemand während dieser schrecklichen Stunde beobachten können. Hinter dem Viehstall fand er die Reste, mehrere gewaltige Stöße von Brettern, ordentlich aufgeschichtet, mit der Malerei nach unten, bereit zum Zersägtwerden, Zerhacktwerden, Verbranntwerden. Sie muß alles zusammengeholt haben, was in Dorjutschen nur Arme und Beine hat, dachte er höhnisch, um diesen großen starken Zaun an einem Tag so abzubauen, daß keine Spur zu sehen war. Er hob eines der Bretter an, schaute darunter. Es war mit blauer Farbe bemalt, das hatte wohl das Meer sein sollen, und das Weiße dort eine Segelspitze – verdammt, er warf das Brett hin, als habe er sich daran verbrannt.

Eine halbe Stunde später saß er auf Cäsar und galoppierte vom Hof. Nero heulte hinter ihm her, Roger hatte ihn an seine Hütte angebunden, ihn konnte er nicht mitnehmen dahin, wo er hinwollte. Wo wollte er hin? Der Schmerz, den er beim Gedanken an Sabine empfand, war so heftig, daß er sich im Sattel krümmte. »Sabine!« schrie er und Cäsar machte einen Sprung, Roger klopfte ihm mechanisch den Hals. Nein, Sabine, geliebte Sabine, fürchte nichts! Ich werde aus deinem Leben gehen, ich werde dich verlassen für immer, aber mein Herz wird voll Zärtlichkeit für dich bleiben. Du hast es gut mit mir gemeint, du wolltest mich nicht verlieren, das war es, und es ist nicht deine Schuld, daß es mißglückte. Er hielt das Pferd an, er lauschte in sich hinein, er spürte eine schwache Hoffnung. Aber sie hielt nicht stand, sie erlosch schnell. Nein, er konnte nicht weiter neben Sabine leben. In ihm war jetzt kein Halt mehr, keine Gewähr dafür, daß nicht eines Tages der, der er gewesen war, aufstand und den erwürgte, der er sein wollte.

Es durchschauerte ihn kalt. Das machte nicht der Wind, der stetig von Osten her wehte, von Rußland, von Sibirien, aus der Tundra. Das machte dieses Stück Land hier, über das noch nie ein Mensch gegangen war, er und Cäsar, sie waren die ersten. »Vorwärts!« sagte er laut, während der sonderbare Schauder ihm immer noch über den Rücken lief, und dann tat er etwas, was er noch nie getan hatte und was Cäsar nicht gewohnt war. Er drückte ihm rücksichtslos die Sporen in die Weichen. Gleichzeitig hob sich im auffrischenden Wind ein abgebrochener laubiger Ast vor dem Tier, es scheute, stieg, schoß in wildem Galopp querfeldein, setzte über einen Streifen Krummholz und stürzte schwer in ein Loch dahinter, ein Wurzelloch. Roger wurde aus dem Sattel geschleudert und schlug mit dem Kopf auf den einzigen Stein weit und breit. »Sabine!« dachte er im Sturz. »Das ist die beste Lösung«, dann war es aus. –

Gegen Abend, es dämmerte schon, und Sabine war eben aus Lötzen zurückgekommen, jagte Nero, der Halbwolf, heulend und winselnd auf den Hof. Man hatte ihn schon um die Mittagszeit von der Kette losgemacht, weil sein Jaulen nicht zu ertragen gewesen war, und er war davongestoben wie ein Pfeil, die Nase auf der Spur Cäsars. »Nero!« rief Sabine. Er jagte zu ihr hin, packte mit den Zähnen ihren Rock und versuchte, sie vom Hof zu zerren. Ihr wollte das Herz stillstehen, sie rief nach ihrem Reitpferd und zwei Knechten, die sollten den Wagen nehmen, den Karrenwagen, den, mit dem sie vor fünf Jahren zurückgekommen war. Dazu Laternen und eine Bahre für den Fall, daß der Herr verletzt sei und weder reiten noch in den Wagen steigen könne. Er war nicht verletzt. Er war tot. Sie brachten ihn heim nach Dorjutschen, sie stellten die Bahre in den Gartensaal, sie ließen Sabine allein, die Herrin wollte niemand um sich haben, auch nicht Matuschka, nein, sie schon gar nicht. »Ich habe dich über alles geliebt«, sagte sie zu dem Toten, »ich wollte dich behalten, das war es. Du warst mir das Kostbarste.«

Und Dorjutschen, dachte der Tote. Wer will beweisen, daß Tote nicht denken können?

»Auch Dorjutschen kam erst nach dir«, sagte sie. »Alles kam nach dir.«

Der Tote dachte, wie gut es sei, daß sie nichts wußte von seiner Absicht, sie zu verlassen. Er schämte sich.

»Nun kann ich dir nicht mehr sagen, was mir der Arzt heute bestätigt hat«, sagte sie traurig. »Wir werden ein Kind haben, Roger.«

Das ist gut, dachte der Tote, das ist sehr gut. Nun ist überhaupt alles gut. Küß mich noch einmal, Sabine. Sabine beugte sich hinab und küßte ihn.

Viertes Zwischenspiel

1716–1766

Im Mai 1716 kam Sabine Wigors Kind zur Welt, genauer gesagt, ihre Kinder, denn es war ein Pärchen, Knabe und Mädchen. Zuerst wollte sie den Knaben Roger nennen, ließ es dann aber, Angst durchfuhr sie, es könne mit des Vaters Namen auch dessen Unruhe und Wildheit auf ihn übergehen, und sie ließ ihn lieber Gotthold taufen zum Zeichen, daß Gott ihm hold sein möge, hold und gnädig, da er ja nur ein armer Bastard war, ungültiger Ehe entsprossen, obwohl niemand das wußte außer ihr. Das Mädchen erhielt den Namen der unglücklichen Mutter ihres Mannes, Maria. Hier, meinte Sabine, war eine Wiederholung solch bitteren Schicksals weniger zu fürchten, dafür bürgte Dorjutschen.

Gotthold hatte manche Ähnlichkeit mit seinem Vater, nur haftete ihm in der Kindheit bei aller Lebenskraft zuweilen etwas Träumerisches an, tief Insichgekehrtes, aus dem er nur langsam zurückfand in kindliche Unbekümmertheit. Aber in seinem fünfzehnten Jahr änderte sich mit einem Schlage alles, von einem Tag zum ändern versanken die Bilder, erloschen die Stimmen. Die Nabelschnur, die ihn mit dem Gewesenen verbunden hatte, zerriß, Gotthold glitt jäh ins Gegenwärtige, zu jäh. Gleichsam über Nacht überfiel ihn das Bewußtsein, daß er ein junger Gutsherrnsohn mit weitgespannten Rechten sei, und sofort lebte er danach. Als er sechzehn war, dachten die Hörigen mit Schrecken an den Tag, da er Herr auf Dorjutschen sein würde, und als er siebzehn Jahre zählte, lag bei den Mägden und Hörigentöchtern mehr als ein Säugling in der Wiege, der als Erbe von Dorjutschen hätte gelten können, wäre nur der Pfarrer zur rechten Zeit dagewesen.

Sabine gefiel das nicht, es kränkte ihr Gefühl für Verantwortlichkeit, und die Mädchen taten ihr leid. Aber viel war da nicht zu machen. Es war die göttliche Ordnung, wie der Pfarrer sagte, wiewohl nicht ohne Seufzen. Die ledigen Mütter durchstanden Schimpf und Schande, denn die nahm ihnen die göttliche Ordnung nicht ab, und wurde es einmal zu schlimm, so fanden sie Schutz bei der Gutsherrin. Warum aber Sabine selbst unter solchen Vorkommnissen litt, begriffen sie keineswegs, es erschien ihnen sogar ungehörig, setzte sich die Herrin damit nicht selbst herab? Immerhin, die Meinung aller schien das doch nicht zu sein, denn eines Tages kam Gotthold arg zerprügelt nach Hause. Sein Gesicht sah übel aus, die Augen waren fast zugeschwollen, eine Wange aufgerissen, im Oberkiefer fehlten zwei Zähne, und er stand in den Steigbügeln, sitzen konnte er nicht.

Sabine bedauerte ihn kaum, aber sie war wütend über den jämmerlichen Anblick, den er bot. Wer hatte ihm so gründlich das Fell gegerbt? Der Bauer Benedikt war es gewesen, er hatte seinen Hof jenseits des Sees, landeinwärts, einen Freihof, man konnte ihm also nicht einmal an den Kragen, verdammt noch mal! Aber man würde den Amtmann gegen ihn mobil machen, sagte Gotthold. Wie dürfe ein Bauer, sei er auch zehnmal ein Freibauer, gegen einen Baron Wigor die Hand erheben? Mußte er, Gotthold, sich dergleichen gefallen lassen?

So ganz ohne weiteres war der Mann über Gotthold hergefallen? wunderte sich Sabine. Ohne jeden Grund? Nun, im Augenblick sei auch wirklich kein Grund dagewesen. Die Ernestine sei ja nicht gekommen zu dem Stelldichein, statt ihrer hatte ihn bei den drei Birken der Vater empfangen. Aber das solle ihm schlecht bekommen. Gotthold würde –

»Nichts wirst du«, sagte Sabine. »Leg dich ins Bett und laß dich von niemand sehen. Verstehst du nicht, daß du dich sonst nur noch lächerlicher machst?«

Am nächsten Tag ritt sie selbst um den See zum Bauern

Benedikt, sie wollte den Mann kennenlernen, der sich so unbekümmert über den künftigen Gutsherrn von Dorjutschen hergemacht hatte. Sie fand ihn beim Mähen, einen großen, starken Mann mit blondem Haar und braunen Augen, sein entschlossenes Gesicht gefiel ihr. »Er hat meinem Sohn ordentlich die Flausen ausgetrieben«, sagte sie. »Ich wünschte nur, es hülfe für immer. Aber das ist leider nicht zu hoffen.«

Benedikt lachte. Nein, für immer würde das wohl nicht vorhalten. Aber hier in der Nähe werde sich der junge Herr wohl kaum mehr blicken lassen, und das sei ihm die Hauptsache. »Die Barone Wigor wären auch die letzten, von denen uns solcher Schimpf kommen dürfte.«

Niemand habe das Recht, ihnen Schimpf anzutun, meinte Sabine. Aber warum die Wigors ganz besonders nicht?

Man sei schließlich damals mit dem Baron Olaf aus Kurland hergekommen, und die Mutter des ersten Benedikt sei die Amme des kleinen Knud gewesen. Wisse die gnädige Baronin das nicht?

Sabine schüttelte den Kopf. Sie setzte sich auf einen Baumstumpf am Feldrand, und sie ließ sich die alten Geschichten erzählen. Viel wußte der Nachkomme jenes ersten Benedikt nicht mehr, aber man hatte doch die Kunde bewahrt von der alten Suruscha, die den kleinen Knud aus dem Hause des Jacob Glosier entführt und mit dem Nachlaß seines Vaters Olaf das große Moor gekauft hatte, man wußte von Jagold und Rutja, von ihrem Sohn Benedikt, der diesseits des Sees die Tochter einer Witwe geheiratet hatte und von seiner Schwester Christine, die später Knuds Frau geworden war.

»Aber dann sind wir doch verwandt!« rief Sabine.

»Wenn man weit genug zurückgeht, ist jeder mit jedem verwandt«, sagte Benedikt.

So berührten sich noch einmal flüchtig die Fäden, die einst zu demselben Gewebe gehört hatten, berührten sich und liefen wieder auseinander. Waren schon weit auseinander, dachte Sabine, schade, dachte sie. Nachdenklich ritt sie heim.

Benedikts Tochter war fortan sicher vor Gotthold, und ihr Vater auch, dafür sorgte Sabine. Aber sonst machte ihr der Sohn Ärger genug, er begann jetzt in die festgefügten Hürden der Mädchen und Frauen seines Standes einzubrechen, und zuweilen konnte nur mit Mühe ein schlimmer Skandal vermieden werden. Sabine hätte Gotthold gern an die Ehekette gelegt, aber der sträubte sich.

Indessen, als sie einmal durch ein entlegenes Waldstück ritt, fand sie an einer Lichtung zwei Pferde angebunden und weiter drinnen im Gebüsch ihren Sohn mit einer jungen Verwandten des nachbarlichen Grafen. Die Situation war nicht mißzuverstehen, und zuerst übermannte sie ein übermäßiger Zorn über den verantwortungslosen Sohn, denn das Mädchen war eine arme Waise und würde wahrscheinlich ihre Torheit bitter büßen müssen. Dann aber begriff sie, daß hier eine langerwünschte Möglichkeit sei. Sie ließ die beiden ihre Pferde besteigen und ritt mit ihnen nach Dorjutschen, ins Dorf, wo der Pfarrer sie auf der Stelle zusammengeben mußte. Die Einwilligung des Grafen als des Vormundes des Mädchens werde sie in drei Tagen nachliefern, versprach sie. Die Sache war nicht ganz in der Ordnung, aber der Pfarrer willfahrte der energischen Herrin von Dorjutschen, die ja seine Patronin war. Übrigens brachte sie die Einwilligung des Grafen schon nach zwei Tagen.

So heiratete Gotthold Wigor in seinem neunzehnten Jahr die hübsche und tüchtige Katharina Wardein, die ihre Vorfahren bis zurück in die Heidenzeit verfolgen konnte, wo einer von ihnen noch mit Keistut zusammen gegen den Orden gekämpft hatte und bei Tannenberg gefallen war. »Ich hätte gar nicht gedacht, daß du es noch einmal zu einer so guten Partie bringen würdest, bei deinem schlechten Ruf«, sagte Sabine später zu ihrem mürrischen Sohn. »Eine bessere Familie konntest du gar nicht finden!«

»Bessere Familie!« erwiderte Gotthold verdrießlich. »Sie hat nichts, als was sie auf dem Leibe trägt!«

»Und diesen Leib selbst!« erinnerte ihn seine Mutter. »Sie hat dir doch sehr gut gefallen, nicht wahr?«

»Gefallen und heiraten sind zweierlei«, knurrte er. »Ich fühle mich noch viel zu jung zur Ehe. Jetzt ist es mit meiner Freiheit vorbei!«

»Hoffentlich!« sagte Sabine. Ihr gefiel die Schwiegertochter, und wenn Geld auch ganz gut gewesen wäre – Geld ist immer gut –, unbedingt notwendig war es nicht. Aber sie konnte nicht hindern, daß Gotthold kurz nach der Hochzeit Dorjutschen verließ und zur Armee ging. Nicht einmal die Geburt des Kindes, das Katharina bekommen sollte, wartete er ab. Er haßte das Kind. Ein Kind legte dem Vater Verpflichtungen für die Zukunft auf, und er haßte Verpflichtungen.

Soweit Gotthold – und Maria, die Zwillingsschwester, was war mit ihr? Sabine hatte ihre heranwachsende Tochter mit steigender Verwunderung betrachtet. Weizenblonde Zöpfe, Zöpfe bis hinab in die Kniekehlen, schwarze Augen, wem glich sie? Den Wigors nicht, die waren alle dunkelhaarig und hatten goldbraune Augen, zuweilen mit einem Stich ins Blaue, manchmal auch ins Grünliche. Sie besaßen auch nicht Marias helle Haut, nicht ihre festen und klaren Züge, nichts davon, was diesem Lande eigentlich gemäß gewesen wäre, das doch hoch im Nordosten Europas lag. Sie waren alle ein wenig fremdartig in Aussehen und Ausdruck, vielleicht stammte das von Tanja, der Seltsamen, vielleicht aber aus noch viel früheren Zeiten und ging zurück bis auf sagenhafte Überlieferungen. Auch von des Vaters Zügen war nichts bei dem Mädchen zu entdecken. Hoffentlich, dachte Sabine beklommen, gleicht sie nicht seiner Mutter, der unglücklichen Magd.

Nein, Maria glich nicht der armen Tochter des gehängten Schmugglers, die Rogers Mutter gewesen war. Sie glich jemand, von dem Sabine nichts wußte, wer denn erinnerte sich noch an Gertrude Termaehlen vom Freihof, die eine Baronin Rotter geworden war und dann eine Gärtnersfrau? Und doch lebte gerade ihr Blut am stärksten weiter in den Generationen, ein unruhiges und gefährliches Blut, unfähig zu jeder Unterwerfung, aufrührerisch und grüblerisch, gierig nach Erkenntnis und Gerechtigkeit. Es war sicher nicht von ungefähr, daß einige ihrer Nachkommen das sichelförmige Mal trugen über der rechten Braue, ein wenig schläfenwärts, dies Zeichen eines Ehebruchs, an dem zwar der Leib keinen Teil gehabt hatte, weil der Stolz der Frau es nicht litt, beschworene Treue zu brechen, den ihre Seele aber hundertfach begangen hatte, schrankenlos und bis in den Tod, ja, bis in das Leben des Ungeborenen hinein. Martin hatte das Zeichen gehabt, der Sohn aus mystischem Bunde, verfallen der Suche nach dem Stein der Weisen und gestorben in Verzweiflung, versteckt auf dem Freihof. Ronald hatte es gehabt, der früh entlaufene, der keinen Zwang dulden wollte und schließlich den Galgen dulden mußte. Und Roger hatte es gehabt, der Seeräuber.

Maria hatte das Zeichen nicht, sie war das Abbild der jungen Gertrude, ehe das Leben über das Mädchen hergefallen war, das schlimme Leben. Sie hatte auch Gertrudes Gang, der wie das Wehen des hohen Grases auf der Wiese gewesen war und wie das Gleiten der Wellen im raschen Fluß, und sie wuchs ebenfalls auf in schöner Einsamkeit zwischen Wäldern und Seen, Pferden und Blumen, freilich nicht wie die Vorfahrin in harter Arbeit und im Joch vieler Pflichten. Die einzigen Pflichten, die Maria einengten, waren jene, die ihr die französische Gouvernante auferlegte, und schon sie stießen mit der fröhlichen Wildheit und träumerischen Sehnsucht des Kindes zusammen. Aber einmal, dachte Maria, würde es keine Gouvernante mehr geben, einmal würde die Zeit kommen, in der die Zukunft herrlich heraustreten würde aus ihren verbergenden Schleiern.

Sabine beobachtete ihre Tochter aufmerksam, aber sie war zu stark in Anspruch genommen von Dorjutschen, das ja doch ein Mustergut werden sollte, und sie spürte, daß ihr allzuviel Zeit für solche Arbeit nicht mehr blieb. Ein Mustergut in diesem Land, diesem schönen, armen Land, das jetzt in so jämmerlichem Zustand war! Von seinen sechshunderttausend Einwohnern hatte die Pest, schlecht gerechnet, zweihundertfünfzigtausend verschlungen. Städte und Dörfer waren ausgestorben, zahllose Höfe standen leer, sechzigtausend Hufen Ackerland lagen brach, es war noch schlimmer als nach dem Tatareneinfall. Nur die Lasten waren geblieben, die unmenschlichen Lasten, von der Verschwendungssucht des ersten Preußenkönigs dem unglücklichen Land auferlegt, sie hatte keine Pest verschlungen, und nun mußte der Nachfolger sehen, wie er damit fertig würde.

Dieser Nachfolger genoß geringe Sympathie. Wie konnte nur aus der Ehe des prunkliebenden und kunstbegeisterten Friedrich mit der hochgebildeten, geistreichen Sophie Charlotte, dieser Philosophin auf dem Thron und Freundin von Leibniz, solch ein Sohn hervorgehen! Friedrich war ein schlimmer Verschwender gewesen, sicherlich, aber man hatte mit ihm reden können. Wer konnte mit Friedrich Wilhelm reden? Er befahl, und man mußte gehorchen. Er kannte keine Nachsicht, keine Milde, kein Verständnis, er kannte nur Befehle und Strafen, grausame Strafen. Gewiß, es ließ sich nicht leugnen, er war auch tatkräftig, sparsam, gescheit und von einer harten Gerechtigkeit. Adels- und Ständeprivilegien wischte dieser König einfach weg, den Bürger besteuerte er aufs äußerste, wer darob protestieren wollte, dem schlug er grob aufs Maul. Für Volksschulen sorgte er, aber auf alle darüber hinausgehende Wissenschaft spuckte er, und das nicht nur bildlich.

Nur ein Stand hatte es gut unter ihm, der elendeste, gedrückteste, geschundenste: der Bauer. Es ist bei des Königs

Natur wenig wahrscheinlich, daß er sich seiner aus Mitleid annahm, oder gar aus Güte. Aber er besaß praktische Klugheit, die ihm sagte, daß kein Baum gedeihen könne, wenn man seine Wurzel abwürge, und kein Staat, dessen Bauern zugrunde gingen. So begann er das große Werk der Bauernbefreiung. Nicht der vollkommenen, solche Operation hätte der geschwächte Staatskörper nicht ausgehalten, ohnehin war es eine Roßkur. Auch sollte der Bauer nur soweit befreit werden, wie es nötig war, damit er besser arbeiten konnte. Denn auf die Arbeit kam es dem König an, auf sonst nichts, schon gar nicht auf den Menschen. Aber auf diese Weise lockerte sich doch der Griff des Junkers um die Kehle des Bauern, das Hörigkeitsverhältnis wurde linder, man änderte es in eine Erbuntertänigkeit, zuweilen erlosch es sogar ganz, vor allem da, wo das Elend der Zeit einen Freibauern als Hörigen in den Verband eines Gutes getrieben hatte. Daraus wurde er jetzt kurzerhand gelöst und bei Neueinrichtung eines eigenen freien Hofes mit Geld und Gerät unterstützt. Dennoch, die leeren Weiten Ostpreußens waren mit eigenen Leuten nicht zu füllen, es galt also, aus andern Ländern Bauern herbeizuschaffen und sie auf den verwaisten Höfen und auf königlichem Grundbesitz anzusiedeln.

Die Zeit kam dem König dabei zu Hilfe, denn gerade jetzt gab es überall wieder Religionsflüchtlinge in Mengen, vor allem in Österreich, im Salzburgischen, wo es zum Ärger der Alleinrechtgläubigen nur so wimmelte von Protestanten, lutherischen und reformierten. Es war nicht auszuhalten, für beide Teile nicht. War da nicht das Angebot des Preußenkönigs, im Osten seines Landes mit großzügiger Unterstützung zu siedeln, ein Fingerzeig Gottes?

So kamen im Jahre 1732 siebzehntausend oder achtzehntausend Salzburger nach Ostpreußen, in großen Trecks, und weil der König vor allem Bauern wollte, *waren* eben alle Bauern. Der sonst so geizige König sparte hierbei wahrlich nicht, fünf Millionen Taler steckte er in dies Unternehmen, er tat alles, was nur getan werden konnte, damit die Siedler gute Wurzeln schlagen sollten im fremden Land. Hier hatten schon so viele Rassen und Völker Wurzeln geschlagen, warum nicht auch sie. Der König erlebte keine Enttäuschung an seinen neuen Untertanen, sie bewährten sich, besonders da, wo es sich wirklich um Bauern handelte.

Die Familie Reitmeier beispielsweise war keine Bauernfamilie, ihre Männer waren Beamte gewesen, immer nur Beamte, nicht sonderlich hohe, aber gutgestellt beim Steueramt in Salzburg. Zwar hatte man einen Grasgarten vor dem Tor und zwei Ziegen darin, aber ein Bauernhof war das nicht. Matthias Reitmeier hielt den Garten auch nur aus Gesundheitsgründen, denn er war unmäßig dick und vom Arzt zu körperlicher Betätigung und bescheidener Kost angehalten worden. So ging er mit Frau und Sohn allabendlich hinaus zum Garten, spazierte dort ein paarmal unter heftigem Gestöhn auf und ab und warf den Ziegen das Gras vor, das seine Frau mit der Sichel geschnitten hatte, wechselte sich auch mit dem Sohn Robert zuweilen ab beim Heimtragen der Milch, falls die Menge nicht drei Liter überstieg, aber das tat sie selten, so großartig war das Ziegenfutter nicht. Daheim ließ er sich aus zwei Litern eine nahrhafte Grütze kochen, die er mit viel gebuttertem Brot auslöffelte.

Nein, ein Bauer war Matthias Reitmeier nicht, freilich ein Protestant, wiewohl nicht so sehr aus eigenem Entschluß als auf Betreiben der lutherischen bäuerlichen Verwandten seiner Frau, streitbaren Leuten, nie war Matthias gegen sie aufgekommen. Diese Verwandten gingen jetzt allesamt nach Ostpreußen, und sie nahmen Matthias einfach mit, denn wenn er selbst auch kein Bauer war und viel zu dick zum Arbeiten, so gab es doch den Sohn Robert, dreiundzwanzig Jahre alt, groß und hübsch, breit in den Schultern, schmal in den Hüften, mit guten Muskeln und geschmeidigen Sehnen, der würde sein

Teil leisten können bei der Bauernarbeit, zumal seine Mutter, die Emerenz, eine Bauerntochter war und noch einige Kenntnisse hatte von der Sache.

Aber wollte Robert das auch? Vorderhand kümmerte ihn das nicht, das lag noch in weiter Ferne, und zwischen ihm und dieser Ferne gab es eine Reise voll herrlicher Abenteuer, eine Reise durch Bayern, Franken, Thüringen und was weiß man noch, eine Reise mit ungeahnten Möglichkeiten. Und dann das fremde Land, fremde Menschen, fremde Häuser, fremde Horizonte – es würde eine herrliche Abwechslung sein, und er liebte die Abwechslung, er liebte sie über alles.

Was nun seine Mutter betrifft, die Emerenz, so hatte die keine Meinung außer der, daß es hier nichts sei und dort wohl auch nichts sein würde, mit Matthias konnte man nirgends Staat machen. Aber wenn alle ihre Leute gingen, so wollte sie auch nicht allein hierbleiben mit dem Dicken. Und wenn einmal Robert das Gut in Ostpreußen übernehmen würde – denn daß es sich um ein Gut handeln müsse, ein richtiges Gut, wie das des Herrn von Trautenau, der in seiner Equipage vierspännig fuhr, das war ihr sicher –, dann würde sie auf die richtige Handhabung der Sache achten, darauf konnten sich Robert und der König verlassen!

So zogen Reitmeiers mit der ganzen Sippe in einem großen Treck nordwärts, an der bayerischen Grenze wollte Matthias umkehren, aber daraus wurde nichts, seine Familie verweigerte ihm den Gehorsam, auch behauptete man, die Anstrengung würde ihm nur guttun, er würde sein Fett verlieren. Als ob ihm daran etwas gelegen wäre! »Nun gut«, sagte er, »aber ich überlebe es nicht.«

Er überlebte es wirklich nicht. Durch Bayern schaffte er es noch, aber als er beim Übergang über das Fichtelgebirge vom Wagen steigen und zu Fuß gehen mußte, um die Pferde zu entlasten, legte er sich an den Wegrand und stand nicht mehr auf. Man begrub ihn im Wald und fluchte dabei, weil man die

Grube so breit machen mußte, denn abgenommen hatte Matthias trotz aller Strapazen nicht. Aus Eigensinn, sagte die Emerenz. Ihr zum Tort war er lieber vorher gestorben.

Man zog weiter, die Reise war wirklich voller Überraschungen, so viele hatte sich Robert gar nicht gewünscht. Aber schließlich kam man doch an, einmal kommt man ja immer an, wenn man nicht vorher stirbt. Zuerst geriet man ins Westpreußische, von da ab ging es ostwärts bis Allenstein, da teilte sich der Treck. Die meisten zogen weiter ins Litauische hinauf, dort gab es guten Boden, hörte man, was hatte man denn hier außer Sand? Die anderen lösten sich in einzelne Gruppen auf, einigen war der neue Hof schon vorbestimmt, die gingen dorthin, andere wollten sich den Hof hier herum aussuchen. Zu diesen gesellten sich die Reitmeiers. Robert hatte genug von den Überraschungen, er wollte nicht noch bis Litauen ziehen. So tat man sich mit drei verwandten Familien zusammen und zog über Sensburg und Rhein in die Lötzener Gegend. Dort sei alles leergestorben, sagte man ihnen, und die Auswahl fast unbegrenzt. Freilich tauge der Boden nicht viel, aber eben deswegen versuche der König den Leuten das Siedeln auf dem Sandgrund mit besonders reichlichen Hilfen schmackhaft zu machen. Auch gebe es dort einige gute Stükke, man müsse aufpassen und gut zuschauen: ehemalige Moore, schon urbar gemacht und in gutes Wiesenland umgewandelt, sie lägen da wie Oasen in der Wüste.

So fuhren an einem Junitag 1732 mehrere Planwagen die sandige Straße zwischen Mauersee und Löwentin entlang. Hinter den Wagen war Vieh angebunden, unter den Sitzen grunzten Schweine in Kisten, und in Bretterverschlägen gakkerten Hühner. Die Reiterin, die vom Waldrand aus den Zug betrachtete, hörte im letzten Wagen ein Kind weinen, ritt hinzu und fragte nach Woher und Wohin. Sie sah die Erschöpfung in den Gesichtern und die Müdigkeit in den Augen, wohl auch etwas Angst vor dem Ungewissen, und so lud sie die

Leute ein, diese Nacht in den noch leeren Scheunen von Dorjutschen zu verbringen. Stroh zu Lagerstätten gebe es genug, desgleichen Platz im Hof und Holz zum Kochen eines ordentlichen Essens, zu dem sie gut beisteuern wolle. Am nächsten Morgen, sagte Sabine, könne sie ihnen sicherlich allerhand guten Rat für eine neue Heimstatt geben, sie kenne das Land im weiten Umkreis.

So kam es, daß Maria Wigor den jungen Robert Reitmeier kennenlernte, diesen Augenschmaus für Mädchen, mit dem dichten Haarschopf über einer unbekümmerten Stirn, dem hohen Wuchs, den breiten Schultern und schmalen Hüften und der unbändigen Lebensfreude. Ja, nur mit Freude würde er sein Leben füllen, verhieß er, mit nichts als mit Freude und mit Schönheit, und war nicht der Anfang dazu schon gemacht? Da kam jetzt etwas Neues auf ihn zu, etwas ganz Neues, gibt es Schöneres als das Neue? Auch Dorjutschen war schön, das große Herrenhaus, der Park, so würde auch sein Gut aussehen, ohne Zweifel. Und dann war da noch Maria, deren bezaubernden Gang er mit Entzücken betrachtete, diesen Gang wie das Wehen des hohen Grases im Wind, wie das Gleiten der Wellen im schnellen Fluß. Wie anmutig sie war! Sie gefiel ihm sehr, es wäre schön, sie als Gutsfrau bei sich zu haben.

Sabine bemerkte es nicht, sie sah auch nicht, daß Maria die Nähe des jungen Mannes suchte, sie kümmerte sich nicht um die jungen Leute, sie kümmerte sich um die Alten und die Kinder, denen sie zu einem guten Essen, einem behaglichen Abend und einer geruhsamen Nacht verhalf. Am nächsten Morgen begann sie mit den Männern die Umgegend abzureiten und abzufahren, sie wandte mehrere Tage daran, sie nahm es als ihre Pflicht, jedem zu dem Besten zu verhelfen, das sich finden ließ.

Drei fanden dieses Beste auch in den nächsten beiden Tagen, nur der junge Reitmeier saß mit immer enttäuschterem

Gesicht neben seiner Mutter im Wagen und konnte sich nicht entscheiden, nicht einmal für Wiesenfeld, das doch wahrhaftig eine hübsche Besitzung von zehn Hufen war mit erträglichem Boden, so gut man ihn eben hier haben konnte, und mit ausgedehnten guten Wiesen.

»Ein paar muffige Ställe«, sagte er, »eine defekte Scheune und ein halbverfallenes Wohnhaus! So in die Wiese hingestreut, ohne Garten, schon gar kein Park! Was denkt sich dieser König? Da sind wir es anders gewohnt gewesen daheim.«

»Dann hätte Er eben nicht herkommen sollen«, erwiderte Sabine kühl. »Garten? Den kann Er sich anlegen, mit den Jahren wird wohl auch ein Park daraus, wenn Er will, ein Park bis zum See hinab. Wäre das nicht schön?«

»Gibt mir der König Leute dazu?«

»Er bekommt Vieh, Gerät, Saatgut und Geld für das Nötigste, bis die erste Ernte kommt. Wie Er sich das einteilt, wie viele Leute er sich halten will, das ist seine Sache. Aber Er ist doch ein kräftiges Mannsbild, Er kann etwas leisten, Er kann gut zwei Knechte ersetzen, sollte ich meinen.«

»Ich?« rief Robert Reitmeier. »Die gnädige Frau Baronin spaßen.«

»Hör Er«, sagte Sabine ungeduldig, »vor zweihundert Jahren war da, wo jetzt das Gut Dorjutschen ist, nichts als ein riesiges Moor und ein Stückchen Sandland. Nicht einmal ein Stall oder ein Haus, nur eine jämmerliche Holzhütte. Mein Vorfahr hat das Moor mit eigenen Händen zu Ackerland gemacht, später halfen ihm freilich seine Kinder und Kindeskinder. Als er mit neunzig Jahren starb, besaß er hundert Hufen ordentliches Land mit Wirtschaftsgebäuden und einem anständigen Wohnhaus.«

»Der Vorfahr der Frau Baronin war kein Baron?«

»Er war einer. Aber auch ein Baron hat Hände und Füße – genauso wie ein Steuerbeamter, beispielsweise.«

Von dieser Geschichte glaubte Reitmeier natürlich kein

Wort, derlei Unsinnigkeiten sollte man ihm doch nicht weismachen wollen. Aber ehe er noch antworten konnte, entschied die Emerenz, die sich inzwischen umgesehen hatte, daß man Wiesenfeld nehmen werde, wenn es dem König recht sei und man das Fischrecht im See bekomme. Dem König war es recht, und das Fischrecht bekamen sie auch. Der Wiesenfelder See war übrigens nur eine Bucht des großen Löwentin. Die Emerenz war es sehr zufrieden. Zwar hatte sie anfänglich auch auf ein Gut wie das des Herrn von Trautenau spekuliert, der vierspännig in seiner Equipage gefahren war, nur waren ihr schon auf der Reise bei Rede und Gegenrede die Augen aufgegangen. Aber es hatte keinen Sinn, verlorenen Illusionen nachzuweinen, man war nun einmal hier, ob kluger- oder dummerweise, das war jetzt einerlei. Und sie hatte das Unbehaustsein satt, eigener Boden unter den Füßen war auf alle Fälle gut, das alte Bauernblut in ihr freute sich, trotz allem.

Robert Reitmeier erhielt also Wiesenfeld, Vieh, Saatgut, Geräte und Geld zum Bau eines neuen Wohnhauses, denn das alte ließ sich nicht mehr ausbessern. Als ein Jahr später das neue Haus stand, erhielt er auch Maria zur Ehefrau. Das begriff niemand in der Nachbarschaft, und Sabine begriff es selbst nicht, sie begriff ihre Tochter nicht. Was in aller Welt fand Maria nur an dem Burschen? Galt ihr das hübsche Gesicht soviel? Ein verläßlicher Kamerad im Lebenskampf war er nicht, und gut aufgehoben bei ihm würde sie auch nicht sein, auf keine Weise, sah sie das nicht? Maria sah es wohl. Aber da war etwas, das war stärker als alle Bedenken.

Ostpreußen war ein schönes Land, gewiß, aber es war ein ernstes Land, ein hartes Land sogar, viel schlimmes Schicksal war darüber hingegangen, und der unaufhörliche Ostwind sang in den Wäldern schwermütige Melodien, kaum jemals brachte ein Hauch von Süden so etwas wie eine heitere Tanzweise. Und die Menschen, zusammengewürfelt aus aller

Herren Länder, unablässig bemüht, aus Fremdem Eigenes zu machen und sich zwischen Widersprüchen einzurichten, dazu oft gedrückt und gequält übers Maß, waren zwar sehr fleißig – sie hatten es werden müssen, wollten sie überleben –, auch meistens verläßlich und nicht ungut, aber heiter waren sie nicht. Ihr Leben hatte sie Mißtrauen gelehrt, Vorsicht und Argwohn, zuweilen auch den zu hastigen Griff nach dem Vorteil, Heiterkeit hatte es sie nicht gelehrt. Gelächelt wurde wenig, gelacht freilich, aber das klang durchaus nicht immer schön, aus einem Herzen voll glücklicher Lebensfreude kam es selten, und auf dem Grund aller Lustigkeit – Lustigkeit, nicht Heiterkeit – lag nicht nur Resignation, sondern auch viel Bitternis und oft genug Hohn. Nicht nur die Alten pflegten hier zu sagen, daß die Welt ein Jammertal und es am besten sei, sie so schnell wie möglich zu verlassen. Die Jungen redeten nicht viel anders. In diese Welt nun war Robert Reitmeier gekommen, schön, fröhlich und entschlossen, das Leben für einen einzigen wolkenlosen Sommertag zu nehmen.

»Pflicht!« sagte er beispielsweise. »Wenn ich das schon höre! Pflicht ist für die, die gar nichts anderes zu tun vermögen als ihre Pflicht.«

»Pflichterfüllung ist etwas sehr Großes«, erwiderte Sabine.

»Gar nichts ist es, entschuldigen Sie schon, Frau Baronin, gar nichts. Die zwei Braunen dort vor dem Pflug tun auch ihre Pflicht.«

»Und von dieser Pflicht leben wir. Auch Er wird von der Pflicht seiner Tiere leben, Reitmeier.«

»Ja, Sie leben davon, auch ich einmal, das stimmt. Aber die Pferde, wenn nimmer können, schlägt man tot, und der Knecht, der dahinter über den Acker stapft und auch seine Pflicht tut, kriegt im Alter ein mageres Gnadenbrot und muß noch zufrieden sein, wenn man ihn nicht auf dem Misthaufen verrecken läßt. Das ist's, was bei der Pflicht herauskommt.

Nein, ich bedank mich schön.« »Er hat also nicht die Absicht, auf seinem Grundstück seine Pflicht zu tun?«

»Kommt darauf an, was man darunter versteht«, sagte Robert und lachte dabei. Sein Lachen war unbeschwert und bezwingend. »Jeder muß sich ja das Leben auf seine Art einrichten«, sagte er und lachte wieder.

Sabine betrachtete ihn nachdenklich. »Und daran hat Er nie gedacht, daß man auch für andere leben könnte?«

Reitmeier lachte lange und herzlich. »Halten zu Gnaden, Frau Baronin. Aber ich bin doch kein Trottel!«

Berechnend ist er nicht, dachte Sabine. Sonst würde er anders reden. Es ist schlimmer. Er hält seine Lebensauffassung für so selbstverständlich, daß er gar nicht auf den Gedanken kommt, sie zu verbergen. Er verstellt sich nicht, weil er sich im Recht fühlt. Robert Reitmeier kümmerte sich nur um sein eigenes Empfinden.

Das sagte Sabine ihrer Tochter, und Maria nickte dazu. »Es stimmt alles, aber es wird wunderbar sein, mit ihm zu leben, Frau Mutter! Denken Sie nur, ein Mensch, der immer fröhlich ist, der alles Heitere liebt und alles Trübe meidet!«

»Ein Mensch«, sagte Sabine, »der nicht das geringste tut – fahr hin und sieh es dir an! – und auch nie etwas tun will! Wiesenfeld ist ein Bauernhof, der Bauer muß arbeiten, anders geht es nicht. Auch du wirst arbeiten müssen, wenn du ihn heiratest.«

»Ich werde arbeiten. Ich arbeite gern. Den Tag über werde ich arbeiten, aber abends werden wir tanzen.« – »Tanzen?« – Ja, ein Klavichord sei schon bestellt, demnächst bringe es jemand aus Königsberg mit. Robert spiele es, er werde es auch sie lehren, auch tanzen werde er sie lehren. Sabine lachte.

Maria ritt nach Wiesenfeld, hungrig nach Freude und Unbeschwertheit. Sie ritt, die Emerenz zu besuchen. Aber dann saß sie neben Robert am See und hörte seinen Erzählungen zu, Erzählungen aus einer Welt der Freude. Was waren das für herrliche Jahre gewesen, seine drei Jahre im Steueramt zu Salzburg! Immer hell und schön, durchsetzt mit Festen wie ein Kuchen mit Rosinen, großen Festen im Rathaussaal, mindestens jeden Monat einmal. Musik und Tanz, und ihn hatte man als Tänzer ganz besonders geschätzt. Er tanzte gern, sie auch? Tanzen? Maria hatte kaum je Gelegenheit dazu gehabt, wo denn auch? Die Mutter mied diese Art von Geselligkeit.

Im Juni 1733 zog Maria in Wiesenfeld ein, um den Hals den Bernstein mit der Mücke als wichtigste Hochzeitsgabe. Außerdem brachte sie als Mitgift ein gut Stück Geld mit, Vieh und Pferde, den Hund Titus aus dem Geschlecht des grauen Halbwolfes, dazu zwei Katzen und den alten Warlies. Denn da Sabine in die Heirat gewilligt hatte, wenn auch wider besseres Gefühl, so wollte sie jetzt auch alles tun, was in ihrer Macht stand, um das Fundament zu sichern, auf dem ihre Tochter sich fortan das Leben bauen mußte. Sie überließ ihr den alten Warlies, den erfahrenen Vorknecht, mit dem sie selbst bisher gut gewirtschaftet hatte. An dessen Stelle trat sein Neffe Stephan, vom Oheim seit langem auf die Nachfolge vorbereitet, die jetzt freilich schneller kam als vermutet.

»Glück hast du!« sagte die Emerenz zu ihrem Sohn, während sie dem alten Warlies nachsah, der mit langen festen Schritten über den Hof ging. Robert lachte. »Ein Verwalter war ja wohl notwendig«, sagte er. »Hätte Maria nicht diesen mitgebracht, hätte ich einen anderen einstellen müssen.« Die Mutter sah ihn an, sagte aber nichts.

Die Tage gingen, die Wochen, die Monate. Das Klavichord aus Königsberg war gekommen, Robert spielte großartig darauf, er lehrte es auch Maria, er lehrte sie auch die Tänze, die er kannte, und sie tanzten am Abend zusammen. Die Emerenz saß da, strickte, nähte, sah zu und freute sich. Die Schwiegertochter gefiel ihr. Es ging fröhlich zu auf Wiesenfeld. Am Tage hatte Maria viel zu tun, schwere Arbeit, aber sie war jung und kräftig, sie fand sich schnell hinein, noch blieb ihr

Gang leicht und lieblich, und Robert sah ihr wohlgefällig nach, wie sie mit den schweren Futtereimern über den Hof mehr tanzte als ging. Er für sein Teil spielte auf dem Klavichord, wanderte über die Wiesen, sah den Reihern zu, die am See standen, graue Seide mit weißschimmernden Bändern, goldene Augen über schwarzem Samt, sie flogen auf, es war herrlich anzusehen, filigranzarte Körper unter leuchtend blauem Himmel, widergespiegelt im funkelnden Wasser, getragen von gewaltigen Flügeln, drei Ellen breiten Flügeln.

Die Zeit ging, der Herbst kam. Noch war da das Gold und Weiß der Birken, aber die Stürme begannen und die schweren Regen. Wie sollte man da der Langeweile Herr werden, die groß und grau angeschlichen kam und die müden Tage wie Fransen hinter sich herschleppte. Es blieb Robert nichts übrig, als den ganzen Tag über Klavichord zu spielen und abends Maria von den glorreichen Zeiten im Salzburger Steueramt zu erzählen.

Doch dann kam der Winter, und es wurde schlimm. Tagelang tobte der Schneesturm ums Haus, aus dem Wald heulten die Wölfe, oft genug kam das Heulen näher, kam bis in den Hof, bis vor die Ställe. Einmal zerrissen die Tiere einen Knecht, der spät aus den Insthäusern gekommen war und zum Pferdestall wollte, zu seiner Lagerstatt. Niemand hatte es gehört bei dem wilden Sturmgebrüll, erst am Morgen fand man, was von ihm übriggeblieben war, auch das schon wieder halb unter dem Schnee verweht. Jetzt müsse man doppelt vorsichtig sein, sagte der alte Warlies, wenn sie erst einmal Menschenfleisch geschmeckt hätten –

Robert stöhnte, Robert fluchte. Was für ein Land! Durfte es so ein Land überhaupt geben? Immer wenn er meinte, jetzt müsse eine Pause kommen, oder der Winter müsse endlich aufhören, schien er erst richtig anzufangen. Maria ging auf Fußspitzen durchs Haus, sie vermied es, das Wort an ihren Mann zu richten, alles reizte und erbitterte ihn. Aber die Emerenz sagte ungerührt: »Einmal wird es Frühling werden. Dann hört die Langeweile auf, dann kannst du endlich mit der Arbeit anfangen.« Etwas in ihm schien zu explodieren.

»Mit der Arbeit anfangen? Ich?« – »Natürlich du.« – Er wandte sich an Maria. »Habe ich nicht immer gehört, bei euch arbeiten die Gutsherren nicht?«

Maria erwiderte: »Wiesenfeld ist kein Gut. Wiesenfeld ist ein Bauernhof, wenn auch ein freier und ziemlich großer.«

Sein hübsches Gesicht wurde häßlich vor Hohn. »Da muß ich mich doch aber wundern, daß die gnädige Baronesse auf einen Bauernhof geheiratet hat.«

Die Emerenz wollte auffahren, aber Maria sagte: »Lassen Sie ihn, Mutter. Ihm ist alles noch so fremd. Er muß sich erst eingewöhnen.«

Robert ging hinaus und schlug die Tür hinter sich zu. Zuweilen stand er auf der Tenne, windgeschützt, und starrte zwischen den Brettern hinaus in das Land, das weite, weiße, auf den See, den weiten, weißen, in den Himmel, den weiten, weißen, – einmal würde das vorbei sein, sicher, aber es würde wiederkommen, Jahr für Jahr, wie viele Jahre? Er schwur sich zu, wenn er schon hier leben mußte, dann nur als Gutsherr, nicht anders. Noch war er Robert Reitmeier, hübsch, stark, elegant, Traum der Frauen und Mittelpunkt jeden frohen Kreises! Wie stolz war ehedem seine Mutter auf ihn gewesen, dieselbe Mutter, die ihn jetzt am liebsten Mist laden sähe. Aber dazu würde sie ihn nie bringen, sie nicht und Maria nicht. Wenn sie schuften wollte, wie eine Bauersfrau, wenn ihr das Spaß machte, bitteschön!

Als der Frühling endlich kam, suchte Robert sich ein Reitpferd aus, was kümmerte es ihn, daß er ein Gespann zerriß, sollten sie sich doch ein anderes Tier dafür besorgen, war er nicht der Herr? Er ritt in die Umgebung, er ritt vor allem nach Lötzen, ein jämmerliches Nest, aber wenigstens doch eine Stadt, er gab nicht viel Geld aus, er hatte ja keines, und Kredit bekamen die Neuen noch nicht, wer wußte denn, wie es mit ihnen ausgehen würde! Aber er schlenderte in den Straßen umher, trank hier einen Schnaps und da einen. Das Jahr ging herum, alles geht herum, das nächste kam. Robert war jetzt mehr in Lötzen als in Wiesenfeld. Die Leute redeten viel von der rothaarigen Kellnerin in der neuen großen Ausspannung am Stadtrand, Maria hörte nicht hin, aber die Emerenz tat es. Fortan drang sie darauf, daß ihr Sohn überhaupt kein Geld in die Hand bekam, wozu brauchte er Geld?

Robert hatte kein Geld, aber er hatte Wiesenfeld, Vieh und Pferde. So verkaufte er eben zwei Kühe an einen Händler, den er in der Ausspannung traf und ließ sich ein gutes Handgeld geben. Aber als der Mann in Roberts Abwesenheit nach Wiesenfeld kam, um die Tiere abzuholen, jagte der alte Warlies den Händler vom Hof. Zwei Monate später verkaufte Robert ein Pferd, diesmal kam er mit dem Pferdehändler selbst auf den Hof und übergab ihm das Tier. So bekam er das ganze Geld. Aber diesmal gab es einen schlimmen Auftritt mit der Emerenz. Sie war nicht gesonnen, Wiesenfeld und Maria zugrunde richten zu lassen von einem Faulpelz und Liederjan, einem Lumpen und Säufer wie ihn, den zum Sohn zu haben sie sich schämen müsse.

Er fuhr auf, er schlug mit der Faust auf den Tisch und brüllte, wer ihm hier Vorschriften machen dürfe, ihm, dem Herrn von Wiesenfeld? Aber er mußte sich schnell wieder setzen, er war nicht sehr fest auf den Füßen, sein Atem roch nach Schnaps. Und mit Schnaps überstand er auch den nächsten Winter, es war ein schneereicher Winter, in dem die Verbindung mit der Welt so gut wie abgeschnitten war. In diesem Winter spielte niemand auf dem Klavichord, es tanzte auch keiner, geschweige daß jemand daran gedacht hätte, zu lachen. Es war ein schlimmer Winter.

Im nächsten Sommer begann die Emerenz zu kränkeln, bald konnte sie das Lager nicht mehr verlassen. Der Arzt kam, verordnete etwas, ging wieder. Die Medizin half nicht, nichts half, das Fieber stieg, die Schwäche nahm zu, das Leben sank. Und eines Nachmittags sagte Maria: »Ich fürchte, die Mutter sieht den Morgen nicht mehr.«

Er erschrak, er erschrak wirklich. »Was fehlt ihr eigentlich?« – »Es war wohl zuviel für sie«, murmelte Maria. Und in ihrem Kummer sagte sie, was sie noch nie gesagt hatte: »Wenn du uns doch ein wenig geholfen hättest, Robert!«

Das überstieg alles. »Vielleicht hätte *ich* die Schweine füttern sollen?« fragte er erbittert. »Sag doch gleich, daß ich auch die Ställe ausmisten sollte.« Er geriet außer sich.

Sie flüsterte: »Sei still! Deine Mutter liegt nebenan im Sterben.« Er sah scheu auf die Tür, hinter der die Emerenz lag. Sterben! »Ich muß fort«, murmelte er, »ich muß in die Stadt.« Wenig später ritt er vom Hof.

Das Fieber schnellte hinauf, hielt sich zwei Stunden, stürzte dann hinab wie in eine Schlucht, der Puls war fast fort. »Robert!« murmelte die alte Frau. Es ging zu Ende, aber die Kranke kämpfte gegen den Tod. »Robert!« keuchte sie. Es war unheimlich still im Haus. Das Gesinde schlief. Durch das offene Fenster kam kein Windhauch, leblos lagen die Felder, auf den Wiesen tanzten langsam und feierlich die Elfen, stiegen, sanken, durch ihre Nebelgewänder starrte bleich der Mond, Mond des Schweigens, Mond des Todes.

»Mutter!« sagte Maria und nahm die erkaltenden Hände der Sterbenden in die ihren. »Liebe Mutter!«

Der Emerenz versagten bereits Blick und Bewegung, aber es gelang ihr noch ein Wort: »Robert!«

»Er wird gleich hier sein«, flüsterte die junge Frau über dem erbleichenden Gesicht. »Ich höre ihn schon!« Aber sie wußte, daß er nicht kommen würde, daß er davongelaufen war vor der dunklen Seite des Lebens, die ihm Widerwillen und Grauen einflößte. Nein, er wollte nicht die Hand der Sterbenden halten, damit ihr der Weg leichter würde, der Weg hinab, hinüber, wohin? Er wollte nicht seinen Mund noch einmal auf die erkaltenden Lippen legen als letzten Liebesbeweis, ihn grauste davor, die starren Augen zu schließen. Das alles tat sie, Maria. Hatte sie nicht einen Lebensgefährten haben wollen, der sich auf der hellen Seite des Lebens hielt? Nun, sie hatte ihn.

Es dauerte lange, bis Maria über diese Nacht hinwegkam, vielleicht kam sie nie darüber hinweg. Jedenfalls wurde es ihr immer schwerer, den Schleier der Täuschungen über ihren Mann zu breiten. Es wurde immer schwieriger, mit ihm auszukommen, er trank in der Stadt, und er trank daheim, er stapfte wütend durchs Haus, trat mit dem Fuß nach Cäsar und warf mit Steinen nach den Katzen. – Wieder Herbst, wieder Winter. Aber einmal kam doch der Frühling, man könnte Gott dafür danken, aber dann kam auch wieder ein Winter. Immerhin, ein Frühlingsabend, ein Sonntagabend, erfüllte er ihn nicht mit Freude? Wieso Freude, was hatte Robert Reitmeier denn schon von einem Frühlingsabend, einem Sonntagabend. Ringsum war es heute doppelt still, Gesinde und Instleute waren im Dorf, die hatten es gut, die durften tanzen und trinken und vergnügt und in Gesellschaft sein, er aber – seine Frau fütterte das Vieh im Stall, er saß am Klavichord, er spielte ingrimmig, voller Wut über alles und voller Mitleid mit sich, dem Einsamen, war er nicht fast ein Ausgestoßener? Sogar die rothaarige Kellnerin in der Ausspannung hatte nichts mehr von ihm wissen wollen, kein Wunder, was konnte er ihr auch bieten! Wiesenfeld gedeihe großartig, sagte Maria, man könne leben davon, man könne die Löhne zahlen. Was hatte er davon?

Jetzt kam Maria hastig herein, sie sagte: »Bitte komm doch mal schnell zu mir in den Kuhstall!« Und war schon wieder fort.

In den Kuhstall! Wenn die gnädige Baronesse meinte, der Bauer Reitmeier werde jetzt gleich auf ihren Befehl hin aufspringen und ihr nachstürzen, dann irrte sie sich. Erst eine Viertelstunde später schlenderte er langsam über den Hof dem Kuhstall zu. Die Tür stand offen, hinten im Stall brannte eine trübe Laterne, da kniete Maria neben etwas, das er nicht sehen konnte und dem sie aufhörlich ihren Atem entgegenblies. Ihre Arme waren nackt bis zu den Schultern und mit Blut und Schleim bedeckt. Sie warf ihm einen kurzen Blick zu und beugte sich wieder über das Bündel vor sich, ein regloses Bündel, ebenfalls in Blut und Schleim gehüllt. Jetzt sagte sie leise: »Es hilft nicht mehr, es ist tot. Es lag nicht gut, man hätte es umdrehen müssen, ich habe es allein nicht fertiggebracht, damit es noch zur Zeit – arme Sterke, es ist ihr erstes Kalb.«

Ein totes Kalb. Tot, weil er nicht zur Zeit gekommen war, um das da anzufassen, herumzudrehen, herauszuziehen. Ekel würgte ihn. »Ich wußte nicht, daß Tiere auch Hebammen brauchen«, sagte er. Sie stand langsam auf und sah von ihm fort. »Manchmal. Wenigstens die armen Tiere, die wir gefangenhalten.«

Sein Ekel stieg. »Aber das kann man doch keinem Menschen zumuten«, rief er.

Sie begann sich die Arme mit Stroh zu reinigen. »Ich denke, einem gequälten Geschöpf sollte man helfen«, murmelte sie abgewandt. »Soll ich vielleicht auch noch Mitleid mit einer Kuh in Kindsnöten haben?« rief er wütend. Ärger und Übelkeit kämpften in ihm, die Übelkeit siegte, er wandte sich schnell zur Tür. Am Pfosten mußte er sich festhalten und sich übergeben.

Maria kümmerte sich nicht um ihn. Sie strich sacht über die Flanken der jungen Kuh, die sich mit klagendem Brüllen nach ihrem toten Kalb umwandte. »Ja«, sagte die junge Frau, »ja, so ist das nun.« Ja, dachte sie, wie man sich bettet, so liegt man.

Fortan suchte Maria nicht mehr die Nähe ihres Mannes, sie

ging ihm eher aus dem Weg, auch wenn er zufällig einmal daheim war. Er merkte es wohl, und es ärgerte ihn.

»Du bist meine Frau«, sagte er, »du mußt zu mir halten, einerlei, wie die Dinge liegen.«

Sie hielt auch zu ihm. Kein Wort gegen ihn, wenn sie, selten genug, einmal nach Dorjutschen fuhr. Sie sprach bei ihren Besuchen überhaupt nicht von Wiesenfeld, sondern von Dorjutschen, und von ihrem Bruder Gotthold, der noch am Rhein stand. Noch war der Friede zwischen dem Kaiser und Frankreich nicht endgültig. Nicht einzusehen, fand sie, was es Ostpreußen anging, wer König von Polen wurde, Stanislaus Leczynski oder der Sachse August. Warum mußten die Ostpreußen dafür bluten? Gewiß, Gotthold war freiwillig zur Armee gegangen, als Offizier. Seine Sache! Aber all die armen Kerle, die von den einzelnen rekrutierenden Regimentern ausgehoben oder von den Werbern einfach aufgegriffen und zum Soldatendienst gepreßt wurden. Wie oft schaffte man Widerspenstige in verschlossener Kiste fort, und wenn man dann die Kiste öffnete, lag manchmal eine Leiche darin. An diesen Dingen würde auch kein Friedensschluß etwas ändern, denn der König wollte eine große Armee aufbauen. Achtzigtausend Mann hatte er schon, und es sollten noch viel mehr werden.

Es mache Mühe, sagte Sabine, die Knechte immer rechtzeitig vor den Aushebern zu verbergen, und dann erzählte sie weiter von Katharina und dem Enkel Julius, der jetzt schon über drei Jahre alt und ganz bezaubernd sei. Natürlich, dachte Robert höhnisch, *ihr* Enkel! Klar, daß der bezaubernd sein muß.

»Bei euch ist noch keine Aussicht auf dergleichen?« fragte Sabine. Maria erwiderte: »Nein.« – »Enkel!« sagte Robert. »Wozu Enkel? Damit sie sich auch hier abrackern müssen?«

»Dein Abrackern hält sich in Grenzen, wie ich sehe«, erwiderte Sabine kühl.

Das war kurz vor der Ernte gewesen, die wieder so gut ausfiel, wie man es in diesem Lande nur verlangen konnte.

»Dank Warlies, ich weiß«, sagte Robert.

Seine Frau erwiderte: »Bist du der Meinung, du hättest etwas dazu getan?«

»Ich? Behüte! Ich bin ein Herumtreiber, ein Faulpelz, ein Parasit, ich weiß! Aber ich bin der Herr, Wiesenfeld gehört mir, vergiß das nicht! Und jetzt, da die Ernte vorbei ist, werde ich mir das Vergnügen machen und ein paar Tage über Land reiten.«

Er ritt fort. Drei Tage danach erschien der Bauer Härtel in Wiesenfeld, einer der Salzburger Vettern, und brachte Maria einen kleinen Haufen Taler.

»Wofür?« fragte sie verwundert.

Das sei ihr Anteil, sagte der Vetter.

»Anteil woran?«

An Wiesenfeld. Robert habe es ihm verkauft. Wisse sie das nicht?

Nein, sie wußte es nicht.

Nun, hier sei der Kaufbrief, darin stehe alles. Vier Fünftel des Preises habe Reitmeier an sich genommen, ein Fünftel schicke er ihr, er sei zwar nicht verpflichtet dazu, denn Wiesenfeld habe ja ihm gehört, aber er tue es doch.

Maria schwieg. – Und einen schönen Gruß solle er auch noch bestellen. – Maria schwieg. – Fragte sie denn gar nicht, wo ihr Mann sei? Nein, sie fragte nicht, und so sagte der Vetter es von sich aus. Robert wolle sich jetzt einmal Ostpreußen ansehen, vor allem Königsberg. Und wann er zurückkomme, wisse er nicht. – Zurück? Wohin zurück? – Nun, sie, Maria, werde jetzt doch nach Dorjutschen gehen? – Vielleicht. – Wann könne er kommen und die Wirtschaft übernehmen? – Morgen. – Nun, so eilig sei es ja nicht – Morgen.

Der Vetter ging, ihm war nicht wohl in seiner Haut. – Maria trat auf den Hof, sah sich um. Der Wald, die Birken, die Wiesen, die Felder, der See. Sie ging durch die Ställe, die junge Kuh, die im Frühjahr ihr Kalb verloren hatte, war wieder trächtig. Maria klopfte ihr sacht den Rücken. »Diesmal wird es dir bessergehen, hab keine Angst.« Der Blumenstreifen vor dem Haus, der Zaun, den sie hatte setzen lassen für einen Garten – Es hätte eine Heimat werden können.

Dann kochte sie das Essen für das Gesinde. Gleich nach dem Essen mußte Warlies anspannen. »Nach Lötzen«, sagte sie, als sie mit dem hübschen Reisesack, den Sabine ihr einmal geschenkt hatte, zu ihm in den Wagen stieg. Warlies fuhr vom Hof, sie sah nicht zurück, eine Stunde lang sprach niemand. Dann sagte die Frau: »Hör zu. Der Herr hat Wiesenfeld verkauft, an den Siegmund Härtel, du kennst ihn. Morgen übernimmt er. Wenn du mich in der Stadt vor dem ›Preußischen Hof‹ abgesetzt hast, fährst du zurück, sagst den Leuten Bescheid, ordnest, was noch zu ordnen ist, übergibst dem Franz die Leitung, nimmst Cäsar und die Katzen und fährst mit ihnen nach Dorjutschen. Hier ist ein Brief für die Frau Baronin. Das ist alles.«

Der Alte schwieg lange. Dann fragte er: »Und Wagen und Pferde?«

»Soll sich der Härtel holen.«

Dem alten Knecht zitterte das Kinn. »Ach, gnädigste Baronesse –« »Still!« sagte Maria. »Um Gottes willen, sei still!« –

Als Sabine zwei Tage später am ›Preußischen Hof‹ vorfuhr, um ihre Tochter zu holen, war Maria nicht mehr da. Sie habe eine Stellung gefunden, solle er ausrichten, sagte der Wirt. – So schnell? – Ja, schnell sei es schon gegangen. Eine fremde Herrschaft sei gerade durchgekommen, habe hier Station gemacht und beim Essen am selben Tisch mit der Baroneß gesessen. Viel mit ihr geredet und später ihn, den Wirt, unter vier Augen über sie befragt. Dann seien alle zusammen in die Kutsche gestiegen und davongefahren. Wohin? – Das wisse er nicht. Aber sie hätten die Straße nach Süden genommen. –

Nach Süden? Ins Polnische? – Das wisse er nicht. Aber die Herrschaften hätten nur deutsch gesprochen. – Nach Süden. In den Ortelsburger Kreis, oder den Neidenburger, oder den Johannisburger.

Um diese Zeit war Robert Reitmeier schon weit von Wiesenfeld, weit von Lötzen, er war schon über Rastenburg hinaus, er ritt schnell, er wollte sobald wie möglich in Königsberg sein, er konnte es gar nicht erwarten, sich von den schrecklichen fünf Jahren in Wiesenfeld zu erholen, und er malte sich diese Erholungen mit Genuß aus. Der Ritt verlief ohne Zwischenfälle. Die Übernachtung in den Herbergen war zwar nicht großartig, man hielt nicht viel von einem Reiter ohne Bedienung und mit geringem Gepäck, und gegessen hatte er auch schon besser. Aber das störte ihn nicht, nichts konnte ihn mehr stören, seit er Wiesenfeld für immer hinter sich gelassen hatte. Dachte er gar nicht an Maria? Nein, keinen Augenblick. Was sollte er mit ihr und, ehrlich gesagt, auch sie mit ihm? Not leiden würde sie nicht. Es tat ihm zuweilen leid, daß er ihr ein ganzes Fünftel des Verkaufspreises geschickt hatte. Sie brauchte es nicht, Dorjutschen war da.

Die Region der vielen Seen lag hinter ihm, es gab mehr kleine Städte, Dörfer, Bauernhöfe, Herrenhäuser, riesige Parks. Die Straße wurde fester. Sie führte direkt nach Norden. Dort, meinte Robert, müsse Königsberg liegen. Es lag dort, es kündigte sich durch immer zahlreichere Niederlassungen an, und dann wuchs es groß und langsam vor ihm auf. Er ritt ein. Er wußte nicht, daß dies dieselbe Straße war, auf der die Ordensritter Jahrhunderte lang aus dem Reich zum ›Hause‹ geritten waren, zur Ordensburg Königsberg. Dieselbe Straße, die unzählige Heere hergeführt hatte, Freundesheere, Feindesheere. Und von dem, was diese Straße mit der Familiengeschichte seiner Frau Maria verband, wußte er schon gar nichts. Er ritt über die Grüne Brücke in den Kneiphof, an den

Pregelkais lagen die Schiffe, es war alles nicht sehr viel anders als zur Zeit Jakob Glosters, des großen Kaufherrn und Stadtdeputierten der Hanse. Zwei Jahrhunderte waren seither vergangen, was sind zwei Jahrhunderte? Prächtig standen die Häuser der reichen Reeder und Kaufleute an der Straße, auch das Haus der Glosters stand noch, aber es war nicht mehr das großartigste wie ehedem, andere waren jetzt ebenso groß und schön, sogar größer und schöner, mit zierlicherem und kunstvollerem Schmuck an Beischlägen und Giebeln, über Haustüren und Fenstern. Viele der Hausherren hatten fremde Namen, englische und italienische, französische und spanische und holländische, noch prunkten sie bedeutsam und ungewöhnlich und ließen an exotische Fernen denken, aber in kurzem würden sie fort sein, wunderlich umgebogen ins Ostpreußische oder über einheimische Schwiegersöhne hin ganz erloschen, und wer dachte dann noch an die fremden Blutströme und wußte, warum ihm dieses oder jenes im Land so gar nicht gemäß sein wollte.

Robert Reitmeier hielt vor dem Schloß, das sich auf einer Anhöhe über vielfachem Gewirr von Häusern, Buden, Brücken und Flußarmen auftürmte, alles überragend, beherrschend, auch beschützend. Er betrachtete die vielen Türme und Halbtürme, die Pechnasen, Galerien und Wehrgänge, die Vorkehrungen für Stein- und Hakenbüchsen und Feldschlangen – gewiß, für den Krieg von heute taugte das alles nicht mehr viel, die Verteidigungswerke der Stadt lagen jetzt anderweitig und waren anders geartet. Aber der Geist, der aus diesem Bauwerk sprach, und der nicht unbedingt ein Geist des Krieges sein mußte, dieser Geist schien ihm bewundernswert und unbezwinglich. Ein Funke von Verständnis, fast sogar von Sympathie für dieses fremde harte Land fiel in seine Seele, aber es war nur ein schwacher Funke, und er spürte ihn kaum. In der Nähe des Burgfriedens fand er eine Herberge, auch Stallung für sein Pferd. Er schlief gut in dem riesigen

Bett unter Bergen von Kissen und träumte von Wiesenfeld, zum ersten Mal in seinem Leben. Am Morgen ärgerte er sich darüber. Dann begann das, was Robert Reitmeier später sein Königsberger Jahr nannte.

Zuerst kleidete er sich neu und modisch ein, ließ sich vom Friseur eine kleidsame Haar- und Barttracht machen, auch eine schöne Perücke anfertigen, um für alle Fälle gerüstet zu sein, und begann, die Straßen auf und ab zu promenieren, einem leichten Abenteuer keineswegs abgeneigt. Aber wenn die Mädchen das Zulächeln des hübschen und eleganten jungen Herrn auch erwiderten, zu mehr kam es kaum, höchstens noch zu rascher Hin- und Herrede beim Vorbeistreifen. Hier war eine andere Mentalität als in Salzburg, so leichtblütig waren die Menschen hier nicht, und sollte es doch jemandem einfallen, zu glauben, man dürfe etwas nur um des Vergnügens willen tun, etwa lachen oder lieben, so war das wohl nach des Königs Auffassung nicht viel weniger als Hochverrat. Und schien es nicht, als blicke jedes hübsche Mädchen immer mit einem Auge zum Schloß hinüber, voll Furcht, der König überwache von dort aus hinter einem Fenster die Moral seiner Untertanen und erscheine beim geringsten Anlaß mit dem Eichenknüppel. Er war aber in Berlin, und was hatte es ihn überhaupt anzugehen, ob und wem man zulächelte und warum! Ihn ging alles an. Seine Untertanen hatten zu arbeiten und keine Zeit mit Einanderzulächeln zu vertun. Dann sollten sie eben sofort heiraten und Kinder in die Welt setzen, viele Kinder, damit das ausgestorbene Land sich wieder fülle mit neuen Arbeitern und Soldaten. Wonach sich zu richten. Punktum!

Robert fand in den Gaststuben nur die Bresthaften, die nicht mehr arbeiten konnten, oder nach Feierabend auch gesetzte Bürger, die ihre Tagesarbeit hinter sich hatten und sich einen Wirtshausgang leisten durften, mit denen er aber nichts anzufangen wußte. Was scherte ihn die vor zwölf oder dreizehn Jahren erfolgte Vereinigung der drei Städte Altstadt, Löbenicht und Kneiphof zu einer, eben Königsberg! Diese Leute machten unglaublich viel Wesens davon, als handele es sich um die Vereinigung dreier Königreiche. Dabei schien vorher niemand dafür gewesen zu sein, keine der drei Städte hatte die andere leiden können, alle drei waren sie spinnefeind miteinander gewesen, und bei der Vereinigung hatte jede geschrien, man verliere dabei zuviel und gewinne zu wenig. Den König hatte das nicht gekümmert, er hatte sie in einen Topf geworfen, da konnten sie nun garkochen. Mochten sie, Robert interessierte das nicht. Wo aber fand er, was ihn interessierte?

In den vornehmen Junkerstuben gab es genug junge Leute, die ihm gefallen hätten, aber das waren alles Ritter und Jungherren vom Hof oder doch von Adel, ihnen stand Robert trotz aller Gepflegtheit nicht an. Schon weil er ein Fremder war. Sie waren mißtrauisch gegen alles Fremde, es war schon viel zuviel davon in der Stadt, und man wußte nicht, wie es da mit Rang und Namen bestellt war. Wie leicht konnte man sich mit unrechter Gesellschaft bloßstellen! Er durchstreifte lange einsam die krummen Gassen, betrachtete die vielen Tore und die zahlreichen Mühlen, die es allenthalben gab in dieser Stadt, die ihm fast eine Wasserstadt schien mit den vielen Flußarmen, die hin und wieder gingen und Inseln und Halbinseln schufen, wo man es gar nicht erwartete. An den Galgen, die auch nicht sparsam aufgestellt waren, ging er mit unbehaglichem Gefühl vorbei, obwohl er doch nichts getan hatte, was ihn hätte daranbringen können. Aber was wußte man schon bei diesem König! Gottlob waren sie alle leer, bis auf einen, daran hing ein Vagabund, Wenktiner nannte man sie hier, der hatte irgendwo irgendwas gestohlen, und der König hatte ihm die Wahl gelassen, ob er Soldat oder gehenkt werden wolle. Er habe das Gehenktwerden vorgezogen, erzählte der junge Mann, der neben Robert getreten war. »Die meisten hätten es wohl vorgezogen«, versicherte er. »Da ist der Jammer doch wenigstens schnell zu Ende.«

Robert ging weiter, der junge Mann schlenderte neben ihm her, zeigte ihm dies und erklärte ihm jenes, im Lustgarten standen sie lange vor der riesigen Linde, in deren Geäst einst fünf Galerien übereinander gestanden hatten, von deren höchster man bis nach Pillau habe sehen können. Pillau – das sagte Robert nichts, aber daß vor einigen Jahren ein Kurfürst mit Gefolge auf dieser Galerie hatte bewirtet werden können, das weckte seine Bewunderung. Jetzt waren die Galerien fort, zusammengestürzt, der sparsame König hatte das Holz versteigern lassen, den ganzen schönen Garten hatte er eingehen lassen! In dem schrecklichen Winter von 1708 waren die herrlichen Gewächse erfroren, dann war die Pest gekommen und kurz darauf Friedrich gestorben, wer hatte sich da um einen Lustgarten gekümmert. Der jetzige König dachte bestimmt nicht an derlei, höchstens an den Hetzgarten nebenan. Tierkämpfe und Tierhetzen, das war sein Geschmack. Aber der Herr sei wohl fremd hier und wisse nichts davon?

»Ja«, sagte Robert und verhielt den Schritt. »Ich bin fremd und weiß nichts davon, will auch nichts wissen.« Ihm war unbehaglich geworden in der Gesellschaft des jungen Mannes, er hatte keine Lust, plötzlich vor die Wahl gestellt zu werden: Soldat oder Hängen. Aber der junge Mann lachte. Vor ihm brauche er sich nicht zu fürchten, ganz im Gegenteil. Er halte nicht zum König, er sei überhaupt der Meinung, es sei jammerschade, daß das Land an die Brandenburger habe fallen müssen. Die hatten nichts im Kopf als Kriege oder Arbeit, keinen Geschmack, keinen Kunstsinn, keine Bildung, nichts! Und vor allem: keinen Sinn für menschliche Freiheit. Und Freiheit sei doch schließlich die Hauptsache, da werde der Herr ihm doch wohl recht geben.

Er blieb stehen und sah Robert erwartungsvoll an. Dem war noch unbehaglicher geworden, er sah sich um. Wo war er überhaupt? Hier war er noch nie gewesen. Ein Wasserlauf, dort noch einer, Gärten, kleine Häuschen, Bretterbuden. Sei er denn nicht für Freiheit? fragte der junge Mann wieder und schien enttäuscht.

Doch, erwiderte Robert, er sei dafür, er habe um der Freiheit willen sogar – aber wo sei man hier eigentlich? Schon außerhalb der Stadt? Nein, sagte der junge Mann, man habe noch kein Tor passiert. »Aber komm mit, Bruder, wenn du die Freiheit liebst! Du kannst keine bessere Gesellschaft finden! Ich heiße Felix.«

Er zog Robert weiter, aus einer Gartenpforte vor ihnen trat in diesem Augenblick ein zweiter Mann, etwas älter als Felix, aber auch noch jung. Er kam näher, Felix sagte etwas zu ihm, Robert verstand es nicht genau, aber der Angekommene streckte ihm herzlich die Hand hin. »Das ist schön«, sagte er, »Sie sind willkommen. Alle sollten sich zusammentun, die die Freiheit lieben.« Er sagte, er heiße Branda, Magnus Branda, und wohne gleich hier, im Haus Am großen Fließ. Um diese Zeit versammelten sich jeden Tag seine Freunde bei ihm, es seien schon fast alle da, so könne Robert sie gleich kennenlernen.

Auf diese Weise kam Robert Reitmeier in den merkwürdigen Kreis um Magnus Branda, einen Kreis von Menschen- und Weltverbesserern, er hatte schon von solchen Leuten gehört, aber gesehen hatte er noch nie einen von ihnen, sie waren ihm immer als halbe Irre erschienen. Freilich könnte die Welt besser sein, aber daß er, Robert Reitmeier, dazu beitragen könnte oder sogar sollte, und das vor allem, indem er selbst besser würde, auf solche Idee kam er nicht. Und was die Freiheit betrifft, so liebte er sie natürlich, liebte sie über alles, soweit sie ihn selbst betraf. Sich um die Freiheit der anderen zu kümmern, das war ihm nie eingefallen.

Er saß anfangs ein wenig ratlos unter dem Dutzend junger Leute, die sich um Magnus Branda scharten, und hatte oft nicht übel Lust, nicht mehr herzukommen, wenn nicht eine so starke Faszination von Magnus ausgegangen wäre. Der junge Branda war wenig über Mittelgröße, gut gebaut, mit blonden Haaren und dunklen Augen und einem schönen, fast tänzerischen Gang, überhaupt erinnerte er Robert an Maria. Aber Maria war eher schweigsam gewesen, Magnus dagegen verfügte über eine glühende und mitreißende Beredsamkeit, es war wunderbar, ihn dabei auch nur anzusehen und seine dunkle, zuweilen leicht vibrierende Stimme zu hören, wenn er dastand und seine Ideen entwickelte. Ideen, mit denen man eine schöne und glückliche Welt bauen könnte, sagte er, es liege nur an den Menschen selbst, ob es gelinge oder nicht, an jedem einzelnen liege es.

»Ist es denn nicht genug«, rief er, »daß wir von Kind auf wissen, wir gehen auf den Tod zu und auf sonst nichts? Können wir denn nicht soviel Erbarmen miteinander haben, um uns diesen Weg leichterzumachen, anstatt noch schwerer?« Jeder, sagte er, sei überzeugt, der andere tue nicht genug für ihn, aber wer bedenke, ob er genug für den anderen tue?

Das Dutzend junger Leute hörte ihm zu, Robert unter ihnen. Der Gedanke war ihm neu, eigentlich war er allen neu. Man hatte zwar viele Weisheiten der Alten gelernt, darunter auch den Rat, gerecht zu sein und freundlich zu den anderen, aber gerecht und freundlich warum? Damit es einem selber nütze und wohltue. Die Zärtlichkeit der freundlich behandelten Frau ist inniger als die der geprügelten, gut gehaltene Sklaven und Tiere arbeiten besser, das Gutsein zahlt sich also aus, und darum ging es. Auch das Christentum setzte sich für das Gute ein, o ja, Gott befahl es sogar, er verhieß, den Guten belohnen und den Bösen zu strafen – ach, da war es schon wieder, Lohn und Strafe, immer dasselbe! Nein, Magnus hielt nichts von der Güte, die um irgendeines außerhalb des Empfängers liegenden Zweckes geübt wurde. »Wer Güte nur aus Furcht und Gehorsam übt«, sagte er, »der übt auch die Bosheit aus Furcht und Gehorsam, da ist kein Unterschied.« Nein, auf die innere Bereitschaft, die innere Freiheit zum Guten komme es an, auf die menschliche Freiheit, nur auf sie. Denn es gebe keine wahrhafte Güte ohne Freiheit.

Immer wieder sprach Magnus von Güte und Freiheit, allmählich begann Robert ihn zu verstehen. Es konnte nicht ausbleiben, daß er sein eigenes Leben überdachte. Zuweilen, an schönen Tagen, diskutierten sie im Garten. Der war immer noch schön, Gertrudes Garten, von einer verwilderten und verlassenen Schönheit. Im Frühling gab es Wälder von blühendem Flieder und leuchtendem Jasmin, der Wasserlauf, den der erste Branda vom Fließ her durch den Garten geleitet hatte, verschwand unter wucherndem Vergißmeinnicht, Libellen jagten bunt und glitzernd darüber hin. Wenig später flammten die roten Päonien zwischen den weißen Lilien, die ihren wunderbaren Duft durch dies Paradies schickten.

Jetzt war September, und manches war schon abgeblüht, dennoch leuchtete und glühte es aus allen Winkeln. Die Vögel sangen um diese Zeit nicht mehr, dafür aber sangen an den schönen Abenden die jungen Leute. Am liebsten sangen sie »Ännchen von Tharau«. Sie sangen es niederdeutsch, wie Simon Dach es gedichtet hatte. Magnus mit seinem schönen Bariton machte den Vorsänger, die anderen den Chor. Es war eine östliche Art zu singen, eine russische Art, Robert gefiel sie. Warum rührte ihn das Lied so seltsam an, soviel stärker als alle Liebeslieder, die er früher gesungen hatte?

»Käm alles Wetter auch auf uns zu slahn,
wir sind gewillt, beieinander zu stahn.
Unglück, Verfolgung, Betrübnis und Pein
sollen unsrer Liebe Verknotigung sein.«

Nur hier, wo in mehr als einem Sinn die Sommer kurz und die Winter lang waren, konnte dieses Lied entstehen. Denn hier kam es nicht auf die flüchtige Sommerliebe an, sondern auf die Treue im Winter. Maria! dachte er. Aber das war vorbei.

Der Winter kam auch hier, aber er war in der Stadt nicht so hart und einsam wie in Wiesenfeld. War Robert darüber glücklich? Er wußte es nicht. Im Traum hörte er die Wölfe aus den Wäldern heulen und tastete im Schlaf nach einer Hand neben sich. Aber es war keine da. Jeden Tag wanderte er hinaus zum Haus Am großen Fließ. Ihn zogen die Gedanken und Ideen an, die dort umgingen, aber in der Hauptsache blieb es doch Magnus, für den er eine Zärtlichkeit spürte wie für einen Bruder, einen gefährdeten Bruder, allmählich erkannte er es. Dies war nicht die Zeit und nicht das Land, da man Güte predigen konnte, und es war vor allem nicht der König, um nach menschlicher Freiheit zu rufen. Wenn Robert das nicht selbst eingesehen hätte, so hätten es ihm die Augen Ulrichs gesagt, der des Magnus älterer Bruder war. Er war größer und breiter als der jüngere, seine Züge waren derber und sein Haar braun. Nur die Augen waren die gleichen, dunkel und ein wenig melancholisch. Es war um die Weihnachtszeit, sie saßen alle um den großen Kachelofen in der Wohnstube, und Magnus predigte, von der Idee Christi hingerissen, leidenschaftlicher denn je sein Evangelium der freien Güte. Da sagte ein Mann: »Das sollte man einmal dem König sagen.« Es war Maximilian, ein Neuling, halb Spötter, halb Schmeichler. – »Dem König?« fragte Magnus in die entstandene Stille hinein. Maximilian sagte spöttisch: »Wer hätte nötiger als er, etwas von menschlicher Freiheit zu hören?«

Ulrich Branda stand heftig auf. »Laß den König aus dem Spiel! Laßt ihn aus dem Spiel!« wiederholte er. »Und du stör' hier nicht den Frieden.« – »Den Frieden?« höhnte Maximilian. – »Du kennst den König nicht. Ihr alle kennt ihn nicht! Niemand von euch behielte sein Leben. Niemand! Magnus, ich bin der Ältere, ich verbiete dir, an solchen Wahnsinn auch nur zu denken!« Magnus erwiderte freundlich, ihr gegenseitiges Verhältnis sei nicht auf Befehl und Gehorsam gestellt, aber er sei auch der Meinung, mit dem König könne man nicht reden. Damit schien die Sache erledigt. War sie es wirklich? Gab es nicht doch heimliche Gespräche unter einem Teil der jungen Leute? Robert war nicht darunter, dafür aber Maximilian.

Der Januar kam und ging, der Februar, der März. Im April standen die ersten Schneeglöckchen im Garten. Jetzt, fiel Robert ein, kamen sie auch in Wiesenfeld hervor, unter den Birken am Waldrand. Der Mai kam. Robert zählte seine Barschaft, er hatte in letzter Zeit viel ausgegeben. In den nächsten Tagen würde er Ulrich nach einem Posten im Generaldirektorium fragen. Nein, nicht in den nächsten Tagen. Am nächsten Tag.

Am nächsten Tag kam die Polizei in das Haus Am Großen Fließ, berittene Polizei. Sie kam früh, Magnus sah sie durch den morschen Zaun neben der Gartenpforte brechen und sprang sofort aus einem der hinteren Fenster, gelangte, von schon gut belaubten Fliederbüschen gedeckt, bis zum rückwärtigen Zaun, brach hindurch und jagte über das Feld. Da krachte ein Schuß. Magnus stürzte, blieb liegen. Einer brüllte: »Verflucht! Wir sollten ihn lebendig bringen!« Gegen Mittag kam Ulrich Branda zu Robert in die Herberge. Sein Gesicht war verfallen, aber seine Augen waren klar und ruhig. Er schloß die Tür hinter sich, blieb stehen und berichtete.

»Und Magnus?« fragte Robert. »Er ist tot, Gott sei gelobt!« – »Aber du liebtest ihn doch!« – »Über alles. Tot, von einer Kugel in den Kopf getroffen, sofort tot! Nicht von Pferden zerrissen, geviertteilt, gepfählt, gerädert, nicht den lebenden Körper mit glühenden Zangen zerfetzt, nicht mit Ruten zu Tode gepeitscht – alle diese Tode habe ich ihn sterben sehen in meinen Angstträumen. An den Toten kann auch der König nicht mehr heran.« – »Und was wird mit dir?« fragte Robert. »Das wird sich zeigen. Es ist mir nicht wichtig. Meine Familie habe ich vor Monaten weggeschickt, zu Verwandten ins Westpreußische. Mit dem eigenen Schicksal wird man fertig.« Branda schluckte ein paarmal, dann hatte er sich wieder in der Gewalt. Robert müsse die Stadt so schnell wie möglich verlassen. Robert zögerte. Die Stadt verlassen? Die Stadt gefiel ihm, er liebte sie. Wo sollte er auch hin? Von unten klang Lärm herauf, er kam näher, auf der Straße liefen Leute zusammen. Männer johlten, Frauen schrien. Ulrich und Robert traten ans Fenster. Unten wurden zwei Pferde vorbeigetrieben, hinter jedem war ein toter Mann angebunden, die Füße voraus, den Kopf im Dreck, so schleiften ihn die Tiere durch die Straßen. Auch der Herbergswirt stand unten, er schaute zu seinem Gast hinauf. »Auf den Schindanger geht es mit denen«, sagte er. »Den einen kenn ich, das war ein Soldat, der hat Spießruten laufen müssen und sich hinterher aufgehängt, das kann der König nicht leiden. Aber der andere, wer ist der andere?«

Der andere war Magnus Branda. Robert zog Ulrich vom Fenster fort. »Dieser König kann auch noch an die Toten heran«, sagte er und fühlte, wie er zitterte. »Ulrich, verbirg dich. Laß aussprengen, du seist gestorben, und verbirg dich. Dieser König –« Die Sprache versagte ihm. Ulrich wollte nicht fort. »Aber du mußt fort«, sagte er. »Reite nach Osten! Da suchen sie dich nicht. Meide die Städte, vor allem die Ämter, der König hat sie alle am kleinen Finger. Arbeite bei den Bauern, du bist stark, aber bleib nicht zu lange an einer Stelle. Vor allem hüte dich vor den Werbern. Hast du Geld?«

Fürs erste würde es langen, meinte Robert, aber wollte Ulrich nicht lieber mitkommen? Nein, Ulrich wollte nicht. Er sah Robert lange nach, wie der eine halbe Stunde später davonritt, dieselbe Straße entlang, auf der man Magnus Branda zum Schindanger geschleift hatte. Und am Schindanger kam er vorbei. Da lag Magnus, weil er das Leben hatte schöner machen wollen und die Menschen gütiger, da lag er und faulte, wenn ihn die Wölfe nicht vorher holten. Das Leben für andere lohnte sich nicht, man sah es.

Aber das Leben nur für sich selbst schien sich auch nicht zu lohnen, welches Leben lohnte sich überhaupt? Darüber nachzudenken, habe er nun zwei Jahre Zeit, denn zwei Jahre, zwei Sommer und zwei Winter lang wanderte er durch Ostpreußen. Anfangs noch zu Pferd, ein Reisender, den die Herbergswirte aufnahmen, wenn auch nicht gerade mit großen Hoffnungen. Später, als das Geld zu Ende war und er das Pferd verkaufen mußte, als Landstreicher, als Wenktiner.

Zuerst war er nach Ulrichs Rat ostwärts geritten, aber dort schien ihm die Welt immer feindlicher zu werden. Wie oft standen hier Mauern um die Höfe, Mauern mit Toren, die nachts geschlossen wurden, oft sogar am Tage geschlossen blieben, wenn man nicht auf dem Feld arbeitete. Eine feindliche Gegend, kam es daher, daß hier noch der litauische Einschlag die Oberhand hatte und daß die litauische Sinnesart aus jedem Haus eine Festung machte? Selbst bei den Dörfern war die einzige Straße oft mit Toren an beiden Enden abgesichert. Solange der Reisende Robert Reitmeier hindurchritt, machte es ihm nichts aus, aber als der Landstreicher Reitmeier in zerrissenem Mantel und mit löcherigen Schuhen, das Bündel über der Schulter, solche Straßen entlangwandern mußte, war es nicht angenehm, unter den Augen des ganzen Dorfes nach einer Gelegenheit zum Holzhacken oder Mistladen auszuspähen, damit man zu einer Suppe und vielleicht zu einem Nachtlager kam. Wo sollte er in dieser Richtung auch hin? Da lag Rußland. Er kehrte um, er wanderte südwärts. Es war Herbst geworden, und jetzt kam der Winter. Hatte er je gewußt, was das ist: Winter? O herrlicher Winter von Wiesenfeld, mit der guten Mahlzeit in der warmen Stube und dem sicheren Bett in der Kammer! Er kratzte mit steif gefrorenen Fingern ein Loch in den Strohhaufen auf verschneitem Feld und erweiterte es mühsam, kroch hinein und pries sich glücklich um das gute Nachtlager. Er machte im Dunkeln vorsichtig ein Brett an der Hinterwand der Scheune los und schlüpfte hinein, immer in Angst vor den Hunden. Einmal machte er sich einen Hofhund mit seinem erbettelten Brot zum Freunde, dafür legte sich das Tier nach der Mahlzeit zu ihm ins Stroh und wärmte ihn, das war herrlich trotz des leeren Magens. Es gab auch Fälle, in denen der Bauer ihm nach der Arbeit nicht nur eine gute Suppe und ein tüchtiges Stück Brot gab, sondern auch einen Schlafplatz im Stroh und zuweilen sogar ein Frühstück am Morgen. So überlebte er den Winter, obwohl es ihm nicht gelang, irgendwo als ständiger Knecht unterzukommen. Im Winter gab es nicht viel Arbeit, man wurde allein damit fertig und scheute den Esser, Nahrung war knapp.

Er hatte sich südwärts gewandt, dachte er vielleicht, den Weg zurück ins Salzburgische zu nehmen? Er dachte zuweilen daran, aber er verlor allen Mut, wenn er sich die lange Reise vorstellte. Aber es wurde wieder Frühling, er bekam leichter Arbeit und für längere Zeit, ein Bauer schickte ihn zum andren, er war stark und fleißig, sie gaben ihm ordentlich zu essen und ein Lager in Stall oder Scheune. Aber wenn er von Arbeit für das ganze Jahr sprach, schüttelten sie die Köpfe. Doch er hatte Glück, und im späten Herbst gewann er die Neigung einer Magd, die schlief im Stall und nahm ihn zu sich, eine Reihe von Nächten. Am Tage versteckte sie ihn auf dem Heuboden über dem Stall, brachte ihm zu essen, auch zu trinken, schöne frische Milch. Leider dauerte das Glück nur wenige Tage, dann stand er wieder im Schneeregen einer dunklen Novembernacht.

Es war dieselbe Nacht, in der Sabine Wigor in Dorjutschen starb. Sie wurde nur 47 Jahre alt, und sie war nach Rogers Tode allein geblieben, sie hatte ihre Kinder erzogen und Dorjutschen bewirtschaftet, kein Mann hätte es besser tun können. Sie hinterließ bei ihrem Tode statt der übernommenen 160 Hufen deren 200. Sie wurde begraben im Park, neben ihrem Mann, da, wo das gemalte kleine Haus gestanden hatte, in dem einstmals Clemens Wigor mit der schönen Fremden verschwunden war für immer.

Es erwies sich, daß sie in ihrem Letzten Willen die Schwiegertochter zur gleichberechtigten Mitbesitzerin von Dorjutschen eingesetzt hatte und daß Gotthold ohne deren Zustimmung nichts unternehmen konnte. Das traf ihn hart, er war nach der Mutter Tod heimgekommen, hatte den Abschied nehmen, das Gut verkaufen und mit dem Geld ein herrliches Leben in Berlin führen wollen. Aber das lehnte Katharina ab. Wolle Gotthold nicht Gutsherr von Dorjutschen werden, so solle er in Gottes Namen sein eigenes Leben führen, als Offizier in Berlin oder wo ihn der König sonst brauchen könne. Katharina dachte nicht daran, ihren Sohn um sein Hab und Gut zu bringen. Sie wirtschaftete, wie Sabine gewirtschaftet hatte, und sie erzog ihren Sohn, wie die Schwiegermutter ihn erzogen haben würde. Sie hielt deren Andenken hoch, und sie war es auch, die das Wappen der Wigors, das Sabine noch vor ihrem Tod umgestaltet hatte, neu in Stein schneiden und über der Haustür in der Mauer einfügen ließ. Ursprünglich hatte da eine Burg über einem Fluß gestanden, aber schon Knud hatte den Fluß weggelassen und einen Bären neben das Portal gestellt, jetzt schwebte über der Burg eine blaue Möwe, sie trug im Schnabel eine dünne goldene Kette mit einem sternförmigen Meerstein daran.

Gotthold begriff nicht, was Möwe und Meerstein in dem Wappen sollten, es war ihm gleichgültig, alles war ihm gleichgültig, wenn er als Landjunker in Dorjutschen bleiben mußte sein Leben lang. Denn in Berlin zu hausen als armer Offizier – Reichtümer würde Katharina ihm nicht nachschikken – und dazu unter der derben Fuchtel des Königs, danach verlangte ihn nicht. Aber man sah es ja, er war der Mutter gleichgültig gewesen, nur an Katharina hatte sie gedacht und an Maria. Überhaupt Maria! Da hatte die Mutter zu allem anderen auch noch verfügt, der und der Teil des Besitzes sei zu veräußern und mit dem Geld Wiesenfeld zurückzukaufen für Maria, die im Johannisburger Kreis als Wirtschafterin auf einem Schloßgut lebe, das Schuchen heiße. Sie, Sabine, habe es herausgebracht in unablässiger Suche. Nicht, daß Land verkauft werden sollte, ergrimmte Gotthold. Was scherte ihn Land! Aber war es zu ertragen, daß die Mutter, die landgierige Mutter, es verkaufte um der Tochter willen, die diese Heirat getan und damit die ganze Familie lächerlich gemacht hatte!

»Das mit Wiesenfeld werden wir nicht tun«, sagte er wütend. »Soll Maria doch sehen, wie sie zurechtkommt!«

»Wir werden es tun«, sagte Katharina. »Ich habe es der Mutter heilig versprochen, auch ist alles amtlich festgelegt.« –

Um diese Zeit kämpfte sich Robert Reitmeier durch seinen zweiten Winter. Als es März wurde, näherte er sich dem Löwentinsee. Wollte er nach Wiesenfeld? Das hatte er ja verkauft. Oder wollte er versuchen, Maria in Dorjutschen wiederzusehen? Nein, das wünschte er nicht. Er wußte selbst nicht recht, wie er gerade hierhergelangt war. Vielleicht war es, weil man ihm hier einmal ein Zuhause hatte geben wollen, eine Heimat. Aber das war Ewigkeiten her, glaubte er, der gute Wille habe sich hier eingenistet und warte auf ihn? Die Zeit läuft ihren Weg nicht zurück, niemals.

Es war nicht weit vom westlichen Löwentinufer, da hatte er eines Abends das Glück, daß eine Krugwirtin Mitleid mit ihm hatte. Sie gab ihm eine kräftige Suppe und einen Schlafplatz auf der Ofenbank im Schankraum. Da legte er sich hin, dankbar und müde zum Sterben, die wunden Füße mit Lappen umwickelt, sie waren steif von gefrorenem Schmutz und Blutgerinnsel.

Die Tür ging auf, Männer kamen herein, ländliche Fuhrleute, hier kreuzte sich die Straße von Lötzen über Rhein nach Sensburg mit der von Rastenburg nach Lyck, beide vielbefahrene Straßen. Die Männer wollten essen und übernachten. Sie redeten von Saat und Ernte, von Bauernhöfen und Gütern, von Herren und Knechten. Knechte, sagte einer von ihnen, und dem Mann auf der Ofenbank schien die Stimme bekannt, Knechte, gute Knechte fehlten. Da seien zwar die polnischen, und sie täten ihre Arbeit, aber mit den Tieren gingen sie schlecht um. Eben jetzt sei man wieder einmal schlimm daran bei ihm daheim in Wiesenfeld, wo er den Bauern ersetzte, der nicht da sei und wahrscheinlich noch gar nicht wisse, daß die Frau das Grundstück, das verkauft gewesen sei, wieder zurückgekauft habe im letzten Winter. Vor ein paar Tagen habe sie ihre polnischen Knechte hinauswerfen müssen, sie mißhandelten Pferd und Vieh. Auch die Magd sei weggelaufen, einem der Knechte nach, die Frau habe jetzt nur noch die Instleute und müsse die Hofarbeit fast allein machen, auch das Pferdefüttern in der Früh um halbvier. Aus diesem Grunde, sagte er und stand auf, wolle er auch sofort schlafen gehen, denn er fahre morgen ganz früh fort, damit er übermorgen wieder zurück sein könne in Wiesenfeld mit dem neuen Saatgut, das er von Rhein holen wolle. Und damit stapfte er hinaus, der alte Warlies, man hörte ihn die Treppe zu seiner Stube hinaufgehen.

Am nächsten Morgen war er schon vor Sonnenaufgang wieder unten, die Wirtin schlief noch, er holte sich seine Suppe vom Küchenherd und aß. Sein Blick fiel auf den Mann auf der Ofenbank, den Wenktiner, ein jämmerliches Bündel Mensch! Er trat zu ihm, berührte seine Schulter. »Will Er in die Gegend von Rhein?« fragte er. »Dann kann ich Ihn mitnehmen.«

Der Mann schüttelte den Kopf, ohne sich umzudrehen, und murmelte etwas, vielleicht war es ein Dank. Warlies ging, in kurzem hörte man sein Fuhrwerk vom Hof rollen. Es war ein schneeloser Nachwinter. Dann kamen die anderen Fuhrleute zum Frühstück herab, die Wirtin brachte die Morgensuppe, sie brachte auch dem Wenktiner eine Schüssel voll, er richtete sich auf und aß. Die Fuhrleute betrachteten ihn, er hob den Blick. »Wohin fahrt ihr?« fragte er.

Sie fuhren in die Gegend um Lötzen. Lötzen, sagte der Mann, da habe er Verwandte. Ob sie ihn mitnehmen würden? Gern taten sie es nicht, sicherlich hatte der Kerl Läuse. Aber da fielen ihre Augen auf seine Füße und die blutigen Lappen darum. Gut, solle er mitfahren, aber hinten ins Stroh legen dürfe er sich nicht. Sie fuhren bis zum Abend; noch vor der Stadt, stieg der Mann ab. –

Maria ging über den Hof zum Pferdestall. Sie war erschöpft und sehr müde, der Arbeitstag gestern war hart gewesen, und sie hatte trotzdem schlecht geschlafen, wann auch schlief sie schon gut. Ein Gottesgeschenk, wenn man noch zwei Stunden hätte im Bett bleiben können. Aber die Pferde mußten gefüttert und getränkt sein und danach noch eine Weile ausgeruht haben, ehe die Männer sie zur Arbeit einspannten. Die Stalltür stand offen, wahrscheinlich hatte sie gestern abend bei ihrer großen Müdigkeit vergessen sie zu schließen. Sie trat ein, sie sah die Krippen gefüllt, in den Raufen das Heu aufgestakt, – war Warlies aus irgendeinem Grunde unterwegs umgekehrt und nachts zurückgekommen? Hinten brannte eine Laterne, die kam jetzt näher, ein Mann hielt sie in der Hand, in der anderen trug er einen Holzeimer. Das war nicht der alte Warlies.

»Mit dem Tränken bin ich noch nicht fertig«, sagte Robert.

Sie standen und sahen einander an. Die Frau, gealtert in den drei Jahren, ungemein schmal und blaß, in Gesicht und Gestalt die Spuren tiefer Enttäuschung und Erschöpfung. Sie zitterte, war es vor Müdigkeit, vor Überraschung, vor Zorn? Der Mann vor ihr stellte die Laterne auf die Erde, vielleicht sollte die Frau ihn nicht so genau sehen können, seine Abgerissenheit und Verwahrlosung, die Spuren des Hungers im Gesicht, vielleicht auch die der Angst, die ganze verzweifelte Jämmerlichkeit. Sie standen und sagten nichts, minutenlang. Die Zeit lief weiter, wohin? Zurück konnte sie nicht, das war ihr verwehrt. Vielleicht mußte sie nicht geradeaus laufen, auf einmal eingeschlagener Landstraße, vielleicht konnte sie abbiegen in einen barmherzigen Seitenpfad, einen Pfad durch Wiesen und Wälder, am Seeufer entlang, einen Pfad für beide?

Maria sagte: »Wenn du mit Tränken fertig bist, komm herein zum Frühstück.« –

Das war im März 1740, und am 31. Mai desselben Jahres starb der König. Niemand betrauerte ihn, und dennoch wäre ohne ihn das Land zugrunde gegangen. Aber er war ein unmenschlicher Arzt gewesen, er hatte die Krankheit herausgeschnitten, aber es war ihm nie eingefallen, dem Patienten die Schmerzen zu erleichtern. Herausgeschnitten? Mit der Axt herausgehauen, mit der Gestellsäge herausgesägt. Unter seinem Sohn Friedrich würde alles besser werden. Der war das Gegenteil seines Vaters, gebildet, liebenswürdig, den Künsten und Wissenschaften ergeben, vielleicht sogar gutherzig. Man würde aufatmen können. Und anfangs schien es wirklich so. Er schaffte die Tortur ab, diese Schande der Justiz, er schaffte die Tierhetzen im Königsberger Hetzgarten ab, selbst für die Tiere hatte er ein Herz! Aber warum ritten die Werber immer noch durch das Land? So brutal wie unter seinem Vater ging es dabei nicht mehr zu, man mußte es anerkennen. Auch sonst wurde vieles gemildert, alles wurde menschlicher, vielleicht vollendete er auch die Befreiung der Bauern von schlimmen alten Joch?

Nein, das kam nicht, das kam noch lange nicht. Die Erbuntertänigkeit blieb, auch der neue König hielt sie für richtig und nötig. Die Grundherren atmeten auf, diese Sorge waren sie los, die Bauern seufzten und senkten die Köpfe. Freilich hatte die Zahl der Freihöfe stark zugenommen und nahm immer noch zu bei der steten Einwanderung, dennoch waren das immer nur noch wenige gegen die große bäuerliche Masse, die hörig war und hörig blieb. Aber das war nicht alles. Der alte König war hart gewesen, unmenschlich sogar, aber wenn man sich verkroch und duckte, dann ging es. Er hatte keine Kriege geführt, wenigstens keine Kriege im Land, und für seinen Krieg an Rhein hatte er nicht allzuviel Geld verlangt, man konnte es ertragen. Friedrich aber hatte kaum Platz genommen auf dem Thron, da fiel ihm schon ein, daß er sich Ruhm verschaffen müsse, Ruhm und mehr Land, er wollte ein großer König werden. Groß wird ein König nur durch Krieg, je höher die Haufen der Erschlagenen, um so größer der König, selbst wenn es die eigenen Untertanen sind, die erschlagen wurden, und selbst, wenn die Leichenhaufen im eigenen Land verfaulen. Früher oder später wird solch ein König ein großer König, nie könnte er es nur durch Güte und weise Regierung werden, da bekäme er höchstens den Beinamen ›der Gute‹, und was ist das schon? Nein, wer das will, daß man von ihm sagt: ›der Große‹, der muß Krieg führen, großen Krieg, siegreichen Krieg. Später kann er, wenn er will, auch noch gut und weise sein, das schadet ihm dann nichts mehr.

König Friedrich brauchte mehr Land, denn er wollte die Armee vergrößern. Die Armee ist der Grundpfeiler des Staates. Neben dem Bauern, aber mit Bauern kann man niemandem imponieren und kein Ansehen gewinnen, das kann man nur mit einer großen furchteinflößenden Armee. Doch um sich die leisten zu können, dazu war Friedrichs Land zu klein, das ganze Königreich brachte nur siebeneinhalb Millionen Einkünfte, davon verbrauchte die Armee schon jetzt allein sechs Millionen. Jedermann muß einsehen, daß man mehr Steuern haben mußte, das heißt also mehr Einwohner, mehr Land. Also entschloß sich der König, den Österreichern Schlesien wegzunehmen. Er stützte sich dabei auf so etwas wie einen Rechtsanspruch, den freilich außer ihm niemand anerkannte.

Nun, darum kümmerte sich vorerst kein Ostpreuße. Hauptsache, daß das Land, ihr Land, nicht mit hineingezogen wurde. Das Land sollte gedeihen, sollte sich füllen, all das Elend sollte endlich Früchte tragen, darauf kam es an. Schlesischer Krieg – wo war Schlesien! Der erste, der zweite, aber dann kam der dritte, der Siebenjährige. Hatte Friedrich denn ganz vergessen, daß die Russen Tür an Tür mit Ostpreußen wohnten und jederzeit hereinströmen konnten. Und die Russen strömten herein. Schon 1757 kam Apraxin mit hunderttausend Mann über die Grenze und drang unaufhaltsam bis in die Gegend von Wehlau vor. Feldmarschall Lehwaldt sollte ihn aufhalten, sogar zurückjagen, aber jage einer hunderttausend Mann mit vierundzwanzigtausend zurück. Bei Großjägersdorf vernichtete der Russe ein Viertel der Gegner, die anderen flohen westwärts. Freilich, die Russen blieben nicht im Land, diesmal noch nicht, aber sie kamen im nächsten Jahr wieder, schon im Januar, unter Fermor. Sie drängten den Generalleutnant Dohna-Schlodien beiseite, den Ostpreußen, sie zogen westwärts durch das ganze Land, jeder weiß, was das bedeutet. Bei Zorndorf wurden sie freilich geschlagen und mußten zurück nach Osten gehen, aber sie gingen nur bis Ostpreußen, nicht weiter. Da blieben sie und nahmen das Land in Besitz.

Friedrich hat es den ostpreußischen Ständen nie verziehen, daß sie der Kaiserin Elisabeth den Huldigungseid leisteten, aber wie hätte man anders überleben sollen. So wurden wenigstens zwei gesetzliche Gouverneure eingesetzt, Fermor und der Freiherr von Korff, sie waren beide deutscher Abstammung und taten alles, um dem Land eine gewisse Selbständigkeit zu ermöglichen. Konnte man denn wissen, wie der Krieg schließlich ausging? Möglicherweise blieb man für immer russisch.

»Und wenn wir nun russisch werden müssen?« fragte Maria ihren Mann Robert, »wie würdest du dich dazu stellen? Würdest du dann das Land verlassen wollen?« Sie standen vor dem Hof und blickten über den See, an dessen Ufer die Reiher standen, graue Seide mit weißschimmernden Bändern, goldene Augen über schwarzem Samt. Sie flogen auf, schmale Körper, filigranzart gegen den lichtblauen Himmel, widergespiegelt im funkelnden Wasser, gewaltige Schwingen, drei Ellen breite Schwingen. Sie sahen den dunklen Wald mit dem hellen Birkensaum, die weiten grünen Wiesen, auf denen rot die Kuckucksnelken leuchteten, sie sahen das Haus, ihr Haus.

»Könntest du das alles freiwillig aufgeben?« fragte Robert. »Nein, wenn es nach mir geht, bleiben wir hier.«

Sie blieben, und sie mußten auch nicht russisch werden. Als 1762 Elisabeth starb und Peter der Dritte an die Regierung kam, der Verehrer Friedrichs, ließ er Ostpreußen von den russischen Truppen räumen. Auch nach Peters Sturz entschied sich Katharina für die Neutralität. So konnte Friedrichs Armee, aufs Unmenschlichste geschunden, doch noch die außerordentlichen Heldentaten vollenden, mit denen sie sieben Jahre lang die Welt in Schrecken und – so ist die Welt nun einmal – in Bewunderung versetzt hatte. Dieser Krieg hatte nicht nur Ostpreußen furchtbar mitgenommen, er hatte Europa über eine Million junge, starke Männer gekostet. Die Alten und Kranken, die Frauen und Kinder, die verhungerten, erfroren oder oft auf grausige Art ermordet wurden, die hat nie jemand gezählt, und es wäre wohl auch gar nicht möglich gewesen. Aber Friedrich besaß Schlesien und hieß fortan ›der Große‹.

Um diese Zeit war Robert Reitmeier über fünfzig, gesund und immer noch gutaussehend. Es wäre übertrieben, behaupten zu wollen, er sei nach seiner Rückkehr ein Musterlandwirt geworden. Aber er tat seine Arbeit in Wiesenfeld, er tat sie sogar recht gern, und wenn er zuweilen seufzte, so galt das nicht so sehr der Arbeit wie dem Gleichmaß der Tage, dafür war er nun einmal nicht geschaffen. So sorgte Maria für Abwechselung und Gesellschaft, soweit es sich machen ließ, und es entwickelte sich ein reger Verkehr und guter Zusammenhalt mit Nachbarn und Verwandten. Gotthold Wigor, Herr von Dorjutschen, war bei Großjägersdorf gefallen, und Katharina bewirtschaftete das Gut nun mit Hilfe von Stephan, dem jungen Warlies. Freilich war auch er so jung nicht mehr, auch schon gegen fünfzig, aber solange sein Onkel, der alte Warlies, noch lebte, würde er wohl der junge bleiben. Und der Alte dachte noch nicht ans Sterben, er wirtschaftete trotz seiner fünfundsiebzig Jahre rüstig in Wiesenfeld, gemeinsam mit Robert, der viel von ihm gelernt hatte.

Auch in Dorjutschen ging alles seinen ordentlichen Gang. Julius, der Sohn und Erbe, sah sich mit seinen fünfundzwanzig Jahren nach einer Frau um, damit er das Gut übernehmen könne. Aber Katharina hatte es nicht eilig mit der Übergabe, und es war ihr ganz recht, daß man in Wiesenfeld keine sonderliche Neigung verspürte, die älteste Tochter Elisabeth nach Dorjutschen heiraten zu lassen. Auf sie hatte sich Julius versteift.

Elisabeth war das älteste von Roberts und Marias Kindern, und auch das schönste. Sie ähnelte der Mutter, aber alles an ihr war ausgeprägter, gewissermaßen leuchtender, so als sei jeder Ausdruck und Wesenszug noch einmal nachgeschliffen worden. Ihre Augen waren durchdringender als die mehr träumerischen Marias, ihr Mund leidenschaftlicher, ihr Gang bei aller schwebenden Leichtigkeit entschlossener. Robert betrachtete sie oft mit erschreckter Verwunderung, hatte ihn einstmals Magnus Branda an Maria erinnert, so erinnerte ihn jetzt Elisabeth in noch viel stärkerem Maße an Magnus, beiden war der Ausdruck eines unbeugsamen Idealismus gemeinsam. Nach ihr waren noch zwei Mädchen gekommen und schließlich ein Knabe. Er wurde Ulrich genannt, im Andenken an Ulrich Branda.

Auch in der Nachbarschaft war allmählich viel junges Volk aufgewachsen, und so gab es in den ›Großen Stuben‹ der

Salzburger Höfe, auch in Dorjutschen, vor allem aber in Wiesenfeld, wo Robert das Klavichord spielte, viel fröhliche Geselligkeit an den Sonntagen. Robert Reitmeier war außerordentlich beliebt unter den jungen Leuten, und er genoß es. Unermüdlich spielte er die neuesten Tänze und tanzte sie sogar vor, so alt er auch schon war, dreiundfünfzig. Aber es genierte ihn nicht, und Maria genierte es auch nicht, es freute sie, sie war glücklich. Wahrscheinlich war es dieser Einschlag des leichteren österreichischen Blutes, der Wiesenfeld auch in der Folgezeit zu einer Stätte des Wohlbehagens machte, und nicht nur für die Nachkommen Reitmeiers, sondern noch für Generationen von Verwandten und Freunden. Wo waren die Ferien am schönsten, der Aufenthalt nach Krankheiten und Unglücksfällen am erholsamsten, das Leben am leichtesten, wo war man am sichersten geborgen vor schlimmen Dingen und Menschen, die nach einem griffen, wo sonst als in Wiesenfeld?

Dabei war es keine Stätte großartiger Unternehmungen oder besonderen Glanzes. Es war ein schlichter Bauernhof, der langsam in den Stand eines bürgerlichen Gutes hineinwuchs und auf dem das Leben einen gemächlichen und freundlichen Gang ging. Man ließ fünf gerade und Gott einen guten Mann sein, man kümmerte sich um keinerlei Probleme, aber wenn sich einmal jemand darum kümmern wollte, so ließ man ihm das Vergnügen. Nicht, daß es niemals Zank und Streit gegeben hätte, niemals Tränen und Zorn! Aber alles ebnete sich wieder, es gab keine Katastrophen. Man fühlte sich wohl in Wiesenfeld, wo niemand nach absoluter Herrschaft strebte und niemand unbedingt recht haben mußte. Man fühlte sich hier noch gut anderthalb Jahrhunderte lang wohl, bis das Weltende kam, die Götterdämmerung für das ganze Land. Noch aber rollt generationenlang das Leben auf Wiesenfeld behaglich ab, bis hin zu Tante Jettchen – Segen über sie, hoffentlich hat der liebe Gott dafür gesorgt, daß der Duft ihrer herrlichen Raderkuchen und ihres guten Kaffees auch die schöne Ewigkeit durchwehen kann, was sollte Tante Jettchen sonst dort.

Es gab viel Arbeit auf Wiesenfeld, das versteht sich von selbst, aber auch viel Spaß bei nachbarlichem und verwandtschaftlichem Besuch. Denken wir an die Bootsfahrten auf dem Löwentin unter dem Licht des Vollmondes, der nirgends so herrlich schien wie dort. Fahrten bei den sehnsüchtigen Klängen einer fernen Ziehharmonika, irgendwo klangen sie immer an den stillen Abenden über das Land, die Luft war voll von ihnen. Manchmal spielte auch jemand im Boot selbst, aber das war nicht ganz so schön, es war zu nahe, störte das lautlose Gleiten zwischen Himmel und Tiefe, entzauberte den Mond. Denken wir an die herrlichen Ausflüge in die Himbeerschläge des gerodeten Waldes und an den Tanz den ganzen Sonntagnachmittag und Sonntagabend über im Gartensaal, bis tief in die Nacht hinein. In der Ecke saß auf erhöhtem Platz ein Knecht neben einem Riesenteller belegter Brote und einer Flasche Schnaps, der spielte herrliche Tänze auf der Ziehharmonika, und manchmal tanzte er selbst mit einer Magd oder einer Gutstochter den letzten Tanz und pfiff dazu.

Ja, aber der Winter? Ach was, Winter! Da gab es wunderbare Schlittenfahrten durch verschneite Wälder, der Kutscher war auf dem Bock ganz in Pelz verpackt, daß er aussah wie ein Bär aus alten Zeiten – hatte einer nicht einmal Jurij geheißen? – und man selbst in pelzgefüttertem Fußsack. Man konnte ihn bis ans Kinn ziehen, und unten in ihm lag ein heißer Ziegelstein, auf den stellte man die Füße. Kam man an einem Krug vorbei, so hielt man an und ließ sich einen heißen Grog herausbringen, für den Kutscher zwei. Man fuhr zu Nachbarn, es war nicht weit, eine oder zwei Meilen, manchmal drei, und dort standen dann die gewaltigen Platten mit Schmandwaffeln und die Kannen mit heißem Kaffee auf dem

Tisch. Um den saß man dann dicht beieinander, es wurde viel gegessen und getrunken und geredet und gelacht, auch manches heimliche Zeichen getauscht zwischen den jungen Leuten. Seit sechshundert Jahren waren die Vorfahren ins Land geströmt und hatten sich miteinander gemischt, Alemannen aus der Schweiz und vom Rhein, Österreicher und Slawen aller Art, dazu Schweden und Dänen, Holländer und Engländer, viel Franzosen, einige Italiener, Süddeutsche, auch die Reste der zwölf Stämme, die hier gesessen hatten, ehe der Orden kam. Viel hatte er nicht von ihnen übriggelassen, aber daran dachte niemand mehr, die Zeit war darüber hingegangen.

Ihre Nachkommen saßen jetzt nicht nur in den Großen Stuben Masurens, sondern überall zwischen Weichsel und Memel, immer noch ein buntes und widersprüchliches Gemisch. Aber in nochmals sechshundert Jahren werden die Widersprüche sich aufgelöst haben, und es wird eine neue Rasse entstanden sein, eine wahrhaft europäische Rasse, reich gespeist aus vielfältigem Erbe, verjüngt auf neuer Erde. Aber wer weiß, was in sechshundert Jahren sein wird, oder auch nur in zweihundert? Jetzt, im Jahre 1766, tanzte Robert Reitmeier seinen jungen und nicht mehr ganz jungen Gästen die neuesten Tänze vor. Vielleicht waren sie nicht mehr so ganz neu, in Jahrzehnten altern nicht nur Menschen. Aber hier, am Ende der Welt, waren sie eben erst angekommen und neu. Und das blieben sie noch lange.

Robert Reitmeier fühlte sich wohl und zu Hause in Wiesenfeld, er liebte es schließlich. Als der ehemals junge Graf Axel im Alter von achtzig Jahren immer noch unverheiratet starb, nachdem er Sabines Kindern eine hübsche Summe Geldes vermacht hatte, war es Robert, der vorschlug, davon Land zu kaufen. Wiesenfeld war schön, warum sollte es nicht wachsen. Sie kauften und hatten nun insgesamt hundert Hufen. Es blieb noch genug Geld übrig, um davon eine schöne Reise zu machen, eine Reise nach Königsberg, das war eine Kleinigkeit bei den guten Postverbindungen. So sah Robert die Stadt zum zweitenmal, durchwanderte mit Maria die Straßen und Gassen, alles schien ihm heute großartiger. Die vielen Brücken und Tore entzückten Maria, vor den Galgen schauderte sie, aber es waren weniger als zur Zeit des vorigen Königs und gottlob alle leer. Den Hetzgarten gab es nicht mehr. Die gewaltige Linde im Lustgarten verkam zusehends, und aus dem Garten selbst war ein Exerzierplatz geworden und, der bequemen Lage wegen, ein Platz zum Abhalten von Spießrutenlaufen. Denn das gab es immer noch, obwohl der große Friedrich jetzt auch gut geworden war.

Auch zum Haus Am Großen Fließ gingen sie, aber das Haus war fort, auch der Garten war fort, Gertrudes Garten. Was mehr als zwei Jahrhunderte nicht fertiggebracht hatten, der König hatte es fertiggebracht. Man läßt das Land umpflügen und das Haus einreißen, und schon ist alles fort, und dazu Land gewonnen, fruchtbares Land, auf dem guter Roggen wachsen kann. Niemand sagt etwas dagegen, die Toten schweigen, und der letzte lebende Branda, des Ulrich Sohn, ist als Wildnisbereiter über die Wilkie gesetzt, den Wolfswald vor der Stadt, da hat er genug zu tun und zu bedenken. Maria und Robert suchten ihn auf. Sie fanden einen noch jungen stämmigen Mann mit ernstem Gesicht und abweisenden Augen. Ulrich Branda? Ja, das sei sein Vater. Aber über jene Zeit wisse er nichts, wolle auch nichts damit zu tun haben.

Aber warum denn, der alte König sei doch tot! Ja, der sei tot, aber das Generaldirektorium sei immer noch da. Es habe im Grunde zwar nur mit den Finanzen zu tun, aber man könne nicht wissen – er brach ab.

Nun ja, sie wußten ohnedies alle, daß der große Friedrich Ostpreußen nicht sonderlich liebte, er vergaß den ostpreußischen Ständen nie die Huldigung an Elisabeth, er war der Meinung, sie wären auch ohne weiteres russisch geworden, wenn man es von ihnen verlangt hätte. Robert fragte hitzig, seit wann denn die Völker gefragt würden, ob sie deutsch oder russisch oder französisch oder sonstwas werden wollten. Sein Ärger schien Branda zu gefallen, er lud die Besucher ins Haus, bisher hatten sie davor gestanden, bewirtete sie sogar. Sein Vater Ulrich, sagte er, sei damals verhaftet worden und habe drei Jahre in schwerem Kerker gelegen, obwohl man ihm keine Teilnahme am Komplott habe nachweisen können. So sei er dann nach des Königs Tode auch freigekommen, aber das hatte ihm nicht mehr viel genützt, die Folgen der harten Haft und der Kummer um den geliebten Bruder hatten ihn bald unter die Erde geholt.

Schließlich fuhren Maria und Robert auch auf die Nehrung, jene Straße entlang, auf der vor Zeiten Roger die kranke Sabine gefunden und in der Steinhütte gesundgepflegt hatte. Sie suchten die Hütte, fanden aber nur ein paar große verstreute Blöcke, in der Nähe wurde ein Haus gebaut, zwei Männer arbeiteten daran. Robert fragte sie nach einer Steinhütte mit dem Bild einer blauen Möwe, aber die Männer sahen ihn nur sonderbar an und schüttelten die Köpfe. Die Straße war gut und fest, über die Stoppelfelder an ihren Seiten ging der unaufhörliche Ostwind, er ging auch über die Nehrung, die jetzt kahl dalag, die herrlichen Eichen waren nicht mehr.

Der Wind blies und brachte Sand mit, immer mehr Sand. Es gab kein Hindernis für Wind und Sand, der Wald war fort und kam nie wieder, der Wind ließ es nicht zu. Ab und zu stand noch eine Eiche, halbverschüttet, damals aus irgendeinem Grunde ausgespart, vielleicht war auch jene dabei, die geschrien hatte, als die Säge in sie eingedrungen war. Nun, auch wenn sie noch lebte, auf die Dauer würde es ihr nichts nützen, nichts nützte mehr, der Sand deckte alles zu, auch Abdullahs letzte Koje, auch den Pestfriedhof mitten auf der Nehrung, bei Nidden, letzte Station jener, die einst hergeflohen waren, Angst im Herzen und die Seuche im Gepäck. Der Sand hob sich und senkte sich und hob sich wieder, was kümmerten ihn die Skelette, die er bloßlegte und die nackt und weiß schimmerten im hellen Nehrungslicht, bis eine neue Sandwoge kam und sich über sie legte. Hier, dachte Maria, würde auch die Mutter liegen, wenn sie ihr Vetter nicht gefunden hätte, und eine große Dankbarkeit überkam sie gegen den Vater, den sie nie kennengelernt hatte, von dem sie aber zuweilen träumte. Sonderbarerweise sah sie ihn im Traum immer über ein großes Wasser fahren, ein Meer, es war wohl die Ostsee.

Zwei Tage später fuhren sie heim.

Wiesenfeld war ein schöner Besitz geworden, alles gedieh, und die Lindenallee, die Robert gleich nach seiner Heimkehr angelegt hatte bis hinab zum See unter der Leitung des alten Warlies, sah prächtig aus. Kein Grund zu irgendwelcher Klage, Gedeihen und Zufriedenheit rundum. –

Es war im Juni des folgenden Jahres, da hielt vor dem Wohnhaus ein Wagen, eine Kutsche, der Groom sprang von seinem Sitz, riß die Wagentür auf und half einer Dame gesetzten Alters heraus, darauf einem Herrn, auch nicht mehr jung, aber eine großartige Erscheinung mit der hohen, kräftigen Gestalt, dem charaktervollen Gesicht, den schönen dunklen Augen – ziemlich herrischen Augen – dem dichten, noch dunklen Haar. Maria trat vor die Tür, Robert folgte ihr. »Maria!« sagte der Herr und streckte die Hände aus.

Das war Joachim Rotter aus Schuchen, wo Maria Wirtschafterin gewesen war, fast drei Jahre lang, freundliche Jahre. Hätte sie nicht Kummer getragen um Robert und Wiesenfeld, hätten es glückliche Jahre sein können. Als sie gekommen war, war sie einundzwanzig gewesen und Joachim Rotter sechzehn, und er hatte sie angebetet. Als sie ging, war sie vierundzwanzig und Joachim neunzehn, und er betete sie immer noch an. Er bete sie heute noch an, sagte er, als alle zusammen auf der Gartenterrasse saßen, obgleich er seit vierundzwanzig Jahren glücklich verheiratet sei mit dieser seiner lieben Frau und zwei Kinder habe. Söhne, der eine erst acht Jahre, Bertram, ein Spätling, aber der andere schon dreiundzwanzig, der heiße Rudolf.

»Ja, die Zeit vergeht!« sagte er. »Sie sind meine erste Liebe gewesen, meine erste wirkliche Liebe, Maria. Ich darf doch Maria sagen, es ist ein so schöner Name, der schönste, immer noch. Die erste Liebe vergißt man nicht.«

Er lachte, seine Frau lächelte, schien es nicht ein bißchen gequält? Und nun, sagte er, seien sie auf der Rückfahrt von Königsberg, und er habe dem Wunsch, seine erste Liebe wiederzusehen, nicht länger widerstehen können. Wie hübsch sie immer noch sei, die Jahre hätten wohl keine Macht über sie? Die Kinder kamen heran, der fünfzehnjährige Ulrich, die Mädchen Frieda, Anna und Elisabeth.

»Elisabeth!« sagte Rotter voller Überraschung. »Wissen Sie auch, Maria, daß Ihre Älteste fast genauso aussieht, wie Sie damals ausgesehen haben? Nur ist sie nicht so sanft, glaube ich.«

Das Ehepaar Rotter übernachtete in Wiesenfeld, es übernachtete zweimal, erst am übernächsten Tag fuhr es weiter, und Elisabeth fuhr mit. Joachim Rotter hatte sie so dringend eingeladen. »Es wird sein, als wäre ich um zwanzig Jahre jünger geworden«, hatte er gesagt. »Können Sie einem alten Mann solche Freude verderben?«

Maria war nicht sehr dafür gewesen, eben weil Rotters Einladung so dringlich gewesen war und dafür die seiner Frau so matt. Auch erinnerte sie sich an den jungen Joachim von damals, der hatte nicht den besten Ruf gehabt, was Mädchen betraf, aber was wollte das schon besagen. Jetzt war er sechsundvierzig, und Elisabeth war keine Magd oder Hörigentochter, er würde wohl die Finger von ihr lassen müssen. Sie dachte auch an die vierundzwanzig Jahre und den entschlossenen Charakter Elisabeths und daran, daß man sie mit genügend Geld versehen hatte, damit sie jederzeit nach Hause fahren konnte. So hatte sie schließlich eingewilligt und ihrer Tochter zum Abschied den Bernstein mit der Mücke um den Hals gehängt. »Nimm ihn und hüte ihn gut.«

Gongton aus alten Zeiten, widerhallend bei jeder Weitergabe: Hüte ihn gut!

Robert sah dem sich entfernenden Wagen bedrückt nach. »Ich hätte sie doch lieber hier behalten«, sagte er. »Aber du hast recht, vielleicht findet sich dort eher jemand, der ihr als Freier ansteht. Hier hat sie keinen gewollt. Ach, warum müssen Mädchen durchaus heiraten!« – »Was sollen sie sonst im Leben tun?« fragte Maria. »Ich habe ja auch geheiratet.« – »Und war das etwa dein Glück?«

Sie faßte seine Hand, ihre Augen hatten immer noch die träumerische Zuversicht ihrer Jugend. »Es wurde schließlich ein Glück. Vielleicht wird zum Schluß immer alles gut.«

»Vielleicht.« Aber er glaubte es nicht, er dachte an Magnus Branda, er dachte an Ulrich. Nein, es wurde nicht immer zum Schluß alles gut.

Fern entschwand die Kutsche. Robert seufzte. Sein Herz war schwer. Er hing an dieser Tochter ganz besonders.

Fünftes Kapitel

Die schöne Agnete

1784–1791

Es war ein mühseliger Ritt von Schuchen nach Nowogrod für den jungen Bertram Rotter. Hinter der Südgrenze Ostpreußens, im Polnischen, war nichts von ordentlichen Wegen zu spüren, man konnte sich nur nach dem Kompaß richten. Ritt man unentwegt südwärts, so mußte man auf den Narew stoßen, man konnte ihn nicht verfehlen, es war nicht allzuweit, einige Tagesritte, aber welch ein Weg! Sumpf an Sumpf, wäre nicht Hochsommer gewesen, dazu ein trockener, wie hätte man hier überhaupt durchkommen können! Zum Narew also und dann rechts stromab, bis zur Einmündung der Pissa, die man dort Pisch nannte, da lag flußüber Nowogrod.

Weiter sei er nicht gekommen, hatte Rudolf geschrieben. Weiter käme er überhaupt nicht mehr, hier sei sein Ende, und so grüße er noch einmal alles, was Schuchen heiße, Menschen, Tiere, Erde und Wasser, den See, den geliebten herrlichen See. Vor allem aber die Mutter und den kleinen Bruder Bertram. Den Vater nicht. Wußte Rudolf, daß damals auch der Vater nicht wiedergekommen war?

Der kleine Bruder Bertram, inzwischen fünfundzwanzig Jahre alt, älter als der große Bruder Rudolf bei seinem Verschwinden, hatte sich sofort aufgemacht nach Nowogrod, er erinnerte sich noch gut der großen Liebe, die er in der Kindheit für Rudolf empfunden hatte, obwohl der fünfzehn Jahre älter war. Er erinnerte sich noch gut an das Warten, Jahr um Jahr, er hatte weit sehnsüchtiger auf ihn gewartet als auf den

Vater, der kurz vor Rudolf aufgebrochen war zu einem der tagelangen Ritte, die er damals oft unternommen hatte. Keine Stunde später war damals auch Rudolf fortgeritten, zurückgekehrt war keiner, und niemand hatte mehr etwas von ihnen gehört. Das waren schlimme Zeiten gewesen in Schuchen, für die Mutter und für ihn!

Dann war die Mutter gestorben, erschöpft von Gram und Warten. Sie war gestorben und hatte auf dem Totenbett Elisabeth verflucht, denn Elisabeth Reitmeier, das ließ sie sich nicht ausreden, habe mit dem Verschwinden der beiden Männer zu tun. Fragen hatte man Elisabeth ja nicht können, denn sie war nach Wiesenfeld zurückgefahren, aber niemals dort angekommen.

Auch an Elisabeth erinnerte sich Bertram, sie war schön und freundlich gewesen, und mit ihr war eine Heiterkeit nach Schuchen gekommen, die er bis dahin nicht gekannt hatte. »Wäre es nicht schön, wenn Elisabeth immer bei uns bliebe?« hatte ihn der Vater einmal gefragt, und Bertram hatte begeistert zugestimmt. Warum die Mutter daraufhin tagelang nicht mit ihm gesprochen hatte, hatte er damals nicht begriffen. Später begriff er es, er begriff auch, warum Rudolf bei des Vaters Worten so höhnisch gelacht hatte. »Warum magst du Elisabeth nicht?« hatte Bertram ihn gefragt, aber Rudolf hatte ihn nur mit sonderbarem Blick angesehen, mit demselben Blick, mit dem seine Augen Elisabeth folgten, wo sie ging und stand. Auch diesen Blick begriff Bertram später. Viel später.

Er erreichte die Einmündung des Pisch in den Narew gegen Abend. Es fand sich eine Brücke, dann gab es Häuser. Das also war Nowogrod. Es konnte nicht schwer sein, hier einen fremden Reisenden aufzufinden, und es war auch nicht schwer. Im »König von Polen« stieg der polnische Adel ab, im »Polnischen Hof« die Kaufleute und die wohlhabenden Fremden, zu denen zählte der Bruder wohl kaum, seinem

Brief nach zu schließen. So ritt Bertram zu der einzigen dritten Unterkunft, einer schlecht beleumdeten Herberge ohne Namen, am Stadtrand neben einem großen Sumpf gelegen.

Baron von Rotter? Nein, hier hatte man zur Zeit nur einen einzigen Gast, einen russischen Offizier, wie er hieß, wußte man nicht. Der war krank und hatte kein Geld und würde, will's Gott, bald hinüber sein. Ewig konnte man ihn nicht umsonst durchfüttern. Es war Rudolf. Er lag mit verwildertem Haar und Bart auf jämmerlichem Strohlager, ohne Decken, unter schmutzigen Verbänden, die steif waren von Blut und Eiter der schlimmen Wunde, die ihm vor zwölf Jahren ein Tatarensäbel geschlagen hatte, am Perekop, wo Jahrhunderte früher Peregrinus gefallen war, auch im Kampf gegen die Tataren, und begraben wurde in der Steppe. Davon wußte Rudolf nichts, er hatte genug zu tun mit seinem eigenen Leben und Sterben, denn die Wunde, damals schnell geheilt, war vor einem halben Jahr aufgebrochen und immer schlimmer geworden, hatte sich immer tiefer gefressen und fraß ihm jetzt das Leben fort.

»Hast du keinen Arzt?« fragte Bertram. Rudolf hatte einen Arzt gehabt, aber als sein Geld zu Ende gewesen war, waren auch die Arztbesuche zu Ende gewesen. Nun lag er da und wartete auf den Tod, damit der ungeduldige Herbergswirt ihn endlich in den Sumpf nebenan werfen konnte. Bertram rief nach dem Wirt, verlangte ein besseres Zimmer, ein ordentliches Bett, kräftige Speisen, einen Arzt, aber nicht den von früher. Er warf Geld auf den Tisch.

»Es lohnt sich nicht mehr«, sagte Rudolf, aber der Bruder hörte nicht darauf. Es fand sich auch alles, Zimmer, Bett, Speisen und Arzt. Wo Geld ist, findet sich alles.

»Es ist gut, daß du gekommen bist, Bertram, kleiner Bruder«, sagte Rudolf, als der neue Arzt fort war, der die Wunde mit Salben und Verbänden und den Kranken mit einer stärkenden Medizin versorgt hatte. »Sehr gut. Es wird mir wohltun, dir alles zu sagen, es stirbt sich dann leichter, und du wirst mir zu einem ordentlichen Begräbnis verhelfen, ich werde nicht im Sumpf verfaulen müssen.«

Bertram erwiderte: »Ich bin nicht gekommen, dich zu begraben, Bruder. Ich bin gekommen, um dich nach Hause zu holen.«

»Nach Hause«, sagte der andere, und es klang, als suche er eine Melodie, finde sie aber nicht. »Wenn du alles weißt, wirst du froh sein, daß ich nicht mehr nach Hause kommen kann. Lösch die Kerze, das, was ich zu sagen habe, sagt sich besser im Dunkeln.«

»Sprich nicht. Nicht heute und morgen. Später, wenn es dir bessergeht.«

»Es wird mir bessergehen, wenn ich dir alles gesagt habe. Es wird mir dann sehr gutgehen.« Rudolf schwieg eine Weile, dann sagte er: »Der Vater –«, brach aber ab und schwieg wieder.

Bertram löschte die Kerze, strich sanft über die Decke, unter der Rudolf lag. Es dauerte lange, ehe er fragte: »Du weißt, wo er ist?«

»Wenn du heimreitest«, erwiderte der Kranke flüsternd, »dann reite am Pisch entlang. Kurz vor der Grenze ist ein Dorf, es heißt Wyncenty. Da geh auf den Friedhof. Es ist kein Name auf dem Stein, einem großen rötlichen Stein unter einer Birke. Vielleicht findest du ihn noch, er wird eingesunken sein und überwachsen, es sind siebzehn Jahre her. Da habe ich ihn begraben.«

Schweigen. – »Woran starb er?« Die Antwort kam so schnell, als habe der Gefragte lange darauf gewartet, sie geben zu können. »An einem Pistolenschuß. Meinem Pistolenschuß.«

Hatte Bertram das nicht immer gewußt? Freilich, es hätte auch umgekehrt sein können. »Sag mir jetzt alles, Bruder.«

Und Rudolf sagte alles. »Erinnerst du dich an Elisabeth, die

die Eltern einmal als Besuch mitbrachten? Du erinnerst dich, wer könnte sie je vergessen, und sei er selbst ein Kind gewesen! Wie schön war sie, wie heiter, wie klug! Welch ein herrliches Leben war damals in Schuchen, wie hell war der Tag geworden in dem finsteren Schloß, hell und leicht, und doch nicht leer, o nein, gefüllt mit Leben, gefüllt mit Gedanken und Gesprächen. Großartige Gespräche, fand der Vater. Er und Elisabeth diskutierten stundenlang, und dann, plötzlich, hörten sie auf und lachten einander an. Ich sehe es noch, ich höre es noch. Vater war in sie verliebt, das sah jeder, aber was hatte das schon zu bedeuten? Er war in jedes hübsche weibliche Wesen verliebt, warum hätte er gerade bei Elisabeth eine Ausnahme machen sollen? Er wollte alle hübschen Frauen haben, und soweit sie in seinem Machtbereich lebten, bekam er sie auch. Aber Elisabeth war nicht in seinem Machtbereich, er konnte ihr nicht befehlen: Komm! Und so lachte ich über seine Verliebtheit und sagte auch der Mutter, sie solle darüber lachen. Elisabeth würde nie seine Geliebte werden, sondern seine Schwiegertochter, denn ich liebte sie.

Einmal hörte ich, wie er zu ihr sagte, er wolle sich scheiden lassen, er könne nicht mehr leben ohne sie, wenn er an ihre Abfahrt nach Wiesenfeld denke, sei es, als denke er an seinen Tod. Ihre Antwort klang so seltsam gepreßt, ich verstand sie nicht, nur der Ton ging mir durch und durch, und dann hörte ich, daß sie weinte. Ich wollte hervorstürzen aus meinem Versteck, später dachte ich oft, ich hätte es tun sollen, aber es hätte wohl auch nichts geändert, sie wären doch ihren Weg zu Ende gegangen. Du warst damals erst acht Jahre alt, und so weißt du nicht, daß Vater sich wirklich heftig um eine Scheidung bemühte. Aber Mutter wollte nicht, und da ihre Verwandten, die Dohnas, hinter ihr standen, drang er nicht durch. Es hörte jetzt auf, heiter zu sein in Schuchen, Vater und Elisabeth gingen umher wie Verdammte, und mir verging das Lachen. Ich sah, und es erfüllte mich mit Entsetzen, daß er Elisabeth liebte, wirklich liebte, wer hätte dergleichen bei ihm für möglich gehalten! Das Furchtbarste aber war, daß auch sie ihn liebte, und eines Tages wußte ich, daß sie ein Paar geworden waren. Ich meinte, ich müßte sterben vor Verzweiflung.

Aus Wiesenfeld kamen immer häufiger Briefe, die sie heimriefen, schließlich schrieb ihr Vater, wenn sie nicht bis dann und dann zu Hause sei, komme er sie holen. Also entschloß sie sich, heimzufahren, und Vater brachte sie zur Postkutsche. Mit der sei sie auch abgefahren, sagte er. Aber sie ist nie in Wiesenfeld angekommen, und ich hatte so meine eigenen Gedanken, besonders, als er von da ab die langen Ritte begann, von denen er immer erst nach ein paar Tagen zurückkam.«

Der Kranke röchelte, sein Atem kam stoßweise, Bertram legte ihm die Hand auf die Stirn, sie glühte im Fieber. »Erzähle mir das übrige morgen«, sagte er. »Morgen ist auch noch ein Tag.«

»Wer weiß? Ich bin gleich zu Ende. Eines Tages ritt ich ihm heimlich nach, Wald und Buschwerk zur Deckung gab es genug, ich war vorsichtig und blieb unbemerkt. Es ging nach Johannisburg und von da an einem Wasserlauf südwärts bis zur Grenze und noch etwas darüber hinaus. Vor einem Dorf stand seitab am Waldrand ein kleines weißes Haus, da kam eine Frau aus der Tür und lief auf Vater zu. Ich wagte mich näher, es war Elisabeth. Sie umarmten sich, sie bemerkten mich nicht, sie bemerkten nichts außer sich selbst. Ich ritt zurück und auf einem anderen Weg ins Dorf. Da erfuhr ich, in jenem Hause wohne die junge Frau eines Adeligen, der halte sie hier verborgen vor seinen Verwandten, die ihr aus Erbgründen nachstellten. Sie solle hier in Frieden ihr Kind zur Welt bringen. Der Mann komme oft auf ein paar Tage, sie liebten einander sehr. Noch am selben Abend ging ich in das weiße Haus und erschoß ihn, er hatte gar nicht mehr Zeit, sich darüber zu wundern, daß ich da war.«

Es war sehr lange still im Zimmer. »Und Elisabeth?« fragte Bertram.

»Sie hatte mich eher bemerkt als er und sich vor ihn gestellt, aber ich schob sie zurück und schoß ihn dicht an ihr vorbei direkt ins Herz. Er schwankte noch ein wenig, sie hielt ihn, dann stürzten sie zusammen zu Boden, die Arme umeinandergeschränkt. Ich beugte mich nieder, löste ihre Arme von dem Toten, hob sie auf, legte sie aufs Bett. Sie starrte mich an, immer noch ohne Laut, auch ohne Träne, es war unheimlich. Am unheimlichsten ihre Augen, starr auf mich gerichtet, nie hatte ich solche Augen gesehen. Ich sprach zu ihr, sagte, es sei so am besten für sie, und sie solle mit mir nach Wiesenfeld kommen zu ihren Eltern, da wollten wir heiraten, damit das Kind einen ehrlichen Namen bekäme, seinen eigentlichen Namen: Rotter.«

»Erwartete sie wirklich ein Kind?«

»Die Leute hatten es gesagt, und ich war damals davon überzeugt, aber vielleicht irrte ich mich auch. Sie nahm keine Notiz von meinen Worten, sagte überhaupt nichts. Ich lud mir den Toten auf, trug ihn hinaus, legte ihn unter einen Baum. Sie war mir gefolgt, jetzt kniete sie nieder und küßte den Mann, meinen Vater, küßte ihn immer und immer wieder, sagte aber kein Wort, weinte auch nicht, es war seltsam und schrecklich. Ich wollte sie bewegen, aufzustehen und ins Haus zurückzugehen, ich hätte ebensogut mit einem Stein reden können.

Es begann zu regnen, sie rührte sich nicht. Vielleicht hoffte sie, mit dem Geliebten zusammen in der feuchten Erde zu versinken, sich mit ihm zu bergen für immer. Sie küßte ihn nicht mehr, sie hielt nur die Arme fest um ihn geschlossen, bewegungslos, es war, als seien beide tot. Plötzlich begann mir zu grausen, ich ging zurück zur Herberge, wo ich mein Pferd eingestellt hatte, ich wollte fortreiten, aber konnte ich Elisabeth so verlassen? Ich legte mich auf mein Bett, um den

Morgen zu erwarten. Ich schlief sogar ein. Früh am Morgen weckten mich aufgeregte Stimmen von draußen, da wußte ich, sie hatten ihn gefunden. Ich ging hin, er lag noch an derselben Stelle. Elisabeth war fort.

Wir begruben den Toten, dessen Name und Wohnort niemandem im Dorf bekannt war. Ich weiß nicht, ob ein Verdacht auf mich fiel, ob jemand den Schuß am Abend vorher gehört hatte, aber ich hatte im Zimmer geschossen, und das Haus stand abseits. Es war auch einerlei, die Leute im Dorf fragten nach nichts, sie wollten den Toten so rasch wie möglich eingraben und die Sache hinter sich bringen, ehe sich vielleicht Polizei einmischte und ihnen Scherereien machte. Der fremde Mann war tot, die Frau verschwunden, und ich würde hoffentlich weiterreiten. Das tat ich auch, ich legte nur noch den rötlichen Stein auf das Grab unter der Birke.

Ich suchte Elisabeth, suchte sie viele Tage lang, überall, fand sie aber nicht. Schließlich dachte ich, vielleicht ist sie im Sumpf umgekommen. Ich fühlte kaum etwas bei diesem Gedanken, alles in mir war betäubt. Es blieb auch so, als ich weiterritt ins Russische, dort Dienste nahm, gegen die Krimtataren kämpfte, wo ich diese Wunde bekam, die zuerst schnell heilte. Ich half den Russen Giurgewo und Tuldscha gewinnen und wieder verlieren, war bei Silistria dabei und auch bei der Niedermetzelung der 30 000 Tataren. Da brach die Wunde wieder auf. Ich wußte gleich, das ist das Ende, obwohl eigentlich kein Grund dafür da war, anfangs war es nur eine kleine wunde Stelle, da, wo die gutverheilte Narbe gewesen war, aber die wunde Stelle wurde größer und tiefer und begann zu eitern, sie drang ins Innere, kein Feldscher konnte mir mehr helfen. Da machte ich mich auf den Weg nach Norden, nach Ostpreußen, ich wollte Schuchen noch einmal sehen –«

Seine Stimme wurde zu einem langen Gemurmel, erstarb dann. Bertram beugte sich über ihn, es war dunkel im Zimmer, er konnte nichts erkennen. Aber der Atem des Kranken ging ruhig, die wiederangezündete Kerze beleuchtete ein stilles, fast zufriedenes Gesicht, ohne den wüsten Bart und das zottelige Haupthaar hätte es der Rudolf von einst sein können. Morgen, dachte Bertram, wird man jemand auftreiben, der Haar und Bart in Ordnung bringen kann.

Aber am Morgen schlief Rudolf immer noch, sollte er schlafen! Er schlief auch noch in den Nachmittag hinein, erst gegen Abend schlug er die Augen auf, lächelte Bertram an, sagte: »Kleiner Bruder!« und starb. Starb und wurde begraben am Ufer des Narew, unweit der Stadt Nowogrod. –

Bertram ritt heim. War er traurig oder erleichtert? Wahrscheinlich beides. Ein Bruder bleibt ein Bruder, zumal wenn man ihn vor Zeiten über alles geliebt hat. Aber Vatermord bleibt Vatermord, man mag die Sache betrachten wie man will. So ritt er den Pisch aufwärts, kam nach Wyncenty, blieb dort einen Tag und durchstreifte die Gegend. Der rötliche Stein unter einer Birke war noch da, das Grab freilich eingesunken, er kniete daran nieder und sprach ein Gebet. Neben ihm raschelte es, ein Hase setzte verstört über den flachen Hügel.

Bertram fand auch ein kleines Haus abseits vom Dorf, es war einmal weiß gewesen, jetzt hatte es keine Farbe mehr. Hatten hier der Vater und Elisabech gelebt? Das Haus war bewohnt, ein Garten war daneben, Kinder spielten vor der Tür, das Leben ging weiter.

Er wendete sein Pferd und ritt fort. Die Sonne verließ den Zenit und begann abwärts zu steigen, da hob das Pferd den Kopf und wieherte. Hinter einem Waldstreifen hervor kam ein Antwortwiehern. Bertram ritt näher, durch lichter stehendes Gehölz sah er etwas, das schien ein Lager, zusammengeschobene Wagen, Pferde, Menschen. Zigeuner? Zwei Männer kamen auf ihn zu, nein, Zigeuner waren es nicht, auch nach Räubern sahen sie nicht aus, wahrscheinlich fahrendes Volk.

Bertram hielt an, faßte auf alle Fälle nach der Pistole, Rudolfs Pistole, er hatte sie mitgenommen.

Die Männer blieben in gehöriger Entfernung stehen, der eine, klein und dick, stieß den anderen ermunternd an. Der hustete ein wenig, räusperte sich und fragte dann mit auffallend kultivierter Stimme, die einen fremden Akzent hatte, ob der gnädige Herr vielleicht geneigt sei, etwas für die Kunst zu tun?

Bertram betrachtete den Mann, er war groß und schlank und hätte ohne den verlebten und gemeinen Zug im Gesicht gut aussehen können. Kunst? Der junge Rotter spähte zum Lager hinüber, aber er sah nichts, was etwa auf eine Zirkustruppe hätte hindeuten können. Er sah nur zehn oder zwölf verkommene Gestalten, Männer, Frauen und Kinder, ein paar leere Leiterwagen, abgeschirrte und sehr elende Pferde, sonst nichts.

»Kunst?« fragte er. »Was für eine Kunst betreibt ihr?«

»Die Schauspielkunst, gnädiger Herr«, erwiderte der Mann mit einem fatalen Gemisch von Unterwürfigkeit und Anmaßung. »Wir haben vor Kaisern und Königen gespielt im Süden von Deutschland. Aber plündernde Soldaten – Österreicher, Gott verdamme sie, hätte der große Preußenkönig nur keinen von ihnen am Leben gelassen! – nahmen uns alles fort, Kostüme, Dekorationen, alles. Da sind wir hinabgezogen in die Tiefebene und spielen hier vor dem Bauernpack. Das bringt weder Ruhm noch Geld. Man läßt uns leben, das ist alles, und oft langt es nicht einmal dazu.«

Bertram griff zögernd in die Tasche, wobei er nicht versäumte, die beiden Kerle wie zufällig die Mündung seiner Pistole sehen zu lassen. Über das Gesicht des Sprechers glitt ein schwer zu deutender Ausdruck.

»Man sieht, der gnädige Herr ist vorsichtig. Aber vielleicht könnten wir zum Beweis, daß wir keine Buschklepper sind, dem gnädigen Herrn etwas aufführen? Wie wäre es mit einer kleinen Probe aus einem englischen Stück, etwa der Historie vom üblen Ausgang der Fehde der Montagues und Capulets?«

»Romeo und Julia!« rief Bertram verwundert. Er erinnerte sich des Stückes, sein Hauslehrer hatte ihm daran die Gesetze der Dramatik erklärt. Auf der Bühne gesehen hatte er es freilich nie, so wenig wie irgendein anderes der Shakespeare-Dramen. »Romeo und Julia!« wiederholte er. »Spielt ihr das vor den Bauern?«

»Sie sehen es recht gern«, grinste der Mann, »man muß es nur ungereinigt lassen. Es muß echt sein, gnädiger Herr, lebensecht und anschaulich!« Ehe Betram noch fragen konnte, was der Mann darunter verstehe, hatte der sich schon in Positur gestellt, machte eine weit ausholende Geste und begann: »Der Narben lacht, wer Wunden nie gefühlt –«

Dann unterbrach er sich. »Hier müßte nun Julia auf den Balkon kommen, wie der gnädige Herr sicher weiß.« Er wandte sich dem Lager zu, legte die Hände trichterförmig an den Mund und rief: »Agnete! Agnete!«

Im Lager entstand eine Bewegung. Zwei Frauen hielten eine dritte fest, die offenbar entschlüpfen wollte, und schoben sie vorwärts. »Agnete!« rief der Mann nochmals, es klang drohend.

Die Gruppe kam näher. Bertram unterschied zwei ältere, grellgeschminkte Frauen und ein ungeschminktes junges Mädchen, fast noch ein Kind, aber vielleicht wirkte es nur so wegen seiner Überschlankheit und des kindlichen Gesichtsausdrucks von Zorn und Hilflosigkeit, es hatte Tränen in den Augen. Diese Augen hefteten sich jetzt mit einer Flamme von solcher Klarheit und Intensität auf den Fremden, daß der unwillkürlich zusammenfuhr. Es waren dunkle Augen, sie schienen braun, oder waren sie grün: verwirrende Augen.

»Wir beide wollen vor dem gnädigen Herrn etwas aufführen«, sagte der Mann, der den Romeo rezitiert hatte. »Dafür wird er uns ein wenig unter die Arme greifen.«

Sie trat einen Schritt zurück, alles an ihr war Widerstand. »Nein!« rief sie.

Der Mann lachte, es war ein häßliches Lachen, Bertram hätte ihn dafür schlagen mögen. »Keine Angst, man verlangt nichts Besonderes von dir. Der gnädige Herr ist wohl auch gar nicht von der Art. Du sollst die Julia spielen, die Szene im zweiten Aufzug, wo du nur auf dem Balkon zu stehen hast, während ich aller Welt erzähle, wie herrlich du bist. Das wird ja wohl noch gehen. Also tritt vor.«

Während das Mädchen still dastand und Bertram anschaute, begann Romeo wieder: »Der Narben lacht, wer Wunden nie gefühlt –«

Er sprach nicht schlecht, aber Bertram hörte und sah ihn nicht, er nahm nur das Mädchen Agnete wahr. Warum stand sie so sonderbar verkrampft da? Er versank in die Klarheit ihrer Augen, die von ihm abglitten und sich mit einem Ausdruck unsäglichen Ekels füllten. Bertram folgte ihrem Blick und sah, daß der zweite Mann den Monolog seines Gefährten mit Grimassen und Gebärden zu begleiten begann, die an Deutlichkeit nichts zu wünschen übrigließen.

Die Mitglieder der Truppe, jetzt alle zusammengeströmt, brachen in begeisterten Beifall aus.

»Oh, wie sie auf die Hand die Wange legt!« rief Romeo, und Hanswurst ging in Hockstellung, wobei er das Gesäß in seine breite Rechte legte. Romeo seufzte: »Wär' ich der Handschuh doch auf dieser Hand und küßte diese Wange!«

Hier hat Julia »Weh mir!« zu rufen, und Agnete rief auch etwas, angewidert, zornig und laut, daß ihre Stimme das Beifallsgewieher der Zuschauer übertönte.

»Genug!« rief Bertram. Das Lachen und Schreien erstarb. Agnete wandte sich und versuchte davonzulaufen, aber die Frauen stellten sich ihr in den Weg, sie fand keinen Durchschlupf.

Bertram ließ sein Pferd zurücktreten, zählte eine Summe ab,

wickelte sie in ein Tuch, warf sie dem Mann zu, der das Päckchen geschickt auffing, und wandte sich dann an das Mädchen.

»Agnete«, sagte er sanft, »ich möchte dir gern etwas geben. Bitte komm näher.«

Sie rührte sich nicht. Sie sah ihn nur unentwegt an mit ihren sonderbaren Augen und rührte sich nicht. Die Frauen versuchten, sie vorwärts zu schieben, sie stieß sie zurück.

»Zu wem gehörst du, Agnete?« fragte Bertram.

»Zu mir«, erwiderte Romeo überraschend. »Sie ist meiner Schwester Kind. Die Mutter ist lange tot«. Dann begann er zu feixen. »Vielleicht gefällt Agnete dem gnädigen Herrn besser als unser Spiel? Sie ist sechzehn, noch Jungfer, ein Satan freilich, man würde sie wohl festbinden müssen. Aber eben deshalb ist sie noch Jungfer.«

Alle lachten. Das Mädchen riß sich plötzlich los und schoß wie ein Pfeil davon, dem Lager zu. Wie ein Pfeil, dachte Bertram, so schnell, so leicht und so endgültig. Ein Pfeil kommt nicht zurück. Er wandte sein Pferd und ritt davon.

Er ritt nicht weit. Schon nach kurzer Zeit sattelte er neben einem Waldstück ab, hängte dem Pferd den Futtersack um, nahm selbst einen Imbiß. Die Sonne ging unter, die Dämmerung kam, der Abend, die Nacht, ein schmaler Mond stieg auf, über die Heide trieben leichte Nebel.

Bertram hätte sich hinlegen und schlafen müssen, statt dessen wanderte er hin und her, eine sonderbare Unruhe erfüllte ihn, er kam nicht los von dem Gedanken an Agnete. Wie war sie zwischen dieses Pack geraten? Wie hatte sie es fertiggebracht, in solcher Umgebung das zu bleiben, was sie war? Der Mond stieg höher, die Nebelschleier verhängten ihn und gaben ihn wieder frei, immer unterhalb desselben Sterns, Bertram kannte ihn nicht, er kannte die Sterne überhaupt nicht, das Firmament war ihm fremd. Aber es war ein schöner Stern mit seinem klaren und ruhigen Licht, einem strahlendweißen Licht.

Das Pferd war an einen Wasserlauf getrabt und hatte getrunken. Jetzt hob es den Kopf und wieherte, wie es vor fünf Stunden den Pferden im Lager zugewiehert hatte, und Bertram lauschte unwillkürlich: kam auch diesmal ein Antwortwiehern? Nein, aber war da nicht eine Stimme, eine ferne schwache Stimme? Ja – nein – ja, da war sie wieder, Stimme aus dem Nebel, rufend, suchend. »Hier!« rief er, so laut er konnte. »Hier!« Und schritt der Nebelstimme entgegen.

Sie kam näher, wurde deutlicher, entfernte sich wieder, erstickte im Nebel. Die Elfen tanzten hin und her, ergriffen die Rufe, zerpflückten sie, streuten sie über die Heide. Waren es vielleicht nur Irrlaute? Nein, Bertram wußte, wer das Wesen war, das sich durch den Nebel hertastete, und er warf ihm wieder und wieder das starke Seil der eigenen Stimme zu. »Hier! Hier! Agnete, hier!«

Unvermutet standen sie voreinander, zwei Stimmen verschmolzen zu einer, zwei Stimmen im Nebel, in der Nacht, am Ende der Welt.

Agnete sprach zuerst. »Ich habe gewußt, daß ich dich finden würde«, sagte sie. Sie sagte du, es war ganz natürlich.

Aus dem Nebel trat ihnen eine Riesengestalt entgegen, das Pferd, es war seinem Herrn gefolgt. Das Mädchen umarmte es. »Hätte ich dein Wiehern nicht gehört –«

Sie wanderten zurück zu dem Platz am Waldrand, wo er abgesattelt hatte, er wickelte sie in eine Decke, die Nebelnacht war kühl, auch im Hochsommer, und das Gewand, das wie ein langes Hemd an ihr herabfiel, in der Mitte nur durch eine Art Strick zusammengehalten, war dünn.

»Ich bin entlaufen«, sagte sie. »Als alle schliefen, habe ich mich fortgestohlen und bin in die Heide hineingelaufen, in die Richtung, in der du davongeritten warst. Ich konnte nicht mehr bleiben, nicht, nachdem du dagewesen bist und gesehen hast, wie ich leben muß. Vielleicht kannst du mich unterbringen als Magd, vielleicht bei deiner Familie.«

Er erwiderte: »Ich habe keine Familie, sie sind alle tot.« Später, dachte er, werde ich ihr alles erzählen. »Ich bin ganz allein. Aber dafür bin ich auch mein eigener Herr und kann nach Schuchen mitbringen, wen ich will.« Er ergriff ihre Hand, die eine heftige Bewegung gemacht hatte, sie entzog sie ihm und führte sie an die Lippen. »Hier müssen Brennessel sein, ich habe mir die Hand verbrannt. Wie, sagtest du, heißt das, wohin du reitest?«

»Schuchen. Es ist das Gut der Rotters. Ich bin Bertram Rotter.«

Sie wiederholte: »Du bist Bertram Rotter.«

Eine lange Stille entstand. Warum sagte sie nichts? Und warum hatte er solche Scheu, sie zu fragen, warum sie nichts sagte? Endlich sprach sie.

»Vielleicht kannst du mich bei deinen Nachbarn unterbringen, Bertram Rotter. Ich kann nähen und frisieren, kochen, auch scheuern und waschen, wenn es nichts anderes gibt.«

Er zauderte nur eine Sekunde. »Du kannst nach Schuchen kommen, wenn du willst.«

»Als was?«

»Melanie wird schon Arbeit für dich finden.«

Fragte sie nicht, wer Melanie sei? Nein, sie fragte nicht. Sie sagte überhaupt nichts. Aber sie zitterte stärker.

»Frierst du?«

»Nein. – Bertram Rotter, das Leben ist entsetzlich.«

»Es war entsetzlich für dich, ich weiß«, erwiderte er sanft. »Fortan wird es das nicht mehr sein. Aber du bist erst sechzehn. Dein Oheim hat ein gesetzliches Recht an dich.«

»Er ist nicht mein Oheim. Das behauptet er nur seit meiner Mutter Tod. Vorher hätte er das nie gewagt. Er mein Oheim!«

»Und dein Vater? Lebt er nicht mehr?«

»Ich bin nur meiner Mutter Kind«, sagte das Mädchen.

Er brauchte eine Weile, bis er begriff. Dann fragte er nach ihrem Namen.

»Du kennst ihn. Agnete.«

»Und weiter? Deine Mutter hat doch einen Familiennamen gehabt.«

Wie lange es dauerte, ehe sie antwortete! »Ich kenne ihn nicht.«

»Deine Mutter hat dich zurückgelassen, ohne dir zu sagen, wer du bist?«

Sie schwieg. Aber sie zitterte immer mehr.

»Fürchte dich nicht«, sagte er, und er wußte nicht, wie zärtlich seine Stimme klang. »So fürchte dich doch nicht!«

Sie flüsterte: »Ich gehe am besten wieder zurück.«

Er lachte. »Nie, solange ich lebe!« Dann erschrak er über sich selbst. »Du gehörst nicht dorthin, und daß du deinen Namen nicht kennst, ist kein Grund, nicht nach Schuchen zu kommen. Wie lange ist deine Mutter tot?«

»Drei Jahre.«

»Hat man auch bei der Truppe ihren Namen nicht gekannt?«

»Nein. Man nannte sie bei ihrem Vornamen: Betty.« Und ohne Übergang: »Laß mich zurückgehen, Bertram Rotter. Es ist besser, glaube mir. Ich fühle –«

»Daß du mit mir kommen wirst. Daß du nach Schuchen gehörst.«

Was war das für ein seltsames gebrochenes Lachen, das sie ausstieß?

»O Bertram! Wer sagt dir das?«

»Mein Herz.«

»Dein Herz! Was weiß das Herz, was gut für uns ist!«

Für einen Augenblick gaben die Nebel den Mond wieder frei, der schöne weiße Stern erschien wieder. Das Mädchen sah hinauf. »Der Jupiter!« sagte es. »Ist er nicht schön?«

Er fragte verwundert: »Woher weißt du, wie der Stern heißt?«

»Von meiner Mutter.«

»Deine Mutter kannte die Sterne?«

Sie erwiderte kurz: »Einige.« Dann richtete sie die Augen auf ihn, sie waren schöner als alle Sterne, rätselhafter und verwirrender. Er versank in ihren Tiefen, was stand in seinem Blick, daß jetzt in die ihren ein Ausdruck von Schrecken kam? Er neigte sich über sie und küßte sie.

Sie nahm den Kuß hin, erwiderte ihn aber nicht, schien plötzlich noch rätselhafter, undurchdringlich wie sehr tiefes und sehr stilles Wasser. Man schaut gebannt ins unheimlich Ziehende, bis man hineinstürzt und die Tiefe sich über einem schließt. Für immer.

Eine seltsame Kälte durchfuhr Bertram für den Bruchteil einer Sekunde, eine schnelle Hitze folgte, das Nebelkarussell um ihn drehte sich rascher. Aber da sagte Agnete mit sehr nüchterner Stimme, es wäre gut, jetzt gleich weiterzureiten, zwar hätte es die Truppe eilig, nach Westen zu kommen, wo sie sich bessere Geschäfte erhoffte, immerhin würde man am Morgen nach ihr suchen, wenn auch sicher nicht lange, sie war ja nicht von großem Nutzen gewesen.

So sattelte Bertram, und sie saßen auf, das Mädchen vor ihm in seinen Armen, das Pferd spürte die zusätzliche Last kaum. Sie ritten langsam, man war bald in Johannisburg. Dort sollte Agnete in einem Waldstück vor der Stadt warten, bis er Kleidung für sie besorgt hätte, ordentliche Kleidung zum Einzug in Schuchen. Auch ein zweites Pferd würde er besorgen, könne sie reiten? Ja, sie konnte reiten, nicht gerade großartig, immerhin reiten.

Noch aber saßen sie zusammen auf einem Pferd, ritten durch die Heide, noch war es tiefe Nacht, und der Mond leuchtete schwach durch den wehenden Nebel, gab aber genug Licht, um Weg und Richtung zu finden. Bertram Rotter holte tief Atem, er mußte reden von dem, was ihm das Herz zusammenpreßte, zu diesem Mädchen mußte er davon reden, das ihm fremd war und ein wenig unheimlich, ein Nebelwesen tief vertraut, wie ihm der Nebel vertraut war und die geheimnisvolle Flamme über den dunklen Mooren.

»Weißt du, woher ich komme?« fragte er. »Vom Sterbebett meines Bruders. Er hat vor siebzehn Jahren unseren Vater erschossen.« Sie erschrak nicht, sie löste sich nicht voller Grauen von ihm, nein, sie lehnte im Gegenteil den Kopf an seine Schulter, ein Kind, das bereit ist, eine Geschichte anzuhören, auch wenn schreckliche Dinge darin vorkommen sollten. Und Bertram erzählte von Elisabeth, von seinem Vater, von der Liebe beider zueinander.

»Ist es schlimm für dich«, fragte er, »vielleicht graust dir vor mir, und du willst nichts mit dem Bruder eines Vatermörders zu tun haben?«

Sie erwiderte: »Es könnte einen nur vor der Liebe grausen. Sie kommt, man kann nichts dagegen tun, und mit ihr die Schuld, oder das Unglück. Ist beides nicht dasselbe?«

Er fragte überrascht: »Wie kommst du darauf, daß Liebe und Unglück zusammengehören?«

»Liebe und Glück haben selten dasselbe Gesicht«, murmelte sie. Er wollte lächeln über diese Weisheit ihrer sechzehn Jahre, vermochte es aber nicht.

Die Nacht versank in der blassen Flut der Morgendämmerung, mit ihr versanken auch ihre Geheimnisse, gute oder böse. Der Fluß neben ihnen bekam helle Lichter, die sprangen wie lustige kleine Tiere durcheinander, und sein Gemurmel war nicht mehr melancholisch, sogar die schwarzen Moore, an denen sie vorbeiritten, schienen freundlicher, und plötzlich glaubte Bertram nicht mehr, daß Elisabeth in einem solchen Moor umgekommen sein sollte. Er sagte: »Wahrscheinlich hat sie irgendwo ein neues Leben angefangen.« – Das Mädchen schwieg. – »Aber was für ein Leben hätte das sein können?«

Sie unterbrach ihn. »Laß sie ruhen, Bertram, laß sie ihr zweites Leben in Frieden führen, es sei wie es sei.«

»Man sollte aber in Wiesenfeld Bescheid geben, was damals geschah.«

»Leben ihre Eltern noch?«

»Nein. Der alte Reitmeier ist damals, als seine Tochter nicht wiederkam, fast irre geworden, hat unablässig die Wälder durchstreift und die Bauern nach ihr gefragt, als glaube er, sie ziehe als Landstreicherin umher. Besonders im Winter litt es ihn nicht im Haus, und so ist er in einer Januarnacht in einer Schneewehe umgekommen. Seine Frau starb bald darauf.«

Jetzt war der Morgen voll angebrochen, und da war auch Johannisburg. Sie machten ein gutes Stück vor der Stadt in einem dichten Waldstück Halt, es gab viel Unterholz unter großen Tannen. Agnete zitterte vor Müdigkeit und hatte tiefe Schatten unter den Augen, er wickelte sie in eine Decke und bettete sie auf das Moos. Kaum konnte er sich entschließen, fortzureiten und sie hier zu lassen. Wenn ihr etwas zustieße? Tiefer schob er sie ins Dickicht, warf Zweige regellos um sie auf, vom Weg aus war sie jetzt nicht mehr zu sehen. Wieder beugte er sich über sie und küßte sie, sie duldete es auch diesmal ohne Erwiderung. Als er sich aufrichtete, sagte sie nur: »Bring mir einen Kamm mit.« Er nickte wortlos.

Als er gute drei Stunden später aus der Stadt zurückkam, bepackt mit allem, was er in Eile hatte für sie auftreiben können, schlief sie. Sie hatte die Decke unter sich geschoben und lag da in ihrem langen hemdartigen Kittel unter den hohen Bäumen wie ein verwunschenes Märchenwesen, von Lichtern und Schatten überflogen, schön, fremdartig schön, vielleicht war ihre Mutter eine Südländerin gewesen? Ihre rechte Hand stak in einer Tasche des Kittels und hielt etwas fest umklammert.

»Was hältst du da so sorgfältig fest?« fragte er, als sie die Augen aufschlug. Sie sah mit einem Ausdruck von Schrecken auf die Kitteltasche, dann lachte sie. »Nichts!« sagte sie und zog die Hand leer heraus. Aber er hatte wohl bemerkt, daß sie sie in der Tasche geöffnet und etwas hatte hineingleiten lassen. Was konnte es gewesen sein? Er vergaß es, es war nicht wichtig. Es vergaß überhaupt alles an dem wunderbaren Tag, den sie noch bis Schuchen brauchten. Was war das für ein herrliches Reiten durch die tiefen Wälder, vorbei an diesen Seen, nie hatte er gewußt, daß sie so schön waren mit ihren einsamen Ufern, dem geheimnisvollen Leben im Schilf, den weißen Wasserrosen und goldenen Mummeln. Der Abend kam, die Nacht. Sie schlugen ihr Lager auf an einem kleinen, sehr klaren See, von viel Schilf und großen Kiefern umstanden, fern rief ein Birkhuhn, so schliefen sie ein.

Er erwachte schon in der Morgendämmerung, sah zu ihrem Lager hinüber. Durch die unendliche Stille kam ihr sanfter Atemzug, ein wenig zitternd. Hatte sie im Schlaf Angst überfallen? Fürchte nichts, Agnete, dachte er zärtlich, stand leise auf und trat an den See, der den Hauch des Morgens widerzuspiegeln begann. Fürchte nichts! Er wandte sich um, sie war wach, sie saß da, das kastanienbraune Haar fiel ihr über die Schultern, die verwirrenden Augen sahen ihn an.

»Ich liebe dich, Agnete.«

Sie nickte nur. Er suchte nach Worten. »Ich stamme aus keiner vertrauenswürdigen Familie, was Frauen betrifft, du dürftest mir nicht vertrauen.«

»Aber ich vertraue dir.«

»Vertraust mir –« Er begann auf und ab zu gehen. Sie vertraute ihm. Das sollte ihn eigentlich glücklich machen, warum beunruhigte es ihn? Sie stand auf. »Natürlich wird es Schwierigkeiten geben«, sagte sie. »Wenn ich wirklich nach Schuchen mitkomme – und das ist es doch, was du willst – was willst du dort von mir erzählen?«

»Die Wahrheit«, sagte er entschlossen.

»Welche Wahrheit?«

Er stutzte. Ja, welche Wahrheit? Wer wußte sie denn? »Sagen wir also, nicht die ganze. Was wir selbst nicht wissen, können wir nicht erzählen. Wie kam deine Mutter zu der Truppe? Du weißt es nicht, ich auch nicht. Also lassen wir sie aus dem Spiel. Dann braucht auch niemand zu erfahren, daß du nur deiner Mutter Kind bist, und das ist doch besser für dich. Die Truppe, sagen wir, fand dich vor dreizehn oder vierzehn Jahren im Bayerischen, weinend und verlassen neben einer ausgeplünderten Kutsche. Das wird dort bei den Zeiten damals keine unerhörte Sache gewesen sein. Du wußtest nur deinen Vornamen, und es fand sich kein Hinweis auf Herkunft oder Verwandtschaft. So nahm man dich einfach mit, du warst ein Mädchen und würdest bald zu brauchen sein, zum mindesten um mit dem Teller herumzugehen.«

»Das habe ich schon mit vier Jahren getan«, sagte sie.

Unsinnigerweise kränkte ihn das und schärfte den unbestimmbaren Schmerz, den er spürte, wenn er sie ansah. Hilflos wiederholte er, was er vor kurzem gesagt hatte »Ich liebe dich, Agnete – ich liebe dich sehr!«

Sie legte aus dem Bündel, das er ihr gestern mitgebracht hatte, Wäsche und Kleider zurecht, Strümpfe, Schuhe, dann wandte sie sich ihm zu. »Wie lange kennen wir uns? Ich weiß es nicht, weißt du es? Dennoch, wenn du sagst, du liebst mich, so weiß ich, es ist wahr. Aber es ist auch wahr, daß du mich nicht so liebst wie ich dich liebe, ohne Rücksicht auf irgend etwas, auf Mensch oder Gott, auf Himmel oder Hölle, denn das kannst du nicht. Aber du brauchst es auch nicht, ich trage es für beide, und ich trage es gern.« Sie nahm die zusammengelegten Sachen und ging schnell und leicht von ihm fort am Ufer entlang.

In späteren Zeiten, viel späteren, erinnerte er sich oft dieser seltsamen Rede und des Blickes, mit dem sie ihn dabei angeschaut hatte, dieses beschwörenden, eindringlichen und sonderbar unbedingten Blickes, und daß ihre Augen, die blau gewesen waren, plötzlich grün wurden. Es war das erste Mal, daß er diesen Farbwechsel bemerkte, vom tiefen Dunkelblau über Taubengrau und Haselbraun ins Grüne hinein, ins Wiesengrüne, Waldgrüne, Schilfgrüne. – Wie lange kennen wir uns? Ich weiß es nicht, weißt du es?

Noch stand er verwirrt und nachdenklich, da erreichte ihn ein Ruf vom Wasser her, dort schwamm sie zwischen den noch schlafenden Wasserrosen und den Mummeln, er starrte verwundert hin, welches Mädchen konnte denn schwimmen? Sie konnte es, sie konnte sogar tauchen und wieder heraufkommen, sich um ihre Längsachse drehen und sich auf den Rücken werfen, die Arme ausgebreitet, ein Bild des Lebens. Sie trieb ihm entgegen, schon sah er ihre Brust, auf der die Morgensonne spielte. Dann war sie plötzlich fort, verschwunden hinter dem Schilf.

Eine Nixe, dachte er in abergläubischem Entzücken. Eine Nixe, und alles, was seit ihrem Erscheinen geschehen ist, war nur ein Nixentraum. Jetzt wird sie noch einmal auf dem funkelnden Wasser hergleiten in all ihrer Herrlichkeit und dann hinabtauchen für immer, und ich kehre allein zurück nach Schuchen, allein und krank. Denn man weiß ja aus den alten Rittergeschichten: nach solchen Begebenheiten wurde der Ritter krank und starb, wie sollte er auch weiterleben, die Nixe hatte ja sein Herz mitgenommen auf den Grund des Sees. – Wie lange kennen wir uns? Ich weiß es nicht, weißt du es?

Aber sie erschien nicht noch einmal auf dem Wasser, tauchte auch nicht hinab in die Tiefe für immer, noch nicht, sie kam am Seeufer entlang zurück, jetzt in der neuen, ordentlichen Gewandung, die ihm plötzlich gar nicht zu passen schien für solch elbisches Wesen. Aber sie gab sich selbstverständlich darin, und überdies stand das leuchtende Blau des Kleides wunderbar zu der zartbräunlichen Haut und dem kastanienfarbenen Haar. Sie war heiter und gelöst, schüttelte das aufgegangene Haar, sagte, das würde unterwegs im Winde trocknen, und jetzt müßten sie reiten, sie sei neugierig auf Schuchen.

Sie kamen am späten Nachmittag an auf demselben Weg, auf dem vor Jahrhunderten der erste Rotter nach Schuchen gekommen war, der Böse Hans. Der Freihof war zwar von den Tataren verbrannt worden, aber es gab an derselben Stelle schon seit langem wieder einen Hof, den Pfarrhof der Gemeinde Schuchen, die sich jetzt an den Wegseiten bis hinauf zum Schloß ausdehnte, sie war gewachsen und gediehen trotz aller Unbill. Auf diesem neuen Hof saß wieder ein Termaehlen, das war der Pfarrer von Schuchen und ein Urenkel jenes Theodor, der einst polnischer Oberst gewesen war und dann das Schloß gegen die Tataren verteidigt und auch gehalten hatte. Der geistliche Urenkel hieß jedenfalls Timotheus, aber er war nicht groß und stark und durchaus nicht kriegerisch wie sein Ahn, sondern zart, sanft und von knapper Mittelgröße, auch waren ihm Haar und Bart, ehe sie weiß wurden, dunkel gewesen und nicht weizenblond. Vielleicht war in ihm das Blut der fremden Frau lebendig geworden, der Frau Henriks, die ja möglicherweise eine Französin gewesen war, eine Hugenottin. Der Hang des Hügels, auf dem die ehemalige Burg stand, die man jetzt Schloß nannte, war terrassiert und wies eine Art Gartenanlage auf, kurzgeschnittene Wiese mit Blumenbeeten und Büschen.

»Schuchen!« sagte Agnete und hielt ihr Pferd an.

»Ja, Schuchen!« wiederholte Bertram und trieb seinen Gaul in den Schloßhof. Das Mädchen folgte. Oben trat in diesem Augenblick die Wirtschafterin Melanie aus der Haustür, sah die beiden und blieb wie angewurzelt stehen.

Sie war um die fünfzig, nicht groß, dafür rund und gewichtig in jeder Hinsicht, auch nicht eben redselig, aber von eindrucksvollen Gesten. Ihr Wort galt, ihr Wink war Gesera. Ohne sie hätte Juliane Rotter sich nicht einmal die geringe Bedeutung erobern können, die sie ihrem Mann gegenüber besessen hatte. Und wäre es nach Melanie gegangen, so hätte man damals Elisabeth schon nach drei Tagen mitgeteilt, daß es jetzt gerade eine besonders günstige Gelegenheit zur Rückfahrt nach Wiesenfeld gebe, die sie ja nicht versäumen solle. Aber es war nicht nach Melanie gegangen, diesmal nicht, Joachim Rotter hatte sich dazwischen gestellt, und so hatte das Unglück seinen Gang genommen.

Melanie kam die Freitreppe herab und schritt auf die Angekommenen zu. »Schon zurück, junger Herr?« fragte sie mit der Andeutung eines Knickses. »Und ohne den Herrn Rudolf?« Wer ist dieses Mädchen, dachte sie. Sie ist noch schöner als Elisabeth, sie wird Unruhe bringen. Bertram sprang ab, sagte, er werde ihr später alles erzählen, und half Agnete aus dem Sattel.

»Ja«, sagte er ein wenig verwirrt, »ja, Agnete, das ist nun Schuchen. Und dies ist Frau Melanie Beyna, sie hält unser leibliches Wohl in den Händen, in sehr guten Händen.« Er wandte sich der Haushälterin zu. »Melanie, hier stelle ich dir die Demoiselle Agnete vor. Sie ist mir sehr teuer, und ich möchte, daß sie sich hier wohlfühlt, für immer wohlfühlt, verstehst du?«

»Nein«, sagte Melanie, und das war auch nicht zu verlangen. Für immer wohlfühlen? Nur Agnete, kein Familienname? Eine Verlobte, so ohne weitere Begleitung? Oder etwa nur eine neue Magd? Nach beidem sah die Sache nicht aus. Warum sprach Bertram nicht davon, daß Melanie für das fremde Mädchen irgendeine Arbeit finden solle, wie er es doch vorgehabt hatte. Statt dessen sagte er: »Du kannst der Demoiselle das blaue Zimmer oben einräumen.« – Das blaue Zimmer, in dem auch Elisabeth gewohnt hatte. Was hatte das alles zu bedeuten?

Sie erfuhr es am Abend, als der Eßtisch abgeräumt und die Demoiselle Agnete in besagtes blaues Zimmer hinaufgegangen war. Zuerst war in Bertrams Bericht gar nicht die Rede von Demoiselle Agnete, sondern davon, was es damals auf sich gehabt hatte mit dem plötzlichen Verschwinden Joachim Rotters und seines Sohnes Rudolf, und wie alles nun zu einem Ende gekommen sei, zu einem schlimmen Ende. Der junge Mann sah keinen Grund, etwas vor der langjährigen Hausgenossin zu verbergen. Es war gesündigt worden und gebüßt, die Rechnung war beglichen, bis auf einen noch offenen Posten: Elisabeth.

»Die Demoiselle Elisabeth!« sagte Melanie, und in ihrer Stimme klang der Zorn, den sie immer noch gegen die Ehebrecherin empfand, obwohl in der Ehe der Rotters eigentlich nichts mehr zu brechen gewesen war. »Im Sumpf versunken? Das wäre das beste für sie und vor allem auch für das Kind, das sie erwartet haben soll.«

Bertram betrachtete die Wirtschafterin nachdenklich. Er sagte: »Elisabeth war eine wunderbare Frau, Melanie. Ich war noch ein Kind, aber sie hat sich mir unauslöschlich eingeprägt.«

»Dem jungen Herrn hätte sich die Frau Mutter einprägen sollen«, erwiderte Melanie hart. »Die Frau Mutter und der Kummer, den sie hat tragen müssen um Mann und Sohn wegen der Demoiselle Elisabeth.« Melanie sah auf ihren jungen Herrn mit einer Art unzufriedener Zärtlichkeit. Um wieviel älter er geworden war in diesen zehn Tagen, um wieviel reifer! »Wer ist die Demoiselle Agnete?« fragte sie unvermittelt.

So erzählte Bertram auch diesen Teil seiner Erlebnisse, änderte sie wie besprochen, vergaß auch nicht, hervorzuheben, daß die beraubte Kutsche auf eine gute Herkunft des Mädchens deute.

»Und jetzt? Was haben Sie sich jetzt für sie ausgedacht?«

Bertram zögerte. »Betrachte sie als unseren Besuch, Melanie. Später wird man sehen. Es kommt darauf an, wie es ihr hier gefällt.« Melanie sah ihn spöttisch an, schwieg aber und ging.

Unterdessen stand Agnete am offenen Fenster ihres Zimmers, das auf den See hinausging, der weit und dunkel dalag, nur von schwachen Sternenreflexen überspielt. Sie dachte, das ist der See, Mutter, dein See. Warum war es der See, an den du am meisten gedacht hast all die Jahre, von dem du am meisten sprachst? Der Mond stieg höher, er legte seine magische Brücke über den See, Brücke jener, die keinen Boden mehr unter den Füßen haben, Brücke, die im Wasser beginnt und im Wasser endet, es gibt keine Ufer, die sie verbinden könnte. Rogers Brücke, Elisabeths Brücke, seiner Enkelin. Jetzt baute sich der goldene Weg vor Agnete auf, schimmernd über schwarzer Tiefe, lockend, aber ohne Lüge. Blick hin, betritt mich, ich bin herrlich, aber ich ende im Abgrund, du siehst es. Agnete zitterte, aber sie betrat die Brücke ohne Zögern. –

Es ist gut, daß die Melodie des Morgens nicht die der Nacht ist, und daß die Lerche ein anderes Lied singt als die Nachtigall. Hoch hebt sie sich aus der Wiese und steht über dem See.

»O mein Gott, also so ist das!« rief Agnete. Bertram neben ihr am Ufer fragte diesem ›So ist das‹ nicht nach, er war selbst immer wieder neu betroffen und verzaubert. Da lag der See, klar und lieblich im Morgenlicht des Hochsommers, funkelnd und schilfumstanden. Zwischen dem Schilf und weit darüber hinaus leuchtete es von Wasserrosen wie der Nachthimmel von Sternen. Sie begannen gerade, ihre Kelche zu öffnen, Hunderte, Tausende. Viele lagen schon groß und schimmernd auf dem Wasser, wie auf einem sich leise wiegenden Kissen, die Staubgefäße wie goldene Kerzen auf weißem Damast. Götterhände mußten sie über das blitzende Wasser verstreut haben, weit hinein in den See, bis dann auf einmal, ganz plötzlich, dieser zauberische Garten zu Ende war, als gäbe es da einen unsichtbaren Zaun. Das war wohl der schroffe Absturz, von dem die Leute sagten, er gehe hundert Meter tief hinab.

Agnete neigte sich, tauchte die Hände ins Wasser, hob sie der Sonne entgegen und sah zwischen den herabgleitenden Silbertropfen gebannt auf das Gotteswunder. »Daß es so etwas gibt –«

Diese Pracht sei einer blumenbesessenen Vorfahrin zu verdanken, sagte Bertram. Der haben die Seerosen nicht genügt, die der See von sich aus gehabt habe, sie habe Wagenladungen voll aus anderen Seen holen und hier einpflanzen lassen. Jahrelang habe sich freilich nichts gerührt, aber in einem Frühling sei plötzlich der ganze Zaubergarten dagewesen.

»Sie selbst hat das nicht mehr gesehen, sie hatte damals Schuchen schon verlassen. Sie hieß Gertrude und war die Frau des ersten Rotter, des Bösen Hans, der auf geheimnisvolle Weise verschwunden ist, lange vor diesem Rosenpflanzen. Später verließ auch sie Schloß und Gut, man sagt, sie habe ihren Verwalter geheiratet, aber genau überliefert ist es nicht, was aus ihr geworden ist.« Er schwieg eine Weile. »Fortgehen, niemand weiß, wohin, und nicht wiederkommen«, sagte er dann noch, »das scheint den Rotters auferlegt. Vielleicht tue auch ich das einmal.«

»Einmal tun wir das alle«, entgegnete sie ruhig, aber ihr Blick hatte für einen Moment etwas Starres. »Übrigens hat euer Topisch eine schöne Wohnung. Ihr habt doch einen Topisch?«

Er lachte. »Natürlich haben wir einen Topisch, jeder See bei uns hat einen. Aber laß das Melanie nicht hören, sie kann Geister nicht leiden, keine Art von Geistern. Neulich hat sie eine Magd geohrfeigt, die darauf beharrte, der Böse Hans habe sie nachts gewürgt und ihr Gewalt angetan, und sie werde nun wohl ein Geisterkind kriegen.«

Agnete blieb ernst. »Abgesehen vom Bösen Hans – aber sonst? Warum sollte es eigentlich keine Geister geben?«

»Hast du schon einmal einen gesehen?«

»Nein. Aber man behauptet ja auch, daß es Gott gibt, und wer hat ihn schon gesehen?«

Darauf wußte er keine Antwort. Sie erwartete wohl auch keine, sie ging vor ihm am Ufer entlang, strich mit der Hand sanft durchs Schilf und sang:

> »Es freit ein wilder Wassermann auf
> der Burg wohl über dem See –«

Ihre Stimme war dunkel, manchmal klang sie wie eine Glocke, aber wie eine der Glocken aus alten Liedern, die im Wasser versunken sind und manchmal noch dunkel heraufläuten. Dazu hatte diese Stimme etwas Eigentümliches, sie machte die Dinge sichtbar, von denen sie sang, sie machte ihm auch Agnete neu sichtbar, denn wer sonst als sie war die schöne junge Lilofee.

Die Stimme verzauberte Bertram, das ganze melancholische Lied verzauberte ihn, stärker als je empfand er sich und seine Umwelt plötzlich als unwirklich und auf eine fremde Ebene gehoben, die ihn entzückte und beängstigte. Wie konnte es das geben, daß man in Schuchen sang. Die Mägde sangen hier nicht, wehe der, die Melanie dabei betraf! Sie hielt Singen für eine sträfliche Zeitverschwendung und verwerfliche Aufreizung zu überflüssigen Gefühlen. Und nun dieses dunkle Geläut, dieses geheimnisvolle Wogen von fremden Formen und Farben!

> »Sag, willst du nicht hinunter mit mir
> in den tiefen, tiefen See?«

Und deutlich sah Bertram, wie zwischen dem Schilf der Wassermann heranstapfte, der Topisch, tangbehangen, nach Agnete griff –

»Halt!« rief er.

Agnete verstummte, wandte sich um, der Spuk verschwand.

»Es gehen hier viele kleine Wasserläufe in den See«, murmelte er, »du könntest dir den Fuß vertreten.«

In einer kleinen Bucht lag an einem Pfahl vertäut ein Kahn, sie stiegen ein und ruderten durch eine Schilfschneise hinaus auf das offene Wasser. Von hier aus sah der Seerosengarten noch herrlicher aus. So schön, dachte Bertram, war er noch nie. So überirdisch schön. So – ja, da war das Wort wieder: so unwirklich. Aber er versuchte entschlossen, dies Gefühl abzuschütteln. Man lebte in der Wirklichkeit, und man mußte sich dementsprechend verhalten.

Er begann von sich zu sprechen, genauer gesagt, von seiner Familie, den Rotters, von ihrem Leben und ihren Taten, er schonte sie nicht. »Wir haben ein verdammtes Blut in uns«, sagte er. »Ungebärdig und gierig und ohne Hemmung, wenn es unsere Wünsche gilt, es schlägt oft genug ins Böse um, ins Verbrecherische sogar, danke du Gott, daß du nicht solches Blut in dir hast! Es macht nicht glücklich, nicht sich und nicht andere, am wenigsten eine Frau.«

Sie sagte sanft: »Aber ich bin glücklich, hier neben dir!«

»Das ist dein Verdienst, nicht meines. Und ich möchte, daß du glücklich bleibst. Darum muß ich mit dir reden.«

Sie unterbrach ihn: »Es ist nicht nötig. Ich weiß, du kannst mich nicht heiraten. Schuchen ist Fideikommiß.«

»Woher weißt du das?«

»Ich dachte es mir gleich. Aber das ist ja auch einerlei, es ginge überhaupt nicht. Ich habe ja keinen Namen, ich kann nicht einmal nachweisen, daß ich getauft bin. Wie sollte ich heiraten? Nein, sag nichts. Ich lege auch keinen Wert darauf.«

Er hatte sich alle ihre Einwände schon selbst gesagt, dennoch traf es ihn. Er murmelte: »Es tut mir so leid. Du solltest geschützt sein. Auch vor mir.«

»Vor dir brauche ich keinen Schutz.«

»Aber« – er gab sich einen Ruck, »aber, gesetzt den Fall, ich hörte einmal auf, dich zu lieben. Die meisten Männer verlieren mit der Liebe auch ihr Gewissen. Wer sagt dir, daß ich besser sein würde?«

»Niemand. Aber du wirst mich immer lieben.«

Auf der Rückfahrt sprach niemand ein Wort. Agnete hielt das Gesicht tief über das Wasser geneigt, als spähe sie nach etwas, das sich im Grund zeigen sollte, und Bertram überlegte, auf welche Weise er sie vor den Zufällen des Lebens schützen könne. Konnte er nicht sterben? Auch junge Menschen sterben. Am besten, er ließ ihr die Einkünfte eines Vorwerks überschreiben, etwa die von Bärenberg, Bärenberg rentierte sich gut. Diese Einkünfte sollte sie notariell zugesichert bekommen, erblich zugesichert, dann war sie versorgt ihr Leben lang samt ihren – ja, samt ihren Kindern. Sie würde Kinder haben, er wünschte es sich, ihre Kinder, Agnetes Kinder, ein Strom von Glück durchfuhr ihn.

Am Nachmittag durchstreiften beide das alte Schloß, das innen düster war wie je, weitläufig und zu unpraktisch, um sich darin wohlzufühlen. Es war vor Jahrhunderten gebaut ohne Rücksicht auf irgendwelches Behagen, und die späteren Geschlechter hatten nichts daran geändert, es war immer nur ein Unterschlupf geblieben trotz seiner Größe, eine Art Raubnest für die Männer, ein unbequemes Gefängnis für die Frauen. Man sah diesen Mauern an, daß sie kaum je etwas anderes gehört hatten als Flüche oder Weinen, noch niemals war das Bertram so aufgefallen wie heute.

Am allermeisten fiel ihm die Menge dessen auf, was man nur als Gerümpel bezeichnen konnte: zerbrochene Möbel, Gerätschaften, deren Sinn nicht mehr festzustellen war, gebundene und lose Papiere, die mit längst unleserlich gewordener Schrift bedeckt waren, gedruckter und geschriebener, Teile uralter Kleidung, sonderbar geformtes Schuhwerk, Stücke von zerbrochenen Rüstungen – alles das türmte sich in den Ecken der langen Flure und weiten Dielen, niemand hatte sich je die Mühe gemacht, hier auch nur notdürftig aufzuräumen, nicht einmal Melanie hatte das fertiggebracht.

»Wo soll man denn mit dem Zeug hin?« hatte Joachim Rotter gefragt, und dasselbe sagte jetzt auch Bertram. Wohin damit?

»In den See!« erwiderte Agnete. »Große Bündel davon machen, Steine hineinpacken, auf den See hinausfahren und alles versenken. Vielleicht kann es der Topisch für sein Wasserschloß gebrauchen.« Sie lachte, sie war überhaupt voll Heiterkeit, voll Mutwillen.

»Vielleicht!« sagte Bertram. »Oder man könnte alles aufs Feld fahren und verbrennen. Es würde Schuchen sicher sehr guttun, all diese Vergangenheit loszuwerden.«

»Vergangenheit loswerden!« rief Agnete. »Ganz von vorn anfangen, gar nicht wissen, woher man kommt, wer man ist, welches Glück!«

Sie tanzte mit ausgebreiteten Armen durch den weiten Raum unter dem Mitteldach, in dem sie sich befanden, die Sonne schickte ihre Strahlen durch ein paar sehr schmale Fenster, vermutlich waren es ehemals Schießscharten gewesen. Die Strahlen teilten den Raum in gleichmäßige Rechtecke, helle und dunkle, das schöne Mädchen schwirrte wie ein Falter durch Licht und Schatten, viel Schatten und wenig Licht, aber es genügte, um den Kastanienschimmer über ihrem Haar jedesmal aufflammen zu lassen wie einen rötlichen Blitz. Sie tanzte zu einer Ecke, zog an einem verschlissenen bunten Tuch, drapierte sich flüchtig damit, warf es weg. »Fort, Vergangenheit!«

»Nun hättest du fast die Laute auf die Erde geschleudert«, sagte Bertram und hob das Instrument auf, das beim Herauszerren des Tuches herabgeglitten war. »Sieh nur, zwei Saiten sind gerissen – ach, und hier ist eine Zeichnung.«

Agnete kam herbeigetanzt, er hielt ihr die Laute hin, auf der Rückseite klebte ein dünnes Stück Papier mit der Tuschzeichnung eines Frauenkopfes, eines jungen, schönen und sehr ausdrucksvollen Frauenkopfes. »Auch Vergangenheit«, sagte er leise, »nicht sehr ferne Vergangenheit: Elisabeths Laute. Sieh, das hier war Elisabeth.«

Als er keine Antwort bekam, wandte er sich ihr zu. Sie stand da, immer noch die Arme zum Tanz ausgebreitet, den Kopf vorgeneigt, regungslos. Wie blaß sie war!

»Ich habe mir gleich gedacht, daß dir dies Tanzen nicht bekommen würde«, rief er. »Die Luft ist hier ganz abscheulich von all dem alten Kram.« Er wollte die Laute auf den Haufen zurücklegen, Agnete nahm sie ihm aus der Hand.

»Gib sie mir«, sagte sie. »Ich hätte sie gern.«

»Sie gehört dir. Kannst du denn darauf spielen?«

Sie könne es, wenn auch nicht so schön wie ihre Mutter. Auf seinen fragenden Blick sagte sie: »Sie spielte in den Zwischenpausen, wenn die Schauspieler sich umzogen. Schon um sie spielen zu hören, kamen die Leute in Scharen. Solange Mutter lebte, hatten wir keinen Hanswurst, Mutter hätte es nicht gelitten! Wir brauchten auch keinen.« Ein Ausdruck von liebevollem Stolz flog über ihr Gesicht. »Man achtete Mutter sehr, weißt du. Trotz –«

Er unterbrach sie. »Sag nie wieder: trotz. Auch ich achte deine Mutter sehr. Wie sollte ich eine Frau nicht achten, die solche Tochter aufgezogen hat? Weißt du eigentlich, aus welcher Gegend sie stammte?«

Die Antwort kam schnell: »Aus Bayern. Da liegt sie auch begraben.«

»Wir werden einmal hinfahren«, versprach er.

Sie nickte. Aber sie wußte, daß sie nie hinfahren würde. Nicht mit ihm. Auf dem Holzkreuz stand ja der Name, der volle Name.

In dem Gerümpelhaufen fand sich auch ein Kästchen mit Saiten. Agnete nahm es, preßte es an sich wie die Laute, als sie jetzt mit Bertram hinabging in die untere Halle. Sie setzte sich in einen der beiden Sessel – die einzigen behaglichen Sitzgelegenheiten, die es in Schuchen gab –, zog zwei neue Saiten auf und begann die Laute zu stimmen. Bertram stand in einem der Fenster, die auf den terrassierten Wiesenhang gingen, über dem jetzt die schönen langen Schatten des sinkenden Tages lagen. Aber er sah nicht hinaus, er sah auf das Mädchen, das mit tiefgeneigtem Gesicht die schlanken bräunlichen Finger über die Saiten gleiten ließ, erst klangen die Töne leise, wie aus weiter Ferne, dann wurden sie voller und stärker, fanden aus der Vergangenheit in die Gegenwart und füllten den Raum mit einem so starken neuen Leben, daß es Bertram fast den Atem benahm.

Da kamen zuerst Akkorde, Wogen von Akkorden, sie brausten daher wie ein großer Strom, teilten sich, lösten sich auf in einzelne Rinnsale, in murmelnde Bäche, in Wassertropfen, in seufzenden Wind und klagenden Vogelruf. Dazu ihre Stimme, ihre Glockenstimme aus tiefen Wassern her, sie sang ein altes Volkslied, er kannte es nicht, was kannte er schon? Aber als sie es nach kurzer Pause wiederholte, versuchte er mitzusummen, mitzusingen. Es gelang über Erwarten gut, er freute sich darüber.

»All meine Gedanken, die ich hab, die sind bei dir – Hätt ich aller Welt Gewalt, von dir wollt ich nicht wanken!«

Plötzlich stand Melanie im Zimmer. »Die Laute!« sagte sie noch in den Schlußakkord hinein. »Hat die Demoiselle sie gefunden! Gestern habe ich sie aus dem blauen Zimmer hinaufgebracht, morgen hätte sie verbrannt werden sollen. Der alte Herr Baron hat sie extra in Königsberg bauen lassen für die Demoiselle Elisabeth. Damit fing das Unglück an. Musik ist vom Teufel, wir haben es gesehen.«

Agnete beugte sich tiefer über die Laute. »Vom Teufel oder von Gott, wer will das entscheiden«, murmelte sie. »Ach, Frau Beyna, ich fürchte, so einfach sind die Dinge nicht!«

Melanie schüttelte ärgerlich den Kopf. Darüber, sagte sie, habe sie mit fünfzig doch wohl ein besseres Urteil als die Demoiselle Agnete mit sechzehn. Damit ging sie hinaus und schloß die Tür nicht eben sanft.

Eine kleine Stille entstand. »Es war dein Vater, der Elisabeths Bild gezeichnet hat, nicht wahr?« fragte Agnete.

»Ja. Ich glaube, er hat mehrere Bilder von ihr gezeichnet, die sind aber alle verlorengegangen bis auf dieses an der Laute. Er zeichnete gut.«

»Kannst du auch zeichnen?«

»Nein. Ich kann nichts. Nur dich lieben.«

Sie legte die Laute fort, ging zu ihm und schlang die Arme um seinen Hals. »Tu das«, sagte sie. »Tu das immer.« –

Er tat es sieben Jahre lang, vielleicht sogar noch länger, es ist fast zu fürchten, daß er bis zu seinem Lebensende nicht davon abließ und daß später, als das erste Entsetzen vorbei war, die Sehnsucht über die Klostermauern stieg und den Weg nahm nach Schuchen, zu dem alten Schloß am Wasserrosensee.

Noch aber war die Zeit des Glücks, das alles um sich herum verzauberte. War das noch Schuchen, das finstere Schloß, von dem nicht nur Bertram sagte, keine Frau sei je darin glücklich gewesen, ob verheiratet oder nicht? Nicht nur, daß jetzt außen alles, was aus Holz war an Fenstern, Türen, Geländern in zarten Elfenbeintönen und leuchtendem Kastanienbraun gestrichen wurde – das stand herrlich zu dem altersgrauen Gestein, nicht nur, daß neben der Freitreppe sich ein über und über blütenbedeckter Rosenstrauch bis zum ersten Stock hob, und daß dunkelblaue Waldreben mit großen Blüten große Teile der Fassade überspannten und der häßlich verunkrautete Platz um das Haus herum mit schön geäderten dunklen Granitplatten ausgelegt wurde. Das war alles sehr schön, auch die helle Heiterkeit der Innenräume: lichte Tapeten, farbige Seiden und schöne Teppiche. Bertram wollte der Geliebten die Umwelt so schön wie nur möglich machen. Den ganzen Himmel hätte er um sie breiten mögen mit allen Sternen, aller Pracht der Sonnenauf- und -untergänge, um sie, die sein Leben so mit Glanz und Glück füllte, daß ihm jeder Tag zu neuem Gottesgeschenk wurde. Jeder Tag und jede Nacht, und damit ist nicht nur die immer neue, auf sonderbare Weise ungestillt bleibende Leidenschaft gemeint, deren Schauplatz das blaue Zimmer war, das Zimmer Elisabeths. Sondern auch all das andere, alle die Lichter und Freuden und Besonderheiten, die Agnete um sich streute wie einen Wirbel bunter Blumen, hervorgezaubert aus dem Alltag, der damals in Schuchen unversehens ein Festtag wurde.

Das Schönste von allem aber schienen ihm die Sommernächte, Mondnächte vor allem, in denen sie stundenlang im Boot auf dem See trieben zwischen den schlafenden Seerosen oder weiter draußen über der tiefen Wohnung des Topisch. Da pflegte Agnete die Kleider abzustreifen und in das dunkle Wasser zu gleiten, in dem ihr Körper aufleuchtete und verschwand, aufleuchtete und verschwand im Wechselspiel, hinabtauchte und an anderer Stelle wieder erschien, oft ein schnelles Hin und Her unter dem Boot hinweg vollführte, sich wie ein weißer Wirbel um seine Längsachse drehte und dann schnell und lautlos der Mondbrücke zuglitt, auf der er sich ausstreckte und regungslos liegenblieb.

Bertram konnte nicht schwimmen. »Du bist eine Nixe, ich ein gewöhnlicher Sterblicher. Was habe ich da unten zu suchen?«

Sie lachte, sie glitt und schnellte hin und her wie ein Fisch, sie vermochte den Oberkörper weit aus dem Wasser zu heben, dann erinnerte sie Bertram an Bilder aus einem Märchenbuch, das Rudolf ihm einmal geschenkt hatte, aber die Mutter hatte es ihm fortgenommen. Das Buch sei gottlos, hatte sie gesagt, es gebe keine Wald- und Wassergeister, es gebe nur Gott und Christus, nichts sonst.

»Nixe!« sagte er und glitt wieder aus der Wirklichkeit in die Unwirklichkeit, wie es ihm jetzt so oft geschah, »hast du auch einen Fischschwanz, Nixe?«

Sie lächelte geheimnisvoll, ließ sich auf den Rücken gleiten und begann ihr Lieblingslied.

»Es freit ein wilder Wassermann –«

Traumdunkle Stimme, Glocke unter den Wassern, Stimme, die den Zauber beschwört.

»Sag, willst du nicht hinunter mit mir
in den tiefen, tiefen See?
Deine kleinen Kindlein weinen nach dir,
du schöne junge Lilofee.«

Dann schoß sie plötzlich vorwärts und war mit einem Mal verschwunden. Er trieb das Boot ihr nach, nichts von ihr war mehr zu sehen.
»Agnete! Agnete!«
Er zog die Ruder ein, wollte ihr nachstürzen, aber plötzlich war sie wieder da, weiß und leuchtend, das kastanienfarbene Haar wie kleine dunkle Schlangen um sie her.
»Wo warst du? Wie kannst du so lange fortbleiben? Welche Angst habe ich ausgestanden!« Sie legte die Finger auf die Lippen.
»Nicht so laut! Sonst wachen unten meine Nixenkinder auf.« Sie legte ihre Hand auf den Bootsrand, schwang sich mühelos hinein. Hatte sie sich vom Wasser abgestoßen wie von fester Erde? Er hüllte sie in das mitgenommene Tuch. Schweigend fuhren sie zum Ufer. –
Das Leben ging auf Schuchen seinen Gang, die schöne Agnete wurde den Leuten in Schloß und Dorf unvermerkt zur Schloßfrau, niemand dachte mehr daran, daß sie mit dem jungen Herrn nicht verheiratet war. Er hielt sie wie eine Ehefrau, und sie benahm sich so, war also nicht alles in Ordnung? Nein, nicht ganz, etwas störte, störte empfindlich, die Liebe

störte. Eheleute sollten einander lieben, Gott selbst hatte es ihnen befohlen. Aber die Liebe war immer ein wenig anrüchig, man tolerierte sie, aber sie hatte sich bescheiden in graue Gewänder zu hüllen und in einer Ecke sitzen zu bleiben, wie es einer Pflicht zukam, denn sie war eine Pflicht und keine Freude. Sie hatte sich nicht vorzudrängen und laut zu prahlen: Seht, da bin ich, bin ich nicht schön?

Aber eben das war es, was die Liebe dieses unverheirateten Ehepaares tat. Sie war unaufhörlich da, rief aus jeder Bewegung, jedem Blick, und welche von den Mägden hatte es nicht schon erlebt, daß sie, um irgendeine Ecke biegend, die beiden zärtlich aneinandergelehnt antraf. Sie schienen keine Sekunde ohne den anderen sein zu können, es trieb sie, einander ständig in die Arme zu fallen, ihre Augen kannten kaum ein anderes Ziel als die des anderen. Dabei war die schöne Agnete nun schon im fünften Jahr auf Schuchen. Aber ihre und Bertrams Leidenschaft schien immer noch zu wachsen.

Vielleicht würde sich das jetzt ändern. Die Mägde wisperten, es bereite sich etwas vor mit der schönen Agnete, und wenn das Korn reif sein würde, würde wahrscheinlich noch etwas anderes reif sein. Melanie ging mit eingekniffenem Mund umher, Kindergeschrei auf Schuchen, schön und gut, der Erbe wäre willkommen. Aber illegitimes Kindergeschrei zerstört, es baut nicht auf. Auch Bertram schien zuweilen sorgenvoll, zuweilen strahlte er auch, und einzig und allein Agnete schwebte nach wie vor gleichmäßig heiter und glühend von Lebensfreude durch das Schloß, über den Wiesenhang, schwamm über der Wohnung des Topisch hin und her, tauchte hinab und wieder auf, wollte sie den Wassermann necken? Wollte sie ihm zeigen: Sieh, du hast die schöne Lilofee doch nicht bekommen. Ihr Verhalten beunruhigte und ängstigte Bertram.

»Du solltest jetzt besser das kalte Baden lassen«, sagte er. »Es kann dir schaden.«

Sie erwiderte: »Mir schadet nichts. Nicht, solange du mich liebst«, und umarmte ihn.

Das fünfte Jahr Agnetes auf Schuchen. Vielleicht wird es ein gesegnetes Jahr, dachte der Pfarrer Timotheus Termaehlen, der in Anbetracht der neuen Lage den Terrassenhang zum Schloß hinaufschritt, entschlossen, alles zu tun, was der menschlichen und göttlichen Ordnung entsprach und den Beteiligten zu einem dauernden Glück verhelfen würde. Wie oft hatte er das in diesen fünf Jahren schon versucht! Das Hindernis war nicht der junge Rotter, den hatte er sofort willig gefunden, alle Schritte zu tun, die die Ehehemmung der Namenlosigkeit beseitigen könnten. Nein, das Hindernis war Agnete. Sie widerstrebte, und wie sie widerstrebte! War das nicht unsinnig, hatte man das schon erlebt, daß eine Frau es ablehnte, ihre schiefe Lage, die ihr doch nur Schaden bringen konnte, geraderücken zu lassen. So eine bezaubernde Frau! Sie rührte seltsam an sein Herz.

Er beschleunigte den Schritt, ein kleiner alter Herr, den schlanken Körper vom Kinn bis zu den Knien eingeknöpft in einen langen schwarzen Rock, der nur am Hals einen schmalen weißen Streifen zeigte. Um seinen Kopf wallte eine dichte weiße Haarmähne. Jetzt war er schon fast oben. Er hob die Augen und sah hinauf zur obersten Terrasse, wie die schöne Agnete einen Strauß Veilchen in eine Schale ordnete. Ihr Zustand war ihr noch kaum anzusehen, er entstellte sie noch nicht, vielleicht würde er dieses Wesen nie wirklich entstellen. Timotheus glaubte es, er liebte die schöne Agnete, er liebte sie mit der zärtlichen und sorgenvollen Liebe eines guten Vaters.

Jetzt sah auch sie ihn, zuerst leuchtete ihr Blick auf, dann aber flog ein Schatten über ihr Gesicht, sie wußte wohl, warum er kam. Aber vorerst sagte er nichts davon, er plauderte mit ihr über Blumen und Frühling, und als Melanie vorbeikam, lud er sich bei ihr zu Tisch. Denn Melanie führte nach wie vor das wirtschaftliche Regiment, Agnete hatte nie versucht, ihr etwas dreinzureden. So saßen sie denn zu vieren um den Eßtisch, und die Unterhaltung tastete sich etwas vorsichtig hin. Man sprach von den Zuständen im Lande, sie waren nicht die besten, der zweite Friedrich Wilhelm konnte schließlich niemanden begeistern. Daß der Alte Fritz nicht ewig leben konnte, Bertram bedauerte es leidenschaftlich. Der Pfarrer war auch kein Bewunderer des jetzigen Königs, wer hätte das auch sein können! Aber den Alten Fritz so hemmungslos loben – nein, dafür hatten zu viele seine Größe mit dem Leben bezahlen müssen. Auf diesem Gebiet war kaum eine Übereinstimmung zu erzielen. Man wechselte das Thema und kam auch auf die Geschwisterehe zu sprechen, in welchen alten Religionen sie geduldet und für die Herrscherhäuser sogar gewünscht worden sei.

»Es ist sonderbar mit den Nachkommen aus solchen Verbindungen«, sagte Termaehlen, »im eigentlichen Sinn normal sind sie kaum. Entweder Körper und Geist sublimieren sich in ihnen aufs äußerste oder sie bleiben unter der Norm, kommen als Krüppel auf die Welt, als Schwachsinnige, Blinde oder Taube. Die Sache ist wohl doch gegen die Natur, mit wachsender Einsicht wurde sie überall abgeschafft, und beispielsweise hier im Lande, wo sie in ganz alten Zeiten auch üblich war, gab es sie schon lange vor der Zeit des Ordens nicht mehr. Die christliche Kirche beider Konfessionen erklärt die Geschwisterehe für Todsünde, und das ist sie wohl auch, schon im Hinblick auf die Nachkommen.«

Später, beim Kaffee, den Melanie hatte besorgen können, obwohl er wieder einmal von der Regie gesperrt war, kam die Rede auf Elisabeths Laute, auf ihr Spiel und ihren Gesang, und die Augen des Pfarrers bekamen einen besonderen Glanz. »Ja, ich höre und sehe sie noch«, sagte er, »wie sie über die Laute gebeugt dasaß und dazu sang. Ich sehe noch, wie der Bernstein an ihrem Halse dabei zitterte, so daß man dachte, die Mücke darin müsse jeden Augenblick auffliegen.«

Melanie rief: »Ja, das war ein herrliches Stück, dieser Bernstein! Ein länglicher Stern mit abgerundeten Zacken, und er leuchtete wie Gold! Ein wunderbarer Stein. Er gehörte in die mütterliche Familie der Demoiselle Elisabeth, sie hatte ihn von ihrer Mutter bekommen, wer mag ihn jetzt haben?«

Ein Schweigen entstand. »Auch ich erinnere mich jetzt an ihn«, sagte Bertram schließlich. »Wie konnte ich ihn nur vergessen? Wie konnte ich vergessen, daß schon vor Agnete jemand in Schuchen gesungen hat, und dabei hat mich das damals heftig erregt, ich besinne mich genau.«

Als Timotheus Termaehlen eine Stunde später mit Agnete am Seeufer auf und ab ging, kam er auf den eigentlichen Grund seines Besuchs zu sprechen. Sollte man nicht, fragte er behutsam, in Anbetracht der Umstände jetzt doch versuchen, die Beziehungen zwischen ihr und Bertram zu legalisieren? Sie schüttelte den Kopf, ihm schien, sie tat es noch entschiedener als früher. Für das Kind sei gesorgt, sagte sie, es brauche keine Legalisierung.

Aber einen Namen brauche es.

Sie selbst habe auch keinen und lebe glücklich, sehr glücklich. Mit sich selber, sagte der alte Mann, könne man möglicherweise umgehen wie man wolle, obwohl er da auch nicht so sicher sei. Aber über ein anderes Leben so selbstherrlich ein vielleicht schweres Schicksal verhängen –.

Agnete schlug die Hände vor das Gesicht, nahm sie aber gleich wieder herab. »Ich muß es auf mich nehmen«, sagte sie. »Es geht nicht anders.«

»Es gibt also einen Grund?«

Sie schwieg eine Weile, sagte dann: »Es gibt einen Grund. Aber sagen Sie das Bertram nicht.«

»Nein. Aber wollen Sie mir den Grund nicht nennen, mein Kind? Ich bin alt, ich kann viel verstehen. Vielleicht gibt es irgendwo einen Mann, der Rechte auf Sie hat, legale oder andere? Wenn es so ist, sagen Sie es mir. Es wird sich ordnen lassen. Sie waren noch ein Kind.«

»Nein, solch einen Mann gibt es nicht.«

»Es ist schwer mit Ihnen«, murmelte er, »und ich möchte Ihnen so gern helfen. Sie sind mir lieb wie eine Tochter.«

Sie flüsterte: »Vater! O wären Sie es doch!« Dann wandte sie sich um und lief schnell zurück, die Terrassen hinauf, verschwand hinter der Haustür.

Der alte Pfarrer blickte auf den See hinaus, auf dem sich der zauberische Wasserrosengarten wiegte: »Ich gäbe viel darum, ihr Geheimnis zu wissen.« –

Das Kind kam im September zur Welt. Es war gesund und wohlgestaltet, Agnete atmete befreit auf. Sie erholte sich schnell. Bertram hatte einen schön und bunt geflochtenen Wiegenkorb in Johannisburg anfertigen lassen, da hinein legte sie das Kind. Es war ein Knabe. Er lag artig da, aber er hätte doch den Kopf nach dem Ball drehen können, den Agnete vor ihm an einem Faden tanzen ließ. Nicht einmal die Augen wandte er danach. Er schloß sie auch nicht, wenn plötzlich helles Licht einfiel.

»Er ist blind«, sagte der Arzt. »Das kommt vor, leider.« Agnete stürzte zu Boden, als hätte der Blitz sie getroffen. Man legte sie auf ihr Bett. Stundenlang lag sie regungslos, starren Auges, als sei auch sie blind geworden. Der Arzt vermochte nichts. Er ließ sie zur Ader, es war umsonst. Bertram setzte sich neben ihr Lager. Er flüsterte mit ihr. »Du mußt es überwinden. Du mußt. Er braucht dich doch, der arme Kleine, was soll er ohne dich?«

Plötzlich sprang sie auf, rief: »Mich? Mich?« und begann zu lachen. Sie war nicht zu beruhigen, hatte sie den Verstand verloren? Der Arzt gab ihr ein Schlafmittel, eine starke Dosis. Sie schlief ein, sie schlief bis zum übernächsten Tag. Dann wachte sie auf und war wie immer.

Nein, nicht wie immer, nicht ganz. Ein Bruch ging fortan durch ihr Wesen, die herrliche Harmonie war gestört. Heiterkeit übersteigerte sich, Melancholie wurde plötzlich zu unbegreiflicher Verzweiflung, es wurde ein harter Winter auf Schuchen, obwohl die Kiefernkloben in den Öfen behaglich krachten und sogar Melanie sanft wurde angesichts des Unglücks, das ihr freilich eine Strafe schien.

Der Frühling kam. Lange noch erinnerte sich Schuchen an diesen Frühling, der fast ohne Rückfall war und die Wasserrosenblätter schon im Mai an die Seeoberfläche trieb, und in dem die schöne Agnete vor dem Schloß auf der obersten Terrasse zu sitzen pflegte, den bunt geflochtenen Wiegenkorb neben sich und die Laute auf dem Schoß, da spielte und sang sie ihre Lieder, sang sie dem blinden Knaben vor, und wenn er die Händchen ausstreckte, als wollte er die Klänge greifen, lächelte sie schmerzlich und glücklich. Zuweilen hob sie ihn auch auf die Arme und ging mit ihm hin und her, auf und ab, immer singend, und war es nicht, als wolle das Kind mitsingen? Vielleicht konnte auch ein blindes Kind Freude im Leben haben.

»Aber er wird nie den See sehen können, nie die Wasserrosen, nie die Sterne am Himmel, nie!« sagte Agnete. Es klang wie ein Urteil. Urteil über wen?

Ihre Liebe zu Bertram wurde von all dem nicht betroffen, die brannte wie eh und je, nichts konnte da etwas ändern. Als der Sommer kam, nahmen die Eltern das Kind im Boot mit auf den See, zuweilen hörte man den Klang der Laute und das Jauchzen des Knaben bis ans Ufer. Agnete spielte heitere und klagende Lieder im Wechsel, bei den heiteren strahlte das Kind, bei den ernsten lag es still da mit einem sonderbar verklärten Ausdruck in dem kleinen Gesicht. Immer noch sang Agnete am liebsten das Lied von der schönen Lilofee. Bertram hörte es nicht gern, ihn überlief es jedesmal, wenn der Wassermann im Liede die schöne junge Lilofee zu sich hinabholte. Es war ihm auch nicht lieb, daß die Mondscheinfahrten auf dem See wieder aufgenommen wurden, sowie Agnete nur erst ihre volle Gesundheit wiederhatte. Aber sie wollte nicht darauf verzichten, das Wasser sei ihr Lebenselement.

»Vielleicht war dein Vater ein Wassermann?« fragte er. Es war ein Scherz, aber seine Worte berührten ihn sonderbar. Die schöne Agnete erwiderte ernsthaft, vielleicht sei das wirklich so, und eine Sekunde lang hatte sie die Vorstellung von Joachim Rotter und Elisabeth, die einander im seichten Uferwasser umarmten, während der Topisch zornige und gierige Augen auf sie gerichtet hielt.

»Tanja!« sagte Bertram einmal. »Ja, Tanja hieß sie, jetzt fällt mir der Name ein. Elisabeth erzählte von ihr, Tanja war ihre Vorfahrin aus der mütterlichen Linie und der kurländischen Zeit, was dir das Wasser ist, das war ihr der Wald. Sie war sehr schön – solche Urältermütter sind das immer – und hatte magische Gewalt über alles Lebendige, Mensch und Tier und Pflanze. Sie liebte einen Bären mehr als ihren Mann, der Bär hieß Jurij, und als sie gestorben war, holte er ihre Leiche, niemand sah je etwas wieder von ihr und ihm. Es war ein großartiges Märchen, ich konnte es nicht oft genug hören. Übrigens hatte Tanja grüne Augen wie du.«

»Ich kann wohl kaum mit der Vorfahrin deiner Elisabeth verwandt sein«, entgegnete Agnete heiter. »Ich liebe auch keinen großen Fisch und keinen Wassermann, ich liebe nur dich.«

»Und das Kind.«

»Das bist auch du, du und ich in einem. Manchmal denke ich, vor langen Zeiten waren wir einmal ein einziges Wesen, darum lieben wir uns jetzt so sehr.«

Er erwiderte nachdenklich: »Dann liebte also jeder im Grunde nur sich selbst. Nein, das möchte ich nicht glauben. Es kommt mir – es kommt mir nicht zulässig vor.«

»Ist nicht alles zulässig, was da ist? Wäre es sonst da?«

»Es gibt Grenzen.«

»Nicht für mich, wenn es sich um dich handelt.«

Warum erschreckte ihn das? Hätte es ihn nicht eher freuen sollen? Warum begann es ihn dunkel zu ängstigen, daß auch seine Liebe sich nicht mäßigen wollte, daß die Feuersbrunst sich nicht milderte zum behaglichen Herdfeuer, wie es sich doch gehört hätte nach sechs Jahren, sondern daß sie wuchs und wuchs, ihn und alles rundum immer mehr einhüllte, bis sie vielleicht alles einmal verzehren und zu Asche werden lassen würde.

Das Kind war nun ein Jahr alt und auf den Namen Joachim getauft, nach Bertrams Vater, dazu hatte man ihm amtlicherseits nach manchem Hin und Her den Familiennamen Schäfer zugestanden und eingewilligt, daß auch Agnete sich fortan dieses Namens bedienen dürfe. Woraus sich das Kuriosum ergab, daß die Mutter ihren Namen vom Kinde erhielt statt umgekehrt.

Da nun Agnete einen Familiennamen hatte, konnte man eine Trauung erwägen. Der Pfarrer erwog sie, Bertram stimmte zu, aber Agnete lehnte ab wie eh und je. Lebte man nicht sehr glücklich und sehr zufrieden miteinander?

Und man lebte noch glücklich und zufrieden diesen ganzen Sommer über und den Winter hindurch bis zum nächsten Sommer, dem siebenten Agnetes auf Schuchen. Es war nach der Ernte, Bertram hatte in Johannisburg zu tun gehabt und kam heim. Eigentlich hatte er erst am nächsten Tag zurück sein wollen, aber jeder Tag fern von Agnete wurde ihm immer schwerer. Auch war es so schön, das zärtliche Aufleuchten ihrer Augen zu sehen, ihr überraschtes, glückliches Lächeln, wenn er unvermutet vor sie trat. Dazu hatte er heute ein besonderes Geschenk für sie, etwas, das er schon lange bestellt hatte, eine Halskette aus dunklen Bernsteinperlen, alle ebenmäßig geschliffen, sie funkelten wunderbar im Sonnenlicht und würden herrlich aussehen um ihren zarten Hals.

Aber Agnete war nicht da, sie war mit Melanie und dem Knaben zu einer Spazierfahrt aufgebrochen und noch nicht zurück, man hatte ihn ja erst morgen erwartet. Er ging hinauf in ihr Zimmer, das blaue Zimmer, um ihr die Kette als Überraschung auf den Tisch zu legen, eine hübsche Unterlage würde sich schon finden. Im Zimmer selbst fand sich nichts, kein Tuch oder dergleichen, so öffnete er den Schrank, sah das leuchtendblaue Kleid, das er damals in Johannisburg für sie besorgt hatte zum Einzug in Schuchen, breitete es über den Tisch, legte die Kette darauf. Es sah gut aus. Überhaupt ein hübsches Kleid, sie sollte es öfter tragen. Aber was war das für eine Erhöhung über der Tasche? Was hatte sie da eingenäht? Er betastete die Stelle, sie war steinhart. Ein Amulett? dachte er, und ihm fiel ein, wie er sie damals im Wald vor Johannisburg getroffen hatte, die Hand um einen Gegenstand in ihrer Kitteltasche geschlossen, den sie dann hatte hineingleiten lassen, unbemerkt, aber er hatte es bemerkt. War das derselbe Gegenstand, den sie hier eingenäht hatte? Was verbarg sie vor ihm?

Er vergaß die Halskette, er ging zwischen Tisch und Fenster hin und her, er wartete, daß der Wagen endlich käme und er Agnete fragen könnte. Was versteckst du da? – Hin und her, her und hin – wie lange noch? Agnete, schöne Agnete, geheimnisvolle Agnete – hin und her, her und hin. – Plötzlich konnte er nicht mehr warten, keine Sekunde mehr. Eine fremde Gewalt stieß ihn zum Fenstertischchen, auf dem eine kleine spitze Stickschere lag, drückte ihm die Schere in die Hand, zwang ihn, die Naht zu öffnen.

Er erkannte den Stein sofort, den hellgoldenen länglichen Stern mit den abgerundeten Zacken und der schwebenden Mücke darin, er kannte auch die Zeichnung auf dünnem Papier, in die er gewickelt gewesen war. Eine der Tuschzeichnungen, die der Vater von Elisabeth gemacht hatte. Er erkannte alles, er begriff alles. Das Nebelwesen war herausgetreten aus den Schleiern, die es sieben Jahre lang eingehüllt hatten. Nun stand es da in schrecklicher Klarheit. –

Der Wagen kam anderthalb Stunden später. Eines der Pferde hatte ein Hufeisen verloren gehabt, man hatte einen Umweg bis zum nächsten Hufschmied machen und dann noch lange auf ihn warten müssen. Sonst wäre man gut anderthalb Stunden früher dagewesen, zusammen mit Bertram wäre man angekommen.

Dann hätte im blauen Zimmer nicht das blaue Kleid über dem Tisch gelegen mit dem sternförmigen Bernstein darauf und einem Zettel: »Fortreiten und nie wiederkommen, das ist den Rotters auferlegt. Wußte ich das nicht schon immer? Der Himmel hat sich zugetan. Aber noch aus der Hölle: Hab Dank! Hab Dank!« Der Zettel war nicht unterschrieben, es war auch nicht nötig.

– »So spät noch auf den See?« fragte Melanie mißbilligend. »Und mit dem Kind?«

Agnete erwiderte heiter: »Ja. Es war sehr heiß unterwegs. Die Kühle wird uns guttun, dem Kleinen und mir.«

Sie stieg ins Boot mit Kind und Laute, sie ruderte hinaus, der Mond ging auf, er legte die magische Brücke auf das Wasser, Brücke jener, die keinen Boden mehr unter den Füßen haben, es gibt keine Ufer, die sie verbinden könnte, sie beginnt im Wasser und endet im Wasser. Lange noch hörte man in Schuchen die Lautenklänge vom Boot her, vertraute Klänge, wie oft hatte die schöne Agnete diese Melodien gespielt, diese Lieder gesungen! Auch ihr Lieblingslied war dabei, das Lied vom wilden Wassermann und der schönen jungen Lilofee. Danach wurde es still, jetzt ruderte sie wohl zurück.

Am Morgen trieb der leere Kahn weit draußen über der Wohnung des Topisch. –

Zwei Wochen später kam bei Jens Rotter in Königsberg ein Schreiben an aus dem Kloster Heiligelinde bei Rössel, des Inhalts, der Baron Bertram von Rotter habe sich zum katholischen Glauben bekehrt und trete als dienender Bruder in das Kloster ein, um eine schwere Schuld zu sühnen. Mithin gehe das Gut Schuchen mit allen Rechten und Pflichten an den Adressaten über, der alle notwendigen Schritte einleiten möge. Die Vollmacht Rotters liege bei. Sie lag auch bei, aber sonst nichts. Kein Wort, nichts.

Am gleichen Tag bückte sich der Pfarrer von Schuchen zu einem Grasbüschel im Uferkies des Sees hinab, direkt vor dem Boot, das jetzt wieder an seiner alten Stelle vertäut lag. Er hatte da etwas blitzen sehen im schönen Licht der Vormittagssonne, die leuchtend ausgegossen war über Schilf und Seerosengarten, und schon, als er seine Finger um das Blitzende schloß, wußte er, was es war. Seltsamerweise schien ihm, als habe er längst alles gewußt und habe sich durch Schweigen mitschuldig gemacht. Lange betrachtete er den sternförmigen Bernstein an seinem dünnen Goldkettchen. Hatte die schöne Agnete ihn hier verloren, oder hatte sie ihn fortgeworfen, als Opfer gewissermaßen? Oder war er angeschwemmt? Die Leute hier, dachte er, würden sagen, der Topisch habe die schöne Agnete gern bei sich aufgenommen, aber das Schmuckstück, das sie an die Menschenwelt band, habe er nicht gewollt, sondern hinausgeworfen aus seinem See.

Timotheus Termaehlen schickte den Stein von einer entfernten Poststation aus in gut versiegeltem Päckchen anonym an die Familie Reitmeier nach Wiesenfeld.

Fünftes Zwischenspiel

1791–1900

Jens Rotter übernahm das Gut Schuchen, wenn auch nicht gern. Er war eben erst aus dem holländischen Feldzug zurückgekehrt, den er als Major mitgemacht hatte, und ihm wollte schon das allzu ruhige Leben in der Hauptstadt Königsberg nicht mehr gefallen, geschweige denn fern in einsamer Wildnis. So übergab er schon nach einem halben Jahr Gut und Burg seinem ältesten Sohn Heinrich, der zwar erst zwanzig Jahre alt war, aber tüchtig, von früher Ernsthaftigkeit und geneigt, sich in der Führung eines Gutes gründlich unterweisen zu lassen und Verantwortung zu übernehmen. Jens selbst trat wieder in die Armee ein.

Schuchen gedieh nicht schlecht unter dem neuen jungen Besitzer, soweit es das Landwirtschaftliche betraf. Was die Burg anging, das sogenannte Schloß, so welkte seine rasch aufgeflammte schöne Blüte ebenso rasch dahin. Heinrich Rotter hielt nichts von Ausgaben für schöne Farben und kostbare Hölzer, seltene Pflanzen und seidene Tapeten. Das Mädchen Adeline, hübsch und praktisch, das er sich bald aus der Nachbarschaft als Frau heimholte, war derselben Meinung. Freilich ließ sie endlich das alte Gerumpel aus Dielen und Fluren aufs Feld schaffen und verbrennen, alle Leute aus Haus und Dorf standen da und sahen den Flammen zu, die Schuchens Vergangenheit in Rauch aufgehen ließen, und wenn man ihnen glauben wollte, so schauten vom Schloßgiebel oben der Böse Hans und aus dem Schilf unten der Topisch zu, sie hatten schließlich auch allerhand mit Schuchens Vergangenheit zu tun.

Da hatte die junge Magd Lise neulich etwas am Ufer gefunden, es sah merkwürdig aus, aber wenn man es genau betrachtete, war es der Steg einer Laute. Lise brach in Tränen aus: »Nicht einmal ihre Laute darf sie bei sich behalten, die arme schöne Agnete – der Topisch ist böse, böse und unbarmherzig.« Sie hatte noch nicht ausgesprochen, da bekam sie rechts und links Ohrfeigen! Entsetzt warf sie die Schürze über den Kopf. Der Topisch, sie hatte ihn beschimpft, nun strafte er sie.

Aber es war nicht der Topisch, es war Melanie, die immer noch das Regiment führte in Schuchen, trotz der alten und der jungen Gutsherrin. Denn die Frau des Jens war kränklich und weinte meistens vor Kummer darüber, daß sie Königsberg hatte verlassen müssen, weiter tat sie nichts. Und die junge war eben noch zu jung, sie verstand noch nicht viel, ohne Melanie ging nichts. Und Melanie tat ihre Pflicht wie eh und je, aber doch war in ihrer Tüchtigkeit nicht mehr der alte Schwung, auch in ihren Ohrfeigen nicht, obwohl die noch gut genug saßen.

»Du dwatsche Marjell«, sagte sie, »wenn ich den Unsinn noch einmal höre, dann bleibt es nicht bei Ohrfeigen allein, merk dir das!« Lise merkte es sich, sie sah sich fortan immer erst genau um, ehe sie ihrem Kummer freien Lauf ließ, ihrem Kummer um die schöne Agnete, die mit ihrem blinden Knaben bei dem Wassermann wohnen mußte. Freiwillig, sagte man, sei sie hinuntergegangen, aber war das ganz sicher? Vielleicht hatte der Topisch sie gewaltsam geholt in jener Nacht, in der der junge Herr nicht dagewesen war, sie zu schützen, sondern fortgeritten, um in ein Kloster zu gehen. Wer begriff das? Rätsel über Rätsel, niemand löste sie. O die herrlichen sieben Jahre, die die schöne Agnete auf Schuchen gewohnt hatte, welcher Glanz war von ihnen ausgegangen!

Auch auf die kleinen Leute in Haus und Dorf hatten diese sieben Jahre ihren Glanz geworfen, ein Hauch von Schönheit und Besonderheit war über ihr armes, mühseliges Leben gefallen. Sie hatten nicht im Garten des Glückes gewohnt, aber sie hatten doch davor gestanden und hineingespäht. Noch heute standen sie an stillen Sommerabenden, wenn der Mond seine magische Brücke über das Wasser legte, oft am See und hörten deutlich die schöne Agnete singen, vermischt mit dem Nachtwind, der im Schilf rauschte. Aber wer erkannte nicht den herrlichen dunklen Glockenton, der schon immer geklungen hatte, als läute er aus Wassertiefen herauf. Es gab auch einige, die hatten sie über den See schweben sehen, den blinden Knaben im Arm. Sie glitt auf die Mondbrücke zu, doch die zerbrach jedesmal unter ihr und schickte sie wieder hinab in die nasse Flut. Aber, daß sie immer wieder versuchte, über die Mondbrücke das Land zu erreichen, war das nicht ein Zeichen dafür, daß sie nur gezwungen wohnte in dem tiefen See und darauf wartete, daß jemand käme und sie erlöse? Aber es würde niemand kommen, niemand würde es mit dem Topisch aufnehmen wollen. –

Im Lande ging alles seinen Gang weiter, seinen unguten Gang. Bei der ersten Teilung Polens im Jahre 1772 war Westpreußen zurückgekommen, und bei den beiden nächsten Teilungen des unglücklichen Landes 1793 und 1795; kamen auch noch Danzig, Thorn, ein gut Stück Polens vor der Südgrenze Ostpreußens, Masowien, Warschau und Bialystok hinzu. Freilich war das nur ein kleiner Teil der Beute, den Löwenanteil nahm sich Rußland. Hätte der Alte Fritz noch gelebt, so wäre das dem Zaren nicht so glatt hingegangen, wahrscheinlich hätte er solche ungleiche Teilung nicht gewagt, aber wer respektierte schon den Neffen, den zweiten Friedrich Wilhelm, den Schwächling. Niemand respektierte ihn, und niemand respektierte sein Land, das schlecht verwaltet wurde, dessen Finanzen in immer tiefere Zerrüttung gerieten und dessen Volk gar kein Interesse an der Regierung nahm. Als dieser König starb, hinterließ er seinem Nachfolger achtundvierzig Millionen Taler Schulden.

Etwas besser wurde es jetzt, aber der dritte Friedrich Wilhelm hatte zwar bürgerliche, doch keine staatsmännischen Tugenden, und deren hätte es in den kommenden schlimmen Zeiten bitter bedurft. Die Weltgeschichte spielte wieder einmal einen ihrer bösen Trümpfe aus, diesmal hieß er Napoleon. Der ging daran, ganz Europa in die Tasche zu stecken, Preußen gehörte dazu. Es dauerte nicht lange, bis der Korse heraushatte, in welch kläglichem Zustand sich die preußische Armee befand, zerfressen von Schlendrian und Korruption, und so kam es zu Jena und Auerstädt, zur verlorenen Schlacht bei Friedland in Ostpreußen, es kam zur französischen Besetzung Königsbergs und schließlich des ganzen Landes. Es kam zu unerschwinglichen Kontributionsforderungen, die das wieder einmal schwer verwüstete Land keinesfalls aufbringen konnte, und in Königsberg wurden einige Kaufleute, denen der Sieger ihre Zahlungsunfähigkeit nicht glauben wollte, in den Kerker geworfen. Zwei wurden wegen besonderer Aufsässigkeit füsiliert, das waren ein Enkel und ein Urenkel Ulrich Brandas, Vater und Sohn. Ihre Familien flüchteten nach Wiesenfeld.

Der Feind fiel wie ein Heuschreckenschwarm über das Land her. In Dorjutschen lebte um diese Zeit von den Wigors nur noch Julius, Sabines Enkel, der war schon über siebzig und krank. Sein Sohn Jacob war gefallen, die beiden Enkel samt ihrer Mutter ins Russische geflohen. Dorjutschen steckte voller Einquartierung, Offiziere im Gutshaus, Mannschaften in jedem Winkel der Gebäude, alle nahmen sich rücksichtslos, was sie brauchten und nicht brauchten, Krieg ist Krieg, und Schonung der Besiegten so selten wie blühende Rosen im Winter. Dazu hatten die Franzosen eine Pferdeseuche eingeschleppt, auch ein großes Viehsterben begann.

»Ich kann die Zinsen nicht mehr zahlen«, sagte der alte Julius Wigor zu seinem Vorknecht Benedikt, der sein einziger

Halt war in dieser Zeit, »ich kann auch den Lohn für die Leute und das Essen für uns alle nicht mehr aufbringen. Ich brauche Geld. Aber wer leiht noch auf Dorjutschen?«

»Niemand«, sagte Johann Benedikt, aus der Familie der Benedikts über dem See, die Freibauern gewesen waren, jetzt aber ohne Haus und Hof und in Knechtsdiensten. »Niemand. Wir müssen durchhalten. Die Leute müssen auf ihren Lohn warten, bis andere Zeiten kommen. Irgend etwas zum Essen wird sich schließlich immer noch finden.«

»Man wird mir das Gut über den Kopf hinweg verkaufen! Ich kann die Zinsen nicht mehr zahlen.«

»So zahlen Sie eben keine«, entschied Johann Benedikt. »An wen soll man das Gut verkaufen? Wo findet sich jetzt ein Käufer?«

Es gab um diese Zeit keine Käufer für Güter, dafür gab es den Tilsiter Frieden und mit ihm den Verlust aller Gebiete, die Preußen der zweiten und dritten Teilung Polens verdankte, und es gab ein Übermaß an Schmach und Elend, so daß auch die Stumpfsinnigsten aus ihrer politischen Lethargie gerissen wurden.

»Halten der Herr Baron nur aus!« sagte Benedikt zu Julius Wigor. »Es tut sich was!«

Julius Wigor hielt aus. Ach, wenn er Johann Benedikt nicht gehabt hätte! Ihm allein war es zu verdanken, daß nicht alle Knechte wegliefen und nicht alle Mägde ihre ganze Zeit bei den französischen Soldaten zubrachten. Er prügelte sie gnadenlos durch, wenn er sie in einem Soldatenbett erwischte, er prügelte zuweilen auch einen französischen Soldaten, den er beim Diebstahl traf, es kam ihm nicht darauf an. Ihm geschah nichts, obwohl der alte Wigor oft Blut und Wasser schwitzte vor Sorge um ihn.

»Wenn meine Enkel die Zeit nicht lebend überstehen oder im Russischen bleiben wollen«, sagte er, »sollst du Dorjutschen haben, Benedikt.«

»Sie werden gesund zurückkehren«, versetzte Johann, »und ich finde schon mein Auskommen.«

Auch Schuchen steckte voller Einquartierung, aber Heinrich Rotter hatte unter den hohen französischen Offizieren einen Freund, noch von einer frühen Pariser Reise her, der konnte manches Unerträgliche mildern und tat es auch, zumal Adeline Rotter sich nicht als undankbar erwies. Sie war jetzt gegen Ende der Dreißig, aber immer noch eine hübsche Frau, und sie war außerordentlich praktisch und überzeugt, der gute Zweck heilige das Mittel, hatte aber bei aller Großzügigkeit nicht versäumt, die achtzehnjährige Tochter nach Wiesenfeld zu schicken, um sie außer französischer Sicht zu halten.

Nach Wiesenfeld? Es gab zwischen Schuchen und Wiesenfeld freundschaftliche Verbindungen, trotz der Sache mit Elisabeth. Das lag vierzig Jahre zurück, und wer wußte, ob die Schuchener wirklich an ihrem Verschwinden schuld waren? Der Bernstein mit der Mücke, den ihnen ein Ungenannter vierundzwanzig Jahre später zugesandt hatte, kam jedenfalls aus einer ganz anderen Gegend, aus einer Gegend in der Nähe Königsbergs, was hatte Elisabeth da zu suchen gehabt? So gewöhnte man sich an die Verschwundene als an eine Abenteurerin zu denken und die Schuchener von aller Schuld zu entlasten, so daß Jacob Wigor keine Schwierigkeiten gehabt hatte, seinen Mitstreiter im Landstand Heinrich Rotter mit dem Wiesenfelder bekannt zu machen, der sich gerade in Königsberg aufhielt. Beide gefielen einander, und die Verbindung hielt auch an, als Wigor bald darauf fiel. Mußte nicht alles, was in Ostpreußen unter dem Regiment Napoleons fluchte und ächzte, zusammenhalten. Auch wenn der eine ein großer Gutsherr und der andere nur Besitzer eines schönen Freihofes war. Heinrich war aus der rotterschen Art geschlagen, er war Landwirt, begeisterter Landwirt, alles übrige interessierte ihn kaum. Und der Wiesenfelder war ebenfalls ein vorzüglicher Landwirt, es war ein Genuß, sich mit ihm zu unterhalten. Nirgend anders schickte er seine Tochter Ernestine so gern hin. Die Reitmeierschen Söhne? Nichts gegen sie zu sagen. Wenn Ernestine einen von ihnen haben wollte, seinen Segen hatte sie. Also fuhr sie, achtzehnjährig, hübsch und temperamentvoll, nach Wiesenfeld.

Wiesenfeld hatte als Einquartierung nur einen freundlichen alten Stabsoffizier und seinen Adjutanten. Die erwiesen sich nicht als Last, eher als Hilfe. Ihnen verdankte man es, daß der älteste der Reitmeiersöhne, Hermann, unangefochten daheimbleiben und den Hof bewirtschaften durfte. Das war ein großes Glück, alle waren dem alten Herrn dankbar dafür, am dankbarsten Ernestine Rotter. –

»Es tut sich was«, hatte Johann Benedikt gesagt, woher wußte er es? Einerlei, es tat sich wirklich etwas, es tat sich sogar sehr viel. Die Not war so groß geworden, daß sie sogar die Obrigkeit zum Nachdenken zwang, sogar die Regierung, sogar den König. Oder war es nicht der König, sondern Luise, die Königin? Man braucht sie nicht zu vergöttlichen, aber ohne Zweifel besaß sie zwei unschätzbare Eigenschaften: ein fühlendes Herz und einen klugen Kopf, und die werden nicht oft zusammen angetroffen.

Sie fühlte und begriff, daß mit der Heilung des schlimmsten Übels unten begonnen werden müsse, an der Wurzel, ohne deren Gesundheit und Lebenskraft der Baum nicht gedeihen kann. Sie setzte es durch, daß der König mit dem Edikt vom 9. Oktober 1807 die Erbuntertänigkeit der Bauern aufhob und diesen unglücklichen Stand damit endlich wirklich befreite. Im nächsten Jahr folgte ein zweites Edikt, das allen Insassen auf den königlichen Domänen ihre Grundstücke als volles freies Erbeigentum verlieh. Freilich machte die erste Verordnung viel böses Blut unter den Grundherren, und mancher unterschrieb die Ablösungsverträge nur fluchend und drohend oder mit Vorbehalt, aber es kam weniger auf sie an als auf die große Zahl der Befreiten, es kam auf eine gesunde Reorganisation des ganzen Landes an und vor allem: auf einen Umschwung der öffentlichen Denkweise.

Das war nicht mehr aufzuhalten. Alle Schikanen des Feindes konnten es nicht mehr verhindern, daß sich »etwas tat«, und in Ostpreußen tat es sich zuerst. Dies geschundene Land, Agrarland, endlich auch freies Bauernland, nun ohne das Pestgeschwür der Leibeigenschaft, war im Gefühl seiner endlich erlangten Freiheit entschlossen, alles für die Erhaltung dieser Freiheit zu tun und zu wagen. Aber bis dahin verging noch viel schlimme Zeit. Napoleon zog nach Rußland und nahm soviel von der männlichen Jugend des Landes mit, als er nur erraffen konnte. Aber es traf nicht die Jugend allein. Auch Heinrich Rotter, der schon die Vierzig auf dem Buckel hatte und nie Soldat gewesen war, mußte als Troßhauptmann mitziehen und erfror irgendwo zwischen Moskau und Königsberg. Die Mutter der beiden kleinen Wigor, die nach Rußland gegangen war, geriet in eine Typhusseuche, an der sie starb und die Sechs- und Achtjährigen hilflos zurückließ. In Wiesenfeld erstach Ernestine Rotter den Adjutanten des französischen Stabsoffiziers, der versucht hatte, ihr Gewalt anzutun. Man nahm sie in Haft, sie saß zwei Jahre lang im Militärgefängnis zu Königsberg und wartete auf ihren Prozeß, ehe ihr, begünstigt durch das inzwischen eingetretene Debakel der Großen Armee in Rußland, eine abenteuerliche Flucht nach Dorjutschen gelang. In Schuchen oder Wiesenfeld fühlte sie sich noch nicht sicher.

Sie wäre in der nächsten Zeit nach Schuchen weitergereist, der Franzose verließ das Land, niemand kümmerte sich mehr um einen Erstochenen, aber da war Johann Benedikt. Julius Wigor, inzwischen gestorben, hatte ihn zum Erben von Dorjutschen eingesetzt für den Fall, daß sich keiner der Enkel mehr melden würde. Johann residierte auf dem Gut, als die flüchtende Ernestine ankam. Er war ein bemerkenswert gutaussehender junger Mann, gerühmt wegen seiner Stärke und seines Mutes, und die hübsche junge Ernestine war in zweijähriger Haft ausgehungert nach Leben und durch die Kriegsläufte etwas durcheinander geraten. Auch Benedikt machte keine Ausnahme, und nachdem sich Ernestine mehrere Monate von den Strapazen ihrer Gefangenschaft und ihrer Flucht in Dorjutschen ausgeruht hatte, ergab sich die Notwendigkeit den Pfarrer im Dorf zur Vornahme einer Trauung zu veranlassen.

Sie heirateten und hatten im Lauf ihrer Ehe eine Reihe Kinder, und wenn es auch zwischen dem Paar nicht immer zuging wie bei einem Taubenpärchen, denn Ernestine hatte eine Schwäche für starke und mutige Männer, so brachten sie doch die Ehe ohne große Katastrophen hinter sich. Als später einer der Wigorenkel auftauchte und Benedikt ihm Dorjutschen übergab und sich auf das Vorwerk zurückzog, das Julius Wigor ihm für solchen Fall testamentarisch zugesichert hatte, folgte Ernestine ihm ohne viel Murren in die bescheidenere Lebensform. Von den Wigor-Enkeln war nur Stephan übriggeblieben, der jüngere Bruder war der Mutter bald nachgestorben. Er, Stephan, hatte sich durchschlagen können, anfangs mit Betteln, später, als er größer wurde, mit Arbeit und schließlich ziemlich lange als Soldat. Aber immer, wenn er gedacht hatte, jetzt nach Ostpreußen aufbrechen zu können, war etwas dazwischengekommen, und wäre nicht Tatjana gewesen, wäre er nie zurückgekehrt.

Benedikt übernahm also das Vorwerk Tarjewen als eigenen und selbständigen Besitz. Es war ein recht großes Vorwerk, und Benedikt war ein guter Wirtschafter. Obwohl er damals nicht mehr jung war, schaffte er es noch, Land hinzuzukaufen und aus dem Ganzen drei Höfe zu machen, die gab er seinen drei Söhnen, die Töchter verheiratete er gut, es war alles in Ordnung, als er starb. Auch seine Frau Ernestine war sichergestellt, dennoch fühlte er sich ihretwegen etwas bedrückt.

»Tu mir die Liebe«, sagte er zwei Tage vor seinem Tode,

»und blamier die Kinder nicht. Schließlich bist du jetzt achtundfünfzig Jahre.«

Sie schluchzte. »Eben, achtundfünfzig Jahre! Und jetzt soll ich dich verlieren! Und du traust mir so etwas zu! Hab' ich dich nicht immer liebgehabt, Hans?«

Er hätte nun antworten können, das habe sie wohl, aber leider nicht nur ihn, doch er verschluckte es. Zwei Tage später war er tot. Es muß leider gesagt werden, daß auch achtundfünfzig oder neunundfünfzig Jahre der guten Ernestine nicht genügten, um ihr Temperament zügeln zu lernen. Ein Jahr später gab es eine peinliche Geschichte, in der sie und ein fünfzigjähriger Nachbar die Hauptrolle spielten, und es blieb ihren Kindern nichts übrig, als die Mutter noch eine Reihe von Jahren streng zu bewachen, bis sich das Rottersche Blut endgültig beruhigte.

In Schuchen hatte man kein sonderliches Interesse an Ernestine genommen, vor allem nicht, seit sie nicht mehr Herrin von Dorjutschen war, sondern eine simple Bauersfrau auf einem Vorwerk. Man lud sie nicht einmal zum Begräbnis der Mutter ein, die im Jahre 1835 starb. Erfroren wie ihr Mann, nicht in der winterlichen russischen Steppe, sondern in ihrem Schlafzimmer, das sie, im Alter krankhaft geizig geworden, nicht heizen ließ. Man fand sie vor dem Fenster auf dem Fußboden liegend, nur mit Hemd und Nachtjacke bekleidet, es war das Fenster der ehemaligen Blauen Stube, das auf den See geht. Ihr Sohn Walter übernahm Gut und Schloß, heiratete und bekam 1837 einen Sohn, den er Georg nannte, worauf er Kriegsdienste nahm und nur nach Hause kam, um noch für ein paar Töchter zu sorgen, bis er einmal nicht mehr kam, niemand erfuhr, auf welchem Schlachtfeld er umgekommen sein mochte.

Für seine Frau war sein Tod so gleichgültig wie sein Leben, sie hatte ihn nicht oft gesehen. Sie lebte nach wie vor in der wieder düster gewordenen Burg neben dem alten Erzieher

Georgs und der schon ältlichen Gouvernante der Töchter ein stumpfes, ereignisloses Leben. Sie starb mit fünfunddreißig Jahren, ihr Sohn war erst siebzehn.

Er übernahm Schuchen, überließ aber alles seinem tüchtigen Verwalter, seine Leidenschaft war die Jagd, ihr widmete er sein Leben. Er kümmerte sich nicht viel um Frauen, zeigte keinerlei Neigung zur Ehe, und vielleicht wäre er unbeweibt gestorben, wäre er nicht, schon dreiunddreißigjährig nach Schweden gegangen, um dort Bären und Elche zu jagen. Von dieser Reise brachte er außer Bärenfellen und Elchschaufeln Ebba mit, Ebba Stjernskjöld, die sollte jetzt Herrin auf Schuchen sein.

Ebba erschrak beim Anblick des finsteren Schlosses, aber sie schrie auf vor Entzücken, als sie den See mit seinem Wasserrosengarten sah. Georg runzelte die Stirn, ihm waren diese Tausende von Seerosen eher peinlich, und er schämte sich seiner blumenbesessenen Vorfahrin, deren Herkunft er außerdem mißtraute. Er war ein vernünftiger Herr, wenn man von seiner Jagdleidenschaft absah. Ebba, seine Frau, war zwanzig. Das schien ihm richtig, er konnte sich die junge Frau nach seinem Sinn erziehen. Aber Ebba wollte nicht erzogen werden und schon gar nicht nach seinem Sinn. Sie stammte aus einem der großen Värmländischen Güter, dort hatte man immer viel Besuch gehabt und viele Feste gefeiert, Ebba war gewöhnt, zu lachen und zu tanzen, sie wollten ihren Mann lieben und fröhlich sein. Georg liebte Besuche nicht, sie störten ihn, wobei, ist schwer zu sagen. Er machte auch nicht gern Besuche, das kostete unnütz Zeit. Nur bei der Jagd verließ ihn jede Vernunft, er verfiel in einen Rausch des Hetzens und Tötens, und es gab endlose Strecken erlegtes Wild, nicht endende Ketten von Birkhühnern und Wildenten. Ebba schenkte fort, was nicht selbst verbraucht werden konnte, und sie erntete viel Dank. Nahrung war bei den kleinen Bauern, den ehemaligen Hörigen, immer noch sehr knapp, zumal Fleisch, und

Jagdrecht hatten sie nicht. Wehe dem, den der Schuchener jagend angetroffen hätte! So waren sie glücklich über das, was von der Jagd des Gutsherrn für sie abfiel. Als Georg dahinterkam, geriet er außer sich. Gehe er auf die Jagd im Dienste des Gesindels, das noch vor ein paar Jahrzehnten den Rotters leibeigen gewesen sei?

Was solle man aber mit all dem Erlegten anfangen?

»Meinetwegen werfen Sie es in den See«, sagte er, »oder auf den Mist.«

Ebba schenkte das Wild auch weiterhin her, wenn auch heimlich. Aber vielleicht könnte man die Sachen auch einmal brauchen, um ein Fest zu geben, eines von den großen fröhlichen Festen, die sie von daheim kannte, ein Fest, zu dem die Gäste von weither kommen würden. Er sah sie finster an, sein Kinn zitterte vor Zorn. So wenig kannte sie ihn, daß sie ihm dergleichen vorzuschlagen wagte! Vielleicht kannte sie ihn auch, kümmerte sich aber nicht darum! Jedenfalls war so etwas keine Antwort wert, und er gab auch keine. Aber sie ließ nicht nach, sie dachte es sich so schön, das Schloß in Kerzenlicht zu tauchen und den Hang mit Fackeln zu erleuchten, die hinausflammen sollten bis weit auf den See. Die ganze Nacht bis weit in den Morgen hinein sollte man essen und trinken und tanzen und dann, wenn die Sonne aufgegangen war, in großen Booten und auf Flößen hinausfahren, bei fröhlicher Musik auf dem Wasser frühstücken und den Seerosengarten bewundern, der dann seine Blüten öffnen würde, Tausende von Blüten.

»Stellen Sie sich das vor, Liebster, soviel fröhliche Menschen, fröhlich dank uns, wäre das nicht herrlich? Mit einem Schlage hätten wir Freunde, viele Freunde, Schuchen ist so arm an Freunden, und es würde warm um uns sein, warm und hell und fröhlich, nicht kalt und finster und trübselig wie jetzt –«

Er sagte mit rostiger Stimme, daß ihm Schuchen und das

Leben in Schuchen gerade so recht und angenehm sei, daß er den Firlefanz von Festen und Freunden ablehne, und gar Tänze – »Können Sie sich vorstellen, Madame, daß ich durch den Saal hüpfe?«

Nein, das konnte sie nicht, das konnte sich bestimmt niemand vorstellen, und sie sagte das auch ehrlich. Aber kurioserweise freute ihn diese Ehrlichkeit nicht, sie erbitterte ihn. Er schlug mit der Faust auf den Tisch, daß die schöne Politur von dem Siegelring, den er am Finger trug, einen schlimmen Kratzer bekam und sagte: »Die Art, wie hier gelebt wird, bestimme ich!« Verließ das Haus und ritt auf die Jagd.

Ebba weinte, die junge Haushälterin tröstete sie. Die Haushälterin hieß Sophie und hatte vor einigen Monaten ihren Mann verloren, Richard Termaehlen, der Anwalt gewesen war in Johannisburg. So ein guter und fürsorglicher Mann, wie sehr hatte er sich noch auf dem Sterbebett beunruhigt, weil seine Frau und das eben geborene Kind mittellos zurückblieben! Ebba trocknete beschämt ihre Tränen: »Sie haben großes Unglück gehabt, Sophie. Aber Sie haben die kleine Friederike. Ist sie nicht schon sechs Monate alt?«

»Fünf, gnädige Frau. Und, wenn ich mir die Bemerkung erlauben darf, die gnädige Frau sollte auch so ein Kindchen haben. Es hilft über viel hinweg.«

Ebba nickte und sagte, das sollte sie wohl, und so Gott wolle, werde das zu Wintersanfang auch der Fall sein. Es war der Fall, und für eine Weile schien alles gutzugehen. Das Kind war ein Knabe, Georg sah mit Zufriedenheit auf einen Erben, er wurde ein wenig sanfter. Ebba hatte in ihrer kurzen Ehe gelernt, schon dafür dankbar zu sein. Aber es war nicht so, daß diese Ehe und das Leben auf Schuchen sie gebrochen hätten, dafür war sie zu vital und zu jung. Auch viel zu vital und jung, als daß ihr das Kind das ganze Leben hätte bedeuten können, wie ihr Mann das für selbstverständlich hielt. Er war der Meinung, jetzt würden alle ihre Ideen von Besuchen und

Festen und derlei endgültig vorbei sein, sie hatte das Kind, sie hatte ihn, das genügte.

Der Winter ging hin, der Frühling kam, da setzte Ebba es bei ihrem Mann doch durch: ein Frühlingsfest sollte auf Schuchen stattfinden, sowie sich die ersten Seerosenblüten zeigten. Es fand auch statt, und es gelang über alle Maßen gut, zuweilen hätte es sogar Georg Rotter gefallen, wäre er nicht von der kuriosen Idee besessen gewesen, fröhlich zu sein mit vielen anderen Fröhlichen mindere seinen persönlichen Wert. Ebba war selig, sie war nicht die Frau eines älteren Mannes, nicht die Mutter eines Kindes, nein, sie war ein Kind, höchstens ein junges Mädchen, das vor Lebenslust und Glückserwartung glänzte und leuchtete.

So drückte sich der junge Mann aus, mit dem sie dauernd tanzte, Sohn eines Nachbarn und gerade auf Besuch gekommen aus Paris. Da lebte er, und in Kürze, sagte er, werde er ein sehr berühmter Maler sein, bedeutend sei er jetzt schon. Und sie müsse nach Paris kommen. Ebba lachte. Paris, ja da gehöre sie hin, sagte er und drückte sie zärtlich an sich in dem noch ziemlich neuen Tanz, der jetzt bis nach Ostpreußen gekommen war und den man Walzer nannte. Sie würde sehr glücklich sein in Paris. Ebba lachte.

Das Fest war vorbei, ein herrliches Fest! Es warf seinen Glanz noch weit in den Alltag hinein, das Leben war weniger trübe und stumpf als sonst, Ebba lachte immer noch, tanzte lustig durch die grimmige alte Burg und trällerte allerlei Liedchen, ihr Benehmen ärgerte ihren Mann. Er ritt noch öfter auf die Jagd, er vollführte ein großes Morden unter dem Getier, das erleichterte und erfreute ihn.

Eines Tages, es war vielleicht vier Wochen nach jenem Fest, kehrte er früher als üblich heim und fand in der großen Halle Ebba, wie sie gerade einem jungen Mann einen Kuß gab. »Adieu, Chéri!« sagte sie und lachte. »Adieu, chéri!«

Im nächsten Augenblick hatte sie einen Reitpeitschenhieb

quer über das Gesicht. Sie fuhr zurück, und plötzlich veränderte sich ihr Antlitz, wurde starr, leblos, kein Muskel regte sich. Alles Blut wich aus Lippen und Wangen, nur der Peitschenhieb lag wie eine lange rote Flamme darüber. Flammen waren auch die Augen, böse, unheimliche Flammen. Sie sagte kein Wort, sie wandte sich weder ihrem wutbebenden Mann zu noch dem angstzitternden Geliebten, sie ging zur Tür, die sie hinter sich offen ließ, sie ging die Treppe zwischen den Terrassen hinab, über den Hof, in den Pferdestall. Die beiden Männer starrten ihr nach. Sie kam heraus, ihr gesatteltes Reitpferd am Zügel. Sie saß auf, sie ritt vom Hof, sie warf keinen Blick zurück. Sie ritt vom Hof und – kam nie wieder. Man hörte nichts mehr von ihr, trotz aller Nachforschung, die später angestellt wurde. Es ergab sich nur, daß man weder daheim in Värmland etwas von ihr wußte noch in Paris, im Atelier des beinahe berühmten Malers. Der war nichts weiter für sie gewesen als ein tröstlicher Sonnenstrahl im trüben Grau von Schuchen, ein heller Farbfleck auf dunkler Palette. Adieu, chéri!

Da Georg Rotter nichts mehr von seiner Frau hörte, ließ er sie nach gehöriger Zeit für tot erklären. Er selbst lebte nur noch für die Jagd, daneben jetzt auch für Trunk und Spiel und merkwürdigerweise für allerhand Weibergeschichten, er, dem bisher die Frauen einschließlich seiner eigenen gleichgültig gewesen waren. Sein Interesse an seinem Sohn Klaus war gering, es war Ebbas Sohn. Dieser Bursche sagte: »Jagen? Nein. Warum soll man Wesen umbringen, wenn es nicht sein muß?« Was das heißen solle, fragte der wütende Vater. – »Ich meine, wenn sie einem keinen Schaden tun und wenn man auch nicht genötigt ist, von ihnen zu leben.«

Gern hätte Rotter gesagt: Das hat dir wohl deine Mutter in den Kopf gesetzt! Aber das war nicht gut möglich. Klaus heiratete mit knapp zwanzig Jahren Friederike, die nachgelassene Tochter der verstorbenen Wirtschafterin Sophie Termaehlen. Das gab manch schlimmen Auftritt mit dem Vater, aber Georg Rotter war um diese Zeit seinen Ausschweifungen schon viel zu sehr verfallen, um den Widerstand gegen den entschlossenen Sohn durchhalten zu können. Also gab er nach. Klaus war aus der Art geschlagen, er würde eben die junge Schwiegertochter nach seinem Sinn erziehen, die konnte dann später auf die Kinder einwirken, das war ohnehin Sache der Mutter. Aber dazu kam es nicht, kaum war das erste Kind geboren, so erlagen Sohn und Schwiegertochter der Typhusepidemie, die damals den Süden Ostpreußens heimsuchte. Zu allem Unglück war das Kind auch noch ein Mädchen, dreimal verdammtes Schicksal! Jetzt war alles egal. Im Alter von zweiundsiebzig Jahren kam Georg Rotter in einem ziemlich blamablen Duell ums Leben.

Das war im Jahre 1909, und Schuchen war schon seit Walter Rotters Zeiten kein Fideikommiß mehr, so konnte die zwölfjährige Ottilie Erbin sein – Erbin eines Hypothekenbergs, der höher war als die Schornsteine der alten Burg. Als Vormund wurde ein entfernter Verwandter der Rotters bestellt, ein ungemein geschäftstüchtiger Getreidekaufmann. Ihm, dachten die Gläubiger, könne es vielleicht gelingen, einen Käufer für das unrentabel gewordene Gut zu finden, schlimmstenfalls nur gegen die Schulden.

Schuchen verkaufen? Die kleine Ottilie schrie vor Verzweiflung laut auf, als sie das hörte, sie sträubte sich, mit dem Vormund in seine Königsberger Wohnung zu gehen, sie wollte hier bleiben, die alte Burg festhalten, das finstere, unfreundliche Haus, das schönste Haus der Welt, und den Wasserrosensee!

»Sei vernünftig, Ottilie«, sagte der Vormund ärgerlich. Aber Ottilie war nicht vernünftig. Vernünftig wurde sie erst in den nächsten Jahren, da kämpfte und weinte sie sich nächtelang in die Vernunft hinein, diesen kläglichen Ersatz der Erwachsenen für verlorene Empfindung. Noch begriff sie nicht, warum sie nicht in Schuchen bleiben sollte, unter der Obhut der alten Wirtschafterin, mit langen Zwischenaufenthalten in Wiesenfeld bei Tante Jettchen. Wiesenfeld, in dem sie die ersten beiden Jahre ihres Lebens zugebracht hatte, dank Johanna Wigor, die mit Friederike befreundet gewesen war und die kleine Waise sofort zu sich geholt hatte. Am liebsten hätte sie sie selbst behalten, aber das litt Justus nicht, ihr Mann, so brachte sie das Kind zu ihrer Schwester nach Wiesenfeld, zu Tante Jettchen. Auch sie war oft genug dort mit ihrem nur um ein halbes Jahr älteren Joachim, wenn es in Dorjutschen gar zu unerfreulich wurde. »Tilin, Tilin!« sagte der kleine Junge vergnügt, wenn er Ottilie sah, und so wurde sie Tilin und blieb es ihr kurzes Leben über.

Ja, warum sollte nicht alles bleiben wie bisher? Den Großvater hatte Tilin selten zu Gesicht bekommen, was änderte sein Tod für sie? Er änderte viel! Zuerst einmal sollte sie in eine ordentliche Schule gehen, sagte der Vormund, der Hausunterricht tauge nichts. Die Besuche in Wiesenfeld waren einzuschränken, das Kind verwahrloste dort nur, es war keine ordentliche Zucht und Ordnung bei dieser Tante Jettchen. Vor allem mußte Schuchen verkauft werden, woher sollte er, der Vormund, die Erziehungskosten für Ottilie nehmen?

Fünf Jahre war Tilin bei dem Vormund in Königsberg, fünf schreckliche Jahre, in denen es nur einen Lichtblick gab: daß auch Joachim das Gymnasium in Königsberg besuchte und man sich zuweilen sehen konnte. Nicht oft, das gefiel dem Vormund nicht, aber er konnte nicht überall sein. Am Ende dieser fünf Jahre hatte der Vormund einen Käufer für Schuchen gefunden, einen eventuellen Käufer, sicher war es noch nicht, aber Tilin weinte Tag und Nacht.

Da kam jener Vormittag im September, an dem sie schulfrei hatte und mit Dr. Schwarz im Ruderboot auf dem Schloßteich spazierenfuhr. Dr. Schwarz lehrte Jurisprudenz an der

Albertina, Tilin traf ihn oft im Hause einer Schulfreundin, da verkehrte er mit deren Vater, der war nur acht Jahre älter als er selbst. An diesem Vormittag nun fragte Dr. Schwarz die sechzehnjährige Tilin, ob sie ihn heiraten wolle trotz seiner vierunddreißig Jahre?

Sie hatte eben mit leidenschaftlicher Sehnsucht an den Wasserrosensee gedacht, und so fragte sie statt einer Antwort: »Könnte ich dann Schuchen behalten?«

Er lächelte ein wenig melancholisch und sagte: »Ich denke, ich könnte es möglich machen. Ich bin nicht unbegütert.«

»Schuchen behalten!«, rief das Mädchen und fiel fast aus dem Boot vor Glück. Das Lächeln des Freiers wurde noch melancholischer. Er zog die Ruder ein, faßte Tilins Hand und fragte leise, ob sie sonst keine Antwort für ihn habe.

»Aber das ist ja eine Antwort!« rief sie. »Schuchen behalten! Sie wissen nicht, was das für mich bedeutet! Natürlich heirate ich Sie!«

Dr. Schwarz sprach mit dem Vormund, der war gar nicht so entzückt, wie sollte er jetzt seine Erziehungskosten ersetzt bekommen? Aber Dr. Schwarz war bereit, sie ihm zu ersetzen. Er fuhr nach Wiesenfeld und hatte eine lange Unterredung mit Tante Jettchen. Die sagte dann zu Tilin: »Er ist ein guter Mensch, das ist selten heutzutage. Die paar Jahre zuviel sind nicht so schlimm, das verwächst sich später. Du wirst gut mit ihm fahren, auch wenn er ein Jude ist.«

So heiratete Tilin im Februar 1914 mit siebzehn Jahren den fünfunddreißigjährigen Dr. Schwarz. Joachim Wigor kam nicht zur Hochzeit, er hatte sich einer Studienreise seiner Klasse nach Ägypten angeschlossen, obwohl sein Vater dagegen gewesen war. Warum war Justus Wigor dagegen gewesen? Er zählte ein Dutzend Gründe auf, aber keiner war triftig und keiner sinnvoll. Der einzig wirkliche Grund war der, daß Jochen es wollte und daß seine Mutter ebenfalls dafür war. Hätte er auch noch zugestimmt, wo wäre sein Ansehen als

Haupt der Familie geblieben? Hätte das nicht ausgesehen, als sei der Wille der anderen maßgebend und nicht der seine?

Es war schwierig mit Justus Wigor, und für seine Frau Johanna war das Leben kein Zuckerlecken. Er hatte die Natur seiner Mutter Jelma geerbt, der Litauerin, die Adalbert, des Stephan Wigor zweiter Sohn, bei einer Reise nach Memel kennengelernt und Hals über Kopf geheiratet hatte, denn sie war schön, gescheit und sprühte von Temperament. Sie war eine faszinierende Frau gewesen mit einer Menge großartiger Eigenschaften, aber Sanftheit und Verständnis für andere waren nicht darunter. Obwohl man nicht sagen konnte, sie sei von böser Art. Wer sie als das Maß aller Dinge anerkannte, hatte es gut bei ihr. Das war nicht immer leicht, und es gehörte eine gute Portion Liebe zu solcher Selbstentäußerung, aber ihr Mann besaß sie wohl, er umschiffte meistens die Klippen, und gelang ihm das einmal nicht, so stand er, groß, stark und unerschütterlich, unter ihrem Zornesausbruch wie ein Bernhardiner unter einem Gewittersturm, wartete, bis es vorbei war, schüttelte sich und vergaß alles.

Ihr Sohn Justus, ihr einziges Kind, hatte ihre Natur geerbt, aber da er nichts von ihrem Charme hatte und ihr sprühender Geist in ihm zu starren Klumpen geronnen war, stand er wie ein Steinblock über seiner unglücklichen Familie, bereit, schon bei der geringsten Berührung herabzustürzen und Unbotmäßiges zu zermalmen. Er betete das Andenken seiner Mutter an. »Ja, meine Mutter«, pflegte er zu Johanna zu sagen. »Das war eine Frau! Warum bist du nicht wie sie?« Wäre aber Johanna wie sie gewesen, so hätte die Ehe wohl mit gegenseitigem Mord geendet.

Was nun Jelma, die Litauerin, betraf, so war es ein wahres Geschenk des Himmels, daß sie Gutsherrin hatte werden können und nicht hinter einer anderen Frau zurückstehen mußte, etwa hinter einer Frau, die Andreas geheiratet hätte. Das hätte Jelma nie ertragen, aber sie hätte Adalbert auch nicht genommen, wenn der ihr nicht hätte sagen können, daß er Dorjutschen erben würde, weil sein Bruder Andreas andere Lebenspläne habe.

Was waren das für Pläne? So genau konnte man das nicht sagen, feststand nur, daß es ihm nicht um Säen und Ernten zu tun war, überhaupt nicht um das Konkrete und Greifbare. Wahrscheinlich waren auch hier Blut und Einnuß der Mutter im Spiel, der Tänzerin, der Russin.

Tatjana war das illegitime Kind eines russischen Gouverneurs, von ihm anerkannt und unterhalten, auch für die ordentliche Ausbildung zur Tänzerin hatte der Vater gesorgt. Ebenso für Erziehung und Unterricht, nur vergriff er sich in der Wahl des Lehrers, der ein Freund von ihm war, hochgeschätzt und verehrt, ein alter Asiate, voll aller Mystik, aller Legenden und aller Weisheit des Ostens. Damit vor allem füllte er das Gemüt des kleinen Mädchens, alles andere kam nur nebenbei und spärlich, die realen Wissenschaften verachtete er. Tatjana war es recht so, mehr als recht, sie begann die Legenden in Tanz umzusetzen, die Weisheiten in Ausdruck und Gebärde. Das gelang ihr gut, gelang ihr immer besser, der Ruhm kam, eine große Karriere tat sich auf.

Da erschien der Soldat Stephan Wigor, er schützte ihren Wagen und damit sie selbst vor einem Volksaufstand oder was die Polizei so nannte, denn was vermochte das Volk schon, erschöpft von Entbehrungen und in seiner völligen Armut so gut wie ohne Waffen. Es vermochte im Grunde nichts. Aber der Tänzerin Tatjana schien der junge Ostpreuße ein rettender Held aus alten Zeiten, eine Gestalt aus ihren Volkslegenden. Der Vater war tot, der asiatische Lehrer war tot, sie war ihren Gefühlen überlassen, so kam es.

Stephan brachte Tatjana nach Dorjutschen und sie wurde Gutsherrin. Aber sie verstand nichts davon, sie interessierte sich auch nicht für die Landwirtschaft, sie war nur begierig auf die alten Geschichten der Familie, in die sie hineingeheiratet hatte, und sammelte sie, wo sie nur konnte. Da waren Tanja und Jurij, und Tatjana tanzte Tanja, ihr Hingegebensein an Tier und Pflanze, ihr Versinken und Verschwinden in den Wäldern. Sie tanzte auch Jurij, tanzte ihn mit anmutiger Unbeholfenheit, man konnte begreifen, daß Tanja ihn liebte! Tatjana tanzte, wie er Tanjas Leichnam forttrug, der kleine Andreas war die Leiche. Auch die Pest tanzte sie, das Grauen und die Angst Sabines und das ungläubige Glück, als sie sich gerettet fühlte. Am liebsten aber tanzte sie die Moorhexe, die zornig und sehnsüchtig hinaufschaut durch braungoldenes Moorwasser, sich heraushebt und über das Land blickt, über ihr gestohlenes Königreich, aus dem man Ackerland gemacht hatte. Ackerland, Bauernland, kein Königsland mehr! So zieht sie den alten Knud Wigor hinab zu sich, rachsüchtig und traurig, bemächtigt sich seiner für immer, und der kleine Andreas war auch Knud.

Das war die Atmosphäre, in der er aufwuchs, und sie war nicht geeignet, einen tüchtigen Landwirt aus ihm zu machen. Es war ein Glück, daß zehn Jahre nach ihm noch ein Knabe geboren worden war, gerade als Andreas begonnen hatte, sich in Königsberg um konkrete Kenntnisse und praktisches Lebensgefühl zu bemühen. Mit den Kenntnissen ging es ganz gut, aber mit dem praktischen Lebensgefühl wollte es nichts werden, jahraus, jahrein nicht, und so war er sehr zufrieden, daß der Vater beschloß, das Gut dem Jüngeren zu übergeben, der sich mehr für Vieh und Pferde als für die Tänze seiner Mutter interessierte, und Andreas seinen eigenen Weg gehen zu lassen.

»Was willst du werden?« fragte ihn der Vater. »Das Gut willst du nicht, Adalbert nimmt es gern. Aber du mußt einen Beruf haben.« Das mußte er, aber welchen?

»Was ich von deiner Mutter höre«, sagte Stephan, »scheint zu zeigen, daß du Talent zum Schriftsteller hast. Nun, dann schreibe.«

Schreiben? Was? Es ging nicht ums Schreiben, es ging um Menschen, um von ihm geschaffene Menschen, die zu formen waren, zu beeinflussen. Unaufhörlich baute er seine Welten, sie waren fremd und unwirklich. Er arbeitete an seinen Menschen bis zum äußersten, sie waren nicht unlebendig, sie bekamen Leben, das seine vitale Natur ihnen einflößen konnte, und eines Tages stieß er auf das furchtbare Rätsel Gott. Aus der Tiefe von sechs Jahrhunderten hob sich Keirut, der unbekannte Ahn, der zeit seines Lebens diesen Gott gesucht und nie gefunden hatte und darüber gestorben war unter einem stürzenden Baum. Aber sein Erbe war nicht gestorben, das stieg immer wieder auf durch die dunklen Wege des Blutes und beunruhigte die Seelen derer, die aus ihm kamen.

Als Andreas zwanzig Jahre alt war, starb seine Mutter. Jetzt hielt ihn nichts mehr in Dorjutschen, es trieb ihn, die Welt zu sehen und draußen die Antwort auf seine vielen Fragen zu suchen. Er rüstete sich zu einer langen Reise, vielleicht würde er Jahre fortbleiben. Er reiste nicht zu Pferd, wie Clemens Wigor fortgereist war vor fast zweihundert Jahren, um dreißig Jahre fernzubleiben, sondern mit Postkutsche und Eisenbahn, leidlichem Gepäck und einer für einige Zeit ausreichenden Geldsumme. Stephan sah seinen Ältesten nicht ohne Sorge ziehen, die Zeiten waren unruhig in Europa, die alte Ordnung wollte nicht mehr halten, die neue war noch nebelhaft und unsicher, nur eines hatten beide Ordnungen gemeinsam: den fanatischen Haß gegeneinander.

Vier Wochen nach seiner Abreise kam eine Nachricht von Andreas aus Berlin, zwei Monate später aus Paris, und nach einem halben Jahr aus Italien, aus Genua. Er sei im Begriff, sich nach Nordafrika einzuschiffen. Dann kam nichts mehr. Nordafrika? Machte sich bei ihm das Blut Rogers bemerkbar, Roger Wigors, der Roger Branda gewesen war, Enkel eines Galgenvogels und selbst Seeräuber, der Hochzeit mit des Seilers Tochter nur durch einen Zufall entgangen?

Die Zeit ging. sie säte Unruhe, auch hier am Ende der Welt. In Königsberg gärte es heftig, die Stadt hatte sich für den Befreiungskrieg in hohe Schulden gestürzt, jetzt mußte sie die Zinsen ohne Hilfe zahlen, schon Jahrzehnte lang, und wieviel Jahrzehnte noch? Der Staat dankte die Opfer nicht, er bestand wieder, das war ihm genug. Auf Petitionen antwortete er abschlägig, auf Unmut mit Zensur, Polizei und sogar mit Militär. Keine Besserung, keine Verfassung. –

Adalbert wurde erwachsen. Er machte eine Reise nach Königsberg, von da mit Freunden ins Litauische, aus Memel hatte er Jelma mitgebracht, schon als seine Frau.

»Mußte das so schnell sein?« fragte Stephan besorgt.

»Anders hätte sie ihr Vater mir nicht mitgegeben«, entgegnete der junge Mann. »Und es ist ja auch Zeit, daß Dorjutschen wieder eine Gutsfrau kriegt.«

Jelma war keine schlechte Gutsfrau, nur forderte sie bedingungslose Unterwerfung. Stephan zog sich zurück, er hatte schon immer eine Schwäche für Astronomie gehabt, alle Literatur darüber gelesen und zu diesem Zweck sogar Englisch gelernt, um auch das lesen zu können, was nicht in lateinischer Sprache geschrieben wurde. Und das Wichtigste kam seit Newton aus England. Er ließ den Turm an der rechten Seite des Hauses, den Clemens Wigor errichtet hatte, ausbauen und montierte auf der obersten Plattform ein Fernrohr, keines von den alten, übermäßig langen, sondern einen Dollond, der nur drei Meter Länge aufwies.

Jelma kritisierte die Ausgaben scharf, sie hätte dafür lieber eine schöne Reise mit Adalbert gemacht. »Reisen«, sagte sie, »ist das einzige, was wirklich zählt.«

»Mit solchen Neigungen haben Sie einen Landwirt geheiratet und sind nach Dorjutschen gekommen, mon enfant?« fragte Stephan.

»Ich bin noch so jung, Sie müssen das verstehen. Sagen Sie selbst: Was habe ich hier vom Leben?«

»Sie hätten nicht herkommen dürfen. Hat Adalbert Ihnen nicht erzählt, wie es hier ist?«

Das hatte er, aber vielleicht hatte er alles nach Jelmas Geschmack eingerichtet. Vielleicht war die nächste Stadt nicht gar so klein und simpel gewesen, die Entfernungen zu den Nachbarn geringer, vielleicht lag Königsberg bedeutend näher, und man fuhr öfter mal für ein paar Wochen hin?

Das taten sie auch, es bekam dem Gut nicht sonderlich, denn schließlich ist es des Herrn Auge, das das Vieh fett macht, und Adalbert war schließlich der Herr, wenn auch noch nicht dem Grundbuch nach. Da stand nach wie vor Stephan, und da würde er auch stehen bleiben solange er lebte, das hatte er gleich gesagt, nachdem er seine Schwiegertochter acht Tage lang beobachtet hatte. Adalbert konnte wirtschaften wie er wollte, Stephan redete ihm nicht drein, außer in reinen Geldsachen, sonst kümmerte er sich nur noch um seinen Turm und seinen Dollond.

Jelma sah gut nach dem Rechten, kümmerte sich um Küche und Keller und hatte die Mägde im Zug, sie gehorchten gut, wenn auch nicht mit Freudigkeit. Eine Sabine war sie nicht. Sie herrschte wohl wie jene, aber sie liebte nicht, was sie beherrschte, das war der Unterschied. Die Kinder der Instleute standen scheu da, wenn sie vorbeiging, sie schnitten hinter ihr zuweilen Gesichter und streckten die Zunge heraus. Sabine waren sie entgegengelaufen und an ihr hochgeklettert, obwohl damals der Unterschied zwischen Herr und Knecht noch viel krasser gewesen war. Jelma liebte das Gut nicht, sie liebte das Ansehen, das es ihr gab, sie konnte großartig repräsentieren und die junge Gutsherrin darstellen, aber Stephan war überzeugt, daß sie Dorjutschen ohne weiteres verkaufen würde, wenn sie sich einen Gewinn davon versprach.

»Keine Furcht, Vater«, sagte Adalbert. »Ohne meine Zustimmung geht das nicht. Und die kriegt sie nie.« Der Vater sah ihn zweifelnd an. Der Sohn errötete. »Trotzdem«, antwortete er auf den schweigenden Einwurf, »da ist die Grenze.«

Glaubte Stephan ihm? Vielleicht jetzt noch nicht, aber ein halbes Jahr später tat er es, als er den Blick sah, mit dem Adalbert seinen Neugeborenen betrachtete. Über die Wiege hin nickte er dem Vater zu. »Glaubst du ernstlich«, fragte er, »daß ich dem da die Heimat verkaufen lassen könnte?« Merkwürdigerweise gab auch Jelma diesen Gedanken leichter auf als er gefürchtet hatte, der kleine Justus hatte sie wohl bekehrt.

Der wuchs auf zwischen den Ställen und Scheunen, dem Wohnhaus und dem großen Park wie in seinem Königreich, er übte ein scharfes Regiment über die Instkinder, er verlangte widerspruchslose Unterwerfung wie seine Mutter, und sie wurde ihm auch zuteil. Nur vor dem Großvater hatte er noch einigen Respekt, obwohl er ihn gern in dem Turm aufsuchte und durch den Dollond blickte, sich auch von den Gebilden erzählen ließ, als die sich ihm die Sterne zeigten. Er konnte gar nicht genug davon hören, er ließ sich vom Großvater in Mathematik unterweisen, obwohl er sonst das Lernen haßte. Aber wenn Mathematik nötig war, um die Sterne besser zu verstehen, dann mußte es eben sein.

Dann starb Stephan, und Adalbert wurde nun auch dem Namen nach Herr von Dorjutschen. Vom Verkauf war schon lange nicht mehr die Rede, Justus hätte es auch nie gelitten, und auf wen kam es sonst noch an? Dessen Leben, könnte man sagen, teilte sich in eine landwirtschaftliche und eine astronomische Hälfte. Mittelpunkt der Erde war Dorjutschen, und wo Dorjutschen nicht war, da war nur noch der Himmel mit seinen unzähligen Sternen. Er lag groß und endlos über dem weiten Land, über das der Turm hoch aufragte. Justus widmete seine Tage dem, was mit Säen und Ernten zu tun hatte, seine Nächte dem Turm, sein Herz? Sein Herz wollte herrschen, nichts als herrschen. Träumte er nie von einer Frau? Er träumte von der Herrschaft, die er über Frauen ausüben wollte!

Lange vorher aber kam der Tag, an dem ein Reiter auf den Hof von Dorjutschen kam, hager, staubbedeckt, in nicht ganz fleckenloser Montur –, man konnte zu seiner kuriosen Equipierung nur Montur sagen, obwohl sie keinen militärischen Anstrich hatte. Auch das Pferd war staubbedeckt, hager und sehr müde, es war ein auffallend schönes Tier.

Adalbert stand gerade mitten im Hof, als der Reiter ankam, anhielt, etwas steif abstieg und sich umsah. Immer und immer wieder umsah. Wollte er das Gut kaufen? Adalbert setzte sich in Bewegung. Da der Fremde keine Miene machte, zu ihm zu kommen, mußte er ja wohl zu ihm gehen.

»Guten Tag«, sagte er laut und ein wenig herausfordernd.

Der Fremde wandte sich ihm zu, in seinem Gesicht mit den scharfen Zügen stand die Andeutung eines Lächelns. »Hast du für eine Weile Platz für mich, Bruder?« fragte er.

Andreas war also doch zurückgekommen, woher? Er sagte es nicht genau. »Von da unten, wo es sehr heiß ist«, sagte er. »Ich möchte mich gern für eine Weile hier aufhalten, vielleicht ein Jahr, vielleicht noch länger. Ich will ein Buch schreiben.«

Ein Buch schreiben! Jelma war Feuer und Flamme. »Was für ein Buch, Schwager?« Er murmelte: »Das wird sich zeigen. Ich weiß es noch nicht. Es kommt auf die Menschen an.«

Das war nun wirklich eine kuriose Antwort, Jelma schwieg betreten. Adalbert sagte: »Natürlich kannst du bleiben, solange du willst. Am besten für immer.«

Andreas blieb in Dorjutschen, er quartierte sich in einem Zimmer in der Nähe des Turmes ein, den er übrigens nie betrat. Auch von Justus nahm er nur mit einem Kopfnicken und ein paar freundlichen Worten Kenntnis. Der Heranwachsende betrachtete den sagenhaften Onkel mit Interesse, aber nicht ohne Mißbilligung. Schien es nicht, als sei der dort unten ein

Nichts und Niemand gewesen, und als ein Nichts und Niemand zurückgekehrt. Nicht einmal einen schwarzen Sklaven hatte er mitgebracht, der nachts als Hund hätte vor seiner Tür liegen müssen, mit einer Kette an einen Pfosten gefesselt.

Andreas ließ sich eine sehr primitive Hütte im Park bauen, eine Hütte mit nur drei Wänden, die stand neben dem Moorteich und war nach dem Wasser zu offen, man stellte einen Tisch zum Schreiben und einen hölzernen Stuhl hinein, Andreas konnte von seinem Platt aus über den Teich und darüber weit hinaus ins Land sehen, der Teich lag am Ende des Parks.

»Das ist ein schöner Platz«, sagte er, »ein schöner, ungestörter Platz. Nur die Moorhexe kann mir zusehen und zuhören, aber die stört nicht.« Er fragte Adalbert, ob er sich noch daran erinnere, wie die Mutter die Moorhexe getanzt habe, zum Schluß habe dann er, Andreas, den alten Knud Wigor darstellen müssen, den die Moorhexe hinuntergezogen habe zu sich, damit sie nicht so einsam sei, und auch aus Rache.

»Rache«, sagte er noch einmal und sah sonderbar vor sich hin. »Für viele ist sie wichtig. Das Wichtigste im Leben.« Er hob den Blick zu Bruder und Schwägerin. »Es glaubt ja keiner, was die Menschen alles da unten rächen müssen. Es gibt Stämme, die glauben, wenn ein Mann eine Rache versäumt, so wird er im Jenseits zum Abschaum gerechnet und so behandelt, die ganze Ewigkeit über.« Er lachte kurz, seine Augen schweiften unruhig und aufmerksam umher.

Adalbert fragte: »Wo warst du eigentlich? In Algerien?«

»Auch«, sagte der Bruder. »Auch.« Aber mehr sagte er nicht.

Andreas schrieb Tag für Tag an seinem Buch, das Manuskript wuchs, es gedieh schnell bis zu einer gewissen Stärke, dann nahm es nicht mehr an Umfang zu. Jeden Abend brachte er eine Menge beschriebener und wieder zerrissener Blätter ins Haus und verbrannte sie eigenhändig im Küchenherd.

»Will es nicht weitergehen?« fragte Jelma.

Er sagte bedrückt: »Es ist sehr schwer.«

Außer von seinen Verwandten schloß er sich von jedermann ab, erschien nicht, wenn Besuch kam, ging auch selbst zu niemandem. Nur mit den Kindern der Bauern und Instleute sprach er zuweilen. So sonderbar seine Art auch war, die Kinder hörten ihn ernsthaft an, sie lachten nicht über ihn, sie hielten sogar still, wenn er ihnen über das Haar strich. Besonders ein kleines Mädchen mit auffallend weichem und dichtem schwarzem Schöpf hatte es ihm angetan.

»Zaida«, sagte er, »sie hat fast dasselbe Haar wie Zaida.« – Zaida? – »Meine Tochter«, sagte er, »ich liebe sie sehr.« – Er hatte eine Tochter! Vielleicht war er sogar verheiratet? Mit einer von dort unten? – »Ja«, sagte er.

Die Mägde begannen von einem Schwarzen zu reden, der sich in der Nähe herumtreibe. Nicht gerade ganz schwarz, aber doch beinah, mit Augen wie Feuerräder, groß und glühend. Als er neulich eine der Mägde allein getroffen habe, habe er sie so angesehen, daß sie laut schreiend davongelaufen war.

Jelma schlich zuweilen in die Nähe der Hütte, da hörte sie Andreas mit seinen Menschen reden. Eines Tages hatte er eine heftige Auseinandersetzung mit einer seiner Gestalten. Da gab es einen Knall, Andreas schwankte, griff sich an die Brust, sank in die Knie. Niemand hatte den Schuß gehört, der Teich mit der Hütte lag weit hinten im Park, zwischen ihm und dem Wohnhaus gab es viel Buschwerk. Erst am Abend fand man ihn. Er war tot, aber sein Gesicht war heiter. Der Schwarze war seitdem verschwunden. Auch das Manuskript war verschwunden. –

Als Justus erwachsen war, setzte Jelma es bei ihrem Mann durch, daß auch das zweite Vorwerk verkauft wurde. Das erste, Tarjewen, hatten die Benedikts. Dorjutschen war auch ohne Vorwerke groß genug. Sie verkauften es, verkauften es günstig, und beschlossen – das heißt Jelma beschloß, und darauf kam es an – das Geld zu einer großen Reise zu verwenden, zu einer Reise durch ganz Europa, Frankreich und England, Spanien und Italien, Österreich und die Nordlande. Aber was wurde unterdessen aus Dorjutschen? Dorjutschen? Justus war erwachsen, er war ein tüchtiger Landwirt, er konnte Dorjutschen inzwischen bewirtschaften!

So reisten sie ab, und es wurde eine schöne Reise. Jelma hatte das Zeug dazu, überall das Interessanteste aufzuspüren, und Adalbert hätte sich sogar wohlgefühlt, wenn ihn nicht das Heimweh gequält hätte, und nicht nur das Heimweh. Jelma hatte eine Art, mit Männern umzugehen, die selbst einem so ergebenen und tief von den Vorzügen seiner Frau überzeugten Ehemann wie Adalbert nicht sehr gefallen konnte. Aber schließlich fuhr man immer nach kurzer Zeit weiter, die Bekanntschaften waren flüchtig, und wirklich vorwerfen konnte er seiner Frau nichts. Es war sicherlich nur Zufall, daß sie den Ressortchef für Domänen und Forsten, den sie in Baden-Baden kennengelernt hatten, schon am dritten Tage ihres Berliner Aufenthaltes wiedertrafen. Während des sehr angeregten Beisammenseins kam der Mann auf die Schwierigkeit zu sprechen, einen wichtigen Posten seines Ressorts gut zu besetzen.

»Aber das wäre doch etwas für meinen Mann!« rief Jelma, schlug sich dann leicht auf den Mund, sagte: »Verzeihung!« und errötete. Aber der Ressortchef griff den Faden sofort auf, vielleicht sogar etwas zu schnell, sagte, das wäre eine glänzende Idee, auf diese Weise könnte auch eine Verbindung erhalten bleiben, die ihm – kurz und gut, Adalbert erhielt eine gute Position im Finanzministerium, Abteilung Domänen und Forsten. »Aber Dorjutschen?« fragte er verzweifelt.

Wirtschafte Justus nicht ausgezeichnet? Wie er geschrieben habe, wünsche er sich jetzt zu verheiraten, da wäre es doch das beste, ihm das Gut gleich überschreiben zu lassen, diese verlassene Klitsche am Ende der Welt, sie, Jelma, lege keinen Wert darauf, sie wünsche keine Rückkehr.

Da widersetzte sich Adalbert. Er wolle vorderhand den Posten annehmen, aber die Rückkehr nach Dorjutschen werde er sich offenhalten, und zwar die Rückkehr als Gutsherr, nicht als Abgehalfterter und Überflüssiger. Vielleicht kam ihm im Laufe der nächsten vier Jahre zuweilen der Verdacht, sein Posten und seine schnellen Beförderungen könnten allzueng mit der Liebenswürdigkeit seiner Frau zusammenhängen. Jedenfalls ließ er es sich nicht anmerken, er dachte: Den Wind kann man nicht einsperren. Vielleicht liebte er Jelma immer noch so sehr, daß er alles vermied, was eine Trennung hätte herbeiführen können. Oder bemerkte er wirklich nicht, was alle Welt bemerkte.

Die vier Jahre vergingen in Frieden und Freude und Herrlichkeit, Berlin war ein großartiger Boden für Jelma, der niemand ihre Jahre ansah, und wenn sie von ihrem Sohn sprach, tat sie, als sei der höchstens zehn Jahre alt. Und die Anschauungen waren auch nicht mehr so wie etwa vor zwanzig Jahren, das Alter der Frauen war weit hinausgeschoben worden. Auch sonst hatten sich alle Schranken gelockert in dieser jüngsten Kaiserstadt Europas, in der sich viel Glänzendes zusammenfand, Gold und Talmi, und in der sich die Kasten zu vermischen begannen. Hätte früher ein simpler Landbaron aus Ostpreußen Zutritt gefunden in die Zirkel des Hochadels? Auch jetzt gab es Widerstände, aber Jelma überwand sie leicht. Das Kuriose war, daß die ungehemmte Genußfreudigkeit der Baronin Wigor, die ihr ehedem die begehrten Tore verschlossen hätte, sie ihr heute leichter öffnete.

Jelma fühlte sich sehr glücklich, und selbst als 1895 die Weltausstellung in Königsberg stattfand, lehnte sie es ab, dorthin zu reisen und Berlin auch nur für einige Wochen zu verlassen. So prächtig wie hier konnte es dort nie sein. Diese vier Jahre waren die schönsten ihres Lebens, wie es mit den nächsten wurde, ist ungewiß, man weiß davon nichts Genaues mehr, ihr Leben ist nur bekannt bis zu dem Augenblick, in dem ihr Mann einen eben angekommenen Brief aus Dorjutschen überflog, laut rief: »Jelma! Jelma! Ein Enkel!« und umsank. Tod durch übermäßige Freude, gibt es ein schöneres Ende?

Justus kam nicht zur Beerdigung des Vaters. Seine Frau Johanna war noch sehr krank, und überhaupt konnte er nicht fort, ohne ihn ging alles drunter und drüber. Aber nun würde die Mutter bald heimkommen. – Jelma war in Dorjutschen nie daheim gewesen. Sie war daheim in Glanz und Trubel und vielerlei Abwechslung, sie war dort daheim, wo man sie bewunderte. Sie blieb in Berlin. Manche sagten, sie sei später ziemlich heruntergekommen und da ihr Sohn nur noch Geld für die Rückreise schicken wollte, schließlich in einem Armenspital gestorben. Einerlei, sie hat das Leben gelebt, das sie leben wollte und für das sie geboren war.

Die Zeit ging weiter, im gesamten kaiserlichen Deutschland wie in seinem fernsten nordöstlichen Ausläufer. Es war eine gemächliche und vergleichsweise gute Zeit. Immer noch galt der Adel alles, doch der Bürger auch schon allerhand, so er begütert war, und selbst der Bauer einiges. Die meisten wurden satt, viele übernahmen sich sogar und verdarben sich den Magen, wenige hungerten wirklich, und wenn einer gar verhungerte, so kam das nicht an die Öffentlichkeit, das verbot der gute Geschmack. Von der Zukunft erwartete alle Welt das Beste, niemand fürchtete sie. Kurz, es war jene Zeit, die man später ›die gute alte‹ nannte.

Sechstes Kapitel

Die Hochzeit

1914–1915

An einem sinkenden Nachmittag im späten Juli stand Hermine Reitmeier nachdenklich in der großen, etwas niedrigen und mit schweren alten Möbeln bestandenen Wohnstube von Wiesenfeld. Der unteren, die das Reich der Alten war, der Leute jenseits der Dreißig, von denen diejenigen, die sich in der oberen Wohnstube zusammenzufinden pflegten und um die Zwanzig herum waren, nicht recht begriffen, was jene eigentlich noch an das Leben fesselte. Jetzt stand die zweiundzwanzigjährige Hermine in der unteren Wohnstube und sah unschlüssig bald auf ihre Mutter und bald auf ihr eben ausgepacktes prächtiges Brautkleid aus silberweißer, flockenleichter Seide, das die Jungfer und das hübsche Stubenmädchen Lise ausgebreitet vor ihr emporhielten. Durch die hohen, fast bis zum Fußboden reichenden schmalen Fenster kam der Glanz des nahen Sees und das Rauschen der alten Linden, die in breiter Allee den Garten teilten und zum Wasser hinabführten. Hermine schüttelte entschlossen alle zweifelnden Gedanken ab, lächelte und tippte leicht auf das Kleid. »Wunderschön«, sagte sie. »Viel zu schade für eine hausbackene Seele wie mich. Das paßte viel besser für – ja, übrigens ist es ganz ausgeschlossen, daß Tilin nicht Brautjungfer wird? Ich habe es ihr fest versprochen dafür, daß sie mir ihren Platz im Wagen abtrat, in Königsberg, als meine spätere Schwiegermutter uns zum großen Silvesterball eingeladen hatte, die Hippels und die Gröbens und Tilin und mich. Wir waren neun Personen, und in dem Break, den uns die Mallningker geschickt hatten, konnten höchstens acht unterkommen, außer dem Kutscher und dem Gepäck.« Sie glättete gedankenvoll eine Falte des Brautkleides, die Jungfer und Lischen legten es vorsichtig auf den großen Tisch, das Spätnachmittagslicht goß einen rosenfarbenen Schimmer darüber.

»Überhaupt«, sagte Tante Jettchen – alle Welt nannte sie Tante Jettchen, zuweilen ihre eigenen Kinder, »ein Break zu Silvester! Welche Idee!«

»Es lag kein Schnee«, erwiderte Hermine, »und wir kamen ganz gut hin, wir hatten Pelzfußsäcke bis unter die Arme, mit heißen Ziegeln darin, und eine große Kanne mit Grog, der blieb schön heiß unter den Pelzen. Aber es konnten nur acht mit, und Tilin blieb freiwillig zurück. Dafür versprach ich ihr, daß sie meine Brautjungfer sein sollte, obwohl sie erst sechzehn Jahre alt war. Aber sie war schon verlobt.«

»Dabei wußtest du damals noch nicht, daß wir heiraten würden«, äußerte Robert Doneit. Er war der Bräutigam, saß auf dem riesigen schwarzen Ledersofa neben seinem Schwiegervater und schob mit einem verkniffenen Lächeln das starke Kinn vor, über dem die dünnen Lippen sich wie ein Strich hinzogen.

»Ach!« erwiderte Hermine nur. Sie hätte sagen können, daß sie das ziemlich genau gewußt habe, obwohl sie ihn damals nur erst vom Hörensagen kannte, denn es hatte kaum je Verkehr gegeben zwischen Wiesenfeld, das im südlichen, und Mallningken, das im nördlichen Teil des Landes lag, nicht weit von Königsberg. Darum war es unwahrscheinlich gewesen, daß die alte Frau Doneit solch eine Einladung um nichts und wieder nichts ergehen ließ – »und bringen Sie ja außer Tilin auch Fräulein Reitmeier mit, liebe Frau von Hippel, ich lege den größten Wert darauf.«

Hermine hatte gewußt, daß Robert Doneit fertig war mit Militärzeit und Landwirtschaftsstudium, und daß er sich daheim einarbeiten und Mallningken übernehmen sollte, denn mit der Inspektorenwirtschaft ging es nicht länger, das Gut kam seit dem Tode des alten Doneit immer mehr herunter. Die Sache war klar: Robert Doneit brauchte eine Frau, und man hatte in Mallningken sehr wohl gewußt, wie gut der Wiesenfelder gewirtschaftet hatte.

Hermine lächelte ihren Bräutigam an – ein freundliches Lächeln ohne große Gefühlsverschwendung –, setzte sich in den Lehnstuhl am mittleren Fenster, nahm eine Häkelarbeit von der bauchigen Kommode und sagte: »Jedenfalls habe ich es Tilin versprochen, und dabei bleibt es. Was hat das zu bedeuten, daß sie unterdessen geheiratet hat?«

»Brautjungfern sollen Jungfern sein, denke ich mir«, sagte Julius Reitmeier von seinem Ledersofa her, wo er langsam und mit großer Sorgfalt seine Pfeife stopfte.

»Ach!« sagte Tante Jettchen mit hintergründigem Ausdruck. »Was das betrifft! Aber wer soll sie führen?«

»Meinetwegen ihr Mann«, sagte Hermine. »Dann ist eben ein Ehepaar dabei.«

Tante Jettchen knisterte mit einem Brief in der Tasche. »Dr. Schwarz kommt nicht. Er kann seine Vorlesungen nicht unterbrechen. Tilin kommt allein.«

»Fein!« rief eine Stimme vom letzten Fenster her. Es war eine Jungmännerstimme, sie würde einmal tief und tönend werden, aber jetzt schien sie noch einige Mühe zu haben, den Ton zu halten. Der Junge, zu dem die Stimme gehörte, schlug das Buch zu, in dem er gelesen hatte und kam tiefer ins Zimmer hinein. »Großartig von dem alten Knaben, daß er den Jungen nicht die Freude verdirbt.«

»Schäm dich!« sagte Tante Jettchen.

»Gern, später. Aber vorher werde ich Tilin führen.«

»Du!« sagte Tante Jettchen mit unverstellter Verachtung. »Wir geben doch keine Kindergesellschaft!«

»Ich bin nicht weit von achtzehn«, sagte der Junge und

reckte sich. »Sechs Monate älter als Tilin. Und bei Walter Scott –« Er klopfte auf das Buch in seiner Hand – »kommen sogar heimliche Ehen zwischen Fünfzehnjährigen vor, richtige Ehen mit Trauung und Kindern hinterher.«

»Schäm dich!« sagte Tante Jettchen, »wenn das deine Mutter hörte! Übrigens hätte ich so was von Walter Scott nie geglaubt.«

Joachim Wigor lachte. Es war ein harmloses Lachen, aber es war älter als seine Jahre, auch seine Züge waren schon ausgeprägt und seine Augen durchdringender, als man hätte erwarten sollen.

»Los, Tante Jettchen, stimm zu!« sagte er.

Aus seiner Sofaecke heraus äußerte Onkel Julius: »Ich glaube, das wäre wirklich das beste. Hermine hat ihren Willen, und Tilin einen harmlosen Kavalier für die ganze Zeit, das vermindert das Risiko, das eine so lächerlich junge Frau ohne ihren Mann auf solchem Fest immer läuft. Eltern, die auf sie aufpassen könnten, hat sie auch nicht mehr.«

»Risiko!« rief Tante Jettchen gekränkt und glättete ihr Haar vor dem altersblinden Pfeilerspiegel, obwohl da nichts zu glätten war, Tante Jettchens Haar saß immer vorbildlich. »Tilin ein Risiko bei uns, sie ist wie Kind im Hause! In meinem Haus läuft niemand ein Risiko.« Sie sah Joachim zweifelnd an. »Hast du denn einen Frack, Jungchen?«

»Ich werde einen haben«, verhieß er.

Der Onkel knurrte zufrieden, die Jungfer und das hübsche Lischen trugen das Brautkleid hinaus. Hermine sah von ihrer Häkelei auf und lächelte, auch Robert Doneit lächelte, wenn auch auf seine Weise, und Tante Jettchen sah ihn an. Mallningken ist ein schönes Gut, wenn es wieder in eine feste Hand kommt, dachte sie. Das wird dann wohl viel überglänzen müssen. Aber ich hätte ihn trotzdem nicht genommen. Na, Hermine wird wissen, warum sie es getan hat, und sie soll mit ihm leben, nicht ich. Sie klopfte Joachim auf die Schulter.

»Dann sput dich man mit dem Frack. In vier Tagen ist Polterabend. Am besten, du reitest gleich zurück nach Dorjutschen.«

Joachim war schon am Morgen des Polterabends wieder in Wiesenfeld, einen nagelneuen Frack im Koffer, der hinten über den Sattel hing. Er nahm dem stöhnenden Onkel Julius das Arrangement des Gästeabholens von der Bahn ab, er war fabelhaft darin, alles ordnete sich aufs beste. Sämtliche Wagen mußten heran, Landauer und Break und Jagdwagen und die beiden uralten Kutschen, selbst die längst ausrangierte Halbchaise wurde bespannt und dazu ein Leiterwagen und der Milchwagen für das Gepäck. Langte man trotzdem nicht, so mußte man eben zweimal fahren oder auch dreimal. Mit dem kleinen zweirädrigen Selbstfahrer aber, dem Sandschneider, der nur für zwei Personen Platz hatte, fuhr Joachim selbst, um Tilin abzuholen.

Tilin sprang aus dem Zug, da sah sie ihn schon, wie er jenseits der Schranke den unruhigen Falben, der ein Reitpferd war und ungern an der Deichsel ging, am Zügel hielt. Sie stieß einen Schrei des Entzückens aus, einen richtigen Kinderschrei, obwohl sie sich seit einem Vierteljahr Frau Doktor nennen ließ, und kam angerannt, um ihm ihre beiden Koffer hinüberzureichen. Er verstaute sie, und als er den Wagen vor das Bahnhofsportal gebracht hatte, war sie schon durch die Sperre gekommen, ihre schimmernden Augen, die meistens aussahen, als wenn sie in der Ferne etwas Unerwartetes erblickten, strahlten ihn an. Sie hat immer noch diese Augen, trotz der Heirat! dachte Joachim. Dann schüttelten sie einander die Hände und kletterten auf den Wagen.

»O Jochen!« rief Tilin. »Ich habe dich so lange nicht gesehen!«

»Nicht so lange, wie ich dich nicht gesehen habe«, erwiderte er etwas unklar. Sie sah zu ihm hin, traf aber nur auf sein gutgeschnittenes Profil, er blickte aufmerksam geradeaus auf den Pferdekopf.

»Bist du inzwischen etwa erwachsen geworden?« fragte sie leise.

»Warum nicht?« Er pfiff dem Falben beruhigend zu. »Andere Leute haben inzwischen sogar geheiratet.«

»Freilich!« sagte sie stolz und gekränkt zugleich. Dann fragte sie nachdenklich: »Warum bist du nicht zu meiner Hochzeit gekommen? Diese Ägyptenfahrt war doch nur ein Vorwand. Ohne dich hat mir die ganze Sache gar keinen Spaß gemacht.«

»Um dir Spaß zu machen, hast du jetzt deinen Mann!« versetzte er. Als sie schwieg, fügte er nach einer Weile hinzu: »Ich fand das zu kurios, weißt du.«

»Was fandest du kurios?«

»Deine Heirat.« Er wandte sich ihr voll zu. »Nein, solch einen alten Mann zu nehmen!« sagte er schonungslos. »Ist er nicht schon sechsunddreißig?«

»Fünfunddreißig!« erwiderte sie und sah ihn zornig an. »Du weißt ganz gut, wie scheußlich ich es bei dem Vormund hatte, und daß er mir Schuchen verkaufen wollte, um meine Erziehungskosten zu bestreiten, obwohl da wirklich gar keine Kosten waren, wenn man nicht den dünnen Malzkaffee zum Frühstück und den ewigen Königsberger Klops zu Mittag und die Wassersuppen am Abend dafür ansehen will. Schuchen verkaufen, das schon fast vierhundert Jahre in der Familie ist, wenn auch nicht immer in direkter Linie – Schuchen, und den See mit den Wasserrosen.« Sie verstummte, es verschlug ihr die Sprache vor Kummer und Entrüstung. Joachim Wigor fuhr eine Weile schweigend weiter, schließlich räusperte er sich, um seine Stimme in die richtige männliche Lage zu bringen.

»Na ja, ich verstehe schon, vielleicht hast du recht gehabt. Ich würde Dorjutschen auch nicht verkaufen lassen, nein, um keinen Preis.«

»Siehst du! Eher würdest du auch reich heiraten, wenn es nicht anders ginge.«

Er antwortete lange nicht. Erst als sie an der Weggabelung ankamen, wo es rechts nach Wiesenfeld hinabging, sagte er wieder hartnäckig: »Aber so einen alten Mann! Es ist – es ist – einfach unmoralisch ist es.«

»Ich kann ihn nicht jünger machen!« erwiderte sie schroff. »Er ist sehr gut zu mir, sehr gut und sehr taktvoll. So etwas wie du eben würde er an deiner Stelle bestimmt nicht sagen.«

»Er hat die Reife, die mir noch fehlt«, sagte Joachim ziemlich grob, dann fuhren sie die Auffahrt nach Wiesenfeld hinab.

Tante Jettchen kam die Freitreppe herabgelaufen, ihr freundliches, sonst immer leicht besorgtes Gesicht strahlte. »Tilinchen!« rief sie beglückt und küßte das junge Wesen zärtlich auf beide Wangen. »Nein, wie schade, daß dein lieber Mann nicht mitkommen konnte. Aber dafür bekommst du auch einen großartigen Brautführer.«

»Bekomme ich? Wen denn?« Tilin lief die Freitreppe hinauf, wie bezaubernd sie aussah, wie anmutig sie den Kopf wandte und neigte, wie fröhlich das nußbraune Haar unter dem wippenden Florentiner hervorwehte, soweit es nicht von den beiden Schnecken festgehalten wurde, zu denen die Zöpfe über den Ohren aufgesteckt waren. Dazu die Augen, taubengrau, immer wie in die Ferne fliehend, scheue Augen, mutwillige Augen, Augen eines jungen Waldtieres. Es konnte nichts Bezaubernderes geben als das siebzehnjährige Kind Tilin, nichts Unberührteres, nichts, das mehr an eine junge Rose im Morgentau erinnerte. »Wen denn?« rief Tilin. Tante Jettchen erwiderte verwundert: »Wen? Nun, Jochen natürlich. Hat er es dir nicht gesagt?«

»Jochen?« Tilin stand still, sah sich nach dem Jungen um, der mit den Koffern hinterherkam, dann fing sie an, auf einem Bein zu hüpfen. »Jochen? Nein, ist das komisch!«

»Wieso komisch?« fragte Joachim kriegerisch.

»Natürlich ist es komisch!« Tilin packte Joachim, wirbelte

ihn ein paarmal in der Diele umher, so daß die Koffer zu Boden fielen. »Ach Gott, freue ich mich! Du bist ein Engel, Tante Jettchen!«

»Na, dann ist ja alles gut«, sagte Tante Jettchen. »Und nun geht zur Mamsell und laßt euch zu essen geben.«

Alles war gut, mehr als gut, es war so herrlich, wie es nur in Wiesenfeld sein konnte, wo man immer daheim war, auch wenn man Schuchen und Dorjutschen noch so sehr liebte. Was Dorjutschen betraf, so war es kein Geheimnis, daß die häuslichen Verhältnisse dort nicht vorbildlich waren. Man drückte sich sehr vorsichtig aus, wenn man sagte, daß Justus und Johanna Wigor wie Hund und Katz miteinander lebten, mit Joachim als heißumkämpftem Zankapfel und unerwünschtem Kritiker zwischen sich. Aber reden wir jetzt nicht davon, in Wiesenfeld steht ein großes Fest bevor, in Wiesenfeld, das eigentlich ein Garten Eden ist, in dem alle Wesen so leben können, wie es ihnen gefällt, unter dem Schutz des lieben Gottes, der hier Tante Jettchen heißt. Natürlich gibt es auch Schlangen in diesem Paradies, aber das gehört dazu, und heute sind selbst die Schlangen zahm und freundlich, man braucht sie nicht zu fürchten. Man fürchtet nicht einmal Mamsell Geyer, die einem so ungewohnt herzlich das Mittagessen hinstellt: »Da nehmt euch selbst, was ihr wollt, und eßt, wo ihr wollt, heute muß jeder sehen, wo er bleibt, eine richtige Tafel gibt es erst am Abend.«

Sie verzehrten ihr Mittagessen hinten im Obstgarten, bäuchlings unter den tierhängenden Ästen eines riesigen Birnbaumes liegend und lachend. Dann wollte Tilin eine Orchidee haben, und Joachim nahm es auf sich, sie aus dem Treibhaus zu entwenden, wurde aber von dem Gärtner Wandrey hinausgejagt.

»Was willst du auch mit einer Orchidee, Tilin«, sagte Joachim und schnitt mit dem Taschenmesser einen ganzen Arm halbaufgeblühter Rosen von den Beeten, gelbe, lachsfarbene und dunkelrote. »Du paßt gar nicht zu Orchideen, zu Rosen paßt du prächtig.«

»Passe ich?« fragte Tilin und ließ die Rosen aus hocherhobenen Händen wie einen Regen über sich fallen. »Bin ich hübsch, Jochen? Heute und morgen will ich hübsch sein, sehr hübsch – ich habe mich auf diese Tage so gefreut!« Joachim sammelte die Rosen von der Erde auf und legte sie Tilin in den Arm. »So junge Mädchen sind immer hübsch«, sagte er ernst.

»Junge Frauen!« lächelte Tilin. »Junge Frauen, vergiß das nicht, Jochen.«

»Ach, red nicht davon«, sagte der Junge ärgerlich, dann lachten sie beide und liefen zum See hinunter, wippten auf dem schmalen Steg über dem blauen Wasser und meinten, man sollte eigentlich ein bißchen hinausschwimmen, aber dann dachten sie an Tante Caroline und die dreißigjährige unverheiratete Cousine Marianne, und sie lachten wieder bei dem Gedanken, was geschehen würde, wenn eine von ihnen sie zusammen im Wasser sähe. Tilin lachte so sehr, daß sie fast vom Steg gefallen wäre, und Jochen mußte sie festhalten.

Dann liefen sie ins Haus zurück, um sich die Gäste anzusehen, die inzwischen gekommen sein mußten. »Es sind sicherlich mindestens hundert«, sagte Tilin, »obwohl es gar nicht die richtige Zeit für sie ist, Feste zu besuchen, sie sind ja alle in der Ernte.«

»Auch Onkel Julius hätte die Hochzeit lieber verschoben«, sagte Joachim, »schon damit sich die politische Lage erst ein bißchen beruhigen könnte. Aber Robert wollte nicht. Er glaubt nicht an einen Krieg, sagt er.«

»Robert? Ach so, Robert Doneit. Der hat ja bloß Angst gehabt.«

»Wieso Angst? Vor dem Krieg?«

»Vor dem Krieg?« Tilin lachte. »Vor Spirgatis hat er Angst

gehabt. Vielleicht hätte Hermine doch noch –, aber du weißt rein gar nichts, nicht die interessantesten Sachen weißt du.«

Nein, Jochen wußte nichts, wenigstens nichts, was Spirgatis betraf. Was hatte der Tierarzt mit Hermines Heirat zu tun? Leider habe er nichts damit zu tun, erwiderte Tilin weise und ein wenig betrübt, aber alle Welt habe merken müssen, daß er gern etwas damit zu tun gehabt hätte, als Bräutigam nämlich. Joachim war platt vor Überraschung. Nein, der Tierarzt! Und Hermine? Aus Hermine, sagte Tilin wieder, werde man nicht so leicht klug, sie lasse sich nicht viel merken, aber sie habe sich wohl ausgerechnet, daß das mit dem Tierarzt nicht recht gehe. Er hatte ja gar nichts, nichts außer seinem bißchen Praxis.

Aber sie, Hermine, habe doch Geld, warf Joachim ein. Habe sie, obwohl es soviel wahrscheinlich auch nicht sei. Bruder Paul, der jetzt in Berlin Landwirtschaft studiere, verbrauche sündhaft viel Geld. Gewiß würde noch genug für Hermine bleiben, aber vielleicht sei sie der Meinung, daß man das schöne Geld nicht an einen armen Mann hängen dürfe, an einen Mann ohne Zukunft, denn was für eine Zukunft habe Spirgatis schon groß. Was sei denn das überhaupt, denke Hermine vielleicht, auch vom Gesellschaftlichen her, ein Tierarzt?

Joachim konnte sich nicht beruhigen. Nein, sagte er ein über das andere Mal, das habe er von Hermine nicht geglaubt, sich bloß um Geld oder das sogenannte Gesellschaftliche an einen Menschen wie Robert Doneit wegzuwerfen, einen brutalen Dummkopf.

»Du weißt nichts vom wirklichen Leben!« sagte die kleine Tilin und sah ihn aus ihren sonderbar schimmernden Augen an. Es war, als flöge eine dunkle Wolke schnell und kühl über die beiden Kinder.

Das weiträumige Wohnhaus von Wiesenfeld quoll von Gästen über, und Tante Jettchen schaffte es kaum, die Hereinströmenden so an die überall aufgestellten kleinen Kaffeetische zu dirigieren, daß jedermann einen Platz bekam. Das hübsche Stubenmädchen Lischen und die Jungfer gingen unentwegt mit großen Kannen herum und schenkten ein, auf jedem Tisch standen eine herrliche Torte und ein paar Schüsseln mit Mamsell Geyers Spezialgebäck – man mochte von Mamsell Geyer sagen, was man wollte, aber ihre Kuchen mußte selbst ihr Todfeind loben. Keine der engagierten Backfrauen hatte nach einem anderen Rezept backen dürfen als nach dem ihren, und wenn sie sich auch noch so gesträubt hatten und schwer gekränkt waren.

Tilin und Joachim wanden sich durch das Gewühl, stiebitzten die besten Kuchen von den Tischen, spähten nach alten Freunden, nach Verwandten, die man lange oder manchmal überhaupt noch nicht gesehen hatte, denn wer konnte jeden von der großen Sippe der Wiesenfelder kennen? Auch Joachim konnte es nicht, obwohl er Tante Jettchens leiblicher Neffe war. Heute schienen sie wirklich alle dazusein, die Jungen und die Alten, die von der Dorjutschener Seite und die Salzburger, die Angesehenen und die schwarzen Schafe, deren es eine Menge gab. Für sie interessierte Tilin sich am meisten, und sie floß über von Geschichten, die sie Joachim ins Ohr flüsterte.

Da war beispielsweise Cousin Theodor, der sagenhafte Theodor, der ewige Leutnant. Vierzig Jahre mußte er schon alt sein, und Leutnant war er vor grauen Zeiten gewesen, aber er ließ sich immer noch so nennen, und er benahm sich auch so. Alle Mädchen waren in ihn verliebt, die vornehmen und die einfachen, aber heiraten wollten sie ihn trotzdem nicht, nicht die einen und nicht die anderen, sein Ruf war nicht danach.

»Theodor«, sagte Tilin, hängte sich leicht an seinen Hals und gab ihm einen flüchtigen verwandtschaftlichen Kuß, »wachsen deine Ohren schon wieder, Theodor?«

»Du Racker!« sagte Cousin Theodor und lachte. Prachtvoll lachen konnte er, Tilin wurde dabei ganz sonderbar zumute, aber als er sie richtig und herzhaft küssen wollte, glitt sie schnell davon. Cousin Theodor sah ihr nach und strich leicht über die schmalen dunklen Seidenklappen, die dort saßen, wo eigentlich seine Ohren hätten sitzen sollen. Jene Ohren, die ihm vor vierzehn Jahren abgefroren waren in einer vertrackten Januarnacht, als er bei fünfundzwanzig Grad Kälte neben seinem umgestürzten Schlitten eingeschlafen war, auf der Brautfahrt nach Kurkehmen, müde vom Tanz in den Dorfkrügen, die ihn am Wege eingefangen hatten, müde vom schlechten Wein der Gastwirte und müde von der Liebe, der er höchst tadelnswerter Weise nachgegangen war in ein fremdes Zimmer und ein fremdes Bett. Aber welches Zimmer und welches Bett das gewesen waren, das hatte nie jemand erfahren, Cousin Theodor mochte ein Filou sein, ein prahlerischer Lump war er nicht.

»Und die Braut, zu der er fahren wollte?« fragte Joachim, dem Tilin die Geschichte zutuschelte, während sie beide verstohlen die Liköre probierten, die der alte Wandrey in dem Raum neben der Garderobe aufgebaut hatte.

»Bei der durfte er sich nicht mehr sehen lassen«, sagte Tilin. »Die Geschichte machte überall die Runde, und dann mußten ihm ja auch die erfrorenen Ohren abgenommen werden. Nein, die Kurkehmerin konnte ihn nun nicht mehr nehmen, obwohl sie ihn auch ohne Ohren bestimmt lieber gehabt hätte als den alten Baron Brack, den sie später heiratete.«

»Den alten Brack?« rief Joachim. »Der dort steht und den jungen Mädchen so unverschämt nachsieht?«

»Ja«, erwiderte Tilin einsilbig.

»Dann habe ich sie auch gekannt.« Joachim empfand plötzlich ein Gefühl von Trauer. »Sie war so jung und immer so nett. Sie war so gern lustig. Und sie starb so früh, es sind jetzt schon vier Jahre her.«

Tilin sagte wieder: »Ja –«

Beide schwiegen einen Augenblick, wieder streifte sie jene dunkle und kühle Wolke, die Tilin vor kurzem »das wirkliche Leben« genannt hatte. Sie sahen zu Hermine hinüber, die sich heldenhaft bemühte, dem Sturm der verwandtschaftlichen Herzlichkeiten standzuhalten, ein stereotypes Lächeln um die blassen Lippen. »Die wird auch froh sein, wenn die Geschichte erst vorbei ist«, sagte Tilin sachverständig. Joachim sah sie an, aber er schwieg.

Mitten in den Trubel der Vorbereitungen hinein krachte und klirrte der Polterabend. Alles Gesinde und alle Instleute von Wiesenfeld standen vor der schweren, geschlossenen Haustür, um sich herum eine Unmasse von Körben, die alles enthielten, was nur irgendwie und irgendwo an nicht mehr tadelfreiem Steingut, Porzellan und Glas aufzutreiben gewesen war, und begannen die einzelnen Stücke gegen Tür und Türpfosten zu werfen. Zuerst kamen nur vereinzelte Tassen und Teller geflogen, schüchtern und unbeholfen in Bewegung gesetzt, aber der Schwung des Wurfes und der Laut des Zersplitterns übten eine geradezu dämonische Wirkung aus, jedesmal fuhr es wie ein elektrischer Schlag durch die Leiber der Werfenden, ein immer heftigerer Schlag, die Münder öffneten sich zu dumpfen oder schrillen Rufen, aus den Rufen wurden Schreie, aus dem spielerischen Werfen ein wütendes, blindes Schleudern. Klirrend und krachend barsten die Gefäße, die Scherben türmten sich zu Haufen, wurden hastig weggeräumt, wuchsen zu neuen Bergen.

»Schade«, sagte der alte Baron Brack zu dem jungen Tierarzt Spirgatis, der mit tiefem Ernst dem Splittern und Bersten zusah, »schade, daß man nicht mittun kann.« Sein Blick, aufgestört und viel zu unruhig für seine fünfundsechzig Jahre, prüfte sorgfältig die Gestalt des hübschen Stubenmädchens Lise, das eben einen henkellosen Milchtopf in der Haltung einer Speerwerferin gegen die Tür schleuderte. Aber es ging für die Gäste nicht an, mitzutun, auch wenn es ihnen noch so sehr in den Fingern juckte. Nur die Kinder ließen es sich nicht nehmen, auch Tilin und Joachim waren dabei.

»Glück, Glück, viel Glück für das junge Paar!« rief Tilin und drehte sich um sich selbst. »Scherben bringen Glück, soviel Scherben, soviel Glück!« Sie hielt inne und atmete auf. »Die bösen Geister«, sagte sie, »werden wir verscheucht haben. Hoffentlich sind nicht die guten mit davongelaufen.«

»Vielleicht sind die abgebrühter«, erwiderte Joachim, »oder vielleicht sind gute Geister so selten, daß man nicht mit ihnen zu rechnen braucht.«

Tilin lachte. »Aber jetzt müssen wir uns zum Abend umziehen, zum Essen – zum Souper, sagt Mamsell Geyer.«

Sie drängten sich aus der Schar der immer noch Werfenden heraus, überquerten den Hof, traten durch die kleine Nebenpforte in den Garten, um einen Seiteneingang in das Haus zu gewinnen, denn durch die große Haustür konnte vorerst niemand. Gerade als sie auf dem schmalen Weg zwischen den Asternbeeten entlanggingen, verstummte der Lärm des Krachens und Splitterns vom Hof her.

»So, jetzt haben sie alles zerschlagen«, sagte Tilin, »Jetzt sind sie zufrieden.«

Joachim erwiderte: »Wie du das sagst!«

Tilin antwortete nicht, schweigend standen sie nebeneinander, tief atmend und lauschend. Die Stille, die plötzlich über allem lag, hatte etwas Verwirrendes, gleichsam Tadelndes, und die beiden blickten aneinander vorbei, es schien ihnen, als müßten sie sich über etwas schämen, doch wußten sie nicht worüber. Dann versank dieses Gefühl und machte unvermittelt einer Bezauberung Platz, die fremd und geheimnisvoll aus den dämmernden Tiefen des Gartens stieg, dieses Gartens, den sie seit ihrer Kindheit kannten wie ihr eigenes Herz. Aber kannten sie ihr eigenes Herz?

»Tilin –«, sagte Joachim. Er faßte ihre Hand, durch beider

Herzen ging eine Welle, kühl und heiß zugleich, und ließ eine tiefe Melancholie zurück, jene süße Melancholie der Jugend, die voll ist von der Ahnung allen Menschenglücks, das auf dieser Erde möglich ist und das doch niemals gewonnen wird. Joachim Wigor hielt die weit geöffneten Augen auf Tilin gerichtet, die unendlich anmutig vor dem rotflammenden Abendhimmel und dem fernher blinkenden gleichfalls rotleuchtenden See stand, umströmt von einem Meer farbigen Glanzes.

»Woran denkst du?« fragte Tilin sehr leise.

Er erwiderte ebenso: »An das, was kommt.«

»Den Krieg?«

Er bewegte geringschätzig den Kopf. »Den Krieg? Kommt er? Ich weiß es nicht. Nein, ich denke nicht an den Krieg.«

Eine heftige Stimme klang aus einem der Fenster, es war Mamsell Geyers Stimme. Jochen und Tilin lauschten mit abwesenden Mienen. Dann war es wieder still. Am Himmel waren aus den rotglühenden Wolken dunkelblaue Berge geworden, mit Schnee auf den Gipfeln und smaragdnen Seen zu ihren Füßen.

»An das, was kommt«, sagte Tilin. »Ja, du hast noch eine Zukunft, du –« Sie schwieg einen Augenblick, irgend etwas würgte sie, sie mußte ein paarmal tief aufatmen. »Die ganze Welt steht dir offen, Jochen.«

Er wiederholte, brennende Röte auf den Wangen: »Die ganze Welt –« es hatte spöttisch klingen sollen, aber es klang andächtig.

Am Himmel fuhren jetzt dunkelgraue Schiffe über violette Meere. Waren es wirklich Schiffe, wirklich Meere, oder gewaltige graue Tiere, sauriergleich, elefantenähnlich, mit orangefarbenen silbergesäumten Decken über den breiten Rücken. Sie stapften durch violettes Gras, versanken darin, stiegen wieder auf, anders gestaltet, herrliche geheimnisvolle Ungeheuer, langgeschnäbelte, mit grünlichen Flügeln.

»Du bist ein Junge«, sagte Tilin. »Du bist frei, ach – frei!« Sie sagte es sehnsüchtig, fing sich schnell und machte ihre Stimme klar und heiter. »Du bist schrecklich gut daran, Jochen, daß du frei sein kannst, frei bleiben kannst.«

Die herrlichen seltsamen Ungeheuer oben hatten sich aufgelöst in unzählige kleine rosenwollige Lämmer. Fröhlich glitten sie durch blaugrüne Wiesen, aber da tat sich ein finsterer Abgrund auf und verschlang sie. Silberweiße flockige Tücher wischten alles fort, sanft und entschieden. Der Himmel wurde klar und leer.

»Ja, frei. Zu gehen, wohin du willst, auch in die Urwälder des Amazonas, um die weißen Indianer zu suchen, weißt du noch?«

Er lächelte bei dem Gedanken an Träume, die längst ihre Gestalt gewechselt hatten. »Vielleicht wollen die weißen Indianer nicht entdeckt werden? Vielleicht gibt es Dinge, die zu entdecken wichtiger wäre als weiße Indianer?« Er atmete tief und gierig die kühler werdende Luft, die nach warmer Erde und Seewasser duftete. »Ach Tilin – sieh, du weißt deinen Weg, du hast dich schon entschieden. Aber ich – ich weiß nicht, was ich werden soll, weil mich alles interessiert, brennend interessiert und lockt, das Leben daran zu wenden, und ich habe doch nur ein einziges Leben! Manchmal denke ich die ganze Nacht darüber nach, wie ich es am besten verwenden könnte, damit etwas Ordentliches dabei herauskommt – nicht Geld meine ich, sondern etwas Wesentliches, und nicht nur für mich –« Er verstummte. Erst nach einer ganzen Weile erhob sich Tilins Stimme, sanft und etwas singend, als sei sie eins mit dem aufkommenden Abendwind.

»Ich glaube, du hast schrecklich viel mit dir vor, Jochen. Du denkst, du kannst etwas für das Glück tun, und gleich für das Glück vieler. Manche denken so, ich habe davon gelesen, aber es ist noch keinem gelungen. Denn man muß ja immer eines hingeben, um das andere zu bekommen, ich weiß es, Jochen, ich – es gibt das gar nicht, was man Glück nennt, man glaubt es nur manchmal, aber dann zeigt sich –« Sie brach ab.

»Es gibt es!« rief der Junge. »Es gibt es bestimmt, man darf sich nur nicht beirren lassen, man muß es immer ganz fest wollen, das Glück. Und was man fest will, das erreicht man auch.«

Tilin betrachtete ihn lange und schweigend, hinter ihr wurden die Schatten tiefer, die Farben kühler, aber stärker und klarer. Plötzlich schüttelte sie den Kopf, ein Lachen flog über ihr Gesicht. »Dann«, sagte sie heiter, »will ich ganz fest glauben, daß du heute abend tanzen kannst. Letzthin, bei Hippeis, konntest du es noch nicht.«

Joachim neigte ihr sein Gesicht zu. Er war nicht aus seinen Träumen gerissen, er stand zu fest in ihnen. »Und ob ich tanzen kann!«

Sie faßten sich bei der Hand, liefen um das Haus herum zu dem großen Tanzplatz, der an der Giebelseite aufgeschlagen war, dort, wo sich die große Wiese vor dem Obstgarten hinbreitete. Er lag jetzt einsam da, er sollte erst morgen am eigentlichen Fest benutzt werden. Die Kinder flogen die Stufen hinauf, Jochen pfiff eine Walzermelodie, sie tanzten. Ein endloser Tanz, ein kurzer Tanz. Es war dunkler geworden, hier unter dem Giebel war es still, nur ab und zu ein verlorener Ruf, ein verwehtes Lachen, abgerissene Klänge einer Ziehharmonika, die ein Knecht fern spielte. Die Kinder tanzten, ihre Herzen waren voreinander aufgeschlagen wie Bücher, sie blätterten in schnellem Wirbel die Seiten um.

Plötzlich wurde die leichte Tilin schwer, ganz ungeheuer schwer. Joachim löste seinen Blick von dem Mond, der glänzend über den dunkler gewordenen Baumwipfeln stand, blickte auf Tilin hinab und fuhr zusammen. Totenbleich, mit gebrochenen Augen, lag ihr zartes Gesicht an seiner Schulter.

»Tilin!« keuchte er und stand still. »Tilin!«

»Ja?« erwiderte sie.

Hatte er geträumt? Ihre Augen waren offen, sie lächelte, plötzlich war sie nicht mehr schwer. Was hatte er gefühlt? Er stammelte: »Was war denn? War dir nicht gut?«

Ihr Blick traf ihn, klar, kindlich und verwundert. »Warum soll mir nicht gut gewesen sein? – Aber nun müssen wir hineingehen, es ist Zeit.«

Sie gingen schweigend ins Haus, Joachim immer noch erfüllt von einem Gefühl dunklen Entsetzens. Wenn jenes Gesicht Tilins, das wie das Gesicht einer Toten schien, wirklich und nicht nur eine Mondspiegelung gewesen war – das Mädchen wußte nichts davon. Es reichte ihm die Hand. »Bis nachher.« Im Fortgehen drehte sie sich noch einmal um und rief leise: »O Jochen, Jochen, das Leben ist doch schön!«

Beim Abendessen war sie sehr lustig und kindlich, und später feierte sie Triumphe in der kleinen Glückwunschszene, die sie zusammen mit Martin Eggert, dem Sohn des Kreisphysikus, zum besten gab, er als Müllerbursche und sie als Schornsteinfegerjunge. Obwohl Tante Caroline außer sich war darüber, daß Tilin in dieser Szene Jungenhosen trug, und die unverheiratete dreißigjährige Cousine Marianne deswegen sogar den Saal verließ. Tilin sprühte vor Lustigkeit an diesem Abend, während Joachim still herumstand. Immer, wenn er sie ansah, schob sich vor das strahlende Gesicht jenes weiße Antlitz, und erst im Laufe der Nacht und des Schlafes, nach verwirrten und unzusammenhängenden Träumen, versank es in ihm.

Am nächsten Tage, nach der standesamtlichen und der kirchlichen Trauung, bei der das junge Brautführerpaar Joachim und Tilin laute Begeisterung erregte, begann das eigentliche Fest. Welch ein Fest! Ihr alten Götter, kommt hervor aus den tiefen Wäldern oder vom Grunde der Seen oder von den Bernsteinbäumen tief unten in der Ostsee, wo auch immer ihr seit Jahrhunderten euren Schlaf der Gewesenen schlaft, seht, welche Feste man zu feiern vermag zwischen der Memel und dem nördlichen Weichselbogen!

Nicht, daß es übermäßig geblitzt und gefunkelt hätte von kostbarem Tafelgeschirr, obwohl Tante Jettchen mit dem Erbsilber nicht gespart hatte. Es war auch nicht so, daß man Augenschmerzen bekommen hätte von dem Glanz der Juwelen der Damen und irgendwelchen goldschimmernden Tressen an den Livreen. Es gab kaum etwas Außerordentliches an Schmuck, denn den Bernstein mit der Mücke, den Tilin an dünnem Goldkettchen um den Hals trug, konnte man nicht dazu rechnen. Und die Livree derjenigen Knechte, die auf Grund ihrer Gewandtheit heute Diener spielten, unter dem Kommando von zwei Lohndienern und dem Oberkellner aus dem Hotel ›Königsberg‹, bestand aus einer orangefarbenen Binde über dem rechten Arm. Es gab sicherlich prunkvollere Feste im Reich, aber wo war das ganze Haus vom obersten Boden bis zum tiefsten Keller so erfüllt von der strömenden Lust am Leben, wo drang die glückliche Heiterkeit des Weines so tief bis in die letzte traurigste Seele, wo war das ganze Fest ein Fest aller, auch des letzten Schweinehirten und des Dorftrottels und der Gemeindearmen, ja, des Gartens und Feldes und des Sees und darüber hinaus sogar des Himmels, der seine Sterne so blank geputzt hatte wie noch nie? Dazu die schöne Lockung der Liebe, die alle Herzen durchzog, die jungen wie die alten! Selbst der Verzicht verlor seinen Stachel und wurde zu sanfter Schwermut.

Welche Nacht, welche Freude, welcher Glanz, welcher letzte Glanz!

Der Kreisphysikus Eggert sagte zu dem Tierarzt Spirgatis, mit dem zusammen er in dem kurzen Gang zwischen Saal und Wandreys Büfett stand und dem Treiben zusah: »Hoffentlich können die jungen Leute auch noch im nächsten Jahr ihre Glieder so gebrauchen –« und der Tierarzt erwiderte: »Sie denken an Krieg. Ich glaube nicht daran. Vor fünf Jahren, erinnern Sie sich, die Marokkokrise? Damals schrie auch alle Welt: Krieg! Die Ausländer mußten sich schon auf den Polizeiämtern melden. Und dann ging alles aus wie das Hornberger Schießen.«

»Was Ihnen leid zu tun scheint.« Der Kreisphysikus lächelte spöttisch. »Übrigens erledigte es sich nicht ganz so gründlich. Etwas blieb zurück, sagen wir mal, ein Ansteckungsherd.«

Der junge Tierarzt heftete seine Augen auf die Braut, die blaß und mit fremdem Lächeln neben dem Bräutigam stand. »Und wenn schon. Wir haben mehr als vierzig Jahre Frieden gehabt, etwas lange für ein tatenfreudiges Volk. Es gibt Fataleres als so ein bißchen Krieg.« – »Finden Sie?« – »Im Grunde«, erwiderte der Tierarzt, »sind die Kriegsteilnehmer hinterher immer stolz auf die ganze Sache, es kann also so schlimm nicht sein. Fragen Sie mal den alten Henschke, den Gärtner von Dorjutschen. Der zittert vor Begeisterung, wenn er von dem Sturmangriff erzählt, bei dem er anno siebzig ein Bein verloren hat. Und was sich dann im Lazarett tat, und später daheim im Krankenhaus, wie sich da alles um ihn gedreht hat: Henschke hier und Henschke da, und so viel Zigarren, Schokolade und wollene Socken hat er sein Lebtag nicht auf einem Haufen gesehen, und alles war für ihn. Dann die Feiern und Ansprachen und ›deutscher Held‹ und die Bewunderung und Ehrerbietung rundum – sagen Sie dem Alten mal, Sie würden ihm ein neues Bein anflicken, dafür solle er damals nicht dabeigewesen sein – er würde Sie schön anschauen! Er, der das Gefühl hat, nichts als sein abgeschossenes Bein habe Elsaß-Lothringen gewonnen.«

Der Kreisphysikus lächelte wieder. »Kann sein. Aber heute ist nicht damals. Und man gewinnt nicht immer. Manchmal gewinnt auch der andere. *Eine* Partei verliert jedenfalls immer.«

»Sicher. Einer verliert immer.« Spirgatis ließ langsam den Blick von Hermine, sie sah nicht zu ihm hin, obwohl sie genau wußte, daß er hier stand. »Ich bin nicht in der Stimmung für Ihren Altruismus, Doktor. Alles Leben ist Krieg, und der auf dem Schlachtfeld ist noch nicht der schlimmste, er schüttelt den Menschen mal richtig durch, das kann sehr guttun.«

»Na, dann lassen Sie sich mal richtig durchschütteln«, sagte der Kreisphysikus. »Zur Abnahme von überschüssigen Gliedmaßen halte ich mich jedenfalls bestens empfohlen. Vorläufig, solange Sie die noch haben, sollten Sie lieber tanzen, man ist schon mitten drin.«

Man war wirklich schon mitten drin, obwohl es noch heller Tag war, aber warum sollte man warten. Nein, sagte Cousin Theodor, man soll nie ohne zwingenden Grund eine Freude aufschieben, weiß man, welches Unhell schon bereitstellt, diese Freude zu verderben. Alle Leute sagten später, er habe die Gabe der Prophetie, aber es war nichts dergleichen, Cousin Theodor konnte nur den Tanz nicht erwarten. Er war begierig darauf, die jungen Mädchen im Tanz zu umarmen, das war es, nichts weiter.

Er eröffnete den Tanz mit der Braut, das war vielleicht nicht ganz in der Ordnung, denn wer war Cousin Theodor? Aber Hermine war einverstanden, vielleicht wollte sie, ehe die Ehe mit Robert Doneit über ihr zusammenschlug, noch einmal wissen, was es mit der Freude der Jugend auf sich hat und mit dem Gefühl, an der Brust eines Mannes zu liegen, dessen Blut heiß und zärtlich geblieben ist. Freilich hatte er keine Ohren mehr, sie waren ihm bei einer nicht ganz einwandfreien Gelegenheit abgefroren. Aber wie er tanzte mit seinen kräftigen und elastischen Beinen, wie er lachte mit seinem starken roten Mund, es war ein prächtiges Lachen, tief und klingend und voll wunderbarer Wärme, ein Lachen, in das man sich hineinschmiegen möchte wie in einen weichen Mantel, dessen Falten voll überraschender Glückseligkeiten stecken können. Hermine blieb ernst, aber sie war fast immer ernst, jedenfalls stand ihr das besser als das stereotype Lächeln, das sie vorher gezeigt hatte. Auch daß sie blaß war, kleidete sie gut, Bräute sind immer ein wenig blaß. Überraschend zeigte es sich aber, daß sie sich auch auf andere Farben einlassen konnte, denn als Cousin Theodor auf der alten Sitte bestand und sich nach dem Brauttanz einen Kuß von ihr nahm, wurde sie glühend rot.

Gleich hinter ihnen waren Joachim und Tilin zum Tanz angetreten. Wahrscheinlich hätten sie sich nicht so rasch entschlossen, als halbe Kinder hätten sie noch ein wenig warten müssen, aber Tilin hatte bemerkt, daß Robert Doneit sich zu ihr hin zu bewegen begann, und sie hatte Joachim zugeflüstert: »Fordere mich auf!«

Im Handumdrehen waren die beiden mitten im Saal, und der Bräutigam kehrte um. Er blieb in der Nähe der großen Flügeltür stehen, die in den Garten führte, aber er sah nicht hinaus, er sah auf Hermine, die mit Cousin Theodor tanzte und ihm nach dem Tanz erlaubte, sie zu küssen. Robert Doneit fuhr ärgerlich zusammen, aber gegen diesen Kuß konnte man nichts tun, es war eine alte Sitte. Mehr eine bäuerliche Sitte, dachte der Bräutigam geringschätzig, sie sollte hier keine Geltung haben. Dann verzog sich sein Gesicht höhnisch. Nun ja, konnte man es besser erwarten? Jedermann wußte, daß Tante Jettchens Großvater noch ein ganz einfacher Bauer gewesen war, einer von denen, die selbst ihren Mist fahren und bei der Ernte auch ihre Frauen und Töchter auf das Feld gehen lassen. Überhaupt hatte sich ja Wiesenfeld aus einem simplen Bauerngrundstück heraufgearbeitet, wenn auch die Frau des ersten Bauern eine Baronesse gewesen sein sollte, eine Wigor aus Dorjutschen. Aber dann war es doch komisch, daß der Dorjutschener selbst nicht zur Hochzeit gekommen war, nur sein Sohn und seine Frau, die Tante Jettchens Schwester war. Er ärgerte sich darüber, daß man seine Schwiegermutter allgemein Tante Jettchen nannte, solche Vertraulichkeit war ihm ein Greuel. Er nannte sie nicht so und würde sie nie so nennen, überhaupt würde er Distanz wahren. Er würde aufpassen, daß das Bauernblut der Reitmeiers nicht durchschlug, und ganz besonders würde er dafür sorgen, daß er den zukünftigen Verkehr von Mallningken bestimmte. Auch auf diesen Mann ohne Ohren würde er aufpassen – er, Robert Doneit, der sich von seinem Besitz und seinen gesetzlich anerkannten Rechten nichts wegnehmen ließ, kein Zehntel, kein Hundertstel, keinen Blick und kein Lächeln.

Steif und zeremoniell ging er auf das Paar zu und verbeugte sich vor seiner Frau. Den Mann neben ihr beachtete er nicht. Hermine legte ihre Hand auf den Arm des Bräutigams, um ihren Mund erschien wieder das fremde Lächeln, es wich auch den ganzen Tanz über nicht. Theodor sah den beiden eine Weile nach, seine Hand glitt über die seidenen Klappen an den Seiten seines Kopfes, er lächelte. Er freute sich, daß er das Leben auf seine Weise geführt hatte, auch wenn es um den Preis seiner Ohren gewesen war. Vielleicht fand er, daß diese Auffassung nicht für jedermann richtig sei, denn während des nächsten Tanzes sagte er zu Tilin, die er herrlich leicht und fest im Arm hielt: »Du hast mich gestern ärgern wollen, Tilin, aber ich vergelte Böses mit Gutem. Ich bin ein Christ, ein guter Christ, wenn es auch alle abstreiten, weil ich nicht in die Kirche gehe.«

»Warum gehst du nicht in die Kirche?« fragte Tilin und lachte.

»Damit der Pfarrer nicht meine Ohren zum Grundtext für seine Predigt nimmt. Aber ich wollte nicht von meinen Ohren reden, sondern von deinen.«

»Ich habe doch meine Ohren noch!« rief Tilin und lachte wieder.

»Freilich, man verliert sie ja auch erst, nachdem man den Kopf verloren hat – das wollte ich dir sagen.«

»Ich werde meine Ohren behalten«, verschwor sich Tilin und lachte zum drittenmal.

»Hoffentlich!« Eine Weile tanzten sie schweigend. Dann sagte Cousin Theodor zweimal: »Tilin! Tilin!« Und seine Stimme machte den Namen zu einem dunklen und herrlichen Geheimnis, er erschrak selbst darüber, er schämte sich sogar etwas, und er hätte sich noch mehr geschämt, wenn er gewußt hätte, welch heftigen Schlag Tilins Herz dabei getan hatte.

»Wenn er nicht so alt wäre«, dachte sie, »vielleicht könnte ich mich in ihn verlieben. Aber er ist zu alt, sogar noch älter als mein Mann.« Dann dachte sie an Joachim. Sie suchte ihn später überall, aber sie fand ihn nicht, sie fand nur seine Mutter, die mit Tante Jettchen zusammen in einer Ecke des großen Eßzimmers saß. Tilin machte ihren Knicks, und Joachims Mutter strich ihr seufzend übers Haar. Dann lief Tilin davon, und Johanna Wigor sagte: »Du wirst mich auslachen Jettchen. Aber ich habe mir immer gewünscht, die beiden sollten mal ein Paar werden, Joachim und Tilin. Es hätte mal eine glückliche Ehe gegeben, und das ist etwas Seltenes und Kostbares.«

»Ach Gott!« erwiderte Tante Jettchen. »Wer weiß auch noch, ob es wirklich so gut mit ihnen geworden wäre. Das denkt man sich vorher so, nachher wird es ganz anders. Wir haben ja auch gemeint, dein Mann und du –«

»Es wäre auch ganz gut geworden, wenn er es nicht so mit den Sternen hätte, oder wenn er wenigstens nicht darauf bestanden hätte, daß ich es auch damit bekäme! Aber hab' ich Zeit, mich darum zu kümmern, ob der Sirius neun Lichtjahre entfernt ist oder neunzig, oder wohin das ganze Sternensystem rast, ob nach dem Schützen hin oder nach der Wasserschlange, oder was weiß ich? Ich hab' genug damit zu tun, aufzupassen, daß die Mamsell die Butter nicht heimlich verkauft, du weißt, sie ist nicht zuverlässig, nicht so wie deine.«

»Ja«, sagte Tante Jettchen, »zuverlässig ist Mamsell Geyer, aber sie hat auch ihre Schattenseiten. Na, die haben wir alle, auch du und ich. Vielleicht hättest du doch ein bißchen mitmachen sollen bei den Sternen, weißt du.«

»Ach!« rief Johanna Wigor verzweifelt, »wenn ich doch keine Zeit hatte! Würdest du vielleicht Zeit dafür gehabt haben? Und es interessiert mich auch gar nicht«.

Tante Jettchen lachte. »Na ja, aber man muß die fixen Ideen der Männer ein bißchen hätscheln, sonst – na, mit den Sternen fängt es an –«

»Und mit allerhand fremdem Weibszeug hört es auf«, ergänzte Johanna Wigor bitter. »Bloß kann ich nicht einsehen, was das miteinander zu tun hat. Die verstehen doch bestimmt nichts von den Sternen.« Sie verstummte, denn zwischen den üppig beladenen Tischen kam jemand auf sie zu, ein Mann mit leicht ergrautem Haar und einem runden, freundlichen Gesicht über einer stämmigen Gestalt, die sicher nur mühsam in den Frack hineingegangen war.

»Nein«, flüsterte Johanna Wigor, »ist das nicht –«

»Ja«, sagte der Angekommene und machte eine feierliche Verbeugung. »Das ist er. Das ist der alte Hans Tiedemann. Was sagen Sie nun, gnädige Frau? War es nicht großartig von Ihrer Frau Schwester, mich einzuladen, obwohl ich im Grunde gar nicht dazugehöre?« Er küßte Johanna Wigor die Hand, Tante Jettchen nickte befriedigt. Nun hatte Hannchen doch auch eine kleine Freude, brauchen konnte sie es wirklich. Sie stand auf. »Ich muß nun mal nach den anderen sehen, unterhaltet euch gut.« Sie ging, Tiedemann ließ sich auf ihrem Sessel nieder.

»Da wären wir wieder mal beisammen«, sagte er und wunderte sich, daß ihm vorhin beim Näherkommen das Gesicht seiner Jugendliebe schon reichlich verblüht vorgekommen war, mit matten Augen und welken Zügen. Sie sah doch im Gegenteil jung aus, wie sie ihn jetzt so strahlend und ein wenig errötend anblickte, ihre Augen schimmerten in einem dunklen, weichen Licht, ihre Lippen waren rot und ein wenig geöffnet unter der schönen geraden Nase, deren griechische Form ihn einst so begeistert hatte. Dieses Lächeln, und diese Stimme!

Selbst Tante Jettchen drehte sich noch einmal verwundert um, war das die Stimme ihrer verbitterten Schwester, die an den Sternen und Liebschaften ihres Mannes langsam zugrunde ging? Zart klang sie und silbern, wie einst die Stimme des jungen Mädchens geklungen hatte, von dessen Lieblichkeit damals auch Justus Wigor bezaubert war, ohne daß er Anstoß genommen hätte an Hannchens Unfähigkeit, auch nur die kleinste mathematische Berechnung durchzuführen.

Mit dieser zarten und silbernen Stimme sagte Johanna Wigor: »Hans – Hans Tiedemann!« Sie lachte, ein etwas atemloses Jungmädchenlachen. »Das sind über zwanzig Jahre her, nicht wahr?«

»Einundzwanzig Jahre, fast auf den Tag. Eine lange Zeit, gnädige Frau.«

»Eine sehr lange Zeit. Aber warum sagen Sie gnädige Frau? Haben wir nicht du zueinander gesagt von Kind an?«

Ihre Stimme zitterte ein wenig, der silberne Ton bekam einen zarten Bruch, und eine rasche Röte flog über ihr Gesicht. Wie bezaubernd sie noch immer ist, dachte der Mann. »Ja, wir sagten du zueinander, ehe Sie – ehe du heiratetest.« Sie wiederholte: »Ehe ich heiratete«, und sah über die vielen Kerzen hin, die eben an den Wänden und auf den Tischen von der Jungfer angezündet wurden. Kerzenlicht ist ein liebevolles Licht, es macht die Augen sanft und die Haut schimmernd, und es überströmte Johannas Gesicht mit einem zärtlichen Glanz, alles Bittere und Müde war darin ausgelöscht.

»An dir ist die Zeit spurlos vorübergegangen«, sagte der Mann, und so fielen die Jahre von Johanna Wigor ab, denn jede Frau ist so alt, wie der Mann neben ihr sie sieht. Hatte sie einen Sohn von fast achtzehn Jahren, hatte sie einen unbegreiflichen und tyrannischen Mann voll eigensinniger und fixer Ideen, rechthaberisch und rücksichtslos in seinen Leidenschaften, war sie verworfen und hundertmal betrogen worden, hundertmal gedemütigt, war sie überhaupt verheiratet? Nein, sie war die junge Johanna Engelhard, neben ihr saß der Forstadjunkt Hans Tiedemann, und sie waren auf einem Fest ihrer Jugend.

»Auch du hast dich nicht verändert«, sagte sie, und er lächelte dankbar. Er hatte etwas Angst gehabt vor diesem Wiedersehen, widerstrebend war er hergekommen von seiner einsamen Oberförsterei in dem Ibenhorster Forst, wo die Elche sich ihre Pfade durch den Urwald bahnen, diesen herrlichen Urwald, der so weit und einsam und teilweise fast unzugänglich daliegt mit seinen Windbrüchen und Sümpfen und dem weiten Haff an seinem Rande. Aber nun war es schön, hier zu sein und die Frau wiederzusehen, für die er einst geschwärmt hatte.

»Ist deine Frau auch hier?« fragte Johanna. »Ich bin nicht verheiratet«, sagte er, und sie erwiderte: »Ach –!«

Er dachte: Nun wird sie glauben, ich sei ihretwegen Junggeselle geblieben, und in diesem Augenblick glaubte er es selber, obwohl es nicht so gewesen war, sondern nur eine Kette von Zufällen und Mißgeschicken. Aber es war schön, dem Mädchen Johanna und sich selbst einzureden, die Liebe habe ihn gehindert, die alte Liebe. Sie standen auf und gingen in den Garten, wo an der Giebelseite des Hauses die Tanzfläche jetzt richtig hergerichtet war mit Stühlen, Bänken und einem Podium für die Musik, und mit vielen bunten Lampions. Sie lächelten einander ein wenig zu, sollten auch sie noch tanzen? Jetzt ginge es noch am ehesten, es war noch niemand da, nur ein einziger Musiker, der seine Geige stimmte und wohl auf die anderen wartete, aber jetzt fing er an, allein einen Tanz zu spielen.

»Aber selbstverständlich«, sagte Hans Tiedemann, und Johanna legte schüchtern ihre Hand auf seinen Arm, eigentlich paßte es sich nicht mehr für ihr Alter, aber war heute nicht Hochzeit und ein Fest für alle. So tanzten sie als einziges Paar, wie gestern Joachim und Tilin hier als einziges Paar getanzt hatten. Nach dem Tanz, der den Oberförster Tiedemann ein wenig außer Atem gebracht hatte, was er hinter einem kleinen Husten zu verbergen suchte, promenierten sie durch den dunklen Park, über dessen Wegen sich Schnüre von bunten Lampions hinzogen, farbig zuckende Lichter, sie warfen Reflexe in Johannas schimmernde Augen und auf ihr volles dunkles Haar.

Tilin war auf der Suche nach Joachim in die große Gesindestube geraten, in der die Leute von Wiesenfeld feierten. Die Stube war als Tanzsaal hergerichtet, in der anliegenden Meiereistube standen Tische und Bänke, und die Tische bogen sich unter Enten, Gänsen und Spanferkeln. Links in der Ecke war August Benedikts Reich, des Vorknechts, da herrschte er über ganze Batterien von Wein- und Bierflaschen. Nur Schnaps gab es nicht, den hatte Tante Jettchen heute verboten, Schnaps macht die Leute zänkisch, und heute sollte es keinen Streit geben, keinen Mißklang, auch nicht unter dem Gesinde.

August Benedikt war heute heiter, er fluchte nicht auf die Vornehmen und Reichen, er lachte versöhnlich, und Lischen, das Stubenmädchen, ließ sich von ihm einen Kuß geben und ein Glas Wein einschenken, obwohl der alte Baron Brack, der sie in die Rosenlaube neben dem Gemüsegarten bestellt hatte, sicherlich schon lange dort wartete. Allen goß August freigebig Wein in die Gläser und teilte großzügig Bierflaschen aus, denn Tante Jettchen hatte zum Kummer Mamsell Geyers bestimmt, daß heute niemand in Wiesenfeld einen unerfüllten Wunsch in bezug auf Essen und Trinken haben sollte. Auch dem alten Krause hatte sie Essen und Wein geschickt, dem Dorfarmen. Es war schrecklich für Mamsell Geyer gewesen.

»Bei diesen Zeiten!« hatte sie immer wieder gesagt. »Gnädiges Frauchen, bei diesen Zeiten! Ist das nicht sündhaft? Alle sagen, wir bekommen Krieg.«

Tante Jettchen hatte geantwortet: »Eben deshalb. Wer weiß, wie lange wir noch fröhlich sein können. Warum sollen die Spanferkel in der Gesindestube und beim alten Krause Sünde sein, wenn sie es bei uns nicht sind?« Im Fortgehen hatte sie den Kopf darüber geschüttelt, daß die sogenannten geringen Leute, wenn sie einmal ein bißchen zu Macht kommen und über ihresgleichen gesetzt werden, meistens viel härter und mißgünstiger sind als die schon immer wohlhabenden. Mamsell Geyer stammte aus einem Laikischker Insthaus, aber von ihr hatte niemand von den Instleuten hier etwas zu hoffen, im Gegenteil!

Als Tilin zur Tür hineinschaute, tanzte Joachim gerade mit der Magd Trine, die schon etliche graue Haare hatte, aber in ihrem gutsitzenden lustigen Kleid hübsch aussah. Er tanzte begeistert und federnd vor Spannkraft, er war mit ganzer Seele dabei und führte seine Dame mit vollendeter Ritterlichkeit durch das Gewühl. Auf erhöhtem Podium in einer Ecke machten ein Geiger und ein Ziehharmonikaspieler Tanzmusik. – Tilin blieb einen Augenblick in der Tür stehen und sah Joachim an, wie man etwas ansieht, das zu einem gehört von Gottes und Rechts wegen und an dem man doch keinen Teil haben darf. Sie betrachtete seinen Mund, der dem alternden Mädchen etwas Schmeichelhaftes zu sagen schien, denn Trine lachte und wurde rot. Dieser Mund, fand Tilin, war beunruhigend weich und zart, während Stirn und Kinn doch fest genug geschnitten schienen.

August kam aus seiner Ecke auf Tilin zu und verbeugte sich. »Tanzt das gnädige Frauchen mit einem Knecht?« Sie lachte. »Aber gern, August. Ich weiß noch vom letzten Erntefest her, wie gut du tanzen kannst!« Sie tanzten, August war ein vorzüglicher Tänzer. »Alle Benedikts tanzen gut«, sagte er. »Vielleicht haben wir das von der Urgroßmutter geerbt, die soll sehr gut getanzt haben. Übrigens war sie eine Rotter, das gnädige Frauchen weiß das ja wohl.«

Verdammt, jetzt hatte er wieder davon gesprochen! Daß er dieser jämmerlichen Schwäche nicht Herr wurde! Er war ein Linksmann, ein überzeugter, ein fanatischer Linksmann. Was hatte es ihn zu kümmern, ob seine Urgroßmutter eine Baronesse oder eine Landstreicherin gewesen war! Hol sie der Teufel!

»Jetzt siehst du wieder so grimmig aus, August. Ich hab' ordentlich Angst vor dir.« Er lächelte verlegen, der Tanz war aus, alle strömten zu den Tischen in der Meiereistube.

Da saß Joachim schon und hatte einen Gänseschinken in der Hand. »Der andere ist für dich«, sagte er und hielt ihn August hin. »Kommt, setzt euch zu mir!« Er rückte zur Seite.

Tilin setzte sich, August stand steif da, wollte er den jungen Herrn von Dorjutschen etwa darauf aufmerksam machen, daß er nur Knecht sei? Wahrhaftig, er begann: »Es schickt sich nicht –« Aber Joachim zog ihn auf die Bank hinab.

Nebenan in der Gesindestube begann die Musik wieder zu spielen. Joachim erhob sich und sah sich um. »Ist die Lise nicht da? Ich möchte gern mal mit ihr tanzen. Du erlaubst es doch, August?« – »Hab' ich da was zu erlauben?« knurrte der, und seine Blicke gingen über die Leute hin. Wo war Lise? Vor einer Viertelstunde war sie noch dagewesen. Die Jungfer hinter ihm kicherte. Er drehte sich heftig um: »Wo ist Lise?«

Sein ganzer, ständig bereiter Argwohn funkelte böse aus seinen Augen, die Jungfer schwieg erschreckt und verließ die Meiereistube. Was hatte sie auch unter dem Gesinde zu suchen, dachte sie geringschätzig. Sie gehörte zu den Herrschaften, dorthin, wo sich auch Mamsell Geyer aufhielt, man sollte sich nicht gemeinmachen mit dem Volk.

»Wo ist Lise?« schrie August. Tilin sagte schnell: »Schrei doch nicht so. Lise hat den Wein nicht vertragen, ihr ist schlecht geworden, ich habe ihr gesagt, sie solle sich ein bißchen bei mir hinlegen. Ihre Stube ist ja besetzt. Ist das ein Grund, solchen Spektakel zu machen?«

»Ist das wahr?« fragte August grob. »Na nun hör aber mal!« erwiderte Tilin und tat sehr aufgebracht. So blieb August nichts übrig, als wieder zu seinen Flaschen zurückzukehren.

Dann tanzte Tilin mit Joachim und sagte ihm etwas, und Joachim ging hinaus. Dafür kam nach einiger Zeit Lise wieder herein, ja, ihr war schlecht gewesen, aber nun war ihr wieder gut, sie ging zu August und war freundlich zu ihm, und seine Miene hellte sich auf.

Überhaupt war alles gut, es gab keinen Streit und keinen Verdruß, sie aßen und tranken und tanzten, und sie redeten über die Nachbarn, das war selbstverständlich. Beispielsweise über den Baron Brack, den Wucherer, den Schürzenjäger, gerade über ihn sprachen sie erstaunlich viel, seit Lise wieder da war.

Einmal stand Mamsell Geyer in der Tür, sie kam ab und zu, um gnädig hereinzuschauen, sie warf einen prüfenden Blick über ihre Untertanen, über das, was sie und die Jungfer ›das Volk‹ nannten. Heute war sie sehr leutselig und unterhielt sich sogar mit dem Volk.

»Jetzt«, sagte sie, und auch sie sprach von Brack, »jetzt hat er auch den Prozeß wegen der Erbschaft seiner toten Frau gewonnen – ihr wißt, die, die eigentlich den Leutnant mit den abgefrorenen Ohren hätte heiraten sollen, das heißt, da hatte er seine Ohren noch – und die dann so jung starb. Ja, Brack hat den Prozeß gewonnen, und die alte Frau Weschorrek muß das Gut verkaufen, um ihn auszahlen zu können.«

»So ein Biest!« sagten die Leute, aber es klang mehr Bewunderung als Abscheu daraus, Joachim hörte es mit Bestürzung. Er wechselte einen Blick mit August, der lächelte geringschätzig.

Joachim und Tilin verließen die Gesindestube, die Leute

lachten ihnen zu und sagten, sie möchten doch bald wiederkommen, aber es schien, als fühlten sie sich untereinander doch wohler, denn noch war die Tür hinter den beiden nicht zugefallen, da brach drinnen schon der Walzer ab, und der Mann mit der Ziehharmonika begann:

»Lott ist dot –«

Der Geiger fiel ein, und dann sangen alle begeistert und tanzten dabei, daß der Boden dröhnte:

»Lott is dot, Lott is dot,
Lieschen liegt im Sterben,
dat is goot, dat is goot,
kriegen wir was zu erben!«

Es war Zeit gewesen, daß ein Fest gekommen war, die Wochen vorher waren dunkel gewesen und voll unklarer Ängste, irgend etwas schien am Horizont zu stehen und auf die Menschen zukommen und sie verschlingen zu wollen. Sie wußten nicht genau, was es war, aber auf ihren Seelen hatte eine dunkle Furcht gelegen, nun war das Fest gekommen und hatte die Furcht weggefegt, Feste sind so notwendig wie Träume.

Als es ganz Nacht geworden war, arrangierte Cousin Theodor auf dem großen Rasenplatz mit der einzelnen Tanne in der Mitte einen Elfenreigen, der sich unter dem klaren Halbmond geisterhaft ausnahm, und in dem er den Elfenkönig machte, mit Tilin als Königin neben sich. Joachim hatte er ans Ende verbannt, da mußte er der letzten Elfe die Schleppe tragen.

Auch bei der großen Polonäse, die durch das ganze Haus und den Hof und den Garten bis zum Seeufer hinab ging und an dem auch die Leute aus der Gesindestube teilnahmen, hatte er Tilin zur Seite. Die Musiker spielten den Hochzeitsmarsch aus Lohengrin, und alle gingen feierlich an dem See auf und ab, wo Cousin Theodor und Tilin in einem Boot nahe am Ufer saßen und Leuchtraketen steigen ließen, bunte Kugeln, in deren Licht das dunkle Wasser sonderbar aufglühte. Eine rote Kugel hielt sich besonders lange in der Luft und warf einen kreisförmigen roten Lichtfleck auf den See, es sah unheimlich aus, und Tilin sagte leise: »Es ist, als stiege eine Blutquelle auf.« Cousin Theodor drückte ihr heftig die Hand, und sein Gesicht schien erstarrt, daß sie erschrak und schwieg.

Später, nach Mitternacht, löste sich Tilin von Cousin Theodor, er ließ sie gehen und sprach mit der Musik. Die brach ab, Cousin Theodor trat in den Saal und rief: »Bitte antreten zum Contretanz!« Und während Geigen und Flöten eine lockende Melodie anstimmten, vereinigten sich die Tanzenden zu langen Reihen, die aufeinander zu und voneinander fort zu schweben begannen, als wehten zwei farbige Wolkenzüge hin und her. Der Rhythmus der Bewegung kam vom Musikpodium, und Cousin Theodor übersetzte ihn in seine kurzen französischen Kommandos.

Später stand er bei Hermine, und es schien, als fließe unter seinen Worten, ganz belanglosen Worten, die Wärme seines Blutes in ihre Adern, so veränderte sich ihr Wesen, während er neben ihr stand. Robert Doneit störte sie nicht, er war oben in dem kleinen Zimmer, das seine Schwiegereltern als Schlafzimmer für sich zurückbehalten hatten, da saß er mit Julius Reitmeier und dem alten Baron Brack und einem ehemaligen Rittmeister zusammen, und alle vier starrten auf das Telephon, das für diese Tage hier nach oben verlegt war. Sie saßen stumm da, rauchten und warteten.

Dachte jemand unten an dieses Warten, von dem alle mehr oder weniger wußten? Wenn sie es taten, dann störte es sie nicht, vielleicht verstärkte es ihre Bereitschaft, diese Nacht als die Nacht aller Nächte zu nehmen. Tanz und Wein hatte die Bande gelockert und die Grenze verwischt, die Paare gingen durch den Garten unter den bunten Lampions hin, atmeten heiß und taten, als seien sie verliebt ineinander, auch wenn das nicht der Fall war, aber es machte Freude, so zu tun. Jetzt waren auch Johanna Wigor und der Oberförster Tiedemann nicht mehr die einzigen von den Älteren, die miteinander tanzten, jetzt tanzten die Fünfzigjährigen und Sechzigjährigen, sogar der Laukischker tanzte, und der war schon fünfundsiebzig, schlecht gerechnet. Die alten Herren sagten zu den nicht viel jüngeren Damen: »Nein, wie leicht und herrlich Sie tanzen, wie ein ganz junges Mädchen!« und die Damen sagten: »Das ist nur, weil Sie so großartig führen!« Alle waren stolz und glücklich. Vielleicht würden sie morgen anders voneinander sprechen, aber heute schätzten sie einander hoch und wollten einander wohl. Spirgatis, der junge Tierarzt, ging zweimal an Hermine vorbei, die immer noch neben Cousin Theodor in einer Nische stand, halb verdeckt von einem dunkelblauen Samtvorhang. Beim dritten Mal blieb er stehen. »Ich weiß nicht recht, ob ich Ihnen schon Glück gewünscht habe, Fräulein Reitmeier«, sagte er. »Doch«, erwiderte Hermine. »Sie haben es. Aber ich heiße ja nicht mehr Reitmeier.«

»Es ist schwer, sich an einen anderen Namen zu gewöhnen, wenigstens für mich«, versetzte der junge Mann. »Aber entschuldigen Sie, gnädige Frau – könnte ich vielleicht einen Kuß bekommen? Es sieht uns hier niemand außer Cousin Theodor, und der ist zuständig für Küsse, er bekam schon einen von Ihnen.«

»Das war der Kuß nach dem ersten Brauttanz. Den hatte er zu beanspruchen. Aber natürlich, warum sollte ich Ihnen nicht auch einen Kuß geben?« Hermine sprach ruhig, aber ihre Wangen flammten. Dann küßte sie ihn.

»Es ist der erste«, sagte Spirgatis verwirrt und fast, als müsse er sich vor Cousin Theodor entschuldigen. »Und der letzte«, vollendete Hermine. »Gehen Sie jetzt.«

Spirgatis ging, sein Schritt war etwas unsicher, vielleicht

hatte er zuviel getrunken. Cousin Theodor sah ihm nach. »Ist es dir nicht ein bißchen schwer geworden, Hermine?« fragte er. Sie erwiderte: »Ein bißchen. Ja. Aber nicht sehr. Ach, Theodor, es lohnt sich nicht, um ein wenig Liebe so viel wegzugeben, die ganze Zukunft. Es müßte schon eine sehr große Liebe sein, für die man auf alles verzichtet, was einem bisher selbstverständlich war. Und ich weiß nicht, ob es sich auch dann lohnt. Ich jedenfalls kenne keinen Fall, bei dem es sich gelohnt hat – wenigstens bis zum Ende.«

»Du bist noch viel zu jung, als daß du schon einen ganzen Lebenslauf gesehen haben könntest.«

»Nicht den ganzen, aber sein Ende, Theodor. Viele Enden. Und auf das Ende kommt es an.«

»Tut es das wirklich? Die Dichter behaupten, ein Augenblick voll Seligkeit –«

»Wie viele von ihnen haben die Probe aufs Exempel gemacht und gefunden, daß es stimmte?«

Cousin Theodor lächelte. »Und doch ist etwas daran«, sagte er. Sie betrachtete ihn nachdenklich. »Vielleicht bei dir. Aber ich – ich stamme nicht aus einer Ballade. Ich stamme aus Wiesenfeld, und das war einmal ein Bauernhof!«

Er fragte betroffen: »Ich stamme aus einer Ballade?«

»Manchmal scheint es so. Nun, – es war nicht die große Liebe, das mit Spirgatis. Wahrscheinlich eigne ich mich nicht für die große Liebe. Ich glaube, es gibt wenig Leute, die sich dafür eignen, die sich überhaupt für große Dinge eignen. Große Dinge setzen große Charaktere voraus, und die sind sehr selten.«

»Ich möchte dich gerne noch einmal küssen, Hermine«, sagte Cousin Theodor. Hermine lächelte, ihr Lächeln war sanft, sie küßte ihn.

Niemand sah es, sie standen hinter dem blauen Samtvorhang, nur Tante Jettchen kam gerade in ihrem hochgeschlossenen grauen Seidenkleid vorbei und sah zufällig in die Ecke.

Sie erschrak ein bißchen, zog aber schnell den Kopf zurück und ging weiter. Nein, das dort war nicht ganz richtig, aber genaugenommen konnte man dem Kind diesen Kuß vor der Ehe mit Robert Doneit nicht mißgönnen, und was hätte es genützt, darüber jetzt noch Worte zu verlieren. Hermine war ein vernünftiges Mädchen, auf das man sich verlassen konnte, und dann war es auch nur Cousin Theodor! Tante Jettchen regte sich nicht sehr auf, sie verscheuchte rasch den kleinen Mißmut aus ihrem großen Herzen, sie sah zufrieden über die Gästeschar hin, die so fröhlich und glücklich zu sein schien, wie das in diesem fehlerhaften Leben überhaupt möglich war. Und war es nicht im Grunde gut, daß der Wein und das Fest und die Nacht und – nun ja, auch die Liebe oder das, was man im Augenblick dafür nahm, einmal die Wahrheit über die Träume der Menschen ans Licht brachte? –

Johanna Wigor und Hans Tiedemann gingen unter den bunten Lampions spazieren, ganz tief im Park. »Du bist nicht glücklich geworden, Hannchen«, sagte der Oberförster. Wird Johanna jetzt von den Sternen erzählen und von den vielen leichtsinnigen Weibsleuten? Nein, sie lächelte, sie lehnte sich fester auf Tiedemanns Arm und sagte: »Doch, ich bin glücklich, Hans. Jetzt bin ich glücklich.«

»Komm zu mir, Hannchen«, sagte Tiedemann. »Laß dich scheiden. Grund hast du wohl genug. Komm für immer zu mir in den Wald.«

Johanna Wigor schloß die Augen. Sie sah den unendlichen Wald vor sich, hatte sie nicht immer schon den Wald leidenschaftlich geliebt? Elchpfade gehen hindurch, auf einer Lichtung steht ein Haus, behaglich und friedvoll, sie lebt darin mit einem Mann, der sie nicht verachtet und verwirft, und draußen, über den Wipfeln, ziehen nächtens die Sterne, von denen sie nichts zu wissen braucht, als daß sie schön sind.

»Komm!« sagte der Mann. »Ist es nicht wie ein Fingerzeig

des Schicksals, daß wir uns wiedergesehen haben, und so unverändert? Von mir kann man das wohl nicht sagen, aber du weißt gar nicht, wie jung du noch bist, wie berechtigt, ein neues Leben zu beginnen, ein glücklicheres –«

Eine Frau verfällt der Illusion nie so tief wie ein Mann. Johanna Wigor sah in der Nacht vor sich einen unsichtbaren Spiegel, und daraus schaute sie ihr Gesicht an, ihr wirkliches Gesicht, verblüht und zerknittert, mit den bitteren Falten um Mund und Nase, das Alltagsgesicht, das der Mann hier nicht kennt. Sie verabscheute dieses Gesicht, sie verwünschte es, aber es beruft sich auf die Zeit und das Leben, es ist eine Realität, es wird morgen wieder eine Realität sein. Es eignet sich nicht als Grundlage für ein neues Liebesglück. Aber davon sagte sie nichts, sie spielte das romantische Spiel nach den alten Regeln zu Ende.

»Ich habe einen Sohn, er ist siebzehn. Er gehört nach Dorjutschen, es ist sein Erbe, ich darf ihn nicht fortnehmen.«

»Und dort lassen willst du ihn nicht? Du liebst ihn sehr?« Ihre Stimme bebte, als sie erwiderte: »Es ist mein Kind.« Der Mann weiß nicht, daß ihre Stimme vor Kummer bebt. Er glaubt, die Mutterliebe bebe darin, und er versinkt so tief in Wunsch und Trauer, daß ihm gar nicht einfällt, wie wenig stichhaltig das Problem Joachim ist, des Siebzehnjährigen, lang der Mutter Entwachsenen, und daß kein Grund besteht dafür, daß er auf Dorjutschen verzichten müsse, wenn die Eltern sich trennen. Vielleicht wird ihm das später einfallen, aber dann wird alles vorbei sein. Jetzt denkt er nur daran, daß er nicht berechtigt ist, die Frau in einen unlösbaren Zwiespalt zu zerren, und er schweigt. Auch sie schweigt, vielleicht aus Scham darüber, daß sie Joachim vorgeschoben hat, dann sagt sie: »Laß uns nicht an morgen denken!« Und sie gehen weiter, träumen und sind glücklich. Der ganze Park ist belebt von flüsternden Stimmen, leisem Lachen und von dem gelegentlichen Klingen von Weingläsern, denn manche haben eine

Weinflasche mitgenommen und trinken sie unter dem Mond aus. Längst sind auch die Leute aus der Gesindestube in den Park gekommen, er ist ja groß genug für alle, und obwohl sie viel getrunken haben, benehmen sie sich gesitteter, als sie es sonst tun. Nur aus einem schmalen Nebengang hört man einige Zeitlang verschiedene Quieklaute, da macht der Schweinehirt Max einem Mädchen vor, auf wie verschiedene Weise die Ferkel ihre Wünsche auszudrücken vermögen. Aber das ist kein Unglück, und außerdem kommt sehr bald August und macht der Vorführung ein Ende. August sieht überhaupt auf Ordnung, nichts würde ihn wütender machen, als wenn die reichen Leute Grund hätten, sich über das schlechte Benehmen der Armen aufzuhalten. Aber sie halten sich nicht auf, und sie haben auch keinen Grund dazu. Auf dem gedielten Tanzplatz im Garten tanzen jetzt alle mit allen. Auch drinnen wurde unermüdlich getanzt. Cousin Theodor kam vom Garten herein, er sah strahlend aus, am Arm führte er die unverheiratete dreißigjährige Cousine Marianne. Wie sie lachte, wie sie glühte, noch nie in ihrem Leben hatte sie so gelacht und geglüht! Und Cousin Theodor ging zu den Musikanten und bestellte ein Menuett, das tanzte er mit Marianne als erstes Paar, und Marianne tanzte wie eine Göttin. Wer weiß, was vorgegangen war draußen im Park, unter dem Mond und den bunten Lampions, dies war ohne Zweifel für Marianne das Menuett ihres Lebens, seine Krönung, sein geheimer Sinn.

Als zweites Paar tanzten Joachim und Tilin, auch sie legten ihre ganze Seele in den Tanz, eine kindliche Seele voll unbewußter Leidenschaft, und jedesmal bei dem Refrain sang Tilin leise mit: »Ich bin dir gut!« An ihrem Halse blitzte und bebte an dünnem Goldkettchen der Bernstein mit der Mücke, er war Tante Jettchens Hochzeitsgeschenk für Tilin gewesen.

»Hermine macht sich nichts aus ihm«, hatte sie gesagt, »und eigentlich paßt er auch besser zu dir.«

Jetzt hielt sich Joachims Blick an diesem Stein krampfhaft

fest. Nur so, schien ihm, könne er sich davor bewahren, hinzustürzen oder aufzuschreien oder irgend etwas Unsinniges zu tun.

»Da möchte ich jetzt sein«, murmelte er.

»Wo?«

»Da, wo der herkommt.« Er wies mit dem Kopf auf den Stein.

»Das gibt es nicht mehr.«

»Irgendwo doch. Tief im Meer – oder tief unter der Erde – oder –«

»Ich bin dir gut«, sang Tilin leise. Er schwieg.

Später saßen sie an Wandreys kaltem Büfett. Sie hatten sich drei Stühle in eine Ecke geschoben, zwei zum Sitzen und einen für ihre Gläser und den kalten Hasenbraten, denn sie waren wieder hungrig geworden in der langen Nacht.

»Auf dein Wohl, Tilin!« sagte Joachim. »Und auf die Zukunft. Es soll dir sehr, sehr gutgehen!«

»Danke.« Tilin hielt ihm ihr Glas entgegen. »Und du sollst alles erreichen, was du erreichen möchtest. Alles!«

»Alles kann ich nicht erreichen«, sagte der Junge und sah an Tilin vorbei. »Alles nicht. Das Beste nicht.«

Tilin antwortete nicht, sie trank hastig ihr Glas aus und hielt es Joachim hin, der schenkte neu ein. »Wieviel wir trinken!« Er lachte. »Ich glaube, soviel werde ich in meinem ganzen Leben nicht mehr trinken!«

»Ich bestimmt nicht«, erwiderte Tilin, und jedesmal, wenn Joachim später an diese Worte dachte, überlief ihn ein kalter Hauch. Aber jetzt lächelte er ihr zu, seine Gedanken liefen in die Zukunft. Ihm schien, als säßen er und Tilin allein in einem großen Wald, unauffindbar, und ferne brause das verworrene Leben wie eine Brandung.

Tilin sagte leise: »Vielleicht solltest du doch an den Amazonas gehen?« Sie beugte sich zu ihm hinüber. »Wenn du zum Amazonas gehst, komme ich mit!«

Er warf den Kopf, den er über sein Glas geneigt hatte, in die Höhe. »Du! Du bist doch verheiratet!«

Sie starrte ihn an, als habe er etwas Unsinniges gesagt oder etwas Entsetzliches, oder beides. »Laß das doch!« murmelte sie. »Laß das heute.«

Eine unbändige Verzweiflung erfaßte ihn. »Was bessert es denn, wenn man es nicht ausspricht!« rief er. »Es bleibt ja doch so. Du bist verheiratet. Für dich ist das Leben zu Ende.« Er war sich nicht der Grausamkeit seiner Worte bewußt, als sie schwieg, sah er sie scheu an. Sie war sehr bleich.

Eine Weile saßen sie reglos. Dann stand Tilin auf. »Gehen wir hinaus. Es ist so heiß hier. Wir haben zuviel getrunken.« Sie gingen, sie mußten durch den Saal, dessen Tanzfläche von den wogenden Karrees der Quadrille bedeckt war, die Cousin Theodor kommandierte. Er winkte ihnen, in ein noch unvollständiges Karree einzutreten, aber sie kümmerten sich nicht darum, sie schlüpften zwischen den Figuren hindurch in den Garten.

Draußen stand der Mond schon absinkend an einem samtnen Himmel, aber sein Glanz war noch so stark, daß er die Sterne rundum auslöschte, nur die bunten Lampions, die zwischen den schweren Wipfeln hingen, widerstanden ihm. Sie säumten die Wege, zogen sich hoch und sternförmig über die Rasenfläche, schwebten über dem Tanzpodium, in ihrem Licht sah Joachim in das Gesicht einer Frau, die er für seine Mutter gehalten hätte, wenn er nicht genau gewußt hätte, daß er niemals eine so liebliche und bezaubernde Mutter gehabt hatte. Vielleicht in den Jahren seiner allerersten Kindheit, aber das war lange her.

Die schöne Frau lächelte ihm zu, aber nicht wie einem Sohn, sondern eher wie einem Mitverschworenen, so, als hüteten sie zusammen ein großes Geheimnis, und er lächelte zurück, aber er wußte es kaum. Seine Gedanken waren nicht bei ihr, sein Herz schlug zum Zerspringen, er fühlte sich körperlos und hatte dabei ein fast qualvolles Bewußtsein von seinem Körper, der sich an einen Baum lehnte und Tilin flüstern hörte: »Es hat ja keinen Zweck, Jochen – wir wollen heute nicht daran denken, heute, wo das Leben so schön ist.«

Er wandte sich ihr zu, jeder Zug ihres Gesichtes, jede Bewegung ihrer Glieder prägte sich ihm mit einer Deutlichkeit ein, unauslöschlich, er vergaß es nie. Was war das für ein starker Strom, der aus ihren Händen in die seinen überglitt? »Ja«, sagte er. »So schön wird es nie wieder.«

Sie gingen tiefer in den Park, alle ihre Träume gingen mit ihnen. Sie fühlten sich mit einemmal schwer von Glück. »Wenn wir am Amazonas sind, du und ich«, sagte Joachim, »dann werden wir die Sterne des südlichen Himmels sehen, sie sind viel größer und glänzender als die unseren. Ihnen glaubt man, daß sie alle Sonnen sind.«

Tilin sagte: »Wir werden in einem Boot den Strom hinabfahren. Am Steuer wird ein Eingeborener sitzen, ein Indio, der uns liebhat. Er fährt sehr vorsichtig und ist sehr wachsam, denn der Strom hat viele Strudel, und am Ufer können Feinde sein. Aber wir fürchten uns nicht.«

»Nein«, sagte Joachim, »denn wir sind beisammen.«

Ein Käuzchen rief aus der Parktiefe, sie hörten es wie im Traum, der Laut floß wie eine dunkle Angst in ihr Blut, aber ihr Glück wurde davon noch tiefer. »Wenn wir zurück sind«, sagte Tilin, »schreibst du ein Buch über alles, und ich mache die Zeichnungen dazu. Ich kann gut zeichnen.«

Er preßte ihre Hand, atemlos vor Freude. »Ja, Tilin. Ja.« Sie entzog ihm die Hand, legte sie sanft auf seine Schulter: »Und ich koche das Essen für uns – und abends liest du mir vor, was du geschrieben hast, und ich zeige dir meine Bilder.«

»Die Bilder sind wunderbar«, erwiderte er. »Aber was hältst du von dem Buch?«

»Es gibt kein Buch, in keiner Sprache, das so großartig ist wie deines.«

Er stand still, neigte den Kopf seitwärts und legte seine Wange auf ihre Hand. »Die Welt ist so groß, Tilin, es gibt soviel darin zu sehen und zu erleben, und soviel zu tun! Warum sind die Menschen nicht glücklich in der großen und schönen Welt?«

»Wir beide werden glücklich sein, Jochen. Wir werden ihnen zeigen, wie man leben muß, um glücklich zu sein. Es nützt nichts, es ihnen zu sagen, das begreifen sie nicht. Man muß es ihnen vormachen.«

»Gestern sagtest du: Man kann gar nicht glücklich sein.«

»Gestern – wann war gestern? Was konnte ich gestern wissen?«

Sie wanderten durch den Park, sie spürten die Zeit nicht, aber plötzlich standen sie wieder vor dem gedielten Tanzplatz, und der Platz war leer. Niemand war mehr da, kein Tänzer und keine Musik. Die meisten Lampions waren erloschen, ein seltsam fahler Schimmer lag über allem. Sie schauerten zusammen vor der Einsamkeit, die sie umgab und ihnen plötzlich feindlich schien, feindlich wie der verwehte Lärm des Festes, der fern und fremd aus dem Haus drang. Sie sahen sich an, sie zitterten unter einem kühlen Hauch, war es schon der Morgen? Sie wandten sich, liefen über den Rasenplatz rechts hinab, wo die Allee zum See hinführte und die Linden so breit und dunkel standen. Sie wußten nicht, daß sie liefen, ihnen war, als stünden sie still und das große Wasser käme ihnen entgegen, lautlos und dunkel.

Am Ufer, neben dem schon gemähten Feld, auf dem die Garben in Hocken standen, stolperten sie und stürzten in die Knie. Die Wellen, von einem plötzlichen Wind getrieben, leckten an ihren Kleidern, sie merkten es nicht. »Laß uns so bleiben«, sagte Tilin mit fliegendem Atem. »Ach Jochen, laß uns so bleiben! Vielleicht –«

Sie verstummte, er erwiderte: »Das nützt nichts. Das nützt

gar nichts!« Plötzlich schrie er verzweifelt: »Du bist verheiratet, Tilin!«

»Still, still!« flüsterte sie hastig und legte die Hand auf seinen Mund. Sie schwankte leicht hin und her, es war, als spiele der Wind mit einem Schilfrohr. »Wir wollen nicht daran denken, Jochen, nicht heute –«

Joachim wandte sich ihr zu, so knieten sie dicht voreinander und sahen sich an. »Nicht heute«, sagte er langsam und spürte ein sonderbares Sausen in seinem Blut und einen unerträglichen Schmerz in der Brust. »Es wird keinen Tag mehr für uns geben wie heute. Im ganzen Leben nicht mehr.«

»Im ganzen Leben nicht mehr«, wiederholte Tilin.

Wie seltsam die Luft um sie war, weich, dunkel und süß von Nacht und Liebe, und doch war alles fragwürdig geworden unter einer fremden zarten Kühle, die sie durchdrang wie eine unmerkliche Drohung. Bald würde es Morgen sein. Noch eine Stunde oder zwei, und alles wird zurückgleiten ins Nichts. Keine Hand kann es halten. Keine.

Tilin begann zu zittern. Sie wandte die weit geöffneten Augen von Joachim ab und schaute zum See, auf dessen großer, unmerklich lichter werdenden Fläche sich immer noch die Brücke aus blassem Gold abzeichnete – Mondbrücke, sie beginnt im Wasser und endet im Wasser, es gibt keine Ufer, die sie verbinden könnte. »Wir werden nie zusammen den Amazonas hinabfahren«, flüsterte Tilin.

»Nein«, erwiderte er tonlos.

»Ich werde nie die Zeichnungen zu deinem Buch machen. Ich werde nie das Essen für uns kochen.«

Er sagte wieder: »Nein –«, dann verstummte er.

Von sehr fern her klangen undeutliche Rufe, sie hörten sie nicht. Der Wind ging stärker durch die Lindenallee hinter ihnen, ein Vogel rief im schwindenden Traum, konnte man nicht schon das Boot am Ufer unterscheiden. Eine furchtbare Angst schnürte ihnen die Kehle zu.

»Wir werden nie etwas Gemeinsames haben. Nie mehr. Diese Stunde ist das Einzige. Diese Stunde ist das Letzte.«

Keines von beiden wußte, wer von ihnen das gesagt hatte, vielleicht war es nur ein Hauch des Windes, ein Murmeln des Wassers, ein Rauschen ihres Blutes. Die schreckliche Verzweiflung, die wie ein dichtes graues Tuch über ihnen gelegen und die ganze Welt verdeckt hatte, zerriß jäh, strahlendes Licht überströmte sie. Immer noch kniend, umschlangen sie einander. Dann sanken sie zu Boden, Mund an Mund.

Zur selben Stunde verkündete im Wiesenfelder Gutshaus das Telephon, daß der Krieg erklärt sei. Das Fest war zu Ende. Alle Feste waren zu Ende. –

Als der Freiwillige Joachim Wigor im Juli 1915; verdreckt und müde in einem flandrischen Graben lag und auf das Signal zum Sturman griff wartete, holte er den letzten Brief von Tante Jettchen aus der Tasche, den er bisher nicht hatte lesen können.

Tante Jettchen schrieb, sie hoffe, Joachim sei wohl und gesund, ihr selbst und Wiesenfeld gehe es leidlich, obwohl Onkel Julius nicht da sei, sondern in einem Proviantamt sitze. Auch Hermine gehe es ganz gut, wenn sie, Tante Jettchen, auch den Verdacht habe, es wäre ihr lieber gewesen, man hätte Robert Doneit nicht für unabkömmlich erklärt – »ausgerechnet er, aber er wird ja wohl den Weg dazu gekannt haben!« – Wisse Joachim schon, daß Spirgatis nicht ins Feld gekommen sei, wie er es eigentlich vorgehabt habe, sondern daß man ihm trotz seiner Jugend die Leitung der Kreisveterinäranstalt übertragen habe? Nun werde doch wohl noch etwas aus ihm. Und Cousin Theodor sei an der russischen Front schon zweimal wegen Tapferkeit vor dem Feinde ausgezeichnet worden, habe Joachim das für möglich gehalten? Ferner schrieb Tante Jettchen, das hübsche Stubenmädchen Lise sei fort, der alte Baron Brack sitze auf irgendeinem großen Posten in der Etappe und habe sie zu sich geholt, da spiele sie jetzt die große Dame. Hoffentlich laufe Brack einmal August über den Weg, sie wolle es ihm gönnen. August sei auch draußen, natürlich nicht in der Etappe. »Ja, und was ich dir noch erzählen muß, wenn ich es auch bis zuletzt aufgespart habe, denn es wird dich sicher sehr betrüben – denke dir, Tilin hat Anfang Mai ein Kindchen bekommen, einen Jungen, und ist daran gestorben. Ich habe vorher gar nichts davon geahnt, es war ein furchtbarer Schlag für mich, und ich kann es immer noch nicht fassen und muß alle Tage darüber weinen. Solch ein junges und liebes Geschöpf, sie war mir ans Herz gewachsen wie eine Tochter. Vielleicht ist doch etwas daran, daß man einem Juden nicht trauen soll, denn damals, als er Tilin heiraten wollte, war er bei mir und hat mir fest versprochen, daß er sie bis zu ihrem achtzehnten Geburtstag halten würde wie eine Tochter, weil sie doch noch fast ein Kind und so sehr zart war, und dann hat er doch sein Versprechen gebrochen. Ich hab es ihm vorgehalten beim Begräbnis, aber er hat kein Wort darauf gesagt, er hat überhaupt keine zwei Worte gesprochen. Nur als ich das Kind mitnehmen wollte – denn was will ein einschichtiger Mann mit einem kleinen Kind – hat er mich sonderbar angesehen und gesagt, nein, das wolle er behalten, es sei ja Tilins Kind, und er betrachte es als ihr Vermächtnis.«

Hier kam das Signal zum Sturmangriff, und der Freiwillige Wigor war der erste, der aus dem Graben sprang. Er raste vorwärts ohne alle Vernunft, aber sonderbarerweise geschah ihm nichts. Er wurde nicht einmal verwundet.

Sechstes Zwischenspiel

1918–1945

Der Weltkrieg ist vorbei. Der Weltkrieg? Welcher? Einfach der Weltkrieg, man braucht keine Zahl davor. Es wird keiner für möglich halten, daß solch blutiger und verbrecherischer Wahnsinn noch einmal ausbrechen, daß solche Jahre noch einmal kommen könnten wie diese vier, voll von Angst und Blut, Qual und Tod, von Hunger und Entsetzen. Joachim Wigor kam aus englischer Kriegsgefangenschaft heim. Er war zweiundzwanzig Jahre alt und bis auf ein paar harmlose Wunden gut davongekommen.

Daheim war die Mutter tot, Herzschlag. Justus hatte eine junge Weibsperson von weiß Gott woher mitgebracht gehabt und kurzerhand bei sich behalten in seinem Schlafzimmer oben neben der Turmstube. Acht Tage lang ertrug Johanna auch diese Beschimpfung, dann setzte ihr Herz aus, und sie lag eines Morgens tot in ihrem Bett. Zur Beerdigung hatte sich außer Tante Jettchen nur noch der Oberförster Tiedemann eingefunden, »und der hat geweint wie ein Kind«, sagte Tante Jettchen zu Joachim. »Vielleicht wäre es doch besser gewesen, Hannchen hätte ihn genommen und nicht deinen Vater – verzeih schon, Jungchen. Aber sie war meine Schwester, und ich habe sie sehr liebgehabt.«

Joachim saß in der unteren Wohnstube von Wiesenfeld, derselben, in der vor Jahren Hermine ihr Brautkleid zum erstenmal betrachtet hatte. Hörte er, was Tante Jettchen sagte?

Er schwieg, er nickte mit dem Kopf, er schluckte, er sagte: »Tilin –«

Tante Jettchen trat das Wasser erneut in die Augen. Es gibt so viel in der Welt, worüber man weinen muß, man braucht keinen Krieg dazu. Tilin. Damals, nach Hermines Hochzeit, hatte sie nichts mehr von sich hören lassen, auch niemandem gesagt, daß sie ein Kind erwarte, alles war gekommen wie der Blitz aus heiterem Himmel.

»Sie hat mir nie geschrieben.«

Nie geschrieben? Das war sonderbar. Sie hatte Joachim gern gehabt, wirklich sehr gern, Tante Jettchen wußte es.

»Ja, sonderbar«, sagte Joachim und stand auf. Ihr Mann wohne immer noch in Königsberg? Der wohne noch da, in der alten Wohnung. Würde er nun nach dem Kinde fragen? Er fragte nicht. Aber Tante Jettchen sagte: »Der Junge heißt Lukas, er ist evangelisch getauft, das rechne ich Tilins Mann hoch an. Aber er wollte wohl damit etwas gutmachen.«

Joachim ritt zurück nach Dorjutschen. Es war der alte Weg, der oft gerittene, oft gefahrene. Aber es war nicht mehr das alte Leben. Nie mehr.

»Was willst du nun werden, wenn dir die Landwirtschaft nicht zusagt?« fragte Justus den Sohn. Der sah den Vater an, der schuld war an der Mutter trübem Leben und frühem Tod, den das aber gar nicht kümmerte. Er fühlte sich im Recht, er hatte sich stets im Recht gefühlt, die Schuld lag an den anderen, warum waren sie nicht so, wie er sie brauchte. Macht ist ein schlimmes Gift, wer davon getrunken hat, wird süchtig, man kann ihn nicht mehr verantwortlich machen. Joachim sagte seinem Vater nichts von dem, was er ihm gern gesagt hätte, er antwortete nur: »Ich weiß es nicht. Vorläufig kann ich ja hierbleiben und versuchen, mich in die Wirtschaft einzuarbeiten.«

Er wußte nicht, was er werden, was er mit seinem Leben anfangen wollte. Vielleicht sollte er hierbleiben und Landwirt werden? Die vielen großen Träume waren erloschen. Was

Tilin nicht mit ins Grab genommen hatte, war im Entsetzen des Krieges untergegangen.

Möglicherweise wäre er in Dorjutschen geblieben und Landwirt geworden, hätte er nicht eines Tages im hohen Roggen eine junge Magd gefunden, ein Instleutekind, die lag wimmernd da mit hochgeschlagenem Rock, ihr Leib bewegte sich, sie sollte ein Kind bekommen. Sie erschrak vor dem jungen Herrn, sie ächzte: »Keinem sagen! – Weggehen, bitte!« Er ging nicht weg, er versuchte zu helfen, soviel er vermochte. Er verstand nichts davon, aber das Erbarmen ersetzte, was an Geschick und Wissen fehlte, dennoch dachte er oft, sie sterbe ihm unter den Händen. Er dachte auch an Tilin, die ebenso dagelegen und gelitten hatte, als sie sein Kind zur Welt brachte und nachher gestorben war.

Dieses Mädchen starb nicht, das Kleine kam gut und richtig ans Licht seines Lebenstages. Joachim atmete auf, er ermahnte das Mädchen, ganz ruhig liegenzubleiben, er werde einen Wagen mit der Mutter und der Hebamme aus dem Dorf schicken. Aber sie schüttelte den Kopf. Nein, sie müsse zu Fuß heimgehen, und das bald, niemand dürfe etwas davon merken. Der Vater würde sie totschlagen.

»Niemand etwas merken? Aber das Kind ist doch da.«

Sie sah fort und schwieg. Er begriff: das Kind hatte beseitigt werden sollen, erwürgt und im Wald verscharrt. Daraus werde nichts, sagte er, habe sie kein Erbarmen mit dem hilflosen kleinen Geschöpf? Mit ihrem Vater werde er selbst reden, wehe ihm, wenn er ihr ein ungutes Wort sage! Später heiratete der Vater des Kindes das Mädchen. Das Mädchen strahlte, der Mann sah finster drein. Eine Ehe mehr, die nichts taugen wird, dachte Joachim.

Aber er wußte jetzt, was er werden wollte: Arzt. Vielleicht konnte er auf diese Weise etwas von dem wahrmachen, was die großen Träume gewollt hatten, bescheiden wahrmachen. Arzt, – Tilin würde damit einverstanden sein.

Er ging nach Königsberg, um zuerst das Abitur nachzuholen. Er mietete sich weit draußen auf den Hufen ein, in einem winzigen Zimmerchen, das dunkel war von dem Laub der Baumkronen vor dem Fenster. Sie ließen nur einen schmalen Spalt frei für ein bißchen Tageslicht und den Blick hinaus in den Nachbargarten. Ein schöner Garten, gut gepflegt und mit großem Rasenplatz, auf dem Turn- und Spielgeräte standen. Er gehörte zur Villa des Rechtsgelehrten Dr. Schwarz.

Manchmal spielte ein Kind in dem Garten, ein Knabe im ersten Schuljahr. Das Kind war schlank und geschmeidig, es hatte nußbraunes Haar und vielleicht taubengraue Augen, Joachim hätte diese Augen gern gesehen. Einmal traf er den Knaben auf der Straße, er strich ihm im Vorbeigehen leicht über das unbedeckte Haar. Das Kind schaute zu ihm auf, da waren die Augen, taubengrau mit leichtem Goldschimmer, halb scheu und halb mutwillig, Augen eines jungen Waldtieres. Joachim fuhr zurück, beugte sich dann vor, als wolle er das Kind zu sich emporheben, ließ es aber und ging schnell davon. Dem Knaben schien, der Mann liefe vor ihm weg.

Nach bestandenem Abitur ging Joachim zum Studium nach Berlin. Die Zeiten wurden schlechter, besonders schlecht in Ostpreußen, weil es ein Agrarland war. Die Preise stiegen, das Geld wurde wertloser, in den Städten gab es Konkurse, auf dem Lande Zwangsversteigerungen, Arbeitsplätze wurden knapp, Gehälter sanken, die Mark begann, sich nach dem amerikanischen Dollar auszurichten.

Um diese Zeit errichtete der Königsberger Großkaufmann Sebastian Branda ein Konto in der Schweiz. Als er sein ganzes Geld dort hatte, folgte er selbst nach und kaufte sich ein Haus im Berner Oberland. Ihm wurde wohl und glücklich zumute beim Anblick der himmelhohen Berge und tiefen Schluchten, schnell eignete er sich das Schweizer Idiom an, es wunderte ihn selbst. Er wußte nicht, daß die Heimat ihn zurückgeholt hatte, ihm war keine Kunde überkommen von dem schweizerischen Reisläufer Branda, dem Söldner, der vor fünfhundert Jahren davongegangen war, weil die arme Heimat ihn nicht ernähren konnte, und der sein Leben gefristet hatte als Kriegsknecht hoch im Nordosten, am Rande der Welt. Er hatte sich durchgeschlagen, seine Nachkommen waren groß geworden, jetzt kamen sie zurück mit Geld und Gut. Auch die Heimat war reich geworden, und so nahm die Reiche den Reichen freundlich auf, vor dem Armen hätte sie die Tür zugeschlagen.

Der Großkaufmann Sebastian Branda ging zurück in die Schweiz, viele seiner Sippe taten wie er, nur der älteste Sohn blieb in Königsberg. Er war Oberlehrer am Gymnasium, Studienrat sagte man jetzt, und war mit einer Königsbergerin verheiratet. Die Eltern seiner Frau waren Landwirte, an sie hatte Dr. Schwarz nach Tilins Tod Schuchen verkauft. Aber sie hielten sich nicht dort auf, es gefiel ihnen in Königsberg besser, was sollten sie in der unfreundlichen Burg, an dem See, der ihnen trostlos und unheimlich vorkam. Sie überließen alles einem ordentlichen Verwalter.

Trostlos der See und unheimlich, mit diesem Wasserrosengarten? Aber der war nicht mehr da. Schon seit mehreren Jahren hatte die Pracht nachgelassen, war weniger und weniger geworden, und im vorletzten Frühling war es ganz aus gewesen. Nur ein paar Blüten waren noch gekommen, wahrscheinlich von jenen Pflanzen, die schon eh und je hier gestanden hatten, hier schon seit Jahrhunderten eingesessen waren. Niemand konnte sich die Sache erklären. War das flachere Wasser in besonders harten Wintern bis auf den Grund gefroren, so daß die Wurzeln hatten sterben müssen? War eine Krankheit unter den Pflanzen ausgebrochen? Experten kamen, sie ließen nach den Wurzeln suchen, die mußten doch noch da sein! Einige waren auch noch da, faulige Fasern und Stengel, die sich auflösten und zerfielen, untersuchen konnte man da nichts mehr.

Hätte man nur die Leute in Schuchen nach dem Grund gefragt, sie hätten ihn gewußt. Der Topisch war fort, das war ihnen klar, und der war der Pfleger des Gartens gewesen. Es hatte ihm hier nicht mehr gefallen, und des Bösen Hans wegen brauchte er nicht mehr zu bleiben, den hatte er freilassen müssen. So war es ihm natürlich lieber gewesen, wenn die schöne Agnete – oder hatte sie Lilofee geheißen, genau wußte man das nicht mehr, es war schon so lange her – nicht in den Mondnächten heraufsteigen und nach der Burg sehen konnte, in der sie sieben Jahre lang die Geliebte des jungen Baron Rotter gewesen war, ehe sie im See versank. Jetzt wohnte der Wassermann mit ihr in einem fernen fremden See, sie hatte sich wohl endlich in ihr Schicksal gefunden und versuchte nicht mehr, über die Mondbrücke hinweg das Land zu erreichen, sondern tat Buße in Ewigkeit. Buße wofür? Das wußte niemand. Aber es mußte eine große Sünde gewesen sein.

Mit dem Wasserrosengarten erlosch die letzte Spur von Gertrude Termaehlen in Schuchen, wie auch das Geschlecht der Schuchener Rotters, das sie hatte mitbegründen müssen, erloschen war. Bis auf Tilins Sohn Lukas, aber der gehörte nicht mehr richtig dazu. Ja, alles war tot und fort, nur die alte Zwingburg selbst stand finster und massig wie eh und je auf ihrem Hügel, dessen Terrassen verfielen. Ein Überbleibsel aus alten schlimmen Zeiten, hereinragend in neue, schlimmere, aber davon wußte noch keiner etwas. Die Zeichen waren deutlich genug, aber nur Zeichen, und wer liest sie schon? Die sie erfunden haben, die sagen, sie bedeuten dies und das, die übrigen müssen ihnen glauben. Wer nicht glaubt, dem ergeht es übel, auch das besagt die neue Schrift. Der Krieg, das erwies sich jetzt, war noch nicht das Schrecklichste gewesen, er hatte noch einen Hoffnungsschimmer gelassen, die Hoffnung auf Frieden. Worauf aber sollte man jetzt hoffen, ausgehöhlt von jahrelanger Not, ohne Aussicht auf irgendwelche Hilfe, preisgegeben wie Schiffbrüchige auf einsamer Insel.

Wenn der Krieg noch besser gewesen war, so werfen wir vielleicht unsere Hoffnung wieder auf ihn. Noch sagte niemand: neuer Krieg! Wer hätte ihn verantworten wollen?

»Ich würde ihn jederzeit verantworten«, sagte Justus Wigor, der halbblind und zornig seine Tage auf Dorjutschen hinbrachte, tief erbittert darüber, daß Zucht und Ordnung, wie er sie verstand, nicht mehr gelten sollten und seine eigenen Leute ihn daran hinderten, auf Diebe zu schießen, die sich im Morgengrauen Kartoffeln von seinem Acker holten. Auch von dem reifen Weizen hatte jemand einen breiten Streifen Ähren abgeschnitten. Was in aller Welt wollte man damit, das konnte nur pure Bosheit gewesen sein, anders wußte sich Justus Wigor das nicht zu erklären. Denn gehungert hatte er nie, aber die Leute in der Stadt hungerten, sie schlugen die Körner aus den Ähren, mahlten sie auf der Kaffeemühle und kochten einen Brei daraus, mit Salz oder Zucker, je nachdem, es schmeckte, und man wurde einmal satt. »Ich würde ihn jederzeit verantworten, wenn es auf mich ankäme«, sagte Justus Wigor, wenn vom Krieg die Rede war, und Ernst Wigor dachte: ein Glück, daß es nicht auf dich ankommt!

Ernst Wigor, Flüchtling aus dem Baltikum, war eines Tages in Dorjutschen angekommen, zu Fuß, abgerissen und halb verhungert. Es hatte ihn große Mühe gekostet, die Verwandten in Ostpreußen ausfindig zu machen, er hatte keinerlei Verbindung, die Linie hatte sich schon vor Olafs Zeiten gespalten. Nun war der große Sturm über die baltischen Länder hingefegt, hatte mit Blut und Feuer alles ausgekehrt, was sich in den letzten siebenhundert Jahren dort niedergelassen hatte, mochte es sich in der Zwischenzeit mit dem Lande verbunden haben oder nicht, mochte es gut oder böse gewesen sein. Darauf kam es nicht an, die Zeit, in der Güte etwas hätte wenden können, war vorbei.

Ernst Wigors Heimat im Estnischen war in Flammen aufgegangen, Familie und Verwandte umgekommen, er selbst hatte sich retten können, verkleidet als Fuhrmann, aber vor der deutschen Grenze hatte man ihn noch erwischt, ihm das Fuhrwerk fortgenommen und dem in den Grenzfluß Gesprungenen mehrere Kugeln nachgeschickt, sie hatten ihn nicht getroffen. Wochenlang hatte er dann nach den ostpreußischen Verwandten geforscht, war hin und her durch das Land gewandert, zuweilen von einem mitleidigen Kutscher eine Strecke mitgenommen, meistens aber zu Fuß, hatte im Freien genächtigt und sich von rohen Rüben, Kartoffeln und ähnlichem genährt. Aufgenommen und beherbergt hatte ihn keiner, nur ab und zu ein bißchen gefüttert, die Leute waren mißtrauisch. Aber eines Tages war er doch in Dorjutschen angekommen, tief erschöpft und fast verhungert, aber mit den wichtigsten Papieren, eingenäht ins Jackenfutter.

Er hatte nur um Obdach und Nahrung bitten wollen, bis er sich irgendeine Existenz würde schaffen können, aber Justus hatte sofort gesehen, daß er hier einen Gutsverwalter bekommen konnte, der ihn kaum etwas kosten würde außer den Unterhalt, und der ihm gehorchen mußte, wo sollte der Mann sonst hin.

So blieb Ernst Wigor da zur großen Erleichterung Joachims. Er wußte nun jemand bei dem schwierigen Vater, der schnell alterte, aber die Untugenden früherer Jahre beibehielt. Immer noch war das Schlafzimmer neben der Turmstube von wechselnden Frauen und Mädchen bewohnt, weiß Gott, wo er sie aufsammelte, denn für die Mägde des Gutes und die Instleute erließ Ernst bald ein strenges Verbot, wie sollte er sich sonst Gehorsam und Respekt verschaffen. Er verschaffte sich beides, es zeigte sich bald, teils zur Genugtuung, teils zum Mißvergnügen des alten Wigor. Justus hatte sich gefügt, er fand das, was er haben wollte, immer noch anderweitig. Er pflegte jetzt öfters nach Königsberg zu fahren und dort ziemliche Summen auszugeben, die das Gut bei den jetzigen Zeiten nicht tragen konnte. Also nahm Justus Geld auf, obwohl er auf die Wucherer heftig schimpfte, er war eben Jelmas Sohn. So war Ernst ganz zufrieden, als ein leichter Schlaganfall den Alten zwar nicht an sein Zimmer, so schlimm war es nicht, aber an den Hof fesselte. Er konnte ruhiger wirtschaften und den laufenden Verpflichtungen besser nachkommen, vor allem den Zahlungen an Joachim, der zu Gunsten seines kurländischen Vetters in aller Form auf Dorjutschen verzichtet hatte, aber aus seinem Erbteil Mittel haben mußte zur Absolvierung der Assistenzzeit und Aufbau einer Praxis.

Diese Praxis richtete er sich in Königsberg ein, in der Königstraße. Zuweilen fuhr er nach Wiesenfeld, saß bei Tante Jettchen und sprach mit ihr von alten Zeiten und alten Bekannten, auch von Onkel Julius, der leider den Krieg nicht überlebt hatte, sondern der großen Grippe 1918 zum Opfer gefallen war. Jetzt wirtschaftete Paul, er hatte geheiratet, Helene Hertel, Tochter eines Nachbarn, Nachkomme eines der Salzburger, die 1732 ins Land gekommen waren wie die Reitmeiers auch. Einer der Hertels sollte auch einmal Wiesenfeld besessen haben, aber nur für kurze Zeit, dann war es zurückgekauft worden. Paul und Helene führten eine ganz gute Ehe, gab es mal Schwierigkeiten, so war Tante Jettchen da, um alles wieder in Ordnung zu bringen, Harmonie schaffen war ihr Metier.

Cousin Theodor hatte mehrere Auszeichnungen aus dem Krieg mit heimgebracht und einen steifen Arm, aber man konnte auch mit einem steifen Arm tanzen, und das tat er immer noch mit Leidenschaft. Er war überhaupt der alte geblieben, vielleicht ein wenig weiser, nicht viel, und immer noch übte er den alten Zauber auf die Frauen aus. Tante Jettchen seufzte, lächelte und seufzte wieder. Übrigens, wisse Joachim schon, daß jemand den alten Baron Brack erschossen habe, hinter seiner Scheune?

»Nein! Wer denn?«

Ja, wer? Dabei war er ganz gut bewacht gewesen, nicht von

seinen eigenen Leuten, bewahre! Aber es waren immer ein paar von der SA im Haus, der alte Halunke hatte von Anfang an zu denen gehalten und sogar allerhand Geld für die neue Partei gegeben, so geizig er sonst war, er hat wohl seine Gründe gehabt. Dafür haben sie ihm eine Art Leibwache gestellt, aber genützt hatte ihm das auch nichts.

»Und keiner hat den Schuß gehört?«

»Anscheinend nicht«, sagte Tante Jettchen, »die SA ist wohl betrunken gewesen, das ist sie ja meistens, und hat herumgegrölt. Aber die Knechte müßten es eigentlich gehört haben, es war noch nicht spät, sie müssen beim Abfüttern gewesen sein. Na ja, was sollten sie sich auch dreinmengen, geliebt haben sie ihn sicher nicht, den alten Wucherer, den Lustgreis.«

»Lustgreis«, versetzte Joachim nachdenklich, »– wie geht es eigentlich August?« Tante Jettchen sah ihn scharf an, dann lächelte sie. »Welch ein Gedankensprung! Aber August geht es gut, soll ich denken. Seit Paul ihn zum Verwalter gemacht hat, kann man auch besser mit ihm auskommen. Tüchtig ist er ja.«

Dann kam die Rede auf Spirgatis, der ein großes Tier geworden war im Veterinärwesen und viel Geld verdiente. Verheiratet war er nicht, und von Spirgatis war es nicht mehr weit bis zu Hermine und zu Robert Doneit. »Ich habe nie begriffen, warum sie den genommen hat«, sagte Tante Jettchen, »und ich begreife es immer weniger. Aber zu merken war es ja schon bei der Hochzeit, daß es nichts Gutes abgeben würde. Ja, das war das letzte wirkliche große Fest! Erinnerst du dich noch an die Hochzeit, Jungchen?«

Joachim erinnerte sich. Keiner von beiden erwähnte Tilin. Aber sie saß mit am Tisch, sie tanzte fröhlich durch die Stuben und wanderte träumerisch durch den Garten. Sie war immer da, immer und überall.

Die Ehe der Doneits wollte nicht klappen. Nicht nur, daß

Robert Doneit die Mägde und Insttöchter als Nebenfrauen betrachtete, darum hätte Hermine sich nicht viel bekümmert, sie hielt straffes Regiment und warf hinaus, wen sie wollte, Nebenfrau oder nicht. Da biß Robert bei ihr auf Granit. Schlimmer war, daß er sich immer mehr mit Politik befaßte, einer Politik, die Hermine nicht geheuer vorkam und deren Praktiken sie abstießen. Sie war nicht übermäßig gefühlvoll, aber sie hatte einen ausgeprägten Sinn für Gerechtigkeit und einen Widerwillen gegen Heimtücke und Intrige. Mallningken gedieh zwar, aber gerade das beunruhigte sie noch mehr, die Quellen dieses Gedeihens schienen ihr schlammig und trübe.

In der Saatzeit und bei der Ernte fanden sich Hilfskräfte ein, die es sonst nicht gab, kräftige, junge Burschen, die arbeiteten, daß es eine Freude war, und abends sangen, daß es keine Freude war. »Haben wir nicht an den eigenen Leuten genug?« fragte sie ihren Mann. »Mit den Scharwerkern zusammen –« – »Aber so brauchen wir die Scharwerker nicht«, sagte Doneit. – »Die rechnen aber doch darauf. Was gibst du denn den Neuen!« Er lachte. »Nichts. Alles freiwillige Helfer.« – »Das ist nicht recht. Unsere Leute brauchen das bißchen Geld.« – »Bißchen Geld! Viel oder wenig, wenn ich es sparen kann, wäre ich ein Idiot, es ihnen nachzuwerfen.« – »Nein, ein Idiot bist du nicht.« – »Sondern?« – »Das weißt du selbst am besten.« Sie ging hinaus.

Nein, ein Idiot war er nicht, er war etwas Schlimmeres. Idioten waren die anderen. Ab und zu gab es Versammlungen im Gartensaal, anfangs schloß man Tür und Fenster, später ließ man sie weit offen, jeder konnte hören, was man sagte, jeder sollte es hören.

»Unsere Not ist aufs äußerste gestiegen!« sagte Doneit in einer Ansprache. »Ich höre euch fragen: Womit haben wir das verdient? Und ich antworte: Wir haben es nicht verdient. Niemand hat es weniger verdient als das deutsche Volk, das ein

Herrenvolk ist seiner Anlage und Bestimmung nach, stärker und klüger als alle anderen, fleißiger und vor allem edler –«

Wundert sich jemand, daß solche Reden einem Gedemütigten eingehen wie Öl?

»Wenn es gerecht zuginge auf der Welt«, rief Doneit, »wären wir die Herren der Erde und die anderen unsere Sklaven! Aber es geht nicht gerecht zu. Wir müssen selber für Gerechtigkeit sorgen, und wir werden dafür sorgen.«

Die Zuhörer applaudierten, brüllten, trampelten und heulten schließlich, daß es sich anhörte, als sei eine Schar Wölfe im Saal. Zuweilen fanden solche Versammlungen im großen Tanzsaal des Dorfkruges statt. Die neue Partei spendierte Bier und Schnaps, die SA stellte eine Saalwache auf, die schlug jeden zusammen, der nicht Beifall brüllen wollte, wenn die Rede war vom Stahlbad des Krieges, nach dem sich jeder deutsche Mann sehne und für das die deutsche Frau ihre Söhne zur Welt brachte. Zuerst aber gelte es, im eigenen Land Ordnung zu schaffen, Ordnung und Sauberkeit, und jene Elemente zu beseitigen, die mit dem Feind im Bunde waren und dafür sorgten, daß er die Schlinge um den deutschen Hals immer noch fester zuziehe. Wo diese Leute zu finden seien?

»Seht euch doch um, Kameraden! Lest die Zeitungen, die jüdischen Schandblätter, schaut nach oben! Nicht gleich zum lieben Gott, nicht ganz so hoch, na, ihr versteht mich schon! Die dort oben müssen natürlich erst weg!«

»Seid ihr verrückt?« fragte Hermine ihren Mann. »Ihr predigt Aufruhr. Denkt ihr nicht daran, daß die Polizei –«

Er lachte. »Die ist auf unserer Seite.« – »Aber das Militär, die Reichswehr –«

Er lachte noch stärker. »Gehört auch zu uns, beruhige dich! Binnen kurzem –« Er verstummte, betrachtete sie prüfend und wandte sich ab.

Es wurde Hermine unheimlich. Sie wollte etwas Abstand gewinnen, sie fuhr nach Wiesenfeld. Als sie an der Station ein

Taxi heranwinken wollte, sagte eine Stimme neben ihr: »Wenn Sie in meinen Wagen einsteigen wollen, gnädige Frau, ich fahre auch nach Wiesenfeld.« Es war Spirgatis. Er war nun schon Mitte vierzig, aber frisch und stattlich, sein Gesicht hatte an Ausdruck gewonnen.

»Dr. Spirgatis –«

»Nicht Doktor, gnädige Frau. Dazu hatte ich keine Zeit. Aber es geht auch so ganz gut.«

Sie zögerte ein wenig, dann stieg sie ein. Er fuhr langsam, die Straße führte oberhalb des Löwentin entlang, das jenseitige Ufer lag unsichtbar im Dunst. Hermine begann eine Unterhaltung. »Lange her, daß wir uns gesehen haben, Herr Spirgatis.«

»Siebzehn Jahre.«

»Wahrhaftig! Sie sind unterdessen gut vorangekommen, habe ich gehört.«

»Bin ich.«

»Und auch sonst alles in Ordnung?«

Er lachte. »Nun fragen Sie schon! Nein, es ist nicht nötig. Also: Verheiratet bin ich immer noch nicht.«

Sie schwieg. Er fuhr fort: »Ich hatte die Absicht – im Frühjahr. Als ich dem Vater der Dame meine Wünsche andeutete, sagte der: Wäre ja sonst nicht schlecht – aber, sagen Sie mal, war Ihr Herr Großvater nicht mit einer – hm – Abraham verheiratet? Ich sagte: ach so, ja. Aber das war keine Jüdin, wenn Sie das meinen sollten, sondern eine Mennonitin, die haben alle solche biblischen Namen. Läßt sich nachprüfen, wenn Sie Wert darauf legen. Sagte er: Kann sein, kann auch nicht sein, aber selbst wenn – was weiß man, was wir noch für Zeiten kriegen! Die Sache wäre mir für meine Tochter doch zu unsicher. Schluß. Na ja, sie hat sich nun mit einem verlobt, der ist bei der neuen Partei. Ich bin nicht daran gestorben. Auch diesmal nicht. Sie sehen, ich bin zäh.«

»Ach, Spirgatis –«

»Nun lassen Sie schon das Herr weg. Das ist schön.« Und nach einer Weile: »Sie haben schon früh die Zeichen der Zeit erraten. Wie ich gehört habe, ist der Herr Gemahl –«

Sie unterbrach ihn. »Ich schwöre Ihnen, wenn ich etwas dergleichen geahnt hätte, ich hätte –«

»Doch nicht etwa anders gewählt? Sie wollen doch um Gottes willen nicht so etwas sagen?« Er lachte. Sie erwiderte ernst:

»Doch, das will ich sagen.«

Der Weg war nicht lang, sie legten den Rest davon schweigend zurück. Hermine blieb vierzehn Tage in Wiesenfeld. In diesen vierzehn Tagen kam Spirgatis fünfmal dorthin, nicht beruflich, das hatte er nicht mehr nötig, er praktizierte nur noch in Ausnahmefällen, er saß in der Leitung der Landesveterinäranstalt und hatte nur noch die Oberaufsicht. Aber um dieser Oberaufsicht willen mußte er viel im Lande umherfahren, dabei kam er oft an Wiesenfeld vorbei. Nach vierzehn Tagen mußte Hermine wieder zurück nach Mallningken, da half nun nichts. Aber diese vierzehn Tage hatten ihr gutgetan.

Auch Joachim machte wieder einmal einen Besuch in Wiesenfeld. Vielleicht hätte er das nicht so oft tun sollen, aber er redete sich ein, er dürfe den Erinnerungen nicht aus dem Wege gehen, sonst würde er ihrer nie Herr werden. Er fand Tante Jettchen ziemlich gealtert, aber das Haus duftete wie meistens nach Raderkuchen.

»Schade, daß du nicht etwas früher gekommen bist«, sagte sie. »Sonst hättest du Tilins Jungen kennenlernen können. Vor einer Stunde ist er abgefahren.« Auf dem Klavier stand seine Photographie, das Bild eines Siebzehnjährigen. Joachim betrachtete es lange.

»Schön groß und kräftig, nicht wahr?« fragte Tante Jettchen. »Vor ein paar Jahren war er noch recht zart, da ähnelte er Tilin ganz unglaublich. Aber in der letzten Zeit hat er sich sehr herausgemacht, jetzt hat er nur noch Tilins Augen. Er ähnelt jetzt jemand anders. Aber ich kann nicht herausbekommen, wem, seinem Vater bestimmt nicht. Kannst du es herausfinden?«

»Nein«, erwiderte Joachim. Am nächsten Tag fuhr er nach Königsberg zurück. Sein Abteil zweiter Klasse war voll von Leuten, die einander in schnarrendem Ton ›Kamerad‹ nannten, vom ›Führer‹ sprachen und von der ›Erhebung Deutschlands‹, die dieser Führer in die Wege leiten würde, daneben von Wühlmäusen und Volksverderbern, denen man das Schandgewerbe bald legen würde. Schon registriere man sie, bald würde man die Macht haben, dann sollten sie ihr blaues Wunder erleben. Vor allem die Juden.

Einer wies warnend mit einer Kopfbewegung auf den schweigend dasitzenden Joachim. Der nahm seine Aktentasche und ging hinaus, den Gang entlang, an allen Klassen vorbei. In der ersten Klasse war es still, die Passagiere saßen da und lasen, ihre Klasse war tabu. Vielleicht dachten sie, es würde immer so bleiben. In der dritten war die Luft wie mit Zündstoff geladen. Alles schrie durcheinander, die Frauen noch mehr als die Männer, ihre Stimmen überschlugen sich.

An diesem Abend besuchte Wigor eine politische Versammlung in der Königsberger Börse, die erste, die er mitmachte. Er saß unten, ungefähr da, wo die Brüstung der Galerie war, zuweilen blickte er hinauf, sah verzerrte junge Gesichter und fanatische Augen, die sich haßerfüllt auf die wenigen richteten, die still dasaßen. Der Redner hatte erst fünf Minuten lang Regierung und Staat, Kirche und Pazifisten, Ausland und noch einiges dazu beschimpft und begann über die Juden herzuziehen in einer Weise, die Joachim nie für möglich gehalten hatte, als jemand aus dem Saal ›pfui!‹ rief. Darauf brach die Hölle los. Frenetisches Gebrüll erschütterte die Luft, im Handumdrehen war der ganze Saal ein Schlachtfeld, die Sitze wurden herausgerissen, das Gestänge als Waffe benutzt, und dazu immer wieder das Wolfsgeheul, durchsetzt mit wildem ›Heil! Heil!‹

Eine Frau neben Joachim rief: »Und ihr wollt Deutschland erneuern?« Ein Stuhlbein fuhr auf sie herab, Joachim riß sie zu sich hin, versuchte für sie und sich einen Weg zum Ausgang zu bahnen, erhielt einen Stoß, ebenso die Frau, die zusammensank. Über ihm erhob sich eine schwere Latte, der Schlag wäre verhängnisvoll gewesen. Da sauste von der Galerie ein Körper auf den Schläger herab, der taumelte zurück, schon entriß ihm der Springer die Latte, stieß sie dem Aufbrüllenden gegen die Schulter, der stürmte mit einem Messer vor, aber ein Faustschlag Joachims streckte ihn zu Boden. Schnell griff Wigor nach der bewußtlosen Frau, gemeinsam mit dem Springer gelang es ihm, sie hinauszubringen.

Dort richteten die beiden sich auf und sahen einander an. »Sie sind Dr. Wigor«, sagte der Jüngere. »Ich kenne Sie. Ich habe Ihr Bild bei Tante Jettchen gesehen.« Der Ältere sagte: »Sie sind Lukas Schwarz. Auch ich habe dort Ihr Bild gesehen.«

Die Frau kam zu sich, sie brachten sie nach Hause. Wirklich verletzt war sie nicht, nur ein paar Beulen hatte sie abbekommen.

»Und so etwas will Deutschland erneuern«, sagte sie noch einmal, als sie sich von ihren Rettern verabschiedete. Morgen, versprach Joachim, werde er sich nach ihr umsehen. Er sei Arzt. »Ja, kommen Sie«, erwiderte die Frau, »auch unsere Art muß zusammenhalten.«

Lukas ging mit Joachim zurück. »Als ob das noch etwas nützen könnte«, äußerte er.

»Wie kommen Sie zu solchem Pessimismus?«

»Ich lebe mitten unter ihnen«, erwiderte der andere. »Es ist ja die Bewegung der Jugend!« Er lachte kurz. »Sie können das so genau nicht wissen. Sie sind nicht mehr jung.«

»Fünfunddreißig«, murmelte Joachim.

»Eben. Mein Vater ist sogar noch älter. Aber der will es auch nicht glauben. Aber die kriegen die Macht, und dann wehe uns.« Nach einer Pause setzte er hinzu: »Mein Vater ist Jude.«

»Ich weiß.«

»Ich für mein Teil fürchte mich nicht«, sagte der Junge herausfordernd. »Aber ich wünschte, mein Vater wanderte aus. Wenn es ein Pogrom gibt – er könnte sich nicht retten.«

»Ein Pogrom in Deutschland!«

Lukas sagte finster: »Sie hören nicht, was ich höre. Sie wissen nicht, was ich weiß.«

Darauf verabschiedete er sich kurz. Fleisch von meinem Fleisch, dachte Joachim, als er die junge warme Hand für einen Augenblick in der seinen hielt, und: Blut von Tilins Blut. Meere und Berge müßten zwischen uns liegen, damit ich dich nicht noch lieber gewinne. Denn ich darf es nicht. Er wanderte noch lange ziellos umher, erst spät kam er heim.

Am nächsten Tag, der letzte Patient war gerade gegangen, kam als allerletzter Dr. Schwarz. »Aber nicht als Patient«, sagte er. »Ich komme, um Ihnen zu danken, daß Sie Lukas vor einem Messerstich bewahrt haben.«

»Und er mich vor dem Schlag eines Knüppels«, erwiderte Joachim.

Dr. Schwarz war ein hochgewachsener schlanker Mann mit völlig weißem Haar, obwohl er erst einige Jahre über fünfzig war. Seine dunklen Mandelaugen lagen mit schwer deutbarem Ausdruck auf dem Arzt. »Lukas ist etwas rasch in seinen Entschlüssen«, sagte er, »es ist nicht leicht, ihn zu zähmen. Aber das liegt wohl in der Familie.«

»Darüber habe ich kein Urteil.« Joachim sprach steif und unbeholfen. »Ich weiß nichts von Ihrer Familie.« Es gelang ihm, dabei höflich zu lächeln.

»Ich meine nicht meine Familie, ich meine die Familie Tilins.«

Tilins! Er hatte sie also auch Tilin genannt – erst nach einer Weile begriff er, daß er etwas sagen mußte. »War Tilin, war sie so schwer zu zähmen?«

»Ich weiß es nicht. Ich habe es nie versucht. Ich meine auch nicht sie selbst, sondern die Familie der Rotters. Selbstbesinnung und Vernunft war deren Stärke wohl nicht.«

»Nein«, murmelte Joachim. Dr. Schwarz erhob sich.

»Lukas war sehr beeindruckt von Ihnen«, sagte er langsam. »Wäre es – wäre es sehr unbescheiden, wenn ich Sie bäte, ein wenig Freundschaft mit ihm zu halten?«

Auch Joachim erhob sich, wortlos starrte er den anderen an. »Ja!« sagte Dr. Schwarz, nickte ihm zu und ging.

Freundschaft mit Lukas! Nein, das nicht. Bleibe jeder, wo er nun einmal hingehört. Vorerst ergab sich auch gar keine Gelegenheit zu einem Kontakt. Ihn beschäftigten einige schwere Fälle in seiner Praxis, es war eine ausgedehnte Praxis, freilich eine Armenpraxis, aber das hatte er gewollt. Ärzte für die Wohlhabenden gab es genug, ihre Zahl hätte er nicht vermehren müssen.

Zuweilen dachte er an seine Träume, seine leidenschaftlichen, unbestimmten großen Träume von dem Glück, das er für die Menschen hatte gewinnen wollen. Tilin hatte recht gehabt, er begriff es jetzt. Nein, nicht erst jetzt, er hatte es zum erstenmal begriffen, als sie gestorben war, und dann noch einmal, als der Krieg ihn ausgespien hatte, körperlich fast unverletzt, aber innerlich ausgelaugt, ohne Hoffnung, ohne Glauben, ohne Traum. Er hatte begriffen, daß man immer eines hingeben muß, um das andere zu erhalten, und wenn man das andere bekommt, ist es schon viel. Er hatte begriffen, daß es das vollkommene Glück nicht gibt, nur eine Milderung des Unglücks, und daß der Strom der großen Träume, wenn er nicht ganz versickern soll, in dieses bescheidene Becken münden und sich in viele Arme teilen und das steinige Feld des Daseins demütig bewässern muß. Er war Arzt geworden, Armenarzt.

Die Menschen in den dumpfen Stuben in der Sternwartstraße, der Steilen Gasse, der Yorck- und Bülowstraße, der rachitische Säugling in dem löcherigen Weidenkorb, der rheumatismusgeplagte, verkommene Alte, die von Entbehrung, Arbeit und Gebären erschöpfte Frau, die ihr siebentes Kind zur Welt bringen soll und vor der Heimkehr des betrunkenen Ehemannes zittert, sie waren es, die auf die Verwirklichung seiner Träume warteten, denen er diese Verwirklichung schuldig war. Er war nicht berechtigt, sich zornig abzuwenden, wenn sie ›Heil!‹ riefen, mochte dies ›Heil‹ nach ganz rechts oder ganz links gerichtet sein. Ihnen war die Richtung gleich. Im Augenblick hörten sie die Fanfare der Erlösung aus dem Elend von rechts her, also wandten sie sich dorthin.

Die Machtübernahme fand statt, viele Machtübernahmen überall im Reich. Königsberg, das ganze Land fiel in einen Begeisterungstaumel. »Jetzt wird alles gut werden«, sagten die Leute. »Es wird Arbeit geben, Brot und Geld. Wer nicht zum Führer hält, will unser Elend verlängern.« Viele sagten: »Der Führer wird uns wieder zu Ansehen bringen, wir werden groß und mächtig werden, geborenes Herrenvolk, das wir sind. Wer nicht zum Führer hält, will unsere ewige Erniedrigung.« Dazwischen klang es: »Wer hat ein Interesse daran, daß es uns schlechtgeht? Die Juden! Die Juden sind unser Unglück.« Plakate schrien es von den Häuserwänden und Zäunen, Flugblätter spien es in die Straßen, die Wohnungen. Text und Bild waren von nicht zu überbietender Gemeinheit.

Etwas dagegen tun! dachte Joachim. Tun? Was? Beim ersten Gegenlaut war die Polizei da, die SA, die SS, Knüppel, die den Sprecher zusammenschlugen, Stiefel, die auf ihm herumtraten, und blieb etwas von ihm übrig und lebendig, so wurde es fortgebracht – wohin? Dunkle Gerüchte liefen um, traf nur die Hälfte davon zu, dann gnade Gott uns allen!

Joachim sah sich nach Gesinnungsgenossen um. Es gab einige, wenige, sie schwiegen wie er. Zu tief saß das Mißtrauen, zu groß war die Angst. Die Masse war wie hypnotisiert: der Führer hat gesagt – der Führer kann – der Führer wird – Nur wenige sahen, daß man den Teufel mit Beelzebub auszutreiben sich anschickte. Auch verwischte sich der Grund, der diese fatale Bewegung hatte wachsen lassen, sehr schnell, das Spektakel fand bald um seiner selbst willen statt. Die »Partei« wurde Selbstzweck.

Joachim fand nur Verbindung mit der Frau, die er damals mit Lukas zusammen aus der Versammlung geschafft hatte. »Begreifen Sie das?« fragte sie ihn. »Die Königsberger sind vernünftig, nüchtern, nüchtern und realistisch. Und fallen auf diese Phrasen rein! Ich glaube nicht, daß anderswo in Deutschland soviel ›Heil‹ geschrien wird wie bei uns.« Damit hatte sie recht. Sie war die Witwe eines Professors, besaß eine mäßige Pension und eine Tochter, die von dieser Pension unter Entbehrungen Medizin studierte. Die Tochter hieß Martha, hatte einen klaren Verstand und liebte den Beruf, den sie ausüben wollte. Ihr Gesicht war angenehm, vielleicht etwas unbewegt, das Haar dunkelblond, die Augen hellbraun, der Wuchs schlank und hoch. Sie gab darin Joachim nicht viel nach.

Der unterhielt sich gern mit ihr, sie befreundeten sich, nach einigen Monaten fragte er sie, ob sie ihn heiraten wolle. Es schien ihm an der Zeit, sein Leben fester zu verankern, vielleicht würde er dann nicht immer wieder in jeder unbeschäftigten Minute in die Vergangenheit zurücksinken, vielleicht würde Tilin dann das werden, was sie war: eine tote Geliebte. –

Martha sagte zu, wollte aber in der Ehe ihr Studium zu Ende führen und später praktizieren. Ihm war das recht. Auch während der Verlobungszeit blieb sie das angenehm beruhigende Wesen, mit dem man sich unterhalten konnte über berufliche und politische Dinge. Sie würde ihm eine gute Stütze sein, ein stetes, wegweisendes Licht in dieser verworrenen

Gegenwart und einer immer unheimlicher werdenden Zukunft. »Wir müssen nicht hier bleiben!« sagte Martha. »Wir müssen überhaupt nicht in Deutschland bleiben. Unseren Beruf können wir überall ausüben.« Er erwiderte: »Es handelt sich ja nicht nur um uns. Außerdem: Ich liebe das Land. Es ist meine Heimat. Auch deine.« – »Was ist das, Heimat?« fragte sie. Es erschreckte ihn.

Im Frühjahr 1933 heirateten sie. Alles ging glatt und selbstverständlich vonstatten. Mit Verwunderung stellte Joachim fest, daß sich innerlich nichts bei ihm veränderte. Es gab Augenblicke, in denen er plötzlich den Schritt verhielt auf der Schloßteichpromenade, auf der er allmorgendlich seinen Spaziergang machte, ganz früh, manchmal noch vor Sonnenaufgang, allein, denn Martha liebte den langen Schlaf. Mit geschlossenen Augen trank er den wunderbaren Hauch der ersten Frühe über dem Wasser ein, denselben Hauch, der damals vom See her über sie beide hingeweht war, über Tilin und ihn. Er konnte nicht hindern, daß er ›Tilin‹ vor sich hin sagte und für den Bruchteil einer Sekunde das Äußerste an Glück, Sehnsucht und Schmerz erlebte, das ein Mensch nur erleben kann. Nur für den Bruchteil einer Sekunde, dann riß er sich wieder zusammen. Seine Ehe war gut, er konnte sich nicht beklagen. Er hatte an Martha eine Kameradin, mehr hatte er nicht angestrebt. Wenn sie mehr erwartet hatte, so ließ sie es sich nicht anmerken. Sie betrieb ihr Studium, machte sich in seiner Sprechstunde nützlich und freute sich auf den Tag, an dem sie selbst eine Praxis würde aufmachen können.

Fünf Monate nach der Hochzeit rief Dr. Schwarz bei Joachim an. »Leider haben Sie nicht Freundschaft mit Lukas halten wollen«, sagte er. »Nun muß ich Sie doch bitten, zu ihm zu kommen.«

»Ist er krank?« fragte Joachim. Der Hörer in seiner Hand zitterte.

»Verletzt. Seine Kommilitonen haben ihn zusammengeschlagen. Weil er ein Saujud ist.«

In einer halben Stunde war Joachim in der hübschen Villa auf den Hufen, der Villa mit dem Garten, auf dessen Rasenplatz Sport- und Turngeräte gestanden hatten. Jetzt war da ein Seerosenteich mit einem hübschen Teepavillon. Lukas lag in seinem Zimmer und las, sein Gesicht leuchtete auf, als Joachim eintrat. »Es ist nicht so schlimm«, sagte er sofort. »Irgendwas mit den Rippen, denke ich. Wenn ich wieder auf bin, zahle ich alles zurück. Mit Zinsen.«

»Manche Schulden bezahlt man besser nicht«, empfahl Joachim und untersuchte den jungen Mann. Zwei gebrochene und eine angeknackste Rippe, es war nicht schlimm. Er tat, was zu tun war, gab seine Anweisungen und fragte den Rechtsgelehrten, der schweigend am Fenster gestanden hatte: »Sie selbst haben noch keine Schwierigkeiten gehabt?«

»Ich habe mich bereits ins Privatleben zurückgezogen.«

Lukas sagte: »Warum haben Sie sich gar nicht um mich gekümmert? Vater hat Sie doch darum gebeten. Aber ich bin Ihnen wohl zu jung und zu dumm.«

Joachim erwiderte: »Ich habe mir gedacht, wer solch einen Vater hat, braucht keinen zweiten väterlichen Freund.«

»Vielleicht braucht er einen väterlichen Freund gerade um dieses Vaters willen. Gut, daß ich Sie sprechen kann. Überreden Sie meinen Vater, auszuwandern.«

»Und du?« fragte Dr. Schwarz.

»Ach, um mich keine Sorge!«

»Du willst nicht mitkommen, ich weiß.«

»Ich bin jung. Wenn all die Jungen, die dagegen sind, davonlaufen, was soll dann werden?«

»Aber ich soll davonlaufen.«

»Du«, sagte Lukas zärtlich, »du bist nicht mehr jung. Du bist kein Kämpfer, deiner ganzen Natur nach.«

»Nein. Denn ich bin ein Jude, meinst du.«

»Auch ich bin einer, aber mehr von der Sorte der Makkabäer.«

»Herr Dr. Wigor«, sagte Schwarz, »haben Sie einen Augenblick für mich Zeit? Ich möchte gern etwas mit Ihnen besprechen.«

Sie saßen in einem geräumigen Wohnzimmer, die Fenster gingen auf den Garten, auf einem Tischchen vor ihnen standen Zigarren und Zigaretten, auch Kognak stand da, aber niemand trank und niemand rauchte, beide Männer starrten auf das Bild von Tilin, das dort stand, über dem Rahmen hing der Bernstein mit der Mücke an seinem Goldkettchen. Endlich sagte Schwarz: »Hätten Sie meine Bitte erfüllt und sich um Lukas gekümmert, wäre jetzt alles einfacher.«

Joachim murmelte: »Warum?«

»Weil sich die natürlichen Beziehungen dann längst ausgebildet hätten und die Loslösung von selbst gekommen wäre.«

Joachim schwieg.

»Tilin hat mir nie etwas gesagt«, fuhr der andere fort, und Joachim hörte seine Stimme wie aus weiter Ferne. »Aber es wunderte mich, daß von dem Jugendfreund, von dem sie vorher gar nicht genug hatte erzählen können, plötzlich nie mehr die Rede war. Und als sie dann ihren Zustand nicht mehr verbergen konnte, war mir alles klar.«

Joachim blieb stumm, was sollte er sagen? Schwarz sprach weiter.

»Ich habe sie nicht gefragt. Ich wußte alles, hätte ich ihr Vorwürfe machen sollen? Sie war noch ein Kind, und sie war gebrochen genug.« Er griff hinter sich in ein Bücherregal, zog ein Buch heraus, schlug es auf, eine Photographie fiel auf das Tischchen. »Ich habe das Bild vor Lukas versteckt gehalten, ich fürchtete, es könnte ihm auffallen, wie ähnlich er Ihnen ist, bis auf die Augen. Die sind von Tilin.« Es war eine Photographie Joachims, etwa zur selben Zeit aufgenommen wie die Tilins vor ihnen. »Ich fand das Bild unter ihrem Kopfkissen, als man sie von ihrem Sterbelager gehoben hatte.« Seine Stimme wurde kräftiger und härter. »Es ist Zeit, daß Sie erhalten, was Ihnen gehört. Der Weg der Juden ist ein harter Weg, in Deutschland führt er in noch unbekannte Schrecken. Ich liebe den Jungen, Tilins Kind. Warum soll er ein Schicksal teilen, das ihm nicht zusteht?«

Joachim erwiderte bestimmt: »Lukas wird Sie nicht verlassen, niemals, und schon gar nicht, wenn er erfährt, was Sie für ihn getan – und ausgehalten haben.«

»Ich werde es ihm als Bedingung stellen für meine Auswanderung. Und an der liegt ihm alles. Er weiß über die Dinge mehr, als Sie oder ich wissen. Es ist nur noch zu besprechen, auf welche Weise Sie ihn offiziell anerkennen können.«

»Wer soll Lukas das alles sagen?«

»Ich«, entschied Schwarz. »Heute noch. Die entsprechenden Anträge bei der Behörde – ich weiß noch nicht, welcher – müssen Sie stellen. Sie müssen ins Feld führen, daß Ihr Kind nicht als Jude aufwachsen soll.«

»Ich soll so etwas –«

»Ja! Ich kann es nicht beantragen, man würde nur sagen, der Saujud will seine Brut unter die Arier schmuggeln. Ich weiß, die Sache ist schlimm für Sie, aber es ist der Preis, den Sie zahlen müssen. Alles muß einmal bezahlt werden.«

Antrag, eidesstattliche Versicherungen, Blutproben, dazu die starke Ähnlichkeit des jungen Mannes mit Joachim, vielleicht auch die Aussage des Pflegevaters, trotz allem. Es würde damit enden, daß Lukas den Namen seiner Mutter erhielt. Als uneheliches Kind. Eine Woche lang schlug sich Joachim damit herum, die Form zu finden, in der er Martha von Lukas erzählen könnte. Endlich, an einem schönen klaren Oktoberabend, sie wanderten an der Cranzer Küste entlang nach Rosehnen zu, entschloß er sich. Vielleicht würde sie ihn begreifen, vielleicht auch nicht, auch das gehörte zu dem Preis, der zu zahlen war. Sie hörte zu, ohne ihn zu unterbrechen, hörte bis zum Ende zu, bis zu seiner letzten Unterredung mit Schwarz. Dann schwieg sie lange.

»Du hast sie sehr geliebt«, sagte sie endlich. Fast hätte er erwidert: Ich werde sie immer lieben, aber er sagte nur: »Ja.«
Der Mond ging auf, er beleuchtete einige große verstreute Steine unterhalb des Weges, sie sahen aus, als hätten sie einmal zu einer Art Hütte zusammengefügt sein können, einer trug Reste einer unbestimmbaren Farbe, aber das sahen die Spaziergänger von oben nicht. Sie wanderten weiter, der Mond ging mit ihnen, er führte seine Brücke mit sich. Brücke jener, die keinen Boden mehr unter den Füßen haben, aber das galt für sie beide nicht. Joachim kannte seinen Weg, und Martha hatte ihn immer gekannt. Keiner von ihnen würde die Brücke betreten, die im Wasser beginnt und im Wasser endet und keine Ufer verbindet.

Martha sagte: »Du mußt nicht glauben, daß nur du ein Kind in die Ehe bringen könntest. Ich kann es auch, nur wird es etwas kleiner sein, und ob es ein Junge sein wird, weiß ich noch nicht.« Da war es gesagt, was sie sich für diesen Abend aufgespart hatte, diesen Abend, der so ganz anders geworden war, als sie es sich gedacht hatte.

Joachim umarmte und küßte sie, eine echte Zärtlichkeit erfüllte ihn. »Das sollte doch gefeiert werden«, sagte er. Sie waren jetzt in Rosehnen angekommen, da stand ein kleines Hotel, es hieß ›Zur blauen Möwe‹, Musik drang heraus, sie traten ein, eine Réunion war im Gange.

»Hier könnten wir zu Abend essen und dann über Nacht bleiben«, schlug Joachim vor. »Es ist etwas spät für den Rückweg nach Cranz. Wir kämen erst in tiefer Nacht in Königsberg an.«

Sie blieben in der ›Blauen Möwe‹, sie aßen und tranken, und sie tanzten auch, obwohl Joachim nicht danach zumute war. Sie gingen hinab an den Strand, um nach den Lichtern von Cranz zu sehen, aber es war Nebel aufgekommen, monddurchleuchteter Nebel, der quirlte durcheinander, als würde den ganzen Strand entlang getanzt. Vielleicht tanzten dort Sabine und Roger auf dem Platz ihrer alten Steinhütte, um die letzten Spuren des ungefügen Möwenbildes herum, tanzten hinaus auf die Mondbrücke, und sie brach nicht unter ihnen. Die Zeit der Schwere war vorbei, die Zeit des Menschseins und seiner großen Last. Jetzt waren sie Luft und Nebel, es machte ihnen nichts aus, daß die goldene Brücke keine Ufer verband, sie brauchten keine Ufer mehr, ihnen war alles in eins geflossen, Land und Meer und Luft, Vergangenheit, Gegenwart und Zukunft.

Eine Woche später kam Lukas in die Königstraße. Er kam in die Praxis, wartete, bis der letzte Patient fort war, dann betrat er das Sprechzimmer. »Also Sie sind mein Vater«, sagte er so kühl, daß es Joachim weh tat. »Aber vielleicht muß ich jetzt Du sagen?«

Joachim bezwang sein Herz, wusch sich weiter die Hände, trocknete sie sorgfältig ab. »Es wäre natürlicher. Aber es sollte nur nach Übereinkunft geschehen. Die Entscheidung liegt nicht bei mir.«

Also entschied Lukas. »Gut. Du.«
Pause.
»Wie geht es deinen Rippen?« erkundigte sich Joachim.
»Sind in Ordnung.« Und nach einer Weile: »Er hat mir versprochen, sofort abzureisen, sowie alles geregelt ist. Mir wird ein Stein vom Herzen fallen.«
»Was weißt du?« fragte Joachim geradezu.
Lukas antwortete: »Es ist besser, ich behalte es für mich. Je weniger einer weiß, um so ungefährdeter ist er. Wir beginnen also mit meiner – meiner Umorientierung.«

Joachim stellte den Antrag, es gab eine Flut von Rückfragen und Vorladungen, es gab eidesstattliche Versicherungen und Blutproben, heftige Aufregungen für Tante Jettchen und schlimme Demütigungen für Dr. Schwarz.

»Jochen, Jochen!« rief Tante Jettchen. »Mein Gott, wie konntest du nur! Und wie unrecht habe ich Tilins Mann getan! Aber ich schreibe ihm gleich und bitte ihn um Entschuldigung. Wer hätte sich so großartig benommen wie er?« Das sagte sie auch, als sie von einem SS-Mann zu der Sache vernommen wurde.

Der höhnte: »Großartig? Der Saujud wollte anständiges arisches Blut in seine Mischpoche bringen, der Dreckskerl!«

Joachim schloß Tante Jettchen schnell in die Arme und drückte sie fest an sich, bevor sie sich für den Rest ihres Lebens unglücklich machen konnte.

Alles in allem dauerte es doch nur ein paar Wochen, dann war die Sache in Ordnung. Lukas hieß jetzt Rotter, sogar Baron von Rotter, obwohl er als uneheliches Kind darauf keinen Anspruch hatte. Als Joachim zum letztenmal die Amtsstelle betrat, um noch ein Dokument abzuholen, sagte die blonde Sekretärin: »Dieser Dr. Schwarz kann sich auf allerhand gefaßt machen. Ein arisches Kind als Juden erziehen!«

»Er hat es evangelisch taufen lassen«, erwiderte Joachim und bemühte sich um einen gleichmütigen Tonfall.

»Als ob es darauf ankäme! Auf das Blut kommt es an, nicht auf das Wasser!«

An diesem Abend, es war regnerisch und finster, holte Joachim gegen elf Uhr einen alten Schlapphut und einen vertragenen Havelock hervor. Beides war einmal in seinem Wartezimmer hängengeblieben und nie wieder abgeholt worden. Er dachte: Vielleicht hat man den Besitzer der Kleidungsstücke vorher abgeholt –, ergriff eine leere Plaidhülle und machte sich auf den Weg nach den Hufen. Er ging außen um die Stadt, bog in die Kniprodestraße, ging dann die Hufen entlang. Bei diesem Wetter und zu dieser Zeit waren die Straßen mit Ausnahme der Bahnhofsgegend menschenleer. Nahe dem Gartentor der Villa schienen ihm Leute zu stehen, im Näherkommen erkannte er sie zu seiner Erleichterung als Fliederbüsche. Das Gartentor war offen, Schwarz pflegte es sorgfältig zu verschließen, es ließ sich vom Hause aus öffnen.

Das Haus lag dunkel und still, die Klingel schrillte unheimlich, niemand öffnete. Joachim klingelte noch einmal, zweimal, dreimal – eine entsetzliche Angst saß ihm in der Kehle. Endlich tat sich die Tür auf, das Treppenhaus erhellte sich, oben stand Dr. Schwarz, zum Fortgehen gekleidet, einen kleinen Koffer neben sich, und starrte herab. Niemals, dachte Joachim, würde er diesen Ausdruck erschöpfter Hoffnungslosigkeit auf dem blassen, schmalen Gesicht unter dem weißen Haar vergessen. Er riß den Schlapphut vom Kopf, lief die Treppe hinauf.

»Sie müssen sofort weg«, sagte er atemlos.

Der andere schloß kurz die Augen, er schwankte ein wenig, dann deutete er auf den Koffer neben sich. »Sie sehen, ich habe gepackt, für jeden der beiden denkbaren Fälle. Für den einen habe ich eine Fahrkarte in der Tasche, für den anderen hätte ich keine gebraucht. In einer Stunde geht mein Zug.«

»Gott sei Dank!« Joachim warf ihm den Havelock über, setzte ihm den Schlapphut auf, packte den kleinen Koffer in die Plaidhülle. »So erkennt man Sie nicht sofort, wenn man Sie überwachen sollte. Wo ist Lukas?«

»Oben eingeschlossen für den Fall, daß es anders gekommen wäre. Schließlich habe ich nicht auf ihn verzichtet, damit eine Leiche aus ihm wird.« Er reichte Joachim die Hand. »Ich übergebe Ihnen den Jungen. Möge er Ihnen ein so guter Sohn sein, wie er es mir gewesen ist. Ich habe ihn sehr lieb.« Er wandte sich und ging schnell die Treppe hinab.

Joachim lief zum Oberstock hinauf, aus einem Zimmer kam Gepolter, der Schlüssel steckte in der Tür, Joachim schloß auf. Lukas wollte an ihm vorbeistürzen, er hielt ihn fest. »Von ferne«, sagte er, »von ferne. Und nimm Hut und Mantel. Wir dürfen nicht auffallen.«

Der Havelock wehte ein ganzes Stück vor ihnen, sie sahen

ihn nur ab und zu im Licht einer Straßenlaterne oder eines Autoscheinwerfers. Ist er nicht doch auffällig, dachte Joachim beunruhigt. Aber in Königsberg gibt es genug alte Professoren, die so herumlaufen, einem von ihnen hatten wohl die Sachen gehört, wo mochte er jetzt sein. Lieber nicht daran denken. Im Schauspielhaus hatte es eine Spätvorstellung gegeben, die Leute strömten heraus, der Havelock verschwand unter ihnen. Dann erschien er wieder, wehte den Hansaring entlang, dem Bahngebäude zu, hindurch, durch die Sperre, die Karte hatte Schwarz, jetzt schritt er den Bahnsteig entlang, verschwand in einem haltenden Zug.

Joachim und Lukas standen und starrten. Joachim gab seinem Sohn eine Zigarette, der nahm sie, zündete sie aber nicht an. Joachim versuchte eine Unterhaltung, es schien ihm unauffälliger, aber Lukas blickte wortlos vor sich hin. Fünf Minuten, zehn Minuten, fünfzehn Minuten – endlich ein Pfiff, beide fuhren zusammen, der Zug setzte sich in Bewegung. Lukas nahm den Hut ab, neigte den Kopf.

»Komm!« sagte Joachim sanft, als der Zug außer Sicht war. »Du warst diese ganze Nacht bei uns, du verstehst.« – »Ja, Vater«, erwiderte der junge Mann. Es war das erstemal, daß er diese Anrede für Joachim gebrauchte. Zu Hause sagte er, das Gesicht haßüberflammt: »Das sollen sie einmal büßen!«

Joachim erwiderte: »Die werden am wenigsten büßen. Wir werden büßen, wir!« Dabei wußte er noch nicht, was alles einmal zu büßen sein würde, und auf welch entsetzliche Weise.

Die Henker kamen drei Nächte später in die Hufenallee, so hatte der Entflohene einen Vorsprung. Erst nach einem halben Jahr erhielt Lukas eine Karte aus England, eine simple Londoner Ansicht, kurzen Gruß, unterzeichnet: Jacob. Dr. Schwarz hieß Jacob.

Nicht jeder hatte das Glück, noch in letzter Sekunde seinem Schicksal zu entkommen. Welchem Schicksal? Darüber gab es schlimme Gerüchte, man flüsterte nur davon, kam das Flüstern der Partei zu Ohren, konnte sich der Ertappte sehr schnell davon überzeugen, was an den Gerüchten Wahres war. Meistens hatte er keine Gelegenheit mehr, etwas davon zu erzählen. Kam aber einer wirklich einmal wieder, so war sein Mund versiegelt. Ihm war Schweigen auferlegt, brach er es, war er endgültig geliefert. Es war ein satanisches System.

Um diese Zeit ging es überall im Reich so zu, aber manche sagen, im Nordosten sei es am schlimmsten gewesen. Vielleicht hing das mit der Volksfrömmigkeit zusammen, denn Frömmigkeit macht durchaus nicht immer gut, sie macht nur gehorsam. Fromme und gehorsame Menschen tun nichts gegen das Gesetz, aber man kann das Gesetz ändern, und sie werden ihm folgen. Lernten sie nicht schon in der Schule, daß alle Obrigkeit von Gott ist. Sie kann strafen, und *wie* strafen – welche Angst! Sie kann auch belohnen, her mit dem Vorteil! Angst und Eigennutz sind ein übles Paar, ihr Kind ist der Verrat. Vielleicht kam im Osten noch dazu, daß die Menschen dieses Landes, von überallher zusammengeströmt, sich nicht als Einheit fühlen konnten und den Nächsten immer noch als Fremden betrachteten, wenn auch nicht bewußt. Sie waren verschwistert und verschwägert seit langem, aber doch noch nicht lange genug, im Tiefsten war die Fremdheit immer noch da. Was ging sie des Fremden Wohl oder Wehe an. Es war ganz natürlich, daß man ihn denunzierte und damit aus dem Wege schaffte, wenn er einen störte.

»Ich will fort«, sagte Lukas, »ich bleibe nicht hier auf der Uni. Heute haben sie sich offiziell bei mir entschuldigt wegen damals, du weißt, als sie mir die Rippen eingetreten haben. Es tue ihnen leid, haben sie gesagt, aber sie hätten eben nicht wissen können, daß ich kein Saujud, sondern das ahnungslose Opfer eines Saujuden bin. Ich habe dazu schweigen müssen. Ich gehe nicht wieder hin.«

»Du könntest nach Berlin gehen«, schlug Joachim vor. »Ich

würde versuchen, es möglich zu machen.« Lukas schüttelte den Kopf.

»Die Opfer, die du dafür bringen müßtest, wären zu groß. Außerdem muß Marthas Kind bald kommen, du brauchst dein Geld. Und was hat mein Studium für einen Sinn? Philosophie, Weltweisheit! Theoretisches Ideal: vollkommenes Wissen. Praktisches Ideal: vollkommenes Betragen. Frag mich nicht, was sie uns darüber erzählen.«

»Ich kann es mir vorstellen.«

»Und Naturwissenschaften. Die Natur ist überhaupt erst von den Deutschen entdeckt worden, hast du das gewußt? Ab und zu ein Ausländer, wenn er von germanischem Stamm war. Dann sind die Juden gekommen und haben alles verfälscht und beschmutzt, das müssen wir Deutschen erst wieder richtigstellen und saubermachen. Mithelfen, damit das deutsche Antlitz in all seiner edlen natürlichen Schönheit – so reden die.«

»Was willst du tun?«

»Schade, daß du auf Dorjutschen verzichtet hast. Landwirt, das wäre ich gern geworden. Ich könnte mich auf alle Fälle damit befassen, der Kurländer wird nicht ewig leben, und ich bin jung.«

»Er kann heiraten und Kinder haben. Er hat Erbrecht.«

»Erbrecht!« Lukas schwieg lange. Dann entschied er: »Trotzdem. Ich möchte nach Dorjutschen, lernen kann nie etwas schaden. Und ich bin dann fort von Königsberg.«

»Und von mir.«

»Du hast über zwanzig Jahre ohne mich gelebt.«

Joachim erwiderte nichts, er schrieb an Ernst, der war einverstanden. Aber erst kam Marthas Kind zur Welt, ein Mädchen, man taufte es Regine. Es war zierlich und schon bei der Geburt auffallend hübsch, das kleine Gesicht hatte nichts von der weichlichen Unausgesprochenheit Neugeborener, es war fein und zart ausgeprägt, der Kopf dicht mit dunklen Haaren bedeckt, die Augen ebenfalls dunkel. Von Martha schien es nichts zu haben, es schien dem großen Stiefbruder zu ähneln. Der tat, als habe der Himmel ihm mit dieser kleinen Stiefschwester einen langgehegten Wunsch erfüllt, er wich kaum von der Wiege. Dorjutschen konnte warten, es eilte nicht. Aber an die Wiege zu stürzen, wenn das Kind schrie, das eilte. Sich stundenlang mit diesem Mädchen zu unterhalten, das war wichtig. »Ich habe nie geahnt, wie bezaubernd so eine kleine Schwester ist«, sagte er.

Schließlich drängte Joachim auf die Fahrt nach Dorjutschen. Alle Welt sprach ihn darauf an, wie sonderbar es sei, daß der junge Mann, der dem schrecklichen Schicksal der Verjudung für sich und seine Nachkommen noch in letzter Minute entgangen war und die Universität so plötzlich verlassen hatte, gar keine Anstalten machte, sich auf einen Beruf vorzubereiten. Es war nicht gut, daß alle Welt sich um ihn kümmerte.

Der Kurländer holte sie von der Bahn ab, er begrüßte die Verwandten freundlich, wenn auch zurückhaltend, duzte aber Lukas sofort. Der Bahnhof lag am Rande der kleinen Stadt, sie kamen bald auf freies Feld. Das Getreide stand gut, die Kartoffeln waren kräftig im Kraut, aber auch wieder nicht zu kräftig, sicher hatten sie gut angesetzt, alles ließ sich gut an, von einem vorbeikommenden Landauer grüßte kein ›Heil‹, sondern ein ›Guten Tag‹. Aber im Dorf Dorjutschen flatterte die Hakenkreuzfahne vor dem Gemeindeamt, die Hände schossen zum ›deutschen Gruß‹ vor, braune Uniformen standen zusammen, sie sangen: »SA marschiert« – Ernst grüßte: »Heil!« Am Dorfausgang brüllten die Kinder: »Heute gehört uns Deutschland!«

»Soviel ich weiß«, sagte Joachim möglichst lässig, »heißt es: heute hört uns Deutschland.«

Ernst erwiderte: »Stimmt. Aber die Kinder wissen schon, was sie singen.«

»Wer hätte das gedacht«, sagte der andere nach einer Weile.

Der Kurländer brummte: »Die Hälfte der Bauern hier standen vor der Zwangsversteigerung, die andere Hälfte wußte noch nicht, wann es soweit sein würde. Jetzt wird es ihnen besser gehen – sagt der Führer. Sie werden Geld bekommen, mehr Land, billige Arbeitskräfte, vielleicht ganz kostenlose –«

»Werden sie?« murmelte Joachim. Geld, Land, kostenlose Arbeitskräfte – woher? Es rann ihm kalt über den Rücken. Aber er scheute sich, etwas zu sagen. Wo stand der Vetter? Man mußte vorsichtig sein. Man konnte niemandem trauen.

»Trotzdem«, fuhr Ernst Wigor fort, »komme ich ganz gut mit ihnen aus.« Trotzdem! Joachim atmete auf. »Gott sei Dank!« sagte er.

Der Balte verstand ihn. Er lachte kurz. »Aber dein Vater ist für den Führer!« Zu Lukas gewandt, der schweigend dabeisaß, sagte er: »Du mußt dich vorsehen, er ist argwöhnisch deinetwegen. Es wäre ihm lieber, du wärest mit deinem Pflegevater auf und davon gegangen. Paß also auf, er ist zu allem fähig.« –

Justus war für den Führer, darüber ließ er keinen Zweifel, kaum daß Sohn und Enkel in seine Turmstube traten. »Ich kann mir gut denken«, sagte er und heftete einen mißtrauischen, halbblinden Blick auf Lukas, »wie glücklich du bist, daß du dem Saujuden noch hast entrinnen können. Diese Halunken! Sie allein sind schuld daran, daß Dorjutschen mehr Hypotheken hat, als es tragen kann.«

»Warum hast du soviel Geld aufgenommen?« fragte Joachim schnell und drückte warnend den Arm seines Sohnes. Justus bemerkte es, er lächelte höhnisch. »Warum? Weil ein ehrlicher Kerl es immer zu spät merkt, wenn ein gerissener jüdischer Halunke ihn betrügen will. Man sollte sie alle hängen, diese Halsabschneider, zuerst die Bankjuden!«

»Das Bankkapital verteilt man dann unter die Schuldner!« schlug Joachim vor.

»Natürlich, was denn sonst?«

Joachim ging, er zog Lukas mit sich fort. »Willst du immer noch hierbleiben?« fragte er. Lukas schwieg. Sie gingen durch die Ställe, über die Felder, durch den Wald, am See entlang, es dämmerte schon, als sie wieder in den Garten kamen. Wie lange war Joachim nicht hiergewesen! Seit seiner Heimkehr nicht. Wenn er sich mit seinem Vetter getroffen hatte, war es in Königsberg geschehen. Sie standen am Moorteich, hier war Knud Wigor versunken, später auch Clemens, vor langen Zeiten, hier hatte Andreas eine Kugel getroffen, eine Kugel der Rache, Rache wofür? Niemand wird es erfahren. Sie gingen zum Wohnhaus zurück, Lukas sagte: »Hier hat wohl der seltsam bemalte Zaun gestanden –«

Er kannte die alten Geschichten, er kannte sie von Tante Jettchen her, ihr war Dorjutschen so vertraut wie Wiesenfeld. Er kannte auch die alten Geschichten von Schuchen, Tante Jettchen war einmal mit ihm hingefahren ans Grab seiner Mutter Tilin, die unten am See im Erbbegräbnis der Rotters lag, bei dieser Gelegenheit waren die alten Geister vor ihm lebendig geworden, der Böse Hans und die Schöne Agnete und die verschwundene Urgroßmutter Ebba. Ein Schauer hatte Lukas angeweht aus den Schlünden der Vergangenheit, denen die niegekannte Mutter entsprossen war. Jetzt wurde das bunte Gespinst, das vor dunklem Hintergrund über ihm gehangen hatte, noch farbiger und dichter, sank herab und hüllte ihn ein wie ein schöner, vertrauter Mantel, sein Mantel, er fühlte sich wohl darin. »Ja, ich will hierbleiben«, sagte er.

Der Kurländer stimmte Lukas zu. Er selbst würde nicht mehr heiraten und keine Kinder haben, alles würde nach seinem Tode Lukas gehören, dem es auch zustehe. Gleich in den nächsten Tagen werde er das testamentarisch regeln.

Als Joachim abfuhr, drückte ihm Lukas den Bernstein mit

der Mücke in die Hand. »Für Regine. Mein Pflegevater hat ihn mir geschenkt.« Das Schwesterchen würde ihm freilich sehr fehlen. Aber es war ja nicht so weit von Dorjutschen bis Königsberg. Joachim fuhr noch hinüber nach Wiesenfeld, Tante Jettchen lag krank.

»Es ist bloß die Aufregung«, sagte sie. »Du weißt, Hermine war immer ein vernünftiges Mädchen. Jetzt will sie sich scheiden lassen, wegen Spirgatis, denk dir nur, und sie ist fast Mitte Vierzig. Und Doneit will nicht, er sagt, es würde seinem Ansehen schaden, wenn seine Frau ihn verlasse, wo er jetzt so ein großes Tier bei der Partei ist. Gott verdamme sie, ja, Gott verdamme sie!« schrie sie plötzlich heftig, »was hat sie alles angerichtet, diese Partei – du erinnerst dich an Theodor?«

O ja, Joachim erinnerte sich. Also Cousin Theodor hatte sich mit seinen dreiundsechzig Jahren schützend vor ein Judenmädchen zu stellen gewagt, das die SA aus ihrem Büro herausgezerrt hatte, weil sie ein Verhältnis mit einem Arier gehabt haben sollte, da waren sie über ihn hergefallen.

»Wie die Tiere! Niedergeschlagen haben sie ihn und dann mit den Stiefeln bearbeitet, bis er sich nicht mehr rührte. Als sie ihn dann irgendwohin abtransportieren wollten, ›zur gerechten Strafe‹, sagten sie, starb er unterwegs, Gott sei tausendmal dafür gedankt. Cousin Theodor, vielleicht taugte er nicht viel, aber er hat keinem etwas Böses getan, und auch diesmal hat er nur ein junges Mädchen schützen wollen – das haben sie dann weggeschleppt, weiß Gott wohin.«

Joachim saß an Tante Jettchens Bett, stützte das Kinn in die Hände, schloß die Augen. Cousin Theodor, er kommandierte die Quadrille und den Contretanz, er machte die jungen Mädchen erröten und strahlen, er hatte der dreißigjährigen unverheirateten Cousine Marianne die schönste Stunde ihres Lebens geschenkt, und er war im Weltkrieg mehrmals wegen Tapferkeit vor dem Feinde ausgezeichnet worden. Totgetrampelt!

Dann sprach Tante Jettchen von August Benedikt, der seit Jahren Verwalter in Wiesenfeld gewesen war. Ein tüchtiger Mensch, ein bißchen schwierig, aber zuverlässig und unbedingt anständig. Vor einem Monat kommt die SA auf den Hof und will ihn festnehmen, illegale Organisation, sagten sie, einer illegalen Organisation gehöre er an, Kommunist sei er. August war gerade nicht da, aufs Feld geritten, einer von den Leuten erbot sich, ihn zu holen. »Ja, ihn warnen!« sagten die Kerle und sperrten den Mann in den Stall. August kommt angeritten, steigt ab, sieht die SA und weiß Bescheid. Mit einem Sprung ist er in der Remise, packt eine lose daliegende Wagenrunge und dreht sich bei ausgestrecktem Arm wild mit ihr ein paarmal im Kreise, einige von der SA erwischt es schlimm, und ehe die anderen es sich versehen, ist August schon wieder auf seinem Pferd und galoppiert hinab zur Chaussee, wo die SA ihre Autos stehengelassen hat, weil der Auffahrtsweg gerade ausgebessert wurde. In eines der Autos ist August gesprungen und losgefahren. Als die Kerle nachkamen, war er schon über alle Berge, ihnen entkommen, hoffentlich für immer.

»Ich bin nicht für die Kommunisten, Jungchen«, sagte Tante Jettchen, »sie wollen uns alles wegnehmen. Aber wenn ich sie gegen die Nazis halte – ach Gott! An August jedenfalls war nichts auszusetzen.« – »Verheiratet war er nicht?« fragte Joachim. – »Nein, verheiratet war er nicht.« – »Ein Glück. Sonst würden sie Frau und Kinder festnehmen und so lange drangsalieren, bis der Mann sich stellt.«

Tante Jettchen richtete sich im Bett auf. »Bist du nicht bei Trost, Jungchen?«

Er schwieg. Ächzend sank sie zurück. Dann begann sie zu weinen. Hemmungslos und verzweifelt. »Was soll nur werden, Jungchen? Was soll nur werden?«

Er wußte es auch nicht. – Wieder in Königsberg, widmete er sich ganz seiner Praxis und seiner Familie, vor allem der kleinen Regine, er ließ den Bernstein an dem Goldkettchen vor ihren aufmerksamen dunklen Augen auf- und abtanzen und sprach zu ihr vom Meer, aus dem der Stein stamme, dem Bernsteinmeer, gar nicht weit von hier, und von den großen Bäumen, die vor sehr, sehr langen Zeiten darin versunken sind. Das Meer, bald würden sie einmal dahin fahren. Regine sah ihn an und hörte zu, wie einst die kleine Johanna ihren Vater Keirut angesehen und ihm zugehört hatte, wenn er von dem Bernsteinmeer erzählt hatte, dem wunderbaren Meer fern am Rande der Welt. Alles kommt wieder, das Spielzeug der Zeit ist das Rad.

Martha war sehr tüchtig, ihr Mann bewunderte sie. Sie hatte nur zeitweise eine Beaufsichtigung für das Kind und eine Hilfe im Haushalt – es war in diesen Zeiten nicht ratsam, einen Fremden ständig im Hause zu haben – dennoch schaffte sie es, ihr Studium fertigzubringen und die Prüfungen abzulegen. »Du übernimmst dich«, sagte er besorgt. »Es muß doch nicht sein!« Sie erwiderte: »Ja, es muß sein. Jetzt mehr denn je. Wann war die Zukunft so ungewiß wie heute? Außerdem liebe ich meinen Beruf.« Sie hatte wenig Verkehr, keine eigentliche Freundin, die einzige, mit der sie etwas zusammenhielt, war Henriette Branda, jünger als sie, eine der wenigen Studentinnen, die es noch auf der Albertina gab. Viele hatte es dort nie gegeben, Ostpreußen kam immer erst ein halbes Jahrhundert später, aber jetzt war die Zahl auf ein paar zusammengeschrumpft. Die Partei war der Meinung, die Frau sei einzig und allein dazu da, Kinder zu kriegen, viele Kinder, so viele wie nur möglich, zum Ruhme des Führers und des Vaterlandes. Dazu brauche sie keine akademische Bildung. So nahmen die jungen Mädchen irgendwelche untergeordneten Posten an, bis es Zeit zum Kinderkriegen war, nur wenige machten sich einen eigenen Lebensplan.

Eines dieser Mädchen war Henriette Branda, sie war um diese Zeit zwanzig Jahre alt, Tochter des Studienrats Branda, dessen Eltern in die Schweiz übergesiedelt waren. Ihre Großeltern mütterlicherseits waren die derzeitigen Besitzer von Schuchen, Henriette fuhr zuweilen hin, die alte finstere Burg interessierte sie, vor allem aber die Beschaffenheit des Seeufers, an dem sie manchen Fund machte. Sie studierte Geologie. Geologie? Dachte sie etwa, einmal irgendein einschlägiges Amt zu bekommen oder sich sonstwie damit durchs Leben zu schlagen, bei diesen Zeiten? Aber Henriette Branda machte sich vorläufig keine Sorgen. Sie betrieb ihr Studium mit Leidenschaft, sie verschaffte sich englische, französische, amerikanische Literatur über ihr Fachgebiet, sie orientierte sich nicht am Führer, sie orientierte sich an der Wissenschaft, sogar an der jüdischen. Der Vater, jetzt Oberstudienrat Felix Branda, betrachtete das Verhalten seiner Tochter mit Sorge. »Sei vorsichtig!« sagte er, wenn die Familie morgens am Frühstückstisch den Tag begann. »Sei vorsichtig!« war sein Tischgebet und sein Abendsegen. Nur durch Vorsicht konnte man zu dieser Zeit überleben.

Man schrieb das Jahr 1938 und erlebte die Kristallnacht. Man erlebte noch mehr, jeder weiß es ohnehin, und wer da sagt, er wisse es nicht, der will es nicht wissen.

Joachims Praxis vergrößerte sich stark, er mietete in dem Haus, in dem er das Parterre bewohnte, die erste Etage hinzu und richtete ein paar Zimmer für schwierige Fälle ein, die er bei sich unterbrachte. Die Patienten, die da lagen, hatten meistens dunkle Haare und Mandelaugen, und ihr Leiden war die Angst. Sie waren keine Engel, auch sie kannten Ichsucht und Neid, und wenn einer von ihnen eines Tages nicht mehr da war, und Dr. Wigor sagte: »Er ist als geheilt entlassen«, was so viel hieß, daß er die Grenze Deutschlands hinter sich gebracht habe, auf einem schwedischen oder dänischen Frachter, dann war bei den Zurückgebliebenen nicht eitel Glück und Wonne. »Warum nicht ich? Warum nicht ich?« Wenn es aber hieß, er sei von Angehörigen abgeholt, so verstand auch das jeder und dachte: »Gottlob nicht ich, gottlob nicht ich!« Das Mitleid mit dem anderen ertrank in der Erleichterung über das Noch-Verschontsein.

Es war nicht so, daß Joachim keine Furcht gekannt hätte, er kannte sie sehr wohl, vor allem die Furcht um Weib und Kind. Aber er überwand sie, er biß die Zähne zusammen und nahm sein Herz in beide Hände. Regine war fünf Jahre alt, da brach der Krieg aus. Lukas wurde sofort eingezogen, schnell ausgebildet und ins Feld geschickt. Als er sich in Königsberg verabschiedete, weinte Regine bitterlich. »Komm wieder, komm wieder!« rief sie, schon war sie nicht mehr kindlich genug, um die Gefahr nicht zu ahnen, der der geliebte große Bruder entgegenging. Und »Komm wieder, komm wieder!« rief sie wenig später auch ihrem Vater zu, als man ihn als Arzt nach Polen schickte. Auch Martha sagte: »Komm wieder!« und küßte ihn zärtlich.

Jeder Krieg ist grauenhaft, aber so grauenhaft kann keiner sein wie dieser, in der Etappe nicht weniger als an der Front. Menschen! dachte Joachim, wenn er um sich herum die Erzählungen hörte, die Bilder sah, Menschen waren das nicht mehr. Der Krieg ging weiter, Front für Lukas, Etappe für Joachim, ab und zu Heimaturlaub für den einen oder den anderen. Glückselige Ankunft, verzweifelter Abschied. »Wenn der Krieg zu Ende ist, trennen wir uns nie wieder, versprecht es mir!« sagte Regine. Lukas umarmte und küßte sie. »Nein, nie wieder!« versprach er.

Der Krieg ging weiter. Auch alles andere ging weiter. Einmal traf Joachim im Bahnhof von Lodz auf einen verschlossenen Wagen, aus dem schwaches Ächzen und dumpfes Singen klang, fremdartiges Singen. »Hebräisch«, dachte er. Er lehnte sich an den Wagen und breitete die Arme aus, als wolle er sich kreuzigen lassen. Wenn es mir gelänge, diesen Waggon zu öffnen, dachte Joachim, was würde geschehen? Das dumpfe Singen drinnen wurde stärker. Ein Wachsoldat kam, wies ihn fort und schlug mit dem Kolben gegen die Wagenwand. »Ruhe!«

Es gab schlimme Gerüchte und Bestätigungen, die noch schlimmer waren. Die steile Kurve rascher Siege hatte sich längst gesenkt. Der Krieg schleppte sich mühsam durch die Jahre, sein Gesicht wurde immer furchtbarer, das Entsetzen kroch hoch, es war das Entsetzen vor dem Ende. Unaufhaltsam flutete die deutsche Armee zurück, schleppte sich durch die eisige russische Steppe, versank in Morästen, deren Eisdecke die Panzer aufgerissen hatten. Mit der Armee floh die Bevölkerung der niedergebrannten Dörfer, heftete sich an ihre Peiniger, versuchte zu überleben, manchem gelang es. Aber die Verfolger blieben dem Heer – war es noch ein Heer? – auf den Fersen, gnadenlos und von Haß erfüllt. Einmal würde dieser Haß sich entladen, würde sich auf das Volk werfen, das sich für das Herrenvolk der Erde hielt und alle anderen hatte zu Sklaven machen wollen, dann würde die aufgelaufene Rechnung beglichen werden.

In Dorjutschen wollte Justus wieder die Wirtschaft übernehmen. Ernst, sagte er, müsse jetzt ins Feld rücken und für Führer und Vaterland kämpfen, glücklicherweise war er körperlich zu behindert, um seinen Wunsch persönlich an der geeigneten Stelle vortragen zu können, und Briefe dorthin unterschlug der Neffe, er machte sich kein Gewissen daraus. Dann trafen die ersten Flüchtlinge ein, Bauern aus Weißrußland. Justus hielt ihnen lange Vorträge über den Führer und die Mission Deutschlands, den jungen Frauen und Mädchen suchte er Interesse für sein Schlafzimmer einzuflößen, aber die hatten andere Sorgen.

Auch Wiesenfeld hatte seinen Besitzer behalten dürfen, Paul war zurückgestellt worden. Er mußte die Wirtschaft, so gut es gehen wollte, fast allein versorgen, die Knechte und Instmänner waren fast alle eingezogen. Als hier die ersten Flüchtlinge eintrafen, Einwohner des Memellandes, voller

Angst und schlimmer Nachrichten, konnte Tante Jettchen gerade noch das Nötige für Unterbringung und Verpflegung in die Wege leiten, dann rührte sie der Schlag. Einmal, zweimal, dreimal in kurzen Abständen. Jetzt lag sie da und wartete auf das Ende. Sie wollte keinen Arzt aus der Stadt, sie wollte Joachim.

Es traf sich gut, daß der zufällig auf Urlaub daheim war, Paul telephonierte ihn herbei, noch am gleichen Tage kam er. Tante Jettchen lächelte ihm mühsam zu. »Jungchen«, sagte sie, »liebes Jungchen.« Joachim lächelte zurück. »Ich bin fast ein alter Mann, Tante Jettchen. Sechsundvierzig.« – »Jungchen«, sagte Tante Jettchen.

Die Küchenmagd Lise hatte Raderkuchen für den Besuch gebacken, der vertraute Duft durchzog das Haus und täuschte vor, was nicht mehr war und nie mehr sein würde. Es waren die letzten Raderkuchen, die in Wiesenfeld gebacken wurden. Joachim setzte sich an das Krankenbett, zwang sich, Kuchen zu essen und so etwas wie Kaffee zu trinken. Dabei erzählte er von Lukas, der war weg von der Ostfront und jetzt im Süden, irgendwo in Nordafrika oder Italien. »Grüß ihn«, sagte die Kranke undeutlich.

Gegen Abend kam Hermine, und in der Nacht starb Tante Jettchen. Sie begruben sie im Park, man kümmerte sich nicht mehr um Vorschriften, binnen kurzem würde das ganze Land ein einziger Friedhof sein. Paul sprach ein Gebet, den zuständigen Pfarrer hatte man vor ein paar Tagen abgeholt, wegen Wehrkraftzersetzung.

»Gott sei gedankt!« sagte Paul, als er die Schwester und Joachim wieder zur Bahn brachte. Ja, Gott sei gedankt für jedes menschliche Wesen, das jetzt noch in Ruhe sterben durfte.

Die Flüchtlinge wurden zahlreicher, ihre Berichte immer schrecklicher. Jetzt versuchte auch in Ostpreußen der und jener, ins Reich zu fliehen, aber da erließ die Partei ein strenges Verbot, besonders für die Landleute. Defaitismus, sagte sie, wer nicht an den Endsieg glaubt, ist ein Defaitist, seiner wartet das Zuchthaus, wenn nicht Schlimmeres. Der Feind ist schon im Land? Unsinn! Und wenn, dann hat man ihn eben hereinkommen lassen, um ihn desto besser schlagen zu können. Keinen Fußbreit ostpreußischen Bodens wird der Führer preisgeben. Immer breiter wurde der Strom der Flüchtlinge, die in Ostpreußen eintrafen, schon waren einige aus den östlichen Teilen des Landes darunter. Das Grauen wälzte sich heran, die Partei beschlagnahmte die letzten Autos. Wozu? Für die Verwundeten, für wen denn sonst. Parteifunktionäre fuhren ab, diese Verwundeten zu holen. Sie kamen nicht zurück, auch die Verwundeten kamen nicht.

Joachim war wieder in Königsberg, arbeitete in Lazaretten und Krankenhäusern und kümmerte sich um seine Patienten im Bereich der Sternwartstraße und der Steilen Gasse. Einmal, er tastete sich am späten Abend durch Trümmer und Finsternis zur Königstraße zurück, sagte eine Stimme leise neben ihm: »Wiesenfeld.«

Er blieb stehen. »Wiesenfeld!« wiederholte er. »Wer spricht von Wiesenfeld?«

»Ich«, sagte die Stimme. »Benedikt. August Benedikt. Erinnern Sie sich, Dr. Wigor?«

»August! Herr Benedikt! Ich dachte. Sie wären längst –«

»Da war ich auch«, erwiderte die Stimme. »Seit kurzem bin ich wieder hier. Verlassen Sie die Stadt, Dr. Wigor, verlassen Sie sie, solange es noch möglich ist.« Joachim schwieg. »Ich möchte Sie und Ihre Tochter nicht hier wissen, wenn wir kommen. Niemand kann Sie dann schützen, auch ich nicht. Der Haß ist zu groß. Sie wissen nicht, was alles geschehen ist.« Joachim murmelte: »Ich kann es mir vorstellen.« – »Niemand kann sich das vorstellen. Darum kann sich auch niemand vorstellen, was hier geschehen wird.«

Joachim senkte die Stimme, man konnte nicht wissen, wer in der Finsternis zuhörte.

»Sie denken sich das zu einfach. Ich bin nicht nur für mich da und auch nicht nur für meine Tochter.« – »Ihre Kranken sind so und so geliefert.« Die Stimme bekam etwas Beschwörendes. »Sie haben das Schicksal nicht verdient, Dr. Wigor, das auf Sie wartet. Sie haben Ihr Äußerstes getan. Mehr kann niemand. Ein Mensch wie Sie sollte sich der Zukunft erhalten.«

Joachim lachte kurz. »Wenn Sie so genau wissen, was geschehen wird, warum sind Sie dabei?« Er sprach in die leere Finsternis hinein, es war niemand mehr da.

Joachim verließ Königsberg vorerst nicht, er wußte sich beobachtet, man traute ihm nicht. Vielleicht würde man ihn unterwegs verhaften und festsetzen, dann war er vollkommen gehindert und Regine ganz schutzlos. Eine Art Fatalismus erfüllte ihn. Der 20. Juli kam, die Sternstunde am Mauersee, im Mauerwald, einen Augenblick lang stand alles auf des Messers Schneide, dann entschied sich das Schicksal endgültig gegen das unglückliche Land. Ihm würde das Äußerste nicht erspart bleiben. Jetzt kamen noch die stählernen Todesvögel, lange schon hatten die endlosen fürchterlichen Nächte begonnen, in Kellern, die Schutz bieten sollten und zu Todesfallen wurden. Tausende, Zehntausende von Erschlagenen, Zerquetschten, Zerrissenen, lebendig Verbrannten. Die Hölle war nicht abgeschafft, sie war nur aus dem Jenseits ins Diesseits verlegt worden, das war alles.

Ernst Wigor auf Dorjutschen hatte lange schon Vorbereitungen zur Flucht getroffen, sehr vorsichtig. Die Flucht war riskant, schickte man ihnen ein Kommando nach, so waren sie geliefert, aber das waren sie auch, wenn sie blieben. Man brach in früher Nacht auf, und es ging alles gut, bis auf die Sache mit Justus. Der wollte nicht mitkommen, schrie: »Der Endsieg!« und: »Der Führer hat geschworen –« und mehr dergleichen. Man lud ihn gebunden und in Pelze gewickelt auf den Wagen, aber unterwegs muß es ihm in der Dunkelheit gelungen sein, sich unbemerkt hinabfallen zu lassen, am Morgen war er nicht mehr da. Wahrscheinlich ist er erfroren, es waren dreißig Grad unter Null, da helfen auch Pelze nicht. Die anderen entkamen.

Paul Reitmeier versuchte dasselbe, aber mit Tante Jettchen hatte das Glück Wiesenfeld verlassen. SA oder SS holte die Wagen ein und schlug den Wiesenfelder zusammen, er starb an Ort und Stelle. Seine Leute wurden zurückgetrieben, seine junge Frau ins Zuchthaus gesperrt, dort holten ein paar Wochen später die Russen sie heraus, als willkommene Kriegsbeute. Was aus den beiden Kindern wurde, die das Kommando mitgenommen hatte, erfuhr nie jemand.

Etwas leichter war es für die Leute in den Städten, herauszukommen. Joachims Frau Martha erhielt nach langem und zähem Hin und Her die Erlaubnis, ihre immer schwächer werdende Mutter nach Danzig zu bringen, wo sie eine zweite Tochter hatte, die mit einem Parteifunktionär verheiratet war. »Wenn du erst da bist«, sagte ihr Mann, »dann bleib dort! Besser noch, fahr weiter ins Reich.« Sie machten eine Adresse im Westen aus, für alle Fälle, da wollten sie sich treffen, wenn alles vorbei war. Am liebsten hätte Martha die jetzt elfjährige Regine mitgenommen, aber das wurde nicht erlaubt.

Einige Tage später stieß die nördliche Spitze der russischen Zange von Allenstein in der Richtung zum Frischen Haff vor. Was konnte man nun noch geheimhalten, was konnte man den Leuten noch vorlügen, nichts! Die Parteileitung gab jetzt die Parole aus, jeder solle zusehen, wie er sich retten könne. Sie für ihr Teil machte den Anfang, sofern sie überhaupt noch da war, sie requirierte das letzte Auto, das letzte Benzin, das letzte Öl und entschwand. Entkommen, in letzter Sekunde noch entkommen! Im Handumdrehen waren alle Straßen und Wege nach Westen überschwemmt von Pferdefuhrwerken, Reitern und Fußgängern, die Karren vor sich her schoben und Bündel schleppten, eine endlose, sich hinziehende Schlange, viele

Schlangen, sie schafften höchstens drei Kilometer die Stunde, und die russischen Panzer waren nahe! Immer noch war es sehr kalt, oft dreißig Grad minus, dazu tobte ein gewaltiger Oststurm, er raste über das unglückliche Land hin, Land des Jammers und der würgenden Angst. Würde man noch rechtzeitig das rettende Ufer jenseits der Russen erreichen? Würde man vorher erfrieren, verhungern, erschöpft zusammenbrechen oder, Schlimmstes vom Schlimmen, dem Feind in die Hände fallen? Völkerwanderungen und kein Ende, seit so vielen Jahrhunderten schon, dies aber war die schrecklichste.

Die russische Zangenspitze erreichte das Frische Haff, jetzt waren alle eingekesselt. Nur noch eines blieb: der Weg über das vereiste Haff auf die Nehrung. Und dann? Es wird sich finden. Vielleicht ein Schiff – was für ein Schiff? Von wo? Und wo sollte es angelegt haben? Vielleicht kam man auch westwärts bis Danzig. Hauptsache, man war erst einmal fort, war gesichert für ein paar Tage, einen Tag, einen halben, schon eine Stunde zählte jetzt. Also über das Haffeis. Man warf sich in Schlitten, schnallte Schlittschuhe und Skier an die Füße und einen Riemen um den Leib, an dem konnte man noch einen oder zwei mitziehen, die Mutter oder ein Kind. Man kam zum Haff, es war Nacht, der Fluchtweg in Dunkel gehüllt.

In Dunkel gehüllt war auch die breite und tiefe Rinne, die ein Eisbrecher kurz zuvor in die Eisdecke gerissen hatte und in die die Heranjagenden hineinstürzten, Schlitten und Pferde und Menschen. Ihr Schrei wurde von dem eisigen Wasser erstickt, er konnte die Nachkommenden nicht mehr warnen. Sie endeten alle auf dem Grunde des Haffs, über das die Angst sie gejagt hatte, vorwärts, vorwärts, abwärts. Wie viele? Niemand weiß es.

Andere waren aus der Falle nordostwärts geflohen, auch auf Schlitten oder Fuhrwerken, auf Skiern oder zu Fuß. Sie flohen über die Gilge und tauchten unter in dem Ibenhorster

Forst, im Urwald, wer sollte sie da finden. Viele hielten nicht an, bis sie in den großen Wäldern jenseits der Grenze waren, den tiefen, endlosen. Erst da fühlten sie sich sicher. Waren es Tausende, Zehntausende? Niemand weiß es genau. Man sagt: Hunderttausende. Aber wovon sie lebten, und wie lange, und wie sie starben, auch das weiß niemand.

Aus der Tiefe der Zeit hallen die Worte der Ahne, der Uralten aus dem Stamme des Perkunos, die sie gesprochen hat in der weiten, niederen Stube der alten hölzernen Samländerburg vor den verzweifelnden Leuten des Dorfes:

»*– Die Zeit steigt nur um ein Winziges, ganz Winziges, und schon fliehen die Eingedrungenen in die Wälder, wie wir in die Wälder haben fliehen müssen. Das Entsetzen jagt sie, und der Tod empfängt sie –*«

Um ein Winziges, ganz Winziges, denn nur ein ganz Winziges sind siebenhundert Jahre für die Zeit, die gleichmütig ihr Rad dreht und den Faden des Lebens spinnt, blau und blutrot und nachtschwarz, mit immer wiederkehrenden Mustern, den unzerreißbaren Faden.

Königsberg wurde belagert, ausgehungert, durch Artilleriefeuer zerfetzt. Noch waren gegen hundertfünfzigtausend Zivilisten darin, einschließlich der Flüchtlinge aus anderen Gegenden. Über die Pillauer Landstraße, die der Feind noch nicht besetzt hatte, quoll noch lange ein Menschenstrom aus der Stadt hinaus, wohin? Wahrscheinlich wußten sie es selbst nicht. Aber dann hörte auch das auf, das Loch war zu. Die Stadt wurde besetzt.

Was sich dann abspielte, dafür versagt sich das Wort, wie es sich auch versagt hat für die Ungeheuerlichkeiten, die in den Jahren vorher zu Lasten des Herrenvolkes geschahen, im Osten und Westen, Süden und Norden, in den Kriegsgefangenen- und Konzentrationslagern daheim. Dafür war jetzt die Buße zu zahlen, und sie war fürchterlich, am fürchterlichsten im Osten. Vergeltung treibt nicht nur das Kapital ein, sie erhebt Zinsen und Zinseszinsen. Das schlimmste ist, daß sie sich wenig darum kümmert, ob sie die Zahlung von den wirklich Schuldigen eintreibt.

Sie trieb sie von Martha ein, die mitsamt ihrer Mutter auf der überfüllten ›Gustloff‹, mit der sie nach Danzig zu entkommen gehofft hatte, unter Bomben im Meer versank. Sie trieb sie ein von Hermine, die in Mallningken unter schlimmen Mißhandlungen starb, und von Spirgatis, der ihr zu Hilfe geeilt war und nur ihr Schicksal teilen konnte. Robert Doneit dagegen war schon lange ins Reich entkommen und bekleidete dort noch jahrzehntelang einen hohen Posten. Die Vergeltung hielt sich auch an Henriette Branda, die Geologiestudentin, die ein Trupp Soldaten von der erschlagenen Mutter fort als Kriegsbeute mitnahm. Fast zwei Jahre lang mußte sie noch in der Stadt aushallen, versteckt in zerfallenen Kellern, unter Ratten, hinter Leichen, immer wieder aufgespürt, von dem lebend, was der eine oder andere ihr in einer Regung von Menschlichkeit zusteckte, Gaben, die sie haßte. Aber Hunger ist unbarmherzig. Schließlich half ihr einer aus der Stadt, sogar aus dem Land, nicht ohne daß sie ihren Preis zahlte. Aber was kam es jetzt darauf an? Er holte ihr sogar ihre Papiere aus der alten Wohnung, etwas Wäsche, eine lange graue Hose, Mantel und Schuhe, sie war ihm dafür dankbar. Sie kam über die Grenze und bettelte sich durch bis München.

Joachim Wigor gehörte zu denen, die nordostwärts flohen, in allerletzter Minute, ein paar Stunden, ehe die Stadt ganz eingeschlossen wurde. Eines Morgens hatte ein Pferdefuhrwerk vor seinem Haus gestanden, aus dem er alle Patienten schon entfernt hatte. August hatte es gebracht, er blieb dabei stehen, bis Joachim und Regine alles darin verstaut hatten, was sie mitnehmen wollten, Kleidung, Lebensmittel, Decken, Waffen und vor allem ein gutes Fernglas. Im Wagen selbst lagen schon Schlafsäcke, sogar etwas wasserdichte Zeltleinwand. August versteckte sich nicht mehr. Er konnte ein Mann der Zivilverwaltung sein, vielleicht auch von der Partei. Er trug einen kurzen dichten Bart, sein Haar war grau, er mußte jetzt über fünfzig sein.

»Warum tun Sie das für uns?« fragte Joachim.

Augusts finstere Miene wich für einen Augenblick einem Lächeln. »Wiesenfeld!« sagte er. »Außerdem sind Sie schuldlos.«

»Das sind viele.« Joachim schluckte. Er reichte August die Hand. »Ihnen wünsche ich, daß es Ihnen gutgehen möge, August Benedikt.«

»Gutgehen –« August lächelte vage, dann bekam sein Blick etwas Starres, nach innen Gekehrtes. Hatte er eine Vision? Sah er die Gewehrläufe, die zwölf Jahre später im Hof eines sibirischen Zuchthauses auf ihn gerichtet sein würden? Er riß sich zusammen, legte für einen Augenblick die Hand auf Regines Kopf und ging.

Joachim fuhr aus der Stadt hinaus, er fuhr nordostwärts, das Land war leer. Sie kamen über die Gilge in den Ibenhorster Forst, aber sie blieben nicht dort, es war noch zu nah. Aus verlassenen Gehöften holten sie sich dies und das, vor allem Hafer für die zwei Pferde. Sie fuhren bei Nacht und verbargen sich über Tag im Walde, zuweilen sahen sie von fern Soldaten, aber wie durch ein Wunder blieben sie unentdeckt. Sie fanden noch eine Brücke über die Memel, und weiter fort einen Unterschlupf tief im Wald, auf einer kleinen Lichtung, neben einer Quelle. Dort richteten sie sich ein.

Es war inzwischen April geworden, Vorfrühling. Regine genoß Fahrt und Abenteuer. Seit sie die Stadt verlassen hatten, fürchtete sie sich nicht mehr, im Wald hätte sie am liebsten laut gesungen, Joachims Herz füllte sich mit tiefer Zärtlichkeit für dies späte Kind. Er machte sich keine Illusionen über das, was kommen mußte, trotzdem teilte er sorgfältig die Lebensmittel ein, bemühte sich um möglichst geringe Fahrtspur, benutzte ständig das Fernglas, hielt Revolver und

Gewehr stets schußbereit. Er erklärte Regine Mechanismus und Handhabung der Waffen, wenn auch nur theoretisch. Sie üben zu lassen, wagte er nicht, der Schuß konnte gehört werden.

In den vierzehn Tagen, die noch bis zum Ende blieben, überdachte er viel, sein Leben, das Menschenleben überhaupt. Die Natur, diese fremde und fürchterliche Kraft. Ihm begann, vor ihr zu grausen, vor der kalten List, mit der sie ihre Geschöpfe, Mensch und Tier, dazu bringt, das ihnen aufgezwungene Dasein fortzusetzen und ständig zu erneuern. Alles, was sie ihnen an Freude bietet, steht in Beziehung zur Lebenserhaltung, nur darauf kommt es ihr an. Freilich hat sie nichts dagegen, daß sich der Mensch einen Sinn für sein Dasein ausdenkt, eine bunte Seifenblase mit Hoffnungen und Ideen belädt und ins Nichts steigen läßt, daß er sich an ihr freut wie ein Kind und an sie glaubt wie ein Narr. Aber wenn es ihr paßt, haucht sie das Schimmernde nur leicht an, und schon zerplatzt es und hinterläßt nicht einmal Trümmer, nichts.

Warum aber fürchten wir dann den Tod, der uns von solch sinnlosem Sein erlöst? Vielleicht fürchten wir weniger ihn als die Möglichkeit, daß dies sinnlose Sein damit gar nicht beendet ist, sondern über den Tod hinaus dauert, sich vielleicht sogar unerträglich intensiviert?

Oder vielleicht lieben wir dieses sinnlose Sein, weil die Natur solche Liebe in uns hineinpraktiziert hat als zusätzliche Sicherung ihrer Absicht, die auf Lebenserhaltung geht. Müssen also, ob wir wollen oder nicht, den Kampf mit dem Sein und der Sinnlosigkeit lieben, den Sieg, den es nicht gibt, die Niederlage, die gewiß ist? Müssen noch dem Schmerz Wollust abgewinnen. Sind unrettbar gefangen und verloren?

Mancher, dachte Joachim, hilft sich, indem er sich in eine Leistung einspannt, ein Ziel setzt, etwa alle Menschen satt machen will, oder glücklich oder gut, vielleicht sogar alles miteinander, und möglicherweise auch noch die Tiere. Man könnte zerspringen vor Lachen über soviel Torheit.

Dennoch muß man so eine fixe Idee haben, sonst kann man das Leben nicht aushalten. Aber warum muß man das Leben aushalten? Was hindert einen, einfach zu sagen: Nein, danke. Was hinderte ihn beispielsweise daran, Regine und sich auszulöschen, was hinderte ihn? Er richtete sich auf, sah hinüber zum Lager seiner Tochter, es war unter tiefhängenden Ästen fast verborgen. Er hörte ihre ruhigen Atemzüge, sie fühlte sich sicher. Ihre Hand lag auf der Brust, um den Bernstein geschlossen, den schönen goldhellen Stein mit der Mücke, den sie immer um den Hals trug, im Wachen und Schlafen, das Abschiedsgeschenk des geliebten großen Bruders.

Seit langer Zeit, niemand wußte seit wann, machte dieser Meerstein in einigen Familien die Runde, ging zuweilen verloren und tauchte plötzlich neu auf, welchen Sinn hatte das? Und wie war er in diesen Kreislauf geraten, wer hatte ihn zuerst gehabt? Vielleicht gefunden am Strand der Ostsee, angespült vom Grunde her, wo die sagenhaften Wälder des Tertiär standen, die Bernsteinzedern, deren harzige Träne er war. Standen die Bäume noch dort unten, versteint und ewig?

Er stellte sie sich vor, das vielgestaltige Leben darin, jahrmillionenlanges Leben. Er dachte: Die Zukunft, nach nur einer Million Jahren von heute ab, gar nicht auszudenken, eine ungeheure Zeitspanne. Ungeheuer? Aber *vor* einer Million Jahre, war das nicht erst gestern? Hat sich seitdem denn soviel geändert? Der Mensch? Wahrscheinlich war er schon damals da, vielleicht hat er sogar noch die großen Echsen gesehen, mit denen er heute seine Sagen ausschmückt. Könnte er es sonst überhaupt? Die Bernsteinzedern allerdings hat er nicht mehr erlebt, da häufen sich die Jahrmillionen zu hoch. Damals war Land gewesen, wo heute Meer ist.

Land der Bernsteinzedern, dachte Joachim, wem gehörte

es? Wem darf Land gehören, Land und Meer, außer der Erde? Damals haben sie ihren einsamen Kampf miteinander ausgefochten, und das Land war unterlegen. Dennoch hielt die See immer noch nicht Frieden, bis heute hin frißt sie an den baltischen Küsten das Land fort und speit es am jenseitigen Ufer wieder aus. Man könnte es sich ausrechnen, wann auch hier alles fort sein wird, dieser Wald, dieses Land, deutsches, russisches, oder wer dann behaupten wird, es gehöre ihm. Die See wird darüber hingehen.

Aber noch steht er, der Wald, der geliebte Wald mit all seinen dunklen Geschichten, den ganz fernen, die kaum noch Farbe haben unter dem Dunkel der Zeit, und denen, die erst vor tausend Jahren begannen. Damals, als der Ahn aufgebrochen ist nach den baltischen Wäldern, von Jütland her, seiner Heimat. Heimat? Hatte er denn in Jütland gelebt seit Urzeiten? Ach nein, auch dorthin war sein Geschlecht einmal von irgendwoher gekommen, und in dieses Irgendwoher wieder aus einem noch ferneren Irgendwoher, wer kennt die Urheimat, und gibt es sie überhaupt? Jener jütländische Wigor war nach Estland gegangen und seine Nachkommen später nach Kurland, Waldwasser hatte das Haus geheißen und hatte gestanden hoch über dem linken Ufer des Njemen. Olaf hatte darin gelebt mit Tanja, deren Urältermutter noch in der Steppe zu Hause gewesen war, auf Pferderücken und in Zelten, woher war sie gekommen? Auch von einem Bären war die Rede in den alten dunklen Geschichten, der hieß Jurij, und Sonderbares wird von ihm erzählt. Dann war Olaf Wigor nach Ostpreußen gekommen. Das sind nun vierhundert Jahre her. Wohin würde man jetzt gehen?

Nirgendwohin. Hier ist das Ende. Aber war da nicht noch Lukas? Wenn der noch lebte. Joachims Herz tat einen heftigen Schlag, einen Schlag leidenschaftlicher Hoffnung. Lebe, Lukas! Bleib am Leben!

Er sank zurück auf sein Lager, lauschte in sich hinein. Warum wünschte er plötzlich so brennend, Lukas möge am Leben bleiben, an diesem sinnlosen und schrecklichen Leben?

Ganz einfach: weil Lukas die Zukunft war. Zukunft, das heißt, etwas Besseres als die Vergangenheit, als die Gegenwart. Das heißt – Das heißt eine Seifenblase. Eine lächerliche Seifenblase.

Nun gut. Wissen wir aber nicht, daß diese lächerlichen Seifenblasen unser Leben überhaupt tragen? Daß wir ohne sie in einem Zustand existieren würden, gegen den die Hölle ein Idyll ist? Denn existieren müssen wir, da hilft uns nichts, kein Krieg und keine Art Vernichtung. Etwas wird immer übrigbleiben.

Die Zukunft, der Mensch der Zukunft. Der Mensch, der dem anderen hilft, das Leben zu ertragen, der es ihm leichtmacht. Glaubte Joachim wirklich, es werde diesen Menschen einmal geben?

Er mußte es wohl glauben, sonst hätte er nicht so inbrünstig wünschen können, Lukas möge leben, damit die Brücke zur Zukunft bestehen bleibe. Wenn der Weg über diese Brücke auch noch so lang sein würde. Hunderttausende von Jahren, eine Million Jahre. Blickt man zurück, ist es nichts. Blickt man voraus – wohin können wir es in einer Million Jahren schon gebracht haben!

Dort schlief Regine, sein Kind, ein Mädchen. Einander das Leben leichtmachen. Oder den Tod, wenn es sein mußte.

Der Tag war schön und klar, ein Frühlingstag, der Schnee war fast ganz fort, man konnte wagen, ein wenig aus dem Wald hinauszugehen, Fußspuren waren nicht mehr sichtbar. Vater und Tochter gingen über die Lichtung zum Fluß, der hier schon ein stärkeres Gefälle hatte, die See war nicht mehr weit, in die er mit mehreren Armen mündete. Die Eisschollen konnten es nicht erwarten, sie überstürzten sich, rieben sich aneinander, schossen hinab, es war ein schönes und aufregendes Schauspiel, Regine betrachtete es lange.

Sie stand neben ihrem Vater auf dem erhöhten Ufer, Joachim hatte das Fernglas vor den Augen und suchte die Gegend ab, die Waldränder und vor allem die Schneise, die lange, breite Schneise, auf der sie von Süden her zu der kleinen Lichtung gekommen waren, an deren Rand sie ihr Lager hatten.

»Schön ist es hier, Vater«, sagte Regine, »hier würde ich gern für immer bleiben. Ich sehne mich gar nicht nach Königsberg zurück.«

Er lächelte, setzte aber das Glas nicht ab. »Liegt es sich im warmen Bett nicht doch besser?« fragte er. »Und dich richtig waschen und baden möchtest du auch wieder einmal.«

Sie sagte: »Es wird Frühling, da bade ich im Fluß. Und du baust uns eine Hütte aus Baumstämmen und die Bettgestelle füllen wir mit Laub und Gras.«

»Keine schlechte Idee, das läßt sich überlegen.« –

Kam da hinten nicht etwas die Schneise herauf? Er stellte sein Glas schärfer. Ja, da kam etwas. Es sah nicht größer aus als ein Trupp Mäuse.

»Nur Mutter«, sagte Regine traurig, »nur Mutter müßten wir hierhaben. Wo mag sie jetzt sein?«

»In Sicherheit«, versetzte er. »Ja, Mutter müssen wir hierhaben, natürlich. Wir holen sie später.«

Der Haufen dahinten kam näher, wurde größer, deutlich sah er, es waren russische Soldaten. Jetzt standen sie still. Was betrachteten sie am Boden. Es durchfuhr ihn wie ein Messer: Die Wagenspur! Sie hatten die Wagenspur entdeckt, die von der Schneise auf die Lichtung führte.

»Vielleicht kann man bald wieder Briefe schreiben?« hoffte Regine. – »Sicher.«

Die Soldaten schwenkten von der Schneise ab, der Wagenspur nach. Sie werden das Lager finden, sie werden entdekken, daß es hier ein Mädchen gibt. Joachim trat hinter ein Gebüsch.

»Komm«! sagte er. »Von hier aus hat man einen herrlichen Blick den Fluß entlang.«

Sie kam, die Frühlingssonne spielte in ihrem nußbraunen Haar, ihre Augen waren fröhlich. Joachim lehnte ihren Kopf an seine Schulter, sie lächelte zu ihm auf, er küßte sie. Die rechte Hand steckte er in die Rocktasche, die linke legte er zärtlich und fest um ihren Nacken.

Drüben am Waldrand bewegte sich etwas. Ein Mensch.

»Schau, da ist schon ein Fisch!« rief Joachim. Regine wandte den Kopf zum Fluß, im selben Augenblick schoß er.

Die Kugel durchbohrte ihre Schläfe, sie war sofort tot, ihr Gesichtsausdruck veränderte sich kaum, um ihren Mund stand noch das Lächeln, als der leichte Körper leblos zusammensank. Joachim fing ihn auf, trug ihn die letzten Schritte hinab, ließ ihn in das Wasser gleiten, die Strömung riß ihn fort. Ehe er versank, blinkte am Halse der Toten etwas hell auf. Der Bernstein, dachte Joachim.

Dann hörte er das wütende Gebrüll hinter sich, wahrscheinlich hatten die Männer gesehen, daß ihnen durch seine Schuld ein Mädchen verlorenging, sie brachen aus dem Wald und stürmten auf ihn zu. Sie schossen nicht, wie er erwartet hatte, sie hielten die Gewehre am Lauf gepackt und schwangen sie wie Keulen.

Nein, dachte der Mann am Fluß. Einen Augenblick lang empfand er die Versuchung, einen oder zwei mitzunehmen ins Jenseits. Dann schoß er sich in den Mund, ließ sich hintenüberfallen in den Fluß. Eine große Eisscholle drückte ihn unter Wasser.

Siebentes Kapitel

Ende und Beginn

1947

Die große Stadt im Süden Deutschlands war keine Stadt mehr, sie war zur Landschaft geworden, einer bergigen Landschaft mit sumpfigen Tälern, in denen Ratten hausten, mit steilen Graten leerer eiserner Gerüste und den Felsnadeln der Straßenbahnschienen, die senkrecht in den Himmel stachen und Teile zertrümmerter Wagen zwischen sich eingeklemmt hatten. Aus den Öffnungen glasloser Fenster ragten Ofenrohre, im Winter war dicker Rauch herausgequollen, falls der Bewohner des Zimmers dahinter auf irgendeine Weise zu Brennmaterial hatte kommen können. Auch jetzt, Anfang Juni, quoll gelegentlich Rauch daraus hervor, zuweilen war ein Kochherd heil geblieben, um darauf eine Suppe zu kochen, irgendein Gemüse mit Wasser und Salz, ohne Fett oder Fleisch. Einige Schuttberge waren hoch genug, daß der Fußgänger beim Überklettern durch die geborstenen Fenster in die Wohnungen der ersten Etage schauen konnte, es sei denn, die leeren Öffnungen waren mit Brettern vernagelt. Oft aber schaute der Himmel durch die Öffnungen, nur noch die Fassade stand, dahinter war nichts mehr. Es gab auch Läden in dieser albtraumhaften Landschaft, Schaufenster, lächerlicher Krimskrams lag darin, wertlos und kläglich. Die Auslagen der Lebensmittelhandlungen waren Attrappen, Schinken und Würste aus Papiermache, dennoch lief dem Betrachter das Wasser im Munde zusammen bei der Vorstellung, das Vorgetäuschte könne durch Eßbares ersetzt werden. Die Menschen vor diesen Läden waren schlecht gekleidet, zerstückelte Stoffteile wollten nicht zueinander passen, alte Militärmäntel, gewendet, umgefärbt, standen plump zu schäbigen Mützen. Mäntel im Juni? Nun ja, wenn man darunter nichts hat als eine fleckige Hose und ein altes, notdürftig geflicktes Hemd. Grobe Stiefel mit schiefen Absätzen, Sandalen mit Holzsohlen, graue Gesichter, gezeichnet von Hunger, Kummer und Sorge.

Einmal war diese Stadt, die München hieß, eine der schönsten Deutschlands gewesen, viele sagten, die schönste. Vielleicht wird sie es wieder werden, wer kann das heute im Juni 1947 wissen? Es sieht nicht danach aus. Nur die Isar, der schöne wilde Fluß, schoß wie eh und je von den Bergen herab durch das Alpenvorland in die Stadt, seine Stadt, sein Gewand war grün und leuchtend wie immer, und das weiße Spitzengeriesel daran herrlich anzuschauen, ihm hatte nichts etwas anhaben können. –

Der Mann ging am rechten Ufer des Flusses entlang, er hatte gebadet, viele badeten in dem schönen grünen Wasser, das war der Höhepunkt des Tages, ein kostenloser und erreichbarer Luxus. Der Mann ging zur Stadt zurück, er trug fleckige Militärhosen und über dem Arm einen ebensolchen Mantel, sein Oberkörper war nackt, das Hemd hielt er in der Hand, es flatterte schwerfällig hinter ihm her, noch nicht ganz trocken nach der Wäsche im Fluß. Als der Mann an die Museumsbrücke kam, konnte er es anziehen. Die Sonne sank, es wurde kühl, vielleicht war es nicht kühl, vielleicht war es nur der leere Magen, der den Mann frösteln machte. Er zog seinen Mantel über das fast trockene Hemd und ging schneller stadteinwärts.

Frauen sprachen ihn an, er zuckte nur die Schultern und lächelte. Ihm war nicht nach Liebe zumute, auch hatte er weder Geld noch das, was die Frauen am meisten begehrten: Lebensmittelmarken. Was er davon besaß, mußte er verkaufen, auf Anteil verkaufen, und so vorteilhaft, das heißt so teuer wie möglich, um damit wieder so billig wie möglich neue Marken zu erstehen.

Über dem schönen massigen Stadttor, die Bomben hatten es verschont, erschien der junge Mond, eine haarfeine Sichel. Der Mann blickte hinauf, trat an eine Hauswand, lehnte sich einen Augenblick dagegen. Dann deutete er dreimal eine Art Verbeugung an, vorsichtig, niemand brauchte sich über ihn lustig zu machen. Dazu murmelte er jedesmal etwas, das wie eine Bitte klang, vielleicht würde der Mond sie erfüllen. Alter Ritus aus langversunkenen Zeiten, herübergerettet in eine Gegenwart ohne Hoffnung und Glauben. Geholfen hatte die Geste wohl nie, dennoch versäumte der Mann sie bei keinem Mondwechsel, seit Jahren nicht, seit er sie von der kleinen Stiefschwester übernommen hatte. Regine, dachte er, jetzt sind es fast drei Jahre her, seit ich dich zum letzten Mal sah, damals warst du elf Jahre alt. Keine Spur mehr von dir, keine vom Vater. Nur, daß deine Mutter mit der ›Gustloff‹ untergegangen ist, erfuhr ich.

Er dachte nicht weiter, er verbot es sich. Er wollte weiterleben, also durfte er nicht zurückdenken. Endlich war er am Hauptbahnhof, das allabendliche Geschäft konnte beginnen. Das Geschäft mit Kauf und Verkauf der Lebensmittelmarken, gefälschten, gestohlenen, es war ihm gleich. Er hatte eine dunkle Quelle, da bekam er die Marken, er vertrieb sie, es ging fifty-fifty, wenn er noch extra etwas herausschlug, war das seine Sache. An diesem Abend traf er das Mädchen.

Das Mädchen war mittelgroß, schlank, hatte graue Augen von der Farbe der See im Morgendämmern, Augen voll angestrengter Wachsamkeit und gepflegtes Haar von hellem Blond. Der Mund war lieblich, trotz der bitteren Linien von den Winkeln abwärts, die Stirn klar und hoch mit einem winzigen, sichelförmigen Muttermal über der rechten Braue, ein wenig schläfenwärts. Das Mädchen mochte Ende zwanzig sein.

Langsam und ziellos trieb es in der zähen und trüben Menschenflut, die träge in der schwach erleuchteten, notdürftig zusammengeflickten Bahnhofshalle hin und her wogte. Die rechte Hand hatte es ständig in der Tasche der schmutzigen grauen Hose, es war nicht ratsam, sie herauszuziehen, zu leicht konnte in dem Gedränge ein anderer in die Tasche greifen. Es war kaum einer unter den Hunderten von verwilderten Männern und Frauen, dem es nicht zuzutrauen wäre.

»Zigaretten?« murmelte das Mädchen mechanisch, als sich der Mann im Militärmantel an ihm vorbeischob.

»Wieviel?« fragte er.

»Hundertzwanzig. Billig.«

»Sicher. Aber ich habe nicht soviel Geld.«

Sie zuckte die Achseln und schob sich weiter. Die Menge drängte ihn hinterher. »Aber ich habe Fettmarken«, sagte er mit halber Stimme. »Fünf Gramm zwei Mark.«

Sie sagte, ebenfalls halblaut: »Erst muß ich selbst etwas verdienen.«

Er nickte. Sie sprach einen anderen an. »Zigaretten?« Diesmal kam der Handel zustande. Sie wandte sich dem Mann im Uniformmantel zu. »Gib mir hundert Gramm.«

Sie erhielt 100 Gramm Fettmarken, er vierzig Mark. Beide standen im Gastraum vor einem schmutzigen Tisch, an dem gerade ein Stuhl frei wurde. Sofort fiel das Mädchen auf den Sitz. Er blieb neben ihr stehen, ihre Aussprache war ihm aufgefallen.

»Kommst du aus dem Osten?« fragte er.

Sie sagte kurz: »Ja«, hielt die Bedienung an, bestellte zwei Scheiben Brot und zehn Gramm Butter und gab die entsprechenden Marken. Er zog einen Schemel herbei und setzte sich neben sie.

»Ostpreußen, ich höre es. Ich stamme auch von dort.«

Sie musterte ihn kurz, schwieg aber. Ihre rechte Hand

senkte sich tiefer in die Tasche, über der ein großer dunkler Fleck war.

»Königsberg«, setzte er hinzu. »Wenigstens zum Teil.«

Sie wiederholte: »Königsberg«, aber ihr Blick wurde nicht vertrauender, im Gegenteil. Auch drehte sie jetzt den Stuhl so, daß ihre Hosentasche, deren Inhalt ihre rechte Hand bewachte, jetzt noch durch den Tisch gedeckt wurde. Er bemerkte es, aber er verdachte es ihr nicht. Die Welt war jetzt so, wahrscheinlich war sie immer so gewesen, nur brauchte sie besondere Anlässe, es so offen zu zeigen. Solche Anlässe hatten die letzten Jahre reichlich gegeben. Heute wußte jeder: der Halunke ist die menschliche Norm. Es gibt auch Ausnahmen, gewiß, aber die müssen sich erst beweisen.

»Ja«, sagte er, »in Königsberg bin ich geboren und aufgewachsen. Als die Nazis kamen, ging ich auf ein Gut, das ich einmal erben sollte.«

»Ich«, erwiderte sie, »war in Königsberg bis zum Schluß.«

»Aber du bist herausgekommen.«

»Vor einigen Monaten.«

Er verstummte. Ein dicker Mann kam vorbei, nicht mehr jung, er hatte eine Stummelpfeife im Mund und sah aus leicht schielenden Augen zu den beiden hin. Das Mädchen seufzte kurz unter dem Blick und schien aufstehen zu wollen, aber es hatte ja Brot und Butter bestellt und die Marken dafür hingegeben, sie konnte nicht fortgehen, die Sachen kamen auch gleich.

»Guten Appetit«, sagte der Mann im Militärmantel.

Sie antwortete: »Danke« und lächelte sogar ein wenig. Auch er ließ sich Brot und Butter kommen, nur eine Scheibe und fünf Gramm. Schweigend aßen sie, dann stand das Mädchen auf. »Ich gehe jetzt. Ich bin müde.«

Er hätte sie gern heimbegleitet, aber der Vorschlag hätte ihr Mißtrauen geweckt. Er stand nur auf und sagte: »Immerhin sind wir Landsleute. Vielleicht kann ich mal was für dich tun. Ich heiße –«

Ein junger Bursche, von einem anderen grob gestoßen, taumelte zwischen sie. Der Mann schob ihn ärgerlich beiseite, aber da war das Mädchen schon fort. Er wollte ihr nacheilen, aber er mußte erst seine Zeche bezahlen, sie hatte die ihre wohl zu bezahlen vergessen, absichtlich? Er bekam einen schlechten Geschmack auf die Zunge, aber da sah er das Geld neben ihrem Teller liegen, Verzehr und Bedienung, genau abgezählt. Er schämte sich, sie hatte das Geld offen liegen lassen, sie traute ihm also, er würde sie gern wiedersehen.

Aber so sehr er auch nach ihr ausspähte in den nächsten Tagen, er traf sie nicht, es vergingen zwei Wochen, ehe er ihr wieder begegnete. Es war am Ufer des schönen wilden Flusses, der Isar, der Mann hatte gebadet und wanderte nun flußaufwärts. Er liebte diesen Strom, der stürmisch und geheimnisvoll war, mit seinen steilen Waldufern gleich hinter der Stadt. Manchmal durchströmte er dschungelartige Einsamkeiten, manchmal bildete er reißende Strudel, manchmal stille Uferbecken, tief und klar und leuchtend grün.

In der Nähe solch eines Uferbeckens traf er sie. Sie saß mit dem Rücken zu ihm am Boden und schaute auf das Wasser, vielleicht hätte er sie gar nicht erkannt, wäre nicht die lange graue Hose gewesen mit dem dunklen Fleck über der rechten Tasche. Eine lebhafte Freude durchfuhr ihn, er wunderte sich darüber. Seine Stimme klang heiter, als er sagte: »Guten Tag, Landsmännin!«

Sie wandte den Kopf, auch in ihren Augen lag ein Schimmer von Freude. Aber sie rührte sich nicht, sie nickte nur und sagte: »Guten Tag.«

Er trat näher, murmelte etwas und ließ sich neben ihr ins Gras gleiten. Da saß er nun, schaute ebenfalls aufs Wasser und schwieg. Was sollte er sagen? Endlich fand er etwas.

»Die Bedienung damals hat das zurückgelassene Geld richtig bekommen. Ich war noch da, als sie es abholte.«

»Danke«, sagte sie, als sei das sein Verdienst gewesen. Nach einer Weile erst fiel ihm wieder etwas ein. »Wenn ich Ihre graue Hose nicht wiedererkannt hätte, wäre ich vielleicht an Ihnen vorbeigegangen.« Dann dachte er daran, daß sie sich damals ganz selbstverständlich geduzt hatten. Verwirrt schwieg er. Sie sah starr auf das Wasser.

»Ja, so ist das«, sagte sie, als errate sie seine Gedanken. »Damals auf dem Bahnhof gehörten wir sozusagen zusammen: Schwarzhändler, illegale Existenzen. Da macht man keine Umstände miteinander. Heute sind wir Menschen, flüchtig miteinander bekannt, warum sollten wir einander duzen.«

Er fragte: »Wäre es Ihnen sehr unangenehm, wenn wir weiterhin keine Umstände miteinander machten, was die Anrede betrifft?«

»Warum?«

Es klang ziemlich scharf, er zuckte die Schultern und schwieg. Sie rieb an dem dunklen Fleck über ihrer Hosentasche. »Ich krieg ihn nicht weg. Seife gibt es nicht, und wenn man nur das eine Kleidungsstück hat – nein, ich habe noch einen Rock, den hat man mir geschenkt, aber da habe ich ein Loch eingerissen und womit stopfen? Ich besitze weder Garn noch Nadel. Auch Strümpfe habe ich nicht, in der Hose braucht man keine. Aber –«, sie sah ihn an, »könntest du mir einen Bezugschein für Strümpfe beschaffen? Ich geb dir Fettmarken dafür.«

Dann schüttelten sie einander die Hände und lachten, das löste die Spannung und machte das Mädchen schön, er betrachtete ihr Gesicht. Er sah, wie schön sich der zart und kräftig modellierte Kopf von dem blauen Sommerhimmel abhob, wie die dichten Brauen über den Augen standen, zwei kleine goldene Kronen, und diese Augen –, meergrau, wie die See in der Dämmerung, der Morgendämmerung, darauf kam es an.

Als sie fragte, woran er so intensiv denke, erwiderte er: »An viele Gesichter, die ich gesehen habe in den letzten Jahren. Verarmte Gesichter, verwischt, wie von innen her zerstört. Ausgelöscht als Menschengesichter, nichts weiter als zufällige Aufenthaltsstätten für Auge und Nase und Mund.« Er verstummte. Sie betrachtete ihn schweigend. Nach einer Weile fuhr er fort: »Die mit solchen Gesichtern sind am Ende, sie zählen nicht mehr. Bei dir ist es anders. Du kommst durch.«

Sie betrachtete ihre Hände, die verarbeitet und rissig waren. »Ja, ich komme durch. Ich kann arbeiten, darauf kommt es an. Und ich werde arbeiten.«

»Es ist nicht nur das. Ich meine: Du wirst über alles hinwegkommen.«

Sie sah ihn unter gesenkten Lidern an, verhielt ein wenig den Atem, sagte dann in brüchigem und bösem Ton: »Ich war in Königsberg als die Russen kamen. Mein Vater wollte sie an der Wohnungstür aufhalten, sie erschlugen ihn. Meine Mutter kämpfte um mich, sie erschlugen auch sie, es war gut, was wäre sonst ihr Schicksal gewesen. Ich klammerte mich an der Toten fest, aber sie stießen mit den Stiefeln nach ihr, da ließ ich los, und sie schleppten mich weg, als Kriegsbeute. Noch anderthalb Jahre habe ich in der Stadt zugebracht. Mal dir's aus.«

Ihr Blick hob sich, bohrte sich in den seinen, er hielt ihm stand. »Das ist vorbei«, sagte er entschlossen.

Unvermutet lachte sie, ein höhnisches und sehr altes Lachen, das Lachen einer enttäuschten Greisin. »Vielleicht gibt es Dinge, die nie vorbei sind? Die gar nicht vorbei sein können!«

Er überlegte. »Nein, solche Dinge gibt es nicht. Wer könnte heute noch leben! Aber wir leben, alle leben, die nicht umgebracht wurden oder starben. Auch wir beide leben.«

Sie antwortete nicht, sie saß starr da, ihre Lippen zitterten, als wollte sie weinen. Er wartete darauf, es wäre gut für sie gewesen. Aber sie weinte nicht. Er ergriff ihre Hand.

»Es ist ein glücklicher Zufall, daß wir einander getroffen haben. Vielleicht wird es dir guttun, mir wird es ganz bestimmt guttun. Auch ich habe viel zu vergessen, was sich nicht vergessen läßt. Anderes als du, vielleicht noch Schlimmeres. Später erzähle ich dir davon.«

Sie gab sich einen Ruck, sie sagte: »Später – wo bin ich dann? Wo bist du? Besser, du erzählst es mir gleich.«

»Es ist noch zu früh. Ich möchte dich nicht abschrecken.«

»Was könnte mich noch abschrecken? Ich ...«

Er schnitt ihr das Wort ab. »Wer ist verächtlicher? Der, den die fürchterliche Maschine überrollt hat, oder der, der sie in Gang halten half? Gut, ich will erzählen: Da war ein Dorf in Italien, die Männer waren Partisanen. Wir wollten sie fangen, aber als wir hinkamen, waren sie in die Berge geflohen, nur die Frauen waren noch da, die Kinder, die Greise. Da verbrannten wir das Dorf mit allem, was darin war. Mit allem.«

Stille. Stockte nicht der Strom, verstummte nicht der Wind? Wie aus Abgründen herauf hörte das Mädchen die Stimme des Mannes, eine tote Stimme.

»Nein, ich hab keinen Handgriff dazu getan, aber auch keinen dagegen. Ich habe mich gedrückt. Ich habe mich verkrochen. Ich hab mir die Augen zugehalten und die Ohren. Und die Nase, um das brennende Fleisch nicht zu riechen. Aber dagegen habe ich nichts getan.«

Wieder Stille.

»Die Männer«, murmelte das Mädchen, »sie retteten sich und gaben ihre Familien preis.«

»Sie haben nicht geglaubt, daß so etwas geschehen könne. Aber es geschah.«

Ihre Stimme war kaum hörbar. »Was hättest du tun können?«

»Nichts, nichts! Die Ausrede der Feiglinge, der hunderttausend Feiglinge! Wenn diese Hunderttausend nur einmal laut ›nein!‹ gerufen hätten, laut und deutlich ›nein!‹! Meuterei, ich weiß, schlimmes Verbrechen. Besser, ein ganzes Dorf mitsamt seinen Bewohnern verbrennt, als daß Hunderttausend sich daran erinnern, man habe sie einmal für Menschen gehalten. Wieviel Mut zum Brennen und Morden, großartigen Mut, und keinen, wenn es zum Retten gehen sollte!« Seine Stimme erlosch. Befehl, dachte er, im Krieg ist Befehl ein Sakrament, wenn auch eines der Hölle. Aber die Sakramente der Hölle sind nicht weniger bindend als die des Himmels.

»Armer!« flüsterte das Mädchen neben ihm. »Armer!« Dann schlug es die Hände vor das Gesicht, rief: »Wir Armen!« und sank gegen seine Schulter.

Er wiederholte dumpf: »Wir Armen!« Dann griff er nach ihr, legte die Hände um ihre Schläfen, hielt sie ein wenig von sich ab, sah sie an, die zuckenden Lippen, das überflutete Meer der dämmergrauen Augen, und fragte ohne Übergang, ohne Nachdenken: »Wollen wir zusammenbleiben?«

Sie antwortete erst nach einer Weile: »Wir kennen uns nicht!« Aber sie antwortete. Ihm wurde etwas leichter zumute, die Welt war nicht mehr ganz so finster, ein Licht erhellte sie, und es war nicht das Licht brennender Dörfer. Er streichelte sanft ihr Haar.

»Nein, ich kenne dich nicht, und du kennst mich nicht. Ist das nicht schon etwas Gemeinsames? Dann sind wir Landsleute und haben dasselbe Schicksal. Nichts bindet so fest wie gleiches Schicksal. Wie heißt du?«

»Henriette. Henriette Branda.«

»Henriette, Jettchen! Wie schön, das wird mich immer an Tante Jettchen erinnern.«

»Hast du auch eine Tante Jettchen?«

»Auch? Also noch eine Gemeinsamkeit. Meine Tante Jettchen wohnte in Wiesenfeld, das ist –«

»Halt!« sagte sie. »In Wiesenfeld, das ist meine Tante Jettchen.« Er starrte sie an. »Nun sag nur noch, daß du zur Wiesenfelder Verwandtschaft gehörst. Groß genug ist sie ja.«

»Nicht zur Verwandtschaft. Aber eine gute Freundschaft war zwischen der Familie meines Vaters und den Wiesenfeldern, wenigstens in meiner Kinderzeit. Damals war ich oft in Wiesenfeld. Dreimal die großen Ferien über.«

»Und diese dreimal bin ich ausgerechnet nicht da gewesen!« Er schüttelte den Kopf. »Branda, sagtest du. Ein Dr. Branda war Studienrat an meinem Gymnasium. Deutsch und Geschichte.«

»Das war mein Vater.«

Sie schwiegen, ihre Gedanken gingen zurück, verweilten auf den Dingen, auf denen noch Sonne gelegen hatte. Es war die Abendsonne gewesen, aber das hatten sie nicht gewußt.

»Und wie heißt du?« fragte das Mädchen.

»Rotter. Lukas Rotter. Es hängt noch ein Baron daran, aber der gilt nicht mehr.«

»Lukas Rotter. Dann kenne ich dich, wenigstens deine Photographie. Die stand auf dem Flügel bei Tante Jettchen, jedesmal eine andere. Jedesmal warst du etwas älter geworden. Ich fand dich sehr schön.«

»Das hat sich unterdessen gegeben«, versetzte er grimmig.

»Dafür bist du schön geworden.«

Errötete sie? Aber sie reagierte nicht auf seine Bemerkung. Sie sagte: »Die Eltern meiner Mutter hatten ein Gut gekauft, auf dem hatten Rotters gesessen, jahrhundertelang.«

»Schuchen!«

»Ja, Schuchen. Eine geologisch interessante Gegend. Ich habe mal Geologie studiert, in einem früheren Leben. Da war auch ein See, der soll früher ein richtiger Seerosengarten gewesen sein. Als ich Schuchen besuchte, waren kaum noch ein Dutzend da.«

»Henriette!« sagte er. Ihm war wie im Traum.

Da es nicht anging, daß sie in seine Wohnung mitkam, einen ausgebrannten Güterschuppen hinter dem Hauptbahnhof, in dem er mit drei anderen zu übernachten pflegte, so nahm sie ihn in ihre Wohnung mit. Es war weit im Norden der Stadt, am Rande des Englischen Gartens, und Lukas atmete beglückt den frischen abendlichen Duft der Bäume und der weiten Rasenflächen. Das Haus, zu mehr als Dreivierteln zerstört, stand zwischen Ruinen, über deren Schutt sie klettern mußten, um zum Eingang zu gelangen. Dieser Eingang war ein leerer Torbogen, ohne Verbindung mit dem übrigen Mauerwerk und die Treppe zum ersten Stock eine Leiter. Oben gab es zwei oder drei Räume, die erhalten geblieben waren, wenn man von den fehlenden Fenstern und Türen absah, von den Rissen in der Decke, durch die das von keinem Dach mehr abgehaltene Regenwasser ungehindert in die Stube gelangen konnte, und von der Fragwürdigkeit des Unterbaues, der nur aus ein paar halbverkohlten Balken bestand, auf denen die Zimmer wie im leeren Raum schwebten. Nur Menschen, denen es bis in die tiefste Seele bewußt geworden war, daß Leben etwas auf keine Weise zu Sicherndes ist, konnten hier hausen. Das Mädchen gehörte zu ihnen.

Lukas kletterte ohne Bedenken die schwankende Leiter hinauf und trat über einen halb abgedeckten Vorplatz in eine Art Zimmer, unter dessen Decke eine ausgeklügelte Vorrichtung aus Dachpappestücken den eindringenden Regen schräg in eine Tonne ableitete.

»So bleibe ich trocken und habe außerdem schönes weiches Wasser zum Waschen, da vermißt man die Seife nicht so«, sagte Henriette, und Lukas war erschüttert und gerührt von dem kindlichen Stolz, mit dem sie diese Vorrichtung präsentierte. Trinkwasser, sagte sie, müsse man aus der nächsten Straße holen, da gebe es einen Schöpfbrunnen, Wasserleitungen seien nicht mehr da.

Welch ein Rudiment von einer Wohnung! Dennoch lag eine gewisse Behaglichkeit über allem. Lukas empfand sie bis in die Tiefe seiner Seele. Fast liebevoll glitten seine Blicke über das, was Henriette ihre Einrichtung nannte, die Kisten und das aus alten Brettern Selbstgezimmerte, das als Sitzgelegenheit und Tisch und Regal diente, den dünnen Strohsack in einer Ecke und den löcherigen Vorhang vor einer anderen, die wohl den Schrank ersetzen sollte.

»Eine herrliche Wohnung«, sagte Lukas und meinte es ehrlich. »Wenn ich an meine bisherige Behausung denke, was für eine gute Partie ich so unverhofft gemacht habe!«

Sie lachten beide, sie lachten lange, seit wann hatten sie nicht mehr richtig gelacht? Dann kochte Henriette Tee. Tee? Woher denn Tee? Sie sagte es nicht, und er fragte auch nicht, er sah ihr zu, wie sie den Spirituskocher anzündete, Wasser aufsetzte, Tee in eine Kanne tat, es war wie im Märchen. Sogar ein Strauß Feldblumen stand in einem halbzerbrochenen Glas auf dem Regal. Es gab auch ein sauberes Tuch, das über den Tisch gedeckt wurde, es hatte Löcher, aber was tat das? Dann holte sie aus einer Lade Zigaretten, sie rauchten und schwiegen, das Wasser summte. Durch das unverglaste Fenster kamen die Strahlen der tiefstehenden Sonne, sie übergossen alles mit einem unwirklichen Schimmer. Das Mädchen sah mit weiten Augen in das grünliche Blau des Abendhimmels, beide saßen regungslos. Die Minuten gingen, die Sonne sank tiefer, der Wind wehte den Zigarettenrauch durchs Zimmer, draußen begannen die Vögel ihre Abendlieder. Henriette brühte den Tee auf, goß ihn nach einer Weile in zwei leidlich heile Tassen, brachte Brot und Marmelade hervor, sogar etwas Butter.

»Was du nicht alles hast!« sagte er bewundernd.

Sie erwiderte hart: »Ich bin Schwarzhändlerin!« Dann lächelte sie ihm unvermutet zu, es war ein schönes Lächeln. Er dachte: Wir haben uns noch nicht geküßt, und überlegte, ob er dieses so plötzlich vereinbarte Zusammenbleiben nicht mit einer Zärtlichkeit einleiten sollte. Aber etwas hielt ihn davon ab, er wußte nicht, was. Hatte sie seine Gedanken erraten? Ein leichtes Rot flog über ihr Gesicht, vielleicht war es auch nur der Widerschein der Abendsonne. Lukas fühlte sein Blut plötzlich rascher durch die Adern gehen, verwirrt neigte er sich über seine Tasse und trank. Einen Augenblick lang schien ihm, als sei sein Entschluß doch zu übereilt gewesen, und er müsse versuchen, alles rückgängig zu machen. Welche Kette von Schwierigkeiten erhob sich vor ihm, innere und äußere! Dann hob er den Blick, sah in das Gesicht vor ihm, in die Bäume vor der Fensteröffnung, über das Zimmer, den Feldblumenstrauß und die beiden Tassen und wußte, daß er sich nicht erleichtert fühlen würde, wenn alles plötzlich nicht mehr da wäre, daß dieses Wesen ihm gegenüber ihn schon viel zu tief angerührt hatte, als daß er es so einfach abschütteln könnte. Er streckte seine Hand aus und legte sie fest auf die ihre. Der letzte Zweifel war vorbei.

»Also doch!« sagte sie.

Sie hatte ihn durchschaut, er war verwirrt. Er sagte freimütig: »Ich habe alles noch einmal durchdacht, und ich habe gemerkt, daß ich sehr unglücklich wäre, wenn das alles wieder aus meinem Leben verschwände – wenn du daraus verschwändest. Es wäre schön, wenn du ebenso empfinden würdest.«

Sie antwortete nicht, aber sie drückte seine Hand. Dann sprachen sie von der Zukunft, der allernächsten. Vor dem Winter, sagte Henriette, müsse sie noch ein paar Bretter auftreiben, um die Fenster zu vernageln, denn mit Glas sei nicht zu rechnen. Vielleicht gelänge es ihr doch, ein ganz kleines Stückchen Glas zu bekommen, etwa gegen Fettmarken. Dann müsse man nicht immer Kerzen brennen, denn die kriege man auch nur im Tausch gegen andere Mangelware.

Lukas sagte: »Du? Du wirst dich um gar nichts mehr kümmern. Wozu bin ich da? Du hast jetzt einen Mann!«

Sie strahlte: »Willst du das wirklich?« Sie ergriff seine

Hand und legte ihre Wange darauf. »Wie schön!« flüsterte sie, und in ihrem Ton lag der ganze Jammer eines einsamen jungen Wesens, das bisher mit allen entsetzlichen, allen scheußlichen und allen mühsamen Dingen eines Lebens in solcher Zeit hat allein fertig werden müssen. Er streichelte ihr Haar, das im Dämmerlicht wie eine kleine helle Wolke war. Behutsam hob er ihr Gesicht zu sich auf, es war feucht von Tränen, und küßte sie auf den Mund. Sie duldete den Kuß, aber sie erwiderte ihn nicht.

Es wurde dunkel, beide waren müde, auch mußte man Kerzen sparen. Henriette machte an der Querwand des Zimmers ein zweites Lager zurecht, sie nahm dazu mehr oder minder zerfetzte Decken und ebensolche Uniformmäntel von ihrer eigenen Liegestatt. Morgen, dachte Lukas, muß ich mir selbst etwas besorgen. Ihr Strohsack ist ohnehin reichlich dünn, und die Decke nur für sehr warme Nächte geeignet.

Er fiel schnell in einen leichten und mit flüchtigen Träumen durchsetzten Schlaf. Später in der Nacht, als das Rauschen der Bäume tiefer und dunkler geworden war und der volle Mond über der Fensteröffnung stand, erwachte er, stand leise auf und tastete sich in dem Ungewissen silbernen Licht an das Lager des Mädchens, das er als seine Frau betrachtete.

Sie war wach und sah ihm entgegen. Mondlicht flimmerte über ihr Gesicht, über das er lange geneigt stand. Sie rührte sich nicht, sie sagte nichts. Warum legte er nicht die Arme um sie? Hinderte ihn der Ausdruck der weit geöffneten Augen, die bittere Linie von den Mundwinkeln abwärts? Nahmen die Mondschatten, die in dem schmalen Raum zwischen ihren Gesichtern hinglitten, etwa wesenhafte Formen an, vielleicht die Gestalten von Männern, von fremden Soldaten, und schien es beiden möglicherweise, auch er sei nur eine dieser Gestalten, gierig darauf, sich über diesen geschändeten Frauenkörper zu werfen?

Eine ganze Weile verharrten sie so, Auge in Auge, fast Mund

an Mund. Sagte der ihre nicht, lautlos, dennoch ihm genau verständlich: Da bist du ja, warum auch nicht? Solltest du etwa schonen, was hundert nahmen? Ich habe sie nicht gezählt. Du bist ein Mann, Männer sind einander gleich, ich habe es erfahren, und wenn ich von dir etwas Besseres erwartet habe, so war das meine Dummheit. Er erwiderte, nicht lautlos wie sie, aber sehr leise: »Ich glaube, ich beginne dich zu lieben«, berührte sanft mit den Lippen ihre Stirn und ging zurück zu seinem Lager. Er hatte begriffen, und er war einverstanden.

Am andern Morgen weckte ihn lautes Reden. Henriette war nicht im Zimmer, er hörte ihre Stimme von der anderen Seite der Tür, dann eine Männerstimme, sie klang wütend und brutal. Er sprang auf, fuhr schnell in Jacke und Schuhe und stieß die Tür auf. Auf dem schmalen Vorplatz über der Leiter stand das Mädchen, einen Topf mit etwas Milchähnlichem in der Hand, und schaute erbittert auf einen kurzen und dicken Mann von vielleicht vierzig Jahren, der mit einer Stummelpfeife in der Hand wütend auf es einsprach und seine leicht schielenden Augen jetzt auf Lukas richtete.

»Da sind Sie ja!« sagte er höhnisch. »Also jetzt nichts wie raus!«

Lukas erkannte ihn, es war derselbe Mann, unter dessen Blicken Henriette damals auf dem Hauptbahnhof sofort hatte aufbrechen wollen. »Sind Sie hier der Hauswirt?« fragte er.

»Man könnte so sagen!« erwiderte der Dicke.

»Unsinn!« Henriette war sehr bleich, aber ihre Stimme klang fest und entschieden. »Dombrowski hat sich hier ebenso legal oder illegal einquartiert wie ich. Die Baupolizei hat gesagt, das Haus sei unbewohnbar, es wohnt auch niemand mehr hier. Von den beiden Räumen, in denen man zur Not unterkriechen kann, hat er sich einen genommen und den anderen ich.«

»Irrtum!« schrie Dombrowski. »Ich habe die beiden Zimmer beschlagnahmt und ihr eines abgegeben, so ist das!«

Lukas nahm Henriette den Milchtopf ab und stellte ihn hinter sich ins Zimmer. »Klären wir das gleich«, sagte er mit einer ruhigen Heiterkeit, die ihn selbst verwunderte. »Also Sie haben Fräulein Branda das Zimmer abgegeben. Aus reiner Menschenliebe, nehme ich an.«

Der Dicke lachte. »Sehe ich so aus? Ich habe es ihr abgegeben, weil sie meine Braut ist.«

»Das ist nicht wahr!« rief das Mädchen.

»Nicht?« brüllte der Dicke. »Hast du mir nicht versprochen –« Sie fiel ihm ins Wort. »Ja. Aber ich kann es nicht halten. Es tut mir leid.«

»Du kannst es nicht halten?« Der Dicke keuchte vor Wut. »Kannst es nicht halten? Ich kann dich ja anzeigen! Und rauswerfen lassen kann ich dich auch, ich brauche bloß die Wohnungskommission auf das Haus hier aufmerksam zu machen, ich selbst ziehe sowieso aus, hab eine gute Bleibe, hättest sie auch haben können. Aber nun wirst du ins Lager müssen, wenn du nicht verhungern willst.«

»Halt!« sagte Lukas. »Immer der Reihe nach. Erst mal: Henriette lebt von Ihnen?«

»Von wem sonst? Sie ist nicht gemeldet, sie kriegt keine Karten, sie existiert gar nicht.«

»Und Sie sind gemeldet? Sie haben Karten für zwei? Na, geht mich nichts an.«

»Natürlich nicht«, sagte der Dicke grob. »Sind Sie etwa gemeldet?«

»Zweitens«, fuhr Lukas fort, ohne die höhnische Bemerkung zu beachten, »zweitens: Warum können Sie Fräulein Branda anzeigen?«

Der Dicke feixte. »Weil sie einen kaltgemacht hat, lieber Herr. Sie haben sich mit einer Mörderin eingelassen, mit einer Mörderin, jawohl!«

Lukas behielt seine Fassung. »Sicher«, sagte er, »hat sie dafür einen Grund gehabt.«

Das Mädchen atmete tief und schluchzend auf.

Der Dicke schrie: »Erlauben Sie mal, Herr! Das ist eine schöne Auffassung vom Wert eines Menschenlebens! Haben Sie noch nie was davon gehört, daß ein Menschenleben heilig ist? Sie sind ja ein Nazi, Sie, man müßte Sie anzeigen!«

Was gab Lukas ein, mit betonter Kälte und Langsamkeit zu sagen: »Das sollten Sie besser nicht tun, lieber Herr. Manchmal geht ein Schuß nach hinten los«, und dabei das Gesicht zu verziehen, spöttisch, drohend? Er wußte es nicht, er wußte auch nicht, daß der Blick, den er auf den Dicken heftete, von dem Mann als forschend und durchbohrend empfunden wurde, er selbst empfand ihn nur als hilflos und verzweifelt und ärgerte sich darüber.

Aber der Dicke wurde plötzlich ruhig. Ruhig und böse. Er machte eine höhnische Verbeugung vor dem Mädchen. »Also überlegen Sie es sich noch einmal. Gnädigste, das mit dem Nichthaltenkönnen, ich gebe Ihnen bis zum Abend Zeit. Vielleicht wäre es doch besser, das Versprechen einzulösen? Es müßte aber noch heute nacht sein. An die Krankheit glaube ich nämlich nicht mehr.« Er steckte die ausgebrannte Stummelpfeife in die Tasche, kletterte die Leiter hinab und verschwand.

Henriette legte Lukas die Hand auf die Schulter. »Ich danke dir!« sagte sie. »Aber nun ist es besser, wenn du gehst.«

Er lachte. »Ausgerechnet jetzt, wo du mich brauchen kannst. Nein, das ist nicht das, was ich mir unter einer guten Ehe vorstelle.«

Sie murmelte: »Es ist keine Ehe. Wir haben uns das nur vorgespielt.«

»Ich nicht! Ich habe nicht gespielt. Du?«

Sie senkte den Kopf, er sah die zwei Tränen, die über ihr Gesicht rannen, aber sie schwieg. Er sprach weiter. »Auch du hast nicht gespielt. Wir sind beide zu dieser Ehe entschlossen, einerlei, wie lange es noch dauert, bis wir sie unter Dach und Fach bringen können.«

»Du kannst mich doch nicht heiraten, richtig heiraten –.« Sie sah ihn an, die Farbe auf ihrem Gesicht kam und ging, das winzige sichelförmige Mal über der rechten Braue, ein wenig schläfenwärts, zuckte. »Ich habe wirklich einen umgebracht«, sagte sie nach einer Weile.

Er sah sie an. Sie sprach weiter.

»Bald nach meiner Ankunft in München nahm mich ein amerikanisches Ehepaar als Dienstmädchen. Ich hatte es gut. Sie waren freundlich zu mir. Ich hatte es gut, sechs Wochen lang, dann tauchte der Neffe der Frau auf, ein Soldat, er stellte mir nach, meine Brotgeber sahen es. Sie gaben mir freilich keine Schuld, aber war es nicht meine Schuld, daß ich überhaupt da war? Sie zahlten mir meinen Lohn aus, schenkten mir noch Rock und Bluse und Schuhe, auch allerhand Konserven, sie waren freundlich und freigebig, sie sagten auch, wenn sie mir einmal helfen könnten, sollte ich nur kommen. Ich ging, aber ich hatte keine Wohnung, so richtete ich mich am Flußufer ein, hinter Gebüsch, unter Trümmern, es war schon Frühling. Ich weiß nicht, war der Neffe mir einmal dorthin gefolgt oder entdeckte er mich zufällig, eines Tages überfiel er mich. Ich entkam, lief hinab zum Wasser, lief hinein, er mir nach, ergriff mich aufs neue, wir standen im Fluß und rangen miteinander. Noch einmal entkam ich, gewann das Ufer, aber wie lange konnte ich das noch durchhalten? Weit und breit kein Mensch, kein Haus, nur ein paar Trümmer, der Wald, der Fluß, an seinem Ufer Steine, gute, handliche Steine. Ich packte einen, warf ihn nach meinem Verfolger, traf ihn an der Schläfe. Er stürzte, er regte sich nicht mehr, er war tot. Weit und breit kein Mensch, aber jetzt trat einer aus den Uferbüschen, Dombrowski! Er hatte alles mit angesehen, ein Mord, ein Mord an einem amerikanischen Soldaten! Warum er mir nicht geholfen habe, fragte ich. Soweit gehe seine Menschenfreundlichkeit nicht, sagte er, aber er würde mich nicht anzeigen, er würde mir sogar helfen mit Karten und Geld und einer Behausung, wenn ich – nun ja. Ich versprach es.«

»Und er hat bis jetzt gewartet?«

»Ich habe ihm gesagt, ich sei krank, angesteckt von Soldaten, aber ich sei in Behandlung, es bessere sich, und wenn ich wieder ganz gesund sei –. Jetzt glaubt er es natürlich nicht mehr, und nun wird er mich anzeigen.«

»Wer weiß? So ganz harmlos würde das auch für ihn nicht sein. Immerhin hat er bisher geschwiegen, das hätte er nicht dürfen. Was ist übrigens mit dem Toten geschehen?«

»Wir zogen ihn ans Ufer und legten ihn mit der verletzten Schläfe auf einen Stein. Es sah aus, als sei er ausgeglitten und gestürzt.«

Lukas schwieg eine Weile. »Nein«, sagte er dann, »ich glaube nicht, daß er dich anzeigt. Er hat bestimmt zuviel Dreck am Stecken, als daß er mit den Behörden in engere Berührung kommen möchte.«

Aber, sagte sie, er habe seine Finger überall drin. Heute seien Dinge und Institutionen miteinander verfilzt bis zur Undurchsichtigkeit. Jeder müsse vor jedem auf der Hut sein, und jeder mit jedem paktieren. Wer ahne schon immer, was der andere von ihm wissen könne, da sei es besser, ihm jeden gewünschten Gefallen zu tun. Wenn Dombrowski nicht auf irgendeine Weise mit Leuten aus der Wohnungskommission im gleichen Boot säße, so hätte man hier nicht vier Wochen lang unbehelligt wohnen können, soviel sei sicher.

Nun gut, dann solle man ruhig abwarten, bis die Kommission käme. »Und mich ins Lager schickt! Ich war dort, als ich ankam, gottlob fand ich bald die Stelle bei den Amerikanern. Das Lager, das ist wie ein großer Schlammteich, der einen nicht losläßt, immer wieder zieht er einen zurück. Wie man sich auch anstrengt, es gelingt nicht freizukommen, nichts gelingt, die Atmosphäre ist giftig, du erstickst daran. Du bist wie in einer verlorenen und verdammten Herde, eingepfercht, niemand weiß, wie lange, hin und her geschoben, niemand weiß, warum. Es gibt keinen Platz, wo du allein sein kannst, keinen reinen und frischen Atemzug, keine Spur von Hoffnung, keine Zukunft, nur noch Vergangenheit, grausige Vergangenheit, und allmählich wird sie dir wieder zur Gegenwart. Ich habe oft gehört, daß man die Leute vom Lager als eine Art Auswurf betrachtet – und sie sind es auch, auf dem Meer des Schrekkens von Taifunen herumgewirbelt, und endlich, ausgelaugt, auf einen trostlosen Strand geworfen. Auswurf – es lohnt sich kaum, die Fetzen und Trümmer zusammenzukehren. Nein, nie wieder geh ich ins Lager.«

Er wiederholte, es war ein Versprechen: »Nein, nie wieder gehst du ins Lager.«

Nach einer Weile fragte sie: »Du bekommst auch keine Lebensmittelkarten?« Er lachte freudlos. »Woher? Die kriegt man nur, wenn man Zuzugsgenehmigung hat. Und die wieder hängt davon ab, daß man Arbeit nachweisen kann. Aber Arbeit gibt es nur, wenn die Zuzugsgenehmigung da ist.«

Henriette ließ sich auf eine Kiste sinken. Er setzte sich neben sie und legte den Arm um ihre Schulter. »Ein Teufelskreis. Aber wir werden ihn durchbrechen. Zuerst einmal ist mir eingefallen, wo wir unterkommen können.« Er hatte sich entsonnen, daß ziemlich weit hinter dem ausgebrannten Güterschuppen, in dem er mit drei anderen gehaust hatte, eine Reihe ausgebrannter Personenwagen stand, niemand kümmerte sich um sie, wer kletterte auch schon ohne Not über die Schuttberge, die sie umgaben?

»Wenn Löcher in den Decken sind«, sagte er, »dann legen wir Dachpappe obendrauf, wir können diese hier mitnehmen, und beschweren sie mit Eisenstücken, davon sind genug da. Einverstanden?« Und ob sie einverstanden war! Hauptsache, daß keine Polizei hinkäme.

»Hoffentlich nicht.« Lukas begann sofort mit dem Packen, montierte das ab, was Henriette die Einrichtung nannte, legte alles säuberlich zusammen, Bretter und Strohsack würde man nachts holen. Die Decken konnte man über den Arm nehmen, von den Rändern der einen riß Lukas lange Streifen ab, damit verschnürte er den Gepäckkarton, in dem das Mädchen seine persönlichen Habseligkeiten aufbewahrte.

In dem jetzt ganz leeren Raum sah sich Henriette noch einmal um.

»Du hattest dich so über die gute Partie gefreut!« sagte sie. Er erwiderte: »Das war krasser Egoismus, der sollte immer bestraft werden«, kletterte die Leiter hinab und schloß das nachfolgende Mädchen schnell und flüchtig in die Arme. »Was kann uns überhaupt noch passieren?« sagte er. Alles Schlimme der Welt war schon über sie hereingebrochen, was konnte jetzt noch Böseres kommen? Höchstens, dachte Lukas, daß einer von uns stürbe. Aber das war nicht anzunehmen. Nicht, nachdem sie ein so großartiges Frühstück verzehrt hatten, zwei wenn auch nicht gerade große und nicht gerade dicke Scheiben Brot für jeden, dazu ein milchähnliches Getränk, was es gewesen war, wußte man nicht genau, wahrscheinlich einfach Wasser mit etwas Magermilch. Es hatte sich trinken lassen, jedenfalls war man nicht geradezu hungrig, und das war ein herrliches Gefühl.

Und dann, eine Stunde später, die neue Wohnung! Sie war wirklich großartig, man war die Treppe hinaufgefallen. Freilich stand der D-Zug-Wagen, für den sie sich entschieden, etwas schief, aber dem ließ sich vielleicht abhelfen, und wenn nicht – wahrscheinlich nicht – so bildete man sich eben ein, auf hoher See zu hausen, in einer Schiffskabine, da stand meistens alles schief, dazu noch wechselweise. Löcher in der einen Wand gab es auch, aber es war Sommer. Die Decke war heil, auch die Bänke waren noch da, nur wenig angekohlt, und das D-Zug-Tischchen unter dem Fenster war in Ordnung geblieben, man konnte es aufklappen und herabklappen, es funktionierte. Dazu war alles umgeben von einem hohen

Schrottwall, einem Rundgebirge, sie wohnten wie in einem Krater, es hätte gar nicht schöner sein können.

Während sie sich einrichteten, redeten sie viel, erzählten aus ihrem Leben, der schiefstehende Wagen erinnerte Henriette an eine Fahrt nach Helgoland, die beinahe schlimm geendet hätte. »Aber nur beinahe«, sagte sie, »im Grunde war es herrlich. Gefahr, die von Elementen kommt«, sie verstummte eine Weile, ein kühler Hauch flog durch den warmen Tag, eine Wolke schob sich vor die Sonne, der leichte Atem ging mühsamer. »Schrecklich ist wirklich nur der Mensch«, sagte das Mädchen abschließend. Er erwiderte ernst: »Es scheint so. Und er hält sich für die Krone der Schöpfung.«

Schweigend arbeiteten sie weiter. Dann hockten sie auf ein paar Kisten am Grunde des Kraters, neben ihrer Wohnung. Sie hatten Hunger, tüchtigen Hunger, aber keiner sagte es. Schließlich fing Lukas an, seine Taschen auszuleeren. Es fanden sich Marken für dreißig Gramm Fett, fünfundzwanzig Gramm Fleisch, ebensoviel Nährmittel und ein Pfund Brot, dazu zwei Mark in bar. Das Mädchen legte aus der Tasche der langen grauen Hose noch Marken für zwei Pfund Brot und ein halbes Pfund Zucker dazu, sowie eine Mark fünfzig in Bargeld.

»Wie reich wir sind!« sagte Henriette überrascht. »Wenn wir noch ein paar Kartoffeln auftreiben könnten, können wir gut drei Tage leben. Eine halbe Flasche Spiritus ist noch da, wir könnten auf dem Kocher richtig kochen.«

Er stand auf. »Ich weiß, wo ich Kartoffeln herkriege. Warte hier, ich bin gleich wieder da.«

Es dauerte aber fast eine Stunde, ehe er wiederkam, einen alten Militärrucksack auf dem Rücken, den hatte er wohl aus seiner alten Bleibe geholt. Er war voll Kartoffeln. Henriette schrie auf vor Entzücken. Lukas sah sie nachdenklich an, legte dann ein flaches Kistchen vor sie hin, das er unter dem Arm getragen hatte. Darin waren zwanzig Salzheringe.

»Lukas!« sagte sie atemlos. »O Lukas! Welcher Reichtum! Woher –«

Er legte ihr die Hand auf den Mund, die Hand duftete nach Hering, das hungrige Mädchen fand den Duft herrlich. Dann bewegte er warnend den Zeigefinger, sie zuckte gleichmütig die Schultern und machte sich sofort an die Zubereitung. Später, während des Essens, sagte er: »Im Krieg wurde der Findigste gefeiert. Niemand fragte danach, wem die Gans gehörte, die er anbrachte. Ich war fünf Jahre dabei, die Lektion sitzt.«

Dann waren sie fertig und satt und lachten vor Vergnügen. »Heringe«, erläuterte Lukas, während er Spiritus, Kocher, das Kästchen und die anderen Vorräte zwischen zwei Dachpappefetzen unter dem Schrott verbarg, »gehen von dem Waggon ab, der hinten zum Verschieben bereitsteht. Wir haben ein gutes Werk getan, wir haben den Schiebern Schaden zugefügt.«

»Und wünschen ihnen einen ungestörten weiteren Geschäftsgang«, ergänzte das Mädchen. »Hoffentlich haben sie sich nicht nur auf Heringe spezialisiert. Ich würde ihnen Butter empfehlen.« Sie lachten wieder, aber diesmal war es kein heiteres Lachen.

»In Zukunft«, murmelte Lukas, aber dann verstummte er. Was konnte er von der Zukunft sagen, der großen Unbekannten. Noch war die Vergangenheit nicht bezwungen, mühsam hatten sie sich vor ihr auf den schwankenden Boden einer unsicheren Gegenwart gerettet, das Gewicht der Zukunft konnte er nicht aushallen. Zum Abend kochten sie sich eine tüchtige Portion Kartoffeln und aßen dazu einen Hering, jeder einen, warum sollten sie nicht schlemmen. Vielleicht holte ihnen morgen jemand das wunderbare Kistchen fort. Was sie aufgegessen hatten, mußte man ihnen lassen. Es wurde dunkel, die Nacht kam, der Mond. Unter seinem Licht wurde selbst dies Chaos schön. Die Sterne folgten, es war sehr still. Das Schrottgebirge rundum hielt alles ab. Licht und Laut.

Dann wollten sie nachts die Bretter und den Strohsack aus ihrer alten Wohnung holen. »Ich gehe allein«, sagte Lukas, »ich möchte nicht, daß du diesem Kerl noch einmal begegnest.«

Sie erwiderte sehr leise: »Aber ich fürchte mich hier allein.«

Er war überrascht. »Du warst doch schon so lange allein.«

»Ich habe mich immer gefürchtet. Seit – seit damals habe ich mich gefürchtet.«

Er wußte nicht, was ihn mehr erschütterte, die Tatsache oder das Geständnis. Am liebsten hätte er sie tröstend in die Arme genommen, aber dann würde sie sich vielleicht auch vor ihm fürchten. »Dann holen wir die Sachen nicht«, sagte er. »Wir brauchen sie nicht.«

Er hörte ihren erleichterten Seufzer. »Ich bin müde«, murmelte sie. Sie gingen in den Wagen, legten sich zum Schlafen auf die Bänke, einander gegenüber, in Decken gewickelt. Der Mond stand hoch, die Schrottlandschaft draußen war von absonderlicher Schönheit, Landschaft eines fremden Sternes, eines zerstörten fremden Sternes, vielleicht würde er bald ganz auseinanderbrechen. »Ich möchte, daß wir beide wenigstens auf dem gleichen Trümmerstück ins All fliegen«, sagte Lukas laut. Sie verstand ihn nicht, sie war schon halb eingeschlafen. »Schlaf nur weiter. Es war Unsinn. Ich werde auch schlafen.«

Aber sie schliefen beide nicht. Die Stunden gingen. Eine Eule rief.

»Eine Eule? Hier eine Eule?« flüsterte sie.

Er erwiderte: »Es war keine Eule. Es war ein Mensch, der wie eine Eule rief.«

Jetzt kam der Ruf wieder, nicht ganz derselbe, und etwas ferner. Henriette murmelte: »Jetzt hat einer geantwortet.«

»Ja.«

»Vielleicht geht es um den Wagen mit den Heringen?«

»Vielleicht. Oder um eine andere Ladung. Vielleicht haben

sie sich deinen Butterhinweis zu Herzen genommen. Morgen werde ich ein bißchen nachsehen.«

»Ach – nun, gute Nacht.«

»Gute Nacht.«

Wieder erklang ein Eulenruf, diesmal näher. Lukas stand auf, glitt hinaus, kam nach einer Weile mit einem langen schmalen Eisenstück wieder. »Gibt im Notfall eine gute Waffe ab. Auf Schießen wird sich keiner einlassen, das ist zu riskant.«

Sie schwieg. Sie lauschte. Schritte kamen, Eisen klirrte, kletterte jemand über den Schrottwall? Ein Eulenruf, jetzt ganz fern. Die Schritte hielten an, jemand geriet auf dem Schrottberg ins Rutschen, rutschte ab, gottlob nach der anderen Seite. Gedämpfte Männerstimme, fluchte sie? Schritte kamen, Schritte gingen, Stille.

»Wie im Film!« sagte das Mädchen.

Alles blieb still. Die Eulenrufe waren verstummt, auch kein Schritt mehr, kein Laut, kein Leben mehr auf dem zerstörten Stern, keines außer ihrem. Sie schliefen eine Weile, im Morgendämmern wachten sie auf. »Was hast du geträumt in dieser ersten Nacht?«

»Vom Meer«, erwiderte Henriette. »Ich fuhr auf einem großen Meer mit einem großen Schiff. Ich fuhr nach Australien.«

»Warum Australien?«

»Keine Ahnung.«

»Und ich«, sagte Lukas, »ich habe von Dorjutschen geträumt. Kennst du vielleicht auch Dorjutschen?«

»Nur dem Namen nach.«

»Da war ich fünf Jahre lang. Später sollte ich es erben.«

»Warum Dorjutschen, wenn du ein Rotter bist?« Lukas erklärte es ihr. Tilin, Joachim, Dr. Schwarz – keine heitere Geschichte, dennoch tat es ihm wohl, sie zu erzählen, diesem Mädchen zu erzählen.

»Dr. Schwarz«, sagte sie, »er lehrte Jurisprudenz, nicht

wahr? Ich weiß von der Sache mit seinem Pflegesohn, sie machte noch jahrelang die Runde, ihn selbst habe ich nicht mehr gesehen. Also der Pflegesohn warst du?«

»Ja, der war ich«, erwiderte er und versank in Schweigen. Wieder stand er auf dem nächtlichen Bahnhof, oben im Nordosten, starrte auf den Zug, neben sich Joachim, wo war der jetzt? Vielleicht hatte er den anderen schon längst wiedergetroffen, irgendwo im Unsichtbaren, Ungewissen, den weißhaarigen Mann, der damals im Zug gesessen hatte. Den geliebten Pflegevater, gestorben im letzten Kriegsjahr in London, in großer Armut. Was hatte er auch mitnehmen können auf seiner Flucht damals. Plötzlich schluchzte Lukas. Von der Bank drüben reckte sich ein Arm zu ihm herüber, eine Hand faßte die seine. Da begann er zu weinen, er schämte sich nicht.

Später sprach er von Dorjutschen, von Schuchen, von Wiesenfeld, die alten Bilder und Geschichten drangen auf ihn ein, unhemmbar und vielfältig stürzten sie über ihn, es kam alles ein wenig durcheinander, er merkte es bald. Aber was tat das? Über dem Park von Dorjutschen steht jetzt der Mond, er flimmert über das Meer auf dem gemalten Zaun, über das Segel hinter der Kimmung – –. Aber dieser Zaun ist fort, seit mehr als zweihundert Jahren fort! Ist er das wirklich? Baut er sich in bestimmten Nächten, niemand weiß in welchen, nicht wieder auf, holt nicht Clemens Wigor die schöne Fremde ans Land, arbeiten nicht die chinesischen Reisbauern, hüten nicht die buddhistischen Klöster auf den Bergen ihre Geheimnisse? Man könnte auch behaupten, der Seerosengarten von Schuchen sei verschwunden für immer, und es gebe die Moorhexe nicht mehr. Nichts ist fort für immer, es gibt noch alles in solchen auserwählten Nächten, wenn der Mond das einsame Land verzaubert, wenn die Elfen über den Wiesen schweben und von fern die Wölfe heulen. Die Wölfe werden nun wohl zurückgekommen sein. Aber sie stören nicht, sie gehören zu den alten Geschichten, wie auch Jurij zu ihnen gehört, der mit Tanja durch die Wälder streift, und wie die Feuer des Perkunos zu ihnen gehören, die in solchen Nächten über den Bernsteinschätzen tanzen, dem Meerstein, an unbekannten Stellen unter der Erde vergraben zum Schutz gegen Räuber, als Vorrat für den Handel, vergraben und vergessen seit tausend Jahren und mehr.

Bernstein, sagte Lukas, er habe einen Bernstein besessen, einen hellgoldenen länglichen Stern mit einer Mücke darin, hauchzart und gleichsam lebendig, ein herrliches Stück, das habe er Regine geschenkt, der geliebten kleinen Stiefschwester. Wo ist sie jetzt, wo ist der Meerstein? Seine Worte erstarben, löschten aus, alles versank im Nichts.

Nichts versank, das gnädige und unbarmherzige Leben ließ nicht nach. Aus dem Morgendämmer hob sich der Tag. Henriette sah überwacht und müde aus, auf seinem Gesicht war die Spur von Tränen. Sie sahen einander an und spürten, daß sie sich liebten. Nach langem Schweigen sagte das Mädchen: »Vielleicht kannst du einmal alles wiedersehen, aber ich – eher könnte ich auf den Mond gelangen als noch einmal nach Königsberg.« Sie stockte, fuhr dann in verändertem Ton fort: »Ich will auch nicht mehr, wer möchte zurück an den Ort, an dem er die Hölle erlebte? Ich möchte weit fort von allem, am liebsten fort aus Europa.«

Er richtete sich auf. Fort aus Europa. Aber wohin?

Sie lachte ein wenig. »Denkst du im Ernst daran?« Er hatte nicht im Ernst daran gedacht, jetzt tat er es. Nur: Wohin? Es müßte ein Land sein, in dem er Landwirtschaft betreiben könnte, das war das einzige, was er verstand. Landwirtschaft! Vielleicht Kanada? Sie redeten hin und her. Auswandern, gut, aber man brauchte Erlaubnis für Aus- und Einreise, man brauchte Geld, man brauchte Bürgschaft.

»Wenn man genügend Geld vorweisen kann, braucht man keine Bürgschaft«, sagte Lukas. Dann gingen seine Gedanken wieder zurück. Vielleicht lebten Joachim und Regine noch? Vielleicht fand sich noch jemand, der von ihnen wußte? Konnte man Europa verlassen, ohne irgend etwas vor ihnen erfahren zu haben?

Dr. Wigor? sagte Henriette, sie sei mit seiner Frau gut bekannt gewesen, mit Martha. Die sei schon vor dem Ende nach Danzig gefahren. »Hat dort die ›Gustloff‹ bestiegen und ist ertrunken, das habe ich erfahren«, sagte Lukas. Das wußte Henriette nicht. Aber sie hatte gehört, daß Dr. Wigor und seine Tochter noch in letzter Minute die Stadt verlassen hatten. Mit einem Fuhrwerk, nordostwärts. – Nordostwärts. Von dort waren die Vorfahren gekommen, und dorthin war also der Vater zurückgegangen.

Henriette wollte sagen: Da ist doch jetzt Rußland! Aber sie schwieg. Es war alles vorbei, selbst wenn die beiden noch leben sollten, von dort kamen sie nicht wieder. Lukas sagte: »Tot für uns. Aus. Zu Ende.« Es schüttelte ihn.

Sie sprachen noch lange miteinander, sie sprachen in kurzen Sätzen, mit langen Pausen dazwischen, sie setzten die Worte behutsam, als träufelten sie Balsam auf Wunden, vielleicht hilft es, vielleicht mildert sich der Schmerz. Langsam glitten sie aus der Vergangenheit wieder zurück zur Gegenwart, zum Tag, der immer heller wurde, und sie schliefen noch einmal ein. Henriette träumte, daß Lukas aufstand und den Wagen verließ. Als sie aufwachte, stellte er eine der fast heilen Tassen auf das D-Zug-Tischchen neben ihrer Schlafbank. Er hatte schon Wasser geholt. »Brombeerblättertee«, sagte er. »Frisch gepflückt. Schmeckt großartig und ist sehr gesund.«

Aber die Scheibe Räucherspeck, die er danebenlegte, wo war die gepflückt? Er lachte über ihr verwundertes, erschrecktes Gesicht, er setzte sich ihr gegenüber und deutete auf ein großes Paket neben sich, das in schönes Pergamentpapier verpackt war. »So habe ich es zwischen den Schienen ge-

funden. Die Eulen müssen es in der Nacht verloren haben.«
Es war eine stattliche geräucherte Speckseite.

Henriette setzte die Tasse, die sie schon zum Mund gehoben hatte, wieder hin. Aber sie blieb stumm. Lukas fuhr fort: »Eine nahrhafte Gegend. Leider sind die Waggons, die zu den Heringen gestern gehörten und zu der Speckseite heute gehört haben müssen, nicht mehr da, so sehr ich auch gesucht habe. Macht nichts, es kommen neue. Vielleicht einer mit Zwieback oder mit Butter.«

Jetzt sprach sie, aber es klang nicht fröhlich. »Wenn man das bei uns findet – weißt du, daß wir dann nie die Erlaubnis zur Einwanderung nach Amerika oder Kanada kriegen?«

»Wieso? Wir haben es nicht gestohlen! Ich habe es gefunden.«

»Auch die Heringe gestern?«

»Wenn es sein muß, auch die.«

»Überzeuge mal die Bahnpolizei davon. Die wird sagen, wir sind mit von der Partie.«

»Die Bahnpolizei! Wenn der die Waggons entgangen sind, wie soll die unser bescheidenes Quartier hier finden?«

»Es soll schon vorgekommen sein, daß man die kleinen Diebe hängt und die großen laufen läßt.«

»Gleich wird niemand kommen«, er goß sich eine Tasse Brombeerblättertee aus dem zerbeulten Kessel ein, schnitt eine gewaltige Scheibe Speck ab und dachte: Hoffentlich nicht. Nach dem Essen wäre es besser, Speckseite und Heringe unter dem Schrott zu verbergen und nicht zu sehr in der Nähe. »Findet man sie dann«, sagte das Mädchen, »so kann uns keiner nachweisen, daß wir etwas damit zu tun haben.«

»Vermuten würde man es doch.«

»Vermutungen sind keine Beweise. Auch die Kartoffeln müssen wir gut verstecken.«

»Schön. Aber heute mittag gibt es Kartoffeln mit gebratenem Speck.«

»Damit der herrliche Duft den ganzen Bahnhof durchzieht! In hellen Haufen würden sie angerannt kommen! Nein, den müssen wir roh essen.«

Gut, das war kein Unglück. Sie frühstückten erst einmal großartig, wenn sie auch keinen Zucker zum Tee und kein Brot zum Speck hatten. Übrigens, Brot! Konnte man nicht ein Stück von dem Speck verkaufen oder umtauschen? »Sei vorsichtig«, sagte das Mädchen. »Es steht zuviel für uns auf dem Spiel.«

»Ich weiß eine Stelle, mit der habe ich schon – na, sagen wir: gearbeitet. Da laufe ich kein Risiko. Übrigens habe ich da noch Geld zu kriegen.«

Das Leben war schön, sie fanden es herrlich, mit einem trockenen Schlafplatz, mit Kartoffeln, Heringen und Speck, auch mit Brot, Zucker und einer Flasche Spiritus, die Lukas für einen Teil des Überflusses eintauschte. Alle Außengeschäfte hatte er übernommen, Henriette sollte sich nicht mehr auf dem Hauptbahnhof zeigen. Sie hatte daheim genug zu tun. Sie dachten wirklich: daheim. In den Nächten führten sie lange Gespräche, manchmal machten sie auch Spaziergänge. »Es ist wunderbar, daß du auch von dort oben bist. Sonst hätte ich niemand, mit dem ich von der Heimat reden könnte.« Sie erwiderte: »Sag nicht Heimat. Es tut zu weh. Aber du hast recht, was wissen die anderen von Ostpreußen? Höchstens, daß es existiert. Existiert hat.«

Lukas erzählte aus seinem Leben, von seinem Pflegevater und seinem rechten Vater, seine Mutter kannte er nur vom Hörensagen. Tilin, sie war sehr lieblich gewesen, lieblich und sonderbar altklug, sie hatte oft Dinge gesagt, die weit über ihr Alter hinausgingen, das ist vielleicht immer so bei Menschen, denen ein früher Tod bestimmt ist. Lukas sagte, wenn er sich ihr Bild vorstelle, wie es ihm gezeichnet sei von Dr. Schwarz und Joachim Wigor und Tante Jettchen, so war es ein Unding zu denken, solch ein Wesen könne älter werden, alt, eine alte

Frau, eine Greisin vielleicht – sie war wohl für die Jugend geboren, mutwillig und melancholisch in einem, kindlich und weise, mit den Träumen der Jugend und der dunklen Ahnung, daß sie sich nie erfüllen würden.

Henriette hörte zu, sie konnte nicht genug von diesen Dingen hören, und das war nur natürlich, sie wollte ja ihr Leben mit dem seinen verbinden. Sie erzählte nur wenig von sich und den Eltern, für sie war das ganze Leben noch zu sehr überdeckt von dem Entsetzen der letzten Jahre, und daran rührte sie nicht. Sie sprach von der Stadt, deren Name nicht mehr auf der Landkarte stand, der verlorenen Stadt, und von dem Schrecken, der darin umgegangen war schon lange vor dem völligen Untergang. Von dem Schrecken, der aus dem eigenen Volk aufgestiegen war. Von dem Maler sprach sie, einem bekannten Maler, der einem französischen Kriegsgefangenen Brot zugesteckt hatte, denunziert worden und gestorben war im Gefängnis zu Stuhm. Von dem alten Arzt sprach sie, der sein Leben den Armen und Elenden gewidmet hatte, und nun, achtzigjährig, dafür nach Theresienstadt gebracht werden sollte, aber gottlob kurz vorher starb, seiner Nichte nachstarb, die sich der Deportation dorthin durch freiwilligen Tod entzogen hatte, auch sie war Ärztin gewesen, eine gute Ärztin, eine freundliche, eine hilfreiche Ärztin. Mancher aus der alten Stadt hatte der Deportation nicht entrinnen können, weder durch Flucht noch durch den Tod, und hatte den bitteren Kelch austrinken müssen bis zum Grunde. War umgekommen in Theresienstadt oder einem anderen Lager, einem Zuchthaus. Henriette nannte die Namen und weinte dabei, die meisten hatte Lukas auch gekannt.

Aber als sie von denen sprach, die monatelang in Ketten gelegen hatten und dann hingerichtet worden waren, weil sie das Unmenschliche unmenschlich genannt hatten, weinte sie nicht, sondern sagte, die Stimme tonlos vor Haß: »Soll das alles nie gebüßt werden?«

»Es ist gebüßt«, erwiderte Lukas, »freilich nicht von den Schuldigen.« Die Schuldigen, sie wußten es beide, hatten sich längst in Sicherheit gebracht, im Ausland oder auch irgendwo im Inland, wo sie sich jetzt langsam wieder hervorwagten, wieder Stellungen bekleideten, Staatsstellungen, hohe Stellungen. Sie waren nicht erfroren und verhungert in der besetzten Stadt, nicht verkommen in Kellern, von Ratten angefressen. An ihnen hatte sich der Haß des aufgereizten Feindes nicht ausgetobt. Sie empörten sich heute über Frauen, die versucht hatten, sich mit den Russen anzufreunden, damit sie Brot bekamen dafür, Brot! Sie wollten nicht verhungern.

»Pack!« sagte Lukas, aber er meinte nicht die Frauen. Ja, Pack. Viele redeten sich jetzt jämmerlich heraus, wenn an ihnen dies oder das vorwarf! »Was hätte ich tun sollen?« sagten sie. »Mein Geschäft, meine Stellung, meine Zukunft – man will doch leben!« Jeder will leben, auch eine hilflose Frau unter rasend gewordenen feindlichen Soldaten. Zorn und Haß und Verzweiflung wurden riesengroß, sie stützten den Kopf in die Hände und sagten: »Fort! Nur fort, hinaus aus Deutschland, hinaus aus Europa!« Anderswo sind die Menschen auch nicht besser. Aber es sind nicht die Menschen unserer Heimat, unseres Volkes. Der Mörder, der am anderen Ende der Stadt wohnt, ist nicht so fürchterlich wie der aus dem eigenen Hause, der eigenen Familie. Manchmal sprachen sie nicht von diesen Dingen, nicht von den Menschen, sondern von dem Land Ostpreußen, dem schönen, geliebten Land, seinen Wäldern und Seen und einsamen Mooren, und von der See, der Ostsee, welches Meer ist so lieblich wie sie, in deren Schoß der Bernsteinwald gesunken ist.

»Das Bernsteinwerk in Palmnicken«, sagte Henriette. »Kennst du es?«

Er kannte es, und sie faßten einander bei der Hand, wanderten von Palmnicken über Brüsterort, wo der Leuchtturm steht – steht er noch? – nach Warnicken, kamen zur Wolfsschlucht und pflückten Himbeeren. Die herrliche Steilküste, der Blick über die See, erinnerst du dich? »Weiter draußen liegt ein großer Stein, ein Stück Fels, zu dem bin ich oft hingeschwommen!«

»Ich auch.«

»Schwimmst du gern?«

»Leidenschaftlich. Ich schwimme gut!«

Er freute sich über den kindlichen Stolz, mit dem sie das sagte, und versprach: »Wir werden viel zusammen schwimmen.«

Sie wanderten weiter den Strand entlang, über Rauschen und Rosehnen hinweg – »da gibt es einen Haufen großer Steine, sie liegen so, als hätten sie einmal zu einer Art Haus gehört, aber kein Mensch weiß etwas davon, es muß schon sehr lange her sein, vielleicht habe ich es mir auch nur eingebildet.« Sie kamen nach Cranz, da kauften sie frischgeräucherte Flundern von den Fischern, nichts konnte so herrlich schmecken wie frischgeräucherte Flundern. Sie wanderten weiter, immer weiter, über Sarkau auf die Nehrung, diesen kahlen weißen Sandstreifen zwischen den beiden großen Wassern, der sich am Horizont verlor. »Die Nehrung entlang floh einmal mein Vorfahr von Kurland nach Königsberg, derselbe, der Dorjutschen gegründet hat – nein, das tat erst sein Sohn Knud, der begann das Moor zu entwässern, und darum holte ihn die Moorhexe, als er neunzig geworden war. Damals, als Olaf Wigor dort entlanggefahren kam, stand die Nehrung noch voll herrlicher Eichen, die waren berühmt im ganzen Land, aber der verschwenderische Friedrich brauchte Geld für seinen Hofstaat und ließ sie fällen.«

Dieser lange schmale Streifen zwischen den großen Wassern, der in die Unendlichkeit zu gehen schien, blieb dennoch schön. Sie gingen an der Haffseite entlang, sie vermieden den Triebsand, der sie einsaugen konnte, sie kamen nach Rossitten und übernachteten bei einem Fischer. Es war eine wunderbare Nacht, Einsamkeit und Stille, waren erst die Möwen schlafengegangen! Keine Totenstille wie zuweilen hier kurz vor dem Morgengrauen, nein, die lebendige Stille der Unendlichkeit, der Ewigkeit, durchzogen vom unaufhörlichen Gemurmel des Wassers wie vom Gesang der Zeit.

Am Morgen wanderten sie weiter, kamen durch die kleinen einsamen Friedhöfe der Fischer, Friedhöfe im Sand, wo auf vielen Gräbern statt eines Kreuzes noch der Pfahl stand mit dem holzgeschnitzten Vogel darauf, dem Sinnbild der Seele. Das Kreuz hatte ihn nicht vertreiben können, in all den Jahrhunderten nicht, obwohl die Leute sich taufen und trauen ließen und die Kirche besuchten. Der Vogel, der die Seele bedeutete, blieb. Die Geister bleiben im Lande. Sie kommen mit dem Menschen, aber sie gehen nicht wieder mit ihm. Sie durchdringen Wald und Wasser, die Erde und den Himmel darüber, sie werden eins mit allem, niemand kann sie wieder vertreiben. »Der Topisch«, sagte Lukas. »Jeder masurische See hat seinen Topisch, er stellt den Menschenfrauen nach, der von Schuchen holte sich die schöne Agnete.«

»Lilofee«, sagte Henriette. »Die Leute im Dorf, die mir die Sache erzählten, nannten sie Lilofee. Aber er ist mit ihr in einen anderen See gezogen.«

»Vielleicht in den von Dorjutschen? Ach, Dorjutschen!« Er führte sie durch die Wälder und die Felder von Dorjutschen, über Wiesen und Moore, in die Ställe, die Scheunen, den Garten, das Haus. Von der Turmstube aus wies er über den ganzen Besitz. »Nicht mehr so groß wie einst«, sagte er. »Die Zeiten haben sich geändert. Es gab Verkäufe, Erbteilungen. Immerhin blieb noch genug, du siehst es. Und das alles hätte ich dir schenken können.«

Sie erwiderte: »Wenn alles geblieben wäre, wie es war, wir hätten uns nie kennengelernt!«

Er schwieg eine Weile. »Das ist wahr«, sagte er schließlich. »Und das wäre sehr schade.«

Sie murmelte: »Wäre es das wirklich?« Sie richtete fest die Augen auf ihn, Augen wie die See in der Morgendämmerung, er versank in ihnen, nein, er glitt über ihren Spiegel wie in einem Boot in die Zukunft. Fest legte er den Arm um ihre Schultern. »Ich liebe dich, Henriette«, sagte er. »Ich liebe dich sehr.« Aber er küßte sie nicht. Noch nicht.

Es gab viel zu erzählen von dem, was sich in Ostpreußen zugetragen hatte. Nicht nur Geschichten aus dem eigenen Leben, fremde Dinge, krause Geschichten, von denen man nicht wußte, waren sie komisch oder traurig. Da war die Geschichte von dem Waldbauern. »Waldschratt«, nannte ihn das Mädchen, um das er sieben Jahre vergeblich freite, verzweifelt legte er sich endlich in den Schnee, um zu sterben. Aber das Mädchen fand ihn, noch ehe er völlig eingeschneit war, sie war überwunden und nahm ihn. Die Ehe wurde sehr glücklich. Aber nach fünf Jahren starb die junge Frau, der Waldschratt war rasend vor Schmerz, er sprang dem Sarg nach in die Grube und wehrte sich wie von Sinnen dagegen, daß man ihn herausholte und mit Gewalt in den Dorfkrug schleppte, wo der Leichenschmaus stattfand. Es war ein großartiger Leichenschmaus, das ganze Dorf war geladen, man aß gut und trank viel, und schließlich tanzte man. Natürlich tanzte der Waldschratt nicht mit, anfangs nicht, aber mit vorrückender Zeit belebte sich sein bleiches Gesicht, seine schwarzen Augen begannen zu funkeln, immer mehr zu funkeln, während er das junge Mädchen ansah, Ulrike, die ihm gegenüber am Tisch saß, neben ihrer Mutter. Er sprach sie an, unterhielt sich mit ihr, plötzlich tanzten sie miteinander, einen Tanz, zwei, drei, alle Tänze. Die Nacht ging zu Ende, Jedermann war müde, nur der Waldschratt und das Mädchen tanzten immer noch, dann waren sie plötzlich verschwunden. Sie waren auf dem Wege zum Hof des

Waldschratts, heimlich abgefahren. Sobald wie möglich würden sie heiraten, ließ der Waldschratt den Vater des Mädchens wissen, und das geschah dann auch. War das nun lustig oder traurig?

Oder die Geschichte von jenem Mädchen – nein, lassen wir es, es ginge ins Aschgraue. Wir wissen auch so, wie die Menschen dort waren: überaus fleißig und überaus träge, sehr nüchtern und voller phantastischer Ideen, grüblerisch und stumpf, und über allem von großer Skurrilität. –

Lukas und Henriette wohnten schon rund eine Woche in dem Krater, und alles ging gut. Man schlug sich durch, Lukas hatte wieder einmal seinen Markenhandel auf dem Hauptbahnhof betrieben, er hatte Glück, die alte Quelle floß noch. In der Hauptsache war er freilich hingegangen, weil er Dombrowski zu treffen gehofft hatte. Der Dicke und der tote Amerikaner kamen ihm nicht aus dem Sinn, wenn er sich auch dem Mädchen gegenüber nichts merken ließ. Der Mann mußte noch einmal in die Zange genommen werden, man mußte ihm so viel Angst einjagen, daß er das Maul ein für allemal und unter allen Umständen hielt.

Aber Lukas hatte den Gesuchten im Hauptbahnhof nicht getroffen. So entschloß er sich, doch noch die Bretter aus der alten Bleibe zu holen, vormittags, damit das Mädchen nicht nachts allein blieb. Vielleicht traf er den Kerl dort. Sonst würde er ihn suchen, auf dem Wohnungsamt oder sonst wo. Aber er brauchte ihn nicht zu suchen. Als er die Bretter von oben über die Leiter hinabgeworfen hatte und ihnen nachkletterte, stand Dombrowski unten.

»Ich hab mir schon gedacht, daß Sie das Gelump noch einmal holen würden«, sagte er. »Sie ist nicht mitgekommen, sie hat wohl Angst?« Er grinste.

Lukas schichtete die Bretter übereinander. »Wenn Sie die junge Frau meinen, die hier einen Unterschlupf gefunden hatte –«

»Die Mörderin!« schrie der Dicke.

»Sagen Sie das lieber nicht so laut. Vielleicht hört es jemand. Und auf Mord steht Tod, Sie wissen es.«

»Das soll es auch. Wo kämen wir hin, wenn man ungestraft jeden kaltmachen dürfte, der einem nicht paßt? Das hat aufgehört.«

»Hoffentlich. Auch die früheren Morde sind noch nicht verjährt!«

Dombrowski schwieg. Lukas umschnürte die Bretter mit einem alten Stoffstreifen. »Nicht verjährt«, wiederholte er. »Schließlich sind damals nicht alle umgekommen. Es bleiben immer Zeugen, das vergißt man gern.«

»Wie meinen Sie das?« knurrte der Dicke.

»Wie ich es sage.« Lukas schob sich den Bretterstapel unter den linken Arm. »Nicht alle sind umgekommen. Mancher erinnert sich noch genau, manche Gesichter vergißt man nicht leicht. Ich habe Sie zum Beispiel gleich wiedererkannt.«

Dombrowski wurde weiß, sagte aber nichts.

»Gleich, als ich Sie hier unten sah«, fuhr Lukas fort. »Ich sagte mir: Das ist doch derselbe Kerl, der – nun, sagen wir: der sich vor einer Woche hier so aufgeführt hat.« Er machte eine Pause. »Oder dachten Sie, ich meinte etwas anderes?« fügte er leise und langsam hinzu.

»Was sollten Sie schon meinen!« erwiderte der Dicke. »Also meinethalben scheren Sie sich davon mit dem Zeug. Ich will von der ganzen Sache nichts mehr wissen.«

»Wenn das immer von einem allein abhinge!« Lukas machte eine halbe Wendung, drehte sich dann schnell wieder zurück, noch ehe Dombrowski den Knüppel neben sich richtig hatte packen und schwingen können. Jetzt ließ er ihn ganz fallen und richtete sich auf. Beide sahen einander an.

»Das nützt nichts«, sagte Lukas, »ich bin nicht der einzige. Und ich habe vorgesorgt, das können Sie sich denken.«

»Was verlangen Sie?« fragte Dombrowski heiser.

Es stimmte also. Bei dem Kerl war mehr als etwas faul!
»Vorläufig nur, daß Sie den Mund halten.«
»Und Sie?«
»Ich tue das gleiche, solange.«
Der Dicke schwieg und grübelte. Dann sagte er argwöhnisch: »Wer garantiert mir, daß Sie nicht bloß bluffen?«
»Niemand. Aber Sie können es ausprobieren. Lassen Sie es darauf ankommen.«
»Vielleicht tu ich das. Jedenfalls wäre dann die Hure –«
»Halten Sie Ihr Maul! Das Mädchen ist längst über alle Berge.«

Dombrowski wies höhnisch auf die Bretter. Lukas sagte kühl: »Die hat sie mir überlassen.«

Der andere stieß den Knüppel mit dem Fuß beiseite. »Abgemacht«, knurrte er, stieg die Leiter hinauf und verschwand oben hinter einer Tür.

Lukas ging. Das wäre geschafft, die Rechnung hatte gestimmt, der war erledigt. Was er auf dem Kerbholz haben mochte? Bestimmt nichts Geringes, und bestimmt keine Einzelsache, wahrscheinlich war er irgendwo Wachmann gewesen, KZ oder Kriegsgefangenenlager, vielleicht auch Aufseher bei einem Menschentransport, der in einem Massengrab geendet hatte, irgendwo, wo es um Ausländer gegangen war.

Als er mit seinen Brettern im Krater ankam, war Henriette nicht da. Er erstarrte. War ihr etwas zugestoßen? Oder hatte sie ihn ganz einfach verlassen, wollte sie allein ihrer Wege gehen? Er kletterte über den Schrottwall, lief zwischen den Gleisen hinauf und hinab, es konnte nicht sein, es durfte nicht sein, daß sie fort war, vielleicht weggeschleppt, vielleicht tot, erschlagen, irgendwo unter die Trümmer geschoben. Nur das nicht, lieber Gott, nur das nicht! Ist sie freiwillig fort, dann kann ich sie wiederfinden, und ich werde sie wiederfinden!

Er fand sie wieder, er brauchte nicht einmal zu suchen. Sie

kam den Bahndamm entlang, stieg in ihren langen grauen schmutzigen Hosen über die verbogenen Gleise, ging ganz selbstverständlich dem Krater zu, dem Heim im Krater. Er stürzte ihr entgegen, packte sie an den Schultern. »Wo warst du? Warum hast du mir solche Angst eingejagt?«

Sein harter Griff schmerzte sie, dennoch begannen ihre Augen zu strahlen. »Angst? Weil ich nicht da war? Ich?« Er schüttelte sie. »Weißt du es nicht? Du mußt es doch wissen, du mußt es doch spüren, daß du mich nicht verlassen darfst, nie mehr, keine Stunde lang!«

Er schüttelte sie wieder, ihr Kopf sank gegen seine Brust, blieb dort liegen. Undeutlich kam ihre Stimme: »Ist das wirklich wahr?«

»Wahr?« Er lachte. »Wenn es überhaupt eine Wahrheit auf der Welt gibt –« Er nahm ihren Kopf zwischen die Hände, sah sie an. »Das ist die einzige Wahrheit auf dieser scheußlichen Welt – du und ich, einer für den andern –«

Sie standen lange, ohne sich zu rühren. Dann sagte sie: »Ich habe einen Brief zur Post gebracht.«

Langsam faßte er sich. »Einen Brief? Was für einen Brief? An wen kannst du schreiben?«

»An meinen Großvater.«

»Du hast einen Großvater? Etwa in Königsberg?«

Sie lächelte schwach. »Nein, nicht in Königsberg. In der Schweiz.«

»Du hast nie von ihm gesprochen.«

»Ich kenne ihn auch kaum. Als er Königsberg verließ, war ich noch nicht geboren. Ich habe ihn nur einmal gesehen, da war ich acht Jahre alt, und die Eltern hatten mich zu einem Besuch bei ihm und der Großmutter mitgenommen. Sie haben ein wunderschönes Haus in der Schweiz.«

Dahin wollte sie jetzt, natürlich, es war zu begreifen. Aber warum hatte sie das nicht längst in die Wege geleitet, noch ehe er sie kennengelernt hatte? Es wäre besser gewesen. Finster starrte er vor sich hin. Sie ergriff seine Hand. »Ich habe ihn gefragt, ob er uns helfen will.«

»Uns? Womit helfen?«

»Natürlich uns. Oder glaubst du, ich hätte mich noch einmal bei meiner Sippe gemeldet, nach alledem, wenn es nur um mich gegangen wäre? Ich habe ihn gefragt, ob er uns bei einer Auswanderung behilflich sein würde.« Er schwieg. Sie fuhr fort: »Ich denke, er wird es tun. Er hat Geld, viel Geld, und ich bin sein einziges Enkelkind.« Sie holte tief Atem. »Sonst bliebe ihm nur übrig, mich bei sich aufzunehmen.«

Er fragte langsam: »Vielleicht möchte er das?«

»Nein. Sie werden froh sein, mich recht weit fort zu wissen. Besonders die Großmutter. Ich habe ihnen alles geschrieben. Alles.«

Er umfaßte sie fester. »Aber du kennst deine Großmutter nicht.«

»Ich kenne sie aus Briefen, vielen Briefen, das genügt mir! Aber ich bin sicher, der Großvater wird uns helfen, Europa zu verlassen. Freilich –« Sie stockte, sah ihn an, sprach dann schnell weiter: »Freilich wird er die Bedingung stellen, daß wir heiraten. Er wird überzeugt sein, du seist mein Liebhaber.« Er riß sie an sich, küßte sie, jetzt durfte er es, jetzt konnte er sie nicht mehr verletzen. Zwischen den Küssen sagte er unsinnige Worte, zärtliche Worte, Worte der Sehnsucht, der Hoffnung, des Glückes, des großen, großen Glückes! Dann fiel ihm ein: »Aber wir wissen ja noch gar nicht –«

Jetzt küßte auch sie ihn. »In ein paar Tagen werden wir es wissen.« Die Antwort würde postlagernd kommen und an Lukas Rotter gerichtet sein, so brauchte sie sich gar nicht draußen zu zeigen, sie fürchtete sich immer noch vor Dombrowski.

»Dombrowski geht uns nichts mehr an!« Aber warum sollte sie etwas tun, was er ebensogut tun konnte? Vielleicht mußte man öfter nachfragen, vielleicht besann sich der Großvater noch ein paar Tage.

Nein, er besann sich nicht, gleich bei der ersten Nachfrage war das Telegramm da. Sebastian Branda kam selbst nach München, heute nachmittag, dann und dann. Sie saßen einander gegenüber auf den angekohlten Bänken, sahen auf das Telegramm, das zwischen ihnen auf dem Fenstertischchen lag, sahen sich an, sahen rundum, waren sonderbar ratlos. Dann beschlossen sie, erst einmal Mittag zu essen, Heringe und Speck waren längst verzehrt oder eingetauscht, aber Kartoffeln waren noch da und neuerdings ein Paket Butter, wirklich Butter, zwei Pfund, nicht gefunden, sondern aus schlecht verwahrtem Waggon regelrecht gestohlen, aber deswegen schmeckte sie nicht schlechter. So gab es Butterkartoffeln. Sie wurden satt, mehr als satt kann auch der Kaiser nicht werden. So fanden sie ihre Fassung wieder. Sie lachten und machten Toilette für den Empfang des Großvaters, sie brauchten nicht viel dazu, ein wenig Wasser, das Lukas in einer zerbeulten Kanne aus einem Schöpfbrunnen holte, einen zerbrochenen Kamm, ein blindes Spiegelstück. An Henriettes Holzsandalen waren die Riemen gerissen, Lukas schnitt sie säuberlich ganz weg und machte Pantoffeln daraus, auch die sahen gut aus an den schönen schlanken Füßen. Der Fleck über der Tasche der langen grauen Hose war noch größer und dunkler geworden, es waren noch andere Flecken dazugekommen, aber was konnte man tun? Wenigstens war die Hose noch ganz.

Zur angegebenen Zeit standen sie auf dem Bahnsteig und sahen dem Zug entgegen. Sie erkannten sich sofort, der soignierte alte Herr, weißhaarig, mit frischen Gesichtsfarben und klaren, kühlen Augen, und das Mädchen in der schmutzigen grauen Hose, barhaupt und schlecht gekämmt, mit eingefallenen Wangen und scharfen Linien von den Mundwinkeln abwärts. Sie gingen aufeinander zu, Henriette einen Schritt vor Lukas, und dann blieben sie voreinander stehen.

»Henriette?«

»Ja, Großvater.«

Welche steife Begrüßung! Der alte Herr beugte sich zu dem Mädchen, als wolle er es küssen, ließ es aber. Über ihr Gesicht lief ein Zucken. Sebastian Branda sagte: »In Hosen, mein Kind?«

»Ja, alles andere ist nicht mehr da.«

Es erwies sich, daß die Großmutter Kleider und Wäsche mitgeschickt hatte. »Henriette wird es brauchen können«, hatte sie gesagt. Dann begrüßte er Lukas, höflich, doch mit Zurückhaltung. »Sie sind Henriettes – Freund?«

»Henriettes Bräutigam, Herr Branda.«

Sebastian Branda nickte, seufzte und nickte wieder. Zuerst, meinte er dann, ginge man wohl in Henriettes Wohnung, damit sie sich umziehen könne. Lukas nahm die Koffer, der alte Herr trat neben Henriette, so brachen sie auf.

Es erübrigt sich, Sebastian Brandas Gefühle zu schildern, als er nach mühseliger Wanderung zwischen verbogenen und aufgerissenen Gleisen und Überquerung des Schrottwalles vor dem Domizil seiner Enkelin stand. Aber er sagte nichts. Die Welt war aus den Fugen, dagegen konnte man nichts machen, man mußte nur darauf achten, daß die fatalen Risse nicht das eigene Haus erreichten, und dazu war er hier. Auch dazu, daß das Leben seiner Enkelin erträglich wurde. Schlimm, daß dergleichen eine so ehrenhafte Familie wie die seine treffen mußte. Er wußte nicht, daß die Stammutter der ostpreußischen Brandas eine französische Troßdirne gewesen war, eines jener unglücklichen Wesen, denen der Krieg – wieder der Krieg, immer der Krieg! – Eltern und Verwandte genommen hatte, so daß die in fremdem Land hilflos Übriggebliebene keinen Schutz gefunden hatte außer bei den Söldnern, auch Obdach und Nahrung, freilich hatte sie dafür zahlen müssen, umsonst ist nichts. Bis der Söldner Felix Branda sie zum Weib nahm und mit ihr in eine Hütte zog, wo sie die Urmutter der Brandas wurde, auch seine, Sebastians, Urmutter.

Henriette stieg in den Wagen, Lukas reichte ihr den Koffer mit den Kleidern nach, er selbst blieb mit dem alten Herrn draußen. Sebastian setzte sich erschöpft und vorsichtig auf eine Kiste.

»Sie heißen Rotter. Etwa von den Rotters von Schuchen?«

»Ehemals auf Schuchen, und ich möchte gleich sagen, daß ich nach meiner Mutter heiße. Ich bin ein Bastard, sie war mit einem anderen Mann verheiratet.«

Der alte Herr schwieg eine Weile. Wie verwirrt war alles in der Welt außerhalb der Schweiz, verwirrt und unbehaglich. »Aber Sie kennen Ihren Vater?«

»Ja. Er war einer von den Wigors aus Dorjutschen.«

»Gute Familie«, sagte Sebastian. »Ich hatte mit ihnen zu tun. Schade, sehr schade, daß Sie – mein Beileid!«

»Nicht nötig. Es macht mir nichts aus.«

»Ja«, murmelte der alte Mann. Er schien zusammensinken zu wollen, fing sich aber wieder. »Jedenfalls ist es schön von Ihnen, daß Sie mit Henriette soviel Mitleid haben, um sie –«

Lukas unterbrach ihn hart. »Es ist kein Mitleid, es ist Liebe! Ich liebe sie!«

Sebastian Branda sah ihn nachdenklich an. »Sie lieben sie wirklich«, sagte er endlich erstaunt. Ein sonderbarer junger Mann, es war unglaublich, aber es war so. Er versank in Sinnen.

Henriette stieg aus dem Wagen, sie war sehr bleich, hatte sie das Gespräch mit angehört? Sie trug ein hübsches dunkelblaues Sommerkleid, sie sah fremd darin aus, die lange Hose hatte Lukas besser gefallen. Das Haar war frisiert, sie trug eine hübsche Kappe, auch die hatte die Großmutter geschickt, ebenso Handtasche, Handschuhe, Seidenstrümpfe und weiße Sandaletten. Man sorgte für alles, man tat alles, damit man sie mit Anstand fortschicken konnte. Der Großvater musterte sie zufrieden. Er hatte schon von der Schweiz aus drei Zimmer in einem guten Hotel bestellt, dahin fuhren sie. Drei Zimmer nebeneinander, Sebastian Branda nahm das mittelste.

Verwirrende Tage, herrliche Tage, man konnte sich richtig waschen, sogar baden, man wurde täglich satt, der Weg in die Zukunft war frei. Waren sie glücklich? – Qualvolle Tage, bei aller Fürsorge vermied der Großvater möglichst jedes familiäre Gespräch. Fürchtete er, das Mädchen werde den Wunsch äußern, sie zu besuchen? Er hätte keine Furcht zu haben brauchen, Henriette dachte nicht daran. Sie wußte, daß sie für ihre Familie nur noch ein Überrest war, der am besten mit allen anderen zusammen umgekommen wäre, ohne daß man etwas von seinem beschämenden Schicksal hätte erfahren müssen. Vor einem halben Jahr noch, noch vor drei Wochen hätte sie das hingenommen. Heute aber war das anders, dank Lukas war es anders, seit jener Nacht, in der er sie nur zart geküßt und nicht versucht hatte, sie einfach zu nehmen wie etwas, das jedem Mann zuzufallen verpflichtet war, weil es kein Anrecht mehr besaß auf das schöne Spiel von Werben und Gewähren. Auch jetzt noch blieb er zurückhaltend, verlangte keinerlei Rechte vor der Trauung, als sei sie ein unberührtes junges Mädchen. Das gab ihr die Selbstachtung wieder, ein Gefühl, ohne das es sich so schwer leben läßt. Hatte sie denn gelebt, seit damals und ehe Lukas kam? Jetzt lebte sie. Lebte und machte Pläne für die Zukunft.

»Kanada«, sagte sie, »wie wäre es mit Kanada?«

In Kanada gab es Wälder und Seen, kurze Sommer und lange Winter, es würde nicht viel anders sein als in Ostpreußen. Sebastian Branda würde sich darüber informieren, wie die Chancen für Kanada stünden. Er war viel unterwegs, er habe Geschäftsfreunde in München, die waren jetzt gut und nütze. Er brachte eines Tages Bezugscheine für Lukas, Anzug, Wäsche, Strümpfe und Schuhe.

»Sie müssen sich doch ordentlich anziehen können. Und hier ist auch das Geld dazu.«

Lukas starrte finster auf das Geld. »Ich kann warten, bis wir drüben sind«, sagte er. »Ist es solange gegangen, geht es auch noch eine Weile.«

Aber der Großvater blieb hartnäckig. Auch Henriette redete Lukas zu. »Du kannst es zurückzahlen.«

Das verstand sich von selbst. »Unsinn!« widersprach der alte Herr.

Aber Lukas konnte endlich das sagen, was ihm schon lange auf der Seele brannte. Gut, ja, er würde das Geld nehmen, unter der Bedingung, daß er dies und alles andere, Wohnung, Unterhalt, Nebenauslagen und natürlich die Reise für Henriette und sich einmal zurückzahlen dürfe, er wisse zwar nicht wann, aber einmal würde er es sicher können.

Nun war Sebastian Branda zwar ein Geschäftsmann, aber ein Knicker und Geizhals war er nicht. Das Geld für Wäsche und Anzug könne Lukas ihm zurückzahlen, sagte er, und auch Wohnung und Unterhalt für ihn selbst während dieser Tage, wenn er es durchaus wolle. Aber alles andere, Wohnung und Unterhalt für Henriette, die Reise für beide und das, was zur Erlangung der Einreisegenehmigung und zum Beginn im fremden Land nötig sei, das sei sein Heiratsgut für Henriette, die Enkelin, den jüngsten und letzten Sproß der Familie.

Hier wurde seine Stimme unversehens etwas weicher und seine Augen weniger klar und kühl. Ein Schmerz wurde sichtbar, der bisher verborgen gewesen war, war es der Schmerz, sich von diesem letzten und jüngsten Sproß für immer trennen zu müssen, oder brannte ihm das in der Seele, was er als unauslöschlichen Schandfleck auf dem Bilde dieses letzten und jüngsten Familienmitgliedes empfinden mußte. Kurz und gut, Lukas gab nach, gab äußerlich nach. Später, dachte er, würde man ja sehen.

Der Großvater arrangierte auch die Trauung, sie wurde standesamtlich vollzogen. Die Sache mit der Einreisegenehmigung für Kanada zog sich hin, es gab hundert Schwierigkeiten und tausend Bedenken, trotz der erheblichen Summe, die der alte Herr dem Ehepaar Rotter mitzugeben sich verpflichtete. Eines Tages kam er und fragte, ob sie sich entschließen könnten, statt nach Kanada nach Alaska zu gehen? – Alaska? – Ja, Alaska. Man mache sich hier ganz falsche Vorstellungen über das Land, habe man ihm versichert. Es sei ein schönes Land, Land wie am ersten Tag, im Süden mit Wäldern und überall mit Seen und Flüssen, mit Elchen und Bären, und es brauche dringend Siedler, Landwirte, sie bekämen das Land umsonst, und mit dem Geld, das er ihnen zur Verfügung stelle, könnten sie einen großartigen Anfang haben, einen vorzüglichen Start. Landwirtschaft? In Alaska?

Ja, Landwirtschaft! Man baue allerlei an, Branda wußte freilich nicht genau, was und wie, aber vielleicht gingen sie selbst einmal zu der Stelle, mit der der alte Herr verhandelt hatte und die großes Interesse an einer Einwanderung nach Alaska habe. Sie gingen. Es zog sich noch eine Weile hin und her, dann entschieden sie sich: Gut also. Vorläufig Alaska. Sollte es ihnen nicht zusagen, so war Kanada immer noch da und von dort leichter zu erreichen.

Alaska! – Wieder war es ein Land am Rande der Welt, mehr noch als Ostpreußen. Wieder ein Land der Elche und Bären, ein Land, das Menschen rief und in dem man sich bewähren mußte. Ein hartes Land, aber wohl auch ein schönes Land. Vielleicht würde man in ihm heimisch werden können, wie man in Ostpreußen heimisch geworden war, für wie lange? Das weiß niemand. In diesen Tagen saßen sie viel mit Sebastian Branda zusammen und sprachen von der Heimat.

»Heimat!« sagte Sebastian. »Ich bin in der Schweiz heimisch geworden, ein Schweizer Bürger mit Leib und Seele, es ist schnell gegangen, ich wundere mich selbst. Das Leben dort oben im Norden, das ist mir jetzt wie ein Traum, ein fremder, seltsamer Traum.«

Henriette schwieg. Ein Traum. Für sie war er ein Alptraum geworden. Auch Lukas schwieg. Er dachte an die tote Mutter, die in dem Erbbegräbnis lag unterhalb der alten Burg – steht sie noch? – an dem See, der einst ein Wasserrosensee gewesen war. Einer der tausend Seen, genau gezählt waren es dreitausenddreihundert, über das Land verstreut, herrliche Gewässer, leuchtend klar und sehr tief, gottlob sehr tief. So sah ihnen niemand an, daß sie die großen Massengräber des Landes waren, erst vor kurzem wieder aufgefüllt mit Leichen, zum wievielten Mal? Vielleicht lagen auch Joachim und die geliebte kleine Stiefschwester in einem von ihnen, vielleicht aber trieben sie noch durch Dörfer und Städte, feindliche Dörfer und Städte, waren Samen im Wind, suchten neue Erde im Lande der Vorfahren. Sebastian hatte noch einmal Nachforschungen anstellen lassen, großzügig finanzierte Nachforschungen, aber man erfuhr immer nur dasselbe: in den allerletzten Tagen mit einem Pferdefuhrwerk aus Königsberg hinausgefahren, nordostwärts. Verschollen.

Nichts ist mir geblieben, dachte Lukas, als dies Mädchen neben mir, das jetzt meine Frau ist, durch die Hölle gegangen und von ihr gezeichnet gleich mir. Er tastete nach ihrer Hand.

Dann ging alles ziemlich schnell. Die Papiere, die Reisevorbereitungen, sie wollten nicht fliegen, sie wollten bis New York mit dem Schiff. So konnte der Großvater sie noch bis Genua begleiten. Plötzlich eilte es ihm nicht, die Enkelin loszuwerden, aus dem kühlen und reservierten alten Herrn war ein einsamer alter Mann geworden, den der letzte Schimmer des Tages verlassen will. Eben noch hat er dem Abendrot vorgeworfen, es sei nicht klar genug, jetzt verbleicht es ganz – es will Nacht werden.

In Genua kam Sebastian Branda noch mit auf das Schiff, er schüttelte Lukas lange und herzlich die Hand, und plötzlich umarmte er Henriette, er küßte sie lange und innig, er küßte sie auf den Mund und auf das winzige sichelförmige Mal über der rechten Braue, ein wenig schläfenwärts. Dann ging er schnell von Bord. –

Fahrt durchs Mittelmeer, südliches Meer, aber sie dachten an die Ostsee. Sie passierten Gibraltar, der Atlantik nahm sie auf. Das alte Land versank, sie standen an der Reling, ihre Herzen brannten, der Abschied war hart. Alles versinkt, die Welt hat sich verändert, unheimlich verändert, nicht nur für den Nordostzipfel Deutschlands, und nicht nur an der Oberfläche, wer kennt sie überhaupt noch wieder. Wir haben Mut, sicherlich, wir haben Kraft, aber wir haben auch Angst, ja, auch Angst. Wir fangen neu an in dieser unheimlich verwandelten Welt, wieder einmal ganz neu, und wieder in fremdem Land, – wie wird es werden?

Die Zeit dreht ihr Rad.

Abgesang

Der hellgoldene Meerstein schwamm am Halse des toten Mädchens den Fluß hinab, die Leute am Ufer sahen das im Wasser treibende Kind, aber niemand kümmerte sich darum. Leichen waren alltäglich geworden. Nur einmal dachte ein Fischer, der den Stein in der Sonne blitzen sah: Ein Goldschmuck! Er wollte hinrudern, aber da legte sich eine große Eisscholle zwischen ihn und das Kind, sie schob einen toten Mann vor sich her, der sah ihn aus starren Augen über zerschossenem Gesicht an. Der Fischer ruderte schnell zurück.

Das Mädchen trieb in einen der Mündungsarme und mit ihm hinein in die Ostsee, das Bernsteinmeer, die große Mutter. Zitterten die ausgebreiteten Flügel der Mücke nicht vor Glück über die Heimkehr?

Da bist du wieder, sagte die große Mutter und wiegte die Mücke in dem goldfarbenen Sterngehäuse hin und her. Bald wird das Vergängliche, das dich noch festhält, sich aufgelöst haben in meinem Schoß, dann wirst du wieder mit den Wassern steigen und fallen, wie du mit ihnen gestiegen und gefallen bist seit Millionen von Jahren. Die Menschen meinen, das sei lange, aber sie wissen nichts von der Zeit. Ihr eigenes Leben läuft mit großer Schnelligkeit dahin. Generationen türmen sich übereinander, stürzen ein, türmen sich neu, sinken zusammen. Was bleibt ist ein winziges Häufchen Staub, das der Wind davonträgt.

Über der Tiefe der Zeit tanzt der sternförmige Bernstein

mit der schwebenden Mücke, leuchtend und leicht wie ein schöner Traum, spielend mit Jahrmillionen, seit er und seine Urheimat versank im Schoß der großen Mutter, als die Erde vom Menschen noch nichts wußte. Meer wird weiter über Land fluten, Land über Meer steigen, und mit Meer und Land werden Stein und Insekt steigen und fallen, fallen und steigen und hinüberfluten aus dem Heute ins Morgen, noch einmal vierzig Millionen Jahre lang, fünfzig, sechzig, wie viele? Vielleicht weiß dann die Erde vom Menschen nichts mehr.

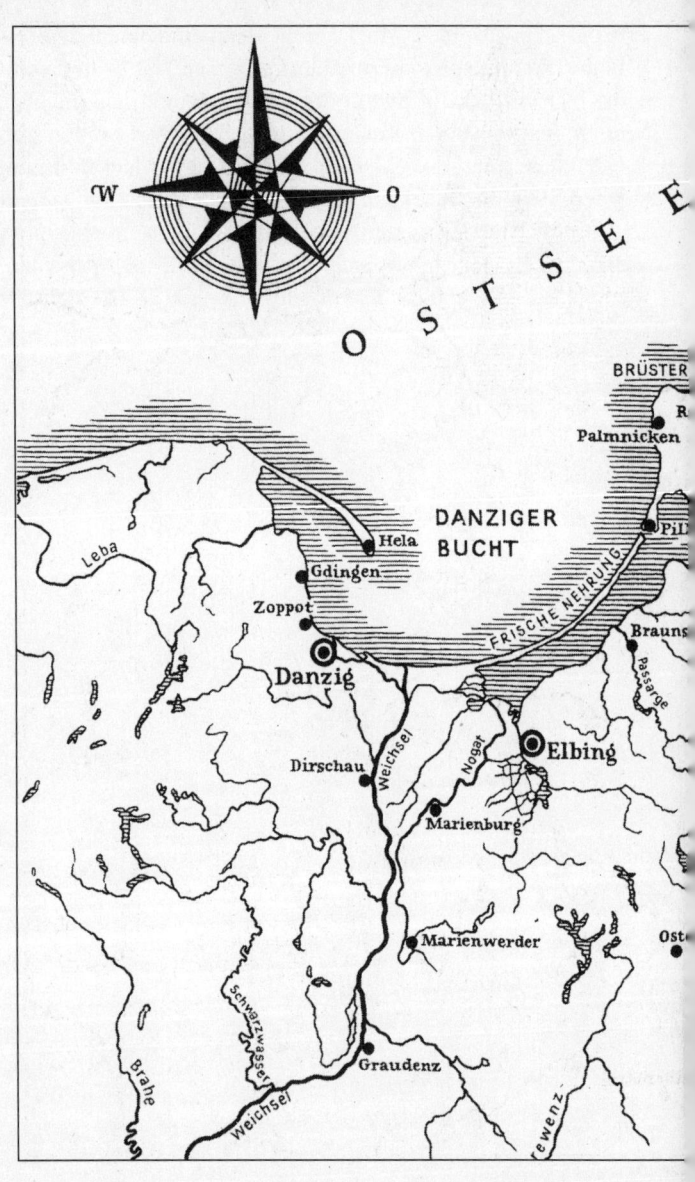

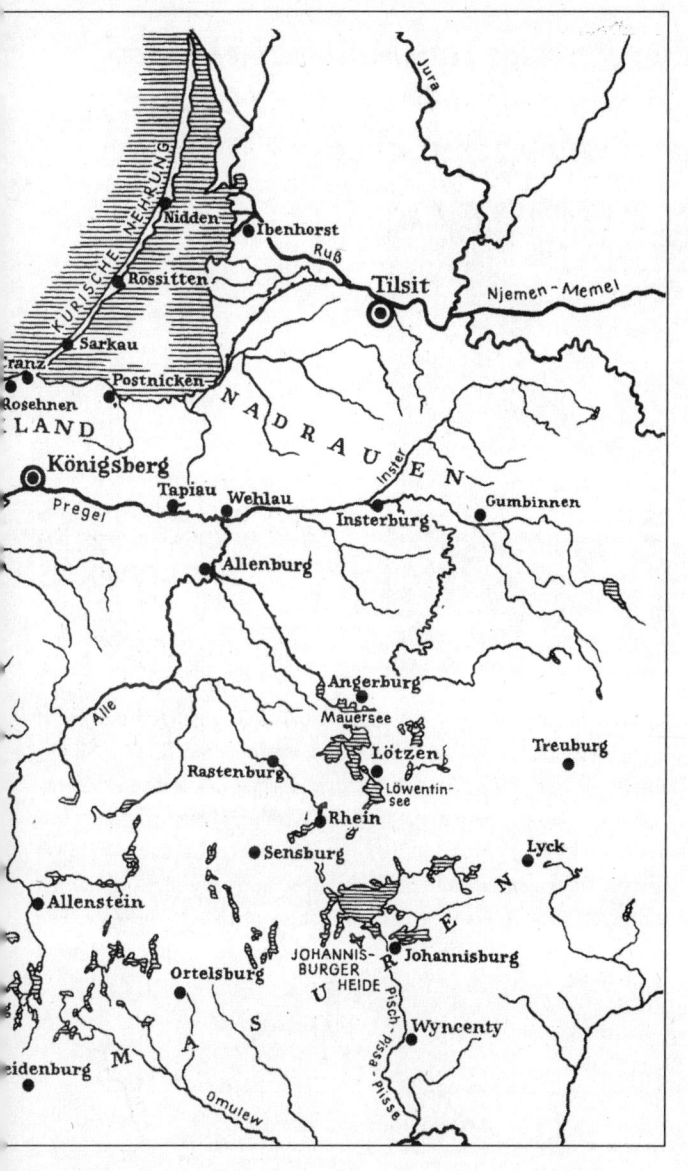

Eine fesselnde Familiensaga: Liebe, Hass, Rachegefühle, Sehnsucht und Glück auf dem schwarzen Kontinent.

Beverly Harper
DAS FLÜSTERN
DES WINDES
Roman
540 Seiten
ISBN 978-3-404-15640-5

Die Idylle auf der Farm von Robert und Lorna Granger-Acheson wird jäh gestört, als der »Krieg des weißen Mannes« im Süden Afrikas losbricht: Holländische Siedler kämpfen gegen die britische Krone. Es geht um Gold, Diamanten und die Vorherrschaft in diesem faszinierenden Land. Lorna fürchtet um die Sicherheit dieser Familie: Welches Schicksal wartet auf ihre drei Söhne und ihre beiden Töchter? Und wird sie ihren Mann Robert abermals verlieren, wie damals vor vielen Jahren, als er sie und ihre gemeinsame Heimat Schottland so plötzlich verlassen musste?

Bastei Lübbe Taschenbuch